양주화방록 1

The Records of Excursion on Boat in Yang zhou

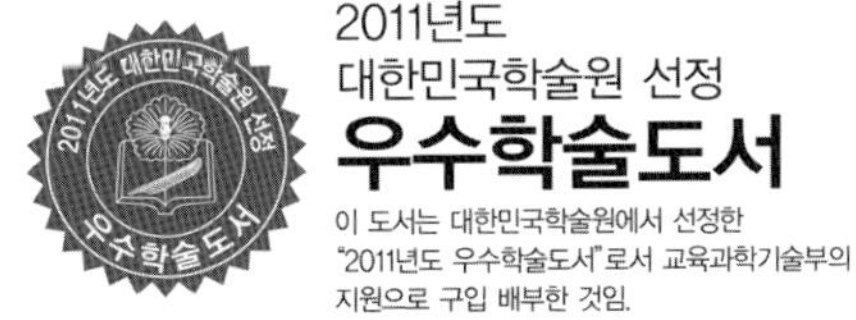

지은이 **이두**(李斗) 자(子)는 북유(北有)이고 호(號)는 애당(艾塘)이며, 청나라 때 강소(江蘇) 의징(儀徵) 사람으로, 제생(諸生) 출신이다. 희곡과 시, 음악, 수학에 두루 정통했던 그는『세성기(歲星記)』와『기산기(奇酸記)』라는 전기(傳奇)작품과『애당곡록(艾塘曲錄)』을 남겼고, 무엇보다도 17~18세기 중국의 희곡과 공연 예술, 양주의 문화를 두루 기록한 필기집『양주화방록(揚州畫舫錄)』을 편찬한 것으로 유명하다. 그 외의 시 작품들은『영보당시집(永報堂詩集)』과『방풍관시(防風館詩)』에 수록되어 있다.

옮긴이 **홍상훈**(洪尙勳)은 1965년 전남 광양에서 태어나 서울대학교 및 동 대학원에서 중국문학을 공부하고 박사 학위를 취득한 후, 현재 인제대학교 조교수로 있다.「고대 중국에서 서사 구조 변천의 특성」을 비롯한 20여 편의 논문 외에 지은 책으로는『전통시기 중국의 서사론』,『하늘의 나는 수레』,『한시 읽기의 즐거움』,『그래서 그들은 서천으로 갔다-서유기 다시 읽기』등이 있고, 옮긴 책으로는『서유기』(공역),『두보율시』(공역),『사귀의 노래-완역 이하 시집』,『중국소설비평사략』,『별과 우주의 문화사』,『베이징』,『손오공의 여행』등이 있다.

옮긴이 **이소영**(李昭姈)은 1968년 서울에서 태어나 서울대학교 및 동 대학원에서 중국문학을 공부하고 박사 학위를 취득한 후, 서울대학교 연구교수를 역임하고 현재 서울대학교 등에서 강의하고 있다. 주요 논문으로「전통시기 중국의 서면어와 글쓰기의 상관성 연구」,「삼국연의 다시 읽기」등이 있고, 옮긴 책으로『만화 맹자』,『만화 노자』,『서유기』(공역) 등이 있다.

양주화방록 1

1판 1쇄 발행 2010년 10월 25일
1판 2쇄 발행 2011년 9월 20일

지은이 / 이두
역주자 / 홍상훈 이소영
펴낸이 / 박성모
펴낸곳 / 소명출판
등록 / 제13-522호
주소 / 137-878 서울시 서초구 서초동 1621-18 (란빌딩 1층)
대표전화 / (02) 585-7840
팩시밀리 / (02) 585-7848
somyong@korea.com / www.somyong.co.kr

ⓒ 2010, 한국연구재단

값 23,000원

ISBN 978-89-5626-475-2 93820
ISBN 978-89-5626-474-5 (전3권)

양주화방록 1

揚州 畫舫 錄

이두 지음 | 홍상훈 · 이소영 옮김

소명출판

◆ **일러두기**

1. 본 번역은 북경(北京) 중화서국(中華書局)의 "청대사료필기총간(淸代史料筆記叢刊)" 시리즈에 포함 된 『양주화방록(揚州畵舫錄)』(1960년 제1판, 1997년 2쇄)을 저본(底本)으로 했다.
2. 본 번역에서는 본문의 교감(校勘)을 위해 1984년에 광릉고적인쇄사(廣陵古籍刻印社)에서 간행한 번체자(繁體字) 판본과 2001년 산동우의출판사(山東友誼出版社)에서 간행된 저우 춘동(周春東)이 주석을 붙인 간화자(簡化字) 판본을 참조했는데, 주석에서 언급할 때에 전자는 '광릉본', 후자는 '산동본'으로, 그리고 중화서국 원본은 '중화본'으로 줄여 표기했다.
3. 권18 「공단영조록(工段營造錄)」은 기본적으로 칸 둬(闞鐸)의 교주(校注)를 참조로 교감된 '산동본'을 토대로 번역하고, 용어를 풀이한 주석과 그림 등을 덧붙였다.
4. 원문에 자호(字號)로 표기된 인명(人名)은 모두 본명(本名)으로 바꾸어 표기하고, 간략한 약력을 보충하여 주석에 표기했다.
5. 원문에 인용된 시 구절은 중국의 인터넷 사이트 전당시고(全唐詩庫, http://www3.zzu.edu.cn/qts/)의 검색을 통해 원작의 제목과 달라진 글자들을 밝혔고, 원서에 작자가 잘못 표기된 부분도 바로잡아 주석에서 밝혀놓았다.
6. 원본의 주석은 인용문의 원주일 경우 [ ]로 표기하고, 이두(李斗)의 주석은 [이주:]로 표기하여 본문과 글자 크기를 달리해 표기했으며, 역주는 모두 각주로 처리했다.
7. 중국 고대 연호의 서기 연도와 본문에 언급된 인물의 생졸연도는 필요한 경우 ( ) 안에 넣어 본문에 포함시켰다.
8. 전집류나 단행본은 『 』, 단편 문장이나 시 제목, 희곡 작품 안의 한 부분 등은 「 」, 그림 제목은 〈 〉로 표기했다.

이두李斗의 『양주화방록揚州畫舫錄』은 1764년에서 1795년까지 30년 동안 작자가 몸소 발로 뛰며 수집해놓은 자료를 바탕으로 가장 번성했던 양주의 모습을 총체적으로 조명한 기념비적인 저작이다. 여기에는 당시의 지리적 환경은 물론 각종 역사적 사건과 명승지, 문화, 풍속, 종교, 오락 등을 망라한 풍부한 내용이 백과사전적으로 세밀하게 기록되어 있다. 그렇기 때문에 이 책은 18~19세기의 양주(혹은 그것으로 대표되는 강남 지역)를 연구하는 거의 모든 분야에서 중요한 사료로 활용될 수 있다.

그러나 그 동안 이 책의 내용에 대해서는 대개 특정 분야의 내용만 부분적으로 이해되어 각종 연구에 인용되었을 뿐, 전체를 아우르는 정밀한 주석과 교감 작업은 이루어지지 않았다. 심지어 최근까지 중국에서 간행된 이른바 주석본이라는 것들도 실제 내용은 대단히 소략하거나, 심지어 여전히 적지 않은 오류를 담고 있다. 냉정히 말하자면 이 주석본들은 판본 교감을 통해 글자를 바로잡고, 간단한 구두句讀를 표시하고 있지만 여전히 적지 않은 오류를 포함하고 있다. 또한 주석에 담긴 내용들도 너무나 상식적인 내용들(예를 들면 '지정至正 17년 정유丁酉'는 서기 1358년에 해당한다거나, '진인眞人'이 도가道家에서 수련하여 신선이 된 이를 가리킨다는 것과 같은)에 지나지 않고, 정작 원서에서 대부분 자호字號로 표기되어 있는 인명들에 대해서는 거의 설명이 없다.

물론 이 책에 언급된 인물들 가운데 상당수는 양주라는 특정한 지역의 명사名士들이고, 또 그 가운데 상당수는 문인文人이 아니라 사회적으로 낮은 계층에 속하는 기생이나 배우, 상인, 승려나 도사 등의 신분을 지니고 있었기 때문에 그들의 생애를 자세히 알 수 없는 경우가 많다. 그러나 그들 가운데는 본명과 생졸연도, 간략하나마 생애에 대해서도 알려진 인물들이 적지 않기 때문에, 제대로 된 주석본이라면 당연히 그런 점들을 밝혀주어 독자의 이해를 도와야 마땅하다. 그리고 이 책의 원문은 간단하지 않은 전고典故와 난해한 고문古文의 용어와 수사법이 많이 사용되었기 때문에 상세한 해설이 필요한 부분이 적지 않다. 무엇보다도 이 책에는 당시의 과학기술과 천문학, 건축학, 공연예술 등과 관련된 상당히 전문적인 인용문 및 설명이 들어 있는데, 이에 대해서도 상세하고 정확한 주석이 필요하다.

이 책의 역주 작업은 2005년도 한국연구재단의 동서양 고전명저 번역 연구과제로 채택되어 2년 동안 진행되었다. 우리는 이 책의 역해를 위한 연구 모임을 결성하고 매 달 2,3차례의 강독 모임을 통해 원문의 내용을 세세히 분석하여 가능한 한 최대한 자연스러운 우리말로 옮기고, 해당 내용의 이해를 돕기 위한 주석들을 꼼꼼히 붙였다. 이를 위해서 우리는 기존에 중국에서 나온 주석서뿐만 아니라 인터넷과 CD에 담긴 방대한 전적들을 꼼꼼히 검색하고, 『가경중수양주부지嘉慶重修揚州府志』(阿克當阿 修, 姚文田 等 纂, 廣陵書社, 2006), 『양주도경揚州圖經』(焦循·江藩 撰, 江蘇古籍出版社, 1998), 『양주역사인물사전揚州歷史人物辭典』(王澄 主編, 浙江古籍出版社, 2001)과 같은 비롯한 다양한 참고자료들을 적극 활용했다.

당시 서울대학교 박사과정의 이영섭 선생과 홍주연 선생은 이 연구 모임에 적극 참여하여 일부 본문의 번역을 도와주기도 했다. 그러나 제대로 된 주석본의 도움도 없이 이 책에 담긴 방대한 내용을 거의 날것인 상태에서 번역하고 정밀한 주석을 붙이는 일은 예상보다 훨씬 어려운 일이었고, 특히 역자들의 역량이 미치지 못한 건축학이나 천문학, 전문 공연예술 등의 분야에서 연이어 벽에 부딪쳤다. 심지어 미완성의 상태에서 제출한 중간보고의 내용이 미흡하다는 이유로 연구비 지원이 보류되는 우여곡절을 겪기도 했다. 이 때문에 역주 작업의 초고는 연구를 시작하고 3년이 지난 2008년 말엽에야 간신히 완성되었다. 그러나 우리는 이 책의 번역이 제한된 시간에 맞춰 제출해야 하는 단순한 연구 과제 이상의 의미가 있다고 생각해서, 결과보고서를 제출한 이후에도 1년 가까이 수정과 보완 작업을 진행하여 적지 않은 오류를 추가로 바로잡을 수 있었다.

그럼에도 불구하고 이번에 간행된 번역 가운데는 일부 미흡한 부분이 아직 남아 있는데, 당연히 이러한 결함의 책임은 전적으로 이 번역의 연구책임자인 홍상훈과 공동연구원인 이소영에게 있다. 다만 아직 미흡한 부분이 적지 않은 상태로나마 책의 간행을 서두른 것은 정해진 기한 내에 한국연구재단에 최종 결과물로서 간행된 책을 제출해야 하기 때문이기도 하지만, 이런 정도의 역주 작업만으로도 우리나라의 중국학 연구에 기여할 수 있는 바가 적지 않을 것으로 판단했기 때문이다. 물론 이 번역서가 간행된 뒤에도 우리는 미흡한 부분이나 오류에 대해서는 각 분야 전문가들의 조언을 적극적으로 수렴하여 더욱 완정한 번역본을 만들기 위한 노력을 멈추지 않을 것이다.

揚州畫舫錄 1 __ 차례

揚州畵舫錄 전 체 차 례

완원阮元의 서문

　『양주화방록』 18권은 의징儀徵 땅의 애당艾塘 이두李斗가 지은 것이다. 양주부揚州府의 관할 지역은 장강長江과 회수淮水 사이에 있는데, 땅이 비옥하고 풍속이 순박하다. 마침 크나큰 진휼賑恤이 펼쳐지고 천자께서 여섯 차례 순시하시어 조밀한 은택이 여러 차례 내려졌다. 이에 선비들은 나날이 문아文雅해지고, 백성들은 나날이 부유해졌다. 이에 이두는 촉강蜀岡과 평산당平山堂을 비롯한 여러 명승들과 원림, 정자, 사원과 도관道觀, 풍토, 인물에 대해 『수경주水經注』의 체례를 본떠 지역을 나눠서 기록했다. 상방사上方寺에서 장춘교長春橋까지는 「초하록草河錄」에, 편익문便益門은 「신성북록新城北錄」에, 북문北門은 「구성북록舊城北錄」[1]에, 남문南門은 「성남록城南錄」에, 소동문小東門은 「소진회록小秦淮錄」에 기록했다. 그리고 홍교虹橋 바깥 지역을 상하와 동서로 나누어 4

---

1) 『양주화방록』의 실제 목차에는 「성북록城北錄」으로 되어 있다.

개의 기록으로 만들었으며, 그리고 연화교蓮花橋 바깥 지역을 나누어
「강동록岡東錄」과 「강서록岡西錄」, 「촉강록蜀岡錄」으로 만들었다. 여기까
지는 모두 16권이다. 그와는 별도로 「공단영조록工段營造錄」과 「방편록
舫扁錄」을 각기 1권씩 기록했다.

　여러 군현지郡縣志들과 광록시소경光祿寺少卿 왕응경王應庚의 『평산당
지平山堂志』, 태사太史 정몽성程夢星의 『평산당소지平山堂小志』, 전운사轉
運使 조지벽趙之璧의 『평산당도지平山堂圖志』에 실리지 않은 내용들이 모
두 여기에 기록되어 있다.2) 혹자는 그것이 양현지楊衒之3)와 맹원로孟元
老4)의 책을 모방했다고 비판하기도 하지만, 내 생각에는 양현지와 맹원
로가 지나간 일들을 돌이켜 서술한 데에 비해 이 『양주화방록』은 이두
가 직접 목도目睹한 태평성대의 모습을 기록한 것이다. 또 이 책에 사소
한 일이나 세속의 이야기까지 채집했다고 비판하기도 하지만, 내 생각
에는 『장안지長安志』5)에서도 마을의 저자와 웅장한 저택들에 대해 서술

----

2) 왕응경 이하 조벽지까지 인물과 저작에 대해서는 본문 해당 부분의 주석을 참조할 것.
3) 양현지楊衒之(?~?)의 성은 ‘양陽’이라는 설도 있으며, 혹은 ‘양羊’으로 잘못 쓴 경우도
　있다. 그는 북평北平(지금의 티앤진시天津市 지현薊縣) 사람으로, 북위北魏 영안永安(528
　~530) 연간에 조정의 부름을 받은 이래 기성태수期城太守, 무군부사마撫軍府司馬를 역임
　했다. 그는 동위東魏 무정武定 5년(547)에 낙양洛陽을 둘러보고 전쟁으로 폐허가 된 그곳
　의 모습에 유감을 느껴 『낙양가람기洛陽伽藍記』(5권)를 썼다. 이 책은 낙양 주위 불교 사
　원寺院의 홍성과 쇠퇴에 대한 생생한 기술을 통해 망국亡國의 슬픔을 기탁한 것이다.
4) 맹원로孟元老(?~?)는 호가 유란거사幽蘭居士이고, 북송 개봉開封 사람이다. 지금까지
　알려진 바에 따르면 그의 본래 이름은 맹월孟鉞이고 개봉부의조開封府儀曹를 지낸 바
　있으며, 북송 때에 보화전대학사保和殿大學士를 지낸 맹창령孟昌齡의 친척이라고 한다.
　그러나 그 외의 거처나 벼슬 경력에 대해서는 자세히 알려진 바가 없다. 다만 그는 숭
　녕崇寧 2년(1103)에 부친을 따라 동경東京(지금의 카이펑시開封市)으로 가서 건염建炎 1
　년(1127)에 북송이 망하여 강남으로 피난하기 전까지 23년 동안 그곳에서 지낸 바 있
　다고 한다. 강남에서 지내는 동안 그는 동경의 화려했던 모습을 떠올리며 『동경몽화
　록東京夢華錄』을 저술했는데, 이 책은 남송 소흥紹興 17년(1147)에 완성했지만, 1187년
　에 처음 간행된 것으로 알려져 있다.
5) 북송 때의 송민구宋敏求(1019~1079)가 편찬한 책으로, 당나라의 수도인 장안의 궁성
　宮城과 마을 저자[坊市], 그리고 그에 부속된 지방[縣]에 대해 기록한 것이며, 모두 20
　권으로 되어 있다. 송민구는 자가 차도次道이며, 조주趙州 평극平棘(지금의 허베이성河北
　省 자오현趙縣) 사람이다. 그는 사관수찬史館修撰과 용도각직학사龍圖閣直學士까지 지냈

했고 『평강기사平江紀事』6)에는 신선과 귀신, 우스개 이야기, 세속의 이
야기들을 함께 언급하고 있으니, 이것은 역사가와 소설가가 서로 통하
기 때문이다. 게다가 이두는 이 책을 쓰기 위해 20년을 바쳐서 지방지
의 역사 기록[志乘]과 비문碑文, 도판圖版을 고찰하고, 연배 높고 사정에
통달한 이들에게 자문을 구하고, 뱃사람들과 저잣거리 상인들을 찾아가
사실을 채집했다. 이 책의 체재는 아속雅俗의 중간에 위치해 있으며, 진
정 옛날 책의 체례와 대단히 부합한다고 하겠다. 나는 이 책을 받아 읽
어보고 그 뛰어남에 감복한지라, 개략적인 사항을 서문으로 써서 우리
고을이 나라의 크고 빛나는 은혜를 많이 입어서 비로소 이렇게 번성할
수 있었음을 알리고자 한다.

가경嘉慶 2년(1797) 봄,
저자와 같은 고을 출신의 완원이
부춘富春 여행길의 배 위에서 씀

으며, 당나라 무종武宗 이히 여섯 황제의 실록 편찬에 참여하고, 『당대조령집唐大詔令集』
을 편찬했으며, 『신당서新唐書』의 편찬에도 관여한 바 있다. 그 외에도 그는 지방시로
서 『하남지河南志』(20권)와 『동경기東京記』(3권)의 편찬에도 참여한 바 있다고 하지만,
이 책들은 지금은 남아 있지 않다.

6) 원元 나라 때의 고덕기高德基(?~?)가 편찬한 것이다. 고덕기의 생애에 대해서는 평강平
江 사람이며, 건덕로총관建德路總管을 여입했다는 깃 외에 알려진 바가 없다. 『평강기사』
는 요遼·금金·송宋의 역사에서 원나라 지정至正(1341~1368) 중엽까지 오군吳郡의 고
적古迹을 기록하면서 소설을 비롯한 다양한 내용을 두루 포괄했다. 『사고전서四庫全書』
에서는 이 책을 공명지龔明之가 쓴 『중오기문中吳紀聞』의 아류로서 지방지와 소설의 중
간쯤 되는 책이라고 하면서 '지리류잡기地理類雜記'에 포함시켰다.

완원의 발문跋文 두 편[1]

1

  양주의 전성기는 건륭 4,50년 무렵이었는데, 나는 어려서 그것을 직접 목도했다. 약관의 나이에 비록 집에 틀어박혀 책을 읽었지만, 해마다 여러 차례 반드시 평산平山에 나들이를 다녀왔다. 황제께서 강남을 순시하실 때에는 누대와 놀잇배가 10리에 걸쳐서 끊임없이 이어졌다. 건륭 51년(1786)에 나는 경사로 들어갔고, 건륭 60년(1795)에는 절강학정浙江學政으로 부임했는데, 당시에도 양주는 아직 예전처럼 번성하고 있었다. 가경嘉慶 8년(1803)에 나는 양주에 들러 옛 친구들과 평산에서 모임을 가졌다. 이후로 양주는 점차 쇠퇴하여 누대는 무너지고 꽃과 나무들도 시

---

1) 이 두 편의 발문은 李斗 撰, 周春東 注, 『揚州畵舫錄』, 山東友誼出版社, 2001, pp.4~5에서 보충한 것이다.

들었다. 가경 24년(1819)에는 양주에 들러 효렴孝廉[2]에 천거된 기당芰塘 장유정張維楨[3]과 함께 도춘교渡春橋에 들러 옛 일에 대한 감회를 시로 읊었다. 듣자 하니 근래 10여 년 동안 양주는 더욱 황폐해졌다고 한다.

또한 양주는 소금으로 생업을 삼는 곳인데, 원림을 만들었던 옛 상인들이 대부분 염업鹽業을 그만두고 가난한 상태로 흩어져버렸고, 학교[書館]의 가난한 선비들도 대개 고생하고 있으며, 하급 관리[吏僕]들과 거간꾼[佣販]들은 모두 입에 풀칠조차 못하고 있다. 게다가 강회江淮 지역에 물난리가 나서 하류의 배고픈 백성들이 초검楚黔[4]에서 전성滇城[5]으로 몰려와 무리를 지어 먹을 것을 구걸하며 고향 사람들의 정의情誼에 호소하는지라, 나 역시 구휼할 자금을 그들에게 보내주었다.

건륭 60년에 이두가 편찬한 『양주화방록』은 당시의 번성하던 풍경과 사물을 두루 기록해놓았다. 지도를 찾아보면 원림과 경관들 가운데 황토가 돼버린 것이 7,8군데나 된다. 책을 펼쳐 읽어보면 옛날 사람들 가운데 살아 있는 이들이 몇 안 된다. 50년의 부질없는 세속의 꿈과 18권의 옛 책에 담긴 옛날과 오늘날의 감회를 후세 사람들은 모두 알 수 없으리라. 이에 이 말을 적어둔다.

도광道光 14년(1834) 전지滇池 의원宜園에서
71세의 절성재노인節性齋老人[6] 씀

몇 해 동안 평산 아래 와보지 못하다가
오늘 다시 와보니 너무나 적막하구나.

---

2) 한나라 때에는 효제청렴孝悌淸廉한 인품을 가져서 천거된 이들을 가리켰는데, 명·청대에는 주로 거인擧人에 대한 칭호로 쓰였다.
3) 장유정張維楨에 대해서는 『양주화방록』 권8 「성서록城西錄·26」을 참조할 것.
4) 쓰촨四川과 궤이저우貴州를 아우르는 말이다.
5) 윈난雲南을 가리킨다.
6) 완원阮元을 가리킨다.

황제의 행차 떠올리니 맑은 눈물 흐르고

죽어간 시사詩社의 옛 친구들 언제나 그립구나.

누대는 황폐하여 나그네 머물기 어렵고

꽃과 나무 시들어 땔나무로 베어 가도 막을 수 없구나.

의홍원 한 모퉁이 특별히 남아 있어서

그대와 함께 도춘교에 들렀다네.

幾年不到平山下, 今日重來太寂廖.

回憶翠華淸淚落, 永懷詩社故人凋.

樓臺荒廢難留客, 花木飄零不禁樵.

別有倚虹園一角, 與君同過渡春橋.

2

　『양주화방록』이 나오고 또 40여 년이 흘렀다. 책에 기록된 누대와 원림들 가운데 겨우 남아 있는 것은 대개 승려들이 관리하고 있는 것으로서, 소금산小金山과 도화암桃花庵, 법해사法海寺, 평산당平山堂이 아직 남아 있다. 상인들 집안의 정원 관리인들이 관리하던 것들은 대부분 폐허가 되었고, 지금은 단지 척오루尺五樓만 남아 있다. 대개 각 원림들을 보수한다 해도 비용이 아직 반밖에 남아 있지 않고, 도광道光 연간에는 관청에서 그것을 모두 재단했다. 정원 관리인들이 무너진 정원을 수리하기 위해 상인들에게 호소하면, 상인들의 옛 집은 이미 주인이 바뀌었거나 가난하여 응할 수가 없게 되었다. 나무와 기와가 계속 부러지고 떨어지면 관리인들은 그것들을 팔아버리지만 관청이나 상인들은 그것을 금지시킬 수 없었다. 또 관리인들은 그런 사정을 알고는 부러지거나 떨어지는 나무나 기와가 아니더라도 뜯어냈다. 이른바 의홍원倚虹園이란 것도 거의 끝을 드러내고 있다.

내가 벼슬을 놓고 고향으로 돌아가니, 누대는 비록 폐허가 되었지만 숲과 샘은 아직 많이 남아 있었다. 도광 19년(1839) 여름에 작은 배를 타고 홍교虹橋에 나갈 때면 녹음 우거진 숲이 들에 가득했고 제방엔 푸른 풀이 우거져 있었다. 연꽃은 새로 꽃을 피워내고, 매미 소리 끝없이 들려오는 풍경이 그대로 평산까지 이어지고 있었다. 사공이 배 이름을 지어달라고 하기에 나는 '녹야綠野'라는 글자를 써서 편액으로 쓰게 해주었다. 또 가마를 타고 오척루와 연산정延山亭으로 가서 피서를 했다. 평산의 송천松泉을 바라보노라니 종소리가 들려왔다. 그러자 승려 육주六舟가 이렇게 말했다.

"여긴 정말 항주杭州의 남병산南屏山 같군요."

이에 내가 이렇게 말했다.

"그렇구려. 마땅히 '북병만종北屏晚鐘'이라 해야겠구려."

이곳은 철거되지만 않는다면 아직 10여 년은 더 지탱할 수 있을 것이다. 이에 여기에서 우연히 글을 쓴다.

도광 19년 동지冬至에 씀

사용생謝溶生의 서문

산의 이름은 촉부蜀阜[1]인데 지맥地脈이 사천四川의 남쪽으로 이어져 있고, 강의 이름은 한구汗溝인데 물줄기가 회수 북쪽에서 갈라진다. 가산假山을 쌓아 언덕을 만들어 집집마다 푸른 녹음 우거진 성 안에 살고, 멈춘 물길을 열어 도랑을 만들어 곳곳에 안개 일렁이는 누각을 지었다.

벼슬을 하지 않은 포의布衣 육陸씨가 이곳(양주: 역자)의 지방지를 썼는데, 그는 이곳이 번성하지 않았던 시절에 살았다. 원외랑員外郞을 지낸 황黃씨가 자금을 내어 풍경을 다듬었지만, 아직 많은 건물들이 빽빽이 들어선 상태는 아니었다. 그러다가 황제께서 순행巡幸하시자 이곳의 산과 물이 모두 『남순성전南巡盛典』[2]에 기록되었고, 그림과 글씨 및 각종

---

1) 촉강蜀岡을 가리킨다.
2) 건륭乾隆 36년(1771)에 대학사大學士로서 양강총독兩江總督을 지낸 고진高晉 등이 편찬해서 진상한 황제의 강남 순례에 관한 기록이다. 고진에 관해서는 『양주화방록』 권7 「성남록城南錄 · 1」의 각주를 참조할 것.

표제標題들, 작은 골짝이나 구릉까지도 뛰어난 원림의 기록을 쓰기에 충분해졌다.

보장호保障湖 주변은 예로부터 연못이 많았고, 평산당平山堂 옆에는 새롭게 숲과 못이 많아졌다. 꽃에 둘러싸인 연못과 대숲에 둘러싸인 집들은 모두 여행 도중 쉬어 가거나 집을 짓고 살 만한 고을이 되게 했다. 또 달빛 비치는 섬과 안개 그윽한 모래섬은 모두 배를 집으로 삼아 강호江湖를 떠도는 이들이 머물 수 있는 땅이 되었다. 이에 재능 있는 인사들이 이곳에서 글을 쓰는데, 예법에 맞춰 옷차림을 단정히 하며 태원太原의 문아함3)을 사랑하고, 술잔을 들며 '금곡金谷의 즐거움'4)을 추숭追崇했다. 집집마다 꽃 피고 달 뜨는 아름다운 시절이면 유칠柳七5)의 노래[詞]를 부르고, 곳곳에서 생황과 퉁소 소리 들려올 때면 모두들 위삼魏三6)의 노래를 불렀다.

조정의 뛰어난 재사才士들은 마땅히 그런 인물들이 있음을 알고 있겠

---

3) '평원平原'을 잘못 쓴 것 같기도 하지만, 확실하지 않음.
4) 진晉 나라 때의 거부巨富 석숭石崇(249~300, 자는 계륜季倫)이 낙양洛陽 북쪽에 금곡원金谷園이라는 정원을 지어놓고 반악潘岳, 좌사左思, 육기陸機 등 이른바 '금곡이십사우金谷二十四友'로 일컬어지는 뛰어난 문인들과 연회를 즐기며 시문詩文을 지었던 일을 가리킨다.
5) 북송 때의 저명한 사인詞人 유영柳永(987?~1053?)을 가리킨다. 유영은 원래 이름이 유삼변柳三變이고 자는 경장景莊이었는데, 나중에 이름을 유영으로, 자는 기경耆卿으로 바꿨다. 그는 경우景祐(1034~1037) 연간 진사에 급제하여 둔전원외랑屯田員外郎을 지냈으나, 벼슬살이에 염증을 느끼고 화려한 도시생활에 탐닉했다. 북송 완약파婉約派 사詞의 대표자로 알려진 그는 서사적이고 통속성이 강한 장편의 '만사慢詞'를 많이 남겼다. 평생을 가난하게 살다 죽은 그의 장례는 기녀妓女들이 추렴하여 모은 돈으로 치러졌다고 한다. 작품집으로 『악장집樂章集』을 남겼다.
6) 건륭 시기의 저명한 진강秦腔 단각旦角 배우였던 위장생魏長生(1744~1802)을 가리킨다. 위장생은 자가 완경婉卿이고 사천四川 금당현金堂縣 사람이다. 그는 형제 항렬이 셋째였기 때문에 흔히 '위삼魏三' 또는 '위삼관魏三官'으로 불렸다. 그는 13살 때에 서안西安에서 연극을 배우고 나서 여러 차례 북경北京에서 공연한 바 있고, 특히 건륭 44년(1779)에 북경에서 한 공연으로 전국적인 명성을 얻었으며, 이로 인해 진강을 포함한 지방희地方戲인 '화부花部'와 귀족적 연극인 '곤곡崑曲'의 우열 논쟁이 벌어지기도 했다. 나중에는 소주蘇州와 양주揚州에서 공연했으며, 1802년에 북경에서 『배와진부背娃進府』라는 작품을 공연한 후 무대 뒤에서 죽었다고 한다.

지만, 『양주화방록』이라는 책은 이제야 그 대략적인 내용이 알려졌다. 이 책은 이런 종류의 책에 범례凡例를 처음 제시했으니 이는 사마천司馬 遷이 역사를 기록한 문장과 같고, 박학다식하여 궁궐 누각에 초상화가 그려질 만한 솜씨7)를 갖추고 있다.

창문8) 기대어 밖을 구경할 만하니 그윽한 울타리 문을 열고, 부시罘 罳9)와 같은 옛 명칭은 반드시 고증해야 하니, 구불구불 긴 뒷골목[弄]을 따라 걷듯 탐구해야 한다. 생선과 소금 따위가 가득 진열된 저자에서 장사하는 이들은 큰 대나무 심어 정원을 만들고, 화려한 가문에 태어난 이들은 부용꽃 심어 저택[府]을 꾸민다. 지난날 황제의 외척이나 높은 벼슬아치들10)의 경우를 보건대 명승지는 반쯤 부귀한 이들에게서 만들 어지고, 초당사걸初唐四傑11)의 경우에서 알 수 있듯이 맑고 고상한 나들 이와 감상은 특별한 재능을 가진 이에 의해 글로 표현된다.

휴상인休上人12)의 시정詩情은 석장錫杖에 머물러 있고, 조대고曹大家13)

---

7) 원문은 '봉각휴연지수鳳閣携煙之手'이다. '봉각'은 중서성中書省의 별칭이기도 하지만, 중앙 관저官邸로 쓰이는 황궁 안의 누각을 가리키기도 한다. '휴연'은 '능연凌煙'의 뜻 으로 풀이해야 할 듯하다. 이 경우 '능연'은 당나라 태종太宗 정관貞觀 17년(643)에 능 연각凌煙閣에 공신功臣들의 초상을 그려놓은 일을 가리키는데, 여기서는 온 나라를 대 표할 만한 뛰어난 학식과 글 솜씨를 비유하고 있다.

8) 원문의 '굴술屈戌'은 원래 창문이나 병풍, 궤짝 등에 달린 둥근 끈이라는 뜻인데, 여 기서는 문이나 창문을 가리킨다.

9) 여러 가지 뜻이 있는데, 대개 다음과 같은 세 가지 의미로 쓰인다. 첫째, 옛날 문밖 이나 성 모퉁이에 설치한 그물 모양의 구조물로서 외부를 관망하거나 방어할 때에 쓰 였다. 둘째, 건물의 처마나 창에 설치하여 새들의 접근을 막는 철망이나 그물을 가리 킨다. 셋째, 실내의 병풍을 가리킨다.

10) 원문은 '허사김장許史金張'인데, 이것은 각기 한나라 선제宣帝 때의 세도 높은 외척外 戚이었던 허백許伯과 사고史高, 그리고 자신은 물론 자손까지 7대에 걸쳐 부귀영화를 누린 한나라 때의 대신 김일제金日磾와 장안세張安世를 가리킨다.

11) 왕발王勃(650~676), 양형楊炯(6650~693?), 노조린盧照隣(636~695?), 낙빈왕駱賓王(626? ~684?)을 가리킨다.

12) 당나라 때의 승려이자 시인인 관휴貫休(832~912)를 가리키는 듯하다. 관휴는 출가하 기 전의 성이 강姜씨이고 자는 덕은德隱 또는 덕원德遠이며, 무주婺州 난계蘭溪(지금의 저쟝성浙江省에 속함) 사람이다. 화안사和安寺의 승려였던 그는 글씨와 그림, 시에 모두 뛰어나 명성이 높았다.

의 재기才氣와 생각은 무늬 벽돌[花磚]에 기록되었다. 심지어 '매화포자梅花包子'14)가 거리의 가게[樓]들에 다투어 전해지고, 「작약가芍藥謌」15) 노랫소리가 강가와 다리 주변에까지 널리 퍼져 있다. 그러니 북송北宋 시대의 보잘 것 없는 사람의 글을 모방하는 것은 남당南唐 시대의 온권溫卷16)을 소매에 넣고 다니는 것과 무엇이 다른가?

　나도 젊어서는 중국 땅을 두루 돌아다녔으나, 지금은 늙어서 나이가 여든이 넘었다. 고향의 아름다운 풍경을 등지고 나니 벌써부터 어린 연배[次公]17)로 먼저 출세한 것을 후회한다. 옛 사당[社]의 분유枌楡18)를 찾아갔다가 요행이 전원으로 돌아가는 평자平子19)를 만났다. 나이를 잊은 벗이 몇이나 되는가? 지팡이에 걸어둔 술값20) 갖고 다닐 만하구나. 봄

---

13) 한나라 때의 역사가인 반표班彪의 딸이자 반고班固의 누이인 반소班昭(49~120?)를 가리킨다. 반소의 자는 혜반惠班이고, 이름을 반희班姬라고도 한다. 그녀는 조세숙曹世叔에게 시집갔으나 젊은 나이에 과부가 되었다. 한나라 화제和帝 때에 여러 차례 부름을 받아 궁전에 들어가 황후 및 여러 귀인貴人을 가르쳤기 때문에 '대고大家'라고 불렸다. '고家'는 '고姑'와 통하는 글자이다. 반소의 저작으로는 『여계女誡』가 있다.

14) 북송 때에 동경東京(지금의 카이펑시開封市)에서 유명했던, 닭고기를 넣고 겉모양을 매화 모양으로 장식한 만두인 '옥루산동玉樓山洞 매화포자'를 가리킨다. 이 요리의 명성으로 인해 각 지역에서 이름은 같지만 형식은 다른 여러 가지 만두들이 만들어졌다.

15) 당나라 때 한유韓愈가 지은 것이다. 원문은 다음과 같다. 丈人庭中開好花, 更無凡木爭春華. 翠莖紅蕊天力與, 此恩不屬黃鍾家. 溫馨熟美鮮香起, 似笑無言習君子. 霜刀翦汝天女勞, 何事低頭學桃李. 嬌痴婢子無靈性, 競挽春衫來此幷. 欲將雙頰一晞紅, 綠窗磨遍靑銅鏡. 一尊春酒甘若飴, 丈人此樂無人知. 花前醉倒歌者誰, 楚狂小子韓退之.

16) 당·송 시대에 과거시험을 보기 전에 응시자가 당시의 유명 인사나 요직에 있는 관리에게 자신의 명함을 보내고 나서 다시 다신의 저작을 보내 추천해주길 바라는 것, 또는 그런 용도로 사용되는 저작을 가리킨다.

17) 원래 형제간의 서열이 두 번째인 사람을 지칭하는 말이다. 그런데 한나라 때 강직하고 청렴하며 뛰어난 능력을 시닌 관리로 명망이 높았던 개관요蓋寬饒와 황패黃霸의 자字가 '차공次公'이었기 때문에, 이 말은 종종 강직하고 고고한 절개를 가진 선비나 청렴하고 현명하여 명성이 높은 관리를 가리키기도 한다.

18) 느릅나무의 일종이다. 또 한나라 고조高祖 유방劉邦이 고향인 신풍현新豐縣에 세운 사당 이름이 '분유사枌楡社'이기 때문에, 이 말로 고향을 비유하기도 한다.

19) 한나라 때의 문인 장형張衡(78~139)의 자가 '평자'인데, 그는 「귀전부歸田賦」의 작자로 유명하다. 여기서는 장형처럼 벼슬을 버리고 전원으로 돌아가는 사람을 비유하고 있다.

20) 『진서晉書』 「완수전阮脩傳」에 따르면, 완수는 항상 걸어 다닐 때 지팡이 끝에 돈 100전錢을 걸어두었다가, 술집에 도착하면 혼자 취할 때까지 마셨다고 한다. 이후로 술값

강에 거룻배 밀고 나가니 자리에 술친구 빠질 수 없고, 석양에 잠깐 배 띄우면 도박 판돈[博進] 자루 자리에 들어온다. 강산江山을 둘러보니 왕찬王粲21)이 남에게 기대는 걸 개의치 않았음을 알겠고, 연배와 명망 모두 높은 이들이 감회를 일으키게 했으니 효위孝威22)의 이름은 틀림없이 세상에 전해질 수 있을 것이다. 참으로 개탄할 만하다, 그렇지 않은가!

같은 고을 출신의
사용생 씀

을 나타내는 말로 흔히 '장두전杖頭錢'이라는 말이 쓰였다.

21) 왕찬王粲(177~217)은 자가 중선仲宣이고, 산양山陽 고평高平(지금의 산둥성山東省 쩌우현鄒縣) 사람이다. '건안칠자建安七子' 가운데 문학적 성취가 가장 높은 사람으로 평가되는 그의 대표작으로는 장안長安에서 형주荊州로 피난 가는 길에 목격한 참상을 노래한 「칠애시七哀詩」와 형주의 맥성麥城에 올라 고향을 그리는 마음과 회재불우懷才不遇의 시름을 노래한 서정소부抒情小賦인 「등루부登樓賦」가 있다.

22) 명나라 말엽과 청나라 초기의 저명한 시인이자, 명말·청초 문인들의 시사詩詞를 모아 엮은 『시관詩觀』(4권)의 편찬자로도 유명한 등한의鄧漢儀(1617~1689)의 자가 '효의'이다.

원매袁枚의 서문

옛날 낙양洛陽에는 『명원기名園記』[1)가 있었고, 동경東京에는 『몽량록夢梁錄』[2)이 있었다. 이것들은 모두 태평성대를 윤색하며 명승지를 찬양한 것이다. 그러나 송나라 왕실[3)은 중국 전체의 일부분인 강남 지역만을 다스리고 있고 인재들도 곤궁한 처지에 빠져 힘들었기 때문에, 황제

---

1) 송나라 때 이격비李格非가 편찬한 『낙양명원기洛陽名園記』(1권)를 가리킨다. 이격비는 자가 문숙文叔이고, 여성歷城(지금의 산둥성山東省 지난시濟南市) 사람이다. 그는 예부원외랑禮部員外郎까지 지냈으나, 훗날 보수파인 '원조당인元釣黨人'으로 규정되어 파직당했다. 남송 때의 저명한 여성사인女性詞人 이청조李淸照의 아버지이기도 한 그는 요정일廖正一, 이회李禧, 동영董榮과 더불어 '소문후사학사蘇門後四學士'로 칭해졌다. 주요 저작으로는 『예기설禮記說』과 『낙양명원기』가 있다.
2) 남송 함순咸淳 10년(1274)에 전당錢塘(지금의 항저우시杭州市에 속함) 사람 오자목吳自牧(?~?)이 맹원로孟元老의 『동경몽화록東京夢華錄』을 모방해 쓴 책이다. 이 책은 남송의 수도 임안臨安(지금의 항저우시)의 풍습과 교묘郊廟, 궁전, 관서官署, 마을의 저재[坊市], 인물, 기예技藝 등에 관해 자신이 직접 보고 들은 것을 기록한 것이다. 이 책의 내용은 주밀周密의 『무림구사武林舊事』와 비슷하거나 서로 참조할 만한 부분이 많다.
3) 여기서는 남송南宋을 가리킨다.

의 성덕盛德을 입은 모습을 찬미하기엔 부족했다. 우리 청나라는 국운
이 성세에 이르러 만상萬象이 융성하고, 양주군揚州郡은 또한 유행이 교
착交錯되는 곳이다. 비록 이대謻臺와 병사丙舍4)라 할지라도 모두 신선세
계[十洲]의 운록관雲麓觀5)처럼 묘사했으니, 그 유래가 오래되었다.

　기억을 더듬어보건대 40년 전 내가 평산에 나들이 갔을 때 천녕문 밖
에서 배를 타고 갔는데, 밧줄처럼 긴 운하는 넓이가 2길 남짓밖에 되지
않았고, 물가에 정자나 누대도 적어서 하숫물 흐르는 작은 도랑에 풀과
나무가 바람에 흔들리며 휭휭 소리를 내는 곳에 지나지 않았다. 신미辛
未년(1751)에 천자(건륭제)께서 강남을 순시하시면서부터 관리들은 상인들
의 뜻을 받아들여 공사를 진행함으로써 도시의 외관을 증축하여 호화
롭게 확장했다. 물길은 넘실넘실 연못을 돌아 이리저리 꺾여 흐르고,
산6)은 높다랗게 치솟아 비스듬히 언덕을 드러냈으며, 숲은 그루터기를
불태우고 고르게 해서 복숭아나무와 매화나무를 빽빽이 심었다. 원림들
은 물고기 비늘처럼 촘촘히 늘어서서 대문이 덜컥 닫혀 안을 가리기도
하고 활짝 열리기도 했다. 아아, 아름답도다! 그 이채로운 장관은 고개
지顧愷之7)나 육탐미陸探微8)라도 그림으로 그려내지 못하고, 반고班固나

---

4) ‘이대謻臺’는 한나라 때 낙양洛陽의 남궁南宮에 있던 누대 이름이다. 중화서국 판본
　(이후 ‘중화본’으로 약칭함)에는 ‘치대謻臺’라고 표기되어 있으나, 오류로 보인다. 『한
　서漢書』 「제후왕표諸侯王表」에 대한 안사고顏師古의 주석에서는 복건服虔의 말을 인용하
　여, 주난왕周赧王이 잘못을 저질러 죄를 떠넘길 수가 없었는데, 황제가 다그치자 이곳
　으로 도망쳤기 때문에 ‘도책대逃責臺’라고 불렀다는 이야기를 실어놓았다. 또한 ‘병사
　丙舍’는 한나라 때 궁전 양옆에 있는 건물로, 갑甲과 을乙보다 서열이 뒤진다는 의미에
　서 그렇게 불렀다고 한다. 이렇게 보면 ‘이대’나 ‘병사’는 모두 별로 중요하지 않은 건
　물이라는 의미로 풀이할 수 있겠다.
5) 『천지궁부도天地宮府圖』의 기록에 따르면, 제23 복지福地인 동진허洞眞墟는 동진단洞
　眞壇이라고도 하는데, 담주潭州 장사현長沙縣(지금의 후난성湖南省 창사시長沙市)에 있는
　악록산岳麓山의 오른쪽 봉우리인 운록봉雲麓峰에 있는 ‘운록관雲麓觀’이라고 했다. 여기
　서는 신선세계의 도관道觀을 가리키는 일반적인 의미로 쓰였다.
6) 여기서는 원림에 장식한 가산假山을 가리킨다.
7) 고개지顧愷之에 대해서는 『양주화방록』 권2 「초하록草河錄・하下・75」의 각주를 참
　　조할 것.

양웅揚雄9)이라 할지라도 부賦로 묘사하지 못할 것이다.

애당 이두는 대단히 출중한 재능으로 책을 써서 그것을 기록했다. 위로는 신선들의 거처에서 아래로는 황제의 궁궐까지, 그리고 옆으로는 술집과 찻집, 이역異域의 짐승과 특이한 기녀의 모습, 현란하게 몸을 움직이는 희극까지 사실을 기록하는 이의 역할을 잘 알아 예외 없이 그 조리를 손바닥에 놓고 가리키듯 명료하게 구별하면서, '아패牙牌 24경景' 외에도 모든 것을 더 상세하게 서술했다. 그러므로 정말 한때 대를 이어 잠시 즐기면서도 천년 동안 계속 빛날 수 있는 것이다.

아, 나는 정말 늙었구나! 한 줄기 띠와 같은 좁은 강물을 사이에 두고 오랫동안 한강에 가서 강가 높은 산에 올라 사방을 둘러볼 수 없음이 유감스러웠다. 그런데 이 책을 얻고서 누운 채 읽어보니, 비로소 내가 살고 있는 이 골목길이 학을 타고 와서 노니는 신선들의 땅보다 낫다는 알게 되었다. 그러므로 몇 마디 서문을 써서, 무성茂盛에 대해 노래하고 싶지만 마땅한 스승을 얻지 못하고 있는 이들에게 알려주고자 한다.

건륭 58년(1793) 섣달 보름
78세의 수원隨園 원매가 씀

---

8) 육탐미陸探微(?~485?)는 남조 송宋나라 오吳(지금의 쟝쑤성江蘇省 쑤저우시蘇州市에 속함) 땅 사람이다. 그는 고개지의 그림을 공부해 인물화와 초상화에 뛰어났고, 선작禪雀과 마필馬匹도 잘 그렸다고 한다. 명제明帝(465~472 재위) 때에 황제를 모시며 궁정귀족들의 초상화를 많이 그린 것으로 알려져 있다. 그의 그림은 양梁나라 장승요張僧繇와 당나라 오도자吳道子의 '성긴 필체[疏體]'와는 달리 '조밀한 필체[密體]'로 불렸다. 그의 아들 육수陸綏와 육홍숙陸弘肅도 유명한 화가였다.
9) 양웅揚雄(B.C. 53~A.D. 18)은 성을 '양楊으로 쓰기도 하는데, 자는 자운子雲이고, 촉군蜀郡 성두成都(지금의 쓰촨성四川省 청두시成都市 피현郫縣) 사람이다. 그는 한나라 때에 급사황문랑給事黃門郎을 지냈으며, 왕망王莽의 신新 왕조에서는 천록각교서天祿閣校書와 대부大夫를 지냈다. 그는 사마상여司馬相如의 「자허부子虛賦」와 「상림부上林賦」를 모방하여 「감천부甘泉賦」와 「우렵부羽獵賦」 등의 풍자적 의미를 담은 부 작품을 지은 것으로 유명하다. 또한 그는 『논어論語』를 본뜬 『법언法言』과 『주역周易』을 본뜬 『태현경太玄』, 그리고 언어학 연구서인 『방언方言』 등의 저작을 남겼다.

저자의 자서^{自序}

양주에 대해서는 군읍지郡邑志 외에도 광록시소경을 지낸 왕응경의 『평산당람승지平山堂攬勝志』와 태사를 지낸 정몽성의 『평산당소지』, 전운사 조지벽의 『평산당도지』가 있어서, 언급하고 있는 책들이 많다. 명경明經 출신인 강도江都 땅의 왕중汪中[1]은 일찍이 지방지 기록의 고고考古가 정밀하지 않음을 개탄하여 『광릉통전廣陵通典』을 편찬하여 토지의 연혁과 역대 인물, 전례典禮에 대해 상세히 언급했다. 그 후의 작자들은 그보다 앞설 수 있는 이들이 없어서 그저 고고에만 천착하고 근세의 일에 대해서는 소홀했으니, 체재가 이와 같을 따름이었다. 나는 일찍이 공부의 기회를 놓치고 경서經書와 역사 공부에는 소홀하면서 산수에 노닐기만 좋아했다. 월서粵西[2]에 3번,

---

1) 왕중汪中에 대해서는 『양주화방록』 권1 「초하록草河錄·상上·11」의 각주를 참조할 것. '명경明經'은 명·청 시대의 공생貢生, 즉 회시會試에 합격한 거인擧人을 가리킨다.
2) 광둥廣東과 광시廣西 지역을 예전에는 '백월百粵의 땅'이라고 부르며, 양자를 합쳐서 '양월兩粵'이라고 했다. 그러므로 '월서'는 광시 지역을 가리킨다.

민절閩浙[3]에 7번, 초楚 땅과 예豫[4] 땅에 1번, 경사(북경)에는 2번 다녀왔다. 물러나 집에 있으면서 가끔 호수에 배를 띄우고 여러 풍경구 사이를 자주 오가며 그 모습에 익숙해졌다. 그래서 작은 골목과 화장실까지 모두 자세히 알게 되었고, 또 직접 목격하고 들은 것들을 위로는 현명한 사대부들의 풍류와 운치, 아래로는 자잘하고 외설적인 일들 및 천박하고 속된 우스갯소리까지 모두 기록해두었다. 갑신甲申년(1764)에서 을묘乙卯년(1795)까지 30년 동안 수집해놓은 것이 이미 많아졌는지라, 그것을 다듬어 책으로 만들었다. 지역을 날줄로 삼고 인물과 사건의 기록을 씨줄로 삼으면서 양주 군성郡城의 지역을 상방사에서 장춘교까지를 '초하'로, 편익문에서 천녕사까지를 '신성북'으로, 풍락가豐樂街에서 전각교轉角橋까지를 '성북'으로, 과주瓜洲에서 고도교古渡橋까지를 '성남'으로, 고도교에서 도춘교渡春橋까지를 '성서'로, 소동문小東門에서 동수관東水關까지를 '소진회'로 삼아 모두 홍교虹橋에서 모이게 했다. 그리고 '하포훈풍荷浦薰風'에서 '수운승개水雲勝槪'까지를 '교동橋東'으로, '장제춘류長堤春柳'에서 연성사蓮性寺까지를 '교서橋西'로 삼아 연화교蓮花橋에서 모이게 했다. 또 '백탑청운白塔晴雲'에서 '금천화서錦泉花嶼'까지를 '강동岡東'으로, '춘대축수春臺祝壽'에서 척오루尺五樓까지를 '강서岡西'로 삼아 촉강蜀岡의 세 봉우리에서 모이게 했다. 이런 순서에 따라 서술하여 책으로 만들고, 풍경구의 건축 체제 및 놀잇배의 명칭을 책의 말미에 첨부했다. 그러나 지방지에 상세히 기록되었고 별다른 내용이 없는 것은 대개 기록하지 않았다. 간혹 기록할 만한 일이지만 나의 견문이 미치지 못한 것들을 빠뜨렸다는 비판을 피할 수는 없을 것이다. 그러나 내게 도움이 되는 것이 있다면 다시 이어서 기록하여 보충하게 되기를 기다리는 바이다.

건륭 60년(1795) 12월
의징 땅의 이두 씀

---

3) 지금의 푸지앤福建과 저장浙江 지역을 가리킨다.
4) 허난성河南省의 별칭이다.

권1

초하록草河錄 상上

1. 양주의 어도御道는 북교北橋로부터 시작된다. 건륭제乾隆帝는 신미辛未
년(1751), 정축丁丑년(1757), 임오壬午년(1762), 을유乙酉년(1765), 경자庚子년
(1780), 갑진甲辰년(1784)[1] 이렇게 여섯 차례 강절江浙 지역[2]을 순시하였다.
강남[3] 총독總督[4]은 당시의 제도와 문물[典章]을 기록하여 책으로 엮어

---

1) 청淸나라의 5대 황제인 건륭제乾隆帝(고종高宗)는 1736년~1795년까지 60여 년간 황
제의 자리에 있으면서 6차례 강남江南을 시찰하였다.
2) 지금의 행정구역으로는 쟝쑤성江蘇省, 저쟝성浙江省에 해당하는 지역이다.
3) '강남江南'이란 넓게는 지금의 장강長江 이남 지역을 가리키는 말이다. 민정기閔正基
에 따르면 '강남江南'은 다음과 같이 정리될 수 있다. 진秦·한대漢代까지는 정치, 문화
의 중심이 화중華中지역이었으므로, '강남'이란 현재의 호북성湖北省의 장강長江 이남
지역과 호남湖南·강서江西 지역을 지칭했다. 남조南朝의 여러 왕조들이 장강 하류의
남쪽에 자리 잡게 되면서 '강남', 혹은 '강좌江左'라는 용어는 장강 하류 이남의 동편을

『남순성전南巡盛典』이라는 이름으로 바쳤다. 그 책에는 다음과 같이 기록되어 있다.

향도통령嚮導統領 노삼努三[5]과 조혜兆惠[6]의 건의로 황제가 직예창直隷廠[7]에서 배에 올랐다. 그리고 회안부淮安府[8]를 들러서 고우高郵[9] 동쪽의 남관南關과 거락패車絡壩[10] 등의 물길과 제방 공사를 두루 살펴보면서 양주 평산당平山堂[11]에 이르렀고, 거기서 양자강을 건너 금산金山[12]에 닿았

가리켰다. 이는 현재 중국에서 통용되고 있는 '소남蘇南'이 지칭하고 있는 지역과 대개 일치한다. 명明·청대淸代 이래로는 현 행정구역상 쟝쑤성江蘇省과 안휘이성安徽省의 장강이남 지역 그리고 태호太湖 이남 전당강錢塘江 양안까지의 저쟝성浙江省 북부에 해당하는 지역을 '강남'이라고 칭했다. 청초淸初에는 현재의 쟝쑤성과 안휘이성을 합쳐 '강남성江南省'으로 칭하기도 했다. 이 지역은 사회경제사 연구나 문화사연구에서 하나의 단위로 취급되고 있다(민정기,『晩晴 時期 上海 文人의 글쓰기 양상에 관한 연구』, 서울대학교 박사학위 논문, 1999, 15쪽).

4) 고진高晉을 가리킨다. 고진에 관해서는『양주화방록』권7「성남록城南錄·1」의 각주를 참조할 것.

5) 청나라 만주족滿洲族 정황기인正黃旗人으로 성姓은 과륵가瓜勒佳이며, 정남기만주토동正藍旗滿洲都統을 지냈다.

6) 청나라 만주족 정황기인으로 성姓은 오아吳雅이며, 옹정제雍正帝 때에 필첩식筆帖式(청대 관아에서 봉직하던 필생, 서기)을 거쳐 군기처軍機處(옹정 연간에 새로이 설치된 관서로 군국의 주요 업무와 관원의 임용과 면직, 중요 주장奏章을 처리했다)에 들어간 후 여러 관직을 지냈다.

7) 당대唐代 이전까지 직예直隷는 기주冀州 혹은 유주幽州(지금의 허베이河北 지역)를 지칭하였다. 당대 이후로는 하북도河北道, 하북로河北路 등으로 불리었고, 원대元代에는 북경北京에 수도를 정한 후 이 지역을 대도로大都路라 이름하고 중서성中書省을 설치하였으며, 명대明代에는 북경 등지에 승선포정사사承宣布政使司를 두었다. 명 영락제永樂帝는 북경을 수도로 정한 후 승선포정사承宣布政司를 직예直隷라는 명칭으로 바꾸어 북경에 두고 부府 8곳, 주州 2곳, 속주屬州 17곳, 현縣 116곳을 관할하게 했다.

8) 명대明代 설치하였으며 지금의 쟝쑤성 화이안현淮安縣에 있었다.

9) 청대 양주부揚州府에서 속했던 2개의 주州 중 하나로, 지금의 쟝쑤성 쟝두현江都縣의 북쪽 지역이다.

10) 수레가 지날 수 있게 만들어 놓은 둑길이다.

11) 송宋나라 구양수歐陽修가 양주 태수太守로 부임해 있던 당시(1048) 지어졌다. 그곳에 오르면 강남의 여러 산들을 조망할 수 있었는데 평산당의 난간과 그 산들이 나란한 위치에 있었기 때문에 '평산平山'이란 이름을 얻게 되었다. 지금의 양주시 서북부에 있으며 현재의 건축물은 청淸나라 동치同治(1862~1874) 연간에 중건重建된 것이다. 본서의 16권에 상세한 설명이 들어 있다.

12) 원래는 양자강의 중앙에 섬처럼 우뚝 솟아 있어서 택심산澤心山이라고 불리기도 했

다. 이 길은 모두 377리里인데, 그 사이에 8개의 역참이 있고, 거기까지가
강북 땅이다. 또한 숭가만崇家灣13)으로부터 3리를 가서 요포腰舖,14) 거기
서 9리를 가서 죽림사竹林寺,15) 다시 4리를 가서 소관패昭關壩,16) 다시 7리
를 가서 소관진昭關鎭, 다시 3리를 가서 육갑六閘,17) 다시 2리를 가서 금만
패金灣壩, 다시 1리를 가서 금만신곤패金灣新滾壩, 다시 2리를 가서 서만패
西灣壩, 다시 6리를 가서 봉황교鳳凰橋, 다시 7리를 가서 벽호교壁虎橋, 다시
3리를 가서 만두갑灣頭閘에 닿았다. 북교北橋로부터 향부사香阜寺18)까지는

다. 그러나 양자강의 물길이 점점 북상함에 따라 청나라 동치同治 연간에 이르면 양자
강 남쪽 기슭까지 접근하게 되었다. 지금의 쟝쑤성 전쟝시鎭江市 서북부 강변에 위치
하고 있다.

13) 옛 양주揚州의 나루터이다. 건륭제는 1765년 1월 16일에 제4차 남순南巡을 시작하여
하북河北, 산동山東, 강소江蘇의 회안淮安 등을 거쳐, 2월 15일에 이곳 숭가만에 도착했다.

14) 오늘날 안훼이성安徽省 추저우시滁州市에 속한 곳이다.

15) 오늘날 쟝쑤성 전쟝시 남쪽 교외의 쟈산夾山 아래에 있는 불교 사원이다. 본래 이름
은 협산선원夾山禪院이며, 동진東晉 때에 법안선사法安禪師가 창건한 것으로 알려졌다.
이 절은 오래 전에 쇠락하여 황폐한 상태로 남아 있었는데, 명나라 말엽 숭정崇禎(1628
~1645) 연간에 임고대사林皐大師가 이곳에 움막을 엮어놓고 2년 동안 지내다가 다시
건물을 창건했다. 1669년에 강희제康熙帝가 강남 지역을 순시할 때 이 절에 묵은 후 친
필로 편액을 하사하여 죽림사로 명칭이 바뀌었다. 이 절은 옹정雍正(1723~1735) 연간
에 정성기를 구가하며 대대적으로 증수增修되었다. 그러나 함풍咸豊(1851~1861) 연간
에 태평천국太平天國의 변란으로 불타버렸다가, 나중에 승려 설봉모화雪峰募化가 중건重
建했으나 그 역시 10년 후에 훼손되었다. 그 후 동치同治 3년(1864)에 승려 욱문旭雯이
제자들을 이끌고 돌아와 다시 세웠으나, 규모는 예전에 비해 매우 작아졌다. 그나마
중일전쟁中日戰爭 때에는 일본군의 침략으로 건물 일부가 크게 훼손되어버렸다.

16) 오늘날 쟝두시江都市 자오관진昭關鎭에 속한 곳으로, 옛날에는 강도江都와 고우高郵에
인접한 운하運河의 교통요지였다.

17) 오늘날 회하淮河 하류의 물길이 지나는 주요 길목 가운데 하나이다. 회하 하류의 물
줄기는 세 갈래로 나뉘는데, 그 가운데 가장 큰 것은 홍저호洪澤湖에서 흘러나온 후 동
쪽으로 쟝쑤성 진후현金湖縣을 지나 가오여우호高郵湖로, 그곳에서 다시 남쪽으로 흘러
사오보호邵伯湖로 들어간다. 이 호수를 나온 물줄기는 남쪽으로 향해서 육갑六閘을 지
나 대운하大連河를 통해 양주 동쪽에서 동남쪽으로 방향을 바꾼 후, 싼쟝잉三江營에서
양쯔 강으로 들어간다.

18) 양주 동쪽의 오대산五臺山에 위치한 절이다. 삼국시대 오吳나라 때에 지어졌다고 하
며, 수隋·당唐 시기에는 '오대산사五臺山寺' 또는 '향산사香山寺', '오대사五臺寺' 등으로
불렸다. 887~892년 사이의 내란으로 인해 절이 파괴되었다가, 1683년에 승려 야정野
靜 등이 새로 건립했다. 1699년에 강희제가 강남을 순시하는 도중 이 절에 들렀다가

어도가 7리길이었고, 다시 천녕사天寧寺19)의 행궁行宮20)까지 육로로 8리 길이니, 도합 62리 길이었다. 이것이 양주 뱃길의 첫 번째 역참이다. 『남순성전』에 실린 어제시御製詩에서는 다음과 같이 읊고 있다.

이른 새벽에 닻줄 풀고 진우秦郵21)를 출발하여
석양 무렵 유양維揚에 배를 정박시켰네.
淸晨解纜發秦郵, 落照維揚駐御舟.22)

이것은 천녕사 행궁을 나와 천녕문天寧門을 통과해 초관鈔關 부두에서 배를 띄워 4리를 가서 문봉사文峰寺23)를 지나, 거기서 다시 4리 떨어진 곳의 구룡교九龍橋를 거쳐, 다시 8리 떨어진 고민사古旻寺24) 행궁行宮

'향부선사香阜禪寺'라는 친필 편액을 하사했다. 1751년 건륭제가 강남을 순시할 때에도 이 절에서 묵었다. 그러나 함풍咸豊 3년(1853) 이후로 군대의 주둔지로 쓰이면서 쇠락하기 시작하여, 1908년에는 양회염운사兩淮鹽運使 조빈언趙濱彦이 절을 없애고 개인 영지로 바꿔버렸다. 그러다가 중일전쟁 이후로 승려들이 돌아와 조금씩 건물을 회복하기 시작했다. 중화인민공화국 초기에는 '장쑤성 정신병요양원江蘇省精神病療養院'으로 쓰이기도 했으나, 문화대혁명 시기에 완전히 파괴되어버렸다. 2005년 양저우시에서 복원 계획을 수립해놓았다.

19) 양주시 북쪽에 자리하고 있으며 청대 양주의 팔대명찰八大名刹 중 하나이다. 원래는 진晉나라 때 사안謝安의 별장이었으나 이후 사원이 되었다. 송대宋代 중건하여 천녕사로 칭하였으나 없어졌고, 명明나라 홍무洪武(1368~1398) 연간에 다시 지어졌다. 청 건륭제가 강남을 순시하였을 때 '강회제사지관江淮諸寺之冠'이라 칭한 후 이곳에 행궁을 마련했다.

20) 황제가 거동할 때 묵는 곳을 말한다.

21) 양주의 속읍屬邑인 고우高郵를 가리킨다. 이곳은 진秦나라 때에 대臺를 쌓고 우정郵亭을 설치했던 곳으로, 한漢나라 때에 고우현高郵縣이 설치되었다.

22) 이것은 칠언율시인 「유양람고維揚覽古」의 수련首聯이다. 이하의 6구는 다음과 같다. 岡有槍旗宛是蜀, 山才培塿亦稱浮. 建牙鎭靜猶傳謝, 通守文章更紀歐. 寂寞隋堤烟柳在, 秋宵誰見亂螢流.

23) 성 남쪽 관하官河 동쪽 기슭에 자리하고 있다. 명明 만력 10년萬曆(1762)에 탑과 함께 절을 세우고 문봉사라고 했다.

24) 청대 양주의 8대 명찰 중 하나로 수대隋代 창건되어 부침을 거듭했다. 청나라 순치順治(1644~1661) 연간 남하총독南河總督 오유화吳惟華가 복건한 후 강희 38년(1699) 양회兩淮의 염상들이 돈을 모아 중건하였고, 강희 43년(1703) 상인들 행궁을 세워 수유만茱

에 도착하기까지의 16리 길을 말한 것이다. 이것이 양주 뱃길의 두 번째 역참이다. 고민사 행궁에서 16리를 가서 금춘원錦春園25)에 이르렀고, 다시 1리를 가서 진가만陳家灣에, 다시 1리를 가서 유갑由閘, 다시 5리를 가서 강구江口에 닿았으니 도합 23리 길이었다. 이것이 양주 뱃길의 세 번째 역참이다.

또한 다음과 같이 말하기도 한다.

서가도徐家渡에서 직례창直隷廠에 이르는 길 가운데 소오대小五臺에서 평산당과 고민사 등지까지, 또 전가항錢家港에서 강녕부江寧府까지, 또 소주蘇州에서 영암靈巖과 등위鄧尉 등지까지, 또 항주杭州에서 서호西湖까지, 소흥紹興에서 우릉禹陵과 남진南鎭 등지까지는 모두 육로이다. 무릇 강남은 모두 뱃길이지만, 소오대를 거쳐 평산당, 고민사 등지에 이르는 길은 육로이다. 건륭 16년(1751)에는 천녕사에 행궁이 없었기 때문에, 향부사에 대규모 영채를 마련했다. 향부사에서 천녕문으로 들어가 초관 부두로 나오는 이 육로가 바로 오늘날의 북교어도北橋御道인 것이다.

육로로 강남 청강포淸江浦26)에 이르러 뱃길이 시작되었고 어주御舟는 청강포에서 대기했는데, 창장시랑倉場侍郎과 거기에 속한 기관인 좌량청坐糧廳이 맡았다. 어주는 안복로安福艫, 상봉정翔鳳艇, 호선湖船, 박랍선撲拉船이라고 불렀는데 모두 큰 배라고 할 수 있다.27) 그 밖에 황제가 사용한 배들은 필요한 물품과 수행하는 관병官兵을 실은 배로 문서를 발

黃灣 행궁이라고 이름을 붙였는데, 이것이 고민사 행궁이다. 본서의 7권에 싱세한 설명이 실려 있다.

25) 시에현歙縣 출신의 염상鹽商 오가룡吳家龍이 옛 양주성揚州城 남쪽 교외의 과주진瓜洲鎭(지금의 장쑤성 한쟝현邗江縣에 속함)에 있는 대관루大觀樓 옛터에 세운 것이다. 원래는 오원吳園이라 불리던 곳인데, 건륭제가 강남을 순시할 때 들러 '금춘원'이라는 이름과 '죽정송의竹淨松毅'라고 쓴 편액을 하사했다. 이 정원은 청대 후기에 훼손되어버렸으나, 최근에 과주의 옛 나루터와 지에쉐이자節水閘 사이의 반도에 복원되었다.

26) 지금의 장쑤성 화이인현淮陰縣의 북쪽에 있다. 옛날 남쪽에서 북경北京을 갈 때 여기서부터 육로를 이용하는 경우가 많았으니 수륙교통의 요지라 할 수 있다.

27) 모두 어주御舟를 일컫는 말로, 특히 안복로安福艫는 황제가 타는 배이고, 상봉정翔鳳艇은 황후가 타는 배였다. 그 중 가장 큰 안복로는 31.68m, 너비가 6.08m에 이르기도 했다.

급해 일정기간 징발해 썼다. 어주의 앞에는 어전시위御前侍衛, 건청문시위乾淸門侍衛 각 2인을 보내 앞에서 배를 인도하게 했는데, 배 두 척에 나누어 타고 양쪽에서 나아갔다. 배 곁으로는 한 사람이 말을 타고 강가를 따라 가며 언제라도 명령을 전달할 준비를 하였다. 배를 끌 밧줄을 담당하는 납방견시위拉幇縴侍衛는 4명이고, 활과 화살이 담은 주머니[撒袋]를 찬 4조[副]의 병사가 납방견시위의 뒤를 따랐다. 밧줄을 끄는 것은 수군[河兵]들이 담당했는데, 사비沙飛와 마류馬溜28)를 타고 따랐다. 인원을 더 추가할 때는 주州, 현縣의 위병[民壯]과 소금을 지키는 병졸[鹽快]을 썼는데, 충분하지 않을 때는 일반 남자 백성을 고용했다. (황제가) 어주에 승선하면 대개 어전대신御前大臣, 시위내대신侍衛內大臣, 군기대신軍機大臣, 어전시위, 건청문시위를 실은 배와 어마御馬를 실은 배, 상사원시위上駟院侍衛, 관원비본주사군기처官員批本奏事軍機處, 시위처侍衛處, 내각, 병부兵部 관원을 실은 배가 유사시에 일을 처리하기 위해 모두 앞서 갔다. 강 양쪽의 작은 항구와 강물이 갈라지는 곳, 다리와 마을의 입구에는 모두 검문하는 병사를 두고 민간인 배의 출입을 금하였다. 배를 묶어 끄는 길에는 1리마다 위참병圍站兵을 3명씩 배치하고, 마을 백성들과 부녀들로 하여금 무릎을 꿇어 엎드려 우러르게 했다. 길을 물려야 할 때는 남자들은 마을에서 내보내고, 여자들은 막지 않았다.

2. 부두는 모두 부府, 주州, 현縣의 성문에서 1,2리 혹은 3,4리 떨어져 있다. 부둣가의 대영채는 50길[丈]로 늘어서 있었고, 황태후의 영채는 25길로 늘어서 있었다. 거주하는 배 위에는 휘장을 친 사방 3길 크기의 방, 둥글게 천장을 만들어 휘장을 친 2길 크기의 안방[正房], 휘장을 친 1길 5자[尺] 크기의 안방, 휘장을 친 곁방이 있었다. 부두에 지지대를 세워

---

28) 사비沙飛는 나무로 된 천장이 있는 양주의 유람선으로 배를 만든 사람이 사沙씨여서 붙여진 이름이다. 본서의 11권, 18권에 상세한 설명이 있다. 마류馬溜는 쾌속선으로 마류자馬溜子, 마류선馬溜船이라고도 불린다.

덮개를 씌우고, 이른 새벽에 그것을 걷었다.

병부선兵部船은 표미창豹尾鎗[29] 뒤에 도열해 있으면서 군기일처軍機一處와 함께 갔다. 영채에 주둔할 때 배는 성 뒤쪽에 있는 만灣의 모서리에 두어 역참을 통해 온 문서나 물건을 받기 편하게 했다. 우양선牛羊船은 수도에서 준비해 가져왔다. 거기에 차방茶房에서 쓸 젖소 35마리, 수라간에서 쓸 소 300마리가 실려 있었다. 가축우리가 있는 배 이외에는 모두 사비선·마류선이라고 불렀다. 황제의 뜻을 전하고 역참을 통해 들어온 것들을 전달하는 것은 초상비草上飛라고 불리는 작은 쾌속선을 이용했다. 뭍에 오를 때는 쾌속선을 어주에 앞서 가도록 했다. 큰 배인 어주가 부두에 들어가지 못할 때를 대비해서 따로 여의선如意船을 준비해 미리 부두에서 대기하게 했다. 지금 초관 부두의 어주가 바로 이 여의선이다.

3. 건륭제는 신미년(1751), 정축년(1757) 강남 지역을 순시할 때에는 모두 숭가만崇家灣 역참으로부터 향부사로, 향부사 역참으로부터 탑만塔灣으로 갔다. 촉강蜀岡 삼봉三峰 및 황黃, 강江, 정程, 홍洪, 장張, 왕汪, 주周, 왕王, 민閔, 오吳, 서徐, 포鮑, 전田, 정鄭, 파巴, 여余, 나羅, 위尉씨의 원림[30]으로 갈 때는 지름길로 혹은 탑만에서부터 구불구불한 길을 돌아 행차하였는데, 이것은 강희제[聖祖]가 강남을 순시[31]한 길을 따른 것이다. 이후 천녕사에 행궁을 증축해 향부사의 대영채가 자리를 옮기게 되었다. 을유년(1765) 상방사上方寺가 건립된 후 비로서 북교에 황제 전용 부두를

---

29) 표미창豹尾槍 즉, 표범 꼬리로 장식한 창을 말하며, 일종의 의장물儀仗物이다.

30) 대부분 개인 소유의 정원으로 관리나 염상들이 만들어 거주하였고, 소유주가 자주 바뀌었다.

31) 강희제는 갑자년甲子(1684)에 최초로 강남을 순시했고, 기사년己巳(1689)과 기묘년己卯(1699), 임오년壬午(1702), 을유년乙酉(1705), 정해년丁亥(1707)까지 모두 6차례 강남을 순시했다. 건륭제 또한 강희제의 선례先例를 따라 신미辛未년(1751)에서 시작하여 정축丁丑년(1757), 임오壬午년(1762), 을유乙酉년(1765), 경자庚子년(1780), 갑진甲辰년(1784)까지 모두 6차례 강남을 순시했다.

만들었다. 여기에 이르러 말을 달려 어도를 통해 상방사로 행차를 했는데, 부두에는 종려나무 빛 양탄자를 깔았다. 다만 황제의 명에 따라 붉은색, 황색의 모직물은 쓰지 않았다.

어도는 무늬가 있는 색 벽돌[文磚]을 사용했으며 그 다음에는 잠시 네모나게 자른 돌을 사용했다. 나머지는 건륭 22년(1757)에 제정한 조례에 따라 흙을 깔았다. 이것이 바로 상방사로부터 운하 동쪽 기슭의 향부사를 지나, 다시 운하 서쪽 기슭의 고교高橋, 매화령梅花嶺, 천녕문, 천녕가天寧街, 채의가彩衣街, 사전삼포司前三鋪, 교장敎場, 원문교轅門橋, 다자가多子街, 경자상埂子上, 출초관出鈔關, 화각항花覺行을 지나 초관 부두에 이르는 어도이다.

길 곁에는 화려한 천막을 치고 수상 공연을 벌이며, 모두 소리 높여 만세 삼창을 외쳤으니, 지나가는 곳마다 모두 그러하였다. 건륭제가 을유년 상방사에 행차하였을 때는 만민이 말 발자국을 따라 종종걸음 치며 우러르다 보리 싹을 짓밟는 경우도 있었다. 어제시의 다음 구절은 이런 광경을 말한 것이다.

말 발자국 분분히 따라가니 어찌 거칠 것 있으리오

짓밟고 지나간 보리 싹 망가지는 것 애석할 뿐.

馬足紛隨定何礙, 躪踩惟惜麥苗芒.[32]

4. 서죽방경西竹芳徑은 촉강 위에 있다. 촉강의 형세는 여기서부터 점차 평탄해진다. 『가정지嘉靖志』에서는 이렇게 기록되어 있다.

---

32) 이것은 건륭제가 1765년 제4차 강남 순시 때에 양주의 상방선지사上方禪智寺를 둘러보고 쓴 칠연율시인 「유상방사游上方寺」의 미련尾聯이다. 이 앞의 6구는 다음과 같다. 灣頭遙見起平岡, 聞說精藍有上方. 雖是徑溪略紆轉, 果然水竹不尋常. 八仙漫論通其要, 萬姓尤欣副所望.

촉강은 동북쪽으로 40리 남짓 구불구불 이어지다가, 만 끝머리 관하수官河水에 이르러 산세가 약해진다.

逶邐正東北四十餘里, 至灣頭官河水際而微.

상방선지사上方禪智寺가 그 위에 있는데, 문을 들어서면 한가운데 대전大殿이 있고, 좌우로 회랑이 날개처럼 늘어서 있으며, 뒤편에는 승루僧樓가 있으니, 여기가 정각사正覺寺 옛 터이다. 왼쪽 회랑은 작약포芍藥圃로 통하고, 그 앞에는 문이 있다. 문을 들어서면 5칸으로 나뉘어 있는데, 중간에는 용로甬路33)를 만들고 양 옆에 홰나무와 느릅나무를 심었다. 위쪽에는 3칸짜리 청사廳事가 있고 왼쪽으로 긴 회랑이 이어져 있는데, 그 벽에는 삼절비三絶碑34)를 새겨 넣었으니 오도현吳道玄35)이 그린 보지寶誌36)의 초상, 이백李白의 찬讚, 안진경顔眞卿37)의 글씨가 그것이다. 나중에는 조맹부趙孟頫38)의 발跋이 더해졌다. 시간이 지나면서 돌이 갈라지

---

33) 옛날 담을 두른 큰 집 혹은 묘지에서 청당廳堂 혹은 분봉으로 난 길을 말한다.
34) 빼어난 세 가지가 합쳐진 비석이라는 뜻이다.
35) 오도현吳道玄(?~?)은 당唐의 유명한 화가로 자가 도자道子이고 양택陽翟(지금의 허난 성河南省에 속함) 사람이다. 처음에는 하구위瑕丘衛를 제수 받았으나 현종玄宗에게 그림에 대한 재능을 인정받고 내교박사內敎博士가 되었으며, 후에 현종의 형 영왕寧王 이헌李憲의 친구로 대접을 받았다. 그는 그림을 잘 그려서 화성畵聖으로 불리며 특히 불상과 산수에 능했는데, 사물을 잘 관찰한 뒤 속필로 단숨에 그려내는 것이 특징이다.
36) 보지寶誌(?~514)는 육조六朝시기의 고승高僧으로 금성金城 주씨朱氏의 아들이다. 승검僧儉에게 사사받으며 선禪을 수행했다. 송宋·제齊 교체기에 영험한 족적을 많이 남겼고, 제나라 무제武帝(483~493)는 그를 지공誌公이라 칭하며 경의를 표했다. 전서篆書를 잘 쓴 것으로 유명한 그의 저서로는 『문자석훈文字釋訓』이 있다.
37) 안진경顔眞卿(709~785)은 당의 서예가로 자가 청신淸臣, 경조京兆 만년萬年(지금의 샨시성陝西省에 속함) 사람이다. 개원 연간開元(713~741) 진사에 급제하였고 안사安史의 난 때 세운 공으로 이부상서吏部尙書, 태자태사太子太師를 역임했고, 노군개국공魯郡開國公에 봉해졌기에 안노공顔魯公이라고 부르기도 한다. 그는 해서楷書, 행서行書, 초서草書에 모두 능했으며, 특히 명明 만력 연간萬曆(1573~1620)에 이르면 간행된 서책의 글자체로서 지금까지도 쓰이고 있는 '노송체자老宋體字'가 바로 그의 글씨체이다.
38) 조맹부趙孟頫(1254~1322) 원元의 화가 및 서예가로 자가 자앙子昂, 호는 송설松雪, 별호別號는 구파鷗波, 수정궁도인水精宮道人 등이며, 오흥吳興(지금의 져쟝성浙江省에 속함) 사람이다. 그는 송나라 종실의 후손으로, 원나라 때 벼슬에 나가 한림학사翰林學士, 영

자 명대 승려 본초本初39)가 다시 새겨 넣었다. 또한 문충공文忠公 소식蘇軾40)의 「차백고운송이효박시次伯古韻送李孝博詩」가 돌에 새겨져 있다.

회랑 밖에는 여암呂嵒41)이 얼굴을 비추어보았다는 연못인 조면지照面池가 있다. 조면지에서 작약포로 들어가면 작약포 앞에 돌 틈에서 생긴 샘이 있다. 『가정지』에서는 '촉정蜀井'이라고 했으니 지금의 제일천第一泉이다. 상방선지사에는 팔경八景이 있는데, 절 밖에 삼경三景이 있다. 월명교月明橋, 죽서정竹西亭, 곤구대崑邱臺가 그것이다. 절 안에는 삼절비, 소식의 시, 조면지, 촉정, 작약포 이렇게 5개가 있다.

5. 월명교 곁에는 다리의 이름이 돌에 새겨져 있다. 서역승 선산禪山(?

록대부榮祿大夫에 이르렀으며, 죽은 후 위국공魏國公에 봉해졌다. 그는 시詩, 서書, 화畫, 인印에 모두 능했는데, 후대의 서예에 큰 영향을 준 흔히 "조체趙體"라 불리는 독창적인 글씨를 만들었고, 특히 청 건륭제乾隆帝가 그의 글씨를 좋아하여 모방하였다고 한다.

39) '본초'에 대해서는 자세히 알려진 바가 없다. 다만 『열황소식烈皇小識』 권2에 따르면, 명나라 천계天啓(1621~1627) 연간의 신보申甫(?~?)는 승려 출신으로 호가 본초本初였다고 하니, 어쩌면 그를 가리키는 것일지도 모르겠다. 그는 전滇·검黔 등지를 떠돌다가 귀신을 부리는 술수를 얻어 명성을 날렸다. 서길사庶吉士 김성金聲이 천거하자 황제가 그를 불러 시험해보고, 부총병副總兵의 지위를 내리면서 그의 건의에 따라 수레를 만들고 병사를 모집하게 했다고 한다.

40) 소식蘇軾(1037~1101)은 자가 자첨子瞻 또는 중화仲和이고 호는 동파거사東坡居士, 시호諡號는 문충文忠이며, 미산眉山(지금의 쓰촨성四川省에 속함) 사람이다. 그는 1057년에 동생 소철蘇轍과 함께 진사에 급제하여 벼슬길에 들어선 후, 왕안석王安石의 신법新法에 반대하고, 사마광司馬光을 영수로 한 구당파舊黨派에 대해서도 비판을 서슴지 않은 결과, 유배와 복권을 되풀이했다. 유가와 불가, 도가의 사상에 두루 통달하고, 서예와 그림에도 뛰어났으며, 거침없는 문장력을 바탕으로 시문혁신詩文革新을 주도하면서 산문은 물론 시와 사詞, 부賦에서 독보적인 경지를 이루었다. 그는 매우 풍부한 저작과 글씨, 그림을 남겼는데, 대표적인 시문집詩文集으로『동파칠집東坡七集』, 사집詞集인『동파악부東坡樂府』, 그리고 필기집筆記集『동파지림東坡志林』 등이 있다. 특히 그의 시들은 청나라 때 왕문호王文浩 편찬한 『소문충공시편주집성蘇文忠公詩編注集成』에 수록되어 있다.

41) 여암呂嵒(?~?)은 당말唐末·오대五代의 도사道士로 자가 동빈洞賓, 호는 순양자純陽子이며 자칭 회도인回道人이라고 했다. 세간에서는 여조呂祖 혹은 순양조사純陽祖師라고 불렀는데, 민간 신화의 팔선八仙 중 하나이다. 그는 하중부河中府 영락永樂(지금의 샨시성山西省에 속함) 사람으로 어려서부터 유가와 묵가를 익혔으나 과거에 급제하지 못하고 강호를 떠돌다 종리권鍾離權을 만나 열 개의 시험을 통과한 뒤 금단金丹의 도를 전수받고 도를 터득했다고 한다.

~?)이 쓴 것으로 필세가 날아 움직인다. 아래로는 강물의 흔적이 남아 구불구불 성으로 들어가고 있는데, 그 지역 사람들은 탁하濁河의 옛 물결이라고 불렀다. 『소희지紹熙志』에서는 양씨楊氏의 오吳나라 때,42) 서지훈徐知訓이 주군인 양융인楊隆演과 함께43) 탁하에 배를 띄우고 선지사禪智寺에서 꽃구경을 했다고 했으니, 바로 이곳이다.

6. 상방사上方寺의 패루牌樓는 산문山門 앞에 세워져 있는데, '취령운궁鷲嶺雲宮'이라는 현판이 걸려 있다. 산문의 돌 현판에 새겨진 '칙사상방선지사敕賜上方禪智寺'라는 7자는 가장 오래된 글씨이다.

7. 상방사의 왼쪽에는 죽서정이 세워져 있다. 정자의 이름은 다음과 같은 두목杜牧44)의 시에서 취한 것이다.

> 누가 죽서로를 알까?
> 노래하고 연주하는 것은 양주일 뿐일세.
> 誰知竹西路, 歌吹是揚州.

---

42) 양행밀楊行密이 오왕吳王으로 봉해진 오대십국五代十國 시기를 말한다.

43) 서지훈徐知訓은 오대五代 시기 오吳나라 사람이며, 서온徐溫의 큰 아들로 그 당시 광릉보정廣陵輔政을 맡고 있었다. 양융인楊隆演은 양행밀의 아들로 오나라 고조高祖이다.

44) 두목杜牧(803~852)은 자가 목지牧之이고 호는 번천옹樊川翁이며, 당나라 경조京兆 만년萬年(지금의 산시성陝西省 시안시西安市에 속함) 사람이다. 그는 828년 진사에 급제하여 강서관찰사江西觀察使, 감찰어사監察御史, 황주자사黃州刺史, 사훈원외랑司勳員外郎, 중서사인中書舍人 등을 역임했다. 한때 세상을 구제할 인재라고 자부하던 그는 조조曹操가 편찬한 『손자병법孫子兵法』(13편)에 주를 달기도 했으며, 특히 시를 잘 지어서 후세 사람들은 두보杜甫를 '노두老杜'라 부르고 그를 '소두小杜'라고 불렀다. 저작으로 『번천문집樊川文集』이 있다. 인용된 시구는 두목의 「제양주선지사題揚州禪智寺」에 들어 있는데, 앞부분의 원문은 다음과 같다. "비 지나자 매미 한 마리 시끄러운데 / 소슬하게 소나무와 계수나무엔 가을이 깃드는구나. 계단엔 푸른 이끼 가득하고 / 백로는 일부러 더디 머무네. / 깊은 숲에 저녁 안개 피어날 때 / 작은 누대에 석양이 내리네[雨過一蟬噪, 飄蕭松桂秋. 靑苔滿階砌, 白鳥故遲留. 暮靄生深樹, 斜陽下小樓]."

죽서정은 북쪽 기슭의 쥐엄나무[皂角樹] 아래에 세워져 있었다. 그러나 이곳은 '가취정歌吹亭'으로 이름이 바뀌기도 했으며, 누차 부서졌다가 복원되는 과정에서 다시 송나라 때의 학자 왕거정王居正[45]을 기리는 사당이 되었다. 지금은 상방사 왼쪽으로 옮겨 세워서 옛 터는 폐허가 되었다. 우리 고향의 여사女史 서덕음徐德音은 자字가 숙칙淑則으로, 서욱령徐旭齡[46]의 딸이다. 그녀는 중서사인中書舍人 허영년許迎年[47]에게 시집갔고 일찍이 이곳 죽서정을 복원하려 했으나 이루지 못했다. 후에 한림학사翰林學士를 지낸 정몽성程夢星[48]이 그 논의를 힘써 주장했으나 그 일 또한 묻혔다. 서덕음은 시에서 다음과 같이 읊고 있다.

---

45) 왕거정王居正은 자가 강중剛中이고 호는 죽서선생竹西先生이며, 옛 촉蜀 땅 사람이지만, 고조부高祖父 때부터 강도江都로 옮겨와 살았다. 그는 선화宣和 3년(1121) 진사에 급제했으나 모친상을 이유로 벼슬길에 오르지 않다가, 고종高宗 때에 재상 범종윤范宗尹의 추천으로 태상박사太常博士로서 상서예부원외랑尙書禮部員外郞에 제수된 후, 태상소경太常少卿, 우문전수찬右文殿修撰, 무주지주婺州知州, 기거사인起居舍人, 병부시랑兵部侍郞, 휘유각직학사徽猷閣直學士, 요주지주饒州知州, 대주지주臺州知州, 온주지주溫州知州 등을 역임했다. 그는 강직한 성품으로서 간신 진회秦檜와 대립하여 벼슬을 잃기도 했으나, 진회가 죽은 후 복권되었다. 주요 저작으로 『모시변학毛詩辯學』과 『상서변학尙書辯學』, 『주례변학周禮辯學』, 『삼경변학외집三經辯學外集』, 『춘추본의春秋本義』, 『죽서론어감발竹西論語感發』, 『맹자의난孟子疑難』, 『죽서집竹西集』, 『서원집西垣集』, 『병민조례兵民條例』 등을 남겼다.
46) 서욱령徐旭齡(?~1687)은 자가 원문元文이고 호가 경암敬菴이며, 전당錢塘 사람이다. 순치順治(1644~1661) 연간 진사에 급제하여 산동순무山東巡撫, 조운총독漕運總督 등을 지냈다. 사후 청헌淸獻이라는 시호를 받았다.
47) 허영년許迎年(?~?)은 자가 곡토穀土, 호는 여생荔生이고, 강도江都(지금의 쟝쑤성 양저우시에 속함) 사람이다. 그는 허승가許承家의 조카로서, 1700년 진사에 급제하여 중서사인中書舍人을 지냈고, 시를 잘 지었다. 저서로는 『괴서시초槐墅詩鈔』가 있다.
48) 정몽성程夢星(1679~1755)은 자가 오교午橋이며, 양주의 저명한 염상鹽商이다(호가 병강洴江이고, 강도江都 사람이라는 설도 있다). 그는 일찍이 공부주사工部主事를 역임했고, 강희 51년(1712)에 진사에 급제하여 서길사庶吉士로서 한림원 편수에 제수되었으나, 얼마 후에 고향으로 돌아왔다. 그 후로 태호太湖 근처에 '소원筱園'이라는 원림을 지어놓고 선비들을 모아 시회詩會를 벌이곤 했다. 그의 저작으로 『사통훈고보史通訓詁補』, 『이의산시주李義山詩注』, 『향계집香溪集』, 『금유당집今有堂集』 등을 남겼다. 또한 『평산당소지平山堂小志』(12권)를 편찬하고, 『광릉창화집廣陵唱和集』(4권)을 편집했으며, 옹정雍正~건륭乾隆 연간의 『강도현지江都縣志』와 옹정 연간의 『양주부지揚州府志』의 편찬에 참여하기도 했다.

옛날 텅 빈 정자 죽순에 둘러싸여

황량이 잡초만 우거졌으니 누가 다시 동서를 분별하랴?

고승의 바람대로 다시 세우려 노력했으니

먼저 노래할 때는 사마천司馬遷처럼 재주를 숨겨놓았지.

지세는 분명 곤륜산崑崙山 지축을 베고 있고

난간은 대충 화궁花宮에 기대고 있구나.

뉘라서 알랴, 두목杜牧의 시 노래하며

차가운 안개 속에서 넝쿨 풀 헤치며 서성이는 내 마음을?

　　昔日虛亭繞篲龍, 荒蕪誰復辨西東.

　　力謀搆復高僧疏, 首唱儲才太史公.

　　地勢分明枕崑軸, 闌干約略倚花宮.

　　那知歌吹樊川句, 重闢寒烟蔓草中.

　서덕음은 만년에 자호自號를 녹정노인綠淨老人이라 하였으니, 시를 논하는 이들은 그를 여류 가운데 으뜸이라 여겼다.[49)

8. 상방사 안에 있는 삼절비는 길이가 5자, 너비가 3자 남짓 된다. 그것은 회랑의 벽에 박혀 있는데, 돌이 갈라져 탁본을 할 수 없다. 한때 유명 인사들이 놀러와 벽을 따라 읽으면서 모두 마음을 빼앗겨 차마 그곳을 떠나지 못했다. 그러나 이 삼절비는 중각重刻된 것이다. 나는 일찍이 양주에서 가장 오래된 금석문金石文을 가서 본 일이 있는데, 그것들을 아래에 추가로 수록한다.

9. 주周나라 태복太僕 동격銅鬲[50)은 주나라 때의 기물로, 염상鹽商 서씨徐

---

49) 서덕음의 시집으로 『녹정헌집綠淨軒集』이 남아 있다.
50) 청나라 건륭 연초에 출토된 서주西周 후기의 청동기로 완원阮元의 저서에는 산씨반散氏盤으로, 오옥진吳玉搢의 저서에는 을유정乙酉鼎으로, 궈모러郭沫若의 저서에는 鮴인

氏 집에서 소장되어 있다. 화암華嵒51)이 그림을 그리고, 양법楊法52)이 글씨를 베껴 썼다. 글은 산양山陽 땅 오옥진吳玉搢53)의 『금석존金石存』에 실려 있다. 그 글을 해석한 이는 오옥진 이후 소흥의 유한兪瀚,54) 의징儀徵의 강덕량江德量,55) 곡부曲阜의 공광생孔光生,56) 감천甘泉의 강번江藩57) 이렇게 네 사람이다. 강번은 다음과 같이 해석하였다.

반盤人盤이란 이름으로 수록되어 있다. 거기에 는 19줄[行] 357자字가 적혀 있는데, 그 내용은 夒국夒國이 산국散國을 침범하여 땅을 배상하는 과정이라고 한다.

51) 화암華嵒(1682~1756)은 '양주팔괴揚州八怪' 중 한 사람으로 자가 추악秋嶽, 호는 신라산인新羅山人, 백사산인白砂山人이며, 후인들은 화신라華新羅라 부르기도 했다. 그는 상항上杭(지금의 푸지앤성福建省에 속함) 사람으로 종이를 만드는 장인의 집에서 태어났는데, 21세 때 집을 떠나 그림을 팔며 생활하다 옹정雍正 17년(1732) 양주로 거처를 옮긴 후 '양주팔괴'인 김농金農, 고상高翔, 정섭鄭燮 등과 교유하며 20여 년간 그곳에서 살았다. 특히 그는 전통산수화에서 벗어나 화조花鳥나 인물화를 많이 그린 것으로 유명하다.

52) 양법楊法(?~?)은 양주팔괴 중 한 사람으로 자가 이군已軍, 호는 백운제자白雲帝子이며 남경 사람이나, 그의 생애에 대해서는 상세한 자료가 없다. 그는 전서篆書와 예서隷書에 뛰어났고, 시문에 능했으며 왕사신王士愼과는 절친한 관계였다고 한다.

53) 오옥진吳玉搢(1699~1774)은 자가 산부山夫이고 산양山陽(지금의 장쑤성에 속함) 사람이다. 그는 강희 연간(1662~1722)에 늠공廩貢으로 봉양부훈도鳳陽府訓導에 제수되었으며, 육서六書에 정통하고 고문자를 연구하는 데 힘을 쏟았다. 저서로는 『별아別雅』, 『설문인경고說文引經考』, 『육서술부서고六書述部敍考』, 『산양지유山陽志遺』, 『금석존金石存』이 있다.

54) 유한兪瀚(?~?)은 자가 초강楚江이다.

55) 강덕량江德量(1752~1793)은 자가 성가成嘉 또는 추수秋水이고, 호는 추사秋史 또는 양수量殊이며 의징儀徵 사람이다. 건륭 45년(1780) 과거에 급제하여 강서도江西道 감찰어사監察御使를 지냈다. 그는 가학을 이어 성음학聲音學과 훈고학訓詁學에 정통했으며 금석문金石文에 관심을 가지고 식견을 쌓아 예서隷書에 일가를 이루었다. 저서로는 『천지泉志』가 있다.

56) 공광생孔光生은 공광삼孔廣森이 아닐까 생각된다. 공광삼(1752~1786)은 경학가이자 음운학가音韻學家이며 수학가數學家로, 자가 중중衆仲, 위약撝約, 호가 손헌㩋軒이며, 곡부曲阜(지금의 산둥성山東省에 속함) 사람이다. 그는 대진戴震의 제자로 건륭 연간(1736~1795) 진사에 급제하여 한림원 검토翰林院檢討를 지냈다. 주요 저서로 『춘추공양통의春秋公羊通義』, 『시성류詩聲類』, 『대대례기주大戴禮記注』, 『경학치언經學卮言』 등이 있다.

57) 강번江藩(1761~1830)은 자가 자병子屏, 절보節甫이고, 호는 정당鄭堂이며, 절보노인節甫老人이다. 그는 감천甘泉 사람으로 강성江聲, 서소객徐蕭客, 주균朱均에게 사사받아 경학經學에 조예가 깊었던 그는 완원阮元의 초빙에 응해 『황청경해皇淸經解』, 『광동통지廣東通志』를 편수하기도 했다. 저작으로는 『국조한학사승기國朝漢學師承記』, 『송학연원기宋學淵源記』, 『이아소전爾雅小箋』 등이 있다.

"周太伏散邑, 迺卽散周田, 燮[원주 : 未詳]自溫[當是濕字]涉 呂南大沽, 一表, 以降, 二表, 至於邊柳, 復涉濕, 降雩戲邊陝, 呂西, 表于敽郭楂木, 表于若癸[미상] 表于若導內, 降若, 登于厂汝, 表割歷陝陵剛歷, 表于罾導, 表于原導, 表于周導呂東, 表于游東彊右導, 表于燮[미상]導呂南, 表于谿癸[미상]導呂西, 至于鴻莫, 燮[미상], 井邑田, 自樟木導左至于井邑, 表, 導呂東, 一表, 導以西, 一表, 降剛, 三表, 導呂南, 表于同導, 降州(剛), 登歷, 降棫二表, 大人有司眷[미상], 田, 義租, 牧戎人, 西宮襄, 豆人虞丁, 原貞, 師人右相, 小門人繇, 原人虞芊準, 司工繇[미상], 孝嗣登父, 鴻人有司刑丁, 井|右五夫, 子龒[미상], 大舍散田, 司土繇[미상], 燮[미상], 司馬罾墨 , 牧人司工鯨君, 宰導父, 散人子[字小爲髮, 或云小子二字. 繇[미상], 田戎, 牧父, 效栗人父, 燮[미상]之有司彔, 州享, 攸條罶, 井散有司|夫, 唯王九月亥十乙卯, 大界義祖嘆旅誓曰, 我孫付散人田器, 有爽實, 余有散人毋貸, 則援千罰千, 傳瀚[미상]㞷, 義且罪旅則誓, 迺界西宮襄, 戎父誓曰, 我戎父則誓, 右幸圖大王于豆祈宮東廷, 右左執匱史子中鬲."[58]

10. 한漢나라의 여사동척慮虒銅尺[59]은 건초建初 6년(81) 8월 15일에 만들어졌다. 곡부의 공상임孔尙任[60]이 지은『동척고銅尺考』, 호광총독湖廣總督을 지낸 필원畢沅[61]과 체인각대학사體仁閣大學士를 지낸 완원阮元[62]이 함

---

58) 이 글의 내용에 대해서는 학자마다 의견이 다르다. 대표적인 예로 완원은『적고재종정이기관지積古齋鐘鼎彝器款識』(北京 : 中華書局, 1985)와 궈모뤄의『양주금문사대계도록고석兩周金文辭大系圖錄考釋』둥이 있다.

59) 여사慮虒는 한나라 때 설치한 현의 이름으로, 북위北魏 시에는 여이현驢夷縣으로, 수隋나라 때는 오대현五臺縣으로 개명하였다.

60) 공상임孔尙任(1648~1718)은 자가 빙지聘之, 계중季重이고, 호가 동당東塘, 안당岸堂, 운정산인雲亭山人이며 산동 곡부曲阜 사람이다. 공자의 64대 후손으로 명이 망한 후 석문산石文山에 숨어 명 왕조의 역사자료를 수집하며 지내다 강희 23년(1684) 강희제에게 발탁되어 국자감 박사, 호부주사戶部主事, 공부원외랑工部員外郞 등을 지냈으니, 전기傳奇『도화선桃花扇』을 지어 상연한 후 강희제와 측근의 불만을 사 파면당하고 귀향하여 저술에 힘썼다. 저작으로 전기『소홀뢰小忽雷』와 시문집『호해집湖海集』,『석문집 石門集』,『장류집長留集』등이 있다.

61) 필원畢沅(1730~1797)은 자가 양형纕蘅 또는 추범秋帆이고, 호는 영암산인靈巖山人 또는 엄산弇山이며, 서재 이름은 경훈당經訓堂이다. 강소성 진양鎭洋(지금의 타이창太倉에

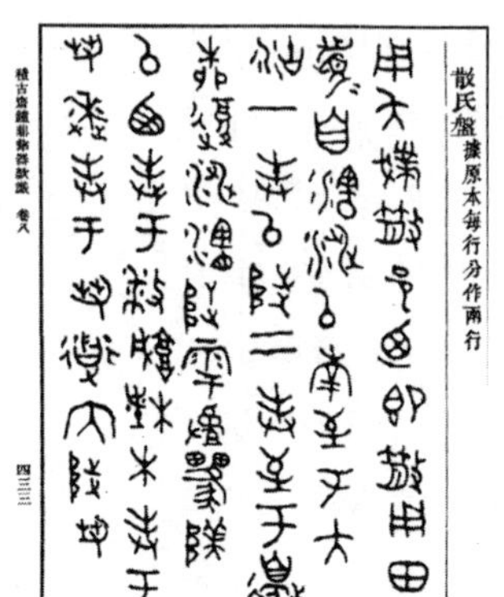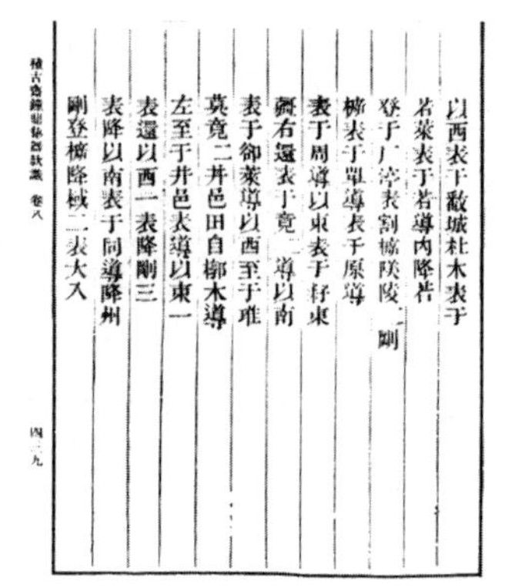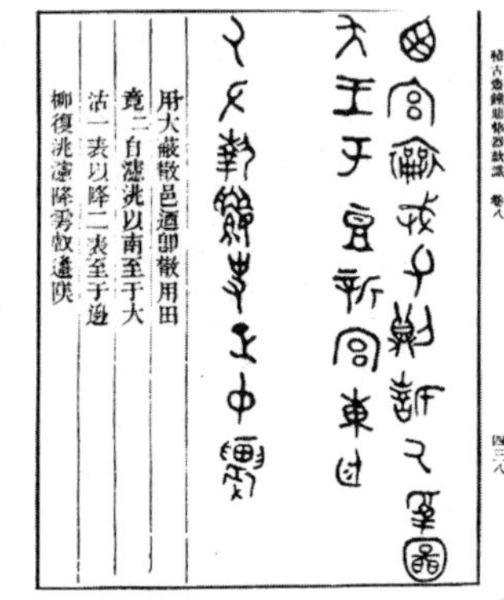

「산씨반(散氏盤)」일 원문(부분)　　　　　「산씨반」 원문에 대한 완원(阮元)의 해석

께 편찬한 『산좌금석지山左金石志』[63]에 이 동척이 수록되어 있다. 공상임은 다음과 같이 고증했다.

　　강도江都의 민의행閔義行은 박식하고 고상하며 옛 것을 좋아했다. 그는 동척 하나를 소장하고 있었는데 붉은 옥으로 아름답게 상감되어 감상가들의 사랑을 받았다. 내가 그것을 얻었는데 감히 두고 즐기는 물건으로 쌓아놓을

───────────────

　　속함) 사람이다. 그는 건륭 연간에 진사에 급제하여 섬서陜西, 하남河南, 산동 등지의 순무巡撫를 지냈고, 벼슬이 호광총독湖廣總督에 이르렀다. 경사經史와 소학小學, 금석문에 이르기까지 두루 통달했던 그의 저작으로는 『경의표經義表』, 『경전문자변정서經典文字辨正書』, 『음동의이변音同義異辨』, 『관중금석기關中金石記』, 『영암산인집靈巖山人集』 등이 있다.

62) 완원阮元(1764~1849)은 자가 백원伯元이고 호는 운대芸臺로, 강소 의징儀徵 사람이다. 건륭 53년(1789)에 진사가 되된 이래 절강, 강서江西, 하남河南 순무巡撫를 거쳐, 호광湖廣, 양광兩廣, 운귀雲貴 총독, 체인각대학사體仁閣大學士를 역임했다. 그는 아편전쟁이 일어나기 전 10년 동안 청 조정 업무를 주관하고, 서방무역을 관장하였으며, 정치적으로는 절충적인 입장을 취했다. 또한 그는 경학經學과 금석金石, 음운, 천문, 지리, 수학 등에도 조예가 깊었다. 『경적찬고經籍纂詁』를 주편主編하고, 『십삼경주소十三經注疏』를 교각校刻했으며, 『황청경해皇淸經解』 등을 휘각彙刻하기도 한 그의 저서로 『적고재종족이기관식』, 『주인전疇人傳』, 『회해영령집淮海英靈集』, 『연경실집罨經室集』 등이 있다.

63) 원래 제목은 『관중중주산좌금석제기關中中州山左金石諸記』이다.

수 없었다. 옛날에 악기를 만들거나[64] 율력을 정할 때, 토지의 면적을 구획할 때, 관료의 제복을 만들 때, 옥 기구[玉璧]나 존이尊彛와 같은 제기를 제작할 때에는 모두 자[尺]에 맞추었다. 그 경우 주척周尺을 기준으로 삼았다. 주나라 왕실의 법제를 따지지 않게 되면서 시골과 도회지에서 제각기 자기 풍속을 따랐다. 그래서 바느질할 때 쓰는 포백척布帛尺과 목수들이 쓰는 영조척營造尺 등이 시대에 따라 달라지고, 선왕이 남긴 법도는 사라져버렸다. 그러니 하물며 커다란 예악들이야 어찌 되었겠는가! 이 자에는 다음과 같은 명문銘文이 새겨져 있다.

"여사동척, 건초 6년 8월 15일 제조[廬虒銅尺建初六年八月十五日造]"

여호廬虒[65]는 바로 태원읍太原邑이고, 건초는 한나라 장제章帝의 연호이다[66][내 생각에 '여호廬虒'의 독음은 '여이廬夷'이고, 지금의 오대현五臺縣이다]. 냉도泠道에 있는 순舜임금의 사당 아래에서 옥률玉律을 얻었는데 주척과 같은 자라고 여겼다. 그래서 동척을 주조해 군郡과 국國에 반포했는데 그것을 일컬어 '한관척漢官尺'이라고 한다. 이것은 어쩌면 그 가운데 남아 있는 것이 아닐까? 한대는 주대와 그리 멀지 않고 또 『예경禮經』은 모두 한대 유생에게서 나왔다.[67] 한척漢尺이 있다는 것은 주척周尺이 있다는 얘기이다. 듣건대 선왕의 법제는 이러했다. "가까이로는 몸에서 취하고 멀리로는 사물에서 취한 연후에 척촌尺寸의 치수가 생겨났다."[68]

---

64) 음률을 조종하는 자이다. 예를 들어서, 황종척黃鐘尺은 악기에 쓰는 자의 한 가지이다. 1척尺은 양척洋尺으로 1자 1치 2푼 6리에 해당하고, 바느질자[布帛尺]로는 1자 3치 4푼 8리, 목수들이 쓰는 영조척營造尺으로는 8치 9푼 9리에 해당한다.
65) 본문의 앞쪽에서는 '여사廬虒'라고 표기했다가 이 부분에서는 '여호廬虒'라고 표기했는데, 전자가 옳은 듯하다.
66) 본 번역에서는 이두李斗의 주석을 '이주'로, 그리고 이두가 인용한 문헌에 붙어 있는 원주原注는 '원주'라고 구별해서 표기한다. 이하, '이주'는 [ ] 기호 안에 작은 글씨로 표기한다.
67) 『예경禮經』은 『대대례기大大禮記』와 『소대례기小大禮記』를 가리킨다.

하휴何休[69]는 다음과 같이 말했다.

"손을 옆으로 했을 때는 부膚가 되고, 손가락에 따라서 촌寸을 알게 되고, 손을 펴면 척尺을 알게 된다. 이것은 바로 자를 몸에서 취했다는 것을 보여준다. 『한서漢書』 「율력지律歷志」[70]에서 말하기를 기장[黍] 하나의 넓이가 푼[分]이 된다고 했다. 10푼은 1촌이 되고, 10촌은 척이 된다. 이것은 바로 자를 사물에서 취했다는 것을 보여준다. 손가락에는 길고 짧음이 있고, 기장에는 크고 작음이 있어서 항상 크기다 똑같지는 않다. 그래서 한나라 때의 유생들은 손가락 자[指尺]와 기장 자[黍尺]로 나누었다. 이것은 자를 손가락에서 취하기도 하고 기장에서 취하기도 해서, 본래 일정하게 정할 수 없었다. 지금은 가운데 손가락의 가운데 마디로 재어서 1촌으로 삼는데, 조금의 차이도 없다. 기장을 쌓아 시험해 보면 (1척은) 딱 100개가 된다. 그러니 손가락과 기장의 길이가 어찌 이처럼 들어맞을 수 있는가! 너비 1촌, 두께 5푼이면 무게는 광법廣法 18량이다. 그것을 궁중에 적용시켜 예기禮器와 악기樂器를 만들 때 모두 그것을 표준으로 하게 되면, 주척을 표준을 삼는 것이 된다."

『주척고周尺考』[71]에는 다음과 같이 기록되어 있다.

"『우서虞書』[72]에는 같은 율척律尺이 사용되었고, 도량형도 요堯, 순舜, 우虞

---

68) 『역경易經』 「계사繫辭」. "近取諸身, 遠取諸物, 然後尺寸之度起"

69) 하휴何休(129~183)는 자가 소공邵公으로 산동 임성任城 사람이다. 그는 벼슬에 나아가지 않고, 육경六經을 두루 연구하였으며, 특히 『춘추공양전春秋公羊傳』에 능통하였다. 당시 태부太傅 진번陳蕃의 부름을 받아 정사를 돌보았으나, '당고黨錮의 화'를 만나 한 동안 억류되기도 했다. 이후 의랑議郎과 간의대부諫議大夫를 지냈다. 그의 저서로 『춘추공양해고春秋公羊解詁』, 『공양시례公羊諡例』, 『춘추한의春秋漢議』, 『공양묵수公羊墨守』, 『곡량폐질谷梁廢疾』 등이 있는데, 특히 『춘추공양해고』에 기술된 내용 중 천하가 쇠락과 혼란에서 승평升平을 거쳐 태평太平으로 나아간다고 하는 역사 철학은 청말淸末 사상가들의 주목을 받았다.

70) 정사正史 중 그 당시의 악률樂律과 역법歷法의 제도 및 그 연변 과정에 대해 기록한 부분이다. 『사기史記』에서는 율서律書와 역서歷書가 따로 있었으나, 『한서』에서는 합쳐져서 '율력지'가 되었다.

71) 일본 에도江戶 시대의 한학가漢學家 적생조래荻生徂徠(1666~1728, 처음 이름은 쌍송雙松, 호는 무경茂卿, 별호는 조래徂徠)의 논저에 『주척고』가 있으나, 공상임이 인용한 것이 이것인지 여부는 역자가 아직 확인하지 못했다.

72) 『상서尙書』 가운데 우虞 임금 때의 일을 기록한 「요전堯典」, 「순전舜典」, 「대우모大禹

3대代가 공유하였다. 진秦나라 때에 이르러 옛 것을 따르지 않고 나서 어지럽게 변하여 정해진 바가 없었다. 천하가 분열된 육조六朝 시기에는 대승大升, 대량大兩, 장척長尺 등 이전과 다른 도량형이 있었다. 당시에는 종률鍾律을 조정하고 해 그림자[晷景]를 측정할 때, 그리고 관면례제冠冕禮制에서는 작은 것을 사용했지만, 그 밖의 것들은 공사를 막론하고 모두 큰 것을 사용했다. 송宋나라 때 제도를 고증하여 정하고자 옛날 척법尺法을 수집해보니 모두 15종이나 되었다. 주척周尺, 진전보옥척晉田父玉尺, 양표척梁表尺, 한관천漢官尺, 위척魏尺, 진후척晉後尺, 후위전척後魏前尺, 중척中尺, 후척後尺, 동위후척東魏後尺, 채옹동약척蔡邕銅籥尺, 송씨척宋氏尺, 수수척隋水尺, 잡척雜尺, 양속간척梁俗間尺이 그것이다. 그러나 반드시 주척을 근본으로 삼아야 하니, 그것이 아니면 여러 척尺들의 잘못된 점을 바로잡을 수 없기 때문이다”

채옹蔡邕[73]은 『독단獨斷』에서, “하夏나라 때에는 10치를 1자로 삼았고, 은殷나라 때에는 9치를 1자로, 주나라 때에는 8치를 1자로 삼았다”고 했다. 주나라가 8치를 1자로 삼았다는 것을 어떻게 알 수 있는가? 『예기禮記』 「왕제王制」에서는 “주척 8치가 1보步”라고 했고, 『사마법司馬法』[74]에서는 “한 걸음을 내딛는 것을 규跬라고 하는데, 1규는 3자이다. 두 걸음을 내딛는 것을 보라고 하는데, 1보는 6자이다”라고 했다. 『의례주儀禮注』에서는 “무武는 발자국[迹]이다. 보통 사람[中人]의 발자국은 1자 2치이다. 5무가 1보가 되는데, 1보는 6자이다. 그러므로 『예서禮書』에서는 주척으로 6자 4치를 1보로 삼았다”고 했

謨」, 「고요모皐陶謨」, 「익직益稷」의 5편을 가리킨다.
73) 채옹蔡邕(132~192)은 자가 백개伯喈이며, 동한東漢 때의 저명한 문학가이자 서예가이다. 동한東漢 헌제獻帝 때에 좌중랑장左中郞將을 지낸 적이 있기 때문에, 흔히 ‘채중랑蔡中郞’으로 불렸다. 영제靈帝 때에 그는 유가 경전을 비석에 새겨 국가 표준으로 제시하는 일을 주도하여 모두 46개에 이르는 『홍도석경鴻都石經』(『희평서경熹平石經』이라고도 함)을 건립하기도 했다.
74) 『고사기考史記』에 따르면, 제齊나라 위왕威王이 대부大夫들에게 옛날의 사마병법司馬兵法을 추론追論하게 하자 대부들이 그 결과물 안에 양저穰苴의 논의를 덧붙여 『사마양저병법司馬穰苴兵法』이라 불렀는데, 수隋·당唐 역사서의 『경적지經籍志』에서 이 책을 양저의 저작인 것으로 잘못 기록했다고 했다.

다. 또 『설문해자說文解字』에서 "팔을 펴면 1심尋 8자"라고 했고, 서개徐鍇는 "6자를 1심이라 한다"고 했다.

『소이아小爾雅』에서는 "4자를 1길[仞]이라 하고, 그것의 2배가 1심이다"라고 했다. 포함包咸(B.C. 7~A.D. 65, 자는 자량子良)과 정현鄭玄(127~200, 자는 강성康成)은 모두 1길을 7자라고 여겼고, 응소應劭[75]는 5자 6치라고 여겼다. 안사고顔師古[76]는 '8자가 1길'이라는 것은 '사람의 팔 길이가 1심'이라는 설을 취한 것이라고 했다. '산이 9길[爲山九仞]'[77]이라는 구절에 대해 『경전석문經典釋文』[78]에서는 '1길은 7자'라고 했고, 『맹자孟子』 「진심상盡心上」의 "9길 우물을 팠다[掘井九仞]"라는 구절에 대한 주석에는 1길이 8자라고 했다. 그러나 모두 6~8자 사이를 넘어서지 않는다. 그러므로 『예서』에서는 주척으로 6자 4치를 1심으로 삼았다. 6자 4치라는 것은 10치를 1자로 삼는 십촌척十寸尺으로 잰 길이이다. 십촌척의 6자 4치는 바로 8치를 1자로 삼는 팔촌척八寸尺의 8자에 해당한다. 두 발을 내딛는 것을 보라고 한 것도 이와 같고, 두 손을 펼친 것을 심이라고 하는 것도 마찬가지이다. 『예기』의 주척에 대한 정

---

75) 응소應劭(153?~196)는 자가 중원仲遠이고 동한東漢 여남군汝南郡 남돈현南頓縣(지금의 샹청項城) 사람이다. 환제桓帝(147~167 재위) 때에 사례교위司隸校尉를 지냈고, 영제靈帝(168~188 재위) 때에는 태산태수泰山太守를 지내다가 황건군黃巾軍을 막아 공을 세우기도 했다. 189년에는 원소袁紹의 휘하에서 『한관의漢官儀』(10권)를 지어, 이후 조정의 각종 제도와 율령을 수립하는 데에 토대를 제공했다. 그 외에 『중한집서中漢輯序』와 『풍속통의風俗通義』, 『한서집해음의漢書集解音義』 등의 저작을 남겼다.

76) 안사고顔師古(581~645)는 자가 주籒(『구당서舊唐書』에서는 이름이 '주'이고 자가 '사고'라고 함)이고 옹주雍州 만년萬年(지금의 시안시西安市 서쪽) 사람이다. 그는 제齊나라 때의 저명한 문인 안지추顔之推의 후손으로, 박학하고 훈고訓詁에 뛰어났던 그는 당나라 때에 중서시랑中書侍郎, 비서감秘書監, 홍문관학사弘文館學士 등을 지냈다. '오경五經'과 『한서漢書』, 『급취편急就篇』에 대한 그의 주석은 오늘날까지도 정밀한 것으로 정평을 받고 있다.

77) 『상서尙書』 「여오旅獒」에 들어 있다.

78) 당나라 때 육덕명陸德明(550?~630, 자는 원랑元郎)이 『주역周易』과 『상서』, 『시경』, 『주례』, 『의례』, 『예기』, 『좌전左傳』, 『공양전公羊傳』, 『곡량전穀梁傳』, 『효경孝經』, 『논어論語』, 『노자老子』, 『장자莊子』, 『이아爾雅』 등에 대해 육조六朝 시대의 학자 2백여 명이 붙인 음절音切 주석과 여러 학자들 사이의 훈고訓詁에 나타난 차이를 모두 수록한 것이다. 이 책에는 유가의 경전뿐만 아니라 도가의 책들까지 포함되어 있지만 『맹자孟子』는 제외되어 있는데, 이것은 당시까지는 아직 『맹자』가 경전으로 인정되지 않았기 때문이다.

현의 주석에 따르면, 주나라 때는 10치를 1자로 삼았는데, 육국六國 시대에 법도를 변질시켜서 주척이 8치를 1자로 삼았다고도 하는 이도 있었지만, 그 또한 잘못된 설명이라고 했다. 이른바 '주척팔촌周尺八寸'이라는 것은 대개 당시에 사용한 1자를 주척에 비교해보면 주척의 8치밖에 되지 않기 때문에 그렇게 말한 것이지, 주나라 때에 팔촌척을 사용했다는 뜻이 아니다.

『고공기考工記』에서는 책상[案]에 대해 13치라고 하고 진규鎭圭[79]에 대해서 1자 2치라고 했으니, 주나라 때의 장척長尺 가운데 10치짜리가 있고 단척短尺 가운데도 10척짜리가 있는 것이다. 주희朱熹[80]의 『가례家禮』에서는 옛날 자[古尺]의 5치 5푼이 주척의 7치 5푼이라고 했는데, 그것은 또 송나라 때의 포백척布帛尺을 기준으로 비교한 것이다.

낭영郞瑛[81]은 이렇게 말했다.

"주나라 때에는 8치를 1자로 삼았는데, 진秦나라 때의 1자는 주척의 7치 4푼에 해당하고, 전한궁척은 주척의 1자 3푼 7호毫, 유흠劉歆의 동곡척銅斛尺과 후한後漢 건무동척建武銅尺은 주척과 같다[건초建初(76~83) 연간에 주나라 때의 옥률玉律을 얻어, 그것을 자로 삼아서 후한관척後漢官尺이라고 불렀다. 그러니 아마 '건무척'이라고 한 것은 잘못인 듯하다]. 삼국시대 촉蜀나라와 오吳나라의 자는 주척과 같고, 위魏나라의 척법은 주척의 1자 4치 7호에 해당한다. 후위전척은 주척의 1자 2치 7리釐이

---

79) 고대 제왕이 제후를 접견할 때 잡고 있던 의례용 규이다.
80) 주희朱熹(1130~1200)는 자가 원회元晦 또는 중회仲晦이고, 자호自號로 회암晦庵, 회옹晦翁 등을 사용했다. 소흥紹興 18년(1149)에 진사에 급제하여 1154년에 천주泉州 동안주부同安主簿를 지냈다. 후에 조정에 들어가서 환장각대제겸시강煥章閣待制兼侍講을 지냈다. 주요 저작으로『주자어류朱子語類』,『사서집주四書集注』,『주역본의周易本義』,『자치통감강목資治通鑑綱目』,『태극도설해太極圖說解』,『초사집주楚辭集注』,『한문고이韓文考異』,『정씨유서程氏遺書』,『정씨외서程氏外書』,『근사록近思錄』,『이락연원록伊洛淵源錄』,『명신행신록名臣言行錄』 등이 있다. 그는 벼슬길에서는 그다지 두드러진 업적을 내지 못했으나, 이학理學을 집대성하여 이른바 '고정학파考亭學派'의 기틀을 만들었고, 또한 고정考亭, 무이武夷, 자양紫陽, 회암晦庵, 건양서원建陽 등의 서원書院을 세워 제자들을 양성했다.
81) 낭영郞瑛(1487~1566)은 자가 인보仁寶이고, 인화仁和(지금의 저쟝성浙江省 항저우시杭州市) 사람이다. 장서가藏書家이자 교감학자校勘學者로 유명한 그의 주요 저작으로『서사곤월書史衰鉞』(60권)과『췌충록萃忠錄』(2권),『칠수류고七修類稿』(55권)가 있다.

고, 중척은 주척의 1자 2치 1푼 1리, 후척은 주척의 1자 2치 8푼 1리, 진전보옥척[『세설신어世說新語』에 따르면, 농부가 들에서 주나라 때의 옥척을 얻었다고 했다]과 양梁나라 때의 척법은 또 주척의 1자 7리에 해당하고, 후진後晉 때에는 주척의 1자 6푼 2리, 송宋 · 제齊나라 때에는 주척의 1자 6푼 4리, 양표척은 주척의 1자 2푼에 해당하고, 진척陳尺도 이와 같다. 후진後晉과 동위東魏의 척법은 주척의 1자 5치 8리에 해당하는데 시척市尺은 후위후척과 같았다. 수隋나라 때의 개황관척開皇官尺도 위와 같다[시척과 관척은 모두 철척鐵尺이다].

만보상萬寶常[82]이 만든 목척木尺은 주척의 1자 1치 8푼 6리였고[이전에는 대부분 구리로 만들었으나, 이때부터 나무를 사용하기 시작했다], 당나라 때의 척법은 옛날의 옥척과 같았다[정관貞觀(627~649) 연간에 무연수武延秀가 태상太常이 되었을 때 옥척을 얻어 진귀한 완상품玩賞品으로 여겼는데, 황제에게 진상한 후 없어져버렸다. 그러나 그 흔적은 아직 남아 있는데, 추정할 수 있는 바는 6분의 5정도이다]. 개원척開元尺은 10치를 1자로, 1자 2치를 대척大尺으로 삼았다. 오대五代 시기에는 왕조의 존속 기간이 짧아서 대부분 이전 왕조의 척법을 답습했겠지만, 역사서에는 그에 대해 고증한 바가 없다. 다만 후주後周의 왕박王樸[83]이 만든 척법은 주척의 1자 2푼 정도이고, 송경표척宋景表尺은 주척의 1자 6푼 정도, 호원胡瑗[84]의 『악서樂書』에 수록된 칠척黍

---

82) 만보상萬寶常(556?~595?) : 수隋나라 때의 음악가이다. 그의 부친 만대통萬大通은 양梁나라의 부장部將이었다가 북제北齊에 귀순했는데, 나중에 강남江南에서 반란을 획책하다가 사전에 기밀이 누설되어 피살당했다. 만보상 역시 그에 연루되어 노비 신분의 악공樂工이 되었다. 그러다가 수 문제文帝(이름은 양견楊堅)가 궁정음악을 정리할 때, 만보상이 제시한 '수척률水尺律'을 표준으로 삼아 악기를 제조하게 되었다. 또한 그는 84조調 144율律을 기반으로 1008성聲의 변화에 대한 악률樂律 이론을 제시한 『악보樂譜』(64권)를 썼다고 하지만, 지금은 남아 있지 않다.
83) 왕박王樸(915~959)은 자가 문백文伯이고, 동평東平(지금의 산둥성山東省 둥핑현東平縣 서북쪽) 사람이다. 그는 후주後周 세종世宗 때에 추밀사樞密使를 지냈다. 955년에는 강회江淮 지역을 정벌한 책략을 담은 『평변책平邊策』을 지어 바쳤고, 같은 해에 시작해서 1년 남짓 동안 세종의 명에 따라 역법曆法을 바로잡기 위해 『흠천력欽天曆』(15권)을 편찬하기도 했다.
84) 호원胡瑗(993~1059)은 자가 익지翼之이고 호는 안정선생安定先生으로, 태주泰州 해릉海陵(지금의 장쑤성 타이저우泰州) 사람이다. 경우景祐 3년(1036)에 개봉開封에서 아악雅樂을 바로잡는 데에 참여하면서 종률鍾律을 연구하여 악기를 제조하는 데에 필요한 표준

尺은 주척의 1자 7푼, 사마광司馬光85)의 포백척은 주척의 1자 3치 4푼에 해당
한다. 원元나라 때의 척법은 아주 길었다고 알려져 있으나, 역사서에 고증된
바가 없다. 명明나라의 관척官尺은 모두 『가례』의 포백척에 의거했으니, 전무
척田畝尺이나 포백척, 영조척營造尺이 모두 동일했다. 남북의 지방차가 조금
있긴 하지만 모두 관척을 표준으로 삼았다. 여기서는 5자를 1심으로, 10자를
1길[丈]로, 180길을 1리里로 삼았으며, 또 5자를 1보로, 10자를 1궁弓으로, 240
보를 1무畝로 삼았다.

건초동척建初銅尺은 명나라 때 사용하던 관척의 7치 5푼에 해당한다. 명나
라 때의 관척은 바로 송나라 때의 포백척이다. 포백척은 주척의 1자 3치 4푼
이니, 동척과 주척은 다른 것이 아님을 알 수 있다. 주척에서는 8치를 1보로
하고 8자를 1심으로 했는데, 이제 동척으로 비교해보면 그것의 1심은 명나라
관척의 6자 6치 5푼밖에 되지 않는다. 어떤 이들은 지금은 사람의 키가 작아
져서 1보와 1심이 옛날에 비해 1자가 줄어들었다고도 한다. 그러나 만약 명
나라 때의 관척을 쓰면 6자가 1보가 되고 6자가 1심이 되는데, 동척으로 재
보면 충분히 8자가 될 것이다. 그런데 동척을 다시 나눠 8치로 만들고 거기
에 또 8치를 더하면 바로 옛날 십촌척의 6자 4치가 된다. 우리 청나라에서
전지田地를 잴 때는 자수[尺數]를 조금 늘려서 매 자당 1치씩을 더한다. 이것
은 명나라 관척의 5자 5치를 1보 1심으로 삼는 것이니, 동척 또한 7자 4치를

음을 제시하는 종경鍾磬을 제작했고, 이후 광록시승光祿寺丞, 국자감직강國子監直講, 대리
시승大理寺丞, 태자중윤太子中允 등을 지냈다. 특히 그가 대리시승으로 있을 때 인종仁宗
은 관리를 파견해서 그의 교수법敎授法을 정리해 『학정조약學政條約』을 편찬하게 하고,
그것을 전국 각 지방의 학교에서 표준적으로 시행하게 하기도 했다. 주요 저작으로 『수
역구의周易口義』, 『홍범구의洪範口義』, 『논어설論語說』, 『춘추구의春秋口義』 등이 있다.
85) 사마광司馬光(1019~1086)은 자가 군실君實이고, 호는 수수선생涑水先生이다. 섬주陝州
하현夏縣(지금의 산시성山西省 윈청현運城縣 안이진安邑鎭 동북쪽) 사람이다. 1038년 무
렵에 진사에 급제하여 한림학사翰林學士, 어사중승御史中丞 등을 역임했다. 그는 정치적
으로 보수파를 이끌며 왕안석王安石의 '신법新法'에 반대하다가, 관직에서 물러나 낙양
洛陽에 15년 동안 머물면서 『자치통감資治通鑑』의 편찬에 전념했다. 죽은 후에는 '태사
太師'로 추증追增되었고, 온국공溫國公에 봉해졌다. 시호는 문정文正이다. 기타 저작들은
『사마문정공집司馬文正公集』에 모아져 있다.

써야 할 것이다. 옛날로부터 시대가 멀리 떨어져 있기 때문에 당시에 남겨진 법도를 정확히 고증할 수는 없다. 다행히 한나라 동척이 주척과 같으니, 역대 의 제도가 의심할 바 없이 분명하다.'

이에 그것을 자세히 써서 후세의 현명한 이들이 참고하기를 기다린다."

『주척변周尺辨』에는 다음과 같이 기록되어 있다.

"세상의 학자들이 제도를 고증할 때에는 모두 주척을 바탕으로 삼는데, 삼 대三代 척법의 차이 가운데 오직 주나라 척법만이 자세히 알려져 있기 때문 에 그것을 바탕으로 삼은 것일 뿐이다. 그러나 어디서 주척을 얻어 바탕으로 삼은 것인가? 어쩌면 모두 억측에 따른 설명에 지나지 않을 수도 있다. 송나 라 때 반시거潘時擧86)는 『가례』의 주석에서 이렇게 썼다.

'정程 선생이 지난날의 제도를 바탕으로 삼으면서 형상을 매우 정밀하게 취했으니, 영원히 본받을 만하다. 그러나 그 제도를 쓰는 이들이 대부분 그 진실을 잃어버리는 것은 종종 주척의 길이를 고증할 수 없기 때문이다. 대개 주척은 오늘날 성척省尺의 7치 5푼에 조금 모자란데, 『진씨문집陳氏文集』87)과 사마광의 『서의書儀』에는 대부분 5치 5푼에 조금 모자란다고 잘못된 주석을 달아놓았다. 그런데 이른바 성척이라는 것 또한 어떤 것인지 알 수 없다. 내 가 옛날에 그에 대해 질문하자 선생께서는 "성척은 바로 경척京尺으로서 사 마광이 그림으로 남겨놓은 것이 있다. 이른바 삼사포백척三司布帛尺이라는 것 이 바로 이것이다"라고 대답하셨다.'

나중에 회계會稽에 사는 사마시랑司馬侍郎의 집에서 이 그림을 얻었는데,

---

86) 반시거潘時擧(?~?)는 자가 자선子善이고, 남송 때의 임해臨海(지금의 저장성에 속함) 사람이다. 그는 주희 밑에서 공부했는데, 뛰어난 기억력을 바탕으로 경전의 뜻을 명쾌 하게 풀이한 것으로 사문師門에서 평판이 높았다고 알려졌다. 벼슬은 무위군교수無爲軍 教授까지 지냈다.
87) 진부량陳傅良(1137~1203, 자는 군거君擧, 호는 지재선생止齋先生)의 문집인 『지재문집 止齋文集』(52권)을 가리키는 듯하나 확실하지 않다. 진부량은 영종寧宗(1195~1224 재위) 때에 중서사인겸시강中書舍人兼侍講을 지내다가 신기질辛棄疾을 비호하고 주희朱熹에게 의탁한다는 이유로 파직되어 고향으로 돌아갔다. 주요 저작으로 문집 외에 『역대병제 歷代兵制』(8권)과 『춘추후전春秋後傳』(12권) 등이 있다.

그 사이에 옛날의 자 몇 가지가 들어 있었다. 주척은 그 오른쪽에 있었고, 삼사포백척은 그 왼쪽에 있었다. 주척을 포백척에 비교해보면 바로 7치 5푼에 조금 모자란다. 이에 두 자의 길이를 그림으로 그리고 그 옆에 정이程頤[88]의 설을 붙였으니, 그 제도를 쓰는 이들이 의혹 없이 이해하기 바란다. 내가 『가례』에 들어 있는 3가지의 자 그림을 보니 모두가 10치로 나뉘어 있었는데, 책의 폭이 제한되어 있는 까닭에 자의 모양만 그렸을 뿐이고 자의 길이는 실제와 맞지 않았다. 〈회계고척도會稽古尺圖〉에 대한 주석에서는 '지금의 성척의 5치 5푼에 조금 못 미친다'고 했다. 〈주척도周尺圖〉에 대한 주석에서는 '삼사포백척의 7치 5푼이 조금 못 되고, 절척浙尺의 8치 4푼에 해당한다'고 했다. 『삼사포백척도주三司布帛尺圖注』에서는 '이것이 바로 성척인데, 경척이라고도 한다. 이것은 주척에 비하면 3치 4푼이 더해졌으니, 주척의 1자 3치 4푼, 절척의 1자 1치 2푼에 해당한다'고 했다. 사마 선생의 집안에 석각본石刻本이 있기 때문에 그 설명은 믿을 만하다. 지금 판본에서는 이미 그 그림을 볼 수 없어서 세상에서는 그저 『가례』에 그려진 그림을 척도[尺式]로 삼는데, 그것이 자의 형태만 보여줄 뿐 길이는 맞지 않는다는 것을 어찌 알겠는가? 자의 기준을 만들고자 한다면 어찌 2치 5푼이 짧은 주척과 3치 5푼이 긴 포백척을 똑같이 취급한단 말인가? 세상 학자들은 어지럽게 견강부회하면서 단지 『가례』에 제시된 자의 그림에만 의거하는데, 나는 이미 그것들이 모두 억측에 따른 판단임을 알고 있었다. 이제 건초동척과 주척이 같음을 알았으니, 주척은 이미 정해져 있으니 무슨 척도尺度인들 확정하지 못하겠는가?

그러므로 이렇게 정한다. 건초동척과 주척은 같으니 옛날 자[古尺]의 1자 3

---

88) 정이程頤(1033~1107)는 자가 정숙正叔이고 호는 이천선생伊川先生이며, 하남부河南府(지금의 허난성河南省 뤄양시洛陽市) 사람이다. 그는 철종哲宗(1086~1100 재위) 때에 비서성秘書省 교서랑校書郞, 숭정전설서崇政殿說書 등을 역임했으나, 당쟁에 관여했다가 내쳐진 후로 벼슬길에서는 빛을 보지 못했다. 그는 형인 정호程顥(1032~1085, 자는 백순伯淳)와 더불어 '이정二程'으로 불리며 이학理學의 토대를 마련한 대학자로 평가된다. '이정'이 함께 편찬한 주요 저작으로는 『하남정씨유서河南程氏遺書』, 『하남정씨외서河南程氏外書』, 『명도선생문집明道先生文集』, 『이천선생문집伊川先生文集』, 『이정수언二程粹言』, 『경설經說』 등이 있고, 그 외에 정이의 별도 저작으로 『주역전周易傳』이 있다.

치 6푼, 한나라 말엽 자의 8치에 해당하며, 당나라 개원척과 같다. (건초동척
과 주척은) 송나라 성척의 7치 5푼에 해당하고, 송나라 절척의 8치 4푼, 명나
라 관척의 7치 5푼에서 조금 모자란다. 또 그것들은 오늘날 공장척工匠尺의 7
치 4푼, 재척裁尺의 6치 7푼, 양지관척量地官尺의 6치 6푼, 하북대포척河北大布
尺의 4치 7푼에 해당한다. 내가 그것을 정할 수 있는 것은 건초동척이 있기
때문이다. 만약 그게 없다면 이 설명 또한 억측이 될 것이다."

11. 석궐한화石闕漢畫[89]는 한 편에는 노자를 만나는 공자와 부엌의 모습
을 새겼고, 다른 한 편에는 방패를 들고 있는 역사力士 한 명과 봉황 한
마리가 새겨져 있다. 그것은 본래 보응호寶應湖[90] 옆에 있었는데, 왕중汪
中[91]이 황제에게 학문을 강론하던 때에 그것을 옮겨가서, 지금은 그의
집에 있다.

12. 당나라 때의 『존승다라니경尊勝陀羅尼經』을 새긴 돌기둥[石幢]은 두
번째 것이 빠져 있고, 지금 남아 있는 두 개는 동은암東隱庵에 있다.

13. 오대五代 시기 오吳나라 태조太祖(902~919 재위) 양행밀楊行密[92]의 딸

---

89) 한나라 때의 궁궐에서 사용하던 화상畫像이 새겨진 벽돌[磚]을 가리킨다.
90) 지금의 쟝쑤성 북부 양저우시 근처에 있는 호수이다.
91) 왕중汪中(1746~1794)은 자가 용보容甫이며, 청나라 강도江都(지금의 쟝쑤성에 속함)
　　사람이다. 그는 젊어서 고염무顧炎武를 사숙私淑했고, 같은 지역의 왕념손王念孫, 유대
　　공劉臺拱과 친하게 지냈다. 또한 노문강盧文弨, 완원阮元, 초순焦循, 단옥재段玉裁, 강번江
　　藩 등과 교유하며 학문을 닦아 이른바 '용보학파容甫學派'의 기풍을 닦았다. 이 학파는
　　한학漢學만을 존중하고 송나라 때의 이학理學은 중시하지 않은 것이 특징이다. 왕중은
　　여러 방면에 뛰어났지만 특히 삼대三代의 학제學制 및 문자학, 훈고학, 제도 및 명물名
　　物의 고증에 빼어난 업적을 남겼다. 주요 저작으로『상서고이尙書考異』,『예경주정위禮
　　經注正僞』,『대대례기정오大戴禮記正誤』,『춘추술의春秋述義』,『춘추열국관명이동고春秋列
　　國官名異同考』,『이아보주爾雅補注』,『광릉통전廣陵通典』,『술학述學』(내·외편),『용보선
　　생유시容甫先生遺詩』 등이 있다.
92) 양행밀楊行密(852~905)은 처음 이름이 행민行愍이고 자는 화원化源으로, 여주廬州 합
　　비合肥(지금의 안훼이성安徽省 허페이合肥) 사람이다. 그는 당나라 중화中和 3년(883)에

이 16살에 서주자사舒州刺史를 지낸 팽성彭城 출신의 유공劉公에게 시집
가서 아들딸 12명을 낳고 순의順義 7년(927)에 38세로 죽었다. 그녀는 건
정乾貞 2년(928)에 강도현江都縣 흥녕향興寧鄕 가서촌嘉墅村에 묻혔고, 장
공주長公主라고 불렸다. 민현閩縣의 현승縣丞 위덕흥危德興이 「심양공주
묘지尋陽公主墓志」를 지었다. 당시 마을 농부가 땅을 파다가 돌을 얻었는
데, 지금은 원오정령原烏程令 나소심羅素心의 집에 소장되어 있다.

14. 염상鹽商 안씨安氏[93])는 양주에서 염업鹽業을 하는데, 손과정孫過庭[94])
의 『서보書譜』를 여러 개의 돌에 새겼다. 지금 그것들은 강산초당康山草
堂의 벽에 박혀 있다. 절 안에는 소식이 쓴 「소견蘇堅[95])의 시 「유촉강」
에서 운을 빌려 사신으로 가는 이효박을 전송함[次韻伯固游蜀岡送李孝博奉
使嶺表詩]」이라는 시가 있는데, 모두 10운韻이다. 그 석각은 절에 있는 동
안 부러지고 쓰러진 지 이미 오래 되었는데, 위에는 가정嘉靖 신축辛丑
년(1541)에 성의盛儀[96])와 만력萬曆 기묘己卯년(1579)에 면양沔陽의 진문촉陳

여주자사廬州刺史에 부임했다가, 경복景福 1년(892)에 손유孫儒를 죽이고 스스로 회남절
도사淮南節度使가 되었고, 천복天復 2년(902)에는 오왕吳王에 봉해졌다. 죽은 후 처음에
는 무충武忠이라는 시호諡號를 받았으나, 나중에 효무왕孝武王으로 바뀌었다가 다시 무
황제武皇帝로 추서追敍되었다.

93) 당시 양주의 큰 염상이자 유명한 수장가收藏家인 안기安岐를 가리킨다. 안기는 자가
의주儀周이고 호는 녹촌麓村이며, 그의 소장품은 『묵연휘관墨緣彙觀』이라는 책에 수록
되어 있다.

94) 손과정孫過庭(648~703)은 자가 건례虔禮이며, 당나라 때의 저명한 서예가로서 특히
초서草書를 잘 썼다. 지금까지 남아 있는 그의 글씨로는 『서보』를 비롯해서, 『천자문千
字文』, 『경복전부景福殿賦』 등이 알려져 있다.

95) 소견蘇堅은 자가 백고伯固이고 호는 후호거사後湖居士이며, 천주泉州(지금의 푸지앤싱
福建省에 속함) 사람이다. 그는 숭녕崇寧 1년(1102)에 감소주잠수은동장監韶州岑水銀銅場
을 지냈고, 건창군통판建昌軍通判까지 지냈다. 그의 친한 벗이었던 소식의 『소식시집蘇
軾詩集』 권32에 수록된 「소견의 '중양절' 시의 운을 빌려 쓰다[次韻蘇伯固主簿重九]」
라는 시의 제목 아래에 붙은 주석과 청나라 건륭乾隆 연간의 『연산현지鉛山縣志』 권5에
그의 사적에 관한 기록이 있다.

96) 성의盛儀(?~?)는 자가 덕장德章이고 호는 촉강蜀岡이며, 명나라 때 강도江都 사람이다.
진사 출신으로 태복시경太僕寺卿을 지냈다. 그가 편찬을 주도한 『가정유양지嘉靖惟揚志』
(38권)는 현존하는 가장 오래된 양주 지방지地方志이다.

文燭97)이 쓴 발문跋文이 새겨져 있다. 강희康熙 신축辛丑년(1721)에 신성新城 땅의 왕사정王士禎98)이 사리司理99)로 있을 때 그곳을 방문하여 승려에게 그 돌을 방장方丈의 벽에 박아 넣게 하고 운韻을 빌려 그 일을 기록하니, 그것이 바로 「선지창화시禪智唱和詩」이다. 건륭 갑오甲午년(1774)에 한림학사 사계곤謝啓崑100)이 양주자사揚州刺史로 있을 때, 내각학사內閣學士 옹방강翁方綱101)이 그에게 그 절을 찾아가 탁본拓本을 부탁하고, 창화唱和의 미담을 이었다.

병신丙申년(1776)에 사계곤은 전운사轉運使 주효순朱孝純102)과 함께 2수

---

97) 진문촉陳文燭(?~?)은 자가 옥숙玉叔이다. 융경隆慶 4년(1570)에 회안지부淮安知府를 지냈고, 가정嘉靖 14년(1535)에 진사에 급제하여 여러 차례 대리경치사大理卿致仕에 천거되었다. 그는 『서유기西遊記』의 작자로 알려진 오승은吳承恩의 친한 벗으로 알려져 있다. 저작으로 『이유원시문집二酉園詩文集』이 있다.

98) 왕사정王士禎(1634~1711)은 신성新城(지금의 산동성山東省 환타이현桓臺縣) 사람으로, 본래 이름은 사진士禛이고 자는 자정子貞 또는 이상貽上이며, 호는 완정阮亭 또는 어양산인漁洋山人인데, 스스로 제남인濟南人이라 칭했다. 부귀한 관료 가문에서 태어난 그는 진사에 급제한 25살(1658)을 전후로 문단에 명성을 날리기 시작했고, 벼슬이 형부상서刑部尙書까지 오르는 등 정치계에서도 영향력이 컸다. 주요 저작으로는 『대경당집帶經堂集』(92권)이 있는데, 여기에는 『대경당시화帶經堂詩話』(30권)와 『어양시화漁洋詩話』(3권), 『촉도역정기蜀道驛程記』(2권), 『향조필기香祖筆記』(2권), 『거이록居易錄』(34권), 『지북우담池北偶談』(26권) 등이 포함되어 있다. 왕사정은 1660~1664년까지 양주추관揚州推官으로 있다가 이듬해에 예부시랑禮部侍郎으로 옮기기까지, 5년 동안 양주에서 지냈다.

99) 형법刑法과 소송訴訟을 관장하는 직책이다.

100) 사계곤謝啓崑(1737~1802)은 자가 온산蘊山이고 호는 소담蘇潭이며, 강서江西 남강南康(지금의 난캉시南康市) 사람이다. 그는 건륭乾隆 25년(1760)에 진사에 급제하였고, 1770년에 강소江蘇의 진강지부鎭江知府가 되었고, 뒤이어 양주지부揚州知府가 되었다. 당시 동대현東臺縣의 서술기徐述夔가 쓴 「일주루一柱樓」라는 시 때문에 문제가 생겨 벼슬이 강등되기도 했으나, 이 때문에 오히려 강회江淮 지역에서 명망이 높아졌다. 나중에 그는 절강안찰사浙江按察使, 산서포정사山西布政使, 광서순무廣西巡撫 등을 지내면서 훌륭한 치적을 많이 쌓았다.

101) 옹방강翁方綱(733~1818)은 자가 정삼正三이고 호는 담계覃溪 또는 소재蘇齋이며, 직예直隷 대흥大興(지금의 베이징北京에 속함) 사람이다. 내각대학사內閣大學士까지 지낸 그는 서예에도 뛰어났고, 훌륭한 금석학자金石學者이기도 했다. 주요 저작으로 『양한금석기兩漢金石記』, 『월동금석략粵東金石略』, 『한석경잔자고漢石經殘字考』, 『초산정명고焦山鼎銘考』, 『묘당비당본존자廟堂碑唐本存字』, 『소재제발蘇齋題跋』, 『소미재난정고蘇米齋蘭亭考』, 『복초재문집復初齋文集』 및 『시집詩集』, 『석주시화石洲詩話』 등이 있다.

102) 주효순朱孝純(1735~1801)은 자가 자영子穎이고 호는 사당思堂 또는 해우海愚로서, 지

를 화작和作하여 돌에 새기고, 건물 몇 칸을 증축하여 벽에 그 돌을 박아 넣었다. 그러자 이에 화작한 이가 수십 명이어서, 그것들을 모아 『속선지창화시續禪智唱和詩』 1권을 만들었다. 옹방강은 그 책의 발문에 이렇게 썼다.

소백고는 이름이 소견이고 진강鎭江 사람이다. 그는 박학하고 시를 잘 썼다. 그가 소식과 양주에서 만났다. 이효박李孝博[103] 또한 산양태수山陽太守로 있으면서 치적이 뛰어나 광동제점형옥廣東提點刑獄에 제수되었다는 사실이 『서중거절효전徐仲車節孝傳』[104]에 보인다. 이효박은 자가 숙승淑升인데 이 유적에서는 숙사淑師라고 쓰고 있으니, 마땅히 책의 기록을 옳은 것으로 보아야 한다.

지금 이 석각에는 '사師'자가 반쯤 갈라져 있다. 마침 문인門人 장명張銘[105]이 하남군河南郡 겹현郟縣에도 이 시의 석각이 있다며 탁본을 떠서 보내주었는데, 이곳 유적과 필법이 완전히 똑같았으니 매우 특이한 일이었다. 소식이 만년에 양선陽羨(지금의 장쑤성江蘇省 이싱현宜興縣)에 살다가 병이 나서 일어나지 못하자 사촌형제들이 여주汝州 겹성郟城의 소아미산小峨嵋山에 길한 땅

금의 산둥성 탄청郯城 출신이다. 건륭乾隆 임오년壬午(1762)에 거인擧人이 되어, 사천四川 간현簡縣의 지현知縣과 중경지부重慶知府, 태안지부泰安知府 등을 거쳐 양회염운사兩淮鹽運使를 역임했다. 저작으로 『해우시초海愚詩草』와 『곤미습오시초崑彌拾悟詩草』가 있다.
103) 이효박李孝博(?~?)은 자가 숙승叔升 또는 숙사叔師이다. 그는 원우元祐 7년(1092)에 도수감남외승都水監南外丞에 임명된 이래, 초주지부楚州知府, 제전광동형옥提點廣東刑獄 등을 역임했고, 소성紹聖 4년(1097)에는 대리시소경大理寺少卿이 되었다.
104) 서적徐積(1028~1103)은 자가 중거仲車이고, 초주楚州 산양山陽(지금의 장쑤성 화이안淮安) 사람이다. 그는 1067년에 진사에 급제했으나 귀가 멀어 벼슬살이를 하지 못하고 줄곧 집안에서만 지내다가, 1086년에야 60세의 나이로 초주교수楚州敎授로 부임했고, 나중에 선덕랑宣德郞, 감중악묘監中岳廟 등을 지냈다. 그는 3세에 부친을 여의고 홀로 남은 모친을 극진히 봉양한 것으로 명성이 자자해서, 죽은 후에는 '절효선생節孝先生'이라는 시호諡號가 내려졌다.
105) 장명張銘(?~?)은 자가 신반新盤이고 호는 경당警堂으로 남성南城 사람이다. 건륭乾隆 기묘년己卯(1759)에 거인擧人이 되었고, 벼슬은 강남소송태병비도江南蘇松太兵備道를 지냈다. 저작으로 『경당만존시초警堂漫存詩草』가 있다.

을 얻어 그곳에 장사지냈다. 그러다가 후손들은 영창潁昌으로 옮겨가 살았는데, 이 일은 조열지晁說之106)가 지은 묘지墓志에 설명되어 있다. 명나라 말엽에 도적들이 그 무덤의 측백나무들을 베어버렸다. 순치順治 3년(1646) 가을에 지현知縣으로 있던 제남濟南 출신의 장독행張篤行107)이 무덤을 찾아와 다시 무덤을 손질하고 나무를 심고 묘비를 세웠다. 그날 밤 그의 꿈에 푸른 옷을 입은 하인 하나가 나타나 말했다.

"동파東坡 선생이 감사인사를 전해달라고 하십니다."

"그분은 지금 어디 계십니까?"

"임여臨汝(지금의 허난성河南省 린루진臨汝鎭)에 계십니다. 거기 가시면 만나 뵐 수 있을 것입니다."

그해 7월에 그는 일이 있어 여주에 갔는데, 하인 하나가 찾아와 두루마리 하나를 전해주었다. 그것은 바로 소식이 쓴 「촉강에서 영남으로 가는 이효박을 전송하며[蜀岡送李孝博之嶺南詩]」였다. 그것을 건네주고 하인이 갑자기 사라지니, 장독행은 이상한 일이라고 생각했다. 그래서 그는 석공石工을 시켜 그 글씨를 돌에 새기고, 스스로 장편시를 지어 그 일을 기록했다. 왕사정王士禛의 『지북우담池北偶談』에 그 일이 기록되어 있는데 그것이 오늘날 남아 있는 유적과 일치한다. 이야말로 문인의 영혼이 하늘의 도움을 받아 인연을 맺은 것이 아닌가! 제2구는 문집에 "노학방예선老鶴方翳禪"이라고 되어 있는데,

---

106) 조열지晁說之(1059~1129)는 자가 이도以道 또는 백이伯以이고, 제주齊州 거야鉅野(지금의 산둥성山東省 쥐예현巨野縣) 사람이다. 그는 사마광司馬光을 존경하여 경우생景迂生이라는 자호를 만들었다고 한다. 그는 1082년에 진사에 급제한 뒤로 연주兗州, 숙주宿州, 명주明州, 성주成州 등 여러 곳에서 낮은 지방관을 전전하다가 흠종欽宗(1126~1127 재위) 때에야 저작랑著作郎으로 부름을 받아 잠시 동안 비서소감秘書少監 및 중서사인中書舍人을 지냈다. 고종高宗(1127~1182 재위) 때에는 시독侍讀을 지내기도 했다. 저작으로 『숭산문집嵩山文集』(20권, 『경우생집景迂生集』이라고도 함)이 있다.

107) 장독행張篤行(?~?)은 자가 시신諟紳이고 호는 석지石只 또는 석여石如, 사예산인四藝山人 등을 썼다. 산동山東 장구章丘 사람이다. 그는 순치順治 3년(1646)에 진사에 급제하여, 사천四川 겹현령郟縣令을 거쳐 건녕도建寧道까지 지냈다. 겹현령으로 있을 때에는 '삼소三蘇'의 무덤을 증수增修한 적이 있다. 현재 난징박물관南京博物院에 그가 그린 〈조대도釣臺圖〉가 소장되어 있다.

묵적墨迹에는 '초예初隸'라고 되어 있으니 마땅히 묵적을 옳은 것으로 보아야
할 것이다.

15. 사계곤謝啓崑은 자가 온산蘊山이고 남강南康 사람이다. 그는 진사에
급제하여 한림원에 들어갔다가, 양주태수로 나가 여러 해 동안 선비들
의 기상을 진작시키고 백성의 교화를 주도했다. 이어서 하고도河庫道로
승진했다가, 다시 절강안찰사사浙江按察使司, 산서포정사사山西布政使司로
승진했다. 그는 문장과 경전에 대한 학식에서 한 시대의 최고봉으로 추
앙받았다. 저작으로 『서위서西魏書』가 있는데, 위수魏收[108]가 빠뜨린 것
을 보충하고 바로잡을 만하다. 그 책의 대략적인 내용은 내 친구이자
진사 출신인 능정감凌廷堪[109]이 가장 상세히 서술했다. 그 내용은 이러
하다.

남강 땅 사계곤 선생이 『서위서』 24권을 편찬했는데, 그 안에는 기紀 1편,
표表 3편, 고考 4편, 전傳 12편, 재기載記 1편이 들어 있다. 책이 완성되자 내
게 보여주면서 후서後序를 쓰라고 하셨다. 나는 그것을 받아 끝까지 읽어보

---

108) 위수魏收(506~572)는 자가 백기伯起이고 소자小字는 불조佛助이며, 거록矩鹿 하곡양下
曲陽(지금의 허베이성河北省 핑샹平鄉) 사람이다. 그는 북위北魏 때에 태학박사太學博士를
지냈고, 북제北齊 때에는 상서우복야尚書右僕射를 지냈다. 또한 그는 천보天保 2년(551)
에 황명을 받아 4년에 걸쳐 『위서魏書』를 저술했는데, 인물에 대한 불공정한 비판이
많아서 '예사穢史'라는 비평을 받고 두 차례에 걸쳐 수정했다. 이 때문에 훗날 제나라
가 망하자 누군가 그의 무덤을 파헤쳐 뼈를 사방에 흩뿌려버렸다는 기록이 있다.
109) 능정감凌廷堪(1755~1809)은 자가 자중次仲이고 호는 중자선생仲子先生이며, 청해주淸
海州 판포板浦(지금의 관원반푸灌雲板浦) 사람이다. 조상의 관적貫籍은 안휘安徽 흡현歙縣
이다. 그는 1784년에 하남순무河南巡撫 필원畢源의 막료幕僚로 있다가, 4년 후에는 판포
장염과대사板浦場鹽課大使 이여황李汝璜의 초빙을 받아 학관學館을 열고 이여진李汝珍 등
의 훌륭한 학자를 양성했다. 그는 35세에 진사에 급제했으나 벼슬살이를 하려 하지 않
다가, 1801년에 영국부학교수寧國府學教授가 되었다. 가경嘉慶 9년(1804)에는 다시 판포
로 돌아갔다. 저작으로는 『예경석례禮經釋例』, 『통감익호通鑒翼胡』, 『원유산연보元遺山年
譜』, 『충거신서充渠新書』, 『교례당문집校禮堂文集』, 『연악고원燕樂考源』, 『능양독여록陵陽讀
餘錄』 등이 있다.

고 다음과 같이 서를 쓴다.

　사마천과 반고班固 이래로 역사서를 쓰는 것은 시대를 달리하며 흥성했는
데, 송나라 때부터 원나라 때까지는 역사를 쓰는 법이 점차 사라져버렸다. 문
장의 꾸밈을 위주로 하면 공허하고 소략해질 수 있다는 폐단이 있고, 포폄褒
貶을 담는다면 간사한 거짓말에 가까워지는 허물이 생기게 된다. 그러니 비
록 역사서를 쓰는 사람들마다 용문龍門에서 태어난 사마천의 궤적을 이어받
았다고 자부하고, '인경麟經' 즉『춘추春秋』의 필법筆法을 잇는다고 자부하지
만, 그 체례體例를 따져보고 본말을 살펴보면 그에 들어맞는 이가 드물다.
　선생은 비상한 기억력으로 정선된 책들을 두루 읽고, 천 수백 년 이상 흩
어져 있던 것들을 망라하여 20여 년의 시간 속에 순서에 맞춰 사실을 엮어놓
았다. 그는 심약沈約(441~513)이나 위수魏收와 같이 분명하게 갖춰놓았고, 송
기宋祁110)나 구양수歐陽修111)와 같이 빠뜨린 부분은 없었다. 책의 분량은 많
지 않으나 조목條目이 모두 자세히 갖춰져 있다. 연월年月에 따른 서술을 주
축으로 삼으면서도 '방행사상旁行斜上'112)으로 보완했다. 일의 연혁과 손익損

---

110) 송기宋祁(998~1061)는 자가 자경子京이고 안륙安陸(지금의 후베이성湖北省에 속함) 사
　람이다. 그는 국자감직강國子監直講, 태상박사太常博士, 용도각학사龍圖閣學士, 사관수찬史
　官修撰 등을 지냈다. 그의 형인 송상宋庠과 함께 시문詩文을 잘 짓는 것으로 명성을 날
　려, 세간에서 흔히 '이송二宋'으로 불렸다. 저작으로『송경문공집宋景文公集』이 있고, 구
　양수歐陽修와 함께『신당서新唐書』를 편찬하기도 했다.
111) 구양수歐陽修(1007~1072)는 자가 영숙永叔이고 호는 취옹醉翁 또는 육일거사六一居士
　이며, 길주吉州 여릉廬陵(지금의 쟝시성江西省 지안시吉安市) 사람이다. 1030년에 진사에
　급제하여 벼슬길에 들어선 후 그는 범중엄范仲淹 등과 더불어 정치 개혁을 추진하다가
　여이간呂夷簡을 비롯한 보수파에게 밀려 저주滁州, 양주揚州, 영주潁州 등지의 지방관으
　로 전전했다. 나중에 한림학사翰林學士와 사관편수史館編修를 거치며『신당서新唐書』편
　찬을 주도하기도 했고, 추밀부사樞密副使 및 참지정사參知政事를 지냈다. 만년에는 보수
　파로 마음이 기울어 왕안석王安石의 '신법新法'에 반대했다. 저작으로『구양문충공집歐
　陽文忠公集』이 있으며,『신오대사新五代史』를 편찬하기도 했다.
112) '방행사상旁行邪上'이라고도 한다. 원래 옆으로 비스듬히 사선斜線을 긋거나 글을 옆
　으로 쓰는 것을 가리키는 말이었는데, 나중에는 도표 형식으로 배열된 계표繫表나 보
　첩譜牒 등을 가리키는 말이 되었다.

益을 상세히 밝히고 역사의 흥망성쇠 및 정치의 잘잘못을 드러냈으니, 정말 남사南史와 동호董狐[113])의 법도를 보존하여 동관東觀[114])의 규범이 될 만한 사람이라 하겠다. 그 큰 줄거리를 간략하게 꼽아보자면, 그 훌륭한 점은 6가지가 있다.

미묘한 뜻[微旨]을 풀어쓴 것을 꼽을 수 있다. 진수陳壽[115])는 무제武帝 조조曹操로부터 기紀를 썼지만, 헌제獻帝[116])가 무능한 황제인데도 범엽范曄[117])은 그를 『후한서』에 올려놓았다. 방교房喬[118])는 문제文帝 조비曹丕(187~226 재위)를 기준으로 왕조의 연대를 정했지만, 조모曹髦[119])가 어린 나이에 황제가

---

113) '남사'와 '동호'는 각각 춘추시대 제齊나라와 진晉나라의 사관史官으로서, 모두 외압에도 굴하지 않고 사실史實에 입각해서 있는 그대로 역사를 기록한 것으로 유명하다.
114) 동한東漢 때에 반소班昭 등이 명제明帝(58~75 재위)의 명을 받아 낙양성洛陽城 남궁南宮의 동관東觀에서 『한기漢記』를 편찬했다. 이 때문에 훗날 동관은 사관들이 역사서를 편찬하는 곳을 가리키는 말이 되었다.
115) 진수陳壽(233~297)는 자가 승조承祚이고, 안한安漢(지금의 쓰촨성四川省 난충베이南充北) 사람이다. 그는 촉한蜀漢에서 관각령사觀閣令史를 지냈으나 벼슬길이 순조롭지 못했으며, 진晉나라 때에 저작랑著作郎, 치서시어사治書侍御史 등을 지냈고, 진나라가 오吳나라를 멸망시킨 뒤에 『삼국지三國志』를 편찬했다. 그 외에 『고국지古國志』와 『익부기구전益部耆舊傳』을 썼고, 『촉상제갈량집蜀相諸葛亮集』을 편찬하기도 했다.
116) 헌제獻帝(190~220 재위)는 동한의 마지막 황제이다. 그러나 재위 기간 동안 동탁董卓과 조조曹操의 허수아비로서 실권을 행사하지 못하다가, 조조가 황제를 칭하고 나서는 제위에서 쫓겨나 산양공山陽公으로 강등되었다.
117) 범엽范曄(398~445)은 자가 울종蔚宗이고, 산음山陰(지금의 허난성河南省 시촨淅川) 사람이다. 그는 명문 집안의 후손이었으나 첩에게서 태어난 서자였기 때문에 그 후광을 별로 입지 못했고, 420년 남조 송宋나라가 들어서고 나서야 벼슬길에 들어서 비서감秘書監, 상서이부랑尙書吏部郎 등의 벼슬을 살았으나, 교만한 성격으로 인해 자주 폄적 당했다. 그러다가 432년 선성태수宣城太守로 좌천되자, 이진의 여러 학자들이 쓴 『후한서後漢書』를 편집하여 새로운 『후한서』(90권)를 편찬했다. 440년에 문제文帝(이름은 유유劉裕)의 동생 유의강劉義康이 반란을 일으키면서 범엽을 끌어들였는데, 결국 일이 실패로 끝나고 나자 범엽도 주동자로 처형되었다.
118) 방교房喬(579~648)는 자가 현령玄齡으로 제주齊州 임치臨淄(지금의 산둥성山東省 즈보시淄博市 동쪽) 사람이다. 그는 18살에 진사가 되어 우기위羽騎尉에 제수되었고, 수隋나라 말엽의 혼란기에 이세민李世民에게 투항했다. 당나라가 들어선 후 그는 두여회杜如晦, 장손무기長孫無忌, 울지경덕尉遲敬德, 후군집侯君集 등과 더불어 이세민이 황제 지위를 찬탈한 데에 큰 공을 세워 중서령中書令이 되었고, 나중에 양국공梁國公에 봉해졌다. 태종太宗이 고구려를 정벌할 때에는 뒤에 남아 경사를 지키기도 했다.
119) 조모曹髦(241~260)는 14살 때인 254년에 사마씨司馬氏에 의해 제위에 올랐으나, 그

되었음에도 진수陳壽는 『삼국지』에 그를 포함시켰다. 진실로 황제의 세계世系와 관련된 것이기 때문에 의리상 누락시키지 않았던 것이다. 그러나 탁발씨拓跋氏의 북위北魏 왕조의 말년은 우문태宇文泰[120]에게 기대어 기록되어 있고, 수덕水德의 운을 타고난 왕조가 말년에 목덕木德을 빌려 천하를 다스렸다는 얘기는 들어보지 못했다.[121] 그리고 장안에 도읍을 둔 네 명의 황제가 있었지만[122] 결국 그들에 대한 전문적인 역사서는 없다. 이연수李延壽[123]가 그들을 모두 북조北朝에 합쳐 기록했다고 해서 위수魏收가 그들을 서위西魏의 역사에서 빼버린 것을 어찌 내버려둘 수 있겠는가? 이것을 일컬어 '빠진 것을 보충했다補闕'고 하는 것이니, 이것이 첫 번째 훌륭함이다.

제위帝位가 헌제獻帝의 연강延康[124] 연간으로 물려졌는데도 뜻있는 선비들은 촉蜀나라의 장무武章[125]를 존중했고, 옥새玉璽가 오래 전에 오吳나라의 천우天祐[126]로 넘어갔는데도 후세 사람들은 여전히 남당南唐의 승원昇元[127]을

들의 허수아비 노릇을 꺼려하다가 260년에 사마소司馬昭에 의해 피살되었다.

120) 우문태宇文泰(505~556)는 자가 흑랄黑獺 또는 흑태黑泰이며, 선비족鮮卑族 출신이다. 그는 서위西魏 왕조의 실질적인 창시자이며, 그의 아들 우문각宇文覺이 제위를 이어받아 국호를 주周로 바꾸면서 그를 태조太祖로 추존追尊하고, 시호를 문제文帝라 했다.

121) 북위의 효무제孝武帝가 관중關中으로 도망쳐서 우문태에게 의지함으로써, 왕조가 이름만 남아 있고 실질적으로는 망한 상태를 가리킨다. 우문태는 병권을 장악하고 있다가 535년에 효무제를 살해하고 원보거元寶炬를 황제로 내세웠으니, 이것이 서위西魏이다. 557년에는 우문태의 아들 우문각宇文覺이 황제에 올라 국호를 주周로 바꾸었으니, 바로 북주北周이다. 북주는 5명의 황제를 거치며 25년 동안 유지되다가, 581년에 수隋나라에 의해 멸망했다. '중화본'에서는 이 부분이 "수운계조차수우수덕水運季朝借垂于水德"이라고 되어 있는데, 마지막 두 글자는 '목덕木德'을 잘못 쓴 것인 듯하다.

122) 동한 헌제獻帝(189~220 재위), 서진西晉 민제愍帝(313~316 재위), 전진前秦 부건符建(350~355 재위), 후진後秦 태조太祖 요장姚萇(384~393 재위)이 장안에 도읍을 두었다.

123) 이연수李延壽(?~?)는 자가 하령遐齡이고, 대략 당나라 의봉儀鳳(676~679) 연간에 죽은 것으로 알려져 있다. 그는 일찍이 숭현관학사崇賢館學士와 부새랑符璽郎을 지냈고, 태종太宗 때에는 『수서隋書』의 기紀, 전傳, 지志 및 『진서晉書』, 그리고 기타 당나라의 국사편찬에 참여했다. 특히 그는 부친이 완성하지 못하고 남긴 『남사南史』와 『북사北史』를 완성시킨 것으로 유명하다.

124) 동한 헌제獻帝(189~220 재위)의 연호 가운데 하나로서, 220년 정월부터 10월까지를 가리킨다.

125) 삼국시대 촉蜀나라 소열제昭烈帝 유비劉備의 연호로서, 221~223년을 가리킨다.

126) 오대五代 시기 오吳나라의 태조 양행밀楊行密의 연호로서 904~919년에 해당한다.

우위에 두었다. 왜 그런가? 촉나라는 유씨의 종통宗統을 이어받았고, 남당은 잠시 당나라의 운명을 연장했기 때문이다. 하물며 쫓겨난 황제가 엄연히 생존해 있는데 새로운 왕조가 건립되었고, 북위北魏의 연호인 영희永熙[128)가 바뀌지 않았는데 동위東魏의 연호인 천평天平[129)이 수립되었음에랴! 그러므로 저 업하鄴下[130)에 도읍을 둔 나라들은 억누르고 여기 관중關中에 도읍을 둔 나라들은 떠받들면서, 서위의 원보거元寶炬는 천왕天王과 나란히 취급하고 동위의 원선견元善見은 열국列國의 반열에 두었다. 이것은 마치 소상蕭常과 사폐謝陛[131)가 서촉西蜀을 내세우고 육유陸游[132)와 마령馬令[133)이 『남당서南唐書』를 편찬한 것과 마찬가지인데, 누가 낫고 누가 못한지는 틀림없이 판별할 수 있다. 이것을 일컬어 '정통을 보존한다[存統]'고 하는 것이니, 이것이 두 번째 훌륭함이다.

---

127) 오대 시기 남당南唐의 열조烈祖 이변李昪(937~942 재위)의 연호이다.

128) 북위北魏 효무제孝武帝(532~534 재위)의 연호 가운데 하나로서, 532년 12월~534년 10월까지를 가리킨다.

129) 동위東魏의 효정제孝靜帝(534~550 재위, 이름은 원선견元善見)의 연호 가운데 하나로서, 534년 10월~537년까지를 가리킨다. '중화본'에서 이 부분의 본문은 "천십수원天十遂元"으로 되어 있는데, 이는 "천평수원天平遂元"을 잘못 쓴 것으로 여겨진다.

130) 534년에 위魏나라는 동위와 서위로 분열되었는데, 동위는 업하에 도읍을 두었다.

131) 소상蕭常(?~?)은 남송南宋 여릉廬陵 사람으로 부친 소수명蕭壽明의 유지에 따라 20년에 걸쳐 기전체紀傳體 역사서인 『속후한서續後漢書』(42권)를 편찬했다. 사폐謝陛(?~?)는 자가 자신紫宸 호는 단풍丹楓으로 명나라 말엽 강서江西 공현贛縣 사람이다. 그는 만력萬曆 연간에 『계한서季漢書』60권(『정론正論』 1권, 『답문答問』 1권 포함)을 편찬했으며, 또한 『흡지歙志』의 편찬자로도 알려져 있다.

132) 육유陸游(1125~1210)는 자가 무관務觀이고 호가 방옹放翁이며, 월주越州 산음山陰(지금의 저장성浙江省 사오싱시紹興市) 사람이다. 그는 1153에 진사에 급제했으나 금金나라에게 잃어버린 땅을 회복하자는 주장을 자주 펴는 바람에 제명당했다가, 효종孝宗(1163~1189 재위) 때에 '진사출신進士出身' 자격을 하사받아 나중에 추밀원편수樞密院編修, 기주통판夔州通判 등을 거쳐 복건福建, 강서江西, 절강浙江 등지의 지방관을 지냈다. 그러나 여러 차례 조정의 주화파主和派에게 배척당하다가 결국 파직되어, 1202년에 보장각대제寶章閣待制가 되기 전까지 20년이 넘도록 고향에서 불우한 나날을 보내야 했다. 가까이 고향에서 재난을 경험하여 일생은 아주 불우하였다. 저작으로 『검남시고劍南詩稿』와 『위남문집渭南文集』, 『노학암필기老學庵筆記』, 『남당서南唐書』 등이 있다.

133) 마령馬令(?~?)은 송宋나라 상주常州 의흥宜興(지금의 장쑤성에 속함) 사람이다. 그는 조부 마원강馬元康의 유지를 받들어 『남당서南唐書』(30권)를 편찬했다.

사마의司馬懿134)와 사마소司馬昭135)에 대해서는 위나라의 역사서에서 찾아
볼 수 없고, 북제北齊의 고조高祖136)와 세종世宗137)은 원위元魏138)의 역사서에
전기傳記가 들어 있지 않다. 공적이 두드러진데도 남의 신하로 생애를 마치
기도 하고, 하늘이 정한 운명을 넘겨받지 못 했는데도 제위를 찬탈하기도 한
다. 당시의 시대를 고려하면 단호하게 결단을 내리지 못하고 망설임이 있게
마련인데, 역사서의 기록에서 헤아려보면 어찌 적절하다 하겠는가? 그래서
우문태에 대해서 태조太祖라는 추존된 칭호를 배제하고 흑달黑獺이라는 자字
를 크게 썼으며, 당 고조高祖의 조부인 이호李虎139)에 대해서도 『당기唐
紀』140)의 지나친 경칭을 삭제하고 이름을 그대로 썼다. 이렇듯 옛 사람들이
발휘하지 못했던 공정함을 발휘하고, 이전 역사서에서 드러내지 못했던 숨겨
진 사실들을 드러냈다. 이것을 일컬어 '명분을 바로잡는다[正名]'고 하는 것

---

134) 사마의司馬懿(179~251)는 자가 중달仲達이며, 삼국시대 위魏나라의 뛰어난 재상으로
서 선왕宣王에 봉해졌다. 나중에 그의 후손 사마염司馬炎이 진晉나라의 황제가 되었을
때, 그를 선제宣帝로 추존追尊했다.
135) 사마소司馬昭(211~265)는 자가 자상子上이고, 사마의司馬懿의 둘째아들이다. 삼국시
대 위魏나라 말엽의 정권을 좌지우지하면서 진왕晉王에 봉해졌는데, 죽은 뒤 그이 아
들 사마염에 의해 문제文帝로 추존되었다. 묘호廟號는 태조太祖이다.
136) 고조(?~547)는 이름이 고환高歡이고, 시호가 헌무獻武이다.
137) 세종(?~549)은 이름이 고징高澄이고, 시호는 문양文襄이다.
138) 북조 위나라 효문제孝文帝가 낙양洛陽으로 천도한 후, 본래 성씨인 '탁발'을 버리고
'원元'씨를 사용했기 때문에, 이 시기를 '원위'라고 부른다.
139) 이호李虎는 당 고조 이연李淵의 조부이다. 원래 우문태宇文泰로부터 선비족鮮卑族 성
씨인 '대야씨大野氏'를 하사받았기 때문에, '대야호大野虎'라고도 불린다. 또한 그의 형
은 이름이 기두起豆이고 동생의 이름이 걸두乞豆인 것으로 보아, 그의 원래 이름도 '○
두'라는 선비족 형식이었을 것으로 여겨진다. 그는 서위西魏에서 좌복야左仆射를 지냈
고, 농서군공隴西郡公에 봉해졌다. 그는 우문태宇文泰, 태보太保 이필李弼, 대사마大司馬
독고신獨孤信 등과 더불어 '나라를 지탱하는 8개의 기둥[八柱國家]'으로 불렸고, 죽은
후에는 당양공唐襄公이라는 시호를 받았다. 나중에 이연이 당나라를 세운 후에는 그를
황제로 추존하고, 묘호廟號를 태조太祖, 시호를 경제景帝라고 했다. '중화본'에는 '효호
孝虎'라고 되어 있으나, 잘못된 표기인 듯하다.
140) 송나라 때 진팽년陳彭年(961~1017, 자는 영년永年)이 유후劉昫(887~946, 자는 요원耀
遠)의 『당서唐書』를 토대로 고조高祖부터 애제哀帝까지 당나라의 역사를 새롭게 편년사
編年史로 엮은 것으로서, 모두 40권이라고 알려져 있다. 그러나 이 책은 지금은 남아
있지 않다.

이니, 이것이 세 번째 훌륭함이다.

경卿과 사士의 설정에서도 모두 『주관周官』을 본받고, 반포한 조령詔令은 모두 『대고大誥』를 규범으로 삼았다. 시조始祖에게는 황제 지위를 안배하고 교사郊祀의 의식으로 받들었고, 속국에서 왕들이 찾아오면 빙근聘覲의 전례典禮[141]를 베풀었다. 동시대 사람들이 미처 신경 쓰지 못한 것도 있고 전대前代에 드문 것도 있는데, 이런 옛날의 예의를 분명하게 따져 설명한 것은 더욱 아껴야 마땅하다. 그런데 영호덕분令狐德棻[142]이 기록[志]을 빠뜨려버려서 묻히고 쇠퇴한 것이 정말 많다. 다행스러운 것은 두우杜佑의 『통전通典』[143]에 우연히 당계棠溪[144]의 금 부스러기들이 남아 있고, 우지녕于志寧[145]이 기록한 다섯 조대朝代의 사적 사이에 곤산崑山의 옥 부스러기들이 갖춰져 있다는 점이다. 갓옷[裘]에는 여우의 겨드랑이 털이 모아져 있고, 갓[冠]에는 도요새

---

141) 빙근聘覲은 제후諸侯가 천자의 조정에 찾아가 뵙는 것을 가리킨다.
142) 영호덕분令狐德棻(583~666)은 의주宜州 화원華原(지금의 산시성陝西省 야오현耀縣) 사람이다. 그는 북주北周 군벌軍閥 가문의 후손으로, 당나라 고조高祖 때에 대승상부기실大丞相府記室을 지냈고, 그 후에는 예부시랑禮部侍郎, 국자감좨주國子監祭酒, 태상경太常卿, 홍문관弘文館 및 숭현관崇賢館 학사學士 등을 지냈다. 당나라 초기에 그가 양梁, 진陳, 북제北齊, 북주 및 수隋 왕조의 정사正史를 새롭게 편찬할 것을 상주하여 받아들여진 것은 당나라 초기에 천하의 책들을 구입해 모은 것과 더불어 그의 대표적인 업적이라 할 수 있다. 또한 그는 직접 『주서周書』를 편찬하기도 했다. 662년에는 금자광록대부金紫光祿大夫에 봉해졌다.
143) 두우杜佑(735~812)는 자가 군경君卿이고 경조京兆 만년萬年(지금의 산시성 시안시西安市에 속함) 사람이다. 그는 권문세가 출신으로서 부친 덕에 음사蔭仕하여 현종玄宗(712~755 재위)부터 헌종憲宗(806~820 재위)까지 여섯 황제를 거치며 영남嶺南 및 회남淮南 절도사節度使, 검교사도동평장사檢校司徒同平章事 등의 벼슬살이를 했다. 저직으로 『통전』(200권)을 남겼는데, 이것은 오늘날까지 중국 최초로 전장제도典章制度를 기록한 중요한 문헌으로 꼽힌다. 그 외에 그는 『관자지략管子指略』(2권)을 지었다고 하나, 이것은 지금 남아 있지 않다.
144) 춘추시대 초楚나라의 지명으로, 지금의 허난성河南省 수이핑현遂平縣의 서북쪽에 해당한다.
145) 우지녕于志寧(588~665)은 자가 중밀仲謐이고 경조京兆 고릉高陵(지금의 산시성陝西省에 속함) 사람이다. 그는 태종太宗(627~649 재위) 때에 중서시랑中書侍郎, 고종高宗 때에 상서우복야尚書右僕射 등을 지냈는데, 그가 생존한 시기에 당나라의 연호가 무덕武德(618~626)에서 용삭龍朔(661~663)까지 5번이나 바뀌었다. 한편 그는 657~9년에 황제의 칙명을 받아 이적李勣, 소경蘇敬 등과 함께 『신수본초新修本草』를 편찬하기도 했다.

[鶹]의 깃털이 모아져 있다. 이것을 일컬어 '잃어버린 것을 찾아 모은다[搜軼]'고 하는 것이니, 이것이 네 번째 훌륭함이다.

관녕管寧146)은 진수의 『삼국지』에 잘못 수록되었으니 본래 조씨의 위나라에서 벼슬살이를 하지 않았기 때문이며, 혜강嵇康147)은 『진서晉書』에 함부로 들어가 있지만 언제 사마씨 왕조의 신하 노릇을 한 적이 있던가? 또 북제北齊가 사직을 세우자 왕희王晞148)는 서쪽으로 갔고, 진陳나라의 솥이 옮겨지자 원헌袁憲149)은 수隋나라의 신하가 되었다. 그런데도 왕희는 여전히 황하 이북에 살아남았고, 원헌은 장강 서쪽 지역에서 배척당하지 않았다. 이런 무리들은 헤아릴 수 없이 많으니, 공연히 늘어놔 봤자 끝이 없다. 그러므로 만뉴萬紐150)가 형양荊襄 땅에서 공적을 이루었으나 따지고 보면 위魏나라의 훈구대신勳舊大臣이 아니요, 울지형尉遲迥151)은 용촉庸蜀 땅에서 공을 세웠으니 자

---

146) 관녕管寧(158~241)은 자가 유안幼安이고, 동한東漢 북해北海 주허朱虛(지금의 산둥성 린취臨朐) 사람이다. 그는 동한 말엽의 혼란을 피해 요동遼東 땅으로 피신한 후, 그곳에 30여 년 동안 은거해 있으면서 왕렬王烈, 병원邴原과 함께 '요동삼걸遼東三桀'로 불렸다. 위魏나라 문제文帝와 명제明帝 때에 누차 벼슬을 내려도 모두 고사固辭했다.

147) 혜강嵇康(223~263)은 자가 숙야叔夜이고 초군譙郡 질현銍縣(지금의 안훼이성安徽省 수현宿縣에 속함) 사람이다. 그는 위魏나라 조조曹操의 증손녀와 결혼한 후 중산대부中散大夫를 지냈으나, 사마씨司馬氏가 집권했을 때 줄곧 반대 입장을 취하다가 결국 사마소司馬昭에게 피살당했다. 『수서隋書』「경적지經籍志」에 따르면 그에게는 문집 13권이 있다고 했으나, 송宋나라 때에 원본은 없어지고 10권만 남아 있다.

148) 왕희王晞(511~581)는 자가 숙랑叔朗이고, 어릴 적 이름은 사미沙彌이며, 북해北海 사람이다. 그는 진秦나라 때의 승상丞相 왕맹王猛의 6세 후손으로 북제北齊 왕조에서 산기상시散騎常侍, 동서주자사東徐州刺史, 비서감秘書監, 대홍로大鴻臚 등을 지냈다.

149) 원헌袁憲(?~598)은 자가 덕장德章이다. 양梁나라와 진陳나라 때에 태자사인太子舍人, 산기시랑散騎常侍 등의 벼슬을 지냈다. 진나라가 망하고 수隋나라 때에는 진왕부장사晉王府長史를 지내기도 했으며, 죽은 후에는 안성군공安城郡公에 추서되어 시호를 간簡이라고 했다.

150) 당근唐瑾(?~?)을 가리킨다. 당근은 자가 부린附璘이고, 북해北海 평수平壽 사람이다. 우문태宇文泰의 정권 아래에서 이부낭중吏部郎中, 호부상서戶部尙書, 표기대장군驃騎大將軍 등을 지내며 성姓으로 우문씨宇文氏를 하사받았다가 다시 만뉴우씨萬紐于氏로 바뀌었다. 북주北周 왕조가 정식으로 수립된 이후에 그는 사종중대부겸내사司宗中大夫兼內史까지 지내다가 죽어서 소종백小宗伯에 추증追贈되었다. 시호는 방方이다. 저작으로 『서의書儀』(10권)가 있다.

151) 울지형尉遲迥(?~579)은 자가 박거라薄居羅이고 대代 땅 사람이다. 그는 위魏 문제文帝

연히 북주北周의 신하에 속한다. 그러나 그런 사건만 기록했을 뿐 거기에 관련된 인물들은 기재하지 않았다. 이것을 일컬어 '엄격하게 경계한다[嚴戒]'고 하는 것이니, 이것이 다섯 번째 훌륭함이다.

관구검毌丘儉[152]과 제갈탄諸葛誕[153]은 위나라의 충신들이고, 유병劉秉과 원찬袁粲[154]은 송宋나라의 의로운 선비들이다. 그러나 유자훈劉子勛[155]이 의거를 일으킨 일이랄지 심유지沈攸之[156]가 제왕들에게 충심을 바친 일들은 그 일들의 시작과 결말을 헤아려보면 모두 논의할 가치가 없다. 그런대도 혹자는 충성을 내세워 반란을 일으켰다 하고, 순리를 내세워 거슬렀다고 하니, 모두 왜곡된 문장인데 어찌 올곧은 말이 있겠는가? 그것은 마치 효무제가 변방

의 딸 금명공주金明公主와 결혼하여 부마도위駙馬都尉로서 대장군大將軍을 지냈고, 위안공魏安公에 봉해지기도 했다. 557년에는 촉蜀 땅을 평정한 공로로 북주北周의 대도독大都督이 되었고, 효민제孝閔帝(557 재위, 성명은 우문각宇文覺) 때에는 주국대장군柱國大將軍으로 승진하여 영촉공寧蜀公에 봉해지는 등 고위 관직을 두루 거치다가, 정제靜帝(579~581 재위) 때에 수隋나라의 혁명이 시작될 무렵 위숙유韋叔裕(509~580, 자는 효관孝寬)와의 전투에서 패배하자 자살했다.
152) 관구검毌丘儉(?~255)은 위魏나라의 장수로서, 사마의司馬懿 부자父子의 전횡에 반발하여 반란을 일으켰다가 살해당했다.
153) 제갈탄諸葛誕(?~257)은 자가 공휴公休이고 낭야琅邪 양도陽都(지금의 산둥성 린이臨沂) 사람이다. 위魏 명제明帝(226~239 재위) 때에 양주자사揚州刺史로 있다가 관구검毌丘儉과 문흠文欽의 반란을 토벌한 공로로 고평후高平侯에 봉해지고, 동대장군東大將軍이 되기도 했다. 그러나 257년에 스스로 반란을 일으켜 대항하다가 사마소司馬昭의 토벌군에게 패하여 살해당했다. 당시 사마소는 제갈탄의 삼족三族을 멸하고, 그의 부하 수백 명의 목을 함께 베었다.
154) 유병劉秉(?~?)과 원찬袁粲(420~477)은 모두 남조 송宋나라의 대신들로서, 훗날 북제北齊의 고조高祖로 추존追尊된 소도성蕭道成(427~482, 자는 소백紹伯)의 세력이 왕실을 위협하자 그를 토벌하려 하다가 실패하여 살해당했다.
155) 유자훈劉子勛(?~466)은 남조 송宋나라의 효무제孝武帝(430~464 재위)의 둘째아들로서 진안왕晉安王에 봉해졌다. 그는 465년에 명제明帝(439~472 재위, 성명은 유욱劉彧)가 당시 황제로 추대된 자신의 형 유자업劉子業을 살해하고 황제가 되자 불만을 품고 반란을 일으켰으나, 명제가 유자업을 살해해버리자 466년에 스스로 심양尋陽(지금의 쟝시성江西省 쥬쟝시九江市)에서 제위帝位에 올랐다. 그러나 그해 8월에 명제의 토벌군과 벌어진 전투에서 패하여 살해당했다.
156) 심유지沈攸之(?~478)는 자가 중달仲達이고, 남조 송나라에서 원외산기시랑員外散騎侍郎, 거기대장군車騎大將軍 등을 지냈으나, 478년에 소도성蕭道成을 토벌하려다가 전투에서 패배한 뒤에 살해당했다.

의 신하를 제거하려고 계책을 세운 것은 그들이 덕을 잃었기 때문이 아닌데, 곡사춘斛斯椿[157])은 보잘것없는 소인배이고 왕사정王思政[158])은 아첨을 일삼는 다고 함부로 평가한 것과 같다. 이는 교묘한 말이 흑백을 어지럽히고 속된 말이 떠돌아 역사적 사실이 되어버린 것인지라, 합리적이지도 공정하지도 않 아서 교훈으로 삼기에 부족하다. 이제 그런 것들을 일소하고 그 실질을 따랐 다. 이것을 일컬어 '거짓된 것을 변별한다[辨誣]'고 하는 것이니, 이것이 여섯 번째 훌륭함이다.

6가지 훌륭함을 생각하면서 역사가가 갖춰야 할 3가지 장점[159])을 운용하 여 역사서에 빠진 내용을 수집하고 고금을 꿰뚫는 논의를 천명하였다. 그가 기상紀象을 고찰한 것은 정광正光[160]) 시대 천문 연구의 결과까지 아울렀으니 『위서』 「천상지天象志」보다 더 정밀하고, 강역疆域을 고찰한 것은 대통大統[161])의 판도를 바로잡았으니 『위서』 「지형지地形志」보다 더 세밀하고, 씨족氏族을 고찰한 것은 대도代都[162])에 기반을 둔 후위後魏 왕조의 유력한 가문들

---

157) 곡사춘斛斯椿(?~?)은 자가 법수法壽이고 위魏나라의 태보太保, 상거금尙書金, 상산문선 문常山文宣文 등을 지냈다. 나중에 그는 이주영爾朱榮에게 투신하여 하서河西 땅의 반란 을 평정한 공로로 중산대부中散大夫로 승진하여 일부 군권을 장악했다. 그는 아첨을 잘 하고 교활하여 이주영의 신임을 받았으나, 이주영이 죽자 불안해 하다가 마침 남조 양 梁나라가 여남왕汝南王 열悅을 위나라 황제로 세우자 그에게 투항하여 상서좌복야尙書 左仆射에 제수되었고, 영구군공靈丘郡公에 봉해졌다. 얼마 후에 대행대전구도도독大行臺 前驅都都督에 부임했는데, 이주조爾朱兆가 낙양洛陽으로 들어오자 그는 다시 배신하여 이주조에게 투항하여 시중侍中 및 표기대장군驃騎大將軍에 임명되었고, 나중에는 거기 장군車騎將軍, 양주자사揚州刺史 등을 지냈다.
158) 왕사정王思政(?~?)은 자가 사정思政이고 태원太原 기祁 땅 사람이다. 북위北魏 효무제 孝武帝(531~534 재위)의 때에 기현후祁縣侯에 봉해지고, 중군대장군대도독中軍大將軍大 都督에 봉해졌다. 서위西魏 문제文帝의 대통大統(535~551) 연간에는 표기대장군驃騎大將 軍, 형주자사荊州刺史 등을 지냈다. 550년에 문선제文宣帝 제위를 물려받아 북제北齊 왕 조가 들어서자 그를 도관상서의동삼사都官尙書儀同三司로 삼았고, 죽은 후에는 연주자 사兗州刺史를 추증했다.
159) 『당서唐書』 「유지기전劉知幾傳」에 따르면, 이것은 재지才智, 학문學問, 식견識見을 가 리킨다.
160) 정광正光은 북위 효명제孝明帝의 연호로서 520~524년에 해당한다.
161) 대통大統은 서위 문제文帝의 연호로 535~551년에 해당한다.
162) 진晉나라 때에 유곤劉琨이 유호劉虎를 격파할 때 선비鮮卑 탁발씨拓跋氏 가운데 의로

을 바로잡았으니 『위서』「관씨지官氏志」보다 더 상세하며, 봉작대사封爵大事
를 수록한 여러 표表들은 바로 『위서』에는 갖춰지지 않았던 것인데 사계곤이
사마천과 반고에게서 방법을 취해 내용을 덧붙인 것이다. 이 책은 세상을 논
하는 것이 가혹한 유지기劉知幾[163]라 할지라도 분명히 고개를 끄덕이고, 엄
격하게 사람을 규정하는 정초鄭樵[164]라 할지라도 진심으로 경탄할 것이다.
무릇 8대代[165]의 책이 모두 남아 있는데도 남북조의 역사서가 다시 편찬되었
고,[166] 송기宋祁[167]가 새로 쓴 책은 유후劉昫[168]의 『당서』와 함께 빛났으며,

여猗盧與가 공을 세우자, 유곤이 그를 대선우大單于로 세우고 대군代郡을 주어 대공代公
으로 봉해주었다. 의로여는 나중에 스스로 왕王이라 칭했으나, 제7대 십익건什翼犍에
이르러 진秦나라에 의해 멸망했다. 그러나 진나라가 망하고 나자 부족 사람들은 십익
건의 손자 규珪를 대왕代王으로 내세우고, 국호를 후위後衛라고 고쳤다.

163) 유지기劉知幾(661~721)는 자가 자현子玄이고 팽성彭城(지금의 쟝쑤성 쉬저우徐州) 사
람이다. 680년에 진사에 급제한 뒤로 벼슬은 좌산기상시左散騎常侍까지 지냈다. 저작
으로 『유씨가승劉氏家乘』(15권), 『유씨보고劉氏譜考』(3권), 『사통史通』(20권), 『예종실록睿
宗實錄』(10권), 『유자현집劉子玄集』(30권) 외에 『삼교수영三敎珠英』과 『성족계록姓族系錄』,
『당서唐書』, 『고종실록高宗實錄』, 『중종실록中宗實錄』, 『측천황후실록則天皇后實錄』 등의
편찬에도 참여했다고 하나, 오늘날에는 이 가운데 『사통』만 남아 있다.

164) 정초鄭樵(1103~1162)는 자가 어중漁仲이고, 흥화興化 포전莆田(지금의 푸젠성福建省에
속함) 사람이다. 그는 평생 과거에 응시하지 않고 협제산夾漈山에 살며 학문에 전념했
다. 그는 사마천과 유지기를 존경하여, 『씨족지氏族志』, 『이아주爾雅注』, 『시변망詩辨妄』
등의 역사학 관련 저술과 『협제유고夾漈遺稿』를 비롯한 80여 종의 풍부한 저술을 남겼
고, 특히 만년에는 『통지通志』를 편찬하기도 했다.

165) 동한東漢・위魏・진晉・송宋・제齊・양梁・진陳・수隋 왕조를 가리킨다.

166) 당나라 때 이연수李延壽가 『남사南史』(80권)와 『북사北史』(100권)를 편찬하여 남・북
조의 역사를 합쳐놓은 것을 가리킨다.

167) 송기宋祁(998~1061)는 자가 자경子京이고, 개봉開封 옹구雍丘(지금의 허난성 치현杞縣)
사람이다. 1024년에 그의 형 정상鄭庠과 함께 진사에 급제한 이래 국자감직강國子監直
講, 삼사탁지판관三司度支判官, 한림학사翰林學士 등을 지냈다. 특히 그는 사관수찬史館修
撰으로 있으면서 십여 년간 전국을 돌아다니며 사료를 모아 「열전列傳」 150권을 지음
으로써 『당서唐書』의 토대를 마련한 것으로 유명하다. 시호는 경문景文이다. 문집으로
150권이 있었다고 하나 이미 없어졌는데, 청淸나라 때에 사고관四庫官의 신하들이 『영
락대전永樂大典』 등에서 그의 시문詩文을 모아 『경문집景文集』(62권)을 편찬했다.

168) 유후劉昫(887~946)는 자가 요원耀遠이고 오대五代 시기 탁주涿州 귀의歸義(지금의 허
베이성 룽청容城 동북쪽) 사람이다. 그는 후진後晉의 대신大臣으로 명성을 날리다가, 후
당後唐 때에는 태상박사太常博士, 한림학사翰林學士, 단명전학사端明殿學士, 판삼사判三司
등을 지냈다. 후진 시기에는 초국공譙國公에 봉해졌고, 후당 및 후진 시기에 모두 국사

설거정薛居正[169]의 『오대사五代史』는 구양수의 『신오대사新五代史』와 함께 세상에 전해진다. 하물며 사마표司馬彪[170]의 『속한서續漢書』는 범엽의 『후한서』가 온전하도록 내용을 보충할 수 있었고, 당나라 때에 장태소張太素가 썼으나 지금은 사라진 『위서魏書』는 위수의 책 가운데 빠진 부분에 들어갈 수 있었다.[171] 그러므로 『서위서』는 머지않아 궁중의 비부秘府에 소장되고 학교[上庠]에 모아질 것이니, 어찌 가유기柯維騏[172] 같은 이들이 따라잡기를 바랄

편찬을 감수監修했다. 945년에 그는 『당서唐書』 200권을 완성해 바쳤으니, 오늘날 『구당서舊唐書』라고 부르는 것이 바로 이것이다.

169) 설거정薛居正(912~981)은 자가 자평子平이고 개봉開封 준의浚儀(지금의 허난성 카이펑시開封市) 사람이다. 그는 후주後周 때에 형부시랑刑部侍郎을 지냈고, 송宋나라 때에는 호부시랑戶部侍郎과 병부시랑兵部侍郎, 이부시랑史部侍郎을 지냈으나, 단사丹砂를 복용하다가 중독되어 죽었다. 저작으로 『문혜집文惠集』이 있다. 973년에는 『오대사五代史』의 편찬을 감수監修했다. 이 책은 『양용진한주서梁庸晉漢周書』라고도 하는데, 후에 구양수歐陽修가 『신오대사新五代史』를 편찬한 뒤로는 『구오대사舊五代史』라고 불리게 되었다.

170) 사마표司馬彪(?~306)는 자가 소통紹統이고, 하내河內 온현溫縣(지금의 허난성 원현溫縣) 사람이다. 진晉나라 때에 비서랑秘書郎, 산기시랑散騎侍郎 등을 지낸 그의 저작으로 『구주춘추九州春秋』와 『속한서』(90권), 그리고 『장자주莊子注』, 『병기兵記』 등이 있었다고 하나 지금은 모두 남아 있지 않다. 또한 그의 문집도 없어져서, 지금은 겨우 『문선文選』에 수록된 「증산도贈山濤」와 「잡시雜詩」 등 몇 편만이 남아 있다. 원래 범엽의 『후한서』에는 『십지十志』가 아직 미완성 상태였는데, 후세 사람들이 그것을 보완하여 『삼십지三十志』를 만들면서 사마표의 『속한서』 가운데 율력律曆, 예의禮儀, 제사祭祀, 천문天文, 오행五行, 군국郡國, 백관百官, 여복輿服 등 8편의 지志를 뽑아 보충했다.

171) 위수의 『위서』는 북조 북위北魏(386~534)와 동위東魏(534~550)의 역사를 기전체로 쓴 것인데, 여기에는 본기本紀 12권, 열전列傳 92권, 지志 20권이 포함되어 모두 124권이다. 이 책은 원래 131권이었는데, 북송北宋(960~1127) 때에는 「예목例目」 1권과 본기, 열전, 지 가운데 29권이 없어져버렸다. 현존하는 판본의 권3 「태종기太宗紀」와 「천상지天象志」의 제3~4권은 송나라 사람들이 수隋나라 때 위담魏澹이 편찬한 『위서魏書』와 당나라 때 장태소가 편찬한 『위서』의 내용을 토대로 보충한 것이다. 그 밖의 내용도 『북사北史』와 고준高峻의 『소사小史』(『고씨소사高氏小史』라고도 함), 『수문전어람修文殿御覽』 등의 책에서 뽑아 보충한 것이다. 그러나 아직도 권29 가운데는 빠져 있는 부분이 있다.

172) 가유기柯維騏(1497~1574)는 자가 기순奇純이고 호는 희재希齋이며, 포전莆田 사람이다. 그는 1523년에 진사에 급제하여 남경호부주사南京戶部主事를 제수 받았으나 부임하지 않았다가 지방에서 18차례나 천거한 끝에 승덕랑承德郎에 제수되자 비로소 벼슬을 받았다. 그는 집안에서 50년이 넘게 거처하며 저술에 전념했는데, 사방에서 그에게 배우려고 몰려온 이들이 400명이 넘었다고 한다. 그는 『송사宋史』와 『요사遼史』, 『금사金史』를 하나로 묶어 오류를 바로잡고 빠진 부분을 보충해서 후세 학자들로부터 높은

수 있을 것이며, 왕유검王惟儉[173])의 무리가 지위를 엿보려고 할 수 있겠는 가!"

16. 총헌總憲[174]) 벼슬을 지낸 심초沈初[175])가 처음에 사계곤이 양주태수로 있을 때, 일찍이 사계곤 및 차사鹾使[176]) 인저寅著(자는 화재和齋),[177]) 전운사 주효순과 함께 강산康山에 나들이를 갔다. 정원의 주인 강춘江春[178])이 시를 지어달라고 청하자, 심초가 절구絶句 4수를 읊었는데, 아름다운 일이었다고 전해진다. 시의 내용은 다음과 같다.

즐거워라 소식蘇軾이 나를 일으키니

이름난 정원에 말을 매고 가는 길 늦춘다.

평가를 받았다. 저작으로 『속포양문헌續續莆陽文獻』(24권)과 『사기고요史記考要』(10권), 그리고 시문집詩文集으로 『예여집藝餘集』과 『하분전河汾傳』 등이 있다.

173) 왕유검王惟儉(?~?)은 자가 손중損中이고 상부祥符 사람이다. 그는 만력萬曆 23년(1595)에 진사에 급제한 뒤로 병부직방주사兵部職方主事가 되었으나 곧 파직되어 집안에서 20년을 지냈다. 그 후에 다시 등용되어 대리소경大理少卿, 우첨도어사右僉都御史, 산동순무山東巡撫, 공부우시랑工部右侍郎 등을 지냈다. 그는 『송사宋史』의 번잡한 부분을 삭제하여 『송사기宋史記』를 편찬했고, 그 외에 『사통훈고史通訓詁』와 『문심조룡훈고文心雕龍訓詁』의 저자로도 알려져 있다.

174) 명·청 시기 도찰원都察院의 좌우어사左右御史에 대한 별칭이다. 이것은 옛날에 어사대御史臺를 헌대憲臺라고 불렀던 데에서 비롯된 것이다. 우부도어사右副都御史는 부헌副憲이라고 불렀다.

175) 심초沈初(1729~1799)는 자가 경초景初이고 호는 췌암萃岩 또는 운초雲椒이며, 평호平湖(지금의 저장성에 속함) 사람이다. 그는 1762년에 건륭제乾隆帝가 강남을 순시하던 도중에 거인擧人의 자격을 부여하자, 이듬해 전시殿試에서 진사에 급제했다. 그 이후 여러 관직을 거쳐 호부상서戶部尙書까지 지냈으며, 시호는 문각文恪이다. 저작으로 『난운당시집蘭韻堂詩集』과 『서청필기西淸筆記』 등이 있다.

176) 염운사鹽運使의 별칭이다.

177) 인저寅著(?~?)는 자세한 생애가 알려져 있지 않으나, 건륭 연간에 양회염정兩淮鹽政과 항주직조杭州織造 등을 역임한 것으로 알려져 있다.

178) 강춘江春(1720~1789)은 자가 영장穎長이고 호는 학정鶴亭 또는 광달廣達이며, 흡현歙縣 강촌江村 사람이다. 대대로 염업을 했으며 양주에 살고 있었는데, 건륭 연간 양회兩淮 지역의 8대 총상總商들 가운데 우두머리였다. 염무패鹽務牌의 이름은 '강광달江廣達'이었다. 이 밖의 사항은 본서 제12권의 관련된 내용을 참조하기 바란다.

옷을 떨치고 곧장 강산 정상에 오르니
십리 양주 땅이 그림보다 아름답구나.
高興眉公一起予, 名園駐轡度行徐.
振衣直上康山頂, 十里揚州畵不如.
[전운사가 내게 양주전도揚州全圖를 보여주었는데, 산에 올라 사방을 바라볼 때 원근의 풍경이 또렷
이 눈에 들어와 더욱 분명한 느낌이 들었다.]

풍류 이야기는 당시의 일 들려주고
지리지는 황궁의 책에 새로 수록되었다.
귓속으로 들어오는 소나무 숲의 파도소리 들어보니
누군가 일찍이 비파 타는 소리인 줄 알았다네!
風流故事說當年, 地志新收御府編.[강산은 『흠정고금도서집성欽定古今圖書集成』에
수록되었는데, 주인이 그 사실을 대청의 문미[堂楣]에 적어놓았다.]
試聽松濤聲入細, 爲曾吹上琵琶弦.

성긴 격자창 사이로 층층이 쌓인 가파른 돌들
가을 풍경 장식하니 그림 병풍보다 훌륭하구나.
어쩐지 주인의 맑은 기상이 학과 같다 하였더니
날마다 쌍쌍의 학들 고아한 선비 바라보기 때문이었구나.
幾層瘦石間疏欄, 點綴秋英勝畵屛.
怪底主人淸似鶴, 日看雙鶴對梳翎.

멋진 정원 연회에서 항상 함께 즐거워하며
깊은 밤에도 손님 붙들어놓고 술을 사오지.
오늘밤은 등불에 사람 그림자 어우러지니
또 다시 서호에서 지내던 옛날 꿈꾸게 하네.
射堂歌席一相娛, 深夜留賓買玉壺.

今夕燈光人影裏, 重敎舊夢落西湖.

【차사齹使는 예전에 항주杭州에 있을 때 나와 종종 왕래했다. 그의 상의서尙衣署에 적힌 '매춘실買春室'이라는 글씨는 내가 쓴 것이다.】

17. 강희康熙 을사乙巳년(1664)에 왕사정王士禎은 사리司理에서 해임되었다. 7월에 그는 여러 명사들을 불러 모아 선지사禪智寺의 석발碩撥 방장方丈을 전별餞別하는 잔치를 열었는데, 이때 만들어진 것이 『어양산인선지창화집漁洋山人禪智唱和集』 또는 『선지별록禪智別錄』이라고도 하는 책이다. 왕사정의 시에는 다음과 같은 구절이 있다.

네 해 동안 그저 한강의 물만 마시면서
몇 권의 도서를 보고 만 수의 시를 지었네.
四年只飮邗江水, 數卷圖書萬首詩.179)

이 구절에 대해 서구徐釚180)는 "왕사정이 지난날에 「강남사江南詞」 몇 편을 지었는데, 내가 놀잇배에서 읽어보니 마치 백거이白居易181)가 서호西湖를 떠올리며 쓴 여러 작품들 같았다"고 했다.

---

179) 이 시의 제목은 알 수 없다. 다만 인용된 구절 앞에는 다음과 같은 두 구절이 더 있는 것으로 확인되었다. 可使文人有愧辭, 韓歐坡老是吾師.
180) 서구徐釚(1636~1708)는 자가 선발電發이고 호는 홍정虹亭이며, 오강吳江 사람이다. 김생監生으로서 강희康熙 기미년己未(1679)에 박학홍사博學鴻詞에 급제하여 검토檢討에 제수되었다. 저작으로 『남주초당집南州草堂集』이 있다.
181) 백거이白居易(772~846)는 자가 낙천樂天이고 만년에 호를 향산거사香山居士라고 했는데, 하규下邽(지금의 산시성陝西省 웨이난현渭南縣) 사람이다. 그는 800년에 진사에 급제하여 한림학사翰林學士와 좌습유左拾遺까지 지냈으나, 815년에 재상 무원형武元衡의 암살을 둘러싼 조정의 논의에서 강경책으로 일관하다가 강주사마江州司馬로 좌천되었다. 그리고 821년에 다시 장안으로 돌아왔으나 얼마 후에 다시 좌천되어 항주杭州와 소주蘇州의 자사刺史로 지내기다가, 훗날 다시 장안으로 불려가 형부상서刑部尙書까지 지냈으나 곧 사임하고 낙양洛陽에서 지냈다. 저작으로는 유명한 연작시 「진중음秦中吟」 10수와 「신악부新樂府」 50수를 포함한 『백씨장경집白氏長慶集』을 남겼다.

18. 한구대왕사당[邗溝大王廟]은 관하官河 옆에 있다. 정면에는 오왕吳王 부차夫差의 상상像이 있고, 그 옆자리에 한나라 때의 오왕吳王 유비劉濞[182]의 상이 있다. 『좌전左傳』 애공哀公 9년(486) 가을에 오나라 성의 한구邗溝가 장강 및 회수淮水와 연결되었다.[183] 이것이 오늘날 운하가 장강에서 회수로 들어가는 길이다. 수유만茱萸灣에서부터 해릉海陵, 여고如皐, 반계蟠溪로 통하는 길은 오왕 유비가 개척한 운하로서, 오늘날 소금을 운반하는 길이다. 이 길을 『좌전』에서는 한구라고 불렀고, 『국어國語』에서는 심구深溝, 『오월춘추吳越春秋』에서는 위거邥渠, 『수경주水經注』에서는 한강韓江[184]이라고 불렀다. 한나라 때와 진晉나라 때에는 이것을 조거漕渠 또는 합독거合瀆渠, 산양탁山陽濁이라고 불렀고, 수나라 때에는 산양독山陽瀆이라고 불렀으며, 군지郡志에서는 산양구山陽溝라고 불렀다. 운하의 이름이 하나가 아니며, 정해진 규칙이 없이 이리저리 바뀌었다. 군현의 지방지에도 기록은 되었으되 자세하지는 않다.

오늘날 사당 앞의 운하는 당나라 보력寶曆 2년(826)에 염철사鹽鐵使 왕파王播[185]의 상주上奏에 따라 만들어진 것인데, 성 남쪽의 창문閶門 서쪽

---

182) 유비劉濞(B.C. 215~B.C. 154)는 한漢 고조高祖 유방劉邦의 조카로서, 오왕吳王에 봉해졌다. 그는 자신의 봉토 안에서 대량으로 동전을 주조하고 소금을 생산하여 백성들의 세금을 줄이는 한편, 다른 지역에서 도망친 이들을 규합하여 세력을 키웠다. 나중에 경제景帝 때에 어사대부御史大夫 조착晁錯(B.C. 200~B.C. 154)의 건의를 받아들여 제후들의 봉지를 삭탈削奪하자, 그는 조착을 주살誅殺한다는 명분으로 초楚, 월越 등지의 제후를 규합하여 반란을 일으켰다. 그러나 얼마 후에 실패하고 동월東越 땅으로 도망쳤다가, 그곳 백성들에게 피살되었다.

183) 오왕 부차夫次가 중원 쟁패를 위해 식량과 병사를 운송할 운하를 개척했는데, 운하가 원래 한邗나라의 경계에 뚫렸기 때문에 '한구'라고 불렀다. 이 운하는 한나라 때의 오왕 유비와 헌제獻帝 건안建安 연간에 두 차례에 걸쳐 보수되었다. 이후로 양주에서 회안淮安까지 직접 연결될 수 있게 되었다.

184) 원문에서는 '간강幹江'이라고 되어 있지만, 실제 『수경주』에는 '한강韓江'으로 되어 있다.

185) 왕파王播(759~830)는 자가 명헐明歇이고, 당나라 태원太原(지금의 산시성山西省 타위앤시太原市 서남쪽) 사람이다. 그는 정원貞元 연간에 진사에 급제하여 염철전운사鹽鐵轉運使를 지냈다. 822년에는 회남절도사淮南節度使가 되어 수탈을 자행하다가, 나중에 다시 염철전운사가 되어 구리와 소금의 세금의 높여 거두고, 매월 황제에게 돈과 재물을 바치며 그것을 '선여羨餘'라고 불렀다. 그는 827년에 장안으로 돌아가 수많은 재물을

칠리항七里港에서 동쪽으로 굽어 선지사교禪智寺橋를 지나 옛 관하官河와 통하도록 19리의 운하를 팠다.

이 사당은 신령하고 기이하여 대전 앞 돌 향로엔 지붕이 없는데, 향을 던져 넣으면 즉시 타서 재가 된다. 향로 아래에는 물구멍이 하나 있는데 비가 와서 물이 고이면 마르지 않고, 물속에서 모래가 넘쳐나는데 그 색이 마치 은과 같다. 강희 연간에 주민이 모래를 빌려 은을 걸러내며 돌려드리겠노라고 발원하자 은을 얻게 되었다. 훗날에 빌리는 사람은 많지만 돌려주는 이들이 줄어들어 모래가 점차 자취를 감추었다. 지금은 원보元寶(돈)를 빌리는 풍습이 있다. 종이로 지폐를 만드는데, 하나를 빌리면 열을 갚는다. 창고를 관리하는 도사가 그 일을 맡아 하늘과 땅의 은혜에 보답하는 제사를 올리며 태워 없앤다. 해마다 봄이면 향화香火가 끊이지 않는데, 그것을 일컬어 '재신승회財神勝會'라고 한다. 향화객들을 태운 거룻배들이 연이어 찾아오고, 폭죽이 천지를 울리며, 피리소리와 북소리가 밤새 울려 퍼진다. 돌아갈 무렵이면 각기 붉은 등불을 지니고 가는데, 그 위에는 '송자재신送子財神'이라는 글자가 금물로 적혀 있다. 이것이 이어 내려와 풍습이 되었다.

19. 소오대小五臺는 관하 동쪽 연안에 있는데, 흙 언덕이 크게 솟아 있어 촉강의 복맥伏脈이 되는 곳으로, 마치 용이 뿔을 치켜세운 것과 같다. 어제시 가운데 "엎드린 용에게 뿔이 있음을 알겠고[伏龍知有角]"186)라는 구절과 "흙 언덕은 기이할 게 없다 해도, 그 이름은 청량한 성지와 어울리네[土阜縱無奇, 名與淸涼配]"는 구절이 있다.

헌납하고, 상서좌복야尙書左僕射와 동평장사同平章事에 제수되었으며, 나중에 태원군공太原郡公에 봉해졌다.

186) 이 두 구절은 연작시連作詩로 쓴 「향부사香阜寺」 가운데 두 편에서 뽑은 것이다. 첫 번째 구절은 어느 한 편의 수련首聯이라고 하지만 전체는 알 수 없고, 다른 한 편의 원문은 다음과 같다. "維舟對晚春, 登陸臨初地. 水鄕經數程, 見山已快意. 土阜縱無奇, 名與淸涼配. 文殊無小大, 而人分位置. 丈室暫徜徉, 香爐綴烟穗."

언덕 위에는 오대사五臺寺가 있는데, 성조聖祖 강희제께서 향부사香阜寺라는 이름을 하사하셨고, 또 '향부청범香阜淸梵'[187]이라고도 한다. 주상께서 '대록화성臺麓化成'이라는 편액과 다음과 같은 대련對聯을 하사하셨다.

검푸른 지붕 맑은 하늘에 걸려 있고
푸른 산 기운 촉강 언덕에 떠도네.
절 숲에는 향기로운 아지랑이 서리고
깨달음을 담은 달빛 흐르는 한강邗江 물에 잠겨 있네.
紺宇晴空, 翠嵐浮蜀阜.
祇林香靄, 禪月湛邗流.

절에서 상방사어도上方寺御道를 통해 고공도高公渡에 이르게 되는데, 거룻배를 엮어 다리를 만들어놓았다. 관하를 지나면 동쪽 물가에 두 개의 화표華表[188]가 세워져 있는데, 하나는 '화봉헌축華封獻祝'이라 하고, 다른 하나는 '운증하위雲蒸霞蔚'라고 한다. 절 안의 대문과 전각, 건물들은 모두 5칸 형식으로 지어졌고, 좌우에는 백 수십 칸의 회랑이 날개처럼 펼쳐져 있다. 절의 좌궁문左宮門은 3칸이고, 용도甬道[189] 위에는 3칸짜리 대전이 걸쳐 있는데, 바로 길 위에 건물을 얹어 짓는 건축 기법[坐落工程]을 이용하여 건축한 것이다. 이곳은 본래 큰 영채로 사용했으나, 천녕사에 행궁을 증건增建하자 이곳을 개수하여 건물을 지었다. 다시

---

187) '중화본'에는 '향청범편香淸梵扁'이라고 되어 있다. 이것은 저자 이두가 실수로 '부阜' 자를 빠뜨린 데에다가, 편집 실수로 '편扁'자를 덧붙여 생긴 오류인 듯하다. 여기서는 광릉고적각인사廣陵古籍刻印社 판본(이후 '광릉본'으로 약칭함)의 표기를 따랐다.
188) '환표桓表'라고도 한다. 옛날 궁전이나 능陵 같은 대형 건축물 앞에 장식으로 세워놓은, 아름답게 조각한 기둥이다.
189) 큰 정원이나 묘지의 가운데 길로서, 대부분 벽돌이 깔려 있다. 주요 건물로 통하는 가장 편한 길이다.

동쪽 연안을 통해 나루터를 건너면 서쪽 연안의 고교高橋 선착장에 이르게 된다. 어제시의 주석에는 이렇게 적혀 있다. "향부사에서 가벼운 배로 바꿔 타고 신하新河를 통해 곧장 천녕사 행궁에 도착했다." 이 선착장은 상인들이 새로 건설했다. 공공公共을 중시하는 마음을 표함과 동시에 공사를 일으켜 구휼救恤을 대신한 곳이 바로 이곳이다.

20. 황금패黃金壩는 양주부성揚州府城 서북쪽에 있는데, 『가정유양지嘉靖維揚志』에서 황건패黃巾壩라고 불렀던 곳으로, 오래 전에 폐허가 되었다. 지금은 양주부성 북쪽 고교의 동쪽에 있는데, 내하內河의 물을 모아두는 곳이다. 흙이 나빠서 제방을 쌓을 수 없기 때문에 나무를 쌓아 제방을 대신했으며, 그 위는 모두 어시장이다. 군성郡城은 장강과 회수 사이에 있는데, 남쪽은 삼강영三江營190) 구역으로서 준치[鰣魚]가 나고, 과주瓜洲 심항深港에서는 갈치[鱭刀魚]가 난다. 북쪽에는 애릉호艾陵湖,191) 벽사호甓社湖,192) 소백호邵伯湖193)가 있는데, 생산되는 생선이 더욱 많다. 관하를 따라 바람을 타고 내려와서 성 안의 가게 주인들이 여기에서 교역을 한다.

가게에서는 하루에 3번 저자를 여는데, 조도早挑, 중도中挑, 만도晚挑가 그것이다. 이것들은 모두 호수 연안의 여러 마을에 사는 사람들이 벌이는 것이다. 마을에 가게를 열어놓고 어부들이 직접 교역을 한다. 팔린 것들은 성 안으로 운송되는데, 그 속도가 나는 듯이 빠르다. 거리가 3,40리, 많게는 6,70리나 되지만 순식간에 도착하는데, 그것은 운송하는

---

190) 강희 57년(1718)에 설치한 것이다. 옹정雍正(1723~1725) 연간에 삼강영동지三江營同知를 개편하여 염무도鹽務道로 총괄하게 했는데, 주로 직조업織造業이나 염업을 순시하는 일을 했다.
191) 애릉호는 양주부성에서 동북쪽으로 45리 떨어진 곳, 소백진邵伯鎭의 동쪽에 있다.
192) 벽사호는 고우현高郵縣 서북쪽에 있다.
193) 소백호는 양주부성에서 북쪽으로 45리 떨어진 곳에 있는데 동쪽으로 애릉호와, 서쪽으로는 백묘호白茆湖와 잇닿아 있으며, 남쪽으로는 신성호新城湖와 통하고, 북쪽으로는 벽사호와 잇닿아 있다. 〈강도江都·감천甘泉 사경분계도四境分界圖〉를 참조할 것.

속도에 따라 생선 품질의 우열이 나뉘기 때문이다. 모살치[鯿魚], 백어白魚, 붕어[鯽魚]가 최상품이고 잉어, 황쏘가리[季花魚], 민물 청어[靑魚], 가물치[黑魚]는 그 다음이며 살치[鰶魚]와 나한어羅漢魚는 가장 하급이다. 푸른 병어[蒼鯿], 준치[勒魚], 홍료어紅蓼魚, 서대기[鞋底魚]는 바다에서 온 것들이다.

게는 호수에서 난 것을 호해湖蟹라 하고, 회수에서 난 것은 회해淮蟹라고 한다. 회해는 크지만 맛은 담백하고, 호해는 작지만 맛이 진하다. 그렇기 때문에 게 맛을 품평하는 이들은 호해가 더 낫다고 여긴다.

방죽 위에는 '팔선항八鮮行'이라는 가게가 열려 있는데 '팔선'이란 마름 뿌리[菱藕], 토란[芋], 감[柿], 새우[蝦], 게[蟹], 대합[蚶螯],194) 무우[蘿卜]를 가리킨다. 생선가게는 성 안에도 있다.

21. 회남淮南 땅의 생선과 소금은 천하제일이다. 황금패는 소금에 절인 생선[鮑魚]을 파는 군성郡城의 시장이다. 거기에는 두 종류의 가게[行]가 있는데, 함화鹹貨와 엄절醃切195)이 그것이다. 바닷가에 위치한 곳인지라 소금은 많고 사람은 적어서, 소금물에 생선을 담갔다가 복실福室196)에 들여놓고 불을 때서 바짝 말려 군성郡城으로 들여가면, 그것을 일컬어 절인 건어[醃臘]라고 한다. 배가 도착해서 가게가 열리면 희고 검은 온갖 자잘한 생선들이 언덕처럼 쌓이는데, 황상黃鯗197)은 영파寧波로 가고, 해리海鯉는 무창武昌으로 간다.

---

194) 껍질은 자주색 바탕에 하얀 옥가루를 뿌린 듯한 반점이 있어서 공예품, 또는 약용藥用으로 쓰인다. 본서의 권13 「교서록橋西錄」에는 이 조개의 조갯살을 이용하여 만든 차오병蚶螯餅이라는 식품 이름이 나타나며, 권16 「촉강록蜀岡錄」에는 이 조개의 껍데기로 만든 '차오문갑蚶螯文甲'이라는 공예품이 언급되어 있다.
195) 함화는 생선을 통째로 소금에 절인 것이고, 엄절은 내장을 제거한 후 소금 간을 친 것을 가리키는 듯하나 확실하지는 않다.
196) 비바람을 피하면서 생선을 걸어 말릴 수 있도록 가로로 막대기들이 걸쳐져 있는 건물을 가리킨다.
197) 조기[黃魚]의 내장을 제거한 후 말려서 만든 어포이다.

큰 것은 상어[鯊]인데, 껍질에 구슬 문양이 있고, 살코기가 기름지고 달아서 먹을 만하다. 작은 것은 대나무에 꿰어 말려서 건어[鮍]로 만든 것들인데, 가장 작은 것은 뱅어[銀魚]이다. 바닷가 지역에서는 맛조개[蟶]를 줍는데, 신선한 것은 소금에 절이고, 소금에 절일 수 없는 것은 말린다. 그 살코기의 맛은 냄새에 달려 있다. 바다 생선의 지느러미를 잘라 썰어낸 것은 어시魚翅라 하고, 해파리[蛇魚]의 살코기를 썬 것은 차두蛇頭, 치마처럼 두른 부분을 썬 것은 차피蛇皮라고 한다. 조기류 생선들은 봄에는 강에서 나고 가을에는 바다에서 난다. 그래서 낭산狼山 이남에 사는 사람들은 8월이면 매 끼마다 조기를 먹는다. 그 내장[鰾]을 바람에 말린 것을 표膘라고 하는데, 나무기둥에 그것을 발라 물건을 연결하는 것이다.198) 또 그 대가리 뼈[魫]를 가지고 포脯를 만든 것은 책膹이라 하고, 소금에 절여 얼린 것은 '절인생선[醃魚子]'이라고 한다.

이것들은 모두 유통되는 상품들이다. 유통되는 상품들 가운데 절반은 남방의 진미珍味를 파는 가게로 들어간다. 이런 가게들은 대부분 진강鎭江 사람들이 운영하는데, 경사에서는 그들을 '남주南酒'라고 부른다. 그들이 파는 것들은 모두 장강 남쪽에서 난 것이며, 그런 가게를 일컬어 '해미海味'라고 한다.

22. 고교高橋는 양주부성에서 동북쪽으로 5리 떨어진 곳에 있는데, 『가정유양지』에서는 그것을 일컬어 '상방전교上方磚橋'라고 했다. 『조하통지漕河通志』에는 이렇게 기록되어 있다.

> (이 다리는) 북래교北來橋라고 이름을 바꿨는데, 남북으로 옛 한구에 걸쳐 있다. 정통 20년(1447)에 승려 여도如焰가 기금을 모아 건조했다.
>
> 改名北來橋, 南北跨古邗溝, 正統十二年, 僧如焰募造.

198) 조기류 생선의 내장과 부레는 비싸기로 유명한 '어두魚肚'라는 식품으로 만들 수도 있고, 공업용 아교阿膠를 만들 수도 있다.

'상방전교'라고 부른 것은 이 다리를 상방사에 소속시켰기 때문이고, '북래교'라고 부른 것은 이 다리를 북래사北來寺에 소속시켰기 때문이다. 『조하통지』에서 다리의 이름을 바꾸고 승려 여도가 기금을 모아 조성했다고 밝혔으니, 이 승려가 북래사의 승려임을 알 수 있다. 그런데 우리 청나라의 부지府志에서는 "지금은 '고교'라고 한다[今名高橋]"고 했기 때문에 나는 그것을 따른다.

23. '신하新河'의 옛날 이름은 '시하市河'이다.『가정유양지』에는 이렇게 기록되어 있다.

> 부치府治199)에서 동쪽으로 20보를 가면, 남수문을 통해 북수문에 이른다. 성 둘레의 사방은 모두 뱃길로 통한다.
> 在府治東二十步, 由南水門至北水門, 城外四圍皆通舟.

우리 청나라의 부지府志에는 이렇게 기록되어 있다.

> '시하'는 부성府城 편익문便益門 밖 고교高橋 운하 입구에서 시작하여 보장하와 연지硯池 입구를 지나 남문 밖에 이르며, 이도구二道溝를 나와 운하와 연결된다. 또 편익문 조교弔橋에서 시작하여 성 동북쪽을 감싸고 흐른다. 하나는 신성新城의 공신문拱宸門 수관水關에서 읍강문挹江門 수관으로 이어지다가 침교를 빠져나가 운하와 연결되고, 다른 하나는 구성舊城의 북수관北水關에서 남수관南水關으로 이어지다가 향수교向水橋를 빠져나가 동쪽으로 운하와 연결된다. 명나라 가정嘉靖 연간에 순염어사巡鹽御史 오제吳悌200)가 양주지

---

199) 부府의 행정관소行政官所 소재지를 가리킨다.

200) 오제吳悌(1508~1574)는 자가 사성思誠이고, 금계金溪 사람이다. 그는 가정嘉靖 11년 (1532) 진사에 급제하여 낙안지현樂安知縣 등을 거쳐 어사御史가 되었다가, 양회염정兩淮鹽政, 형부시랑刑部侍郎 등을 역임했다. 그는 당시 오악吳嶽, 호송胡松, 모개毛愷와 더불어 '남도사군자南都四君子'로 불렸다. 시호는 문장文莊이며, 학자들은 그를 소산선생疏山

부 유종인劉宗仁과 함께 처음 운하를 팠고, 만력萬曆 연간에 양주지부 오수吳秀가 다시 준설했으며, 우리 청나라 때에 양주지부 김진金鎭이 또 준설했다. 나중에 다시 보장하를 준설하여 내하內河에 물이 고이게 했다. 이것이 모두 오늘날 신하라고 일컫는 것이다.

市河自府城便益門外高橋運河口起, 歷保障河硯池口至南門外, 出二道溝而接運河, 又自便益門弔橋起, 繞城東北. 一從新城拱宸門水關至挹江門水關, 出針橋而接運河, 一從舊城北水關至南水關, 出向水橋而東接運河. 明嘉靖間, 巡鹽御史吳悌同、知府劉宗仁開浚, 萬曆知府吳秀重浚, 國朝知府金鎭復浚, 後又浚保障河以瀦內河之水, 皆今之所謂新河.

어제시의 주석에 "항부사에서 가벼운 배로 갈아타고 신하를 통해 곧장 천녕사 행궁에 도착했다"고 했는데, 이제 그것을 따른다. 이곳의 '신하'는 바로 고교에서 연지의 '시하'로 이어지는 옛 길인데, 신미辛未년(1751)에 깊이 준설했다. 양쪽 언덕에는 경치를 감상할 수 있는 자리[檻子]를 마련했는데, 그 경치에 '화축영은華祝迎恩'이라는 이름을 붙였다. 그렇기 때문에 신하를 '영은하迎恩河'라고도 부른다. 또한 이 운하는 옛날에 성 안으로 마초馬草를 운송해 들이는 지름길이었기 때문에 '초하草河'라고도 부른다. 고교에서 시작해서 영은정迎恩亭 아래에 이르기까지 두 갈래로 나뉘는데, 하나는 북으로 흘러가 장춘교長春橋 밖으로 나가서 보장호로 들어가고, 다른 하나는 남으로 흘러가 국교鞠橋 밖으로 나가서 북문北門에 이른다.

24. 고교 선착장은 다리 아래에 있는데, 배를 대는 곳[橇]과 배를 매는 말뚝[杙]이 갖춰져 있어서 화려한 놀잇배들이 여기에 모여 있다. 이제시에서 "놀잇배를 여기에서 바꿔 탔다[畵舫于斯易]"고 한 것은 바로 이곳을

先生이라고 불렀다.

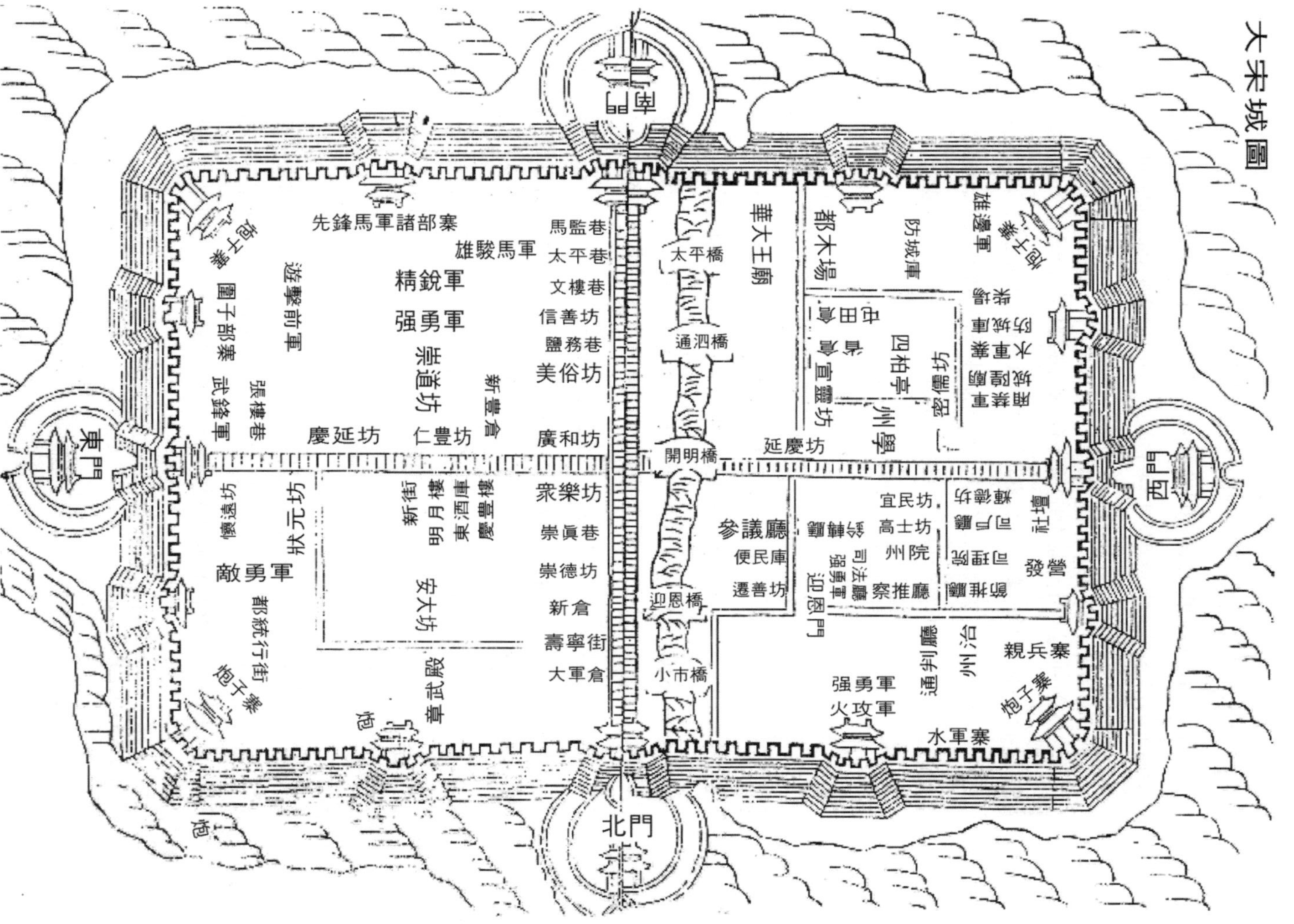

大宋城圖
南門
北門
東門
西門
雄邊軍
防城庫
都木場
華大王廟
中田畝
四柏亭
宜靈坊
州學
太平橋
通泗橋
延慶坊
先鋒馬軍諸部寨
雄駿馬軍
精銳軍
強勇軍
馬監巷
太平巷
文樓巷
信善坊
鹽務巷
美俗坊
廣和坊
遊擊前軍
圍子部寨
武鋒軍
張樓巷
慶延坊
崇道坊
仁豐坊
新豐倉
懷遠坊
狀元坊
敵勇軍
都統行街
車樓巷
東酒庫
明月樓
新街
慶豐倉
安大坊
眾樂坊
崇真巷
崇德坊
新倉
壽寧街
大軍倉
開明橋
迎恩橋
小市橋
迎恩門
宜民坊
高士坊
州院
司法
察推廳
參議廳
便民庫
遷善坊
發運
社倉
親兵寨
強勇軍
火攻軍
水軍寨
炮子寨
炮

송대성도(宋大城圖)

가리킨다. 호숫가에는 12개의 선착장이 있는데, 작은 거룻배[舠]와 큰 배
[舸]가 모두 놀잇배에 속한다. 원림에는 개인의 나룻배[家艇]가 있고, 절
에는 승려의 배[僧舟]가 있고, 작은 섬에는 물을 건너는 도구[渡楫] 및 땔
나무와 마초, 분뇨, 물을 실어 나르는 배들이 있지만, 12개의 선착장에
서는 이것들을 받아들이지 않는다.

영은교는 속칭 '봉황교鳳凰橋'라고도 하며, '고교'와는 2리 정도 떨어
진 곳에서 '초하'를 동서로 걸치고 있다. 우리 청나라 때의 부지에는 이
렇게 기록되어 있다.

속칭 '영문교迎門橋'라고 한다. 오래 전에 무너져버렸으나 옹정雍正 5년
(1727)에 읍인邑人 육시달陸時達이 다시 건축했다.
俗號迎門橋, 久圮, 雍正五年, 邑人陸時達重造.

『가정유양지』에 들어 있는 〈송삼성도宋三城圖〉와 〈송대성도宋大城
圖〉,201) 〈명양주부성황삼도明揚州府城隍三圖〉에 모두 '영은교'가 들어 있
다. 〈송삼성도〉에서 이 다리는 대성大城 안쪽 개명교開明橋 아래, 소시교
小市橋202) 위에 그려져 있다. '소시小市'를 지나 북문을 나서면 협성夾城
이 나오고, 협성을 나서면 보우성寶祐城203)이 나온다. 오늘날 소시교는
섭공교葉公橋 아래에 있으니, 옛날의 영은교가 응당 섭공교 근처에 있었
음을 알 수 있다. 또 〈송대성도〉에는 영은교와 소시교의 동쪽에 수녕가
壽寧街가 있고, 그 북쪽에 장무전章武殿이 있다고 되어 있다. 수녕가는

---

201) 양주에는 옛날에 대성大城과 자성子城 또는 '아성牙城'이 있었다. 『송명신언행록宋名
臣言行錄』에 따르면, 건염建炎 3년(1129)에 양주지부 곽체郭棣가 쌓았다고 했다.
202) '소시교宵市橋'라고도 한다. 진설에 따르면 수隋나라 양제煬帝가 이곳에서 야시夜市를
열었다고 한다.
203) 수나라 때 미루迷樓의 옛 터이다. 옛날에는 '보성保城'이라고 불렀는데, 송나라 보우
保祐(1253~1258) 연간에 가사도賈似道가 황제의 조령詔令을 받들어 성을 쌓으면서 '보
우성'이라고 이름을 바꾸었다. 또한 신보성新寶城을 쌓아 서로 연결시켰는데, 그것을
일컬어 협성夾城이라 한다. 〈송삼성도宋三城圖〉를 참조할 것.

바로 지금의 천녕사 뒷길이고, 장무전은 지금의 건륭사建隆寺 안에 있었다. 이 두 가지를 가지고 고찰해보건대, 지금의 소시교와 옛날의 소시교는 다른 것이 아니며, 옛날의 영은교가 응당 지금의 섭공교 근처에 있었다는 것은 더욱 의심할 여지가 없다. 또 송나라 때의 대성에는 남쪽에서 북쪽까지 5개의 다리가 있었으니, 태평교太平橋, 통사교通泗橋, 개명교開明橋, 영은교, 소시교가 그것이다. 명나라 때의 성에도 남쪽에서 북쪽까지 5개의 다리가 있었으니, 신교新橋, 태평교, 통사교, 문진교文津橋, 개명교가 그것이다. 이를 통해 보건대 명나라 때에는 송나라 때에 비해 성이 이미 남쪽으로 옮겨와 있었음을 알 수 있다. 남쪽으로는 성 안에 새로 다리를 놓고, 북쪽으로는 영은교와 소시교를 잘라 성 밖으로 내보냈으니, 그 소시교라는 것이 지금 것과 옛날 것이 다른 게 아니다. 그리고 옛날의 영은교가 섭공교 근처에 있었다는 것은 의심할 여지가 없다. 오늘날 고교 아래에 벽돌로 다리를 놓고 영은교라는 이름을 되살려 붙인 것 또한 옛날이 남긴 뜻을 보존하기 위함이다.

25. '화축영은華祝迎恩'은 양주팔경 가운데 하나이다. 고교에서 시작하여 영은정에서 끝나는데, 양쪽 언덕에 경치를 감상할 자리를 배열해놓았다. 회남淮南, 회북淮北의 30개 총상總商에서 구역을 분담하여 향정香亭204)을 모셔놓고, 음악을 연주하고 연극을 공연하며 이곳에서 황제의 행차를 맞이했다. 자리[檔子]를 만드는 법은 뒷면에 판자나 부들로 엮은 꾸러미로 벽을 만들고, 산장山墻205)에는 꽃무늬가 들어 있는 기와를 얹었고, 수권산手卷山(작은 가산假山)에는 벽돌을 쌓아 대를 만들고 구불구불 청록색의 태호산석太湖山石을 층층이 쌓았다. 그리고 소나무며 버드나

---

204) 제사나 장례 때에 쓰는, 향로香爐 따위를 놓아두는 화려한 정자로서, 들고 이동할 수 있다.
205) '인人'자 모양 지붕을 얹은 가옥의 양쪽 측면에 있는 높은 벽으로서, 이것은 지면에서 볼 때 지붕보다 높이 뻗어 있다.

무, 오동나무, 목일홍木日紅,206) 수국[繡球], 녹죽綠竹 등의 나무를 섞어
심었다. 그것들은 대大, 중中, 소小의 3호號로 나뉘었는데, 모두 실제 풍
경과 상통하도록 만들어진 것들이다.

풍경구의 첫머리[工頭]에는 단청을 입힌 누각[彩樓]을 지었다. 향정은 3
칸짜리로 5개를 만들었는데, 3면에 비첨飛檐을 올렸고, 각양각색의 유리
와 대나무 모양 기와[竹瓦]로 장식한 후 용과 봉황 모양으로 낙숫물받이
를 만들었다. 꼭대기 중앙의 한 층은 노란 유리를 사용했다. 단청을 입
힌 누각에는 참외 빛깔의 대나무 모양 기와를 사용했는데, 공작孔雀 깃
털이나 종려나무 잎으로 지붕을 얹은 것도 있었다. 천정에는 세밀한 그
림을 가득 그려 넣었고, 바닥에는 종려나무 껍질을 깔고 그 위에 각양
각색의 양탄자를 덮었다. 방 안에는 낙지조落地罩207)나 단지조單地罩, 5
폭 병풍, 삽병揷屏, 희병戲屏, 보좌寶座, 책상[書案], 천향궤天香几, 영수고
점迎手靠墊208) 등을 설치했다. 양 옆에는 능금수락향복綾錦綏絡香襆을 걸
어두었고, 책상 위에는 노병오사爐瓶五事를 얹어두었다. 그 옆에는 땅에
항아리를 놓고 그 안에 만년청萬年靑과 만수반도萬壽蟠桃, 구숙선도九熟仙
桃, 불수향연반경佛手香櫞盤景209)과 같이 풍경을 모방한 분재를 심어놓았
다. 시렁 위에는 각양각색의 옛 그릇들[器皿]과 서적을 얹어놓았다.

그 다음에는 향붕香棚인데, 사방에 대나무를 세우고, 위에는 비단 선
반[錦棚]을 만들어 그 위에 각양각색의 꽃이며 과일, 곤충 등의 모양을
모방한 장식품을 걸어두었다. 방은 번당산幡幢傘으로 덮었는데 대부분
금단錦緞, 사릉紗綾, 우모羽毛, 대니大呢 따위였다. 거기에는 오래된 구리
장식이나 옥장식이 달려 있었다.

---

206) 원래는 '밀일홍木日紅'이라고 되어 있었다고 하나, 지금은 모든 판본에서 이렇게 표
　　기하고 있다. 그러나 이것이 어떤 꽃인지는 알 수 없는데, 어쩌면 '십일홍十日紅'을 잘
　　못 표기한 것은 아닐까 여겨진다.
207) 방 하나를 둘로 나누어 쓸 수 있도록 마련된 칸막이를 가리킨다.
208) 자리에 앉을 때 팔을 기대는 용도로 만든 것이다.
209) 원문에는 '향연香櫞'으로 되어 있으나, 잘못된 표기이다.

중간에는 삼층대三層臺와 이층대二層臺, 평대平臺를 사용했는데, 3개의 기관機關과 4개의 손잡이[權]가 있으며, 가운데는 빈철賓鐵로 채웠다. 거기에는 모두 몇 개의 마디가 있는 기둥이 하나씩 있는데, 굵고 가늚의 척도가 반드시 밑둥이[根]와 같았다. 그 위에는 아이들의 속옷[孩童襯衣], 홍릉오고紅綾襖褲, 사조단화絲絛緞靴를 묶어놓았고, 바깥은 문무희문文武戲文을 꾸며놓았는데, 기관을 돌리면 움직였다.

모든 풍경구에는 음악을 울렸는데 가늘게 피리를 부는 음악과 취타십번吹打十番,[210) 관악기를 요란하게 불며 징과 북을 울리는 음악[粗吹鑼鼓]으로 구별되어 악단이 영은정까지 늘어서 있었다. 정자 안에는 구름이 오가면서 가화서초嘉禾瑞草의 모습으로 되었다가 율운풍천矞雲醴泉의 모습으로 변하기도 했다.

어제시[211)에서는 이렇게 노래했다.

양쪽 강 언덕의 안배는 실로 지나치게 요란하지만
여럿의 정성 차마 물리치기 어렵구나.
수놓은 그림 같은 길 따라 앞으로 나아가니
입고 먹는 것에 관련된 풍경인지라 기꺼이 구경하노라.
夾岸排當實厭鬧, 殷勤難却衆誠殫.
却從耕織圖前過, 衣食攸關爲喜看.

26. 고교와 영은교는 건축법이 같다. 양쪽 물가에 벽돌을 쌓고, 고래와 짐승들의 모양을 조각한 난간을 설치했는데, 그 새긴 솜씨가 마치 옥을 조각한 것 같다. 중류에는 목재에다 배를 끄는 쇠줄[鐵繩]을 꿰어 연결했다. 과교정過橋亭은 아름다운 처마에 높은 지붕을 얹은 것으로 구름과

---

210) 관악기와 타악기가 10번에 걸쳐서 요란하게 어우러지는 음악이다.
211) 이것은 4수의 연작시로 된 「자고교역주지천녕사행관自高橋易舟至天寧寺行館, 즉경잡영卽景雜詠」의 제3수이다.

노을이 피어났다 사라질 정도이다. 위에는 사륜마차[駟]를 묶을 수 있고, 아래에는 배를 나란히 댈 수 있다. 여기를 지나 남쪽으로 가면 4개의 다리가 있는데, 소영은교小迎恩橋, 소시교, 섭공교, 국교鞠橋가 그것이다. 소영은교와 국교는 모두 벽돌을 쌓아 만든 것이고, 소시교와 섭공교는 모두 돌로 만든 다리인데, 여기에는 모두 과교정이 없다.

27. 영은교에서 곧장 서쪽으로 가면 '한상농상邘上農桑'과 '행화촌사杏花村舍', '평강염설平岡艷雪', '임수홍하臨水紅霞'의 4가지 풍경구가 나오는데, 장춘교長春橋에 이르러 끝난다. 영은교에서 약간 서남쪽으로 가면 북문교北門橋에 이르는데, 그곳은 초하의 안쪽 지류支流로서, 역시 '초하'라고도 부른다.

28. 소영은교는 영은교 남쪽에 있는데, 여기에서 소시교와 국교를 건너면 북호성시하北護城市河와 만난다. 동쪽 언덕에는 섭공葉公의 무덤과 방화촌傍花村, 필원畢園이 있고, 서쪽 언덕은 북문외대가北門外大街이다. 양주의 거리는 운하를 옆에 둔 것을 아래편으로 여기는데, 예를 들어서 남북 유항柳巷의 거리는 서쪽으로 소진회小秦淮를 반쯤 끼고 있고, 중북소가中北小街의 길은 동쪽으로 성하城河를 옆에 두고 있으며, 이 북문가로는 서쪽으로 초하를 옆에 두고 있는데, 이것들이 모두 그에 해당한다. 이 길의 위편에는 건륭사建隆寺, 죽림사竹林寺, 철불사鐵佛寺, 용광사龍光寺, 영취사靈鷲寺, 벽천관碧天觀, 차암茶庵, 목란분원木蘭分院, 천뢰단天雷壇이 있고, 아래편에는 취백원주루醉白園酒樓와 쌍홍루차사雙虹樓茶肆가 있다.

29. 군성郡城은 원림으로 유명하다. 강희 연간에 8개의 화원花園이 있었는데, 왕세마원王洗馬園은 지금의 사리암舍利庵이고, 변원卞園과 원원員園은 지금의 소금산小金山 뒤편의 방가원전方家園田 안에 있다. 하원賀園은

지금의 연성사蓮性寺 동원東園이고, 야춘원冶春園은 지금의 야춘시사冶春詩社이며, 남원南園은 지금의 구봉원九峰園, 정어사원鄭御史園은 지금의 영원影園, 소원篠園은 지금의 삼현사三賢祠이다. 『양주몽향사揚州夢香詞』212)에서 "8개의 저명한 원림은 그림 같다[八座名園如畵卷]"고 한 것은 이것을 가리키는 것이다. 변원에는 왕사정이 쓴 다음과 같은 대련이 있었다고 전해진다.

> 매화 꽃피는 고개 근처엔 세 산의 달이 뜨고
> 소시교 앞에는 초가집 하나 있네.
> 梅花嶺畔三山月, 宵市橋頭一草堂.

30. 소금산은 엎어놓은 솥처럼 둥글며, 사방이 물로 둘러싸여 있다. 원근 10리 안에 모두 쇠솥[鐵鑊]을 묻어놓고, 옛날 물길을 다스리던 이들은 이걸로 물을 억제했다고 한다. 속칭 '이왕의 솥[李王鍋]'이라고 한다. 근래에는 장춘령長春嶺을 소금산이라고 부르는데, 이 소금산과는 다른 것이다. 필원畢園은 소금산 뒤쪽 1리 남짓한 곳에 있는데, 정문 앞에는 대나무 울타리로 수십 그루의 큰 나무를 둘러놓았다. 청사는 3칸인데, 그 편액에 '유암화명촌사柳暗花明村舍'라고 적혀 있고, 방사경方士慶213)이 쓴 다음과 같은 대련이 걸려 있다.

> 오동나무 씻고 대나무 닦는 예찬214)

---

212) 명나라 때의 비헌費軒(?~?, 자는 집어執御)이 지은 것으로, 정식 명칭은 『양주몽향사揚州夢香詞·조기망강남調寄望江南』이다.

213) 방사경方士慶에 대해서는 『양주화방록』 권4 「신성북록新城北錄·중中·21」을 참조할 것.

214) 예찬倪瓚(1301~1374 또는 1306~1374)은 자가 원진元鎭 또는 현영玄瑛이고 호는 운림雲林이며, 별호로 형만민荊蠻民, 정명거사淨名居士, 창랑만사滄浪漫士, 곡전수曲全叟, 우양관주牛陽館主, 소한선경蕭閑仙卿, 해악거사海岳居士 등을 썼다. 또한 동해예찬東海倪瓚, 나찬懶瓚 등의 서명署名을 쓰기도 했고, 아예 성명을 바꿔서 해현랑奚玄郎이라고 자칭하기도 했다. 그러나 시나 그림에서는 운림이라는 호를 가장 많이 사용했다. 무석無錫

비를 재고 맑은 날을 헤아리는 당경[215]

洗桐拭竹倪元鎭, 較雨量晴唐子西.

　청사 뒤편의 숙소는 3칸인데, 왼쪽 회랑에는 두세 개의 배 모양의 건물[舫屋]이 나무 사이에 꺾여 있고, 오른쪽 밭에는 계수나무가 심어져 있다. 사각형으로 세워진 정자에는 이선근李仙根[216]이 쓴 글씨로 '요포瑤圃'라고 적힌 편액이 걸려 있다. 마왈관馬曰琯[217]은 「필원사畢園詞」에서 이렇게 노래했다.

　푸른 구름은 이따금 난간 밖에 멈추어

　매리진梅里鎭(지금의 쟝쑤성 우시시無錫市에 속함) 사람이다. 원나라 때의 저명한 화가이자 서예가이며, 특히 산수화를 잘 그린 것으로 유명하다. 현존하는 작품으로 〈강안망산도江岸望山圖〉, 〈계산도溪山圖〉, 〈사자림도獅子林圖〉, 〈수죽도修竹圖〉, 〈오죽수석도梧竹秀石圖〉, 〈신안제시도新雁題詩圖〉 등등이 있다.

215) 당경唐庚(1071~1121)은 자가 자서子西이고 호는 노국선생魯國先生이며, 미주眉州 단릉丹棱(지금의 쓰촨성에 속함) 사람이다. 1094년에 진사에 급제하여 이주사법참군利州司法參軍에 임명되었고, 1110년에는 경기로제거상평京畿路提擧常平 등을 지냈다. 그는 시문詩文을 잘 지어서 '작은 소식[小東坡]'이라고 불렸다. 그가 죽은 뒤 이듬해에 그의 아우 당유唐庾가 그의 문집을 간행했다고 하나 지금은 남아 있지 않다. 1151년에 혜주주학주관惠州州學主管으로 있던 정강좌鄭康佐가 당시에 세간에 나돌던 『우공집寓公集』 등을 모아 『미산당선생문집眉山唐先生文集』(30권)을 간행했다. 『송사宋史』 권443에 그의 전기가 실려 있다.

216) 이선근李仙根(?~?)은 자가 자정子靜이고, 수녕遂寧 사람이다. 순치順治 신축辛丑년(1661)에 진사에 급제하여 편수編修에 제수되었고, 벼슬은 호부시랑戶部侍郎까지 지냈다. 저작으로 『안남사사기安南使事記』가 있다.

217) 마왈관馬曰琯(1688~1755)은 자가 추옥秋玉이고 호는 해곡嶰谷이며 기문祁門 사람인데 나중에 염상으로 치부하여 양주에 와서 살았다. 그는 청대 전기 양주 휘상徽商의 대표적인 인물 가운데 하나로 시작詩作과 장서藏書 취미를 갖고 있었고, 문인들과 교유하기를 좋아했다. 옹정 연간에 양주에 장서루藏書樓인 소영롱산관小玲瓏山館을 지었는데 10여 만 권의 책이 있었다고 한다. 그는 또 전적을 교감하기를 좋아해 집안에 전문적인 각인방刻印坊을 두었고 여기에서 펴낸 주이존朱彝尊의 『경의고經義考』 같은 책은 천금에 팔렸다고 한다. 아우인 마왈로馬曰璐와 함께 '양주이마揚州二馬'로 불렸던 그의 저작으로 『사하일로집沙河逸老集』이 있다. 기타 사항에 대해서는 『양주화방록』 권4 「신성북록新城北錄·중中·21」를 참조할 것.

가을 정취 머금은 자태를 보이는 듯한데

병든 몸 근래에는 조금 건강한 듯하네.

버려진 연못은 바람에 나부끼는 명주 같고

들판의 밭은 바둑판처럼 반듯하니

눈에 보이는 것들은 모두 그림 같구나.

綠雲間住欄杆外, 似做出秋情態, 病骨年來差健在.

廢池吹穀, 野田方罫, 著眼都如畫.

작은 산이 은자를 불러 싸늘한 향기 떨어지고

기러기는 오나라 하늘에서 몇 조각 울음 떨어뜨리는데

배 불러놓고 지팡이 짚은 이들은 오직 우리들뿐.

푸르게 흔들리는 파초 그림자.

피리소리 울려 퍼질 때

그윽한 상념에 잠기기엔 오늘 아침이 최고로구나.

小山招隱寒香墜, 雁落吳天數聲碎, 喚艇支筇惟我輩.

碧搖蕉影, 響分竹籟, 幽思今朝最.

31. 섭공의 무덤은 명나라 때 형부시랑을 지낸 섭상葉相[218)의 무덤이다.
무덤 뒤의 흙 언덕은 높이가 10길 남짓 된다. 앞에는 소영은하가 있고,
오른쪽에 돌다리가 있는데, 그곳 사람들은 그 다리를 섭공교라고 부른
다. 전하는 바에 따르면 낙타 등처럼 생긴 땅 위에 돌 패방[石枋]과 석궤
石几, 옹중翁仲,[219) 말과 양을 조각한 것 등이 묘도墓道에 늘어서 있었다

---

218) 섭상葉相(1475~1543)은 1502년 진사에 급제하여 절강浙江 금화부추관金華府推官에 임
명되었고, 이후 형과급사중刑科給事中과 예과도급사중禮科都給事中, 호광참정湖廣參政, 귀
주좌참정貴州左參政, 강서우포정사江西右布政使, 도찰원우부도어사都察院右副都御史, 순무
귀주겸리군무巡撫貴州兼理軍務, 남경공부우시랑南京工部右侍郞, 형부좌시랑刑部左侍郞 등
을 역임했다. 그는 40여 년 동안 13개 이상의 직책을 맡아 수행하며, 공평무사한 일처
리와 뛰어난 치적을 남긴 것으로 유명하다.

고 한다. 마을 사람들은 청명절에 무덤 위에서 연을 날리고 기와 조각을 옹중의 모자에 던져 행운을 점치는데, 이것을 일컬어 '돌팔매질[飛塼]'이라고 한다. 중양절에는 이곳에 오르는 것이 점차 풍속이 되었다.

32. 북교의 귀뚜라미는 다른 곳보다 크다. 그 지방의 명추鳴秋라는 사람이 귀뚜라미를 잘 기르고 풀의 속성을 잘 알아서 『상충보相蟲譜』를 지었는데, 그 책에는 '명씨순웅鳴氏純雄'이라고 서명했다. 명추는 이 기술을 흡현歙縣에 사는 왕씨汪氏에게 전수하여 부자가 되었다.

33. 방화촌傍花村의 주민들은 국화를 심는 이들이 많은데, 담쟁이덩굴처럼 두루 둘러서 완전히 벽처럼 보인다. 남북으로 원림마다 집집마다 심어서 무성한 줄기가 자라는 시렁들이 연이어 있는데, 벌이는 각기 다르다. 꽃이 피어 거리와 길을 가득 메우면 물을 품평하고 차茶를 구한다. 심대성沈大成220)은 시에서 이렇게 노래했다.

> 명아주 지팡이 짚고 성 밖으로 나가
> 지름길 따라 안개에 잠긴 마을로 들어간다.
> 푸른 나무는 널따랗게 들판을 에워싸고

---

219) 진秦나라 때에 완옹중阮翁仲이라는 사람은 키가 1길 4자나 되어서 보통 사람과는 달랐는데, 신시황의 명을 빌어 흉노匈奴를 정벌했다고 한다. 그가 죽은 후에 함양궁咸陽宮 사마문司馬門 밖에 그의 모습을 동상銅像으로 빚어 세웠다고 해서, 나중에는 동상이나 석상石像을 '옹중'이라고 부르게 되었다고 한다.

220) 심대성沈大成(1700~1771)은 자가 학자學子이고 호는 옥전沃田이며 화정華亭 사람이다. 서재 이름은 학복재學福齋이다. 그는 강희 연간의 제생諸生으로 경학經學 외에도 천문, 지리, 육서六書, 산학算學에 두루 정통했고, 시문詩文을 잘 쓰기로 강남 지역에서 명성을 날렸다. 또한 그는 장서가藏書家로도 유명하며, 특히 여러 문헌에 대한 교감校勘으로 명성이 높았다. 그가 교감한 것들 가운데 뛰어난 것으로는 『십삼경주소十三經注疏』, 『사기史記』, 『전후한서前後漢書』, 『남북사南北史』, 『오대사五代史』, 『두씨통전杜氏通典』, 『문헌통고文獻通考』, 『소명문선昭明文選』 등을 꼽을 수 있다. 저작으로 『학복재문집學福齋文集』(20권)과 『시집詩集』(38권)이 있으며, 미완성 저작으로 『독경수필讀經隨筆』이 있다.

노란 국화는 곧장 대문까지 이어진다.

어지러이 까마귀는 지붕으로 날아들고

늙은 암소는 울타리 발치에 매여 있다.

적막함 속에 가을의 정취 깊어 가는데

황제의 큰 은혜 못난 글에 남긴다.

杖藜城外去, 一徑入烟村.

碧樹平圍野, 黃花直到門.

亂雅投屋背, 老牸繫籬根.

寂寞深秋意, 王蒙小筆存.

34. 건륭사建隆寺는 양주의 8대 사찰 가운데 하나이다. 8대 사찰이란 건륭사와 천녕사, 중녕사重寧寺, 혜인사慧因寺, 법정사法淨寺, 고민사, 정혜사靜慧寺, 복연사福緣寺를 가리킨다. 건륭사는 영수가寧壽街 당자항堂子巷에 있는데, 산문의 큰 전각 뒤에 장무전章武殿이 있고, 양쪽 곁채[廡]에는 창고와 부엌, 연못이 갖춰져 있다. 방장에는 가지가 이어진 측백나무[連理柏] 한 그루가 있다. 이 절은 송나라 때에 여러 절들 가운데 가장 큰 곳으로 꼽힐 정도였으나, 우리 청나라에 들어서는 이미 폐허가 되었다. 건륭 을축乙丑년(1745)에 화산華山의 승려 종삼宗森이 다시 일으켰는데, 흡현歙縣의 황씨黃氏가 기이한 꿈을 꾸고 나서 옛날과 같은 규모를 다시 건축하도록 발원했다.

사당이 완공되자 대전에 '대웅지전大雄之殿'이라는 글자를 쓰려고 했다. 글자 길이가 한 길이 넘는지라, 천금을 들고 증왈유曾曰瑜[221]를 찾아가 써달라고 했으나, 그가 응낙하지 않았다. 이에 타향 출산으로 양주에 와서 지내던 포의布衣[布客] 아무개가 네 글자를 나누어 썼다. 글자 가운데 '대大'자와 '지之'자는 모두 획수가 적으니 마땅히 글자체를 두텁고

---

221) 증왈유曾曰瑜에 대해서는 『양주화방록』 권4 「신성북록新城北錄 · 중中 · 21」를 참조할 것.

무겁게 마무리해야 했다. 그리고 '웅雄'자와 '전殿'자는 획수가 많으니 마땅히 글자체를 가늘고 굳세게 마무리해야 했다. 이렇게 해서 서로 어울리게 만들었다. 글자를 다 쓰자 합쳤는데, 이것이 바로 오늘날 대전의 편액에 남아 있는 글씨이다.

종삼은 자가 품목品木이고 성은 장씨張氏이며, 해녕海寧 사람이다. 그의 부친 장사녕張嗣寧이 지난날의 인연이 있음을 알고 그를 안인사安因寺에 들여보내 승려가 되게 했다. 종삼은 장성하자 석탑사石塔寺로 가서 주지가 되었다. 세종世宗 옹정제雍正帝의 칙명을 받들어 장경관藏經館을 열 때, 종삼도 거기에 참여했다. 건물이 세워지자 『용장龍藏』222)을 구해 절에 모시고자 하여, 화산華山으로 들어가 방장장로方丈長老 해공海公에게 의탁하니, 해공이 그를 그곳에 머물게 하며 수좌首座로 삼았다. 화산은 율문律門의 조정祖庭인데, 종삼이 안팎의 일들을 보좌하여 처리하면서 운수행각雲水行脚하는 승려들을 응접하니, 해공은 그를 가까이 두고 중시하며 훌륭한 인재를 얻었다고 여겼다. 나중에 강북 땅으로 와서 건륭사에 이르러 상주대율사常住大律師가 되니, 불법을 전하는 제자들이 다시 나타나게 되었다.

---

222) 청나라 때 궁궐에서 판각한 불교 장경藏經으로, 『청장清藏』이라고도 한다. 옹정雍正 11년(1733)에 북경北京 현량사賢良寺에 장경관藏經館을 설립하고 화석장친왕和碩莊親王 윤록允祿과 화석화친왕和碩和親王 홍주弘晝, 그리고 현량사 주지 초성超聖 등이 간행을 주관했다. 옹정 13년에 조판을 시작하여 건륭乾隆 3년(1738)에 완성했는데, 경판經版의 수는 모두 79,036개였다. 이것들은 724개의 상자에 담아 천자문千字文의 '천天'자에서 '기機'자까지 표식을 붙였다. 여기에 수록된 것은 모두 1,669부部 7,168권卷이다. 조판 형식은 『영락북장永樂北藏』과 일치한다. 전체 장경은 정장正藏과 속장續藏으로 나뉜다. 정장은 모두 485상자로서, 천자문의 '천'자에서 '칠漆'자까지에 해당한다. 여기에 수록된 경전의 내용은 『영락북장』과 완전히 일치한다. 속장은 모두 239상자로서, 천자문의 '서書'자에서 '기'자까지에 해당한다. 여기에 수록된 경전의 내용은 『영락북장』과 조금 차이가 있다. 이 장경은 모두 100부가 인쇄되어 경사 안팎의 사찰에 하사되었고, 1935년에 다시 22부를 인쇄했다. 경판은 원래 자금성에 보관되다가, 나중에 백림사柏林寺로 옮겨져서 지금까지 남아 있다.

35. 용광사龍光寺는 북문가北門街 고가항顧家巷에 있다. 성조 강희제께서 이 절에 '향대香臺'라고 쓴 편액을 하사하셨다. 죽림사竹林寺는 북문가 남쪽의 옛 수녕가壽寧街에 있는데, 강희제께서 이 절에 오언시를 적은 붓글씨 한 폭을 하사하셨다. 지금 두 절은 모두 중녕사 뒤편에 있다.

철불사鐵佛寺는 보성堡城에 있는데, 이곳은 본래 양행밀楊行密이 살던 옛 집으로, 이전에는 광효원光孝院에서 관음보살이 현신現身한 두 번째 장소로 여기던 곳이다. 방장 안에는 매화나무 세 그루가 있는데, 가운데 있는 것은 세 가지 색깔을 겸하고 있고, 주변에 단풍이 많다. 제기諸暨 땅의 진홍수陳洪綬[223]가 일찍이 첩妾인 정발淨髮을 데리고 오가며 단풍을 구경했다. 그는 나뭇가지 하나를 그려서 침실 휘장에 걸어놓게 하고 손으로 가리켜 보이며, "이것이 양주의 정화精華로다!"하고 말했다고 한다. 나중에 강춘江春이 절 서쪽에 '추집호성료秋集好聲寮'라는 별장을 지었다. 이 절의 승려 고수古水는 시를 잘 지었다.

수안사壽安寺는 대의향大儀鄕에 있는데, 그곳을 일컬어 북수안목란분원北壽安木蘭分院이라고 하며, 성 안에 있는 석탑사石塔寺에 소속된 선원禪院이다. 이곳의 승려 송초誦苕는 시를 잘 지었다.

36. 벽천관碧天觀은 북문가에 있는데, 옹정 연간에 가장 번성했다. 마을 사람 허정방許庭芳이 이곳에서 도를 닦다가, 나중에 진인부眞人府의 법관法官[224]이 되었다. 뒤편 누각에는 귀신과 요괴를 항복시키는 부적이 새겨진 불 항아리가 매우 많다. 지금은 이미 폐허가 되었다. 비가 내리

---

223) 진홍수陳洪綬(1599~1652)는 자가 장후章侯이고 호는 노련老蓮이며, 제기諸暨(지금의 저쟝성 주지諸暨) 사람이다. 숭정崇禎 연간의 감생監生이다. 명나라가 망한 후 승려가 되어, 호를 회지悔遲 또는 노지老遲라고 했던 그는 시를 잘 짓고, 그림과 서예에도 뛰어났다. 특히 세밀한 인물화와 화조도花鳥圖를 잘 그리기로 명성이 높았다. 저작으로 『보륜당집寶綸堂集』과 『피란초避亂草』, 『서의상해筮儀象解』 등이 있다.

224) 도가에서 직위가 있는 도사를 가리키는 말이다. 일반적인 도사는 '우사羽士' 또는 '우인羽人'이라고 부른다.

는 흐린 날 밤이면 주민들은 때때로 뒤편 누각에서 징소리와 피리소리
를 듣곤 한다고 한다. 산문이 있던 자리에는 높은 담에 둘러싸인 신상神
像이 아직 남아 있다. 북문의 거지들 가운데 그 아래에서 밤잠을 자는
이들이 많다. 하루는 낮에 그곳으로 가서 쉬려고 하는데, 여러 신상의
눈동자가 형형하게 빛나는 것을 발견했다. 한참 동안 지속되자 거지들
이 놀라 도망쳤다. 그러나 밤이 되자 예전처럼 편안히 잠을 잤다고 한
다.

37. 천뢰단天雷壇은 소금산小金山 뒤편에 있다. 옛날에 여동빈呂洞賓 조사
에게 매우 경건하게 제사를 올리는 어떤 사람이 있어서 제단을 세워 여
동빈 조사에게 기도하려 했더니, 부계扶乩225) 점에서 지금의 장소를 가
리켜주며 그곳에 단을 세우게 했다. 그러자 그가 말했다.

"이곳은 채소밭이라 너무 지저분합니다."

그러자 점괘에 이런 글씨가 나타났다.

"내가 이미 오뢰五雷를 보냈으니, 그곳을 칠 것이다."

그는 곧 지금 제단이 있는 곳을 측량하고, 길일을 택해 공사를 시작
했다. 때가 되자 땅에서 우레가 나와 그곳을 쳤는데, 소리가 5번 울리면
서 더러운 진흙을 모두 뒤집어 황토로 만들었으며, 그 높이가 7자나 되
었다. 그곳 주민이 그것을 사서 이 제단에 천뢰단이라는 이름을 붙였다.

예의 그 사람은 천뢰단에 살며 수련하여 온 하늘에 초제醮祭226)를 열
었는데, 모두 49일 동안 지속되었다. 당시에 24쌍의 백학늘이 공중을 뱀

---

225) '부란扶鸞' 또는 '부기扶箕'라고도 한다. 귀신의 이름을 빌려 점을 치는 방식 가운데
하나이다. 나무로 만든 틀에 목필木筆을 매달고, 그 아래 모래를 담은 쟁반을 둔 후, 두
사람이 틀 양쪽을 잡는다. 신이 내리면 목필이 모래 위에 글씨를 쓰는데, 그 내용을 보
고 길흉을 점치는 것이다. (또는 키[箕]에 작은 나무막대기를 꽂아 붓으로 삼아서 글씨
를 쓰기도 한다.)
226) 승려나 도사들이 재앙을 없애기 위해 올리는 제사를 가리키는데, 모두 49일 동안 지
속된다.

돌며 춤을 추었고, 이어서 4쌍의 현학玄鶴이 날아와 백학들이 했던 것처럼 춤을 추었다. 한참 후에 황학黃鶴 한 마리가 내려와 공중에서 맴돌다가 잠시 후에 떠나갔다. 온 군의 선비들과 백성들이 그것을 보고 신령한 감응이 이른 것이라고 여겨서 〈강학도降鶴圖〉를 그리고, 나무로 황학의 모양을 만들었다. 태수 김보金葆가 그 일을 노래하고, 그 제단의 편액에 '황학비래黃鶴飛來'라고 썼다. 학이 내려온 후 공물供物을 나눠주었는데, 그 가운데 이따금 아주 아름다운 사호[大彬砂壺]227)가 있었다. 그것은 뚜껑과 주둥이가 붙어서 마치 아교를 칠한 듯 달라붙어서 뚜껑을 열 수가 없었는데, 흔들어 보면 안에서 물이 찰랑거리는 소리가 들렸다. 그러나 기울여 봐도 물 한 방울 떨어지지 않았다. 그렇게 수십 년 동안 똑같은 상태로 있었다.

초제가 끝나자 갑자기 하늘에서 우레가 치더니 나무로 만든 학을 쳤다. 말 만들기 좋아하는 사람들은 초제 기간이 다 지나자 나무 학이 날아오를 수 있었는데, 번개에 맞는 바람에 날 수 없게 되었다고 했다. 나무 학은 지금도 남아 있는데, 머리만 움직여서 시간을 가리킬 수 있다. 자시子時(밤 11시~1시)에는 머리가 밖을 향하다가 오시午時(낮 11시~1시)가 되면 안쪽을 향하니, 이 때문에 그것을 '자오학子午鶴'이라고 부른다.

38. 영취암靈鷲庵은 벽천관 뒤에 있으며, 천녕하원天寧下院을 향하고 있다. 관활貫豁이라는 자字를 가진 승려가 이곳에 거주하고 있는데, 시를 잘 지어서 시인 주운朱賞228)과 친한 벗이었다. 그는 고양이 키우기를 좋아해서 수십 년 동안 고양이와 함께 잠을 잤으나, 어느 날 밤 고양이에 물려 죽었다. 그 후로 암자도 폐쇄되었다.

---

227) '사호砂壺'는 유약을 바르지 않은 오지 주전자를 가리킨다.
228) 주운朱賞(?~?)에 대해서는 『양주화방록』 권3 「신성북록新城北錄 · 상上 · 14」를 참조할 것.

39. 목욕탕에서 목욕하는 풍속은 소백진邵伯鎭의 곽당郭堂에서 시작되었
는데, 나중에 서녕문徐寧門 밖의 장당張堂에서 그걸 따랐다. 성 안의 장
씨張氏가 다시 흥교사興敎寺에서 그 양식을 모방하자 사람들이 서로 다
투어 따라서 유행이 되었고, 이로 말미암아 성 안팎에서 모두 그렇게
되었다. 개명교의 소봉래小蓬萊와 태평교의 백옥지白玉池, 결구문缺口門
의 나사결정螺絲結頂, 서녕문徐寧門의 도당陶堂, 광저문廣儲門의 백사천白
沙泉, 경자埂子 위쪽의 소산원小山園, 북하北河 아래의 청영천淸纓泉, 동관
東關의 광릉도廣陵濤 등이 각기 극성했다. 그리고 성 밖으로는 단항壇巷
의 고당顧堂과 북문가의 신풍천新豐泉이 가장 유명하다.

이것들은 모두 흰 돌로 사방 1길 남짓한 탕을 만들었는데, 목욕 칸은
규모가 크고 작은 몇 개의 등급이 있다. 그 가운데 큰 것은 거의 끓인
것처럼 뜨거운 물을 큰 탕에 담아놓는다. 그 다음은 중간 탕이다. 작으
면서 물이 그다지 뜨겁지 않은 것은 왜왜지娃娃池이다.

옷을 담는 상자 가운데 고리를 달아서 청사에 늘어놓은 것이 좌상座
箱이고, 양쪽에 세워놓은 것은 참상站箱이다.

안쪽은 작은 방과 통하는데, 그것을 일컬어 난방暖房이라고 한다. 거
기서는 차와 술을 마실 수 있고, 시중드는 이들이 나뭇가지를 꺾어 안
마를 해주는데, 아주 호사스럽다. 남자는 신부를 맞아오기 전날 저녁에
목욕탕에 들어가는데, 비용이 금자金子로 수십 냥이나 든다.

제석除夕에 목욕하는 것을 일컬어 '세랍탑洗邋遢', 단오端午에 목욕하
는 것은 '백초수百草水'라고 한다.

40. 북교의 술집은 취백원醉白園에서 시작된다. 강희 연간에는 야원野園,
야춘사冶春社, 칠현거七賢居, 차정기且停車와 같은 술집들이 모두 홍교에
있었다. 내놓는 술 주전자에는 제한이 있어서, 나들이 나온 사람들이 몇
잔 마시는 정도에 지나지 않는다. 나중에 그 마을 사람 한취백韓醉白이
연화경蓮花埂에 작은 산정山亭을 짓자 나들이 나온 사람들이 그 집에 모

여 술을 마셨는데, 이 때문에 그 집을 한원韓園이라고 불렀다. 한취백이 죽자 북문가에 음식점을 세우고 그 이름을 흠모하여 가게 이름으로 썼으니, 이 때문에 그 음식점을 '취백원醉白園'이라고 불렀다. 취백원의 후문은 소영은하의 서쪽 물가에 있어서, 놀잇배들은 대부분 그곳을 통해 음식을 제공받았다.

41. 쌍홍루雙虹樓는 북문교에 있는 찻집이다. 누각은 5칸이며, 동쪽 벽에는 운하를 향해 창을 내서 멀리 풍경을 조망할 수 있다. 우리 고을의 찻집은 천하의 으뜸이라 이걸 직업으로 삼는 이들이 많다. 돈을 내서 화원花園을 세우기도 하고, 오래된 큰 저택이나 버려진 원림을 사서 찻집으로 만들기도 한다. 누대와 정자, 꽃과 나무, 대나무와 정원석, 술잔과 음식 쟁반, 숟가락과 젓가락 가운데 어느 것 하나 훌륭하지 않은 것이 없다.

원문교轅門橋에는 이매헌二梅軒과 혜방원蕙芳軒, 집방원集芳軒이 있고, 교장敎場에는 완액생향腕腋生香과 문란천향文蘭天香이 있으며, 경자埂子 위에는 풍락원豊樂園이, 소동문小東門에는 품륙헌品陸軒이, 광저문廣儲門에는 우련雨蓮이, 경화관항瓊花觀巷에는 문행원文杏園이, 만가원萬家園에는 사의헌四宜軒이, 화원항花園巷에는 소방호小方壺가 있는데, 이것들은 모두 성 안에서 고기 요리[葷菜]와 차를 파는 가게 가운데 가장 번성하는 곳이다. 천녕문의 천복거天福居, 서문西門의 녹천거綠天居는 채소 요리[素菜]와 차를 파는 가게 가운데 가장 번성하는 곳이다. 성 밖에는 호수와 산의 빼어난 경치를 차지하고 있는 쌍홍루가 최고이다.

그런 가게들에서 파는 간식[點心]은 각기 유명한 것들이 있다. 쌍홍루의 소병燒餅229)은 그런 기풍의 선하先河를 열었는데, 그 안에 설탕을 소[餡]로 넣은 것도 있고, 고기나 마른 채소, 비름[莧菜]을 넣기도 한다. 의

---

229) 밀가루를 반죽하여 원형 또는 사각형의 평평한 모양으로 만들어 표면에 참깨를 뿌려 만든 빵의 일종으로, 주로 북쪽 지방에서 주식이나 간식으로 먹는다.

흥宜興 출신의 정사관丁四官은 혜방헌과 집방헌을 열었는데, 조교만두糟
筹饅頭230)로 명성을 얻었다. 이매헌은 관탕포자灌湯包子231)로, 우런은 춘
병春餠232)으로 명성을 얻었다. 문행원은 초맥稍麥233)으로 명성을 얻었는
데, 그것을 일컬어 귀봉두鬼蓬頭라고 한다. 품륙헌은 회교淮餃234)로, 소
방호는 야채로 소를 넣은 교자[菜餃]로 명성을 얻었는데, 각기 매우 인기
가 있다. 그리고 성 안팎의 작은 찻집들에서는 유선병油鏇餠235)이나 증
아고甑兒糕,236) 송모포자松毛包子237) 등을 만들어 판다. 이런 가게들은
건물이 초라하거나 화려하거나 상관없이 매일 아침부터 손님들의 왕래
가 끊이지 않는다.

42. 소영은교에서 여기까지는 초하草河의 지류이다. 남쪽은 성하城河와

---

230) 술지게미를 이용하여 만든 만두라는 뜻이다.
231) 우리나라의 만두와 비슷하게 고기나 야채 따위로 소를 넣어 만든 찐빵을 국물과 함
    께 끓인 요리이다.
232) '박병薄餠'이라고도 한다. 밀가루를 더운 물로 개고 얇게 늘여서 번철에다 구운 것으
    로, 주로 입춘 무렵에 야채나 고기 등을 싸서 먹는 데에 쓰인다.
233) 구체적인 조리법은 남방과 북방 각 지역에 따라 다르지만, 일반적으로 반죽한 밀가
    루를 얇게 펴서 자잘하게 다진 고기 따위를 소로 넣어 감싼 후 꼭대기가 꽃부리 모양
    이 되게 장식한 것으로, 우리나라의 만두와 비슷하다. 명나라 때에는 '사모紗帽'라고
    불렸고, 청나라 때에는 '귀봉두鬼蓬頭'라고 부르기도 했다. 조선시대 『박통사언해朴通事
    諺解』에는 '초맥稍麥'이라고 언급되어 있는데, 이것은 당시의 방언方言이다. 오늘날에도
    쟝쑤, 저쟝, 광둥廣東 일대에서는 대개 '사오마이燒賣'라고 부르고, 북경 등지에서는
    '사오마이燒麥'이라고 부르는 등 명칭이 일정하지 않다.
234) '샤오훈둔小餛飩'이라고도 한다. 오늘날 유명한 것은 청나라 광서光緖 연간에 회안淮
    安 땅의 황자규黃子奎가 만든 것인데, 그것은 종이처럼 얇게 편 밀가루 반죽 안에 돼지
    고기 등을 자잘하게 다져 넣은 작은 교자餃子이다.
235) 회전하는 원형의 철판에 묽은 밀가루 반죽을 부어 펴고, 파나 깨 따위를 넣어 구워
    낸 것이다.
236) 쌀가루 반죽에 설탕과 과일 따위를 소로 넣고, 화분 모양이 시루[甑]에 담아 쪄낸
    떡의 일종으로, 주로 북경 등지에서 어린이들의 간식으로 많이 쓰였다.
237) 건륭제乾隆帝가 양주에서 맛을 보고 칭찬했다는 '오정포자五丁包子'를 가리킨다. 이
    요리는 발효된 밀가루 반죽을 얇게 펴서 그 안에 주사위 모양으로 썬 돼지고기, 닭고
    기, 죽순, 해삼, 새우살의 다섯 가지 재료에 갖은 양념을 쳐서 볶은 소를 넣고 붕어 주
    둥이 모양으로 감싼 다음, 솔잎을 깐 대바구니 안에 넣어서 쪄낸 것이다.

이어져서 '성인청범城闉淸梵'이 된다[자세한 것은 『성북록城北錄』을 보라].

43. '한상농상邗上農桑'과 '행화촌사杏花村舍'라는 두 경관은 영은하 서쪽에 있다. 성조 강희제의 〈경직도耕織圖〉를 모방해서 만들었다. 물굽이에 흙을 북돋아 언덕을 만들고, 창고와 엽향교饁饗橋, 보풍사報豊祠를 세웠다. 보풍사 앞에는 격고취빈대擊鼓吹矉臺가 있고, 그 왼쪽에는 방앗간[礱房]이, 오른쪽에는 욕잠방浴蠶房, 분박방分箔房, 녹엽정綠葉亭이 있다. 녹엽정 밖에는 울창한 뽕밭이 있는데, 가끔 도끼질 하는 소리가 들린다. 나무 사이에는 대기루大起樓를 세워놓았는데, 누각 아래의 긴 복도는 염색방染色房과 연사방練絲房으로 이어진다. 두 방의 바깥은 연지練池인데, 그 바깥에 춘급당春及堂이 있다. 춘급당 오른편에는 누조사媒祖祠와 경사방經絲房, 청기루聽機樓가 있다. 청기루 뒤편에는 동직방東織房과 방사방紡絲房이 있다. 방사방 바깥에서 판자로 엮은 다리를 따라 두세 번 꺾어 가면 서직방西織房과 성의방成衣房에 이르고, 그곳은 헌공루獻功樓와 이어진다. 여기서부터 남쪽은 온통 그림처럼 화려한 풍경이 펼쳐지는데, 차가운 물결 위에 안개 일렁이는 풍경이 모두 장춘교 바깥에 있다.

44. 강 서쪽 언덕에는 낮은 집들이 즐비하게 늘어서 있는데, 집 앞에는 손바닥 같은 평지가 펼쳐져 있다. 밤늦도록 농사짓고 안개 속에 초가집으로 돌아가 잠자는데, 돼지우리와 닭장이 좌우에서 집을 감싸고 있다. 한가롭게 펼쳐진 넓은 밭에는 농부들이 나란히 밭을 갈고, 사방에 수차水車가 세워져 있다. 지맥地脈은 나아가지 못하고 모[秧]들이 바늘처럼 돋아 있다. 계두鷄頭238)와 마름 열매는 연못에서 익어간다. 갈대와 억새

---

238) 가시연밥[芡實]을 가리킨다. '안훼雁喙'라고도 하며, 흔히 '계두육鷄頭肉' 또는 '계두미鷄頭米'라고 부른다. 북위北魏 때의 가사협賈思勰이 편찬한 『제민요술濟民要術』「양어養魚」에 따르면, 이 열매는 윗부분의 꽃이 닭의 벼슬처럼 생겼기 때문이 이런 이름이 붙었다고 했다.

울창하고, 멀리 포구의 물결 반짝인다. 곡식 타작하며 부르는 노래 온 들판에 가득하다. 마누라와 어린 자식은 이고 지고 돌아온다.

그 가운데 벽돌과 들보가 산처럼 높이 솟아 있는 것은 창방倉房이다. 당나라 때 문인들의 시 구절을 모아 대련을 만들었는데, 그 내용은 이러하다.

> 곳간에는 천 개의 상자 들어 있고
> 향기로운 꽃은 2월초부터 피어나네.
> 廠庚千箱在[설존성薛存誠]239)
> 芳華二月初[조동희趙冬曦]240)

시 구절을 모으는 일은 전운사轉運使 노견증盧見曾241)이 국자감 박사를 지낸 김조연金兆燕242)을 불러 당나라 시인들의 시 구절을 모아 원림 정자에 대련을 만들게 한 데에서 시작되었는데, 간혹 진晉나라 시인이나 송宋나라 시인의 시구도 사용했다.

---

239) 설존성薛存誠(?~?)은 자가 자명資明이고 당나라 때 하동河東 사람이다. 그는 정원貞元(785~805) 연간에 진사에 급제하여 원화元和(806~820) 말엽에 어사중승御史中丞을 지냈다. 『전당시全唐詩』에 그의 시 12수가 수록되어 있다. 『전당시』 권466에 수록된 설존성의 「고택다풍년膏澤多豐年」에 "廠庚千箱在, 幽流萬壑通"이라는 구절이 들어 있다.

240) 조동희趙冬曦(?~?)는 정주定州 사람이다. 그는 진사에 급제하여 좌습유左拾遺를 지냈고, 개원開元(713~741) 연간에 감찰어사監察御史가 되었다가, 좋지 않은 일에 연루되어 악주岳州로 유배되었다. 나중에 국자좨주國子祭酒까지 지냈다. 『전당시』에 그의 시 19수가 수록되어 있다. 『전당시』 권98에 수록된 조동희의 「봉화성제동이상이하군관락유원연奉和聖制同二相以下群官樂游園宴」에 "爽塏二秦地, 芳華二月初"라는 구절이 들어 있다.

241) 노견증盧見曾(1690~1768)에 대해서는 『양주화방록』 권10 「홍교록虹橋錄・상上・38」을 참조할 것.

242) 김조연金兆燕(1718~1789?)은 자가 종월鍾越이고 호는 종정棕亭이며, 안휘성 전초全椒 사람으로 김구金榘의 아들이다. 시사詩詞에 뛰어났고 특히 원곡元曲에 정통했던 그는 1766년 진사가 되어 국자감박사國子監博士와 양주부학교수揚州府學教授를 지냈다. 명사들과 어울리기를 좋아했던 그의 저서에는 『종정고문초棕亭古文鈔』 10권과 『변체문초騈體文鈔』 8권, 『종정시초棕亭詩鈔』 18권, 『사초詞鈔』 7권이 있으며, 저서 모음으로 『국자선생집國子先生集』이 있다.

45. 보풍사報豊祠는 먼 옛날 농경을 시작한 이들에게 제사를 올리는 곳이다. 전각은 앞뒤로 3칸이고, 곁채[廡殿]는 각기 2칸씩이다. 그곳에는 다음과 같은 대련이 걸려 있다.

식향息饗243)을 열어 상서로움에 보답하나니

때 맞춰 비를 내려주셔서 풍년이 많았기 때문이라.

息饗報嘉瑞[안연지顔延之]244)

膏澤多豊年[조식曹植]245)

보풍사 밖에는 연극 무대[戲臺]가 세워져 있는데, 그 편액에는 '격고취빈擊鼓吹嚬'이라고 적혀 있다. 이 지역 사람들은 이곳에서 하늘의 공덕에 보답하며 연극을 공연한다. 이곳의 대련에는 이렇게 적혀 있다.

개울 흐르는 들판에 온통 개인 풍경 펼쳐졌으니

---

243) 한 해의 끝 무렵 농사가 끝났을 때, 농촌의 마을 사람들이 모여 납제蠟祭를 올려서 풍년을 내려준 신명神明에게 감사의 제사를 올리고, 마을 노인들에게 잔치를 열어주는 것을 가리킨다.

244) 안연지顔延之(384~456)는 자가 연년延年이고 낭야琅琊 임기臨沂 사람이다. 육조六朝 시기의 저명한 시인으로 특히 산수시山水詩에 뛰어나서 사영운謝靈運과 더불어 '안사顔謝'라고 칭해졌던 그의 대표작으로 「북사락北使洛」, 「추호행秋胡行」, 「오군영五君詠」 등의 작품이 『문선文選』을 비롯한 여러 책에 수록되어 전해진다. 『문선』 권22에 수록된 안연지의 시 「응조관북호전수應詔觀北湖田收」에 "息饗報嘉歲, 通急戒無年"이라는 구절이 들어 있다.

245) 조식曹植(192~232)은 삼국시대 위魏나라 조조曹操의 셋째 아들로, 자는 자건子建이다. 어려서부터 재능이 뛰어나 부친의 총애를 받았으나, 우여곡절 끝에 그의 형인 조비曹丕(187~226)가 왕위를 계승하고 황제가 되면서 잦은 박해를 받았고, 명제明帝 조예曹叡(227~239 재위)가 즉위한 후에도 상황이 달라지지 않아 시름 속에서 죽었다. 그는 일찍이 진왕陳王에 봉해진 적이 있고 죽은 후 시호諡號가 사思였기 때문에, 흔히 진사왕陳思王이라고 불린다. 동한 말엽 헌제獻帝의 건안建安(196~219) 연간의 문학을 대표하는 작가이기도 한 그의 작품 가운데 80여 수의 시와 40여 편의 사부辭賦 및 산문은 오늘날까지 남아 있다. 조식의 시 「증서간贈徐幹」에 "良田無晚歲, 膏澤多豊年"이라는 구절이 들어 있다.

풍악소리 울리며 토지신의 은혜에 감사 제사 올리네.

川原通霽色[황보염皇甫冉]246)

簫鼓賽田神[왕유王維]247)

46. 방앗간[碓房]은 곡식을 찧어[舂] 잘 찧어진 것을 고르고[揄], 키질하여
껍질 부스러기를 없애고[簸], 손바닥이나 발로 문질러 남은 껍질을 없애
는[揉] 곳이다. 이곳에는 다음과 같은 대련이 걸려 있다.

벼랑 끝에는 흰 구름 묵어가고
집 위에는 봄 비둘기 울어대네.

巖端白雲宿[하손何遜]248)

---

246) 황보염皇甫冉(717~770)은 자가 무숙茂叔이고 윤주潤州 단양丹陽(지금의 전쟝시鎭江市
에 속함) 사람이다. 천보天寶 15년(756)에 진사에 급제하여 무석위無錫尉, 좌금오병조左金
吾兵曹, 좌습유左拾遺 등을 역임했다. 그 후 안녹산安祿山과 사사명史思明의 반란으로 시
대가 어지러워지자 그는 의흥義興(지금의 쟝쑤성 이싱현宜興縣) 땅에 은거하며 시대를
개탄하고 산수를 노래하는 많은 작품을 지었다. 대표작으로 「형계야단荊溪夜湍」, 「동령
관동령관洞靈觀」, 「삼월삼일동의흥이명부범주三月三日同義興李明府泛舟」 등이 있다. 『전당시』 권
249에 수록된 황보염의 시 「복선사심담연사주불견福先寺尋湛然寺主不見」에 "川原通霽色,
田野變春容"이라는 구절이 들어 있다.
247) 왕유王維(701~761)는 자가 마힐摩詰이고 포주蒲州(지금의 산시성 용지永濟) 사람이다.
그는 개원開元 9년(721)에 진사에 급제한 후, 잠시 사신으로 국경을 나갔다 돌아온 것
외에는 대부분 조정에서 벼슬살이를 했으며, 감찰어사監察御史, 급사중給事中, 상서우승
尙書右丞 등을 역임했다. 저작으로 『왕우승집王右丞集』이 있다. 『전당시』 권126에 수록
된 왕유의 시 「양주교외유망涼州郊外游望」에 "婆娑依里社, 簫鼓賽田神"이라는 구절이
있다.
248) 하손何遜(?~518)은 자가 중언仲言이고, 농해東海 담郯(지금의 산둥성 탄청郯城) 사람이
다. 그는 20세 무렵에 수재秀才가 되었으나, 이후 벼슬길은 순탄하지 않았다. 양梁나라
무제武帝의 천감天監(502~519) 연간에 건안왕建安王 소위蕭偉의 기실記室을 지내다가
나중에 안성왕安成王 소수蕭秀의 막료幕僚로서 상서수부랑尙書水部郎을 지냈다. 만년에
여릉왕廬陵王 소속蕭續의 막료로 강주江州에 갔다가, 그곳에서 죽었다. 그의 문집(8권)은
원래 그의 사후에 왕승유王僧孺에 이해 편찬되었다고 하지만, 오대五代 무렵에 원본이
사라졌다. 송나라 때 황백사黃伯思의 『동관여론東觀餘論』에 수록된 『하손집何遜集』에는
시만 수록되었고 산문은 없다고 적혀 있다. 오늘날 남아 있는 그의 시집은 명나라 때
에 간행된 것이다. 현존하는 하손의 시집에는 위 대련에 쓰인 구절과 유사한 것이 없

屋上春鳩鳴[왕유王維]249)

‘한상농상’은 여기까지이다.

47. ‘행화촌사’는 욕잠방에서 시작되는데, 강줄기는 여기에 이르면 갈수록 더 구불구불해진다. 갈매기와 해오라기가 오가고, 술잔에는 맑은 바람이 떠 있다. 높다랗게 자란 버드나무는 집들을 가리고, 기묘한 모양의 소나무는 누각 가까이 서 있다. 방앗간[碓房] 건물 모퉁이를 지나면 욕잠방에 이르게 된다. 그곳에 걸린 대련에는 이렇게 적혀 있다.

화려한 집 경갑鏡匣 여니 보승寶勝250)이 나타나고
작은 다리를 흐르는 물길은 평평한 사막으로 이어지네.
金屋瑤筐開寶勝[최일용崔日用]251)
小橋流水接平沙[유겸劉兼]252)

다. 다만 사영운謝靈運의 「입팽려호구시入彭蠡湖口詩」에 "春晚綠野秀, 巖高白雲屯"이라는 구절이 있으니, 대련의 이 구절은 이것을 변형한 것이 아닐까 생각된다.

249) 『전당시』 권125에 수록된 왕유의 시 「춘중전원작春中田園作」에 "屋上春鳩鳴, 村邊杏花白"이라는 구절이 들어 있다.

250) 색종이를 가위로 오려서 만든 여인네들의 머리장식으로, 금이나 옥으로 장식한 것이다. 이승人勝, 방승方勝, 화승花勝, 춘승春勝 등 여러 종류가 있다.

251) 최일용崔日用(?~?)은 활주滑州 영창靈昌 사람이다. 그는 측천무후則天武后의 대족大足 1년(701년에 진사가 되어 신풍위新豊尉에 발탁되었고, 신룡神龍(705) 연간에는 병부시랑兵部侍郎 겸 수문관학사修文館學士가 되었다. 또 개원開元(713~740) 연간에는 이부상서吏部尙書가 되었고, 나중에 병주대도독장사幷州大都督長史로 생을 마쳤다. 『전당시』에 그의 시 9수가 수록되어 있다. 『전당시』 권46에 수록된 최일용의 「봉화인일중연대명궁은사채루인승응제奉和人日重宴大明宮恩賜彩縷人勝應制」에 "金屋瑤筐開寶勝, 花箋彩筆頌春椒"라는 구절이 들어 있다.

252) 유겸劉兼(?~?)은 장안長安(지금의 산시성 시안시西安市) 사람이다. 그는 송나라 초기에 영주자사榮州刺史를 지냈고, 개보開寶 7년(749)에는 염철판관鹽鐵判官이 되었다. 그는 일찍이 황제의 명에 따라 『오대사五代史』 편찬에 참여한 바 있다고 한다. 『전당시』 권766에 수록된 유겸의 시 「방음기불우訪飮妓不遇, 초주도부지招酒徒不至」에 "小橋流水接平沙, 何處行雲不在家"라는 구절이 들어 있다.

이곳을 지나면 작은 수구水口253)가 있는데, 그 위에는 널다리[板橋]로 덮여 있다. 다리를 지나면 녹상정綠桑亭에 이른다. 제방을 따라 강물이 구비지고 있어서 건물 또한 서쪽으로 기울어져 있는데, 이곳이 분박방分箔房이다. 여기에는 다음과 같은 대련이 걸려 있다.

> 나무 그림자 유유하고 꽃들은 고요히 피었으니
> 비단 옷 끌며 걸을 때 겹겹이 놓인 수를 보는 듯하네.
> 樹影悠悠花悄悄[조당曹唐]254)
> 羅衫曳曳繡重重[왕건王建]255)

대기루大起樓는 분박방 끄트머리에 붙어 있다. 대나무와 온갖 나무들이 마을을 둘러싸고 있으며, 언덕과 원림은 정취가 그윽하다. 산꼭대기에서 불어오는 바람이 거세서 대문을 밀치고 들어온다. 이곳에는 다음과 같은 대련이 걸려 있다.

---

253) 저수지의 물이나 하수를 끌어들이거나 흘려보내는 곳 또는 그 근처의 땅을 가리킨다. 혹은 강가의 관문에 설치한 요새를 가리키기도 한다.
254) 조당曹唐(?~?)은 자가 요빈堯賓이고 계주桂州(지금의 광시성廣西省 꿰이린시桂林市) 사람이다. 그는 처음에 도사였다가 나중에 천거되어 과거 시험을 치렀으나 진사에 급제하지는 못했지만, 함통咸通(860~874) 연간에 사부종사使府從事를 지냈다. 그는 특히 유선시游仙詩를 잘 짓기로 유명했으며, 저작으로 『조종사시집曹從事詩集』(1권)이 있다. 그의 사적은 『당재자전唐才子傳』에 수록되어 있다. 『전당시』 권640에 수록된 조당의 시 「한무제장후사왕모하강漢武帝將候西王母下降」에 "樹影悠悠花悄悄, 若聞簫管是行踪"이라는 구절이 들어 있다.
255) 왕건王建(767?~830?)은 자가 중초仲初이고, 영천穎川(지금의 허난성 쉬창시許昌市) 사람이다. 그는 755년에 진사에 급제하여 시어사侍御史 등을 지냈고, 변방에서 종군從軍하기도 했으며, 만년에 퇴직한 후에는 함양咸陽에서 가난하게 살다 죽었다. 그는 장적張籍과 더불어 악부시樂府詩를 잘 짓는 것으로 명성을 날렸으며, 일찍이 자신의 친척인 환관宦官 왕수징王守澄 덕분에 궁정 생활을 경험한 것을 바탕으로 쓴 『궁사宮詞』 100편은 당시 세간에서 대단히 많은 모방작이 나올 정도로 유행했다고 한다. 저작으로 『왕사마집王司馬集』이 있다. 『전당시』 권302에 수록된 왕건의 「궁사 100수宮詞一百首」에는 "羅衫葉葉繡重重, 金鳳銀鵝各一叢"으로 되어 있다.

푸른 나무 붉은 꽃 서로를 비추는데

하늘의 향기 상서로운 빛깔 어울려 넘실거리네.

碧樹紅花相掩映[자은사선慈恩寺仙][256]

天香瑞彩合絪縕[온정균溫庭筠][257]

48. 촉강의 여러 산에서 흘러내린 물은 물줄기가 가늘고 구불구불하며, 땅 속에 잠겼다가 마을[曲港]에 솟아나와 운하로 흘러 들어간다. 대기루 남쪽은 연못을 중심으로 물줄기가 나뉘는데, 명주실 같은 수많은 물줄기 현란하게 반짝인다. 그것들은 모두 이곳에서 솟아나기 때문에 '연지練池'라고 부른다. 연지의 동서쪽은 회랑이 둘러져 있는데, 동쪽으로 돌아가면 염색방에서 끝난다. 이곳의 대련에는 이렇게 적혀 있다.

---

256) 『전당시』 권863에는 자은원여선慈恩院女仙의 「제사랑주題寺廊柱」가 수록되어 있는데, 그 안에 "湖水團團夜如鏡, 碧樹紅花相掩映"이라는 구절이 들어 있다. 또 이 시의 제목 아래에 수록된 서문의 내용은 설어사薛漁思의 『하동기河東記』에 수록된 이야기와 같다. 당나라 태화太和 2년(828)에 장안성長安城 남쪽 위곡韋曲의 자은사탑원慈恩寺塔院이 있었다. 어느 날 밤에 아름다움 부인 하나가 서너 명의 시녀를 거느리고 나타나, 불탑을 돌면서 웃고 얘기를 나누었는데, 그 모습이 매우 운치가 있었다. 그녀가 시녀를 돌아보며 말했다. "원주院主께 말씀드리고 붓과 벼루를 빌려오너라." 그리고 북쪽 회랑의 기둥에 다음과 같은 시를 썼다. "황자피 언덕에 달빛 밝아서, 화려한 잔치도 잊어버리고 새벽에 찾아왔네. 안개 서린 산발치엔 눈썹화장 같은 녹음이 걸려 있으니, 연꽃 꺾어 멀리 계신 그이에게 보내줄까[黃子陂頭好月明, 忘却華筵到曉行. 烟收山低翠黛橫, 折得荷花贈遠生]." 그녀가 시를 다 쓸 무렵, 원주가 촛불을 밝혀 들고 가보려 했다. 그러나 그녀와 시녀들 모두 하얀 학으로 변해 하늘로 날아 가버렸다. 그때 그녀가 썼다는 글씨는 지금도 남아 있다. 위 대련에 사용된 시구가 들어 있는 것은 두 번째 작품이다.

257) 온정균溫庭筠(812?~866)은 본명이 기岐이고 자는 비경飛卿이며, 태원太原 기祁(지금의 산시성山西省에 속함) 사람이다. 그는 재상 온언박溫彦博의 후예지만, 오래 전에 가세가 기울어 어려운 환경 속에 살았으며, 여러 차례 과거에 응시했지만 모두 실패하고 지방의 말관 관리로 전전하다가 마지막으로 국자조교國子助教를 지냈다. 거침없고 방탕한 생활을 하며 권문세족들을 조롱하고 기녀들과 어울려 지내던 그는 사집詞集으로 『악란집握蘭集』(3권)과 『금렴집金奩集』(1권), 그리고 시집 5권을 남겼다고 하나 모두 없어지고, 후세 사람들이 그의 작품들을 모아 『금렴사金奩詞』와 『온비경시집溫飛卿詩集』으로 묶어놓은 것이 있다. 『전당시』 권575에 수록된 온정균의 「필률가觱篥歌」에는 "情遠氣 調蘭蕙熏, 天香瑞彩含絪縕"이라고 되어 있다.

봄날 강남의 물빛으로 염색하고

비단 휘장 묶어 한 쌍 연꽃을 만드네.

染就江南春水色[백거이白居易]258)

結成羅帳連心花[청동靑童]259)

서쪽으로 돌아가면 연사방에서 끝난다. 이곳의 대련에는 이렇게 적혀 있다.

묵은 버들가지 물에 잠겨 구름 그림자 같고

농죽260)엔 안개 서려 가지 끝에서 이슬 떨어지네.

舊絲沉水如雲影[이질李質]261)

籠竹和烟滴露梢[두보杜甫]262)

강남 지역의 염방染房은 소주에서 번성하고 있다. 양주의 염색은 소동문가小東門街의 대씨戴氏 집안을 최고로 여긴다.

---

258)『전당시』권427에 수록된 백거이의 「요릉繚綾」에는 "織爲雲外秋雁行, 染作江南春水色"이라고 되어 있다.

259) '청동'은 신선동자神仙童子라는 뜻인데, 누구를 가리키는지는 명확하지 않다.『전당시』권863에 수록된 「여조욱고계가與趙旭叩桂歌」에는 "仙郎獨邀靑童君, 結情羅帳連心花"라는 구절이 있다.

260) 영남嶺南 지역에 자라는 마디가 긴 대나무로서, '농총죽籠葱竹'이라고도 한다. 원元나라 때 이간李衎이 편찬한 『죽보상록竹譜詳錄』에 따르면, 이 대나무는 나부산羅浮山에서 자란다고 해서 '나부죽羅浮竹'이라고도 부른다고 했다. 한편,『광동통지廣東通志』「물산지物産志」에 따르면, 이 대나무는 실존하는 것이 아니라 전설에서 신신 나라에 있는 것이라고 했다.

261) 이질李質(?~?)은 자가 공간公干이고, 당나라 때 양양襄陽 사람이다. 그는 진사 출신으로, 대중大中(847~859) 연간에 강서관찰사江西觀察使를 지낸 것으로 알려졌다.『전당시』에 그의 「숙일관동방시宿日觀東房詩」(1수)가 수록되어 있다. 원문의 이질李質은 이하李賀를 잘못 쓴 것이다. 이하의 「염사상춘기染絲上春機」에 "玉甖汲水桐花井, 舊絲沈水如雲影"이라는 구절이 있다.

262)『전당시』권226에 수록된 두보의 시 「당성堂成」에 "楷林礙日吟風葉, 籠竹和煙滴露梢"라는 구절이 들어 있다.

붉은 색 가운데 회안홍淮安紅은 본래 소주의 적초赤草로 염색했는데, 회안호淮安湖 입구의 천 가게[布肆]에서 전문적으로 이 종류를 팔았기 때문에 그런 이름이 붙은 것이다. 도홍桃紅, 은홍銀紅, 고홍靠紅, 분홍粉紅, 육홍肉紅은 소주韶州263)의 퇴홍退紅(분홍색)에 속하는 것들이다.

자주색에는 대자大紫, 매괴자玫瑰紫,264) 가화자茄花紫265)가 있는데, 이것들은 바로 옛날의 유자油紫266)나 북자北紫267)에 속하는 것들이다.

흰색에는 표백漂白과 월백月白268)이 있다.

황색 가운데 눈황嫩黃은 마치 뽕잎이 막 피어났을 때의 색깔과 같고, 행황杏黃과 강황江黃은 곧 단황丹黃269)을 가리킨다. 이것은 또 주황[緹]이라고도 하는데, 옛날 병사들의 옷 색깔이다. 아황蛾黃은 마치 늙어가는 누에의 색깔과 같다.

푸른색에는 홍청紅靑이 있는데, 청적색靑赤色이다. 이것은 아청雅靑이라고도 한다. 금청金靑은 옛날의 조예색皂隷色이고, 원청元靑은 원래 붉은 빛이 나는 검은색[緅]과 검은색[緇] 사이의 색깔이다.270) 합청合靑은 푸른 빛이 도는 검은색인 명정艋艵이고, 하청蝦靑은 청백색靑白色이다. 면양청沔陽靑은 회안홍淮安紅처럼 지명에서 비롯되어 붙여진 명칭이다. 불두청

---

263) 중국의 옛 행정구역 가운데 하나로, 지금의 광둥성廣東省 북부와 후난성湖南省, 쟝시성江西省의 경계가 만나는 곳에 위치한다. 이곳은 예로부터 영남嶺南의 군사 요충지로 유명하며, 치소治所는 곡강曲江(지금의 사오관시韶關市에 속함)에 있었다.

264) 붉은 장미꽃 색깔을 가리킨다.

265) 가지 꽃처럼 진한 보라색을 가리킨다.

266) 진한 자주색[黑紫色]을 가리킨다. 일반적으로 먼저 자주색으로 염색한 천을 다시 기름에 담가 색깔이 진하게 만드는 과정을 통해 만들어진 색을 가리킨다.

267) 북방 소수민족에게서 유래된 염색 방법을 통해 만들어진 진한 분홍색이다. 대개 순희淳熙(1174~1189) 연간에 남송南宋으로 유입된 것으로 알려져 있다. 이것은 자초紫草를 이용하여 붉은 색을 물들이기 전에 푸른색으로 바탕을 물들이던 예전의 방법과는 달리, 처음부터 바탕에 붉은 색[緋色]을 물들이되 자초를 더 적게 사용함으로써 만들어진다.

268) 남색藍色을 띤 흰색을 가리킨다.

269) 적황赤黃 즉 붉은 빛에 가까운 주황색을 가리킨다.

270) 검은색을 염색하는 데에는 여러 가지 방법이 있는데, 『주례周禮』「동관고공기冬官考工記」에는 "세 번 (염료에) 담그면 진분홍빛[纁]이 나고, 다섯 번 담그면 검붉은 빛[緅]이, 일곱 번 담그면 검은색[緇]이 된다[三入爲纁, 五入爲緅, 七入爲緇]"고 했다.

佛頭青은 진한 푸른색이고, 태사청太師靑은 바로 송나라 때의 염색 방법
인 소항청小缸靑271)인데, 그 가게의 항아리 이름을 따라 붙인 명칭이다.

녹색에는 관록官綠과 유록油綠, 포도록葡萄綠, 빈파록蘋婆綠,272) 총근록
葱根綠, 앵가록鸚哥綠이 있다.

남색에는 조람潮藍이 있는데, 조주潮州라는 지명에서 유래된 것이다.
휴람睢藍은 휴녕睢寧 땅에서 만들어진 염색물 때문에 붙여진 이름이다.
취람翠藍은 옛날에 비취색翠非色이라고 불렀던 것인데, '작두삼람雀頭三
藍'이라고 부르기도 한다. 『통지通志』에는 "남색에는 세 가지가 있으니,
요람蓼藍은 초록으로 물들이는 것이요, 대람大藍은 연한 푸른빛이요, 괴
람槐藍은 푸른색으로 염색한 것이다. 이것을 일컬어 '삼람三藍'이라 한다
[藍有三種, 蓼藍染綠, 大藍淺碧, 槐藍染靑, 謂之三藍]"고 기록되어 있다.

황흑색黃黑色은 차갈茶褐이라고 하는데, 옛날 어른들의 베옷[褐衣] 색
깔이다. 지금은 차엽茶葉이라고 잘못 쓰고 있다. 짙은 황적색黃赤色은 타
용駝茸, 짙은 청자색靑紫色은 고동古銅, 자흑색紫黑色은 화훈火薰, 백록색
白綠色은 여백餘白이라고 한다. 옅은 홍백색紅白色은 출로은出爐銀, 옅은
황백색黃白色은 밀갑蜜合,273) 짙은 자록색紫綠色은 우갑藕合이라고 한다.
붉은 빛이 많이 돌면서 검은색이 약간 섞인 것을 홍종紅椶이라 하고, 검
은색이 많고 붉은 색이 적은 것을 흑종黑椶이라 하는데,274) 둘 다 자주
색 계열이다.

---

271) 『광서통주지光緖通州志』에 따르면, "밭에 쪽[藍]을 심어 5월에 베어낸 것을 두람頭藍
　　이라 하고, 7월에 베어낸 것을 이람二藍이라 한다. 이것을 벽돌을 깔아 저장된 물에 담
　　고 물을 부으며 석회를 넣은 후, 잘 흔든 다음 가라앉혀 두레박으로 윗부분의 물을
　　제거하면 청대[靛]가 된다. 이것을 이용하여 천을 염색하는 것을 '소항청小缸靑'이라
　　한다[種藍成畦, 五月刈曰頭藍, 七月刈曰二藍, 譬一池水, 汲水浸入石灰, 攪千下, 戽去
　　水, 卽成靛, 用以染布, 曰小缸靑]"고 했다.
272) '빈파蘋婆'는 '평과苹果' 즉 사과를 가리킨다. 그러므로 빈파록은 청사과 껍질의 진한
　　연두색을 가리킨다.
273) 원문에는 '밀갑密合'이라고 되어 있으나, 이것은 잘못된 표기이다.
274) 원문에서는 '홍종紅椶'과 '흑종黑椶'의 '종椶'자를 '종綜'으로 잘못 적었다.

자록색紫綠色은 고회枯灰라고 하는데, 그 가운데 옅은 것을 주묵朱墨이라고 한다. 이외에도 가화茄花, 난화蘭花, 율색栗色, 융색絨色 등 그 종류가 여러 가지이다. 검은 즙과 하얀 액[元滋素液][275]에 적초赤草, 붉은 꽃을 합쳐서 옅은 흰색인 발말姉昧을 만들면, 직물이 무척 아름답게 물들여진다.

이처럼 아름다운 이름을 가진 것들이 모두 우리 고을에서 생산된다.

연지에서 서쪽으로 가면 운하의 모양이 다시 굽어지고, 그 언덕에 춘급당春及堂이 세워져 있다. 사방에는 오래된 은행나무 수십 그루가 심어져 있는데, 쇠처럼 단단한 줄기가 구불구불하게 자랐고 울퉁불퉁 옹이가 불거져 역동적인 모습을 보여준다. 그곳에는 다음과 같은 대련이 있다.

> 버드나무 우거진 언덕에 석양이 드리우고
> 살구꽃 핀 마을에 가랑비 내리네.
> 夕陽楊柳岸[이예李乂][276]
> 微雨杏花村[이혼李渾][277]

---

275) 좌사左思의 「위도부魏都賦」에 "묵정과 염지에서 난 검은 즙과 하얀 액[墨井鹽池, 玄滋素液]"이라는 구절이 나오는데, 본문의 "元滋素液"은 이것을 인용하면서 '玄(현)'자를 피휘避諱하여 '元(원)'으로 고쳐 썼다. '소액素液'은 주로 '신선이 마시는 희고 깨끗한 음료'라거나,『산해경山海經』「서산경西山經」에 기록된 '직택稷澤'처럼 하얀 옥이 나오는 전설상의 강물을 뜻하는 경우가 많다.

276) 이예李乂(?~?)는 자가 상진尙眞이고, 당나라 때 조주趙州 방자房子 사람이다. 그는 진사 출신으로, 만년위萬年尉를 시작으로 감찰어사監察御史, 중서사인中書舍人. 수문관학사修文館學士 등을 지냈다. 예종睿宗(684, 710~712 재위) 때에 이부시랑吏部侍郎, 황문시랑黃門侍郎을 거치면서, 중산군공中山郡公에 봉해졌다. 개원開元(713~741) 연간 초엽에는 자미시랑紫微侍郎과 형부상서刑部尙書를 지냈으며, 68세로 죽었다. 저작으로『이씨화악집李氏花萼集』이 있다. 『전당시』 권92에 수록된 이예의 「차소주次蘇州」에는 "夕烟楊柳岸, 春水木蘭橈"라는 구절이 들어 있다.

277) 이혼李渾(?~?)은 자가 계초季初이고 조군趙郡 백인柏人 사람이다. 그는 북위北魏 효장제孝莊帝의 영안永安(528~529) 연간에 산기상시散騎常侍가 되었고, 진태普泰(531) 연간에는 정동장군征東將軍에 임명되어 해대海岱에서 반란을 일으킨 최사객崔社客을 진압한 공로로 광록대부光祿大夫 겸 상시常侍가 되었다. 북제北齊 문선제文宣帝의 천보天保(550~559) 연간 초엽에는 태자소보太子少保가 되었다. 나중에 해주자사海州刺史가 되어 그 지역 주민들의 반란을 진압하는 데에 공을 세우기도 했지만, 그의 첩 곽씨郭氏가 정치에 관여하며 뇌물을 받은 일 때문에 면직되었다. 대련의 이 구절은 허혼許渾의 시구에

49. 누조사媒祖祠[278]는 나루터 선녀[馬頭娘]를 모시는 사당인데, 거기에
는 다음과 같은 대련이 걸려 있다.

명당의 영험함은 밝게 드러날 때를 기다리고

무성한 뽕잎은 태양빛에게 안부를 묻네.

明堂靈響期昭應[왕창령王昌齡][279]

桑葉扶疏問日華[조당曹唐][280]

서 뽑은 것이니, 이두의 주석에서 '이혼李渾'이라고 한 것은 오류이다. 허혼許渾(788?~
858?)은 자가 용회用晦 또는 중회仲晦라고도 하고 강소성 윤주潤州 단양丹陽 사람이다.
일설에는 호북성에 속하는 군망郡望 안륙安陸 사람인데 단양에서 살았다고도 한다. 단
양의 북릉촌北陵村에 살다가 당唐 개성開成 5년(840)에 정묘교丁卯橋로 이사해 사람들이
'허정묘許丁卯'라고 불렀던 그는 명문가의 후예로 문종文宗 태화太和 6년(832)에 진사에
급제했다. 대중大中 3년에 감찰어사監察御史가 되었고, 우부원외랑虞部員外郎과 목주睦州,
영주郢州의 자사刺史까지 역임했다. 특히 5언율시와 7언율시에 뛰어난 것으로 알려진
그의 저서로는『정묘집丁卯集』2권과『속집續集』3권,『속보續補』1권,『집외유시集外遺
詩』1권과「조사란어鳥絲欄語」가 전한다.『전당시』권532에는 허혼의「하제귀포성서거
下第歸蒲城墅居」가 수록되어 있는데, 그 가운데 "薄烟楊柳路, 微雨杏花村"라는 구절이
있다.
278) 누조媒祖는 루조累祖 또는 뢰조雷祖라고도 한다. 그는 서릉씨西陵氏의 딸로 황제黃帝의
첫째 비[元妃]가 되었는데, 중국 최초로 양잠養蠶을 한 인물로 알려져서, 남조南朝 송宋
나라 이래 역대 왕조에서 사당을 지어 양잠의 신[蠶神]으로 모시며 제사를 올렸다. 일
설에는 그녀가 멀리 여행 다니기를 좋아해서 길에서 죽었기 때문에 여행의 신[行神]이
라고도 한다(『사기』「오제본기五帝本紀」에 대한 사마정司馬貞의『색은索隱』참조).
279) 왕창령王昌齡(698?~756?)은 자가 소백少伯이고, 당나라 장안長安 사람이다. 그는 727
년에 진사에 급제하여 비서성교서랑秘書省校書郎을 지냈고, 724년에는 굉사과宏詞科에
급제하기도 했으나 거침없는 행실 때문에 자주 폄적되기도 했다. 그는 안·사의 난이
일어나자 고향으로 돌아갔다가, 박주亳州에서 자사刺史 여구효閭丘曉에게 피살당했다.
한때 '시가천자詩家天子'라는 별칭이 따라다닐 정도로 명성을 날렸던 그는 사회 현실에
대한 비판과 변새邊塞의 정서 및 애국적 열정을 담은 작품으로 유명하다. 원래 있었던
문집은 없어졌고, 명나라 때에 180여 수를 모아『왕창령집王昌齡集』이 간행되었다.『전
당시』권143에 수록된 왕창령의「별황보오別黃甫五」에는 "明祠靈響期昭應, 天澤俱從此
路還"이라는 구절이 있다.
280)『전당시』권640에 수록된 조당의「목왕연왕모어구광류하관穆王宴王母於九光流霞館」에
는 "桑葉扶疏閉日華, 穆王邀命宴流霞"라는 구절이 있다. 실제로『양주화방록』의 대련
에 쓰인 '문問'자보다 '폐閉'자가 문맥에 더 어울리는데, 이는 아마도 이두가 잘못 기록
한 것인 듯하다.

옛날 전설에 누조嫘는 황제黃帝의 정비正妃였다고 하며, 또 '뇌雷'라고
써서 뇌조雷祖를 차비次妃라고도 하지만, 모두 고증할 수 없는 일이다.

50. 누조사 오른쪽 늪[沼]의 제방에는 대나무가 심겨 있고, 대나무 뒤에
는 몇 길이나 되는 긴 회랑이 이어진다. 회랑이 끝나면 가로로 놓인 3칸
짜리 작은 집이 있으니, 그곳이 바로 경사방이다. 경經은 베틀에 걸쳐진
실이다. 이곳에는 다음과 같은 대련이 걸려 있다.

> 연곡과 소라가 함께 사락사락 소리 내고
> 붉은 꽃잎 날리는 먼 숲은 밤이 되자 기운 무성해지네.
> 軟轂疏羅共蕭屑[온정균溫庭筠][281]
> 霏紅沓翠晚氛氳[맹호연孟浩然][282]

건물 오른쪽은 청기루와 이어져 있다. 이곳에는 다음과 같은 대련이
걸려 있다.

> 아름다운 집에 밤이면 붉은 촛불 저잣거리처럼 모이고
> 고치 켜서 실 잣는 소리 대나무 울타리 사이로 들리네.
> 繡戶夜攢紅燭市[위장韋莊[283]의 시구이다.]

---

281) 『전당시』 권575에 수록된 온정균의 「율가이상기인취篥歌李相妓人吹」에 "含商咀徵雙
幽咽, 軟轂疏羅共蕭屑"이라는 구절이 있다.

282) 맹호연孟浩然(689~740)은 본명이 호浩이고 자가 호연浩然으로, 당나라 양양襄陽 사람
이다. 그는 당시 왕유王維와 함께 산수전원시인山水田園詩人으로 명성이 높아 '왕맹王孟
으로 불렸다. 오늘날 남아 있는 그의 시는 260여 수인데, 대부분 오언시이며, 이것들은
『맹호연집孟浩然集』에 수록되어 있다. 『전당시』 권159에 수록된 맹호연의 「송왕칠위송
자득양대운送王七尉松滋得陽臺雲」에 "君不見巫山神女作行雲, 霏紅沓翠曉氛氳"라는 구절
이 있다.

283) 위장韋莊(836~910)은 자가 단기端己이며, 당나라 장안長安 두릉杜陵(지금의 산시성 창
안현長安縣) 사람이다. 그는 건녕乾寧 1년(894)에 진사에 급제하여 교서랑校書郎, 좌보궐
左補闕 등을 역임했고, 나중에 촉蜀나라로 들어가 왕건王建 밑에서 재상을 지내기도 했

51. 누대가 드문 곳에는 뽕나무 수백 그루를 심어, 짙은 녹음 우거진 언덕 아래엔 수많은 들판의 물줄기들이 나뉘어 늪으로 흘러든다. 늪지 옆에는 방사방이 경사방과 짝을 이루며 오른쪽에 서 있다. 직방織房 10여 칸이 동서로 나뉘어 있다. 동직방에는 다음과 같은 대련이 걸려 있다.

이슬 머금은 공기는 은밀히 푸른 계수나무에 이어지고
하늘의 자손 베를 짜서 비단 구름 치마 만드네.
露氣暗聯青桂色[이상은李商隱][285]
天孫爲織錦雲裳[소식蘇軾][286]

서직방의 대련은 다음과 같다.

꽃은 모름지기 버들 눈 같아 무심한 듯하고

다. 그는 온정균溫庭筠과 더불어 이른바 '화간파花間派'를 대표하는 사詞 작가이기도 하다. 저작으로 『완화집浣花集』이 있다. 『전당시』 권697에 수록된 위장의 「부금릉부상중당야연陪金陵府相中堂夜宴」에 "繡戸夜攢紅燭市, 舞衣晴曳碧天霞"라는 구절이 있다.

284) 항사項斯(?~?)는 자가 자천子遷이고 강동江東 사람이다. 그는 회창會昌 4년(844)에 진사에 급제하여 단도위丹徒尉 등을 지냈다. 『전당시』의 그의 시집 1권이 수록되어 있다. 『전당시』 권554에 수록된 항사의 「산행山行」에는 "蒸茗氣從茅舍出, 繰絲聲隔竹籬聞"이라는 구절이 들어 있다.

285) 이상은李商隱(813~858)은 자가 의산義山이고, 회주懷州 하내河內(지금의 허난성 친양현沁陽縣) 사람인데, 자칭 옥계자玉溪子라 하였다. 그는 837년에 우승유牛僧孺 당파에 속한 영호도令狐綯의 도움으로 진사에 급제했으나, 나중에 영호도와 대립하던 이덕유李德裕 당파인 왕무원王茂元의 사위가 되는 바람에 영호도가 재상이 된 후로는 벼슬길이 내내 불우해서 줄곧 지방의 막료幕僚 생활을 하다가 형양滎陽에서 객사했다. 저작으로는 『옥계생시玉溪生詩』만 남아 있고 문집은 없어졌는데, 후세 사람들이 그의 글을 모아 『번남문집樊南文集』과 『번남문집보편樊南文集補編』을 편찬했다. 『전당시』 권 539에 수록된 이상은의 「약전藥轉」에는 "露氣暗連青桂苑, 風聲偏獵紫蘭叢"이라는 구절이 있다.

286) 『경진동파문집사략經進東坡文集事略』 권55에 수록된 소식의 「조주한문공묘비潮州韓文公廟碑」에는 "天孫爲織雲錦裳, 飄然乘風來帝旁"이라는 구절이 들어 있다.

꽃술 어지럽고 구름 짙어 사이가 멀어만 지네.

花須柳眼如無賴[이상은李商隱]287)

蕊亂雲濃相間深[온정균溫庭筠]288)

52. 성의방 10여 칸에서는 방추紡錘 오가는 소리와 전도剪刀와 자[尺]로
옷 마름질하는 소리가 들려온다. 이곳의 대련에는 다음과 같이 적혀 있
다.

월주越州와 촉 땅의 고운 비단 금속척289)으로 마름질하니

보배로운 전각의 미녀의 비취색 치마 아름답네.

越羅蜀錦金粟尺[두보杜甫]290)

寶殿香娥翡翠裙[융욱戎昱]291)

53. 헌공루獻功樓 5칸짜리 누각인데, 거기에는 다음과 같은 대련이 걸려
있다.

---

287) 『전당시』 권539에 수록된 이상은의 「2월 2일二月二日」에는 "花須柳眼各無賴, 紫蜂黃
蝶俱有情"이라는 구절이 들어 있다.
288) 『전당시』 권575에 수록된 온정균의 「직금사織錦詞」에는 "錦中百結皆同心, 蕊亂雲盤
相間深"이라는 구절이 들어 있다.
289) 조 알갱이 같은 금덩어리를 박아 넣어 치수를 표시한 자를 가리킨다.
290) 『전당시』 권216에 수록된 두보의 「백사행白絲行」에 "繰絲須長不須白, 越羅蜀錦金粟
尺"이라는 구절이 들어 있다.
291) 융욱戎昱(?~?)은 당나라 때 형남荊南(지금의 후베이성湖北省 쟝링江陵에 속함) 사람이
다. 그는 광덕廣德 1년(763)에서 대력大曆 4년(769) 사이에 형남절도사荊南節度使 위백옥
衛伯玉의 막부幕府에 있었으며, 건중建中 4년(783)에는 진주자사辰州刺史가 되었다. 또 정
원貞元 7년(791)에는 건주자사虔州刺史가 되었다는 기록이 있다. 『전당시』에 그의 시집
1권이 수록되어 있으나, 모두가 그의 작품인 것이 아니라 다른 사람의 작품까지 섞여
있는 것으로 보인다. 『전당시』 권270에 수록된 융욱의 「송영릉기送零陵妓」(「송기부우
공소送妓赴于公召」라고도 함)에는 "寶鈿香蛾翡翠裙, 裝成掩泣欲行雲"이라는 구절이 들
어 있다.

푸른 바구니에 뽕잎 덮이니 누에는 응당 늙어갈 테고

고운 꽃을 가위로 자를 때면 제비가 날기 시작하지.

靑筐葉蓋蠶應老[온정균溫庭筠]292)

剪彩花時燕始飛[유헌劉憲]293)

54. ‘행화촌사’는 여기에서 끝난다. 평상시에는 원림의 담장과 판옥版屋294)을 모두 치워둔다. 주민들은 본래 베를 짜지 않고 그저 창포[蒲] 농사와 고기잡이, 마름과 가시연꽃 뿌리를 키워 이윤을 얻으며, 간혹 오리를 방목하여 생계로 삼곤 한다. 근래에는 마을의 나무들이 점차 늙어가고 긴 제방의 풀들이 아름답게 자란다. 누각 그림자가 호수에 비치고, 석양이 더욱 멀리 비치니, 누대들이 드문 곳에는 들판이 정취가 넘친다. 이곳은 ‘임수홍하臨水紅霞’의 맞은편이며, 조금 남쪽이 바로 장춘교長春橋이다.

55. ‘평강염설平岡艶雪’은 ‘한상농상’의 맞은편, ‘임수홍하’의 뒷길에 있다. 영은하가 여기에 이르면 물길의 폭[水局]이 더 커진다. 여름날 창포와 연이 꽃을 피우고 잎들이 한 자 남짓 자라면 화려하게 치장한 큰 배[舸]가 수십 차례 맴돌며 구경하게 하는데, 항상 안쪽 다리와 바깥쪽 다리 사이를 벗어나지 않는다. 그 위에 청운헌淸韻軒을 지어놓았는데, 앞뒤 두 층으로 나누어 사방으로 회칠한 벽을 둘렀다. 긴 대나무 사이로

---

292) 『전당시』 권576에 수록된 온정균의 「동교행東郊行」에는 "块壒韶容鎖澹愁, 靑筐葉盡蠶應老"라는 구절이 들어 있다.

293) 유헌劉憲(705 전후 활동)은 자가 원도元度이고 당나라 때 송주宋州 영릉寧陵 사람이다. 그는 약관에 진사에 급제하여 좌대감찰어사左臺監察御史, 봉각사인鳳閣舍人, 수문관학사修文館學士, 태자첨사太子詹事 등을 역임했다. 그는 문집 30권이 있다고 하며, 『전당시』에 시집 1권이 수록되어 있다. 『전당시』 권71에 수록된 유헌의 「봉화입춘일내출채화수응제奉和立春日內出彩花樹應制」(「인일대명궁응제人日大明宮應制」라고도 함)에는 "開冰池內魚新躍, 剪彩花間燕始飛"라는 구절이 들어 있다.

294) 목판木版으로 세운 간단한 건물을 가리킨다.

길을 내서 원림을 관리하는 사람이 거처할 곳을 만들었다. 산에는 채소를 심고, 물에서는 고기 잡고 연밥과 연뿌리를 캐니 생계가 궁핍하지 않다. 나는 항상 이곳에 사는 이들을 좋아하니, 본바탕이 순박하고 항상 차와 밥을 먹으며 속세와 떨어져 사는지라, 다른 사람들에게 잡념을 잊게 해주기 때문이다.

56. 청운헌 뒤쪽에서부터 허공으로 치솟은 험한 돌 비탈이 시작되는데, 산길이 가파르게 나 있어서 나들이 온 사람들이 허리를 굽히고 기어 올라가야 하는 어려움이 있다. 그곳에는 염설정艶雪亭이라는 정자가 있는데, 거기에 이런 대련이 걸려 있다.

이끼가 자라 마치 무늬 있는 비단 같나니
봄이면 피어나 꽃을 피우네.
苔染渾成綺[피일휴皮日休]295)
春生卽有花[마대馬戴]296)

---

295) 피일휴皮日休(834?~902?)는 자가 습미襲美 또는 일소逸少이고 호는 녹문자鹿門子 또는 간기포의間氣布衣, 취음선생醉吟先生 등을 썼다. 그는 양양襄陽(지금의 후베이성에 속함) 사람으로, 867년에 진사에 급제하여 소주자사종사蘇州刺史從事, 태상박사太常博士, 비릉부사毗陵副使 등을 역임했다. 878년에 황소黃巢 군이 강절江浙 땅으로 내려왔을 때 그도 포로가 되었다가, 나중에 황소가 장안長安에서 황제로 자칭할 때 그를 한림학사翰林學士에 임명했다. 그의 죽음에 대해서는 황소에게 피살당했다는 설과 황소 정권이 진압된 후 당나라 왕조에 의해 처형되었다는 설 등이 있으나 모두 명확하지 않다. 그의 저작으로는 그 자신이 편찬한 『피자문수皮子文藪』(10권)가 있는데, 1981년에 상해고적출판사上海古籍出版社에서 원래의 문집에 수록되지 않은 시문詩文들을 부록에 보완하여 다시 간행되었다. 『전당시』 권612에 수록된 피일휴의 「봉화로망사면산구제奉和魯望四明山九題·석창石窗」에는 "苔染渾成綺, 雲漫便當紗"라는 구절이 들어 있다.
296) 마대馬戴(?~?)는 자가 우신虞臣이고, 당나라 때 곡양曲陽(지금의 쟝쑤성 동하이東海) 사람이다. 그는 844년에 진사에 급제하여 용양위龍陽尉, 태학박사太學博士 등을 지냈다. 저작으로 『회창진사시집會昌進士詩集』(1권)과 『보유補遺』(1권)가 있다. 『전당시』 권556에 수록된 마대의 「송고소부지영강送顧少府之永康」에 "婺女星邊去, 春生卽有花"라는 구절이 들어 있다.

57. 수심정水心亭은 염설정 옆에 있다. 흙을 쌓아 담을 만들었고, 건물 주위로 계곡물이 돌아 흐른다. 이곳에는 다음과 같은 대련이 있다.

　　버들가지에 바람 불어와도 물결은 줄지 않고
　　오동나무 잎 떨어질 때 기러기 날기 시작하네.
　　楊柳風來潮未落[조하趙嘏][297]
　　梧桐葉下雁初飛[두목杜牧][298]

58. '어주소옥漁舟小屋'은 '평강염설'의 끄트머리에 있다. 호숫가의 매화는 이곳에서 가장 아름다운데, 그 가지들이 물가에 늘어져 '성긴 그림자가 비스듬히 걸린[疏影橫斜]'[299] 자태를 이루기 때문이다. 이곳에는 두보杜甫의 시 구절을 모아서 다음과 같은 대련을 만들어 걸어놓았다.

　　물 깊어 고기들은 즐겁기 그지없고
　　구름 있어 마음은 모두 느긋하네.
　　水深魚極樂, 雲在意俱遲.[300]

---

297) 조하趙嘏(?~?)는 자가 승우承祐이고, 당나라 산양山陽 사람이다. 그는 회창會昌 2년
　　(842)에 진사에 급제하여 위남위渭南尉 등을 지냈다. 저작으로 『위남집渭南集』93권)과
　　『편년시編年詩』(2권)가 있다. 『전당시』 권549에 수록된 조하의 「장안월야여유인화고산
　　長安月夜與友人話故山」(「구산구산舊山」 또는 「고인故人」이라고도 함)에는 "楊柳風多潮未落,
　　蒹葭霜冷雁初飛"라는 구절이 들어 있다.
298) 『전당시』 권524에 수록된 두목의 「규정대작閨情代作」에 "梧桐葉落雁初歸, 迢遞無因
　　寄遠衣"라는 구절이 들어 있다.
299) 임포林逋(967?~1028)의 시 「산원소매山園小梅」에 들어 있는 "疏影橫斜水淸淺, 暗香
　　浮動月黃昏"에서 따온 구절이다. 임포는 자가 군복君復이고 호는 화정선생和靖先生이며
　　전당錢塘(지금의 저장성浙江省 항저우시杭州市) 사람이다. 그는 항주의 서호西湖 고산孤
　　山에 은거하며 평생 벼슬살이를 하지 않았고, 결혼도 하지 않은 채, 매화와 선학仙鶴을
　　벗 삼아 지내며 스스로 "매화를 아내로 삼고, 학을 자식으로 삼는다[梅妻鶴子]"고 했
　　다. 저작으로 『임화정시집林和靖詩集』을 남겼다.
300) 이 대련은 두보 시의 "水深魚極樂, 林茂鳥知歸"(「추야오수秋野五首」 其2)와 "水流心
　　不競, 雲在意俱遲"(「강정江亭」)에서 각각 한 구절씩 뽑아 만든 것이다.

여기서 다시 남쪽으로 가면 '임수홍하'가 나온다.

초하록草河錄 하下

1. '임수홍하臨水紅霞'는 곧 도화암桃花庵으로, 장춘교 서쪽에 있다. 주위 들판에는 나무들이 빽빽하고 물에는 물풀이 가득하여 상앗대질도 힘겹다. 서너 칸짜리 초가가 묘지 안에 있고, 그 옆에는 관을 임시로 놓아두는 건물[殯屋]이 나란히 서 있다. 복숭아나무 수백 그루를 심어놓았는데 울긋불긋한 누각들에 태반이 가려져 있어 보일 듯 말 듯하다. 그 앞에 작은 섬이 하나 있는데, 거기에 지어진 지붕을 띠로 이은 정자에는 '나정螺亭'이라고 쓴 편액이 걸려 있다. 정자 남쪽에는 널다리 하나가 있는데, 목여정穆如亭으로 이어져 있다. 그 북쪽에는 돌을 겹쳐 쌓아 계단을 만들고 우뚝하니 패방牌坊을 세워놓았는데, 편액에 '임수홍하'라고 적혀 있다.

여기서 남쪽으로 돌아가면 도화암이 나오는데, 3칸짜리 대문이 있다. 문 안쪽에는 3칸짜리 대전大殿이 있고, 대전 뒤편에는 3칸짜리 비하루飛霞樓가 있다. 누각 왼쪽에 있는 것이 견오당見悟堂이고, 그 뒤편에 또 3칸짜리 작은 누각이 있으니 바로 승려들의 숙소인 요사채이다. 절의 시주施主인 시빈신柴賓臣이 강녕江寧의 승려 도존道存을 초빙하여 그곳에서 지내게 하였다. 누각 오른편에는 작은 회랑이 있고 둥근 문이 나 있는데, 문을 나와 태호석 사이를 지나면 청사 안으로 들어가게 되는데, 이 건물 역시 3칸짜리이다. 그리고 그 건물에는 '천수홍하千樹紅霞'라는 편액이 걸려 있는데, 절에서는[1] '홍하청紅霞廳'이라고 부른다. 여기서부터 동쪽으로 회랑이 구불구불 이어져 있고 정자 두 채가 물 위에 떠 있는데, 작은 다리로 이어져 있다. 동쪽으로 더 가면 동헌桐軒이 나오는데, 그 오른편에 있는 것이 방옥舫屋[2]이다.

다시 다리를 지나 동쪽으로 접어들면 침류정枕流亭이 나온다. 굽은 회랑을 지나면 작은 방이 하나 나오는데, '임류영학臨流映壑'이라고 부른다. 방 바깥으로는 끝없이 안개 긴 호수가 펼쳐져 있고 평강이 구름처럼 둥실 솟아 있다. 이 평강은 본래 옛날 '평강추망平岡秋望'의 유적으로, 그 북쪽 교외에는 흙이 두텁게 쌓였는데, 본래 모습에 따라 흙을 북돋아 언덕을 만들고 사이사이에 큰 돌들을 얹어놓았다. 돌들 사이로 샛길이 나 있는데, 언덕의 길은 중간에 끊어져 있다. 구불구불 돌아서 가다 보면 나무로 된 잔도[木棧][3]로 이어진다. 이 잔도는 바위를 따라 허공에 설치되어 있는데, 둥글게 원을 그리면서 위쪽으로 향하고 있다. 그 아래로 계곡물이 감돌아 흐르는데 점점 더 굴곡이 심해진다. 언덕 위에는 매화나무가 많은데, 꽃이 필 무렵이면 눈처럼 희기 때문에 절 뒤쪽을

---

1) 이 부분의 원문이 '광릉본'에서는 '중암中庵'이라고 되어 있으나, 본 번역에서는 '암중庵中'으로 되어 있는 '중화본'을 따른다.
2) 배처럼 생긴 건물이다.
3) 나무로 사닥다리처럼 만들어 놓은 길을 가리킨다.

'평강염설平岡艶雪'이라고 이름 붙인 것이다.

2. 도화암은 장춘교 안쪽 후미진 곳에 위치해 있는데, 다리를 지나 작은 실개천을 따라 산길로 접어들면 길이 울퉁불퉁해서 걷기가 힘들다. 실개천은 두 개의 구릉 사이로 나 있어 섬 역시 둘로 갈라지니, 왼편과 오른편에 각기 나정과 목여정이 서 있다. 섬이 끝나는 곳에 돌을 쪼아 계단을 만들었다. 암자 대문에 붙은 편액은 전운사를 지낸 주효순朱孝純[4]이 쓴 것이다. 개울물이 문 앞까지 흘러, 몸을 숙여 물을 떠서 양치질을 할 수 있을 정도이다. 개울에 흰 물새들이 많은 모여 있을 무렵이 되면, 때로는 인적이 드물고 물이 깊은 풍경을 감상하는 즐거움을 누릴 수가 있다.

3. 호수가의 원림에는 모두 화원이 있는데, 꽃을 심어놓은 곳이다. 도화암의 화원은 대전의 대문 계단 아래에 있다. 꽃을 기르는 사람을 '화장花匠'이라고 부르는데 작은 소나무, 키 작은 버들, 삼나무, 측백나무, 매화나무, 버드나무 따위로 분재를 가꾼다. 섬엄나무[海桐], 회양목[黃楊], 호자나무[虎刺] 같은 것은 작은 것을 으뜸으로 치고, 꽃으로는 월계화月季花, 총국叢菊을 으뜸으로 친다. 겨울에 따뜻한 실내에서 불을 때서 작약과 모란을 피우는데, 정월에 원림에서 쓰기 위해 준비하는 것이다.

화분은 강서江西 경덕진景德鎭, 강소江蘇 의흥宜興에서 만든 것과 강소 단도丹徒 지방의 고시석高資石으로 민든 것을 상품으로 친다. 심어놓은 나무들은 대개 돌에 붙어 자라는네, 굵은 가지들을 잘라내고 새로 잔가지들을 키운 것들이다. 뿌리와 가지들은 구불구불하니 서로 둥글게 감싸 안은 모양을 취하고 있다. 그 밑으로는 가는 이끼를 기르고 작은 돌을 군데군데 깔아놓았는데, 이것을 '화수점경花樹點景'이라고 부른다. 또

---

4) 주효순朱孝純에 대해서는 『양주화방록』 권1 「초하록草河錄・상上・14」를 참조할 것.

한 강남의 석공石工은 고자석 화분에 흙을 쌓고 몇 치 높이로 작은 산을 만들어 놓는데, 여기에는 황석黃石, 선석宣石, 태호석, 영벽靈璧 따위가 많이 쓰인다. 온갖 형태의 산봉우리도 있고 갈라진 골짜기[孔隙]도 있고 작은 다리[杠]도 있으며, 물을 가두어 작은 폭포를 만들어놓아 그 물이 비스듬히 쏟아지면서 급하게 흘러내기기도 한다. 그 아래 빈 곳에는 웅덩이를 만들어 작은 물고기가 헤엄치며 놀게 해놓았는데, 이것을 '산수점경山水點景'이라고 부른다.

4. 대전 안에는 관세음보살을 봉안해놓았는데, 사방을 붉은 난간이 둘러싸고 있다. 대전 앞 오른쪽 문에는 산자락을 따라 회랑을 꾸며놓았는데, 회랑 바깥에는 대나무가 많아 여름이면 무더위를 잊는다. 대전 뒤편 처마 왼편 담장 밖에는 다실茶室이 있는데, 승려들이 쓰는 부엌과 연결되어 있다.

5. 비하루는 대전 뒤편 첫 번째 구역에 있는데, 누각 앞에는 늙은 계수나무 4그루와 수국 2그루가 있다. 가을에는 흰 해당화, 흰 봉선화가 많이 핀다. 거기에는 이런 대련이 적혀 있다.

> 벌판마다 녹음과 구름이 곡식들을 둘러싸고
> 봄날의 바람과 햇살은 숲과 개울에 가득하네.
> 四野綠雲籠稼穡[이주 : 두순학杜荀鶴]5)
>
> 九春風景足林泉[설직薛稷]6)

---

5) 두순학杜荀鶴(846~904)은 자가 언지彦之이고 호는 구화산인九華山人이며, 지주池州 석태石埭(지금의 안휘이성安徽省 스타이石台) 사람이다. 그는 당나라 시인 두목杜牧의 첩실 소생으로, 46세가 되어서야 진사에 합격하고, 선주절도사宣州節度使를 지냈다. 당나라가 멸망한 후 후량後梁의 태조太祖 주온朱溫 밑에서 한림학사翰林學士에 임명되지만 닷새 만에 병으로 죽었다. 『전당시』 권692에 수록된 두순학의 「헌신안우상서獻新安于尚書」에 "四野綠雲籠稼穡, 千山明月靜干戈"라는 구절이 들어 있다.

6. 홍하청은 운하를 마주보고 있고, 뒤쪽은 석벽에 기대고 있는데, 거기에는 모란이 가득 피어 있다. 청사 안에는 동쪽과 서쪽으로 창문이 나 있는데 동쪽 창문 밖에는 대나무가 울창하고, 서쪽 창문 밖으로는 능소화凌霄花가 고목에 붙어 흔들리며 그늘을 이루고 있다. 여름철에 연꽃이 한창이면 정원사가 연꽃 사이를 돌아다니다가 이따금 연꽃을 따서 창문을 통해 건네주기도 한다. 청사 앞에는 고목들이 많은데, 구름을 향해 손을 내뻗는 듯하고 바위를 움켜쥘 듯한 모습을 보여준다. 나무들 사이로 부교를 띄워 만든 길이 하나 있는데, 이를 지나면 운하 밖 맞은편 언덕에 손바닥 같은 평원平原이 촉강의 세 봉우리로 바로 이어진다. 희고 붉은 탑이며 사당들, 그리고 화려한 누각과 담장들이 눈앞에 뚜렷이 펼쳐져 있다.

7. 견오당은 비하루 왼쪽에 있는데, 거기에는 다음과 같은 대련이 적혀 있다.

> 화초들은 방장方丈을 에워싸고
> 맑은 물줄기가 앉은 곳에서 샘솟네.
> 花藥繞方丈[상건常建][7]
> 淸流湧坐隅[원결元結][8]

---

6) 설직薛稷(649~713)은 자가 사통嗣通이고, 포주蒲州 분음汾陰 사람이다. 예부상서禮部尚書를 지냈다. 『전당시』 권93에 수록된 설직의 「봉화성제춘일행망춘궁응제奉和聖製春日幸望春宮應制」에 "九春風景足林泉, 四面雲霞敞御筵"이라는 구절이 들어 있다.

7) 상건常建(708~765?) 개원開元 15년(727)에 왕창령王昌齡과 함께 진사에 급제했으나, 벼슬길에서는 뜻을 이루지 못하여 우이위盱眙尉라는 말단 관직을 지내는 데에 그쳤다. 그는 산수와 전원의 풍경 및 변새邊塞의 풍정風情을 노래한 작품이 뛰어나다고 평가 받는다. 그의 저작으로는 후세 사람들이 모아 편찬한 『상건시집常建詩集』(3권)과 『상건집常建集』(2권)이 남아 있다. 『전당시』 권144에 수록된 상건의 「장천사초당張天師草堂」에 "花藥繞方丈, 瀑泉飛至門"이라는 구절이 들어 있다.

8) 원결元結(719~772)은 자가 차산次山이고 호는 만수漫叟 또는 오수聱叟이며, 하남河南 노산魯山 사람이다. 그는 천보天寶 6년(747) 과거에 응시했다가 낙방한 뒤로 상여산商餘

이곳은 절의 주지승이 기거하는 곳이다. 도존은 자가 석장石莊이고 상원上元 사람으로, 강녕江寧의 승은사承恩寺에서 출가하였다. 연향사蓮香社에서 호수가에 삼현사三賢祠9)를 세우면서 그를 주지로 초빙하였다. 그가 회음淮陰 땅 담진사湛眞寺의 주지가 되자 삼현사를 자신의 제자인 죽당竹堂에게 넘겨주었다. 그는 담진사를 떠나 이 암자로 옮겨오면서 결국 세 문인의 신위神位를 암자의 동헌으로 모셔왔는데, 그 무렵에 죽당 역시 세상을 뜨고 말았다. 이때부터 삼현사는 다시 소원篠園으로 바뀌었고, 도존은 홀로 이 암자에서 기거하게 되었다. 도존은 그림을 잘 그리고 통소를 잘 불었는데, 그의 제자 서애西崖, 죽당竹堂, 고도古濤 모두 그림에 뛰어나서 이 암자는 그림으로 유명해졌다.

죽당은 또한 대나무뿌리에 그림과 글씨를 새기는 데 뛰어나서, 반서봉潘西鳳10)과 이름을 나란히 했다. 그의 사손師孫인 감정甘亭은 스승의 화풍을 이어받았고, 시인 주운朱篔이 그와 친했다. 감정의 제자 선전善田은 자가 소석小石이고, 거문고를 잘 탔으며 측백나무 그림을 잘 그렸다. 죽당 위로는 모두 상원 사람이며, 감정 밑으로는 모두 양주 사람이다. 연향사가 도존의 조당祖堂11)이 되었으므로 그의 후예인 개상開爽을 그

山에 은거했다가 753년에야 진사에 급제했다. 안녹산安祿山이 반란을 일으켰을 때 그는 가족과 함께 의우동猗玗洞(지금의 후베이성湖北省 다예大冶에 속함)으로 피난 가서, 자신의 호를 의우자猗玗子라고 불렀다. 건원乾元 2년(759)에는 산남동도절도사山南東道節度使 사홰史翽의 참모로 의병을 모집하여 사사명史思明이 이끄는 반란군을 막아내기도 했다. 그 후 도주자사道州刺史, 용주도독容州都督 등을 거치며 많은 치적을 쌓고, 772년 조정으로 들어갔다가 장안에서 죽었다. 그는 많은 저작을 남겼다고 하나 지금은 거의 남아 있지 않고, 명나라 때 곽훈郭勛이 간행한 『당원차산문집唐元次山文集』과 근대의 손망孫望이 교점校點하여 간행한 『원차산집元次山集』 등이 남아 있다. 원결 자신이 편찬한 시 선집인 『협중집篋中集』은 지금도 남아 있다. 『전당시』 권241에 수록된 원결의 「유혜천시천상학자游㵲泉示泉上學者」에 "松竹陰幽徑, 淸源涌坐隅"라는 구절이 들어 있다.
9) 송대의 문인 구양수歐陽修와 소식蘇軾, 청대의 문인 왕사정王士禎 세 사람을 모신 사당이다.
10) 반서봉潘西鳳(1736~1795)은 자가 동강桐崗이고 호는 노동老桐, 별호는 천모산초天姥山樵이다. 그는 절강浙江 신창新昌 사람으로, 양주에서 살았다. 뛰어난 학식에도 평생 벼슬을 살지 않고 살다가, 잠시 연갱요年羹堯의 막료를 지낸 적이 있다. 그는 특히 음악과 대나무 조각[刻竹]에 조예가 있었다고 한다.

곳에서 지내도록 하였다.

8. 견오당 뒤편 누각에는 '연향각蓮香閣'이라는 편액이 걸려 있는데, 이
것은 도존이 직접 쓴 것이다. 이 누각은 도존이 기거하던 곳인데, 그곳
에는 그가 애호하던 물건 세 가지가 있다. 하나는 큰 필통 속에 거꾸로
꽂혀 있는 수백 자루의 쥘부채들로, 모두 친구들이 답례로 선물한 것들
을 6, 70년 동안 모은 것이다. 또 하나는 붉은 대나무 퉁소로, 길이가 2
자 1치이고, 9마디에 5개의 구멍을 낸 것이다.12) 역원櫟園 주양공周亮
工13)이 이런 시를 썼다.

> 순 임금은 소악韶樂을 제정하고
>
> 왕포王褒14)는 부賦를 지었으며
>
> 복징濮澄15)은 인재를 선발하였으니
>
> 모두들 천하 으뜸이었다네.

---

11) 절에서 시조始祖의 제사를 지내는 사당이다.

12) '광릉본'에는 이 부분이 "長二尺, 五孔, 一寸九節"로 되어 있다.

13) 주양공周亮工(1612~1672)은 자가 원량元亮이고 호는 역원櫟園이다. 학자들은 그를
'역하선생櫟下先生'으로 불렀다. 하남河南 상부祥符(지금의 카이펑시開封市) 사람이다. 그
는 명나라 숭정崇禎 연간에 진사가 되었고, 감찰어사監察御史를 제수 받았다. 청나라가
들어서자 관직에 나아가 호부우시랑戶部右侍郎까지 지냈다. 고문古文과 시사詩詞에 밝
았고, 서예에도 뛰어났던 그의 저서로는 『뇌고당집賴古堂集』과 필기소설 『인수옥서영
因樹屋書影』 등이 있다.

14) 왕포王褒(?~?)는 자가 자연子淵이고 촉蜀 자중資中(지금의 쓰촨성四川省 쯔양資陽) 사
람이다. 그는 선제宣帝 때 익주자사益州刺史 왕양王襄의 추천으로 입조하여 황제의 사냥
을 따라 다니며 사부辭賦를 지어 바치다가 간의대부諫議大夫로 발탁되었다. 익주益州에
금마金馬와 벽계碧鷄라는 보물이 있다는 방사方士의 말에 선제가 그더러 미리 가서 제
사를 지내라는 명령을 내리니, 그는 익주로 가는 길에 병사했다. 『수서隋書』 「경적지經
籍志」에 『왕포집王褒集』 5권이 있다고 하나 일실되었고, 명대의 장보張溥가 집록輯錄한
『왕간의집王諫議集』이 『한위육조백삼가집漢魏六朝百三家集』에 실려 전한다.

15) 복징濮澄(1583~?)은 자가 중겸仲謙이고, 금릉金陵(지금의 장쑤성 난징) 사람이다. 그
는 이른바 금릉파金陵派 각죽刻竹의 창시자로, 칼이나 끌 같은 도구에 많이 쓰지 않고
손과 간단한 도구로 재료의 자연미를 잘 드러내는 작품을 만들어 명성이 높았다.

虞帝制音, 王褒作賦.

謙取材仲, 乃爲獨步.

또 하나는 벙어리 표주박[瘂瓢]인데 솜털이 곱슬곱슬하게 나 있고, 매끄럽기는 추수秋水와도 같고, 빛깔은 붉은 단향목 같고 모양은 달처럼 둥글다. 이것은 장덕경蔣德璟[16]이 지은 『야경椰經』에 수록된 물품들에 뒤지지 않는다.

9. 이 지역에는 귀신과 여우가 많아서 절 안에 있던 한 도인道人은 맞은편 언덕의 패루 쪽에서 뭔가 어슬렁어슬렁 걸어가는 것을 본 일이 있고, 또 어떤 여자가 몸을 반쯤 물위에 내밀고 있다가 갑자기 개가 대숲에서 나와 짖어대자 사라져버린 일도 있다. 어느 날 저녁에는 개 두 마리가 물가에서 놀고 있었는데, 개처럼 생긴 시커먼 물체가 나타났다. 입에는 화염을 머금은 듯하였고 길이는 1자 남짓하였는데, 그놈은 순식간에 개 두 마리를 물고 사라져버렸다. 또한 장작張焯[17]이 달빛 속에서 다리 위에 서 있는데 야릇한 향기가 풍기더니 7, 8명의 여인들이 나타났다. 모두들 미인이었는데, 서로 농담을 주고받으며 시끌벅적하게 다리를 지나 점점 멀어져 갔다. 그런데 그들은 묽은 먹처럼 형체가 희미했다. 황문양黃文暘[18]은 「한밤중에 암자에 앉아[庵中夜坐]」라는 시에서 이렇게 말했다.

---

16) 장덕경蔣德璟(1593~1646)은 자가 중보中葆이고 호는 팔공八公 또는 약류若柳이며, 명나라 천주泉州 진강晉江 복전福全 사람이다. 그의 부친 장언蔣彦은 진사 출신으로 관직은 강서부사江西副使, 광동포정사참의廣東布政司參議을 지냈다. 장덕경은 명나라 천계天啓 2년(1622)에 진사가 되고, 서길사庶吉士, 편수編修를 거쳐 예부상서, 호부상서 등을 지냈다.

17) 장작張焯에 대해서는 본 권 90번을 참조할 것.

18) 황문양黃文暘(1736~1808)은 단도丹徒 사람이라고도 한다. 자는 시약時若, 호는 추평秋平 또는 환정煥亭이다. 그는 공생貢生 출신으로 희곡작가이며 시를 잘 썼고, 음률학에 정통했다. 양회염운사兩淮鹽運使 이영아伊齡阿가 양주에 희곡戲曲을 산정하는 기구를 설치했을 때, 총교總校로 초빙되어 『곡해총목제요曲海總目提要』 20권을 만들었는데 지금은 1권만이 남아 있다. 그는 중년에 산동성과 절강성 일대를 유랑했고, 가경 10년

한밤중 여우는 달을 향해 울부짖고

파리한 반딧불 속에 까마귀들 가지를 맴도네.

안타깝게도 세상의 낮이 짧아

저 귀신에게 포조의 시를 노래하게 했네.

黃狐拜月四更時, 螢火光青烏繞枝.

世上可憐白日短, 輸他鬼唱鮑家詩.

10. 임자壬子년(1672) 섣달 그믐날, 도존이 죽었다. 죽기 하루 전날 저녁, 필원畢園에 사는 사람들이 도존이 백겹의白袷衣[19]를 입고, 머리에는 동모桐帽를 쓰고 발에는 종혜棕鞋를 신었으며, 손에는 방죽장方竹杖을 짚고 수유만茱萸灣의 큰 길 쪽으로 걸어가는 것을 보고, 그를 불렀지만 아무런 대답이 없었다. 그러다 문득 도존이 병석에 누운 지 벌써 보름이 지났다는 사실이 떠올랐다. 이때부터 초하草河 사람들은 모두 도존이 곧 입적하리라 생각하였다. 도존이 생전에 기르던 고양이가 한 마리 있었는데, 스님이 입적하자 버려진 염전[鳰]에 누워 이레 동안 음식을 먹지 않다가 죽어버렸다. 감정甘亭은 고양이를 절의 후문 밖에 묻어주고, '의로운 고양이의 무덤[義猫墳]'이라는 이름을 붙여주었다.

　이 해 정월 보름날 밤, 장춘교 쪽에서 한 척의 배가 왔다. 그 배는 휘장도 거두고 손님도 하나 없었으며 오직 한 사람이 고물에 서서 노를 저어 왔는데, 가까이 이르러 보니 도존이었다. 암자의 사람들은 도존을 보더니 무릎을 꿇고 곡을 하면서도 차마 쳐다보지 못하였다. 도존는 삐격삐격 노를 저어 곧장 운하를 따라 내려왔는데, 느긋한 모습으로 뒤를 돌아볼 마음이 없어 보였다. 이날 승은사 대전에서는 상원회上元會[20]를

(1805)에 고향으로 돌아와 염운사 증욱曾燠의 '제금관題襟館'으로 초빙되어 서로 교유했다. 저서에 『소구산방시초掃垢山房詩鈔』 12권과 『은괴총서隱怪叢書』 12권, 『통사발범通史發凡』 30권, 『고천고古泉考』와 『호로보葫蘆譜』 등이 있다.

19) 옛 의복으로, 목둘레가 가슴 앞쪽에서 교차한다.

20) 음력 정월 보름에 열리는 등불놀이를 가리킨다.

열고 있었는데, 승려 하나가 도존이 두 번째 산문山門에 서 있는 것을 보았다. 도존은 그 승려에게 연향사의 승려 개상開爽에게 편지를 전해 달라고 부탁하며 나와 보라고 했는데, 정작 나와 보니 아무도 없었다.

성 안에 섭봉은葉逢恩이라는 수재가 있는데, 자는 함청含靑이다. 그가 6월 중에 거의 죽게 되었는데, 정신이 멍한 상태에서 깊은 산속에 이르자 술에 취한 듯 다리가 풀리고 온 몸이 무거웠다. 그때 갑자기 도존이 나타나 그의 손을 잡고 어느 절간의 으슥한 곳으로 데려갔는데, 바람을 타는 듯 가벼웠다. 어느 초가로 들어갔는데, 편액에는 이렇게 쓰여 있었다.

차지유숭산준령무림수죽此地有崇山峻嶺茂林修竹[21]

초당을 지나 선방禪房 안으로 들어가니 또 편액이 걸려 있었고, 거기에 '공공여야空空如也'라는 네 글자가 적혀 있었다. 그 옆으로 다음과 같은 대련이 있었다.

계곡 물소리 들리는 한적한 곳에 책상 놓고 시를 쓰고
녹음 짙게 우거진 곳에 화려한 평상 마련해놓았네.
溪聲閑處安詩几, 山翠濃中置畫床.

안석案席과 평상이며 붓과 벼루는 모두 분명히 옛날에 쓰던 것과 같았다. 그 스님과 함께 한참 동안 옛일을 이야기하노라니 몹시 즐거웠다. 섭봉은이 시를 지어 읊었다.

---

21) 왕희지王羲之가 쓴 것으로 알려진 「난정집서蘭亭集序」에 "이곳에 숭산의 험한 고개가 있는데, 숲이 무성하고 키 큰 대나무가 숲을 이루고 있다[此地有崇山峻嶺, 茂林修竹]" 라는 구절이 들어 있다.

지팡이 짚고 시 친구 찾아 대나무 울타리 두드리니
비 개인 후 푸른빛이 온 산을 감싸네.
이곳이야말로 진정 신선의 땅이라
부들방석에 앉아 돌아가고 싶지 않네.
拄杖尋詩扣竹關, 雨餘靑擁一房山.
此間眞是神仙地, 乞坐蒲團不欲還.

도존이 이에 화답하여 읊었다.

집 지어 솔숲을 대문 삼으니 문 닫힐 리 없어
바람도 달빛도, 산도 머물 수 있지.
그대 집에도 본래 노닐 곳 있으니
그만 머뭇거리고 돌아가시게나.
結屋松門不閉關, 也留風月也留山.
君家本有逍遙地, 莫謾勾留且自還.

도존은 길을 재촉하여 산 밑까지 전송했다. 서로 인사를 나누고 나자, 갑자기 병이 씻은 듯이 사라진 느낌이 들었다.

11. 도존은 그림에서 사사표査士標를 스승으로 삼았고, 사귀는 이들도 모두 유명한 사람들이었다. 다만 글씨에 능하지 못해 모든 글[題識]은 사귀던 시예가들이 대신 써주었다. 그리하여 그는 승려의 몸이지만 서화의 세계에서 노닐었다.

양주에는 서예가나 화가들이 대단히 많았고, 게다가 왕래하는 이들이 대대로 끊이지 않았다. 이를 역사 기록에서 찾아보면 서화에는 따로 전문 항목이 없고 모두 방지부方伎部22)에 부속되어 있다. 강희 연간의 『부현지』에 기록된 것은 몇 사람에 불과하다. 옹정 연간의 『현지』에는

13명이 기록되어 있어 앞 시기보다는 약간 많다. 감천이 현을 나누어 지방지를 펴내면서 66명을 수록하였다. 이 가운데 우리 청나라의 화가는 14명에 지나지 않는데, 모두 양주 출신들이다. 서예가는 세 사람에 불과하니, 많은 사람이 빠져 있는 셈이다. 그러므로 청나라 초기에서 지금까지 각 분야의 대가들을 화가와 서예가의 순서로 여기에 기록해둔다. 각종 상공업자 집안에 빈객으로 있었던 이들은 따로 '원림' 관련 항목 뒤에 덧붙여 기록해둔다.

12. 손란孫蘭[23)은 강도江都 사람이다. 글씨와 그림에 뛰어났고 천문에 정통했으며 시학에 조예가 깊었다. 『여지우설輿地隅說』 4권을 지었다. 그의 벗 필예畢銳는 하급무관으로 산수화에 뛰어났다.

13. 서석기徐石麒[24)는 자가 탄암坦庵이다. 화훼花卉를 그리면 천연의 정취가 살아났다. 시사詩詞에 뛰어났고 곡曲을 지을 줄 알았다. 『탄암육종坦庵六種』, 『와정잡기蝸亭雜記』, 『청백안青白眼』 등의 책을 지었다.

14. 종원정宗元鼎[25)은 자가 정구定九이고 호는 매잠梅岑이며, 별호別號가

---

22) 의학이나 점성술, 관상술 따위의 기예를 총칭한다.

23) 손란孫蘭(?~?)은 이름이 어구御寇라고도 하고, 자가 자구滋九, 자호自號는 유정柳庭, 만호晚號는 청옹聽翁이며, 강소 강도江都 사람이다. 명나라 말기에 제생諸生이 되었던 그는 독서량이 방대했으며, 특히 구장九章과 육서六書에 밝았다. 순치順治 초년 서양인 탕약망湯若望(Johann Adam Schall von Bell, 1592~1666)이 흠천감欽天監의 감정監正이 되자 그를 따라 역법을 배워 서양 천문학에 정통하게 되었다. 저서로는 『이기중수변의규류理氣衆數辨疑糾繆』, 『유정여지우설柳庭輿地隅說』, 『대지산하도설大地山河圖說』 등의 저서와 『고금외국명고古今外國名考』 등의 글이 있다.

24) 서석기徐石麒(?~?)는 자가 우릉又陵이고 호는 탄암坦庵이며, 감천甘泉(오늘날의 양주 지역) 사람이다. 그가 남긴 희곡 작품으로는 잡극雜劇과 전기傳奇 4종씩이 있다. 잡극 4종은 『대전륜大轉輪』, 『염화소拈花笑』, 『부서시浮西施』, 『매화전買花錢』인데, 다른 작품들과 함께 『탄암사곡육종坦庵詞曲六種』에 실려 오늘에 전한다. 전기 작품 4종은 『산호편珊瑚鞭』, 『벽한차辟寒釵』, 『연지호胭脂虎』, 『구기봉九奇逢』인데, 이 가운데 『산호편』만 남아 있고, 나머지 3종은 일실되었다.

소향거사小香居士, 매화노인賣花老人이다. 그는 채색 산수화에 뛰어났다.

15. 시원施原은 산수화에 뛰어났다. 만년에는 북호北湖에 살았는데, 본래 나귀를 좋아하여 나귀 수십 마리를 길렀다. 그는 손님이 찾아오면 늘 함께 나귀를 타면서 논밭 가장자리에서 신나게 담소를 나누곤 하였다. 나귀를 그리면 뛰어난 작품[神品]을 만들어냈으므로 사람들은 그를 '시려아施驢兒'라고 불렀다.

16. 이인李寅은 자가 백야白也이고 강도 사람이며, 소신蕭晨과 이름을 나란히 했다. 그는 『도화양류도桃花楊柳圖』를 그렸는데 뛰어난 작품으로 칭송 받았고, 현지縣志에 기록이 실려 있다.

17. 탕화湯禾는 자가 추영秋穎이고, 강도 사람이다. 그는 화훼에 뛰어났고 그림을 그리면 생기가 넘쳐 북송의 화가 조창趙昌[26]의 솜씨와 견줄 만하다고 일컬어졌다. 일찍이 『향부사보리수도香阜寺菩提樹圖』를 그려 진상한 적이 있고, 현지에 기록이 실려 있다.

18. 당지계唐志契는 양주 사람이다. 그는 그림에 뛰어났는데, 흥이 나서 그림으로 표현하고 싶은 마음이 생기면 바로 양식을 싸들고 명산대천을 돌아다니다가 한 달이 지나도록 그 아래 앉거나 누워 있곤 했다. 그

---

25) 종원정宗元鼎(1620~1698)은 자가 정구定九 또는 정구鼎九이고, 호는 매잠梅岑, 향재香齋, 동원거사東原居士, 소향거사小香居士, 부용재芙蓉齋, 매화노인賣花老人 등이 있다. 저서에는 『신류당시집新柳堂詩集』, 『부용재집芙蓉齋集』, 『소향사小香詞』 등이 있다.

26) 조창趙昌(?~?)은 북송北宋의 화가이다. 그는 자가 창지昌之이고, 광한廣漢(오늘날 쓰촨성 지역) 사람이다. 검남劍南(오늘날 스촨성 지엔거劍閣 남부) 사람이라는 설도 있다. 꽃과 과일 그림 및 풀과 벌레 그림 등에 뛰어났던 그는 스승인 등창우滕昌祐의 화법을 좇고, 서숭사徐崇嗣의 '몰골법沒骨法'을 본받아 북송 대중상부大中祥符(1008~1016) 연간에 이름을 날렸는데, 스스로 '사생조창寫生趙昌'이라 일컫기도 했다. 남아 있는 작품으로 〈행화도杏花圖〉가 있다.

런 탓에 필치가 쓸쓸하고 청량한 것이, 원대 사람의 기풍이 담겨 있다. 『회사미언繪事微言』을 지었다. 그의 아우 당지윤唐志尹은 화조도花鳥圖에서 여기呂紀,[27] 왕해王偕[28]의 화풍을 이어서 당시에는 '이당二唐'으로 일컬어졌다. 『강남통지江南通志』에 사적이 실려 있다.

19. 종호宗灝[29]는 자가 개선開先이고, 강도 사람이다. 그는 산수화에 뛰어났으며, 『역대화가성씨운편歷代畵家姓氏韻編』에 이름이 들어 있다.

20. 주각朱珏은 자가 이옥二玉이며, 강도 사람이다. 그는 인물, 산수, 화초 그림에 뛰어났으며, 『화법기사畵法紀事』에 이름이 들어 있다.

21. 이익李翊은 자가 조명祚銘이며, 강도 사람이다. 그는 산수화에 뛰어났으며, 『역대화가성씨운편』에 이름이 들어 있다.

22. 장충張狆은 자가 자우子雨이며, 광릉廣陵 사람이다. 그는 인물, 산수, 화조 그림에 뛰어났으며, 『화법기년畵法紀年』에 이름이 들어 있다.

23. 상치桑豸는 자가 초집楚執이며, 양주 사람이다. 그는 산수화에 뛰어났으며, 『역대화가성씨운편』에 이름이 들어 있다.

---

27) 여기呂紀(1477~?)는 자가 정진廷振, 호는 낙우樂愚이고, 근주鄞州(지금의 저장성 닝보寧波) 사람이다. 그는 홍치弘治(1488~1505)에 궁정에 들어가 궁정화를 주로 그렸다. 당송 여러 대가들의 명작을 연습하여 이른바 송대의 '원체院体'를 계승하였다. 대개 화조도를 많이 그린 그의 주요 작품에는 〈계죽산금도桂菊山禽圖〉, 〈유화쌍앵도榴花雙鸎圖〉, 〈설경영모도雪景翎毛圖〉, 〈욕부도浴鳧圖〉 등이 있다.
28) 왕해王偕(?~?)는 자가 숙여叔與이고 호는 화은畵隱이다. 명나라 만력萬曆(1573~1627) 연간에 강소江蘇 상숙常熟의 적계荻溪에서 살았다. 그는 화조도, 특히 매화 그림에 뛰어났는데, 남아 있는 작품으로는 〈응추작조도鷹驅雀鳥圖〉, 〈송응군작도松鷹群鵲圖〉, 〈노안도蘆雁圖〉, 〈노당추경도蘆塘秋景圖〉 등이 있다.
29) 종호宗灝(?~?)는 청대의 화가로, 산수화에 뛰어났다.

24. 왕새王璽는 자가 학리鶴里이며, 양주 사람이다. 그는 산수, 바위 옆에 자란 난초 그림에 뛰어났다. 『역대화가성씨운편』에 이름이 들어 있다.

25. 소신蕭晨은 자가 영희靈曦이며, 강도 사람이다. 그는 인물화에 장기를 발휘하였는데, 정신과 형상形像을 모두 잘 묘사하여 앞 사람을 모방하는 데에 그치지 않았다. 시는 예찬倪瓚와 황공망黃公望 사이에 위치한다.

26. 호춘생胡春生은 자가 하창夏昌이며, 적안赤岸이라고도 한다. 그는 수묵 산수화에 뛰어나서 작은 화폭에 드넓은 풍경을 담았는데, 안개와 구름 낀 산수의 온갖 모습을 자유자재로 묘사해냈다. 현지縣志에 기록이 실려 있다.

27. 마양馬驤은 강서 사람이다. 그는 산수화에 뛰어났는데, 원나라 사람의 화법이 남아 있다. 그는 양주청군동지揚州淸軍同知[30]가 되었고, 후견복侯肩復[31]의 『화징록畵徵錄』에 기록이 실려 있다.

28. 왕운王雲은 자가 한조漢藻이며, 양주 사람이다. 그는 누각 그림에 뛰어났는데, 이소도李昭道[32]의 화풍을 배웠다. 그는 이부상서 송낙宋犖[33] 추천으로 화원畵苑에 들어갔으며, 염입본閻立本[34]의 그림과 비교하여 언

---

30) 동지同知는 지부知府나 지주知州의 보좌관을 가리킨다.
31) 후견복侯肩復(?~?)은 하남河南 노씨현盧氏縣 사람이다. 그는 발공생拔貢生으로서 1747년에 지현知縣 이행수李行修의 촉탁을 받고 『노씨현지盧氏縣志』의 편찬에 참여했다.
32) 당唐나라 때의 화가 이사훈李思訓의 아들이다.
33) 송낙宋犖에 대해서는 『양주화방록』 권10 「홍교록虹橋錄·상上·27」을 참조할 것.
34) 염입본閻立本(601~673)은 옹주雍州 만년萬年 사람이다. 그는 수隋나라 때의 화가 염비閻毗의 아들로서, 태종太宗 때에 형부시랑刑部侍郎을 지냈고, 현경顯慶 1년에는 그의 형 염입덕閻立德을 대신해서 공부상서工部尚書를 지내기도 했다. 뛰어난 화가이기도 했던 그는 특히 인물초상화의 대가로 유명하다. 그의 대표작은 〈역대제왕도歷代帝王圖〉

급된다.

29. 조유빈趙有彬은 자가 민강岷江으로, 양주 생원生員이다. 그는 글씨와 그림에 뛰어나서, 공현龔賢,35) 사사표査士標와 이름을 나란히 했다.

30. 우지정禹之鼎(1647~1716)은 자가 상길上吉이고 호는 신재愼齋이며, 강도 사람이다. 그는 인물화에 뛰어났는데, 어려서 남영藍瑛36)에게 배웠고 나중에 송원宋元의 화풍을 넘나들다가 마침내 일가를 이루었다. 그는 인물을 사실대로 묘사하면서 백묘白描 수법을 많이 썼는데, 이공린李公麟37)의 구태를 답습하지 않고 오도자의 '난엽묘蘭葉描' 수법38)을 사용하였다. 양쪽 광대뼈를 그릴 때 붉은 색 도료[脂頰]를 약간 써서 은은하게

가 꼽힌다.

35) 공현龔賢(1618~1689)은 이름이 공기현龔豈賢이라고도 하며, 자는 반천半千, 호는 반무半畝 또는 야유野遺, 시장인柴丈人 등을 사용했고, 강소江蘇 곤산崑山 사람이다. 그는 1645년 청나라가 남경을 점령하자 7년 동안 천하를 떠돌며 고생하다가, 다시 남경으로 돌아와 청량산淸凉山 아래 반무원半畝園을 지어놓고 살면서, 자신의 서재를 '소엽루掃葉樓'라고 불렀다. 산수화의 대가이자 '금릉팔가金陵八家'의 한 명으로 꼽히는 그의 저작으로는『중만당시기中晩唐詩紀』,『향초당집香草堂集』,『공반천사시고龔半千寫詩稿』,『화결畵訣』,『시장인화고柴丈人畫稿』,『과도화고課徒畵稿』 등이 있다.

36) 남영藍瑛(1585~1664 또는 1585~1666?)은 자가 전숙田叔이고 호는 접수蝶叟 또는 석두타石頭陀, 산공山公, 만전아주자萬篆阿主者, 서호연민西湖硏民 등이다. 전당錢塘(지금의 저장성 항저우杭州) 사람이다. 절파浙派 후기의 대표 화가 중 한 사람인 그의 작품으로는 〈어락도漁樂圖〉, 〈추산방우도秋山訪友圖〉, 〈국죽추란권菊竹秋蘭卷〉, 〈징관도澄觀圖〉 등이 있다. 그의 아들인 남맹藍孟과 손자인 남도藍濤와 남청藍青도 모두 그림에 뛰어났다고 한다.

37) 이공린李公麟(1049~1106)은 자가 백시伯時이고 호는 용면거사龍眠居士이며, 서주舒州 (지금의 안훼이성 첸산潛山) 사람이다. 그는 송宋 신종神宗 희녕熙寧 연간에 진사進士가 되었고, 관직은 조봉랑朝奉郎까지 이르렀다. 그는 인물화와 산수화를 잘 그렸으며 말 그림[鞍馬]에 특히 뛰어났다.

38) 선묘線描는 크게 철선묘鐵線描와 난엽묘蘭葉描 두 종류로 나뉜다. 철선묘는 고개지顧愷之(346~407), 이공린, 조맹부趙孟頫(1254~1322) 등이 그 맥을 이었고, 난엽묘는 오도자吳道子에게서 시작되었다고 한다. 난엽묘는 풍부한 옷 주름 등을 표현할 때 쓰이며, 마치 난 잎을 그리는 것처럼 누르는 힘에 강약을 주어 굵어졌다 가늘어졌다 하기 때문에 그런 명칭이 붙었다.

표현하였는데, 아름답고 단아하였다. 일찍이 택주澤州 상국相國 진경정陳
廷敬39)을 위하여 『수정완아도水亭玩鵝圖』를 그린 바 있다. 그는 강희 연
간에 홍려시鴻臚寺40) 서반序班41)을 제수 받아 근무하였고, 나중에는 동
정洞庭으로 돌아갔다. 주이존朱彝尊이 경사를 떠나는 그를 전송하며 쓴
시가 있다.

31. 전도인顚道人은 강도 사람으로, 양주를 떠돌며 살았다. 그는 술을 잘
마셨고 취하면 그림을 그리곤 했는데, 멋대로 붓을 휘둘러놓으면 산수
화나 화훼화 모두 특이한 분위기가 풍겨났다.

32. 승려 도제道濟는 자가 석도石濤42)이고 호는 대척자大滌子, 청상진인
淸湘陳人, 할존자瞎尊者, 고과화상苦瓜和尙이다. 그는 산수와 화훼 그림에
뛰어났고, 맘껏 붓을 휘두르면 운기雲氣가 솟아나오곤 했다. 그는 정원
석 장식에도 뛰어났다.

---

39) 진정경陳廷敬(1639~1712)은 본래 이름이 진경陳敬이고 자가 자단子端 호는 열암說巖이
며, 택주澤州(지금의 산시성山西省 진청晉城) 사람이다. 그는 1658년 진사에 급제하여 서
길사庶吉士가 되었다. 이후 이부우시랑吏部右侍郎, 좌도어사左都御史를 거쳐 공부상서工部
尙書가 되어서는 『삼조성훈三朝聖訓』과 『정치전훈政治典訓』, 『방략方略』, 『일통지一統志』,
『명사明史』 등의 편찬을 총괄했다. 이어서 호부戶部와 이부吏部를 거쳐 문연각대학사文
淵閣大學士가 된 후에는 『강희자전康熙字典』의 편찬을 총괄했다. 그의 주요 저술로는 『오
정문편午亭文編』, 『존문각집尊文閣集』, 『하상집河上集』, 『두율시杜律詩』, 『노무장유기老姥
掌游記』, 『삼례지요三禮指要』, 『열암시집說巖詩集』 등이 있다. 그가 죽은 후 강희제는 문
정文貞이리는 시호를 내려주었다.
40) 관서官署 이름으로, 주로 조회朝會나 연회宴會 등의 의식을 담당한다. 태상시太常寺,
광록시光祿寺, 태복시太僕寺와 마찬가지로 궁실을 위해 존재하는 기구로, 그 장관長官을
'경卿', 부장관副長官을 '소경少卿'이라고 부른다.
41) 명·청 시대의 관직 이름으로 홍려시鴻臚寺 소속이다.
42) 석도石濤(1641~1718?)는 원래 이름이 주약극朱若極이며, 어릴 때 자는 아장阿長이다.
그는 법호法號로 원제元濟 또는 원제原濟 등을 사용하기도 했다. 그는 명나라 정강왕靖
江王 주찬의朱贊儀의 10세 후손이었으나, 그의 나이 16세인 1645년에 명나라가 망하자
상산사湘山寺에서 머리를 깎고 승려가 되어 이름을 석도石濤로 바꿨다. 그의 그림은 산
수화와 인물화, 화훼에 모두 뛰어난 경지를 이룬 것으로 평가된다. 본문의 '도제道濟'
는 '원제原濟'를 잘못 쓴 것으로 보인다.

양주는 뛰어난 원림으로 유명하고 뛰어난 원림들은 정원석으로 유명하다. 여씨余氏의 만석원萬石園은 도제의 솜씨에서 나온 것으로, 지금도 훌륭하다고 일컬어지고 있다. 그 다음으로 명나라 때의 장남탄張南坦이 만든 백사취죽강촌白沙翠竹江村의 석벽石壁인데,[43] 모두 한 시절 회자되곤 했었다. 지금 것으로는 구호석仇好石[44]이 만든 이성당怡性堂의 선석산宣石山, 회안淮安의 동도사董道士가 쌓은 구사산九獅山이 역시 사람들 입에 오르내리고 있다. 서산西山의 왕천오王天於, 장국태張國泰 같은 이들은 한낱 석공에 지나지 않는다.

33. 강도 사람 문명시文命時는 난초 그림에 뛰어났다. 양털 붓을 먹물에 담가 그림을 그렸으며, 대나무와 돌을 함께 그려 넣었다. 그는 스스로 말하길, 뒤를 이을 만한 사람이 없어 자기 자신에서 그 기법이 끝나게 되리라고 했다. 그는 성품이 도도하여 호숫가에서 숨어 살았고, 이 때문에 이름이 널리 전해지지 않았다.

『화징록』에서는 문명시의 난초 그림을 오추성吳秋聲의 대나무 그림, 황침黃琛[45]의 돌 그림에 견주고, 이들 세 사람의 화법이 서로 통하고 일가를 이루기에 충분하지만 문명시의 난초 그림은 아직 잘 알려지지 않다고 언급하고 있다. 문명시의 기법은 그의 아들 문추릉文秋陵이 전해졌고, 문추릉은 그의 조카 초윤焦潤에게 전했는데, 초윤 이후로는 전수받은 이가 없다.

---

43) 이것은 강희 연간 안휘安徽 출신의 부유한 상인 정조신鄭肇新이 자금을 내서 세운 것이다.
44) 그의 행적은 잘 알 수 없으나, 옹정雍正과 건륭乾隆 연간 사이(1723~1795)에 살았다. 가산을 쌓고 정원을 가꾸는 데 뛰어났다고 한다.
45) 황침黃琛(?~?)의 자는 서청西淸이고 호는 산민山民 또는 균소筠笑이며, 전당錢塘(지금의 항저우杭州) 사람이다. 그는 『시곡모당집市曲茅堂集』을 남겼다. 『화편운畵編韻』에는 황침의 호가 균암筠庵이고 산수화와 인물화, 죽석화竹石畵에 뛰어나고, 필법은 화암華嵒(1682~1756)과 비슷하다고 실려 있는데, 같은 사람인지는 알 수 없다.

34. 우원虞沅은 자가 원지畹之이며, 강도 사람이다. 그는 화훼와 새 그림
에 뛰어났다. 선과 색채가 세밀하고 법도에 맞았다.

35. 사사표査士標는 자가 이첨二瞻이고, 호는 매학산인梅壑散人이다.[46) 그
는 동기창董其昌과 태어난 해의 간지干支가 같아서 호를 후을묘생後乙卯
生이라고도 했다.[47] 그는 휴녕休寧 사람으로, 강도에서 살았다. 타고난
성품이 어수룩하고, 집안에는 오래된 동기銅器들이나 송나라, 원나라 때
사람들의 진품들이 많이 있었다. 그의 글씨는 동기창을 배우고 그림은
처음에 예찬倪瓚[48]을 배웠고, 나중에는 오진吳鎭,[49] 동기창을 참조하였
다. 그는 손일孫逸,[50] 왕지서汪之瑞,[51] 승려 홍인洪仁[52]과 함께 '신안 4대
가新安四大家'로 일컬어진다. 또한 그는 왕휘王翬[53]를 자신의 집으로 초

---

46) 사사표査士標(1615~1698)는 호가 나로懶老라고도 한다.
47) 동기창은 명대의 서화가로, 화정華亭 사람이며, 자는 현재玄宰, 호는 사백思白, 향광거
   사香光居士이며 시호諡號는 문민文敏이다. 동기창은 을묘해인 1555년생이고, 사사표
   (1615~1698) 역시 을묘해인 1615년에 태어났으므로, 사사표가 호를 '후을묘생'이라고
   한 것이다.
48) 예찬倪瓚에 대해서는 『양주화방록』 권1 「초하록草河錄 · 상上 · 30」을 참조할 것.
49) 오진吳鎭(1280~1354)은 자가 중규仲圭, 호는 매화도인梅花道人이며, 절강浙江 가흥嘉興
   위당魏塘 사람이다. 시문과 서예에 뛰어나고 수묵산수화를 잘 그렸으며 묵죽화墨竹畵에도
   뛰어났던 그는 황공망黃公望, 왕몽王蒙, 예찬과 더불어 원元의 '사대가四大家'로 칭해진다.
50) 손일孫逸(?~?) : 명말 청초의 화가. 해양海陽 사람(지금의 안훼이성 시우닝休寧)으로,
   자는 무일無逸이고, 호는 소림疎林이다. 산수화에 뛰어났던 그는 주로 그림의 소재를
   고향의 자연 풍경에서 취하였으며, 화풍은 예찬과 황공망의 영향을 가장 많이 받았다.
   붓놀림이 단아하고 골격이 굳건한 그의 화풍을 두고 사람들은 '문징명文徵明의 후신'
   으로 여기기도 하였다.
51) 왕지서汪之瑞(?~?)는 자가 무서無瑞, 호는 승사乘槎이다. 그는 사사표와 동시대 인물
   로, 산수화에서는 황공망을 조종祖宗으로 여겼다.
52) 본문의 '홍인洪仁'은 '홍인弘仁'을 잘못 표기한 것으로 보인다. 홍인弘仁(1610~1664)
   은 본명이 강도江韜이고 자는 육기六奇 또는 점강漸江이며, 홍인은 승명僧名이다. 그가
   죽고 난 뒤 사람들은 '매화고납梅花古衲'이라 부르기도 하였다. 명나라 말기 생원生員 출
   신으로, 명나라가 망한 뒤 출가하여 승려가 된 그는 산수화에 뛰어나서, '해양사가海陽
   四家'의 일원이자 '신안화파新安畵派'의 대표적 인물로 일컬어진다.
53) 왕휘王翬(1632~1717)는 강소江蘇 상숙常熟 사람으로, 자는 석곡石谷, 호는 경연산인耕
   烟散人, 검문초객劍門樵客, 오목산인烏目山人, 청휘노인淸暉老人 등이 있다. 그는 문인 집

빙하여 조지백曹知白,[54] 위소危素,[55] 황공망黃公望,[56] 오진 네 사람의 필법을 보여 달라고 부탁하였으니 아마도 이들에게서 도움 받은 바가 있을 것이다.

만년에 그는 희첩의 시중을 멀리 하지 않았고 아주 늦도록 늦잠을 자곤 했다. 글을 주고받을 때는 늘 깊은 밤에 붓을 놀리면서도 힘든 줄 몰랐다. 그런데도 그 필치가 더욱 빼어났으니 참으로 원대 사람들의 오묘한 면을 제대로 이해하고 있었다고 하겠다. 그는 『사자림책獅子林冊』을 지었는데, 송낙이 이것을 귀하게 여겨 전傳을 지어주고 서문을 써주었다. 그는 나이 84세에 죽어 산록에 장사지냈는데, 죽은 뒤 백년 후 관찰觀察[57] 벼슬을 지낸 사순查淳이 그의 무덤을 찾아와 그를 위해 봉묘封墓를 해주었다.

36. 원강袁江은 자가 문도文濤이고, 강도 사람이다. 그는 산수와 누각 그

안에서 태어났고, 선조들이 모두 그림에 능하였다.

54) 조지백曹知白(1272~1355)은 자가 우현又玄 또는 정소貞素이고, 호는 운서雲西이며, 절강 화정華亭 사람이다. 그는 천거를 통해 곤산교유崑山敎諭가 되었으나 곧 사직하고 조맹부, 우집虞集, 왕면王冕 등의 명사들과 교유했다.

55) 위소危素(1303~1372)는 자가 태박太樸이고 호는 운림雲林이며, 금계金溪(지금의 쟝시 성江西省 푸저우撫州) 사람이다. 그는 1341년에 경연검토經筵檢討를 지내며 송宋, 요遼, 금金의 역사서 편찬 및 『이아爾雅』의 주석을 주관했다. 원나라에서 한림학사翰林學士까지 지냈고, 명나라 때에도 홍문관학사弘文館學士까지 지냈다. 저작으로 『운림집雲林集』, 『설학재고說學齋稿』, 『원해운기元海運記』 등이 있다.

56) 황공망黃公望(1269~1354)은 원래 성명이 육견陸堅이나 절강 영가永嘉 땅 황씨의 양자로 들어가 성명을 바꾸었다. 자는 자구子久이고 호는 일봉一峰, 대치大癡, 정서노인井西老人 등을 썼다. 그는 한때 도사 노릇을 하기도 했으며, 시사詩詞와 산곡散曲에 뛰어났고, 50세 이후 시작한 산수화로 일가를 이루었다. 저서로 『산수결山水訣』이 있다.

57) 당唐나라 때에는 절도사節度使를 설치하지 않은 지역에 관찰사觀察使를 두어 다스리게 했는데, 그 직위를 줄여서 '관찰'이라고 불렀다. 이것은 주州 이상의 행정구역을 다스리는 장관을 가리킨다. 송宋나라 때에는 관찰사가 실권은 없는 명예직[虛銜]으로 바뀌었으며, 청나라 때에는 '도원道員'에 대한 존칭으로 쓰였다. '도원'은 '도대道臺'라고도 하는데, 성省 이하 부府 이상의 행정기구에 소속된 일급관원一級官員으로서, 관할하는 지구에 따라 '제동도濟東道'와 같이 불리기도 하고, 맡은 직무에 따라 '염법도鹽法道'와 같이 불리기도 한다.

림에 뛰어났다. 처음에 그는 구영仇英58)의 화풍을 배웠으나 중년에 이
르러 무명 화가가 옛 사람의 그림을 따라 그린 그림을 얻어 마침내 큰
발전을 이루었다.

37. 장종창張宗蒼은 자가 묵존默存 또는 묵잠默岑이라고도 한다. 호는 황
촌篁村이며, 오현吳縣 사람이다. 그는 황정黃鼎59)에게서 산수화를 배웠
고, 그림으로 황궁에서 벼슬을 지내기도 하였다.

38. 채가蔡嘉는 자가 송원松原이며, 단양丹陽 사람이다. 그는 화훼, 산석,
영모翎毛(새) 그림에 뛰어났다. 내가 일찍이 황원黃園에서 그가 부채에
그려 넣은『두붕한화도豆棚閑話圖』를 본 적이 있는데, 마을과 계곡, 산등
성이며 초가와 집들, 그리고 인물의 수염과 눈썹까지도 사실적이고 생
생하게 그려져 있다.

39. 포해鮑楷는 자가 단인端人이고, 호는 당촌棠村이며, 거사자去邪子라고
도 한다. 그는 가흥嘉興 사람인데, 양주揚州로 이주하여 살았다. 그는 젊
어서부터 화초 그림에 뛰어났는데, 남전南田 운격惲格60)의 화법을 배웠

---

58) 구영仇英(1498?~1552?)은 자가 실보實甫이고 호는 십주十州 또는 십주선사十州仙史이
   며, 강소 태창太倉 사람으로, '명사가明四家'의 한 사람으로 꼽히는 화가이다. 그는 '명
   사가' 가운데 유일하게 문인이 아닌 장인匠人 출신으로, 평생 직업화가로 활동하였다.
   그의 그림은 화원畵院의 화풍과 문인화의 기풍을 두루 갖춘 탓에 이른바 '아속공상雅俗
   共賞' 예술의 대표자로 손꼽힌다.

59) 황징黃鼎(1660~1730)은 자가 존고尊古, 호는 광징曠亭, 한포閑圃, 독왕객獨往客이며, 강
   소 상숙 사람이다. 그는 산수화에 뛰어났으며, 왕원기王原祁의 제자이기도 하다. 그는
   왕휘, 왕시민王時敏, 왕원기와 더불어 '사왕四王'으로 불렸는데, 이들은 모두 청대 화가
   왕감王鑒(1598~1677)의 화풍을 계승하였다. 이들 '사왕'을 오력吳歷, 운격惲格과 더불어
   '청육가淸六家'로 부르기도 한다.

60) 운격惲格(1633~1690)은 자가 수평壽平 또는 정숙正叔이고 호는 남전南田 또는 백운외
   사白雲外史, 운계외사雲溪外史 등을 썼으며, 강남 무진武進(지금의 장쑤성에 속함) 사람
   이다. 그는 명나라 유민遺民으로 살면서 청나라에서 벼슬살이를 하지 않았으며, 시와
   그림, 서예에 모두 뛰어나 '삼절三絶'로 칭해졌다. 특히 그림에서는 이른바 '상주화파常

다. 후일에는 심봉沈鳳(61)의 관서에서 빈객으로 있었다. 그는 산수화를 그릴 때 밑그림을 사용하지 않았는데, 산뜻하고 아름다운 것[疏朗秀潤]한 것이 옛사람들의 뜻을 얻었다.

40. 손인준孫人俊은 자가 요원瑤原이며, 강녕 사람이다. 그는 나귀[驢] 그림으로 명성을 얻었다. 산수화는 거연巨然(62)을 배웠는데, 고목을 그릴 때 사용한 준법[皴法]과 선염법[渲染法]은 고인의 법도를 구현해내고 있다.

41. 웅유웅熊維熊은 자가 위남偉男이다. 그는 세공생歲貢生(63)으로, 한 해에 7번 시험을 치러 모두 장원을 차지했다. 왕사정王士禎이 특별히 그를 '나라를 대표하는 선비[國士]'의 하나로 꼽았다. 그는 시와 그림에 뛰어났으며, 『과주정렬지瓜洲貞烈志』를 지었다.

42. 정유丁裕는 자가 문화文華이며, 호는 석문石門이다. 그는 화훼 그림에 뛰어났으며 우지정禹之鼎(64)과 더불어 이름을 나란히 하였다. 오운吳

州畵派'의 창건자로 유명하다. 주요 저작으로 『남전시초南田詩草』와 『구향관집歐香館集』, 『남전화진본南田畵眞本』, 『남전집南田集』 등이 있다.

61) 심봉沈鳳(1685~1755)은 강소 강양江陽 사람으로 남하南河 동지同知를 지냈다. 예스러운 구불구불한 수염에 얼굴이 넙적해서 사람들이 그를 고군자古君子라고 불렀다. 그는 철필鐵筆에 능했고, 산수화를 잘 그렸다. 자신은 평생 동안 전각篆刻이 제일이고 그림은 그 다음이라고 해서, 자를 차지次之라고도 했다. 그는 먹을 조금만 묻혀 그리는 건필화乾筆畵를 많이 그렸으며, 원매袁枚가 그를 매우 높이 평가하여 수원隨園의 대련 편액은 모두 그에게 쓰게 했다고 한다. 『겸재인보謙齋印譜』를 남겼다.

62) 거연巨然(?~?)은 강녕江寧(지금의 쟝쑤성 난징南京) 사람인데, 남당南唐이 망하자, 개봉開封으로 와서 개원사開元寺에서 승려가 되었다. 그는 동원董源을 사사하였으며 산수화에 뛰어났다. 역사상 형호荊浩, 동원, 관동關仝과 더불어 오대五代의 4대 산수화가로 손꼽힌다.

63) 명·청대에는 해마다 한두 해 걸러 부, 주, 현에서 늠생廩生을 뽑아 국자감國子監으로 올려 보내 공부를 할 수 있도록 하였는데, 이를 세공歲貢이라고 부른다. 웅유웅은 강희 21년(1682)에 세공생이 되었다.

雲이 그를 좇아 배웠다.

그의 아들 정방丁芳은 자가 방두芳杜인데,[65] 팔고문[時文]으로 도사度師[66]인 육인陸麟에게 알려져 명제생名諸生[67]이 되었다. 또 다른 아들 정람丁覽은 자가 위강葦江이고 호가 광정曠亭인데, 모두 그림에 뛰어났다.[68]

43. 방사서方士庶[69]는 자가 순원洵遠이며 호는 소사小師이고, 흡현歙縣 사람이다. 그는 일찍 산수화를 배웠는데 붓놀림과 구상이 지극히 오묘하였다. 중년에는 황정에게 배웠는데, 기운氣韻이 넓고 큰 것이 빼어난 안목을 지녔다. 그는 50살이 채 안 되어 죽었다.

그의 문하생 황진黃溱은 자가 정천正川이고 호는 산구山臒이며, 서주徐柱는 자가 동립桐立이고 호는 남산초인南山樵人이다. 이들은 모두 방사서

---

64) 우지정禹之鼎(1647~1709)은 자가 상길尙吉, 혹은 상기尙基라고도 하며, 호는 신재愼齋이다. 강소江蘇 흥화興化 사람으로 양주에 기거하였던 그는 산수와 인물에 뛰어났으며, 초상화에 특히 뛰어나 열심히 노력하여 일가를 이루었다.

65) 정방의 자는 수정漱亭이라고도 하며, 저작으로 『애초당란보愛草堂蘭譜』가 있다.

66) 도교道敎의 종교 의식인 과의科儀에서 일컫는 '삼사三師' 가운데 하나이다. '삼사'는 도사度師와 적사籍師, 경사經師를 아우르는 말인데, 이것은 하늘나라와 인간 세상에 각기 하나씩 있다고 한다. 먼저 하늘나라에서는 태상노군太上老君이 도사이고, 허황대도군虛皇大道君이 적사, 원시천존元始天尊이 경사이다. 또 인간 세상에서는 신도들의 스승이 되는 이가 도사이고, 도사의 스승이 적사, 적사의 스승을 경사라고 한다. '삼사'의 설은 대략 남북조시대에 형성되어 당나라 때부터 널리 유행했다. 한편 도교의 전도류傳度類 의식에서는 전도사傳度師와 감도사監度師, 보거사保擧師를 '삼사三師'라고 일컫기도 한다. 이로 보건대 이두가 언급한 육인陸麟은 지위가 상당히 높은 도사道士였던 듯하다.

67) 관습적으로 '수재' 또는 '생원'이라고 부르는 이들을 가리킨다. 모두 시험을 통해 부학, 주학, 현학에 입학하며, 아울러 자주 감독의 시험을 받는다. '명제생'이란 비교적 유명한 수재를 말한다.

68) 정람의 저작으로는 『힐방화지擷芳畵識』가 있다.

69) 방사서方士庶(1692~1751)는 자가 순원循遠이라고도 하며, 호는 소사도인小師道人, 환산環山, 소사도인小獅道人 등을 썼다. 본적은 신안新安(지금의 안훼이성 시현歙縣)이며, 그의 집은 유양維揚(지금의 장쑤성 양저우揚州)에 있었다. 그는 황정黃鼎에게 배워서 산수화와 화훼를 잘 그렸으며, 동기창董其昌에게 서예를 배워서 특히 행서行書와 해서楷書를 잘 썼다. 옹정雍正 연간에 그린 〈거연횡산도巨然橫山圖〉와 〈졸정원도拙政園圖〉, 건륭 연간에 그린 〈운산도雲山圖〉와 〈하산욕우도夏山欲雨圖〉, 〈추림시사도秋林詩思圖〉 등이 유명하다. 또한 그는 시를 잘 지어서 『환산시초環山詩鈔』를 남기기도 했다.

의 적통을 이은 사람들이다.

44. 고상高翔은 자가 봉강鳳岡이고 호는 서당西唐으로, 감천甘泉 사람이
다. 그는 산수화에 뛰어났다.

  고갑高甲은 자가 간정幹亭이고, 고상의 조카이다. 그는 화훼에 뛰어났
고 특히 한나라 때의 예서隷書인 팔분체八分體[70]에 능하였다.

45. 왕사신汪士愼은 자가 근인近人이다. 그는 팔분체 서예에 뛰어났고,
서화와 화훼 그림은 장을승張乙僧,[71] 김용金勳과 이름을 나란히 하였다.

46. 정섭鄭燮[72]은 자가 극유克柔이고 호는 판교板橋이다. 그는 흥화興化
사람으로, 진사 출신이며 난초, 대나무, 돌 그림에 뛰어나 '삼절三絶'이라
불린다. 그는 예서에 뛰어났고, 나중에는 예서와 해서를 섞어 쓰는 필법
으로 스스로 일파를 이루었다. 관제묘關帝廟의 도사 오우전吳雨田이 그를
좇아 글자를 배웠는데, 누구의 글씨인지 구별하기 어려울 정도였다.

47. 이면李葂[73]은 자가 소촌嘯村으로, 상강上江 사람이다. 그는 화훼와

---

70) 한자漢字의 다섯 가지 자체字體 즉, 전서篆書, 팔분서八分書, 진서眞書, 행서行書, 초서草
書 가운데 하나이다. 이 가운데 팔분서는 진秦나라 때에 상곡上谷 땅의 왕차중王次仲이
만들어낸 것으로, 글자 모양이 예서隷書와 비슷하면서도 획에 굴곡[波]과 갈라짐[磔]이
많은 것이 특징이다. '분서分書'라고도 한다. 그러나 '팔분八分'의 정확한 의미에 대해
서는 여러 가지 이설들이 있다.
71) 장을승의 본래 이름은 명銘이다. 호는 자정紫庭이고, 자는 서우西友 또는 서일西一이
며, 가정嘉定(지금의 상해 지역) 사람이다. 그는 시사詩詞, 서화, 전각에 뛰어났다.
72) 정섭鄭燮(1693~1766)은 강희康熙 연간에 수재秀才, 옹정雍正 연간에 거인擧人, 건륭乾
隆 연간에 진사에 급제하여 칠품현관七品縣官을 역임했다. 그는 시와 사詞, 곡曲, 문文,
대련對聯, 인장印章, 서예, 그림에 모두 뛰어나서 '양주팔괴揚州八怪' 가운데 대표적인
인물로 꼽히며, 특히 '시서화삼절詩書畵三絶'로 유명하다. 저작으로『정판교전집鄭板橋全
集』과『판교선생인책板橋先生印冊』이 있다.
73) 이면李葂(1691~1755)은 '양주팔괴揚州八怪' 가운데 한 사람으로서 안휘 회녕懷寧 사
람인데, 양주에 와서 하원賀園에 살았다. 1751년에 건륭제가 강남을 순시할 때 그를 불

영모 그림에 뛰어났으며 양주로 이주하여 하원賀園에서 살았다.

48. 이선李鱓(1686~1762)은 자가 종양宗揚이고 호는 복당復堂이다. 그는 홍화興化 지방의 효렴孝廉으로 지현知縣 벼슬을 지냈다. 그는 화조 그림은 임량林良[74]을 배웠으나 자유자재로 격식에 매이지 않아 자연스런 멋을 얻었다. 그는 양주를 오가면서 오촌吳村 하군소賀君召와 교유했는데, 당시 진찬陳撰[75]이 사생寫生으로는 이선과 이름을 나란히 하였다. 진복陳馥은 자가 송정松亭이고, 대례戴禮는 자가 석병石屏인데, 모두 그에게서 배웠다.

49. 김농金農[76]은 자가 수문壽門이고 호는 동심冬心이며, 인화仁和 사람이다. 그는 그림 그리는 일에 종사하였으나 옛 것을 두루 섭렵하여 예스럽게 그렸기 때문에 직업화가의 관습을 탈피할 수 있었다. 대나무 그림은 죽석노인竹石老人[77]을 배워 자호를 혜류산민稽留山民이라고 했으며,

---

러 재능을 시험해보고 상을 내리기도 했으나, 만년에는 낙백落魄하여 과주瓜洲에서 친구 집에 의탁해 살았다. 그의 그림 가운데 지금 남아 있는 작품은 극히 드물어 〈묵하도墨荷圖〉 정도만 남아 있다. 저작으로는 『소촌근체시嘯村近體詩』(3권)가 있다.

74) 임량林良(1436~1487)은 자가 이선以善이고, 광동廣東 남해南海 사람이다. 그는 궁정화가로서 꽃과 과일 및 영모 그림에서 수묵화의 화법을 써서 장기를 보여주었다.

75) 진찬陳撰(1678~1758)의 자는 능산楞山이고, 호는 옥궤玉几, 옥궤산인玉几山人이다. 그는 은현鄞縣 사람으로 전당錢塘 지방에서 살다가 서화 때문에 강회江淮 지역을 떠돌다가 마침내 양주까지 흘러들어가게 되었다. 그는 이른바 '양주팔괴揚州八怪' 가운데 유일하게 그림을 팔아 생계를 잇지 않은 인물이다.

76) 김농金農(1687~1764)은 '양주팔괴'의 한 사람이다. 그는 원래 이름이 김사농金司農이고, 자를 길금吉金이라고도 하며, 호는 동심선생冬心先生, 별호는 계류산민稽留山民, 곡강외사曲江外史, 석야거사昔耶居士, 용릉선객龍梭仙客, 백이연전부옹百二硯田富翁, 심출가암죽반승心出家庵粥飯僧, 삼조로민三朝老民, 형만민荊蠻民, 김이십륙랑金二十六郎, 지강조사之江釣師 등을 썼다. 그는 1736년에 박학홍사과에 천거되어 북경에 갔으나 벼슬을 받지 않고 고향으로 돌아갔으며, 양주에서 오래 머물렀다. 박학다식하고 시사詩詞에 뛰어났던 그는 서예와 그림에도 특출한 성취를 보였다. 저작으로 『동심선생집冬心先生集』과 『동심잡화제기冬心雜畫題記』, 『동심재연명冬心齋硯銘』이 있다.

77) 『양주화방록』권14 「강동록岡東錄·29」에는 '죽실竹室'이라고 되어 있다. '죽실'은 원위조袁慰祖를 가리키는 듯하다. 원위조에 대해서는 본 권 80번을 참조할 것.

매화 그림은 백옥섬白玉蟾78)에게서 배워 자호를 석야거사昔耶居士라고
하였다. 말 그림은 스스로 조패曹霸79)와 한간韓幹80)의 법을 좇았으나,
조맹부趙孟頫를 언급하기는 부족하다고 하였다. 불상을 그릴 때면 자호
를 심출가암죽반승心出家盦粥飯僧이라고 하였다. 꽃과 나무를 그릴 때면
줄기와 잎을 기이하게 그렸고 채색도 세상에서 흔히 볼 수 있는 것과는
달랐다. 이 모두 의도적으로 그렇게 한 것이다. 그리고 그는 석가모니와
미륵불이 깨달음을 얻은 보리수菩提樹나 용화수龍華樹 같은 것에 의탁하
기도 했다.

50. 황신黃愼은 자가 궁무躬懋이고 호는 영표瘿瓢이며,81) 복건福建 사람
이다. 그는 상관주上官周82)를 사사했으며, 정밀한 인물화를 그렸다. 그
는 양주에서 오래 거주하였는데,83) 만년에는 굵은 붓으로 신선과 부처

---

78) 백옥섬白玉蟾(1194~?)의 본명은 갈장경葛長庚인데, 뇌주雷州 백씨의 후계자가 되어
　지금의 이름으로 개명하였다. 자는 백수白叟, 이열以閱, 중보衆甫이고, 호는 해경자海瓊
　子, 해남옹海南翁, 경산도인瓊山道人, 무이산인武夷散人 등이 있다. 조적祖籍은 복건福建
　민청閩淸이지만, 경주瓊州(지금의 하이난海男 치웅산瓊山)에서 태어났다.

79) 조패曹霸(704?~770?)는 당唐대 인물로 패국沛國 초譙(지금의 보저우시亳州市) 사람이
　다. 조모曹髦의 후손으로 좌무위장군左武衛將軍의 벼슬을 지낸 그는 말 그림을 잘 그려
　서 그의 제자인 한간韓幹과 나란히 명성이 높았다. 천보天宝(742~756) 연간에는 궁정에
　불려가 「어마御馬」를 그리기도 했고, 초상화도 잘 그려서 「능연각공신상凌烟閣功臣像」을
　보수 정비하기도 했다. 그러나 만년에는 관직을 박탈당하고 사천四川 지역을 떠돌았으
　며, 지금 그의 그림 중 남아 있는 것은 없다.

80) 한간韓幹(710?~780?)은 경조京兆 남전藍田(지금의 샨시성陝西省 시안시西安市) 사람이
　다. 일설에서는 대량大梁(지금의 허난성河南省 카이펑시開封市) 사람이라고도 한다. 그는
　어렸을 때 술집에서 심부름꾼 일을 했으나, 왕유王維의 도움으로 그림 공부를 해서 십
　여 년 만에 이름난 화가가 되었다고 한다. 초상화와 인물화, 귀신이나 꽃, 대나무를 잘
　그렸고, 특히 말 그림을 잘 그렸다. 조패에게 사사했다.

81) 황신黃愼(1687~1772)은 자가 공무恭懋 또는 공수恭壽라고도 하며, '양주팔괴' 가운데
　한 명이다.

82) 상관주上官周(1665~1752?)는 자가 문좌文佐 또는 문좌文左이고 호는 죽장竹莊 또는 죽
　장도인竹莊道人을 사용했다. 그는 복건福建 장정長汀 사람으로 박학하고 다재다능했으나
　평생 벼슬살이를 하지 않았다. 그는 시문詩文과 서예, 그림에 모두 뛰어났는데, 특히 산
　수화와 인물화에 능했다고 평가된다. 저작으로는 『만소당시집晩笑堂詩集』이 있다.

83) 집안이 가난했던 황신은 강희 58년(1719)에 양주에 와서 그림을 팔았다. 그는 1729

그림을 그렸는데 화폭의 길이가 1길 남짓 되었다. 그의 뛰어난 붓놀림은 쉽게 얻을 수 없는 것이었다. 그가 화제畫題를 쓸 때는 이왕二王[84]의 초서를 본받았다.

51. 왕사우汪師虞는 자가 초수樵水이고 호북湖北 사람으로, 모란 그림이 '일품逸品'으로 일컬어졌다.

그의 문하생 도정陶鼎은 자가 입정立亭이고 양주 사람인데, 역시 그림을 잘 그려 신품神品 다음가는 '능품能品'으로 불렸다.

52. 해강奚岡[85]은 자가 철생鐵生이고, 절강 전당錢塘 사람이다. 그는 양주를 오가며 활동하였고, 산수화에서는 당송唐宋 선인들의 창작 정신이 남아 있다.

53. 단양丹陽 사람 장장蔣璋은 자가 철금鐵琴이고, 양주에서 살았다. 큰 화폭의 인물화를 그려 황신黃愼과 더불어 명성을 얻었는데, 특히 손가락으로 그리는 '지두화指頭畵'에 뛰어났다. 그는 노래를 잘 불러 성 안의 노래패들이 그를 우두머리로 삼으니, 이들을 '장파蔣派'라고 부르고 장장을 '촌놈 장씨[蔣佬子]'라고 부르기도 하였다.

54. 이영아伊齡阿는 자가 정일精一이고, 만주족이다.[86] 공부시랑工部侍郎을 역임하였다. 그는 손과정孫過庭[87]의 서법을 배웠고, 시를 잘 지었다.

년까지 양주에 있다가 이듬해에 고향으로 돌아갔다.

84) 왕희지王羲之와 왕헌지王獻之 부자父子를 가리킨다.

85) 해강奚岡(1746~1803)은 본명이 해강奚鋼이고, 자는 순장純章, 호는 몽암夢庵, 별호는 해도인奚道人, 몽도인蒙道人 등이 있다. 서예와 산수화, 화훼 그림에 뛰어났던 그는 건륭 연간에 방훈方薰과 함께 명성을 얻어 세칭 '해방奚方'이라고 불렸다. 이른바 '서령팔가西泠八家'의 한 사람이다. 저서로 『동화암신여고冬花庵燼餘稿』가 있다.

86) 이영아伊齡阿(?~?)는 건륭 37년(1772)과 41년(1776)에 회안관감독淮安關監督을 지냈고, 이후 양회염정兩淮鹽政과 절강순무浙江巡撫, 공부시랑工部侍郎을 역임했다.

그림은 오진吳鎭을 본받았다. 그는 양회순염어사兩淮巡鹽御使로 재직할 때 부채에 매화, 난초, 대나무 그림을 그려 '일품'으로 일컬어졌는데, 지금도 그 그림이 돌에 새겨져 있다.

55. 전당 사람 강도康濤는 자가 석주石舟요 호는 천독산인天篤山人, 연예봉두불후인蓮蕊峰頭不朽人, 모심노인茅心老人이다.[88] 그는 산수화, 화훼 그림, 영모화翎毛畫에 뛰어났으며, 백묘白描 수법에 능숙하였고 서예에도 뛰어났다.

56. 왕원린汪元麟은 자가 석념石恬이고, 휴녕休寧 지방의 진사進士 출신이다. 그는 매화도인 오진의 산수화를 본받았으며, 〈장제춘류도長堤春柳圖〉를 그려 명성을 얻었다.

57. 왕척애汪滌崖는 흡현歙縣 사람이다. 그는 대치大癡 황공망黃公望의 그림 수법을 배웠고, 법정사法淨寺[89]의 평루平樓에 〈황산도黃山圖〉를 그렸다.

---

87) 손과정孫過庭(638?~688?)은 자가 건례虔禮이고, 강소 오군吳郡 사람이다. 일설에는 이름이 건례이고, 출신 지역 또한 진류陳留(지금의 허난河南 카이펑시開封市 서북쪽 지역)라는 주장도 있다. 하지만 그가 쓴 『서보書譜』에서 자신을 "오군 손과정吳郡孫過庭"이라 부르고 있으므로, 강소 소주 일대 사람으로 보아야 할 것이다. 그는 출신이 보잘것없던 탓에 젊어서부터 서예에 힘써 20년의 노력 끝에 일가를 이루었고, 불혹의 나이에 작은 벼슬을 얻었지만 타고난 성품 탓에 주위의 무고를 당해 벼슬을 사직한다. 그 후 그는 벼슬을 그만둔 뒤 서법 연구에 전념하여 서론書論을 저술하지만, 결국 완성된 원고를 남기지 못한 채 낙양의 한 객사에서 여생을 마쳤다.

88) 강도康濤(?~?)는 훗날 이름을 강도康燾로 바꾸었다. 그는 자가 일재逸齋 또는 강산康山이며, 석주石舟는 그의 호라는 설도 있다. 또 만년에 사용한 호로는 본문에 언급된 것들 외에도 기제생旣濟生, 형심노인莉心老人 등이 있다. 효성스럽기로 유명했던 그는 특히 사녀도仕女圖에 뛰어났다고 알려져 있다.

89) 본래 이름은 중천축사中天竺寺로, 수隋나라 개황開皇 17년(579)에 인도 승려인 보장선사寶掌禪師가 창건하였다. 건륭 30년(1765)에 황제가 남순南巡하면서 '법정사'라는 편액을 하사하여 절 이름이 법정사로 바뀌었다. 절 뒤편으로 풍목오楓木塢, 천세암千歲巖 등의 이름난 경관이 펼쳐져 있다.

58. 오린吳麐은 자가 율원栗園이고, 흡현 사람이다. 그는 산수화는 황공망을 배웠고, 평생 옛 군자의 풍모를 지니고 살았다. 그는 양주 왕이사汪貽士의 집에서 지냈는데, 그 집에는 요주饒州 경덕진景德鎮의 토요土窯에서 나온 비색秘色 자기가 있었다. 이 토요는 당요唐窯, 웅요熊窯, 연요年窯를 가리키는 '삼요三窯'와 이름을 나란히 하여 '오요吳窯'라고 불렸다.

59. 중학경仲鶴慶90)은 자가 송람松嵐이고, 태주泰州 진사 출신이다. 그의 그림에는 생기가 넘쳤고, 아주 많은 서예 작품을 남겨놓았다.

　단시근團時根91)과 궁국포宮國苞,92) 이완석李頑石은 모두 태주 사람들로, 시와 그림에 뛰어났다.

60. 탕밀湯密은 자가 입림入林이고, 통주通州(지금의 장쑤성 난통南通) 사람이다.93) 그는 시와 그림에 뛰어났는데, 묵죽화墨竹畵는 문동文同94)을 본받았다. 호는 개중인个中人이다.

---

90) 중학경은 자가 품숭品崇이고 호가 송람松嵐이라고 하기도 한다. 그는 건륭 19년(1754)에 진사가 되었으며, 사천四川 대읍大邑의 지현知縣을 지냈다. 그는 특히 난초 그림을 잘 그렸고, 시와 글씨도 뛰어났다. 저서로『태가집治暇集』이 있다.

91) 그는 일찍이 건륭 연간에 한 장군을 따라 서장西藏 지방에 가서 변경의 풍경을 묘사한 화첩을 만들기도 하였다.

92) 궁국포의 호는 패교霜橋이고, 태주 제생諸生이었다. 그는 난초와 대나무 그림에 뛰어났으며 당시 단도丹徒 장석범張石帆과 더불어 '강상의 두 시인[江上兩詩人]'으로 일컬어지기도 했다.

93) 탕밀湯密(?~?)은 여성 화가이다.『여고현지如皐縣志』에 따르면 그녀는 강의사姜宜師의 의붓딸이 되었다고 한다.

94) 문동文同(1018~1079)의 자는 여가與可이며, 호는 소소거사笑笑居士이며, 재주梓州 재동梓潼(지금의 쓰촨성 산타이현三台縣) 사람이다. 그는 송宋 황우皇祐 원년元年(1049)에 진사가 되었고, 그 후 태상박사太常博士, 집현교리集賢校理, 능주陵州와 양주洋州의 지방관이 되었다. 원풍元豊 원년元年(1078)에 호주湖州의 지현이 되었는데, 부임하러 가는 도중에 세상을 떠났기 때문에 세상 사람들이 그를 '문호주文湖州'라고 불렀다. 그는 특히 대나무 그림에 뛰어나 '묵죽대사墨竹大師'라는 별명을 얻기도 했다.

61. 강도江都 사람 장걸張杰은 자가 가정柯亭이고, 화훼 그림에 뛰어났다.

홍승조洪承祖는 자가 임사林士요, 호는 자하산인紫霞山人이다. 그는 운격
惲格의 화법을 배웠다.

항패어項佩魚는 자가 공정孔亭이고, 산수화와 화훼 그림에 모두 뛰어났다.

62. 사야신謝野臣은 자가 정일庭逸이다. 그의 선조는 하남 내주邾州 사람
이었는데 의흥宜興으로 이주하여 광산은자匡山隱者 모건건毛乾乾[95]의 사
위가 되었다. 그는 천문과 역법에 밝아 선성宣城 출신의 매문정梅文鼎,[96]
오강吳江 출신의 왕석천王錫闡[97]과 더불어 같은 시기에 양주에서 살았는
데, 왕씨汪氏 집에서 묵었다. 사야신은『추보전의推步全儀』를 짓고 그에

---

95) 모건건毛乾乾(1645~1703)은 자가 심이心易이고, 별호는 광산은자匡山隱者이며, 강서江
西 남강南康 사람이다. 그는 명나라 숭정 연간에 제생諸生이 되었으나, 명이 망한 뒤에
는 산으로 들어가 평생 강학으로 세월을 보냈다. 매문정이 그를 찾아가 학문적 교유를
나누고 스승으로 따른 것이 유명하다. 만년에『맹술孟述』을 짓다가 다 쓰지 못하고 병
으로 죽었다. 저서에는『악술樂述』,『역술易述』,『대학중용술大學中庸述』,『측천우술測天
偶述』,『추산우술推算偶述』,『시경음운詩經音韻』등이 있다.

96) 매문정梅文鼎(1633~1721)은 자가 정구定九이고, 호는 물암勿庵이며, 선성宣城(지금의
안휘이성 쉬엔저우시宣州市) 사람으로, 이른바 '선성 수학 학파宣城數學學派'의 기초를
마련했다. 그는 만년에『물암역산서목勿庵曆算書目』을 편찬하였는데, 전체 88종 가운데
26종이 수학 관련 서적이었으며, 1761년 그의 손자 매성梅成이 편집한『매씨총서집요
梅氏叢書輯要』60권 가운데도 수학 저작이 13종 40권을 차지하고 있다. 그는 어려서부
터 천문 현상을 관찰하기를 좋아하였고, 27세부터 평생토록 수학, 역법 등을 연구하였
다. 후일 서양의 서적을 접하고 유럽의 수학 등을 중국에 소개하기도 하였다. 저서로
『명사역지의고明史曆志擬稿』,『방전통법方田通法』,『방정론方程論』등이 있다.

97) 왕석천王錫闡(1628~1682)은 자가 인욱寅旭, 소명昭冥이고, 호는 효암曉庵, 여불余不, 천
동일생天同一生 등이 있다. 강소 오강吳江 진택震澤 사람이다. 경전과 역사서, 성률聲律
에 두루 조예가 깊었던 그는 특히 서양의 수학적 지식을 응용한 역법曆法 분야에 뛰어
난 성취를 남겼다. 저작으로는『효암신법曉庵新法』과『역설曆說』『대통서력계몽大統西曆
啓蒙』,『환해圜解』,『삼신구지三辰晷志』,『역법표歷法表』등이 있는데, 특히 일식과 월식
의 관측법과 같은 것은 대단히 독창적이라고 평가된다. 생전에 그의 학문은 고염무顧
炎武로부터 높은 평가를 받았으나 그다지 명성이 알려지지는 않았으나, 죽은 후에 그
의 저작들이 점차 간행되면서 매문정梅文鼎, 설봉조薛鳳祚와 더불어 대가로 칭해졌다.
훗날 역법에 관한 그의 저작들은『효암잡저曉庵雜著』라는 제목으로 묶여 간행되었고,
단편 글들은『효암선생문집曉庵先生文集』으로 묶여 간행되었다.

따라 구리로 기구를 만들었는데, 구고勾股98)와 굽은 호선[弧矢]까지 제대로 갖추고 있었다. 그림은 용을 가장 잘 그렸다. 당시 주심周嶧(자는 곤래錕來)도 용을 그렸는데, 사야신에 필적할 수 없음을 알고 먹물에 홍금紅金을 섞었다가 조악한 형상을 만들었다.

사야신의 아들 사신관謝身灌은 자가 효산曉山이고, 채색 산수화로 세상에 이름을 알렸다. 그는 성품이 더 세심하고 치밀했다. 북교北郊의 공사 구역의 일부는 부들로 산석山石을 감싼 곳이 있는데, 이것은 사신관이 창안해낸 것이다. 그는 양주에서 오래 살았으며, 문선루文選樓에서 죽었다. 그는 평생 석금石琴을 모았는데 소리가 맑고 선명했다. 또한 그는 당나라 때 인물을 새겨 넣은 육합연六合硯을 평생 갖고 다니면서 잠시도 떼어놓지 않았다.

63. 방원록方元鹿은 호가 죽루竹樓이고,99) 의징儀徵 사람이다. 그는 시와 사를 잘 지었고, 서예는 왕희지 부자父子를 본받았으며, 대나무 그림은 소식을 배웠다. 그의 작품으로는 〈홍교춘범도虹橋春泛圖〉가 있다.

64. 왕도王濤는 자가 소행素行이고 강남 사람인데, 양주로 이주하여 살았다. 그는 화훼, 영모 그림을 채색화로 그렸는데, 원대 사람들의 창작 의도가 남아 있다.

65. 장사교張士教는 사가 석빈石民이고, 호는 선전宣傳이다. 그는 임농臨潼 사람으로, 양주에서 살았다. 글씨는 화암華嵒100) 일파의 법도를 취하

---

98) 직각삼각형의 직각을 사이에 둔 두 변을 가리킨다. 이 가운데 짧은 것을 '구勾', 긴 것을 '고股'라고 한다. 막대를 세워 태양의 고도를 측정할 때, 해 그림자는 '구'에 해당하고, 세워놓은 막대는 '고'에 해당한다.

99) 방원록方元鹿(?~?)은 자가 죽루竹樓라는 설과, 자는 평우苹友이고 호가 죽루竹樓 또는 홍향사객紅香詞客이라는 설도 있다.

100) 화암華嵒(1682~1756)의 호로는 추악秋嶽, 신라산인新羅山人, 백사도인白沙道人 등이 있

였다.

66. 연여린年汝隣은 자가 기도寄濤이고 호는 수생瘦生이며, 순천順天 사람인데 양주에서 살았다. 그는 산수화에서 옛 사람의 화법을 모방하기를 좋아하였다. 또한 영구營丘 이성李成,[101] 동원董源[102] 등 여러 화파를 본뜨면서 형태 묘사[形似] 수법을 잘 터득했다.

67. 장사녕張賜寧은 자가 계암桂巖이고, 북평北平 사람이다. 그는 인물화, 산수화를 그리면서 낡은 화법에 기대지는 않았으나 유독 기운생동氣韻生動의 측면에서는 남들보다 뛰어났다. 그의 채색 화훼 기교가 으뜸으로 평가된다.

우배牛培는 자가 인지因之이고, 천진天津 사람이다. 그는 장사녕을 좇아 그림을 배웠는데, 스승의 화법을 잘 터득하였다.

68. 여동余棟은 자가 동목棟木이고, 강소 장주長洲 사람이다. 그는 그림에 뛰어났는데, 왕휘王翬를 모방하였다. 그러나 안타깝게도 당시 방사서方士庶에게 가려져 있었다.

69. 관희녕管希寧[103]은 자가 평원平原이고, 강도 사람이다. 그는 시와 그

다. 복건福建 상항上杭 사람이다. 그는 어릴 적부터 그림 그리기를 좋아하였으나, 어려운 집안 형편 등으로 일찍 집을 떠나 세상을 떠돌다 항주에서 많은 문인들과 교유하며 시각을 넓혔다. 36세에 경사로 올라가 명성을 구하지만 실패하고, 중년 이후 항주와 양주를 오가며 그림으로 생계를 꾸렸다. '양주화파揚州畫派'의 대표적 인물의 하나로 꼽힌다.

101) 이성李成(919~967)의 자는 함희咸熙이고, 호는 영구營丘이다. 그는 당나라 황실의 후손으로 재능이 많았으나, 오대五代의 전란을 피해 산동 영구營丘 지방에서 은거했다. 북송 초기 화단에 큰 영향을 끼쳤다.

102) 동원董源(?~962?)은 자가 숙달叔達이고 종릉鍾陵(지금의 쟝시성江西省 난창南昌) 사람이다. 그의 생애에 대해서는 자세히 알려진 바 없으나, 북원부사北苑副使를 역임한 적이 있어서 흔히 동북원董北苑으로 불렸다고 한다.

림에 뛰어났는데, 붓놀림이 우아하고도 담박한 것[雅淡]이 온갖 자연의 변화를 그려내면서도 세세한 묘사에는 그다지 구애받지 않았다. 또한 의술에도 뛰어났다. 그는 50살이 되도록 자식이 없었으며, 아내는 본래 현처賢妻로 이름났으나 일찍 세상을 떴다. 아내가 죽던 날 아내의 상자를 여니 은자 50냥과 유서 한 통이 나왔는데, 그 돈으로 첩을 얻는 데 쓰라고 적혀 있었다고 한다. 그는 만년에 홍소곡洪疏谷과 망년지교忘年之交를 맺었다. 그가 죽자 장례와 관련된 일은 모두 홍소곡이 맡아주었다. 진사 위패금韋佩金104)이 그를 위해 묘지명墓誌銘을 짓고 그의 시집에 서문을 쓴 것이 세간에서 유행하였다.

70. 나빙羅聘105)은 자가 양봉兩峰이고 호는 화지사승花之寺僧이다. 처음에 그는 김농金農에게서 매화 그림을 배웠고, 나중에는 옛날의 신선도나 불화佛畵의 화법을 모방하였다. 그가 그린 〈귀취도鬼趣圖〉가 세간에 많이 입에 오르내린다. 그의 아내 방백련方白蓮, 아들 나윤소羅允紹106)와 나윤찬羅允纘107)도 모두 그림에 뛰어났다.

---

103) 관희녕管希寧(1712~1785)은 자가 유부幼孚, 호는 평원생平原生 또는 금우산인金牛山人이라는 설도 있다.

104) 위패금韋佩金(1754~1810)의 자는 서성書城 또는 서산西山이고 호는 우산友山이다. 그는 강도 사람으로, 건륭 43년(1778)에 진사가 되었고 능운현凌雲縣 지현을 지냈다. 훗날 그는 노견증 사건에 연루되어 폄적되었던 중, 1801년에 『경의당전집經義堂全集』 26권을 지었다. 이외의 저작으로 『당번진고唐藩鎭考』와 『이리총지찬략伊犁總志纂略』, 『야우주렴사夜雨珠簾詞』가 있다.

105) 나빙羅聘(1733~1799)의 자는 둔부遯夫이고 호는 양봉兩峰, 화지사승花之寺僧이며, 조적祖籍은 안휘安徽 흡현歙縣인데, 양주에서 살았다. 그는 채의가彩衣街의 미타항彌陀巷에 살면서 자신의 거처를 '주초시림朱草詩林'이라고 불렀다. 김농의 제자로서 평생 관직에 나가지 않고 유랑하길 즐겼던 그는 인물화와 불상, 꽃과 과일, 매화와 대나무 등을 잘 그렸다. 또한 그는 시도 잘 지어서 『향엽초당집香葉草堂集』을 남겼다.

106) 나윤소의 사는 개인介人인데, 『역대화사휘전歷代畵史彙傳』에는 그의 이름이 나원소羅元紹로 되어 있다. 그는 매화를 잘 그렸고, 아우인 나윤찬과 함께 '나가매파羅家梅派'라고 불렀다.

107) 나윤찬의 자는 연당鍊塘 혹은 연당練堂이라고 하며 호는 소봉小峰이다. 『역대화사휘전』에는 그의 이름이 나원찬羅元纘으로 되어 있다.

71. 승려 방진方珍은 자가 석은席隱이고 호는 소산小山이다. 그는 양주군성揚州郡城 안의 지장암地藏庵에서 살았는데, 시와 그림에 뛰어났다. 진의陳毅[108]의 『소지집所知集』에서는 그를 두고, "그림을 그릴 때 옛 사람에 뒤지지 않는다[作畵不讓古시]"라고 하였다.

72. 주찬周瓚은 자가 채암采嵒이고,[109] 오현吳縣 사람이다. 그는 젊어서 화훼 그림을 배웠으며, 성년이 되어서는 계화법界畵法[110]과 백묘법으로 인물화 그리는 법을 배웠다. 그는 큰 화폭의 산수화를 그리는 데 뛰어났고, 재주가 몹시 빼어나 마침내 이름난 화가가 되었다. 그의 형 주란파周蘭坡는 의술에 정통하였다.

73. 공계간孔繼幹은 자가 저곡樗谷이고, 곡부曲阜 사람이다. 그는 묵매화墨梅畵에 뛰어났으며, 강도江都 지현知縣을 지냈다.

74. 왕정王正[111]은 자가 단숙端肅이고, 강도 지방의 규수閨秀다. 그는 화초를 잘 그렸는데, 그림의 구성이 대단히 짜임새 있었다. 그는 또한 시를 잘 지었으며, 대종백大宗伯[112] 서탁徐倬[113]에게 수업을 받았다. 나중에

---

108) 진의陳毅(?~?)의 자는 직방直方이고 호는 고어古漁이고, 강녕江寧 사람이다. 그는 왕지중汪志重의 『섭산지攝山志』를 펴내기도 했고, 『소지집所知集』을 편찬하기도 했다. 『소지집』의 초편初編 12권은 건륭 31년(1766)에 간행되었으며, 이편二編 8권은 건륭 39년(1774)에, 삼편三編 10권은 건륭 56년(1791)에 간행되었다. 다만 삼편을 간행할 때 진의는 이미 세상을 떠났기 때문에, 회녕懷寧 땅의 반영潘瑛이 판각했고, 왕관王寬이 서를 썼다.

109) 주찬周瓚(?~?)은 자를 '취암翠嵒'이라고도 한다. 그는 완원阮元(1764~1849)이 절강순무浙江巡撫로 있을 때 그의 막료幕僚로 활동한 바 있다.

110) 중국 회화의 독특한 화법으로, 그림을 그릴 때 계척界尺을 써서 선을 그리기 때문에 '계화'라고 부른다. 옥목화屋木畵, 궁실화宮室畵라고도 한다. 주로 궁궐, 누각 등의 건물을 그릴 때 쓴다. 송대의 〈등왕각도滕王閣圖〉 같은 것을 예로 들 수가 있다.

111) 왕정王正(?~?)은 강도江都 사람으로, 이명곡李茗谷의 아내이다. 그는 화훼와 영모 그림에 뛰어났고, 서탁徐倬에게 수업을 받았다. 강희 40년(1701)에 북경에서 12쪽짜리 화훼 그림책을 그렸다. 저서로는 『연려초硯廬草』가 있다.

서울로 올라갔다가 상국相國 마제馬齊114)의 초빙으로 그의 딸들을 가르치기도 하였다.

75. '전진傳眞'은 화파의 하나로, 『서경잡기西京雜記』에는 모연수毛延壽, 진창陳敞 등의 인물을 싣고 있다. 진晉의 고개지顧愷之115)가 '정신을 생동감 있게 표현하려면 눈을 잘 그려야 한다[傳神阿堵]'고 말한 것도 그런 기법이다. 도종의陶宗儀의 『남촌철경록南村輟耕錄』에서 그 기법을 싣고 있긴 하지만 상세하지 않다.

단양丹陽 사람 정고丁皐116)는 자가 학주鶴洲이고 감천甘泉에서 살았는데, 이 기법에 정통하여 『전진심령傳眞心領』 2권을 지었다. (이 책의 구성은) 3정停 5부部로 나뉘는데, 먼저 윤곽을 그리는 것에서 출발하니, (그리는 대상과) 닮았는지 여부가 여기에서 결정된다고 보고 있다. 다음

---

112) '대종백大宗伯'은 원래 주周나라 때의 벼슬 이름으로서, 춘관春官의 우두머리로 방국邦國의 제사나 전례典禮를 관장했다. 명·청대에는 예부상서를 '대종백'이라 불렀다. 다만 서탁은 예부시랑을 지냈기 때문에 '소종백'이라고 칭해야 옳다.

113) 서탁徐倬(1624~1713)은 자가 방호方虎이고 호는 평촌苹村이며 절강 덕청德淸 사람이다. 그는 1673년 진사에 급제하여 시독侍讀까지 지냈으나 연로하여 사직하고 고향으로 돌아갔다가, 강희제가 강남을 순시할 때 자신이 편찬한 『전당시록全唐詩錄』을 바치고 예부시랑 직함을 하사 받았다.

114) 마제馬齊(?~1739)는 만주인으로서 음생蔭生으로 공부원외랑이 된 후 산서포정사山西布政使, 호부상서戶部尙書 등을 거쳐 무영전대학사武英殿大學士까지 지냈으나, 1708년 태자 책봉 문제로 강희제의 노여움을 사서 연금되었다가 1710년에 복직되어 태보太保까지 지냈다. 죽은 후 문목文穆이라는 시호와 함께 태부太傅에 추증되었고, 1750년에 건륭제가 돈혜敦惠라는 시호를 내려주었다.

115) 고개지顧愷之(344?~405?)는 강서성江西省 무석無錫 출신이고, 자는 장강長康이다. 다방면에 재주가 있는 초기의 중국 화가들 가운데 한 사람인 그는 인물화의 새로운 정형을 제시한 것으로 평가된다. 남아 있는 작품으로 「낙신부도권洛神賦圖券」과 「여사잠도권女史箴圖圈」 등 2점(대영박물관 소장)이 있고, 화론畵論으로 도교적 내용을 담은 「화운대산기畵雲臺山記」가 있다.

116) 정고丁皐(?~1761)는 사가 학주鶴洲(여소송余紹宋의 『서화서록해제書畵書錄解題』에서는 자를 학주鶴舟라고 쓰고 있다)이고, 강소 단양 사람인데 강소 감천甘泉(지금의 양저우)에 와서 살았다. 그는 증조부 정우진丁雨辰, 조부 정사후丁俟侯(자는 의계依溪), 부친 정사명丁思銘(자는 新如), 그리고 아들 정이성丁以誠까지 5대에 걸쳐 그림을 가학으로 계승하였고, 모두들 당대에 초상화로 이름을 떨쳤다.

으로 나오고 들어간 부분을 구분하고, 그 다음에는 이마, 광대뼈, 눈, 입, 코끝, 눈썹, 귀의 자리를 각기 정한다. 얼굴 부위가 정해지면 채색을 하고[染法], 다음에는 혈색血色을 그려 넣고, 마지막으로 눈동자를 그려 넣어 생기를 부여한다. 그리고 옆이나 위아래에서 바라보는 방법, 보고 그리는 법[瞻法]과 목탄으로 밑그림 그리는 방법[朽法]을 자세히 설명하고 있는데, 모두 잘 갖추어져 있다. 전운사 노견증盧見曾[117]이 여기에 서문을 써서 이렇게 언급하였다.

　　인물화[畵像]가 발달한 것은 그 유래가 오래 되었다. 이윤伊尹이 탕湯 임금을 따르면서 소왕素王[118]과 구주九主[119]의 일을 언급했고 그 형상을 모두 그림에 담았다. 은殷나라 고종高宗 무정武丁은 꿈에서 부열傅說을 만나고는 백공百工을 시켜 그 모습을 그리게 하여 천하를 뒤져 찾은 일이 있다. 공자께서는 명당明堂을 구경한 적이 있는데, 그곳에는 성군 요 임금과 순 임금, 폭군 걸왕桀王과 주왕紂王의 모습이 있었고, 주공周公이 성왕成王을 도와 제후들의 조회를 받는 모습을 담은 그림도 있었다. 한나라 때는 육경六經과 제자서諸子書, 현사賢士와 열녀列女에서 예禮를 묻고 학문을 강론하는 모습에 이르기까지 모두 그림들로 표현되었다. 이것들은 모두 견문을 넓혀주거나 교훈을 남겨 주려는 것으로, 그 의도가 본래 심오한 것이었다.

　　오직 사람의 자식만이 자기 부모의 초상을 그리는데, 그것이 언제부터 시작된 것인지는 알 수 없다. 하지만 옛날에 제사를 지낼 때는 반드시 시동尸童[120]이 필요했고, 시동이 없어지면서 초상화가 생겨났다. 그걸 보면 죽은 부모를 그리는 자식들의 마음이 틀림없이 생겨났을 것이다. 다만 시대가 멀어지고 시간의 간극이 생기면서 죽은 조상들이 남긴 집안에 그들의 혼령을 불

---

117) 노견증盧見曾(1690~1768)에 대해서는 『양주화방록』 권10 「홍교록虹橋錄 · 상上 · 38」을 참고할 것.
118) 아득한 고대의 제왕을 가리킨다.
119) 삼황오제三皇五帝와 우禹 임금 등 아홉 성왕聖王을 가리킨다.
120) 제사 때 신神을 대신하는 아이를 가리킨다. 후세에는 화상畵像을 썼다.

러 모으고 그들의 애호품을 찾아 후손들의 추모하는 마음을 나타내고자 했다. 다만 그 일은 참으로 소홀히 할 수 없다. 더욱이 그 방법을 어찌 쉽게 말할 수 있겠는가! 예로부터 전해지는 그림에 관한 이론들에서는 각각의 체제마다 좇는 법도[師法]가 따로 있다. 하지만 초상화라는 전문 분야도 그에 관한 책도 한 권 지어지지 않았으니, 참으로 예술 세계[藝林]에서 부족했던 부분이라 하겠다.

단양丹陽 사람 정고가 그 일들을 세상에 전해준다. 즉, 그림을 구상하고 붓을 놀려 인물의 정신적 풍모를 제대로 드러내고, 인물의 외모의 미추美醜와 나이, 인물의 전후좌우 모습, 그리고 그 인물의 희노애락의 감정까지도 모두 전하는 것이다. 최근 그가 내 초상화 12장을 그려주었는데, 그림마다 모습이 달라 보는 이들이 경탄하며 수염과 눈썹까지도 그대로 닮았고, 표정의 편안하고 엄숙함까지 모두 그림에 그대로 담겨 있다고 했다. 나는 본래 정군이 타고난 재주를 갖고 있으리라 여기고, 배워서 그런 경지에 이른 것이 아니라고 생각했다. 그러자 정군이 대답했다.

"아닙니다. 이런 그림에는 본래 법도가 있습니다. 그 법도는 말로 전달할 수 있으나, 법도를 초월한 뜻은 마음으로 이해해야 하는 것입니다."

그리고 자신이 쓴 『전진심령』을 꺼내 내게 보여주면서 서문을 부탁했다. 그 책은 모두 20여 편인데, 그 내용은 다음과 같다. 「부위部位」, 「기고起稿」, 「심법心法」, 「음양허실陰陽虛實」, 「이마[天庭]」, 「코[鼻]」, 「뺨[兩觀地角]」, 「눈빛[眼光]」, 「입[海口]」, 「눈썹[眉]」, 「수염[鬚]」, 「귀[耳]」, 「염법染法」, 「얼굴색[面色]」, 「기혈氣血」, 「제신提神」, 「방배부앙旁背俯仰」, 「예상譽像」, 「필묵筆墨」, 「종이[紙]」, 「비단[絹]」, 「장소 선택[擇室]」. 이 모든 깃들에 대해 아주 자세히 설명하고 뜻을 잘 전달했으며, 법을 전하면서 법도 외의 뜻까지도 함께 밝혀주었으니 참으로 지금까지 없던 책이라 할 수 있겠다. 배우는 이들이 마땅히 이 책을 모범으로 삼고 참고하여 스스로 깨달음을 얻음으로써 속된 스승들의 잘못된 가르침을 깨뜨려야 할 것이다. 그렇게 함으로써 위로 삼대三代 이후 전해지지 않는 비법을 보게 되고, 어질고 효성스러운 자식들 또한 자기도 모르게 조상을 우러르는 마음이 저절로 생겨날 것이다. 이 책이 언급하고 있는 내용은 정말 보잘것없는 내용이 아니니, 어찌 다만 초상화가의 학문에 그친다 하겠는가!

정고의 아들 정이성丁以誠은 자가 의문義門이다. 그 역시 부친의 가업을 이어 초상화에 뛰어나서 사방에서 그의 그림을 구하러 오니, 수천 리 먼 곳에서 오기도 하였다. 어떤 이의 애첩이 병이 나자 그를 불러다 초상화를 그리게 하였는데, 열흘 남짓 동안 6, 7번을 고쳤으나 애첩이 그림들을 보고 모두 '자신과 안 닮았다'고 말했다. 정이성 자신이 보기에는 꼭 닮아 있었다. 다음날 그는 그녀의 모습을 그대로 그리지 않고 자기 마음대로 절세미녀를 그리니, 애첩이 웃으면서 "똑같아요. 당신은 정말 사람 마음을 잘 아시는군요!"라고 말했다고 한다.

정이성은 바둑을 잘 두었고, 서예의 법도는 동기창董其昌을 본받았으며, 간혹 지은 시 역시 청아淸雅한 운치가 있었다. 그는 『속심령續心領』 4권을 펴냈는데, 후법과 염법을 좀 더 상세히 다루고 있다. 비록 그림을 모르는 사람이 읽더라도 초상화를 그릴 수 있을 정도이다.

임세례任世禮는 자가 한수漢修인데, 정고와 교유하면서 그의 화법을 얻어들을 수 있었고, 그를 20년간 흉내 낸 끝에 그의 의도에 부합하게 그릴 수 있었다. 그는 성격이 호탕하고 거문고를 잘 타서 유행가를 잘 연주하였다.

또 장문파蔣文波라는 사람도 있는데, 사생에는 정이성 다음으로 꼽힌다.

해주海州의 오작吳焯은 자가 준삼俊三이다. 사생에서는 산수화와 인물화에 두루 뛰어나서 그렸다하면 모두 꼭 닮게 그려냈다. 대개 이 기법은 닮게 그리는 것을 훌륭하다고 여기고, 닮지 않으면 논할 필요도 없다고 본다.

정이성의 제자 도동涂冬은 소진회小秦淮에 살았는데, 기생들이 찾아오면 외모와 똑같이 그려내니, 그렇게 그려낸 초상화가 100폭이 넘었다. 근시를 가진 사람이라면 대개 안경을 끼는데, 안경을 벗으면 얼굴 모습이 달라지기 마련이다. 그런데 도동은 근시인 사람이 안경을 벗은 모습을 그리면서도 평소 안경을 낀 모습과 인상이 똑같이 그려낼 수 있었으니, 기교가 역시 빼어나다 하겠다. 또 양사무梁師武가 정이성과 교유하였는데, 화훼와 영모를 잘 그렸으며 사생에서 더욱 뛰어났다.

76. 육정陸鼎은 자가 철소鐵簫인데, 강소 장주 사람이고 육유陸游 선생의 후손이다. 그는 시와 그림에 뛰어났는데 그가 그린 산수, 화훼, 영모 그림에는 송宋·원元 시대의 기상이 남아 있다.

77. 방숭方嵩은 자가 치천峙泉이고 호는 동암桐庵이며, 휘주 흡현 사람이다. 그는 큰 화폭의 산수화를 잘 그렸는데, 소사노인小師老人[121]도 그에게 미칠 수가 없었다. 그는 원래 집안이 부유했으나 그림을 좋아하여 생업을 돌보지 않다가 결국 완전히 빈털터리 신세가 되고 말았다.

그의 사촌 방사황方仕煌은 자가 우휘又輝이고 호는 청암晴巖인데, 명제생名諸生으로 작은 해서체[小楷]를 잘 썼다.

78. 오가모吳嘉謨[122]는 자가 우삼虞三이고 호는 혜헌蕙軒이며, 여고如皐 사람이다. 그는 난초와 대나무를 잘 그렸고, 글씨는 「성교서聖教序」[123]의 필법을 본받았다. 사람 됨됨이가 솔직하면서도 특이한 면이 있었던 그는 일찍이 경사京師로 유학하여 글씨와 그림에서 주학년朱鶴年[124]과

---

121) 앞에서 등장한 소사도인小師道人 방사서方士庶와 동일 인물로 생각된다.
122) 산동우의출판사山東友誼出版社 판본(이후 '산동본'으로 약칭함)에는 오가막吳嘉漠으로 되어 있으나, 오류인 듯하다.
123) 당나라 때 비석으로, 전체 이름은 「대당삼장성교서大唐三藏聖教序」이다. 명·청대에 번사되어 비교적 널리 유행한 것은 「왕성교서王聖教序」이다. 왕희지의 행서行書의 자취는 대개 여기에 모아져 있는 것으로 전해진다. 이밖에 저수량褚遂良이 정서正書한 「안탑성교서雁塔聖教序」(약칭 「저성교서褚聖教序」)가 있는데, 이것은 저수량의 만년의 대표작으로, 명·청대에 걸쳐 비교적 널리 유통되었다.
124) 주학년朱鶴年(1760~1834)은 자가 야운野雲이고, 강소 태주 사람이다. 양주 사람이라

이름을 나란히 하고, 나중에는 양주로 돌아와 채지혜蔡志蕙 집에 머물면서 그와 깊이 교유하였다. 채지혜는 자가 애산艾山이며, 난초와 대나무를 잘 그렸다.

79. 왕명가汪鳴珂는 자가 요포瑤圃이고, 강소 오강吳江 사람이다. 그는 글씨와 그림에 뛰어났으며, 관직은 지주知州 벼슬을 지냈다.

80. 원위조袁慰祖[125])는 자가 죽실竹室이고, 강소 장주 사람이다. 그는 시와 그림에 뛰어났는데, 그의 산수화에는 석곡石谷 왕휘王翬의 기풍이 남아 있다.

81. 호양胡量은 자가 미봉眉峰이고, 강소 장주 사람이다. 그는 시와 그림에 뛰어났는데, 산수화에서는 모수정毛繡亭 이후 으뜸가는 인물이다. 술암述庵 왕창王昶[126])이 그와 교분이 깊었다.

82. 황은장黃恩長은 자가 종역宗易이고 호는 창아蒼雅이며, 강소 장주 사람이다. 그는 화훼 그림을 잘 그렸다.

83. 서오徐午는 자가 지전芝田이고, 양주의 거인 출신이다. 그는 산수화

는 설도 있다. 그는 나이 들어서는 북경에서 살았고, 주앙지朱昻之, 주본朱本과 함께 '삼주'라고 불렸다. 집안 형편이 어려워 북쪽 지방으로 유랑하며 그림을 팔아 생계를 잇기도 했던 그는 산수화에서 석도石濤의 풍모가 있다고 일컬어진다.

125) 원위조袁慰祖(?~?)는 자가 율궁律躬, 입공笠公이고, 호는 죽실竹室이다. 강소 장주의 제생이다. 그는 왕휘王翬의 산수화 화법을 터득했고, 양주에서 40여 년을 살면서 그림을 팔며 먹고 살았다. 화법書法과 화론畵論에도 뛰어났다. 저서로 『화양추畵陽秋』와 『죽실음초竹室吟草』가 있다.

126) 왕창王昶(?~?)은 자가 덕보德甫이고 호는 술암述庵 또는 난천蘭泉이다. 그는 건륭 19년(1754)에 진사가 되었고, 내각중서內閣中書, 군기처軍機處를 거쳐 뒤에 형부낭중刑部郎中에 발탁되었다. 저서에 『금석췌집金石萃集』, 『호해시전湖海詩傳』, 『호해문전湖海文傳』, 『명사종明詞綜』, 『국조사종國朝詞綜』 등이 있으며, 시집으로 『춘융당집春融堂集』이 있다.

를 잘 그려 중년에 일가를 이루었는데, 그의 그림에는 송·원 사람들의
기풍이 남아 있다.

84. 전동錢東은 자가 옥어玉魚이고, 가흥嘉興 사람이다. 그는 화훼 그림
에 가장 뛰어났으며 시와 사를 잘 지었다.

85. 주훤朱烜은 자가 병남丙南이고, 강소 항주杭州 사람이다. 그는 화훼
와 산수 그림에 뛰어났는데, 특히 매화를 잘 그렸다.

86. 양주 지방의 규수 오정숙吳政肅은 자가 정한靜嫻이며, 산수화에 뛰어
났다. 그의 그림은 필력이 강하면서도 풍모가 간략하고 예스러웠다. 작
품에는 〈추산독서도秋山讀書圖〉가 있다.
　장인張因은 자가 정인淨因이고, 시와 그림에 뛰어났다. 그의 화훼와
영모는 '일품逸品'으로 일컬어진다.

87. 주련朱漣은 자가 약현若賢이고, 양주 사람이다. 그는 화훼와 영모를
잘 그렸고 이따금 미인도美人圖도 그렸다.

88. 소춘蕭椿은 강도의 거인 출신인데, 그림을 잘 그려 명성이 알려져
있다.

89. 반공수潘恭壽127)는 단도丹徒 사람이다. 그는 산수, 화훼, 인물을 잘
그렸는데 그림에는 언제나 왕문치王文治128)가 제사題詞를 썼다.

---

127) 반공수潘恭壽(1741~1794)는 사가 신부愼夫, 호는 악운握篔 또는 연소蓮巢이다. 중년에
　　농촌으로 돌아가 불가에 귀의한 후 법호를 달련達蓮이라고 했다. 강소 진강鎭江 사람이
　　다. 그는 이른바 '단도파丹徒派'의 창시자로, 일찍이 왕신王宸을 스승으로 삼았으며, 왕
　　문치王文治의 지도를 거쳐 중년에 이름을 얻었다. 그는 독특한 화법으로 그린 산수화
　　에 뛰어났는데, 작품으로는 〈연운각도煙雲閣圖〉 등이 남아 있다.

90. 장작張焯은 자가 균곡筠谷이고, 회안淮安 사람이다. 그는 화훼도를 잘 그렸고 작은 해서체에 정통했다. 석장石莊[129]이 그를 초빙하여 제자들을 가르치도록 하였다.

91. 예명찬倪名燦은 감천甘泉 사람이다. 그는 인물화를 잘 그렸는데, 사람들은 그를 '소예小倪'[130]라고 불렀다.

92. 시반자施胖子는 산음山陰 사람이다. 그는 처음에 계부繼父에게서 실경實景 그리는 법과 미인도 그리는 법을 배웠다. 그는 양주 소진회小秦淮 지방의 객사에서 거주했다. 그에게 미인도를 구할 경우, 그림 길이가 긴 경우는 한 자 정도, 짧은 경우는 반 마디 정도가 되었는데 모두 보수로 은자 30냥을 주었다. 이 때문에 사람들은 그를 '시미인施美人'이라고 불렀다.

같은 시기의 인물 양량楊良은 자가 백미白眉이다. 그는 나귀 그림에 뛰어났는데, 나귀 그림 한 장을 쇠고기 한 근과 바꾸었으므로 사람들은 그를 '양나귀[楊驢子]'라고 불렀다.

93. 추약천鄒若泉은 인물화와 산수화를 잘 그렸는데, 흥교사興教寺 만불루萬佛樓 벽에 오백 나한[應眞]을 그려 명성을 얻었다.

---

128) 왕문치王文治(1730~1802)는 강소 단도 사람으로, 자는 우경禹卿, 호가 몽루夢樓이다. 그는 건륭 연간에 진사가 되어 한림원시독翰林院侍讀을 지냈다. 그는 담묵화淡墨畫을 즐겨 그렸고, 묵매墨梅를 잘 그렸다. 저작으로 『몽루시집夢樓詩集』, 『논서절구삼십수論書絶句三十首』 등이 있다.

129) 석장石莊(?~?)은 승려로, 자는 도존道尊이고 호는 석두화상石頭和尚이다. 그는 양주의 도화암桃花庵에서 거주했으며, 평생 글로 사람 사귀기를 좋아하고 퉁소를 잘 불었다. 그의 산수화는 사사표査士標를 본받았는데, 붓놀림이 침착하고 먹빛이 짙은 것이 특징이다. 강희 48년(1709)에 옛 산수화를 모방하여 책을 간행한 것이 오늘날 전해지고 있다.

130) 참고로, 양주 출신의 저명한 화가이자 서예가 예찬倪瓚(1764~1841)이 '대예大倪'이다.

94. 장서張恕는 자가 근인近仁이다. 그는 서양[泰西]의 화법을 잘 구사했는데 원근법에 따라 가까운 것에서 먼 것까지, 큰 것에서 작은 것까지 세세한 부분까지 법도를 지켜 그렸으므로 서양인들조차 그를 능가할 수 없었다.

95. 섭미광葉彌廣은 자가 박지博之이고, 강도현 공사貢士 출신으로, 글씨를 잘 썼다.

담종譚宗은 자가 공자公子이고, 여요餘姚 사람이나 양주에서 객지 생활을 했는데, 글씨를 잘 썼다.

송조宋曹는 자가 빈신彬臣이고 호는 사릉射陵이며, 염성鹽城에서 중서中書 벼슬을 지냈고, 글씨를 잘 썼다. 『감천현지甘泉縣志』에 실린 서예가는 이들 셋뿐이다.

96. 왕즙汪楫[131]은 자가 주차舟次이고, 강도 사람이다. 그의 서예는 필획의 뼈대가 굳센 것이 특징인데, 작품에는 양응식楊凝式[132]과 미불米芾의 정신이 배어 있었다. 그는 박학홍사과博學鴻詞科에 응시하여 한림원 검토翰林院檢討 벼슬을 제수 받았으며, 유구정사琉球正使로 임명되었다. 그가 유구국琉球國의 궁궐 기둥에 전각체의 큰 글씨[擘窠大書]를 쓰니, 유구국 국왕은 그를 신으로 생각했다. 『유구사록琉球使錄』을 지었다.

97. 고승지高承爵[133]은 삼한三韓 사람으로, 전각체 글씨[擘窠書]를 잘 썼

---

131) 왕즙汪楫(1626~1686)의 호는 회재悔齋이며, 의징儀徵 휴녕休寧 사람이다. 그는 강희 기미년己未(1679)에 박학홍사과에 추천되어, 검토檢討에 제수되었고 복건福建 포정사布政使를 지냈다.

132) 양응식楊凝式(873~954)은 자가 경도景度이고, 호는 허백虛白이며, 섬서陝西 화음華陰 사람이다. 그는 당나라 말기에 비서랑秘書郎을 지냈고, 오대五代 시기에는 관직이 태자소사太子少師에 이르렀다. 그가 남긴 작품은 많지 않은데, 이름난 것으로는 『구화첩韭花帖』이 있다.

133) 고승작高承爵(1651~1707)은 자가 자무子懋이고, 호는 일암一庵이며, 한군양황기인漢軍鑲黃旗人이다. 관직은 안휘순무安徽巡撫까지 올랐다.

다. 그가 양주태수로 있을 때 백성들은 그를 아끼고 존경했다. 해마다 연말이면 고을 백성들은 그가 쓴 '복福'자를 구해다가 행운의 부적으로 삼았다. 한 백성이 태수가 나오기를 기다리다가 태수가 쓴 글씨를 손에 들고 와서 '복'자 하나를 다시 써달라고 했다. 태수는 그를 한참 바라보고 나서 이렇게 대답했다.

"이 글자를 쓸 때는 붓 상태가 안 좋았을 뿐이라네."

이 이야기는 지금도 미담으로 전해진다.

98. 정보鄭簠134)는 자가 곡구谷口이고, 강녕江寧 사람이다. 그는 의술에 정통했으며 예서隸書를 잘 썼다. 양주를 오가며 서씨徐氏 집에서 지냈다. 평산당平山堂의 편액이 그의 손에서 나온 것이다. 주이존朱彝尊이 그 일을 시로 쓴 적이 있다.

99. 강소 금단金壇 사람 왕주王澍135)는 자가 허주虛舟이고, 벼슬은 이부원외랑吏部員外郎을 지냈다. 양주 사대부들[縉紳]들이 가진 편액이나 대련對聯 가운데 그의 손에서 나온 것이 많다. 법정사法淨寺 서쪽 정원에 있는 '천하제오천天下第五泉'이란 글씨도 그가 쓴 것이다.

장형蔣衡136)은 자가 상번湘繁이고 호는 강남졸노인江南拙老人이다. 수

---

134) 정보鄭簠(1622~1693)는 의술을 생업으로 하면서 젊었을 때 복건福建의 송각宋玨에게 예서를 배웠다. 그 후 그는 한대 비석[漢碑]을 30년간 연구하여 나름의 고졸미古拙美를 갖춘 서법을 터득하였다.

135) 왕주王澍(1668~1743)는 자가 약림若霖 또는 약림若林, 약림箬林이고 호는 죽운竹雲 또는 이천二泉, 공수노인恭壽老人, 양산산인良常山人 등도 사용했으며, 강소江蘇 양상良常(오늘날의 진탄金壇) 사람이다. 그는 1712년 진사에 급제하여 이부원외랑吏部員外郎을 지냈으나, 벼슬을 버리고 귀향하여 무석無錫 금궤산金匱山 근처에 집을 사서 지냈다. 한편 그는 서예에 뛰어나서 강희 연간에는 특별히 오경전문관총재관五經篆文館總裁官에 임명되기도 했고, 인각印刻에도 뛰어났다. 그는 만년에 왼쪽 눈이 멀었으나 옛 비석의 글씨를 감별하는 데에 뛰어났다고 한다. 주요 저작으로『순화각첩고정淳化閣帖考正』,『이십종란정二十種蘭亭』,『십이종천문十二種千文』,『적서암첩積書岩帖』등이 있다.

136) 장형蔣衡(1672~1742)은 이름이 진생振生이고 자는 졸존拙存, 호는 상범湘帆이며, 금단

160 양주화방록 1

찬修撰 벼슬을 지낸 장초蔣超[137]의 조카이다. 그가 예전에 번리관番釐觀[138]에서 "십삼경十三經"을 펴냈는데 마왈로馬曰璐[139]가 표장表裝하고 대학사大學士 고빈高斌[140]이 황제에게 바치니, 황제는 벽옹辟雍[141]에서 간행하도록 하고, 장형에게 학정學正 벼슬을 제수하였다. 번리관 안에는 사경루寫經樓가 세워졌으며, 법정사 옆의 '회동제일관淮東第一館'이라는 글씨는 그가 쓴 것이다.

손화孫和는 자가 취봉醉峰이고, 서예와 그림에 뛰어났다. 그는 『설문집해說文集解』를 지었고, 사고관四庫館에서 공을 따져 효렴孝廉이 되었다. 황제가 쓴 '태학석고문太學石鼓文'의 속소본續小本을 돌에 새기기도 하였다. 완원阮元[142]은 『석거기石渠記』에서 이렇게 썼다.

金壇 사람이다. 그는 어려서부터 명가들의 글씨를 따라 배워서 특히 해서楷書와 행서行書에 뛰어났으며, 성인이 된 뒤에는 천하를 떠돌며 300여 종의 비첩碑帖을 임모臨摹해 『졸존당림고첩拙存堂臨古帖』(28권)을 간행했다. 또 서안西安의 비림碑林에서 당나라 때 만들어진 『개성석경開成石經』을 보다가 그 글씨가 여러 사람의 손에서 나와 체제가 제각각이며 교감校勘도 제대로 되지 않았음을 발견하고, 그 후 12년 동안 직접 『십삼경十三經』을 다시 써서 1737년에야 완성했다. 1740년에 강남하도총독江南河道總督 고빈高斌이 이것을 조정에 바치자 무근전懋勤殿에 소장되었고, 이 때문에 건륭제가 장형을 국자감학정國子監學正에 제수했다. 또 이듬해에는 그의 글씨를 저본으로 태학太學에 석각石刻을 조성하도록 명을 내려, 1794년에 완성되었다. 이것이 바로 『건륭석경乾隆石經』이다. 주요 저작으로 『독역사기讀易私記』와 『졸존당시문집拙存堂詩文集』, 『역괘사전易卦私箋』 등을 남겼다.

137) 장초蔣超(?~?)는 자가 호신虎臣이고, 금단金壇 사람이다. 그는 순치順治 4년(1647)에 진사가 되었고, 한림원 수찬을 지냈다.

138) '산동본'에는 '번리관番釐館'으로 되어 있으나, 이것은 잘못이다.

139) 마왈로馬曰璐(1697~1766)는 자가 패혜佩兮이고 호는 반사半查이다. 마왈관馬曰琯(1688~1755)의 동생이다.

140) 고빈高斌(?~1755)은 자가 우문右文이고, 만주족 고가씨高佳氏로 양황기인鑲黃旗人이다. 건륭제의 황비였던 혜현황비慧賢皇妃의 부친이이기도 한 그는 옹정 6년(1728)에 광동성포정사廣東省布政使를 제수 받고, 옹정 9견(1731)에는 부하남상동하도총독副河南山東河道總督이 되었다. 옹정 13년(1735)에서 건륭 18년(1753)까지 강남하도총독江南河道總督을 세 차례 역임하고, 태학사를 지냈다.

141) 본래 주周나라 때 설치한 태학大學으로, 남쪽에는 성균成均, 북쪽에는 상상上庠, 동쪽에는 동서東序, 서쪽에는 고종瞽宗, 중앙에는 벽옹을 두었다. 여기서 말하는 벽옹은 건륭 48년(1783)에 국자감國子監 안의 이윤당彝倫堂 남쪽에 세운 것으로, 황제가 공자에게 제사를 지내고 학문을 강론했던 장소이다.

장형의 『십삼경』은 모두 12년 만에 간행된 것이다. 장형은 건륭 초년에 당시 양주에 와서 잠시 기거하고 있었으니, 경서의 절반은 양주에서 쓴 것이다. 그 책은 먼저 염정鹽政 임무에 종사하던 양회염운사 노견증이 평가하고, 그가 총독 고빈에게 이야기하여 마침내 표장하여 황제께 바치게 되었다[이주 : 그 책의 표장은 우리 고향 사람 마왈로가 맡아 상당한 비용을 댔다]. 그러자 황제께서는 그에게 국자감 학정 벼슬을 하사하셨다. 한림원 학사 여종만勵宗萬이 학교에 있던 석경石經으로 한 차례 교감하고 그 내용의 차이를 기록하여 한 권의 책으로 만들었다. 이제 그것을 무근전懋勤殿[143]의 서각書閣에 비치해두었다. 건륭 57년(1792) 칙명에 따라 『석거보급石渠寶笈』[144]을 편찬하고 이 책은 돌에 새겨 특별히 학궁에 세워두도록 하였다.

100. 경고상景考祥은 자가 이재履齋이고 강도 사람이며, 경우례景于禮의 아들이다. 그의 본적은 하남河南이며, 진사가 되어 어사御史를 지냈다. 그는 서예에 뛰어나 천녕사 옆 행원杏園의 돌 편액은 그가 쓴 것이다. 경우례는 자가 개인介人이고, 효성과 교우로 이름이 났다.

101. 유중선劉重選은 자가 문숙文叔이고,[145] 양주동지揚州同知를 지냈으며, 글씨는 저수량褚遂良[146]을 배웠다.

---

142) 완원阮元에 대해서는 『양주화방록』 권2 「초하록草河錄·하下99」를 참조할 것.
143) 자금성紫禁城 안 건청궁建淸宮 서남쪽에 있는 궁전이다.
144) 건륭 9년(1744)에 건륭제는 장조張照, 양시정梁詩正 등에게 당시 궁정에 소장된 서화의 목록을 펴내도록 했는데, 모두 44권 분량이었다. 이듬해 책이 완성되고, 뒤이어 『석거보급중속石渠寶笈重續』, 『석거보급삼편石渠寶笈三編』을 펴냈다.
145) 유중선劉重選(?~?)은 자가 승여升如라고도 하며, 1724년에 진사가 되었다. 이후 호부주사戶部主事와 양주 동지同知, 고주高州 지부를 지냈다.
146) 저수량褚遂良(596~658)은 자가 등선登善이고, 전당錢塘(지금의 저장성 항저우시) 사람이다. 당대 초기의 명신名臣이자 유명한 서예가인 그는 문사文史에 두루 밝았고, 정관貞觀 연간에 간의대부諫議大夫, 중서령中書令 등을 역임하였다. 또한 하남현령河南縣令을 지냈기 때문에 '저하남褚河南'으로 불리기도 했다.

102. 강기권江起權은 자가 자권子權이고, 감천 사람이며, 허주虛舟 왕주王澍의 문하생이다. 양주부학揚州府學에 있는 72현賢의 신주神主는 그가 쓴 것이다.

103. 조인曹寅은 자가 자청子淸이고 호는 연정棟亭이며,147) 만주족이다. 그는 양회염원兩淮鹽院을 지냈고 시와 사, 서예에 뛰어났으며, 저서로는 『연정시집棟亭詩集』이 있다. 또한 그는 '비서秘書' 12종을 간행했으니 『매원梅苑』, 『성화집聲畵集』, 『법서고法書考』, 『금사琴史』, 『묵경墨經』, 『연전硯箋』, 후촌後村148) 유극장劉克莊의 『천가시千家詩』, 『금편禁扁』, 『조기립담釣磯立談』, 『도성기승都城紀勝』, 『당상보糖霜譜』, 『녹귀부錄鬼簿』이다. 오늘날 의징儀徵 사람 여원余園의 집 대문 옆에 있는 '강천전사江天傳舍'라는 글씨는 그가 쓴 것이다.

여원余園과 여희余熙는 자字만 알려져 있다.

104. 증왈유曾曰揄는 자가 관지貫之이고, 강도 사람이다. 증선曾銑149)의 8

---

147) 조인曹寅(1658~1712)은 여헌荔軒, 연정棟亭, 서초雪樵, 작옥정鵲玉亭, 유산거사柳山居士, 면화도인棉花道人, 자설헌紫雪軒, 자설암주紫雪庵主, 서당소화행자西堂掃花行者, 순옹肫翁, 유산오수柳山聱叟 등의 호도 사용했다. 그는 한군정백기인漢軍正白旗人 출신이며, 『홍루몽紅樓夢』의 작자로 알려진 조설근曹雪芹의 조부祖父이다. 그는 강희 29년(1690)에 소주직조蘇州織造에 부임했고, 2년 후에는 강녕직조江寧織造가 되어, 이후로 그의 아들 조옹曹顒 및 양아들 조부曹頫가 거의 40년 동안 강녕직조 직위를 계승했다. 그는 시와 사, 희곡을 잘 지었고, 또 저명한 장서가藏書家이자 출판가로서 『전당시全唐詩』를 비롯한 많은 책을 간행하기도 했다. 그의 대표적인 저작으로는 『연정시초棟亭詩鈔』와 『연정사조棟亭詞鈔』, 『속비파기續琵琶記』 등이 있다.

148) '중화본'에는 '후산後山'으로 잘못 표기되어 있다.

149) 증선曾銑(?~1548)은 자가 자중子重이고 황암黃巖 사람이다. 그는 명 가정嘉靖 8년(1529) 진사가 되었고, 복건福建 장락長樂 지현知縣, 어사御史 등을 지냈다. 산동순무山東巡撫로 있을 때, 유의劉儀의 반란을 평정했고, 그 뒤로도 산서순무山西巡撫, 병부시랑兵部侍郎 등을 역임하면서 변방의 수비에 큰 공을 세웠다. 하지만 그에게 탄핵을 당했던 총병總兵 구란仇鸞과 권신 엄숭嚴嵩의 모함으로 그의 부장들은 참형을 당하고, 그는 유배를 당했다. 융경隆慶 1년(1567)에 황제는 그에게 병부상서의 직책과 양민襄愍이라는 시호를 내렸다. 만력萬曆 중엽에는 어사 주반周磐이 올린 상소에 따라 황제가 명을 내

대손이다. 글씨는 해서에 뛰어났고, 쇠고기를 즐기고 속세의 관습에 얽매이지 않아서 사람들이 그를 천하게 여기고 사귀려 들지 않았다. 그는 연극을 보다가 충효를 언급하는 부분이 나오면 갑자기 통곡하곤 했고, 『명봉기鳴鳳記』150)를 상연할 때는 한참 무릎을 꿇고 앉아 시선을 들지 못했다. 손님 하나가 담비가죽옷[貂裘]을 두고 갔는데, 증왈유는 그 옷을 가위로 잘라 갈의葛衣 안에다 꿰매버렸으니, 그 괴팍함이 이 정도였다.

같은 마을의 왕헌王憲은 자가 가법可法이고 호는 해정楷亭인데, 타고난 성품이 지극히 효성스러웠다. 그는 쌍구법雙鉤法으로 증왈유의 글씨를 똑같이 모방하였는데, 진짜를 구분할 수 없을 정도였다.

105. 왕부민汪膚敏은 자가 공석公碩이고 호는 춘천春泉이며, 강도 사람이다. 글씨는 구양수와 저수량을 본받았고, 성품이 청렴하고 고지식하였다. 녹촌麓村 안기安岐151)가 그를 초청했으나 가지 않았고, 찾아가면 만나주지 않았다. 그러자 안기는 사람을 시켜 길에서 그를 기다렸다가 옆에서 붙들고 집으로 데려갔다. 그를 만나자 안기는 연극 제목 몇 개를 적어달라고 했다. 왕부민은 강한 재촉에 못 이겨 제목을 적어 냈다. 그러자 그를 밀실로 끌고 가도록 했다. 한참 후 하인들이 그를 어느 당堂으로 데려갔는데, 안기가 섬돌 아래까지 마중을 나오더니 이렇게 말했다.

려 섬서陝西 지역에 사당을 짓게 했다. 그래서 황암黃巖 현성縣城에 '삼변총제방三邊總制坊'과 '증선절제삼수방曾銑節制三陲坊'을 지었다.

150) 명대의 전기傳奇 작품으로, 당시 조정에서 양계성楊繼盛 등이 엄숭嚴嵩과 다투는 것을 제재로 조정을 비판하는 내용을 담고 있다.

151) 안기安岐(1683~1745?)는 자가 의주儀周, 호는 송천노인松泉老人, 녹촌麓村이다. 그는 본래 조선인이었으나 조공사朝貢使를 따라 북경에 왔다가 나중에 기적旗籍에 입적하였다. 부친 안상의安尙義는 재상 권명주權明珠의 가신家臣이었는데, 후일 권명주의 권세를 빌어 천진天津, 양주揚州 두 곳에서 염업鹽業에 종사하여 수년 만에 큰 염상이 되었다. 양주에는 지금도 '안가항安家巷'이 남아 있는데, 안기가 이곳에 살았기 때문에 이름 붙여진 것이다. 청대에 이름난 염상을 가리키는 말로 '북안서항北安西亢'이라는 것이 있는데, '북안北安'은 천진의 안씨를, '서항西亢'은 양주에서 염업에 종사한 산서성 출신 항씨亢氏와 그의 일가를 가리킨다고 한다.

"선생께서는 참 군자[古君子]이신지라, 이렇게 모셔온 것은 그저 장난을 쳐본 것뿐입니다."

이윽고 그를 당으로 모신 후, 온갖 산해진미를 내오고 악기와 노래를 연주하게 하였다. 그 자리에서 공연한 내용은 바로 왕부민이 방금 써낸 제목이었으며, 즐겁게 보고 난 후 자리가 끝이 났다. 돌아간 뒤 왕부민은 안기 모친의 장수를 기원하는 글[壽序]을 한 편 써주었다.

당시 사람 정단程亶은 자가 실부實夫이고 호는 추사秋槎였다. 왕가汪舸는 자가 가주可舟이고, 서예에서는 왕부민과 이름을 나란히 하였다. 이들은 모두 양주에서 살았다.

106. 승려 약근藥根은 성 안 기원암祇園庵에서 살았는데, 자는 학장상번學蔣湘繁이고, 각부체刻符體152)에 뛰어났다.

107. 승려 창태昌泰는 육안六安 사람이다. 그는 세 손가락으로 붓대[管]의 끝을 감싸 쥐고 글씨를 썼다. 글자체는 선우추鮮于樞153)를 본받았다. 양주로 와서 법정사 주지가 되었다.

108. 유한兪瀚은 자가 초강楚江이고, 소흥紹興 사람이며, 전서篆書와 주서籀書에 뛰어났다. 그는 「금릉회고金陵懷古」라는 시로 총독 벼슬을 지낸 윤계선尹繼善154)에게 이름이 알려졌고, 저서로 『호산시초壺山詩抄』가 있

---

152) 진서秦書 팔체八體의 한 가지로, 부절符節 위에 쓰는 글자이다. 허신許愼의 『설문해자說文解字』에 따르면 모양은 전서篆書와 비슷하다고 한다.
153) 선우추鮮于樞(1257~1302)는 자가 백기伯機이며, 호는 곤학민困學民, 호림은리虎林隱吏, 기직노인寄直老人 등이 있다. 어양漁陽(지금의 톈진天津 지시엔薊縣) 사람이다. 그는 강절행성도사江浙行省都事를 지냈고, 뒤에 태상시전부太常寺典簿를 지내 선우태상鮮于太常이라고 불렸다. 그는 어느 날 들에 나갔다가 진흙탕에서 수레를 끌고 있는 사람을 보고는 홀연 서법을 깨달았다고 한다.
154) 윤계선尹繼善(1695~1771)은 자가 백기伯機이고 호는 곤학민困學民, 호림은리虎林隱吏, 기직노인寄直老人이다. 그는 1723년 진사에 급제하여 요직을 두루 거치고 문화전대학

다. 양주에서는 석장石莊과 교유가 두터웠다. 그가 죽던 해에 병이 좀 회복되자 의연원儀硏園에게 시를 적어 보내면서 시의 제목을 지어달라고 부탁했는데, 며칠 지나지 않아 부음이 도착했다. 석장은 위패를 세우고 암자에서 곡을 하였고, 의연원은 시를 내 보여주고 조문 온 이들과 함께 제목을 붙여주었다.

109. 의육儀堉은 자가 칙후則厚이고 산서山西 사람이며, 양주에서 살았다. 그는 『십칠첩十七帖』155)을 썼고, 포고鮑皐156)와 남호南湖에서 결사를 맺었는데 그 이름을 '이분명월사二分明月社'라고 불렀다.

110. 염곡년閻穀年은 자가 이손貽孫이고, 양주 사람이다. 그는 글씨를 잘 써서, 큰 폭의 편지지[箋]에 전각체 글씨[擘窠書]로 자신이 지은 시를 쓰면 특별히 신선한 맛[蒼涼之致]가 있었다.

111. 유가각劉嘉珏은 자가 이여二如이고, 양주 사람인데, 『십칠첩』을 썼다.

112. 주두남朱斗南은 자가 성당星堂이고 양주 무과 생원[武生員] 출신으로, 글씨를 잘 썼다.

그의 부친 주구朱九는 창술로 안기安岐에게 이름이 알려졌는데, 양주에 백랍간白蠟桿157)이 전해진 것은 주구부터 비롯된 것이다.

사文華殿大學士를 지냈다. 죽은 후 태자태보太子太保 벼슬과 함께 문단文端이라는 시호를 받았다. 저작으로 『윤문단공시집尹文端公詩集』이 있다.

155) 초서로 쓴 유명한 서첩書帖으로, 왕희지 초서의 대표작이다. 권두에 있는 '십칠十七' 두 글자 때문에 이렇게 이름 붙여졌다.

156) 포고鮑皐(1708~1765)는 자가 보강步江이고 호는 해문海門이며, 진강鎭江 사람이다. 그는 강희 연간에 진강鎭江 시단詩壇에서 송시宋詩를 제창하였다.

157) 백랍으로 자루를 만든 창을 말한다.

113. 심춘沈春은 자가 기당旣堂이고 가흥嘉興 사람인데, 글씨를 잘 썼다. 그는 오랫동안 양주 증완유의 집에서 살았는데, 벼루를 모으는 취미가 있었다.

114. 갈주葛柱는 자가 이봉二峰이고, 감천 사람이다. 그는 집안에서 셋째 였는데, 몸이 뚱뚱하여 사람들은 그를 '갈우葛牛'라고 불렀다. 초서의 한 종류인 장초章草를 잘 썼다. 그는 술을 좋아하여 홍교 부근 술집의 술독 대 밑에서 취하여 밤새 안주로 설탕을 넣고 볶은 밤[糖炒栗子]을 내놓으 라고 계속 떠들어대곤 했다.

115. 심업부沈業富는 자가 기당旣堂이고, 고우高郵 사람이다. 그는 건륭 갑술甲戌년(1754)에 진사가 되었고, 관직은 하동전운사河東轉運使를 지냈 다. 그는 행서를 잘 썼는데 자연스러운 운치가 있었다.

116. 왕방위王方魏는 자가 향성薌城이고 호는 대명大名이며, 강도 사람이 다. 그의 조부 왕납간王納諫, 부친 왕옥조王玉藻는 과거시험에서 이름을 날렸다. 왕방위는 황각교黃珏橋 부근에서 살았다. 그는 글씨를 잘 썼는 데, 진晉나라 사람들의 정신을 가장 잘 이해하였다. 저서로 『주역찬해周 易纂解』 2권, 『대명집大名集』 1권이 있다.

117. 횡곤黃袞은 깅도 사람이고, 공도교公都橋 부근에서 살았다. 그는 조 서를 잘 썼는데, 자신의 글씨를 찾는 사람들에게 언제나 '아鵝'자를 써 주곤 했다.

118. 첨기詹淇는 고우高郵의 세공생歲貢生 출신으로, 진가집陳家集에서 살 았다. 그의 글씨는 기세가 웅건하였다.

119. 완광형阮匡衡은 자가 요금瑤琴158)이고, 공도교 부근에서 살았다. 그는 강희 42년(1703)에 무과 진사[武進士]가 되었고, 관직은 저주위장인수비滁州衛掌印守備에 이르렀다. 그는 『십칠첩』을 잘 썼는데, 나이 일흔이 넘었지만 날마다 쉬지 않고 글씨를 베껴 썼다.

그의 조카 김당金堂은 자가 선정宣廷이고, 의징儀徵의 문학文學 출신인데, 역시 초서를 잘 썼다. 김당에게는 아들이 둘 있었는데 김승춘金承春은 자가 재탕再鬺이고 의읍儀邑 문학 출신으로 『안자顔子』 2권을 집록輯錄하였으며, 김승홍金承鴻은 자가 규양逵陽이고 명제생이었다.

120. 초희焦熹는 자가 효주效朱이고, 강도 사람이며, 황각교 근처에 살았다. 그는 고북구도사古北口都司를 지냈으며, 날마다 진陣을 짜는 훈련을 한 탓에 큰 활[重弓]도 잘 다룰 수 있었다. 그는 틈이 나면 작은 해서체를 썼는데, 옛 법도에 대단히 충실하게 썼다.

그의 조카 초계식焦繼軾은 자가 웅부熊符이고, 역시 글씨를 잘 썼다. 그는 수수께끼 시[謎詩] 짓는 데에 뛰어나서 『매화백운시梅花百韻詩』에 한 수마다 한 가지 사물을 숨겨두어 일시에 세상에 알려졌다.

121. 양법楊法159)은 자가 이군已軍이고, 강녕 사람이다. 그는 전서篆書와 주서籀書를 잘 썼는데, 황원黃園에 있는 "버들 아래로 바람이 불고, 오동나무 사이로 달이 뜨네[柳下風來桐間月上]"라는 글은 그가 쓴 것이다. 양주로 와서 지장암地藏庵에서 지내며 소산상인小山上人 방진方珍과 친하게 지냈다.

---

158) '중화본'에는 '금琴'자가 '잠쏙'으로 되어 있는데, 잘못된 표기인 듯하다. 『양주역사인물사전揚州歷史人物辭典』에 따르면 초희에게는 이암頤庵이라는 자도 있다.

159) 양법楊法(1696~1748 이후)은 호가 백운제자白雲帝子이며, 강소江蘇 남경南京 사람인데, 양주에 살았다. 그는 특히 서예에 뛰어났고, 도장도 잘 새겼다.

122. 양헌梁巘은 자가 문산文山이고, 박주亳州 사람이며, 진사 출신이다. 그의 글씨는 산뜻하고 아름다웠는데[秀潤], 척오루尺五樓의 연산당延山堂 편액은 그의 손에서 나온 것이다.

123. 마영조馬榮祖는 자가 역본力本이고 호는 석련石蓮이며, 강도 사람이다. 그는 옹정雍正 임자壬子년(1732)에 거인이 되었고, 벼슬은 문향지현閿鄕知縣[160]에 이르렀다. 그는 고문古文을 잘 지었으며 글씨에도 뛰어났다. 어려서는 동성桐城의 방포方苞,[161] 금단金壇의 왕여양王汝驤[162]의 총애를 받았다. 성장해서는 산음山陰의 호천유胡天遊,[163] 단도丹徒의 장학림張學林,[164] 인화仁和의 심정방沈廷芳,[165] 전당錢塘의 상조원桑調元[166]과 이름

---

160) '문閿'자는 본문에는 '민閩'자로 되어 있으나, 마영조의 사적에 비춰볼 때 문향閿鄕(황하 남쪽 기슭에 있으며 임동臨潼과 이웃한 지역이다. 지금은 윈상閿鄕이라고 부르며, 링바오현靈寶縣에 편입되어 있음)이 맞는 듯하다. 여기서는 '산동본'에 따른다.

161) 방포方苞(1668~1749)는 자가 봉구鳳九, 혹은 영고靈皐이며, 호는 망계望溪이다. 그는 안휘安徽 동성桐城 사람으로, 청대의 저명한 문학가이자 동성파桐城派의 창시자이다. 그는 강희 62년(1723)에는 무영전武英殿 수서총재修書總裁가 되었고, 옹정 9년(1731)에는 좌중윤左中允을 제수 받은 이래 한림원翰林院 시강학사侍講學士, 내각학사內閣學士, 『일통지一統志』의 총재總裁를 역임했다. 건륭 연간에는 예부시랑禮部侍郎이 되었고, 『황청문영皇淸文潁』과 『삼례의소三禮義疏』의 부총재副總裁를 맡다가 75세 때 고향으로 돌아갔다. 그는 문통文統과 도통道統을 결합하여 '의법義法'설을 제창했는데, 이 주장은 같은 고을의 유대괴劉大櫆, 요내姚鼐를 비롯한 유력한 후계자들에 의해 계승되고 또 당시의 사대부들의 공명을 얻어 동성파를 형성하였다. 그의 저작으로는 『방망계전집方望溪全集』이 있는데, 그 안에 『주관사집주周官司集注』 12권, 『주관석의周官析疑』 36권, 『고공기석의考工記析疑』 4권, 『춘추직해春秋直解』 2권, 『춘추통론春秋通論』 12권, 『춘추비사목록春秋比事目錄』 4권, 『좌전의법거요左傳義法擧要』, 『산정순자刪定荀子』, 『산정관자刪定管子』, 『사기주보정史記注補正』, 『이소성의離騷正義』 각1권, 『문집文集』 18권, 『집외문集外文』 10권이 있다.

162) 왕여양王汝驤(?~?)은 자가 운구雲衢, 운구雲劬, 혹은 인기牭棐라고 하며, 강소江蘇 금단金壇 사람이다. 그는 청淸 성조聖祖 강희康熙 연간 전반기에 공생貢生 출신으로 통강현通江縣 지현을 지냈다. 저서로는 『장동잡저牆東雜著』 1권이 있다.

163) 호천유胡天遊(1696~1758)의 자는 치위穉威이며 자세한 생애는 호원탁胡元琢, 『선고치위부군년보기략先考穉威府君年譜紀略』(『석사산방집石笥山房集』 제95책, 1852. 현재 북경도서관北京圖書館 소장)을 참조할 것.

164) 장학림張學林(?~?)은 자가 염경念耕이고 호는 도동圖東이며, 단도丹徒의 제생 출신이다. 그는 옹정 연간에 광서廣西 전주지주全州知州와 하남河南 하섬여도河陜汝道를 지냈다. 저작으로 『도동학시圖東學詩』가 있다.

을 나란히 했다. 저서로는『문송文頌』92장,『문집文集』2권이 세상에 전
한다.

124. 고석궁顧錫躬[167]은 자가 만봉萬峰이고, 흥화興化 사람이다. 그는 글
씨를 잘 쓰고 시를 잘 지었다. 저서에는『해륙시초澥陸詩鈔』4권이 있다.

125. 흥화 사람 육참陸驂은 자가 백의白義이고, 글씨는 회소懷素[168]를 본
받았다.

126. 왕원장汪元長은 의징 사람이다. 글씨는 당나라 사람들의 법을 취하
였고, 그가 쓴 글씨는 석갈石碣과 비각碑刻이 가장 많다.

127. 장근張瑾은 양주 효렴孝廉 출신이다. 그는 퇴옹退翁[169]의 글씨를 잘

---

165) 심정방沈廷芳에 대해서는『양주화방록』권10「홍교록紅橋錄・상上・57」을 참조할 것.
166) 상조원桑調元(1695~1771)은 자가 이좌伊佐이고 호는 도보弢甫이며, 절강 전당錢塘 사
　　람이다. 그는 옹정 연간 진사에 급제하여 공부주사工部主事를 역임했다. 저서로『논어
　　설論語說』,『궁행실천록躬行實踐錄』,『도보집弢甫集』이 있다.
167) 고우관顧于觀(?~?)을 가리키는 듯하다. 고우관은 자가 만봉이고, 호는 해륙澥陸이다.
　　제생諸生 출신이다.
168) 회소懷素(725~785)는 자가 장진藏眞이고 속성俗姓은 전씨錢氏이며, 영주永州 영릉零陵
　　사람이다. 그는 이른바 '광초狂草'로 세상에 알려졌고, 역사에서는 '초성草聖'이라고 부
　　른다. 그는 어려서 출가하여 승려가 되었으나, 술을 좋아하여 술기운이 오르면 벽이나
　　옷, 그릇 따위를 가리지 않고 붓을 휘둘러 사람들이 '취승醉僧'이라고 부르기도 했다.
　　장욱張旭(675~750)과 더불어 '미치광이 장욱과 주정뱅이 회소[顚張醉素]'라고 불리기
　　도 했다.
169) '퇴옹退翁'은 계기홍저繼起弘儲(1605~1672, 홍저洪儲 또는 굉저宏儲라고도 씀)를 가리
　　킨다. 홍저는 속세의 성이 이씨李氏이고 자는 계기繼起, 호는 퇴옹이며, 통주通州(지금
　　의 쟝쑤성 난통南通) 사람이다. 그는 25살 때에 한월법장漢月法藏(1573~1635)을 스승으
　　로 모시고 법통法統을 이었다. 그 뒤 다시 상주常州, 소주蘇州, 수주秀州(지금의 저쟝성
　　에 속함), 형주衡州(지금의 후난성湖南省에 속함), 무창武昌(지금의 후베이성湖北省에 속
　　함), 한양漢陽(지금의 후베이성에 속함) 등지의 유명한 사찰에서 불법을 전파했다. 그는
　　『퇴옹홍저선사광록退翁弘儲禪師廣錄』(60권)을 비롯해서 무척 많은 저술을 남겼는데, 대
　　부분 옹정雍正 연간에 불교를 억제할 때 불타버리고 지금은『남악계기화상어록南嶽繼

모방하였다.

128. 조지벽趙之璧은 영하寧夏 사람으로 자는 학퇴옹學退翁이고, 전각체 글씨를 잘 썼다. 그는 자작子爵 작위를 세습하였으며, 벼슬은 양회운사 兩淮運司를 지냈다.

129. 태주泰州 사람 섭문葉雯은 젓가락으로 글씨를 썼고, 등완鄧琬은 손 가락으로 글씨를 썼다. 등완은 천성적으로 세상 물정에 어두워 사람들 은 그를 '꺼벙이[獸子]'라고 불렀다.

130. 상집환常執桓은 자가 우백友伯이고, 양주 사람이다. 그의 글씨는 『성교서聖教序』를 본받았다.

131. 오작吳焯[170]은 자가 능주凌州이고, 양주 사람이다. 석도의 문하생이 다. 그의 아들 오부吳溥는 자가 다계茶溪이고, 부친의 뒤를 이었다.

132. 백운상白雲上은 자가 추재秋齋이고, 하남河南 사람이다. 그는 유격 부대를 이끌고 양주를 지켰다. 그는 글씨에 뛰어나서 혜인사慧因寺에 '요연了然' 두 글자를 썼는데, 지금 석함루石陷樓의 벽에 새겨져 있다.

起和尙語錄』(10권)과 『남악단전기南嶽單傳記』(5권), 『남악륵고南嶽勒古』(1권), 『영안기략瘞
岩記略』(1권), 그리고 『삼봉장최상이득三峰藏利尙語錄』(16권)만 남아 있다.
170) 오작吳焯(1676~1733)은 자가 척부尺鳧라고도 하고, 만년에는 호를 수곡노인繡谷老人이
    라고 했다. 전당錢塘(지금의 항저우杭州) 사람이다. 일설에는 안휘安徽 흡현歙縣 사람이라
    고도 한다. 천교가薦橋街에 살았는데, '병화재瓶花齋'라는 장서루藏書樓에 장서가 많았다.
    그는 희귀본들을 많이 소장하고 있었고, 또 자신의 장서 중 희귀본의 목록을 기록한
    『훈습록薰習錄』을 펴내기도 했다. 홍양길洪亮吉은 병화재를 영파寧波의 천일각天一閣, 강
    소江蘇 곤산崑山의 전시루傳是樓와 병칭하기도 했다. 오작은 평소에 시가詩歌를 좋아하고
    고문古文도 잘 지어서, 동남東南 지역에서는 문명을 떨쳤다. 그의 저작으로는 『경산유초
    徑山游草』, 여악厲鶚, 조욱趙昱과 함께 쓴 『남송잡사시南宋雜事詩』, 『약원시고藥園詩稿』, 『영
    롱렴사玲瓏簾詞』, 『육청비홍집陸清飛鴻集』 등이 있다.

133. 섭경葉敬은 자가 의방義方이고, 양주 사람이다. 글씨를 잘 썼다.

134. 우익조牛翊祖는 자가 상남湘南이고, 천진 사람이다. 그는 양주청군동지揚州淸軍同知를 지냈고, 글씨는 종요鍾繇[171]를 본받았다.

135. 소릉액蘇楞額은 자가 지당智堂이고, 만주족이다. 순염어사巡鹽御史를 지낸 그는 글씨로 이름이 났다.

136. 진기문陳起文은 자가 퇴산退山이고, 강도 사람이다. 그는 예서를 잘 썼다.

137. 방보方輔는 자가 밀암密庵이고, 흡현 사람이다. 글씨를 잘 썼다.

138. 파위조巴慰祖는 자가 우적禹籍이고, 휘주徽州 사람인데 양주에서 살았다. 그는 팔분체를 잘 썼고, 금석문金石文을 매우 많이 소장했다.

139. 섭천사葉天賜는 자가 공장孔章이고 호는 영정詠亭이며, 의징 사람이다. 그의 글씨는 중봉中鋒[172]의 필법을 사용하였고 빼어난 멋이 있다.

140. 왕도汪燾는 자가 석란石蘭이고 휘주 사람이며, 글씨는 미불米芾[173]을 본받았다. 같은 시기의 은준양殷俊揚이란 사람은 젓가락으로 쓴 글씨로 이름이 알려져 있다.

---

171) 종요鍾繇(151~230)는 삼국시대 위나라의 서예가이다. 그는 특히 예서, 해서에 뛰어났는데, 왕희지와 나란히 '종왕鍾王'으로 불린다.
172) 붓을 똑바로 세워서 쓰는 필법이다.
173) 미불米芾(1051~1107)은 행동이 괴팍하여 '미전米顚'이라고 불렸다. 이 책 뒤편에 나오는 '미양양米襄陽', '미남궁米南宮', '미가산米家山' 등은 모두 미불을 가리킨다.

141. 왕대횡汪大鋐은 자가 두장斗張이고 호는 손지損之이며, 휘주 사람이다. 그는 예서를 잘 썼다.

142. 임이林李는 자가 구표九標이고 호는 철소鐵簫이다. 그는 젊어서 마른 우물[眢井]에서 철로 된 퉁소를 얻었는데, 불어보니 소리가 맑고 멀리 퍼지는지라 몸에 차고 다녔고, 아울러 나쁜 기운도 피할 수 있었다. 글씨는 『성교서』를 본받았고, 이로써 세상에 알려졌다.

143. 섭용복葉勇復은 자가 영다英多이고 호는 상림霜林이며, 강도의 제생 출신이다. 그는 구양통歐陽通[174]의 서법을 좋아하였는데, 베껴 쓰면 대단히 흡사할 정도였다. 그는 평화評話[175]를 잘 했는데, 옛사람의 충효에 관한 사건들을 언급하면 분개심을 강하게 드러내 객석의 손님들이 두려워할 정도였다.

144. 육갑림陸甲林은 자가 진교縉喬이고 고우高郵 사람이다. 그는 건륭 기유己酉년(1789)에 발공생拔貢生이 되었고, 글씨는 안진경顏眞卿[176]을 본받았다.

145. 왕식서王式序는 소주蘇州 사람인데, 키가 작아서 사람들이 '난장이 왕씨[矮王]'라고 불렀다. 그는 처음에 해부반海府班에서 관객串客[177]으로

---

174) 구양통歐陽通(?~691)은 당나라 서예가인 구양순歐陽詢의 아들로, 자는 통사通師이다. 부친의 서법을 계승하였다. 이들의 '구체歐體'는 후대에 큰 영향을 주었다.

175) 중국의 옛 공연 양식의 하나이다. 주로 구연자가 옛날 역사 이야기를 그 지방의 사투리로 구연하는데, 창은 하지 않는다.

176) 안진경顏眞卿(709~785)은 평원태수平原太守로 나간 적이 있어서 흔히 '안평원顏平原'이라고 불린다.

177) 배우가 아니면서 희반戲班의 연출에 참가하는 것을 '객관客串'이라 하고, 이런 일에 참여하는 이를 일컬어 '관객串客'이라고 했다. 나중에는 '관객'들도 분장을 하고 연출하면서 스스로 극단을 만들거나 직업적 극단에 가입하여 연출하기도 했는데, 이런 극

있었는데, 해서를 잘 썼고, 양주로 와서 내반內班[178] 교사가 되었다.

잠선岑仙은 군방포群芳圃를 지었는데, 그곳의 편액과 기둥의 대련은 대부분 그 자신이 쓴 것이다.

또한 주중소周仲昭라는 이가 '십번十番'[179]을 가르치는 교사가 되었는데, 그 역시 작은 해서체에 정통했다.

146. 동헌桐軒은 비하루飛霞樓 뒤편에 있는데, 그곳에는 오동나무가 많다. 동헌의 대련에는 이렇게 적혀 있다.

서늘한 기운은 대숲 속에 일고

성긴 빗방울 오동나무에서 적시네.

凉意生竹樹[장열張說][180]

단을 '관반串班'이라고 불렀다. 그런 '관객'들 가운데는 직업적인 배우가 되어 높은 명성을 날린 이들도 있었다.

178) 관리들이 감독하는 극단戱班이다. 자세한 내용은 『양주화방록』 권5 「신성북록新城北錄·하下」를 참조할 것.

179) 음악의 명칭. 적관笛管, 소현簫弦, 제금提琴, 운라雲鑼, 탕라湯鑼, 목어木魚, 단판檀板, 대고大鼓 등의 악기로 순서[番]에 따라 돌아가며 반주하기 때문에 '십번고十番鼓'라고 부른다. 처음에는 타악기 위주로 연주를 하다가 나중에는 관악기와 현악기도 다양하게 섞이게 되었다. 만약 나요鑼鐃를 섞어 쓰게 되면 '조세십번粗細十番'이 된다. 이것은 지금도 쟝쑤성과 저쟝성, 푸졘성 등지에서 유행하고 있는데, 지역마다 악기의 배합 종류도 다르고, 사용하는 악기 수도 열 가지에만 한정되지 않게 되었다.

180) 장열張說(667~730)의 자는 도제道濟 혹은 열지說之라고 한다. 원적지는 범양范陽(지금의 허베이성河北省 줘쉬엔涿縣)이지만, 대대로 하동河東(지금의 산시성山西省 용지永濟)에서 살다가 낙양洛陽으로 이주했다. 측천무후則天武后가 실시한 현량방정賢良方正의 시험에서 일등을 하여 태자교서太子校書에 제수되었고, 봉각사인鳳閣舍人에도 올랐다. 나중에 무후의 눈 밖에 나 흠주欽州로 유배되었다가, 중종中宗 때 다시 조정으로 불려왔다. 현종玄宗 개원開元 초엽에는 태평공주太平公主 편에 서지 않고 정치를 그만두었으나, 뒤에 다시 중서령中書令이 되었고, 연국공燕國公에 봉해졌다. 상주相州, 악주岳州 등지의 자사刺史를 지내고 다시 중앙으로 가서 병부상서兵部尚書 겸 중서문하삼품中書門下三品, 중서령中書令, 우승상右丞相, 상서좌승상尚書左丞相 등을 지냈다. 죽은 뒤 문정文貞이란 시호를 받았다. 장열은 세 차례 재상을 지냈고, 개원開元 전기의 문단의 영수였다. 문집 30권이 있으며, 지금 통행되는 것으로는 무영전취진본武英殿聚珍本 『장연공집張燕公集』 25권과 『사부총간四部叢刊』 명가정정유본明嘉靖丁酉本 『장열지집張說之集』 25권이 있다.

疏雨滴梧桐[맹호연孟浩然]

　　이 동헌에서는 삼현三賢의 신주에 제사를 지내는데, 삼현은 바로 송나라 때의 구양수, 소식 및 왕안석이다. 노견증이 대련에 다음과 같이 썼다.

　　한 시대에 두 문충공[181] 있어
　　도처에 풍류와 멋진 행적을 남겼구나.
　　세 현자께 함께 제를 올리나니
　　누군들 그들처럼 벗을 아끼랴?
　　一代兩文忠, 到處風流標勝迹.
　　三賢同俎豆, 何人尙友似先生.

　　정섭鄭燮은 대련에 이렇게 썼다.

　　남겨놓은 노래 강회에 가득하니
　　세 대가의 법도는 하나같았도다.
　　재사才士를 목숨처럼 아낀 것은
　　세대는 달라도 한 마음이었네.
　　遺韻滿江淮, 三家一律.
　　愛才如性命, 異世同心.

　　동헌 옆으로 육각형 문을 지나 동음서옥桐蔭書屋으로 들어서면, 서옥 뒤편에 작은 정자가 있고 그 정자의 편액에는 '침류枕流'라고 적혀 있으며, 다음과 같은 대련이 있다.

　　『전당시』 권86에 수록된 장열의 「수서원학사봉칙연양왕택부득수자修書院學士奉敕宴梁王宅賦得樹字」란 시에 "秋吹迎弦管, 涼雲生竹樹" 라는 구절이 있다.
181) 구양수와 소식의 호가 모두 '문충공'이다.

새들은 못가 숲에서 밤을 지새우고

꽃향기는 마을 가득 퍼지네.

鳥宿池邊樹[가도賈島]182)

花香洞裏天[허혼許渾]183)

　정자 오른편 돌 틈으로 폭포가 있어 계곡으로 흘러든다. 계곡 옆에
정자를 지어놓았는데, 편액에는 '임수영학臨水映壑'이라고 씌어 있다. 대
련에는 이렇게 적혀 있다.

새로 흘러내린 물은 푸른 숲길에 스며들고

성긴 주렴 반쯤 걷어놓고 들판 정자에 바람을 쐬네.

新水乳侵青草路[옹도雍陶]184)

疏簾半卷野亭風[이군옥李群玉]185)

---

182) 가도賈島(779~843)의 자는 낭선浪仙이고, 범양范陽 사람이다. 그는 여러 차례 과거에
　　응시하였으나 실패하고, 승려가 되어 무본無本이라 불렀다. 811년에 낙양洛陽에서 한유
　　韓愈와 교유하면서 환속하고, 다시 관계官界 진출을 지망하여 진사 시험에 응시하였으
　　나 급제하지 못했다. 그러다가 837년에 사천四川 장강현長江縣의 주부主簿가 되었고, 이
　　어 안악현安岳縣 보주普州의 사창참군司倉參軍으로 전직되었으나, 임명을 받기도 전에
　　병사했다. 저작으로 『장강집長江集』 10권, 『소집小集』 3권 등이 있다. 『전당시』 권570에
　　수록된 가도의 「제이응유거題李凝幽居」에는 "鳥宿池邊樹, 僧敲月下門"이라는 구절이
　　있다.
183) 허혼許渾에 대해서는 『양주화방록』 권1 「초하록草河錄·상上·48」을 참조할 것.
184) 옹도雍陶(?~?)의 자는 국균國鈞이고, 성도成都 사람이다. 그는 태화太和(827~840) 연
　　간에 진사進士가 되었고, 대중大中 8년(854)에 국자모시박사國子毛詩博士를 지내다 간주
　　자사簡州刺史가 되었다. 시집 1권이 있다. 『전당시』 권518에 수록된 옹도의 시 「청시晴
　　詩」(「새로초청塞路初晴」이라고도 함)에 "新水亂侵青草路, 殘烟猶傍綠楊村"이란 구절이
　　있다.
185) 이군옥李群玉(813~863)은 자가 문산文山이고, 예주澧州 사람이다. 그는 성격이 자유
　　스러워서 과거는 한 번 보고 그만두고 시를 읊으며 자유자적하며 살았다. 배휴裴休가
　　재상이 되자 시詩로 그를 추천하여 이군옥은 홍문관교서랑弘文館校書郎에 제수되었다.
　　하지만 그는 얼마 지나지 않아 고향으로 돌아가 죽었다. 『전당시』 권 570에 실린 이군
　　옥의 「북정北亭」에는 "斜雨飛絲織曉空, 疏簾半卷野亭風"이란 구절이 있다.

이곳에 이르러 '임수홍하臨水紅霞'의 경관은 끝이 난다.

이 정원은 본래 주남周柟이 세운 것이다. 주남은 자가 거암遽庵이고, 시를 잘 지었다. 일찍이 부도어사副都御使를 지낸 불산拂珊 신보申甫[186] 와 호숫가를 오가며 시를 주고받았다. 그에게는 아들 둘이 있었는데 맏 아들 주염周炎은 자가 수당受堂이고, 국자감 학정學正을 지냈다. 둘째아 들 주조란周兆蘭은 자가 향천香泉이고, 남강부南康府 지부知府를 지냈다.

147. 주염은 자가 수당이고 호는 죽초竹樵이며, 순천順天 □□에서 거인 이 되었다. 그는 글 솜씨가 뛰어났고 의술에 정통하였다. 같은 시기의 변원륜卞垣綸은 자가 여당如堂이고, □□에서 거인이 되었으며, 벼슬은 강서현령江西縣令을 지냈고 역시 의술에 정통했다. 이들은 모두 의술로 경사京師에서 명성을 날렸다.

주조란은 자가 향천이고, 순천 □□에서 거인이 되었다. 그는 글 솜 씨가 뛰어나고 경세제민의 재능이 있어서 건륭 병오丙午년(1786) 안휘의 태화지현太和知縣이 되었다. 당시 큰 기근이 들자 한 백성이 산으로 들 어가 줄풀 열매[黑米]를 캐서 온 마을 사람의 생명을 구하였다. 주조란의 상관은 이 일을 고을의 수장이 백성을 감화한 것으로 여겼고, 마침내 황제가 이 소식을 전해 듣고 그를 태수太守로 발탁하여 남강부南康府 지 부를 맡게 하였다.

그의 친구 윤정尹正은 자가 방수方水이고, 강포江浦 제생 출신이다. 그 는 서예에 뛰어나고 팔고문도 잘 지었다.

양주에는 의학醫學이 드물었는데, 북향北鄕의 황숙림黃叔林이 맥은 잘 짚었으나 약을 제대로 못 썼기 때문에 사람들은 그를 '황반선黃半仙'이 라고 불렀다. 그 이후로는 뒤를 잇는 사람이 없었다. 주염이나 변원륜 같은 경우는 의술에 밝은 독서인이라 할 수 있다. 이들 다음가는 이로는

---

186) 신보申甫는 양주화방록 권3 「신성북록新城北錄・상上」에서는 자가 '홀산笏山'으로 나 와 있다. 두 사람은 같은 인물로 보인다.

주배오朱培五가 있었는데, 여러 종류의 책을 두루 읽어 전거를 풍부하게 인용하였으며, 시에도 뛰어났다. 종기나 천연두[瘍痘]에 관한 학문은 양천지楊天池[187] 이후로는 마침내 제대로 전승되지 못하고 말았다. 유곤산劉崑山과 장병지張秉之는 그보다는 못하다. 등형유鄧馨儒는 오운육기五運六氣[188]를 연구하여 『시행사진설時行痧疹說』을 지었는데 매우 정확하다.

148. 이 정원은 주씨周氏가 소유하였다가 나중에는 왕이태王履泰와 위제미尉濟美에게 귀속되었는데, 두 사람 모두 산서山西 사람이다. 왕이태와 위제미 두 사람은 본래 북쪽지방 부잣집 출신으로 회남淮南에서 염업에 종사했는데, 집안에서 일없이 지내면서 돈 관리는 직접 하지 않았다.

왕씨가 일을 맡긴 시의금柴宜琹과 위씨가 일을 맡긴 시빈신柴賓臣은 모두 염업 방면에 훤한 사람들이었다. 이 운하의 양쪽 물가에는 원림과 정자들이 있다. 모두 구획을 나누어 시공하는 방법[檔子法]을 썼는데, 이 방법은 경사에서 많이 쓰는 것으로, 남북 여러 지방에서도 황실의 공법을 잘 모르는 사람들은 이 방법을 쓸 수 없었다.

주횡朱鉱은 자가 학소鶴巢이고 제생 출신인데, 경세제민에 재능을 갖고 있어서 시씨柴氏가 중용하였다. 그의 형 주동서朱東曙는 바둑을 잘 두었다.

요옥조姚玉調는 소주 사람이다. 그는 작은 해서체를 잘 쓰고 의술에도 정통했다. 그의 아들 요울지姚蔚池는 특이한 재능이 있어서 설계도면을 잘 그렸는데, 땅을 고르고 돌을 다듬어서 자연스러운 모양을 만들어냈다.

주당朱棠은 자가 혜남惠南인데, 산학算學에 대단히 밝았다.

사송교史松喬는 특이한 모양의 설계도면을 잘 그렸다. 그의 아들 사춘령史椿齡은 자가 수장壽莊이고 명제생 출신인데, 이들은 모두 시씨가 뽑

---

187) 양천지에 대해서는 『양주화방록』 권12 「교동록橋東錄·86」을 참조할 것.

188) '오운육기'는 '운기運氣'라고도 한다. '운運'은 목木, 화火, 토土, 금金, 수水의 다섯 가지 단계의 상호 변화를 말하며, '기氣'란 풍風, 화火, 열熱, 습濕, 조燥, 한寒의 여섯 가지 기후의 변화를 말한다.

은 사람들이다.

왕세웅王世雄 같은 사람은 법랑琺瑯 그릇을 잘 만들었으며 친구 사귀기를 좋아했다. 그의 성가가 높아지면서 경사에서는 그를 '법랑왕琺瑯王'이라고 불렀는데, 역시 뛰어난 기술자였다.

그밖에 기이한 솜씨나 기술들 때문에 알려진 사람들은 각기 해당 분야에 덧붙여 기록하겠다.

149. 장춘교는 영은하와 보장호 사이에서 경계를 이루고 있으며 다리 안쪽이 영은하, 다리 바깥쪽이 보장호이다. 흰 돌로 벽돌을 만들어 바닥에 깔고 기이한 모양의 짐승이 웅크린 모습을 새겼으며, 위쪽에는 날아갈 듯한 정자를 세우고 배를 묶는 기둥인 방설枋楔을 박아놓았다. 너비는 1길 남짓하고 길이는 100보가 넘는다. 북쪽으로 황원黃園의 뒤쪽 누각으로 난 작은 오솔길을 따라가면 소시교宵市橋를 건너 북문가北門街로 통하게 되고, 남쪽은 '수운승개水雲勝槩'의 대문을 지나 관음사의 산길로 접어들게 된다.

권3

신성북록新城北錄 상上

1. 편익문便益門은 신성 동북쪽에 있는데, 가정 병진丙辰년(1556)에 만들어졌다. 왜구의 변란이 있자 부사副使 하성何城[1]과 거인 양수성楊守誠[2]

---

1) 하성何城(?~?)은 자가 숙방叔方이며 원적은 유림楡林인데 강도江都로 이주하여 살았다. 그는 명 가정 11년(1532)에 진사가 되었고 형부주사刑部主事를 지냈다. 가성嘉靖 24년 고병高棅이 엮은 『당시정성唐詩正聲』 20권을 인쇄 간행했고, 다음 해에는 포절包節이 엮은 『원시류선苑詩類選』 30권을 간행했다.

2) 양수성楊守誠(?~?)은 자가 유일惟一이며 명 강도江都 사람이다. 그는 가정 25년(1546)에 거인이 되어 남악南岳 지현을 제수 받았다. 후에 하간부판河間府判으로 옮겼다가 익번심리益藩審理를 지냈는데 가는 곳마다 명성이 높았다. 관직에서 물러나 고향에 돌아온 뒤 가정 42년에 부사 하성과 함께 태수 오계방에게 양주 신성과 과주성瓜洲城을 축성하여 왜구를 막자고 건의했다. 81세에 죽었으며 저서로는 『순염총의純鹽總議』, 『방추기행고防秋紀行稿』가 있다.

의 건의를 따라 지은 것이다. 도어사都御史 진유陳儒3)와 어사御史 오백붕吳百朋,4) 최련崔棟, 지부 오계방吳桂芳5)과 석무화石茂華6)가 앞뒤로 그 사업을 맡았다. 성 바깥을 감싸고 흐르는 호성하護城河의 본래 이름은 시하市河이고, 지부知府 오수吳秀7)가 준설했다. 처음에는 관하官河의 물을 끌어들였는데, 시간이 오래되자 내하內河의 수위가 관하보다 높아졌기 때문에 관하 입구에 제방을 쌓아 내하의 물을 모아두었다.

제방 밖은 관하이고 제방 안쪽에는 조교弔橋가 있어 편익문으로 건너가게 되어 있었고, 관하를 건너는 배들이 모두 여기에 집결하였다. 오른쪽 강안에는 도천묘都天廟와 삼청원三淸院, 문각암聞角庵이 있다. 왼쪽은 동성東城 아래쪽에 면해 있는데 지붕과 처마를 띠풀로 엮은 초라한 집

---

3) 진유陳儒(?~?)는 명나라 황궁 수비부대이자 특무 조직인 금의위錦衣衛 출신으로 자는 무학懋學이다. 그는 가정 연간에 진사가 되고 제독절강학정提督浙江學政과 산동포정사山東布政司를 지냈으며, 후에는 형부시랑刑部侍郎을 역임했다.

4) 오백붕吳百朋(?~?)은 자가 유석惟錫이며, 의오義烏 사람이다. 그는 가정 연간에 진사가 되어 병부우시랑兵部右侍郎을 지냈고, 만력 초에 산서山西 삼진三鎭을 시찰하라는 어명을 받아 변경 지도를 바친 공로로 형부상서刑部尙書로 승진했다.

5) 오계방吳桂芳(?~?)은 자가 자실子實이며, 신건新建 사람이다. 그는 가정 연간에 진사가 되어 양주 지부를 역임하며 왜구를 막는 데에 공을 세워 병부우시랑, 제독양광군무提督兩廣軍務가 되었다. 뒤이어 수년간 환란을 일으킨 이아원李亞元 등의 도적떼와 계속 침략을 일삼는 왜구를 평정한 공으로 공부상서工部尙書가 되었고, 죽은 뒤 태자소보太子少保를 제수 받았다. 저서에 『사가부언師暇袞言』이 있다.

6) 석무화石茂華(1521~1583)는 자가 군채君采, 호는 의암毅庵이며 익도益都 사람이다. 그는 가정 23년(1544)에 진사가 되어 준현浚縣의 지현이 되었는데, 송사訟事 처리에 공명정대하고, 황하가 범람하자 직접 민공民工들을 이끌고 제방을 쌓아 홍수를 막은 것으로 유명하다. 또 양주지부가 되었을 때 왜구가 강회江淮 지역을 침범하자 그는 엄숭嚴嵩의 수양아들 조문화趙文華의 방해를 물리치고 도적을 막아냈다. 이후에 산서안찰부사山西按察副使와 하남부사河南副使 섬서참정陝西參政, 안찰사按察使, 도찰원우첨도어사都察院右僉都御史, 도찰원우도어사都察院右都御史를 역임하고, 병부상서로 승진하여 남경도찰원南京都察院을 관장하였다. 그는 섬서와 감숙 지역을 순시할 때 그곳에 대기근이 들자 구제사업을 펼치다가 피로누적으로 병을 얻어 죽었다. 시호는 공양恭襄이다.

7) 오수吳秀(?~?)는 자가 월현越賢으로 오정烏程(지금의 저장성 후저우湖州)에 관적貫籍을 둔 오강吳江 사람이다. 그는 융경隆慶 5년(1578)에 진사에 일등으로 합격하여 당시 '회원會元'이라 불렸다. 형부주사刑部主事, 원외랑중員外郎中을 거쳐 구강지부九江知府가 되어 많은 치적을 남겼다.

들과 뽕나무와 산뽕나무, 닭과 개를 키우는 모습이 모두 무척이나 한적한 분위기를 풍긴다.

2. 도천묘는 대의향大儀鄉의 벽돌길에 있다. 길가에 황폐한 무덤들이 바둑알처럼 널려 있고 풀이 우거져 복사뼈까지 파묻힐 정도이며, 반딧불 같은 가로등이 끝없이 이어져 있다. 팔각형 여래석탑에는 부처의 상이 새겨져 있어 귀신을 제압한다.

3. 삼청원은 오른쪽 언덕 벽돌길 가에 있다. 고상高翔[8]이 팔분체로 대문의 편액을 썼고, 방사方士 임동애林東厓가 살던 곳이다. 임동애는 오뢰법五雷法[9]에 통달하고 귀신을 잘 다스렸으나 나중에는 귀신에 들려 도춘교渡春橋 강물에 빠져 죽었다. 그의 제자인 황명겸黃鳴謙이 그 법술을 전수받았다. 전운사 주효순朱孝純[10]이 다음과 같은 대련을 주었다.

> 수련의 경지가 지극히 높아 검기劍氣를 없앴고
>
> 환한 칼날의 빛이 신선의 소양을 내비치네.
>
> 爐火純青銷劍氣, 霜花欲白映仙根.

4. 어시魚市는 어탄魚攤이라고도 부르는데, 광저문廣儲門에 있는 것은 도

---

8) 고상高翔(1688~1753)은 자가 봉강鳳岡, 호는 서당西塘이며, 서당犀堂 혹은 서당樨堂이라고도 한다. 별호를 산림외신山林外臣이라고도 하며, 강소성 감천甘泉 사람이다. 그는 시에 능하고 그림에 뛰어났으며 서예에 정통한 양주팔괴 중의 한 명이다. 석노石濤가 만년에 양주에 기거할 때 그와 망년지교忘年之交를 맺었고 석도가 죽은 뒤 매해 성묘를 갔던 것으로 유명하다. 그는 평생 벼슬을 하지 않았으며 성품이 고상하고 도도하여 왕사신汪士慎과 의기투합하여 지냈다. 만년에 오른 손을 못 쓰게 되어 왼손으로 글씨를 썼는데, 글자가 기이하고 옛스러워 사람들이 모두 귀하게 여겼다.

9) 도교의 방술로서 뇌공雷公의 법술에 의지해 번개를 치게 하고 천둥을 울리게 하여 사악한 이를 벌하고 질병을 쫓아 사람을 재난에서 구하는 것이다. 뇌공에게는 다섯 형제가 있다고 전해지므로 '오뢰'라고 부른다.

10) 주효순朱孝純에 대해서는 『양주화방록』 권1 「초하록草河錄·상上·14」를 참조할 것.

천묘 벽돌길에서 이어져 있다.

팽분자彭盆子는 늙어 눈이 흐렸으나 귀신을 볼 수 있었다. 어느 날 그는 멜대에 생선을 지고 이곳으로 오다가 도중에 힘이 빠져 길에서 잠이 들었다. 꿈속에서 귀신이 멜대를 드는 소리를 들었지만 가위에 눌려 일어날 수 없었다. 깨어보니 가져 온 생선이 사라지고 없었다.

5. 문각암은 본래 목재상의 회관이었는데, 빈 방을 여행객에게 빌려주었다. 거기에 묵은 자 가운데 관상을 잘 보는 이가 있었는데, 술을 좋아했다. 왕수王曳란 사람 역시 술을 좋아해 서로 마음이 맞아 친하게 어울려 매일 저녁 함께 시장에 가서 술을 마셨다. 그렇게 한참이 지난 어느 날 왕수가 관상쟁이에게 말했다.

"나는 저승의 관리11)라 사람이 언제 죽을지를 알고 있네. 내가 그날을 일러줄 테니 자네가 그것으로 사람들 관상을 봐주게."

이에 관상쟁이는 사람들의 죽는 날을 정확히 맞추었고, 마을 사람들이 용하다고 여겼다. 그렇게 오래 시간이 지난 뒤 왕수가 말했다.

"아무개 날에 자네와 작별하게 되었네. 하지만 자네 부인이 내가 머물 집이 되어줄 걸세."

왕수는 얼마 지나지 않아 정말 죽었다. 그날 밤 관상쟁이 처의 배속에서 무슨 소리가 났는데, 왕수의 목소리였다. 그 목소리는 예전처럼 사람의 운명을 말해주어 관상술이 더욱 신통해졌다. 이 이후로 관상쟁이의 처는 한 번도 남편과 잠자리를 함께 하지 않았다.

6. 광저문은 신성의 북쪽에 있으며 진회문鎭淮門이라고도 부른다. 그쪽 성 바깥의 시하市河는 위로 편익문과 통하고 아래로는 천녕문天寧門과 통해 있으며, 편익문과 똑같이 오가는 배들이 집결하는 곳이다. 왼쪽 강

---

11) '중화본'에는 "我陰也"라고 되어 있으나, '산동본'에는 "我陰差也"라고 되어 있다. 본 번역에서는 후자가 뜻이 더 잘 통한다고 여겨 그것을 따랐다.

안에는 매화서원梅花書院과 동각대학사東閣大學士를 지낸 사가법史可法[12]
의 무덤과 같은 여러 고적이 있다.

7. 광저창廣儲倉은 매화령梅花嶺 아래에 있는데 옹정雍正 연간에 어사 갈
葛 아무개가 지은 것이다. 창고의 규모 가운데 가장 큰 것으로, 11개의
기둥 위에 도산挑山[13] 천정을 얹었는데 그 폭이 1길 3자이고, 길이가 4
길 5자이다. 처마 기둥은 높이가 1길 2자 5치에 지름이 1자인 대목大木
을 썼다. 건축법은 이러하다.[14]

    건물 안쪽에 금주金柱[15]를 세우고, 삼천량三穿梁과 쌍보량雙步梁, 단보량單步

梁,[16] 오가량五架梁, 삼가량三架梁[17] 등을 얹었다. 첨방檐枋(eave tie beam)[18]과

---

12) 사가법史可法(1602~1645)은 자가 헌지憲之이고, 호가 도린道鄰이며 하남 상부祥符 사
   람이다. 그는 숭정崇禎 1년(1628) 진사가 되어 우첨도어사右僉都御史, 남경병부상서南京
   兵部尚書를 지냈다. 숭정 17년(1644) 이자성李自成의 군대가 북경을 함락하자, 그는 황제
   를 옹위하여 남경으로 가서 남명南明 정권을 세웠다. 그곳에서 그는 예부상서, 병부상
   서 겸 동각대학사東閣大學士 등을 역임했으나, 나중에 간신 마사영馬士英에게 배척당하
   자 자청해서 양주 일대로 와서 청나라 군대의 침략에 맞서 싸웠다. 1645년 4월, 청나
   라 군대가 양주성을 포위하고 항복을 권했으나, 그는 끝까지 저항하다가 결국 포로가
   되어 처형되었다. 청나라 때 건륭제가 '충정忠正'이라는 시호를 추서했다. 훗날 그의
   후손이 그의 글과 관련 자료를 모아 『사충정공집史忠正公集』을 편찬했다.
13) 한 쌍의 언덕처럼 두 개의 천정을 만드는 중국 전통 건축 양식 중 하나이다. 방의
   양쪽에서 담장이 이어져 밖으로 뻗어나가는 것이 특징적이다.
14) 건축법에 대한 이두의 설명은 특유의 용어 때문에 정확히 해석하기 어렵다. 이에 따
   라 본 번역에서는 일반적인 사항만 번역하고 나머지 용어는 일단 그대로 두었는데, 이
   에 대해서는 해당 분야 전문가의 조언을 기다리는 바이다.
15) 건물의 내부에 위치하는 기둥은 내주內柱 또는 금주라 하고 침랑檐廊을 구성하는 외
   주外柱는 첨주檐柱라고 부른다. 정면을 이루는 외관은 대부분 첨주로 이루어지고, 부담
   하는 하중은 금주가 크지만 외관을 위해서 첨주의 지름은 일반적으로 금주와 비슷하다.
16) '쌍보량'과 '단보량'은 각기 2보步와 1보 간격으로 십자형으로 교차되는 들보를 가리킨다.
17) '오가량'과 '삼가량'은 각기 마룻대(purlin)의 수가 5개, 3개인 들보를 가리킨다.
18) 방枋은 기둥과 보위에 지붕에서 뻗어 내린 처마를 떠받치는 것이다. 뻗어 나온 처마를
   받치기 위해 기둥과 이어지는 곳에 설치하는 것이 두공斗栱인데, 그 복잡한 모양을 구성
   하는 부분 가운데 제일 하단에 위치하는 것이 노두櫨斗이다. 노두의 위에서 밖으로 뻗어
   나온 서로 직교하는 한 쌍의 공栱에서 입면에 평행한 횡공橫栱과 이에 직교하며 밖으로

점판墊板(cushion board),[19] 들보도리[檁木], 처마 서까래[檐椽](eave rafter)와 상, 중, 하의 화가첨연花架檐椽(intermediate eave rafter), 상층 서까래[腦椽](upper rafter)와 연첨連檐(eave edging), 와구瓦口(tile edging), 박봉판博縫板(gable eave board)이 갖춰져 있다. 담[山墻]에는 삼각형의 창[象眼窗]을 냈고, 곳간 문[廠門]에는 하함下檻[20]과 간포주間抱柱,[21] 갑판閘板이 있는데, 모두 평방[見方] 단위로 노임과 건축비[工料]를 계산한다. 3층의 기루氣樓[22]는 넓이가 9자이고 깊이가 7자 5치이며, 기둥은 높이가 2차 7치이고 넓이는 6치, 두께는 5치이다. 여기서는 탑각목榻角木[23]을 써서 얹은 삼가량三架梁, 첨방檐枋과 척방脊枋(ridge tie beam), 점판墊板, 척과주脊瓜柱(king post),[24] 들보도리, 처마 서까래, 연첨, 와구, 박봉판, 앞뒤의 바람창[風窗], 양쪽 벽에 위아래로 낸 삼각형의 창이 있다. 포하抱厦[25]는 넓이가 1길 3자이고, 깊이는 7자 5치이며, 기둥의 높이는 9자 5치이고, 기둥 직경은 8치이다. 포두량抱頭梁[26]과 수량방隨梁枋, 첨방, 점판, 들보도리, 처마 서까래, 연첨, 박봉판이 갖춰져 있는데, 이 역시 모두 평방 단위로 계산한다.

지붕을 높게 해서 통풍이 잘 되게 만든 들보도리 3개짜리의 기루氣樓는 넓이

나온 것을 화공華栱이 있고, 화공 외에 다시 밖으로 뻗은 것을 공을 도跳라고 한다. 각 도의 횡공 위에 모두 하나의 횡방橫枋을 두게 되는데 이것을 첨방檐枋이라 한다.

19) 무게를 흡수하기 위해 중간에 끼우는 판자를 가리킨다.

20) 함광檻框(door frame)에서 수평의 가로 기둥을 함이라 하고 위로 첨방檐枋이나 금방金枋에 접하는 것을 상함上檻, 아래로 지면에 붙은 것을 하함下檻이라 한다.

21) 칸을 나누는 수직의 곧은 기둥을 간주間柱라 하는데, 각 기둥 옆에 있는 테두리를 포주抱主 또는 포광抱框이라 한다. 칸잡이가 비교적 큰 칸에서는 포주 사이에 또 칸을 나누는 간주가 있다.

22) 통풍이나 환기를 위해 건물 지붕에 높이 올린 구조물이다.

23) 나무의 일종인 듯하나 자세히 알 수 없다.

24) '촉주蜀柱'라고도 부른다.

25) 건물 본채의 앞뒤 혹은 좌우에 붙여 지은 작은 건물을 가리킨다. 이 가운데 좌우 양쪽에 모두 작은 건물이 딸려 있는 경우는, 그 모양이 얼굴 양쪽의 귀와 같다고 해서 '이방耳房'이라고 부른다.

26) 처마 기둥[檐柱]과 금주金柱 사이의 1보 남짓한 짧은 들보를 가리킨다. 대식大式 건축 즉 두공枓栱이 있는 대형 목조건물에서는 그것을 '도첨량桃尖梁'이라 하고, 두공이 없는 소형 목조건물인 소식小式 건축에서는 '포두량'이라고 부른다.

가 9자고 깊이가 7자 5치에 기둥의 높이가 2자 7치, 폭이 6치, 두께가 5치이다.

8. 매화서원은 광저문 밖에 있다. 명나라 상서尚書 담약수湛若水27)의 서원이 있던 곳이다. 담약수는 자가 감천甘泉이고 광동廣東 증성현增城縣 사람이다. 그는 가정 연간에 대사성大司成28)으로 관리의 업무 실태를 감찰하러 다니던 중에 양주에 나오게 되었는데, 이때 예물을 가지고 그를 찾아 온 사람들이 수십 명이었다. 양주의 공사貢士 갈간葛澗29)과 그의 아우 갈동葛洞30)이 젊은 시절 그를 따라 교유했었는데, 그가 양주에 온 이때 성 동쪽의 1리 떨어진 감천산甘泉山 산맥이 이어지는 곳을 골라 도학道學을 강학하는 곳을 창건하고 행와行窩31)라고 불렀다. 담약수의 문하생 여남呂柟32)이 선생의 호와 산의 이름이 우연히도 똑같았기 때문에 행

---

27) 담약수湛若水(1466~1560)는 자가 원명元明이고 호는 감천甘泉이다. 그는 명 홍치洪治 5년(1492)에 거인이 되었다. 스승 진헌장陳獻章을 따라 교유했으며, 벼슬에 나가기를 원하지 않았으나 어머니의 명으로 출사하여 남경 국자감에 들어갔다. 홍치 18년(1505)에 진사에 합격하여 편수編修가 되었고, 후에 남경병부상서南京兵部尚書까지 지낸 뒤 은퇴하였다. 시호는 문간文簡이다. 그는 초기에 왕수인王守仁과 함께 강학을 했으나, 나중에는 그와 다른 사상적 입장을 갖게 되었다. 저서에 『이례경전측二禮經傳測』과 『춘추정전春秋正傳』, 『고악경전古樂經傳』, 『격물통格物通』, 『감천집甘泉集』 등이 있다.

28) 국자감國子監 좨주祭酒를 가리킨다.

29) 갈간葛澗(?~?)은 자가 자동子東이며 강도江都 사람이다. 갈흠葛欽의 아들이다. 각서가刻書家로서 집을 "신천서옥新泉書屋"이라 불렀다. 그는 장서가 만권에 이르렀고, 박학으로 이름이 났으며, 저술에 전념하다가 70여세에 죽었다. 가정 16년(1537)에 『광문선廣文選』 60권을 교감 간행했고, 42년에는 『양자절충揚子折衷』 6권, 45에는 『횡거장자석橫渠張子釋』 6권을 간행했다. 본인의 저서로는 『국조인물편國朝人物編』이 있는데 홍무洪武 연간에서 가정 연간까지 수백 권을 헤아리며 인물 열전의 내용이 대단히 상세하다.

30) 갈동葛洞(?~?)은 자가 근원近園이고 강노江都 사람이다. 그는 갈흠葛欽의 아들로 일찍이 『강도현지江都縣志』 편찬에 참여하여 8권으로 증보하였다. 가정 26년(1547)에 한강서관邗江書館 이름으로 『마단숙공주의馬端肅公奏議』 16권을 간행했다.

31) 원래 송대宋代 소옹邵雍이 거처하던 방의 이름이다. 후에 호사가들이 소옹이 거처하던 곳처럼 집을 짓고 그를 본받는다는 뜻으로 '행와'라는 이름을 붙이곤 했다.

32) 여남呂柟(1479~1542)은 자가 중목仲木이고 섬서陝西 고릉高陵 사람이다. 경수涇水 북쪽에 살았기 때문에 별호를 경야涇野라고 했다. 정덕正德 3년(1508)에 장원에 급제한 그는 실천과 배합된 경사經史 실학實學을 강조한 유학자로서, 담약수와 함께 강학을 주관했다. 관직은 예부시랑禮部侍郎까지 역임했다.

와문에 '감천'이란 글자를 쓰고 또 『감천행와기甘泉行窩記』를 지었다.

행와문 북쪽에 은행나무 한 그루가 있었는데, 그 나무 가까이에 흙을 쌓아올리고 땅을 깨끗하게 골라 제터[壇]를 만들었다. 제터를 올리고 지반을 다져 그 위에 당堂을 만들고 '지지당至止堂'이라고 하였다. 그가 지은 『심성도설心性圖說』은 북쪽 벽에 두고, 종과 경쇠는 동쪽 벽, 거문고와 북은 서쪽 벽에 두었다. '학습성명學習誠明'과 '진수경의進修敬義'라는 두 서재는 동쪽 건물[東序]에 있고, 쉴 곳[燕居]은 지지당의 북쪽에 있었다. 그 좌우로 부엌과 창고가 있었는데, 그곳을 에워싼 담장이 모두 62길이었다. 담장 밖에는 도랑이 있고 도랑 밖으로 숲이 있었다. 예전에는 문 밖에 연못이 있었는데, 연못의 물과 도랑의 물이 행와를 빙 둘러싸고 있다. 그리고 연못에 놓인 다리는 행와 바로 옆으로 지나갔다. 또 20여 무의 전답을 두어 사방에서 공부하러 오는 학생들을 지원했는데, 이것들은 모두 갈간이 마련해준 것이다.

통산通山의 주정립朱廷立[33]이 순염어사가 되자 이곳의 이름을 감천산서관甘泉山書館으로 바꾸었다. 그 후 어사 서구고徐九皐[34]가 순정문純正門과 예문禮門을 세웠고, 제학어사提學御史 문인전聞人銓[35]이 의로방義路坊을 만들었다. 지부 후질侯秩과 유종인劉宗仁, 지현 정유현正維賢이 계속 이어서 보수와 확장을 하였다. 어사 진혜陳蕙[36]가 사당과 활터[射圃] 등

---

33) 주정립朱廷立(?~?)은 통산通山 사람 주백기朱伯驥의 아들로, 자는 자례子禮이고 호는 양애兩厓이다. 그는 왕수인王守仁의 제자로서, 가정 연간에 진사가 되어 순천순무順天巡撫, 북기학정北畿學政, 예부우시랑禮部右侍郎을 역임했다. 저서에 『염지鹽志』와 『마정지馬政志』, 『가례절요家禮節要』, 『양애집兩厓集』이 있다.

34) 서구고徐九皐(?~?)는 여요餘姚 사람으로 호가 지남산인芝南山人이다. 그는 가정 연간에 순염어사巡鹽御史를 지내고, 가정 14년(1535) 왕유현王惟賢과 함께 『고황제어제문집高皇帝御制文集』을 판각했다.

35) 문인전聞人詮(?~?)을 가리키는 듯하다. 문인전은 여요餘姚 사람으로 자는 방정邦正이고 가정 연간에 진사가 되었다. 그는 왕수인의 제자로서, 어사 재직 중에 산해관山海關을 보수하고, 그 후 남경제학어사南京提學御史가 되어 『오경五經』과 『삼례三禮』『구당서舊唐書』를 교감 판각하여 실학實學을 장려하고 또 『양명문록陽明文錄』을 교정校訂하였다. 이후 호광부사湖廣副使까지 지냈다. 저서에 『동관도東關圖』와 『남기지南畿志』가 있다.

을 증설하였고, 어사 홍원洪垣[37]이 애릉호艾陵湖의 관장전官莊田 80무를
더 마련하였다. 이것이 가정 연간의 담공서원湛公書院의 모습이다.

만력萬曆 20년(1592) 태수 오수가 호성하를 준설하면서 거기서 나온 흙
을 쌓아 산을 만들고 거기에 매화를 심어 매화령梅花嶺이라고 이름을 붙
였다. 또 매화령를 따라 누대와 지사池榭[38]를 짓고 평산별서平山別墅라
고 하였다. 그 동쪽과 서쪽으로 여러 주현州縣의 회관을 짓고 '해락원偕
樂園'이라고 불렀다. 나중에 오수의 위패를 해락원의 작은 방에 모셔놓
고 '오공사吳公祠'라고 하였다. 만력 33년(1605) 태감太監 노보魯保[39]가 중
수하고, 지부 주금朱錦이 비기碑記를 지었다. 당시 권력자가 명령을 내려
서원을 폐하고 건물과 누대만 남겨 학생들이 강학하는 장소로 사용하
게 하였다. 순안어사巡按御史 우응원牛應元이 숭아서원嵩雅書院으로 이름
을 바꾸고, 당堂에 담사공의 위패를 모셔 제사를 지내고 담공사湛公祠라
고 불렀다. 숭정崇禎 연간에 서원이 다시 철폐되었다.

옹정 12년(1734)에 군승郡丞 유중선劉重選[40]이 교육을 진흥하여 선비를
키우고자 하니, 그 고을 선비 마왈관馬曰琯[41]이 건물을 중건하고 매화서

---

36) 진혜陳蕙(?~?)는 진강晉江 사람이다. 그는 가정 8년(1529)에 진사가 되었고 호광안찰
　　부사湖廣按察副使를 역임했다.『진부사문집陳副使文集』이 있다.
37) 홍원洪垣(?~?)은 자가 준지峻之이고 호는 각산覺山이며 무원婺源 사람이다. 그는 가정
　　11년(1532)에 진사가 된 이래 영강지현永康知縣과 어사를 지냈으며, 광동에 안찰사로
　　나가기도 했다. 온주지부溫州知府에서 물러난 뒤에는 예부시랑을 지낸 담약수湛若水가
　　지어준 이묘루二妙樓에서 40년 남짓 거처하다가 90세에 죽었다.
38) 사榭란 지붕과 지주支柱만 있고 벽이 없는 건축물의 일종이다. 원래 나무로 지붕을
　　얹어 활 쏘는 곳으로 사용한 일종의 군사시설이었다. 이후에 강론하는 장소로 쓰이기
　　도 하면서 점점 용도가 변하여, 명대 계성計成의『원야園冶』에 의하면 사榭란 빌린다는
　　뜻으로 물가나 화단가에 형태를 따라서 짓는 건물이라고 설명하고 있다. 원림 건축에
　　서는 정자와 비슷한 건축물을 지칭하며 지사池榭는 연못가에 세운 사榭를 가리킨다.
39) 노보魯保(?~?)는 만력 연간에 양주로 염세를 거두러 온 태감이다.
40) 유중선劉重選(?~?)은 자가 승여升如이고 옹정 갑신甲辰년(1724)에 진사가 되었다. 호
　　부주사戶部主事와 양주 동지同知, 고주高州 지부를 지냈다.
41) 마왈관馬曰琯(1688~1755)에 대해서는『양주화방록』권1「초하록草河錄·상上·30」을
　　참조할 것.

원이라고 불렀다. 앞쪽에 있는 3칸짜리 건물로 문사門舍를 삼고, 그 왼쪽에 쌍충사雙忠祠[42)를 만들고, 오른쪽에 소효자사蕭孝子祠[43)를 만들었으며, 다시 3칸짜리 건물을 의문儀門[44)으로 삼았다. 계단을 올라가 위쪽으로 당堂을 만들었는데, 모두 5채가 겹겹이 있고 사방이 복도複道로 둘러싸여 있다. 거기서 더 들어가면 강당講堂인데, 역시 5채가 겹으로 늘어서 있다. 동쪽의 호사號舍[45)는 64칸이고 그 옆에 간이건물[隙宇]을 세워 부엌과 욕실로 삼았다. 서쪽에는 높이가 1길 남짓 되는 흙 언덕이 있는데, 그곳이 곧 매화령이다. 매화령 위에 건물 몇 칸을 세우고 처마 자리에 허창虛窓을 만들고, 처마 바깥쪽은 담에 기대어 세우니 사방으로 안개에 싸인 인가가 병풍처럼 늘어서 있다. 매화령 아래쪽으로 날아갈 듯한 정자가 서 있고 온갖 나무들을 심어놓았다.

유중선은 직접 시험을 주관하여 매달 한 명을 선발했다. 그의 전후로 서원에서 학생들의 시험을 주관했던 사람들로 다음과 같은 이들이 있다. 염정鹽政으로는 주속탁朱續琢,[46) 지부로는 장가년蔣嘉年과 고사약高士鑰, 지현으로는 강도江都의 주휘朱輝와 감천甘泉의 공감龔鑑[47) 등이다. 이때 선발된 자로는 유복劉復과 나부오羅敷五, 곽조생郭潮生, 곽장원郭長源, 주계렴周繼濂, 주주周珠, 손옥갑孫玉甲,[48) 장석蔣奭, 경원성耿元城, 배옥음

---

42) 남송南宋 시대에 양주를 수비했던 이정지李庭芝와 강재姜才를 제사지내기 위해 1734년 마왈관이 만든 사당이다.

43) 1667년 병든 어머니를 위해 자기 간을 잘라 삶아서 먹여 낫게 하고 자신은 죽었다는 양주 효자를 기리기 위해 1734년 마왈관이 중건한 사당이다. 소효자는 매화령에 묻혔으며 요내姚鼐가 『소효자사당비문蕭孝子祠堂碑文』을 쓰기도 했다.

44) 명·청 시대 관공서나 저택의 대문 안에 있는 두 번째 정문을 가리킨다. 광릉본과 '산동본'에서는 '의문議門'이라고 표기했으나, 이는 잘못이다.

45) 고대 주군州郡 등에 설치한 학사學舍를 가리킨다.

46) 주속탁朱續琢(?~?)은 자가 명원明遠이고 평음平陰 사람이다. 그는 옹정雍正 계축년癸丑年(1733)에 진사가 되었고, 서길사庶吉士로서 편수編修가 되었으며, 귀주양도貴州粮道를 역임했다.

47) 공감龔鑑(1694~1739)은 자가 명수明水이고 절강 전당錢塘 사람이다. 그는 어려서 같은 군郡의 항세준(1696~1773)과 함께 이름을 날렸고, 옹정 연간에 발공생拔貢生이 되어 관리 명부에 올랐다가 감천甘泉 지현을 제수 받았다.

裴玉音, 민리상閔鯉翔, 양개정楊開鼎,49) 오지극吳志洫, 사방미史芳湄 등이 있다. 강도교유江都教諭 오예吳銳가 서원의 비기碑記를 썼다.

건륭 4년(1739)에 이르러 순염어사 삼보三保50)와 전운사 서대매徐大枚가 학생들의 학비 보조금을 운고運庫51)에서 지급하기로 결정하였다. 건륭 1년(1736)에 다시 이름을 감천서원으로 바꾸었다. 무술戊戌년(1778)에 장백長白52) 사람 주효순이 태안지부泰安知府에서 양회전운사兩淮轉運使가 되었을 때 다시 이름을 매화서원이라 하고 건물을 확장하고 새로 지었다. 시하市河의 서쪽 강안에 큰 문을 세우고 매화서원이라는 편액을 직접 써서 돌에 새겨 문에 박아 넣었다. 용도甬道는 20여 길이고, 조각하여 장식한 벽[雕墻]은 높이가 5길이요, 길이가 10여 길이다. 벽 아래에는 사각형의 연못을 팠고, 버드나무와 갈대를 심었으며, 연못을 맞은편에 대문을 만들었다. 쌍충사와 소효자 무덤, 절효사節孝祠가 그 왼쪽에 있는데 서원의 옛 터에서 1길 남짓 떨어져 있다. 서원의 정당正堂은 만든 양식이 모두 예전에 군승 유중선이 지었던 것과 동일했다. 그리고 연못을 파면서 나온 흙을 오른쪽에 쌓아 매화를 심고 다시 매화령의 옛 경관을 복원했다. 매화령 아래에는 다섯 칸 규모의 청사를 증건하고, 객사[亭舍]와 각도閣道53)를 그 사이에 적절히 배치하였다.

---

48) 손옥갑孫玉甲(?~?)은 강도江都 사람으로 저서에 『독서우음讀書偶吟』 2권이 있다. 건륭 5년(1740)에 제자 오여형吳如珩이 주를 달고 간행했다.

49) 양개정楊開鼎(?~?)은 자가 산당山塘 또는 옥파玉破이고 강도江都 사람이다. 그는 건륭 4년(1739)에 진사가 되어 편수編修를 지냈고 어사로 발탁되었다. 또한 그는 대만臺灣을 순시한 적이 있고 복건양도福建糧道를 역임했으며 호남형영계도湖南衡永桂道까지 지냈다. '팔분체' 서예에도 뛰어났다. 저서로 『금강경주金剛經注』와 『제항문집梯航文集』, 『쌍송당시집雙松堂詩集』이 있다.

50) 정황기正黃旗 만주인이다.

51) 운고는 청대 염운사鹽運司에 설치된 국가 자금을 보관하고 출납하는 기구이다.

52) 주효순은 산둥성 탄청[郯城] 사람이다. 그가 태안泰安에 재임할 때 『태산도지泰山圖志』를 편찬했는데, 거기에서 자료를 통해 태산泰山이 요녕성의 장백산長白山에서 발원해 내려온 것이라고 밝혔기 때문에 태안을 '장백'이라고 칭한 게 아닌가 추측된다.

53) 복도複道나 잔도棧道를 가리킨다.

주효순은 직접 시험을 주관하고 매달 한 명을 선발했는데 이것을 관과官課라고 불렀다. 선생을 초빙하여 시험을 보고 역시 매달 한 명씩 선발하게 했는데 이것을 원과院課라고 했다. 강학을 주관하는 사람은 장원掌院이라 불렀다. 부현府縣 학교의 교유敎諭나 훈도訓導[54] 한 사람을 초빙하여 출석을 부르고 답안지를 수거하는 일을 맡기고 수당을 지급했는데, 이들을 감원監院이라고 불렀다.

서원의 학생들은 정과正課와 부과附課, 수과隨課로 나누었고, 정과는 해마다 학비 보조금으로 은자 36냥을 지급했고, 부과는 12냥을 지급했으며, 수과는 보조금이 없었다. 한 해에 3번 우등優等에 뽑히면 위 단계로 승급시키고, 열등劣等에 3번 들면 아래 단계로 떨어뜨렸다. 염운사 창성예倉聖裔[55]에 이르러 1년마다 평가하는 것은 너무 시간 간격이 길다 하여 한 달 단위로 뽑고, 연이어 3번 우등에 들면 승급시켰다. 나중에는 다시 연이어 5번 우등에 든 자를 승급시키도록 바뀌었다. 첫 번째 등급의 1등에게는 장학금으로 은자 1냥을 지급하고, 2등과 3등에게는 8전錢을 지급했으며, 그 이하로는 6전을 주었다. 창성예는 또 첫 번째 등급의 인원수를 14명만으로 한정시켰다. 염운사 녹鹿 아무개는 두 번째 등급의 1등에게 장학금으로 은 5전을 주었고 첫 번째 등급의 인원수에 제한을 두지 않았다. 계축癸丑년(1793)에 남성南城 사람 증욱曾燠[56]이 양회전운사가 되어 직접 학생을 평가했다. 그래서 더욱 뛰어난 자 10여 명을

---

54) 명·청대 부현 학교의 교사를 가리키는 말로서,『청사고淸史稿』「관직지職官志·3三」에 의하면 부학府學에는 교수敎授와 훈도를 두고 주학州學에는 학정學正과 훈도, 현학縣學에는 교유敎諭와 훈도 각 1인씩을 두었다고 한다. 훈도는 보조 교사에 해당한다.
55) 창성예倉聖裔에 대해서는『양주화방록』권11「홍교록虹橋錄·하下·47」을 참조할 것.
56) 증욱曾燠(1759~1830)은 자가 서반庶蕃이고 호가 빈객賓客으로 강서江西 남성南城 사람이다. 그는 건륭 46년(1778)에 진사가 되었고, 원외랑, 양회염운사, 귀주순무貴州巡撫를 지냈다. 시문詩文에 뛰어났던 그는 한상邗上에 '제금관題襟館'을 열고 손님이나 제자들과 시 짓기를 즐겼다. 또 회남서국淮南書局을 창설하여 고적을 여러 종 간행했다. 저서에『상우모옥시집賞雨茅屋詩集』22권과『변체문駢體文』2권이 있고『한상제금집邗上題襟集』과『강서시징江西詩徵』,『변체정종駢體正宗』등의 책을 엮어 간행했다.

선발하여 정과의 위에 두고 상사上舍라고 부르며, 해마다 보조금으로 은자 18냥을 추가 지급하였다.

9. 양주 군성에는 명나라 이래로 부府의 동쪽에 자정서원資政書院이 있었고, 부의 서문西門 안에는 유양서원維揚書院, 그리고 이곳 감천산서원甘泉山書院이 있었다. 우리 청나라 때에는 삼원방三元坊에 안정서원安定書院이 있고 북교北橋에 경정서원敬亭書院, 북문北門 밖에 홍교서원虹橋書院, 광저문廣儲門 밖에 매화서원이 있다. 이곳의 아직 수재가 되지 못한 동생童生이 학업을 익히는 곳으로는 과사당課士堂과 한강학사邗江學舍, 녹리서원甪里書院, 광릉서원廣陵書院이 있다. 아이들이 글자를 배우는 곳으로는 서문의학西門義學과 동자의학董子義學이 있다.

자정서원은 부의 정당正堂에서 동쪽에 있다. 이곳은 경태景泰 6년(1455)에 지어졌는데, 지부 왕서王恕[57]가 창건하였다. 그 안에 있는 군영관群英館은 지부 등의질鄧義質이 지었고, 그 후에 지부 풍충馮忠이 중수하였으며, 남창南昌 사람 장원징張元徵이 기記를 썼다. 지금은 없어졌으나 옛 터는 아직 남아 있다.

유양서원은 부의 서문에 있는데 가정 5년(1526)에 지어졌다. 순염어사 뇌응룡雷應龍이 창건하였고 서구고가 새롭게 고쳤으며, 구양덕歐陽德[58]이

---

57) 왕서王恕(1416~1508)는 자가 종관宗貫이고 호는 석거石渠이며, 섬서성 삼원三原 사람이다. 그는 정통正統 13년(1448)에 진사가 되어 대리사좌평사大理寺左評事, 양주지부, 강서포정사江西布政使, 하남순무河南巡撫, 남경형부좌시랑南京刑部左待郎, 이부상서吏部尙書 겸 태자태보太子太保 등을 역임했다. 그는 유학사로서 삼원학파三原學派의 창시자이며, 경전에 새로운 주해를 많이 달았다. 저서에 『석거의견石渠意見』과 그에 대한 『습유拾遺』와 『보결補缺』이 있다.

58) 구양덕歐陽德(1496~1554)은 자가 숭일崇一이고 호가 남야南野이다. 태화泰和(지금의 장시성에 속함) 사람이다. 그는 가정 2년(1523)에 진사가 되어 육안지주六安知州, 형부원외랑刑部員外郎, 예부좌시랑禮部左侍郎, 이부겸한림원학사吏部兼翰林院學士를 지냈다. 죽은 뒤 태자소보太子少保로 추존되었고 시호가 문장文莊이다. 그는 왕수인王守仁의 제자로서 추수익鄒守益과 함께 강우왕학江右王學의 대표적 인물이다. 용진서원龍津書院을 세워 후진을 양성했다. 저서에 『구양남야집歐陽南野集』이 있다.

기記를 썼고, 진혜와 홍원이 계속 이어서 보수하고 단장했다. 그 안에는 육경각六經閣이 있고, 사당에는 주돈이周敦頤[59]와 이정二程,[60] 장재張載,[61] 주회朱熹[62]를 모셨으며, 자현문資賢門의 자현당資賢堂, 여택문麗澤門의 지도당志道堂이 있고, 담약수가 기記를 지었다. 그 후 어사 팽단오彭端吾와 양인원楊仁愿이 보수하였다. 지금은 없어졌고 옛 터까지 이미 사라졌다.

안정서원은 삼원방에 있다. 강희 1년(1662)에 순염어사 호문학胡文學[63]

---

59) 주돈이周敦頤(1017~1073)는 송대宋代 이학가理學家로 자가 무숙茂叔이고 호가 염계濂溪이며, 도주道州 영도현營道縣(지금의 후난 다오현) 사람이다. 광동전운판관廣東轉運判官 등을 지냈다. 그는 시호가 원元이어서 원공元公이라고도 불리며, 여산廬山에 염계서원을 지어 강학을 하기도 했다. 그는 이학理學의 창시자로서 『주자전서周子全書』가 전해진다.

60) 정이와 정호 형제를 가리킨다. 정이程頤(1033~1107)는 송대 이학가로 자가 정숙正叔이며 이천선생伊川先生이라 불린다. 하남부河南府(지금의 뤄양) 사람이다. 형 정호程顥(1032~1085, 자는 백순伯淳, 명도선생明道先生이라고 불린다)와 함께 '이정二程'으로 불린다. 정호는 진사에 급제하여 강녕부江寧府 상원현上元縣(지금의 난징)의 현령을 지냈고 나중에는 감찰어사를 지냈다. 정이는 인종仁宗 말년에 태학에 입학하여 학직學職을 맡았고, 나중에 당쟁에 연루되어 부주涪州 편관編管으로 폄적되었다. 이들은 이학의 창시자인 주돈이周敦頤의 제자지만 이후 자신들의 이학 체계를 세웠으며, 그들의 학문은 주회 등에게 계승되어 '정주程朱' 학파를 이루게 된다. 저서로는 후인들이 편집한 『하남정씨유서河南程氏遺書』, 『명도선생문집明道先生文集』, 『이천선생문집伊川先生文集』 등이 있고 정이가 지은 『주역전周易傳』이 있다.

61) 장재張載(1020~1077)는 송대 이학가로 자가 자후子厚이고, 고향 마을 이름을 따 횡거선생橫渠先生이라 불리기도 한다. 저작좌랑著作佐郎, 숭문원교서崇文院校書 등을 지낸 그의 저서에는 『정몽正蒙』, 『역설易說』 등이 있는데, 이것들은 『장자전서張子全書』에 포함되어 있다. 이외에 『장자어록張子語錄』, 『장재집張載集』이 묶여 나오기도 했다.

62) 주회朱熹(1130~1200)는 송대 이학가로 주송朱松의 아들이며, 자가 원회元晦인데 나중에 중회仲晦로 고쳤다. 호는 회옹晦翁 또는 회암晦菴, 자양운곡노인紫陽雲谷老人, 창주병수滄州病叟, 둔옹대은사遯翁臺隱史, 홍대외사鴻臺外史, 홍경외사鴻慶外史, 숭양은사崇陽隱史, 인지당주仁知堂主 등이 있다. 그는 소흥紹興 연간에 진사가 되어 전운부사轉運副使, 비각수찬秘閣修撰 등을 지냈고, 보문각대제寶文閣待制까지 역임하다가 경원慶元 연간에 사임하고 죽었다. 시호는 문文이다. 보경寶慶 연간에 태사太師에 추증되고 신국공信國公으로 추존되었으며, 순우淳祐 연간에 공자묘에 올려졌다. 강희 연간에는 십철十哲의 반열에 올랐다. 저서에 『논어맹자집주論語孟子集注』와 『대학중용장구大學中庸章句』, 『태극도해太極圖解』, 『초사변증楚辭辨證』 등 다수가 있다.

63) 호문학胡文學(?~?)은 자가 복언卜言이고 절강 은현鄞縣(지금의 닝보시寧波市에 속함) 사람이다. 그는 1652년 진사에 급제하여 양화순염어사, 복건도福建道 감찰어사를 역임했다. 저작으로 『호씨삼서胡氏三書』, 『회차본론准嵯本論』, 『호문학집胡文學集』, 『적가헌시문집適可軒詩文集』 등이 있고, 또 『용상기구시甬上耆舊詩』를 편찬하기도 했다.

이 창건했고, 사당에 송나라 때의 학자 호원胡瑗64)을 모셨다. 옹정 연간에 차사差使 윤 아무개가 학사學舍를 증설하여 군郡의 선비들이 공부하는 곳으로 쓰게 하고, 선생을 모셔와 팔고문을 가르치게 했다. 60명을 정원으로 하고 매화서원과 합하면 120명이었다. 강희제가 강남을 순시했을 때 하사한 '경술조사經術造士'라는 편액을 걸어놓았다.

경정서원은 북교에 있는데 강희 22년(1683)에 양회兩淮 상인이 창건한 곳이다. 어사 구충미裘充美가 『호구세상소湖口稅商疏』를 올리자, 그 덕에 감동하여 이 서원을 세워 선비들로 하여금 책을 읽도록 한 것이다. 경구京口 사람 장구징張九徵65)이 기기記를 썼다.

홍교서원은 북문에 있는데, 강희 연간에 총독 우성룡于成龍66)이 창건하여 군郡의 선비를 모아 공부를 하게 했다.

현재 양주 군성에서 선비에게 시험을 치르는 서원은 안정서원과 매화서원 두 곳 뿐이다. 홍교서원은 오래 전에 없어졌고, 경정서원은 구충미의 업적을 기리는 데에만 뜻을 두고 있어 시험을 치른 적이 없다. 동생을 시험하고 선발하는 서원으로는 지금 광릉서원이 유일하게 남아 있다.

---

64) 호원胡瑗(993~1059)은 자가 익지翼之이고, 북송의 해릉海陵(지금의 타이저우泰州) 사람이다. 그는 경학가이자 교육자로서 후세 학자들에게 안정선생安定先生으로 불렸다. 그는 산동山東 태산泰山에서 손복孫復, 석개石介 등과 함께 공부했으며, 이들과 함께 '송초삼선생宋初三先生'이라 불린다. 인종仁宗 경우景祐 초(1034)부터 20년간 비서성교서랑秘書省校書郎, 국자감직강國子監直講 등을 지냈으며 태상박사太常博士를 끝으로 사임했다. 그는 송 이학理學의 선구자로서 태주와 소주, 호주湖州와 국자감에서 강학을 했고 제자 수천 명을 길러냈다. 저서에 『논어설論語說』 등이 있으며, 시예에도 뛰어났다.
65) 장구징張九徵(1618~1684)은 자가 공선公選이고 호가 상효湘曉이며, 단도丹徒 사람이다. 그는 순치順治 정해년丁亥年(1647)에 진사가 되어 하남제학참의河南提學參議를 지냈으며, 강희 기미년己未年(1679)에 박학홍사에 천거되었다.
66) 우성룡于成龍(1617~1684)은 자가 북명北溟이고 호가 우산于山이며, 산서山西 영녕永寧 사람이다. 시호가 청단淸端이며 태자태보太子太保로 추존되었다. 그는 숭정崇禎 23년(1639)에 부원副員으로 뽑혔고, 청 순치順治 18년(1661)에 출사하여 지현과 포정사布政使, 순무와 총독 겸 병부상서, 대학사大學士 등을 두루 지냈다. 치적이 뛰어나고 청렴하여 강희제에게 천하의 제일가는 청빈리[廉吏]라는 칭찬을 들었다.

10. 주효순朱孝純은 자가 자영子穎이고 호가 사당思堂이며 한군팔기漢軍
八旗 출신이다. 부친인 주윤한朱倫瀚[67]은 어사를 지냈다. 그는 손가락으
로 그리는 그림인 지두화指頭畵에 뛰어났고, 외숙인 고기패高其佩[68]의
기법을 얻어 전당錢塘의 이산李山,[69] 평호平湖의 양태기楊泰基와 나란히
이름을 날렸다. 그는 시와 서예와 그림에 모두 뛰어나 '삼절三絶'로 불
렸으며,

> 강물이 불어 세차게 흐르니 사람의 말소리를 삼키고
>
> 온 산의 푸른빛이 말발굽 앞에 이르렀네.
>
> 一水漲喧人語外, 萬山靑到馬蹄前.[70]

라는 시구로 명성을 얻었다. 양회전운사로 있을 때 매화서원을 복원
하고 절효사와 쌍충사를 지은 것이 모두 그의 큰 업적이다.

11. 요내姚鼐[71]는 자가 희전姫傳이고, 안휘성 동성현桐城縣 사람이다. 그

---

67) 주윤한朱倫瀚(1680~1760)은 자가 함재涵齋 또는 역헌亦軒이며 호는 일삼一三으로, 역
성歷城 사람이다. 그는 예한정홍기隷漢正紅旗 출신으로 강희 연간에 진사가 되었고, 건
륭 연간에 본기부도통本旗副都統을 지냈다. 그는 또한 지두화指頭畵와 시에도 뛰어났다.
저서에 『한청당집閑靑堂集』이 있다.

68) 고기패高其佩(1660~1734)는 자가 위지韋之이고 호가 차원且園이며, 이외 별호가 아주
많다. 철령鐵嶺(지금의 랴오닝성) 사람이나 태어난 곳은 강서江西 건창建昌이고 한군기
인漢軍旗人으로 관리 가문에서 성장했다. 그는 강희 연간에 안휘 순무가 되었다가 이후
형부우시랑刑部右侍郎으로 승진했다. 그는 양주팔괴의 하나인 이선李鱓의 스승이며 지
두화로 유명했다. 현재 『종규변상화책鍾馗變相畵冊』에 그의 지두화 12폭이 남아 있고,
〈송응도松鷹圖〉, 〈유앵도柳鶯圖〉 등 전하는 작품이 비교적 많다.

69) 이산李山은 자가 자랑紫琅이고 전당 사람이며, 지두화에 뛰어났다.

70) 이 구절의 앞 두 구는 다음과 같다. "높이 나는 새는 사람과 길을 다투고, 울부짖는
원숭이 나를 아는지 처량함을 더해주네[飛鳥與人爭道路, 啼猿知我助悲凉]." 기윤紀昀
이 순무로 나왔다가 객사 벽에 쓰인 이 구절을 보고 감탄했다는 일화가 전한다.

71) 요내姚鼐(1732~1815)는 자를 몽곡夢谷이라고도 하며 석포선생惜抱先生이라 불렸다.
그는 고조부 때부터 고위관직을 지낸 대관료 가문 출신으로, 33세에 진사가 되어 산동
과 호남의 향시고관鄕試考官과 회시동고관會試同考官, 형부랑중刑部郎中을 지내다가 건

는 진사 출신으로 한림원 학사를 지냈고, 문장의 품격이 우아하고 후학을 이끌어주어 그 덕분에 명성을 얻은 자가 매우 많았다. 경전에 정통하고 글을 잘 지었으며, 저서에 『희전문집姬傳文集』과 『춘추설春秋說』이 있다.

제자 호건胡虔[72]은 자가 낙군雒君이며, 요내의 글 짓는 법도를 모두 얻었다. 태수 사계곤謝啓崑[73]이 『서위서西魏書』를 편찬할 때 그에게 교열을 맡겼다.

12. 왕문치王文治[74]는 자가 몽루夢樓이고 단도丹徒 사람이다. 그는 건륭 경신庚辰년(1760)에 일갑一甲의 2등으로 진사에 급제했다. 시에 뛰어났으

룽 39년(1774) 44세에 사임하고 고향에 돌아와 고문 창작에 전력을 기울였다. 또 전후로 30여 년 동안 강녕江寧과 양주, 휘주徽州, 안경安慶 등에서 종산鍾山, 안정安定, 매화梅花, 자양紫陽, 경부敬敷 등의 서원을 주관하여 제자들을 많이 길러내고 동성파桐城派 고문을 크게 일으켰다. 저작으로 『석포헌집惜抱軒集』과 『석포헌척독惜抱軒尺牘』, 『구경설九經說』, 『삼전보주三傳補注』 등이 있고, 유명한 『고문사류찬古文辭類纂』을 편찬했다.
72) 호건胡虔(?~?)은 호가 풍원楓原이다. 그는 동성파의 유명한 지방지地方志 학자이고, 전대소錢大昭, 진전陳鱣과 이름을 나란히 하였다. 그는 건륭 53년(1788) 사계곤謝啓崑이 『남창부지南昌府志』를 만들 때 편찬에 참여하여 칭송을 받았고, 가경 5년(1800)에 사계곤의 초빙을 받아 편찬한 『광서통지廣西通志』(279권)은 지방지의 모범으로 꼽힌다. 또한 가경 7년(1802)에는 『임계현지臨桂縣志』(32권)를 편찬했고, 그 후에는 양호총독兩湖總督 장학성章學誠에게 초빙되어 『호북통지湖北通志』를 편찬했다. 그러나 그는 일생을 남의 막빈幕賓으로 지냈고 저작도 대부분 다른 사람 명의로 나간 것이 많아 학자로서 이름이 높지는 못했다. 사계곤의 『서위서西魏書』나 『소학고小學考』, 『월서금석략粵西金石略』, 그리고 장학성의 『사적고史籍考』 등이 모두 호건이 대신 썼던 것으로 알려져 있다. 그의 저서로는 『상서술의尙書述義』 8권과 『동성제거천벽고桐城制擧薦辟考』 1권, 『황조여지도리기皇朝輿地道理記』 20권 등이 있다.
73) 사계곤謝啓崑(1737~1802)은 자가 온산蘊山이고 호는 소담蘇潭이며, 강서江西 남강南康 사람이다. 그는 건륭 25년(1760)에 진사가 되었고, 양주지부를 역임했으며, 가경嘉慶 연간에 광서순무廣西巡撫가 되어 임지에서 죽었다. 저서에 『수경당집樹經堂集』, 『서위서西魏書』, 『소학고小學考』, 『월서금석지粵西金石志』가 있으며, 만년에 편찬한 『광서통지廣西通志』는 박학하기로 정평이 나있다.
74) 왕문치王文治(1730~1802)는 자가 우경禹卿이고, 건륭 연간에 진사에 합격하여 한림원시독翰林院侍讀을 지냈다. 그는 동기창董其昌의 진수를 얻어 담묵화淡墨畵를 잘 그렸고, 글씨에도 뛰어났다. 저서로 『몽루시집夢樓詩集』과 「논서절구삼십수論書絶句三十首」 등이 있다.

며 서예에는 더욱 정통하였다. 성내의 사당이나 호수에 지은 정자의 비
문과 방련榜聯이 대부분 그의 손에서 나왔다. 그는 항상 『설첩禊帖』75)에
서 집자集字하여 대련을 썼다고 한다.

13. 장빈학張賓學은 자가 요봉堯峰이고 항주 사람이다. 그는 세세한 예법
에 구애받지 않아 당시 사람들이 '미치광이 장씨[張瘋]'이라고 불렀다.
그는 장편의 칠언고시에 능숙했으며, 글씨는 안진경顏眞卿을 본받았다.

14. 주운朱篔76)은 자가 이정二亭이고 강도江都 사람이다. 천성이 착실하
고 순박했던 그는 시에 뛰어났고, 청뢰靑雷 주진朱震과 나란히 이름을
날려 당시 '이주二朱'라 불렸다.
　　주진은 과친왕果親王 윤례胤禮77)에게 명성이 알려져 과친왕이 누차
그를 초청했으나 가지 않았다. 주효순이 태안泰安의 태수가 되자 그를
초빙하여 대산岱山78)에 올랐다. 그리고 주효순은 나중에 양회전운사가
되었을 때 그와 함께 여러 차례 문연文宴을 열었고, 그때 지은 시집이
세간에 유행했다.

15. 나빙羅聘79)은 자가 양봉兩峰이고 스스로 화지사승花之寺僧이라고 불

---

75) 진晉 왕희지王羲之가 쓴 시서詩序를 모은 『난정첩蘭亭帖』의 별칭이다.
76) 주운朱篔(1716~1797)은 호가 시인市人이며, 벼슬을 하지 않았다. 그는 어려서 권용拳
　　勇에게 배웠고 장사를 하여 어머니를 봉양했다. '양주팔괴' 가운데 나빙羅聘, 왕중汪中
　　과 친했다. 장년이 되어서 쓴 「학충렬기략郝忠烈紀略」과 「경제찬요經濟纂要」 등의 문장
　　으로 진굉모陳宏謀의 칭찬을 들었고, 시에 뛰어나 주면朱冕과 함께 '이주二朱'로 불렸다.
　　저서에 『이정시초二亭詩鈔』 6권이 있다.
77) 윤례胤禮(?~1738)는 강희제의 17번째 아들로서, 옹정 원년(1678)에 과군왕果郡王에
　　봉해졌다가 6년에 과친왕이 되었다.
78) 오악五嶽 가운데 하나로 동악東嶽이라고도 부르며, 태산太山이라고도 쓴 곳도 있다.
　　산동성 태안현 북쪽에 있다.
79) 나빙羅聘(1733~1799)은 자를 둔부遯夫, 호를 양봉兩峰 또는 의운衣雲이라고도 하며,
　　별호로 화지사花之寺, 금우산인金牛山人, 주어부洲漁父, 사련노인師蓮老人 등이 있다. 원적

렀으며, 강도 사람이다. 그는 시에 뛰어났고 천녕문 안에 있는 미타항彌
陀巷에 살았는데, 그 집에 '주초시림朱草詩林'이란 편액을 걸어놓았다. 그
는 그림에 뛰어나서 〈귀취도鬼趣圖〉를 그렸는데, 거기에 제사題詞를 쓴
사람이 백여 명에 이른다.80)

그의 아내인 방완의方婉儀81)는 자가 백련白蓮이고, 심대성沈大成에게
시를 배웠으며, 저서에 『백련반격시白蓮半格詩』가 있다.

아들 나윤소羅允紹는 자가 개인介人이고, 나윤찬羅允纘은 자가 연당練
堂 혹은 소봉小峰이라고 하는데, 모두 그림을 잘 그렸다.

16. 명신明新은 자가 춘암春巖이고, 만주인滿洲人이다. 시와 그림에 뛰어
났다. 그는 태주泰州 오우장대사伍佑場大使82)를 지낸 적이 있고, 주효순
의 속리屬吏가 되었다. 그가 그린 〈홍교대월도虹橋待月圖〉가 남아 있다.

17. 장도악張道渥83)은 자가 죽휴竹畦이고 부산浮山 사람이다. 시와 그림

은 안휘성 흡현이고, 강소성 감천甘泉 사람이다. 그는 김농金農의 제자이며 관직에 나가
지 않았다. 모든 분야의 그림에 뛰어나고 독창적인 색채를 가지고 있어 '양주팔괴'의
한 명으로 꼽힌다. 그의 아내 방완의方婉儀와 아들 나윤소와 나윤찬도 매화를 잘 그려
'나가매파羅家梅派'라고 불렸다. 대표작으로 〈물외풍표도物外風標圖〉, 〈양봉사립도兩峰蓑
笠圖〉, 〈단계추고도丹桂秋高圖〉, 〈화죽유성도畵竹有聲圖〉 등이 있고, 저서에 『향엽초당집
香葉草堂集』이 있다.

80) 〈귀취도鬼趣圖〉는 세태를 풍자한 그림으로 원매袁枚와 요내, 전대흔錢大昕, 옹방강翁方綱,
장사전蔣士銓 등이 모두 이 그림에 글을 쓴 적이 있어 당시에 명성이 높았다.

81) 방완의方婉儀(1732~1779)는 청대 여류 시인이며 화가로서 자가 의자儀子, 호가 백련거
사白蓮居士이며, 안휘성 흡현 사람이다. 그녀는 매난죽석梅蘭竹石 그림에 뛰어났으며, 남편
나빙이 그녀의 그림을 두고 속세의 생각에서 벗어나 세세한 묘사에 얽매이지 않는다고
칭찬했다. 옹방강翁方綱이 그녀를 위해 「여사방씨묘지명女士方氏墓志銘」을 쓰기도 했다.

82) '오우장'은 염장鹽場의 이름으로 신흥장新興場과 함께 가장 유명한 곳이었다. '대사'
란 명·청대의 저급 관리를 가리키는 말로서, 염장 지역을 관리하는 사람을 장대사場
大使, 세무稅務를 담당하는 사람은 세대사稅大使라는 식으로 불렀다. 직급은 낮았지만
실권을 가진 자리라고 할 수 있다.

83) 장도악張道渥(?~?)은 자가 수옥水屋 또는 봉자封紫이고 호는 죽휴竹畦이다. 그는 산서
성 부산浮山 사람이며, 제생 출신으로 패주지주覇州知州를 지냈다. 그림과 글씨, 시에
모두 뛰어나 당시 '삼절三絶'이라 불렸던 그는 나빙과 친하여, 나빙이 그에게 〈수옥음

에 뛰어났던 그는 자존심이 강하고 어디에도 구속받길 싫어하는 성품
이었다. 그는 통주분사通州分司[84]를 지낼 때, 군성 관사의 대문에 다음
과 같은 대련을 써놓았다.

버드나무 자란 강가 성에서 옛 그림을 베껴 그리고

매화 핀 관사에서 시를 쓰네.

楊柳江城臨畫稿, 梅花官閣寄詩魂.

18. 왕지순王至淳[85]은 자가 박산樸山이고 강녕江寧 은현암隱賢菴의 도사
[羽士]이다. 그는 어려서 시에 뛰어났고 글씨는 미불米芾을 본받았다. 주
효순이 그를 양주로 초빙하여 주고받은 시들이 매우 많았다.

19. 유중선劉重選은 매화서원을 짓고 직접 학생을 평가하여 장원掌院[86]
을 두지 않았다. 유중선 이후에 서원은 담당관리[有司]에게 맡겨져 모두
관청에서 관리하게 되었다. 주효순이 중건하였을 때에는 안정사원의 예
와 동일하게 모두 염무鹽務[87]에 속하게 되었고, 선생과 장원을 초빙해
왔다. 안정서원의 장원은 왕보청王步青[88]부터 시작되었고, 매화서원은
요내부터 시작되었다.

　안정사원의 장원은 23명이다.

　추도水屋吟秋圖〉 등을 그려 주기도 했다. 저서에 『수옥잉고水屋剩稿』 2권이 있다.
84) 청대 염운사鹽運使 아래에 설치된 분원을 가리킨다.
85) 왕지순王至淳(?~?)은 상원上元(지금의 난징) 사람이다. 도사로서 강녕江寧 은선암隱仙
　菴에 살았던 그는 서예와 시사詩詞에 뛰어났고 매화를 잘 그렸다. 저작으로 『청량산방
　시개淸凉山房詩槪』가 있다.
86) 청대 한림원장원학사翰林院掌院學士를 줄여 부르는 말이다. 여기에서는 서원의 책임
　자를 가리킨다.
87) 소금과 관련된 업무의 관장을 가리키는 말이다.
88) 왕보청王步青(?~?)은 자가 한개罕皆 또는 한계漢階이고, 호는 이산已山이며, 금단金壇
　사람이다. 그는 1723년 진사가 된 뒤 서길사庶吉士로 지내다 검토檢討 벼슬을 제수 받
　았다. 저서에 『앵구초鸎鳩草』가 있다.

왕보청은 자가 한개罕皆이고 호는 이산已山이며, 옹정 계묘癸卯년(1723)에 진사가 되었다.

오도吳濤는 자가 주중柱中이고 호는 욱정旭亭이며, 강희 무술戊戌년(1718)에 진사가 되었다.

저대문儲大文[89]은 자가 육아六雅이고 호가 화산畫山이며, 강희 신축辛丑년(1721)에 진사가 되었다.

왕준王竣[90]은 자가 차산次山이고 옹정 갑진甲辰년(1724)에 진사가 되었다.

사상査祥은 자가 성남星南이고 호는 운재雲在이며, 강희 무술년(1718)에 진사가 되었다.

진조범陳祖范[91]은 자가 역한亦韓이고 호가 견복見復이며, 옹정 계묘년(1723)에 진사가 되었다.

왕교림王喬林은 자가 문하文河이고, 옹정 계묘년(1723)에 진사가 되었다.

장사우張仕遇는 옹정 계묘년(1723)에 진사가 되었다.

소태邵泰[92]는 자가 북애北崖이고 강희 신축년에 진사가 되었다.

장공비蔣恭棐[93]는 자가 서포西圃이고 강희 신축년에 진사가 되었다.

심기원沈起元[94]은 자가 자대子大이고 호가 경정敬亭이며, 강희 신축년

---

89) 저대문儲大文(1665~1743)은 의흥宜興 사람이다. 그는 1721년 진사 급제하여 서길사庶吉士가 되었고 편수編修를 지냈다. 벼슬을 그만둔 뒤 안정서원을 관장했다. 저서에 『존연루문집存研樓文集』 16권과 그것의 이집二集 25권이 있고 『산서성지山西省志』 300여 권을 짓기도 했다.

90) 왕준王竣은 왕준王峻을 가리키는 듯하다. 왕준王峻(?~?)은 호가 간재艮齋이며, 진조범陳祖范의 제사로서 옹정 2년(1724)에 진사에 급제했다. 『일동시一統志』 편찬에 참여했다.

91) 진조범陳祖范(1676~1754)은 상숙常熟 사람이다. 그는 1723년 거인이 되었지만 병으로 전시殿試에 급제하지는 못했고, 1751년에 경학의 인재로 천거되어 국자감사업國子監司業을 제수 받았다. 저서에 『경지經咫』, 『견복시초見復詩草』가 있다.

92) 소태邵泰(?~?)는 자가 치동峙東, 별호를 북애라고도 하며, 강소 오현吳縣 사람이다. 그는 1721년 진사에 급제하여 한림원 편수를 지냈다. 『소주부지蘇州府志』 편찬에 참여했다.

93) 장공비蔣恭棐(?~?)는 자가 유어維御라고도 하며 강소 장주長洲 사람이다. 그는 1721년에 진사에 급제하여 한림원 편수를 지냈다.

94) 심기원沈起元(1685~1763)은 태창太倉 사람이다. 그는 1721년 진사가 되었고 서길사로 있다가 이부주사吏部主事, 직예포정사直隸布政使를 지냈고, 조정에 발탁되어 광록시

에 진사가 되었다.

유성위劉星煒95)는 자가 포삼圃三이고 호가 인자印子이며, 건륭 무진戊辰년(1748)에 진사가 되었다.

왕연년王延年96)은 자가 용륜涌輪이고 호가 개미介眉이며, 옹정 병오丙午년(1726)에 진사가 되었다.

항세준杭世駿97)은 자가 대종大宗이고 호가 근포董浦이며, 건륭 병진丙辰년(1736)에 박학홍사가 되었다.

심위조沈慰祖는 자가 여재礪齋이고 옹정 경술庚戌년(1730)에 진사가 되었다.

저인지儲麟趾98)는 자가 매부梅夫이며 강희 기미己未년(1679)에 진사가 되었다.

장사전蔣士銓99)은 자가 심여心餘이고 호가 청용淸容이며, 건륭 정축丁

경光祿寺卿을 지냈다. 저서에 『경정시문집敬亭詩文集』이 있다.

95) 유성위劉星煒(?~1764)는 자가 영유映楡이고 호가 포삼圃三이라고도 하며, 무진武進 사람이다. 그는 1748년에 진사가 되어 한림원 편수, 광동학정廣東學政, 안휘학정安徽學政, 시독학사侍讀學士, 병부시랑을 지냈다. 저서에 『사보당집思補堂集』이 있다.

96) 왕연년王延年(?~?)은 자가 개미介眉이고 호가 용륜涌輪이라고도 하며, 전당錢塘 사람이다. 그는 1726년 진사가 되었고, 1736년에 박학홍사로 선발되었으며, 한림원 시강侍講을 지냈다.

97) 항세준杭世駿(1695?~1773)은 은퇴 후 낙향하여 호를 진정노민秦亭老民이라고도 했다. 절강 인화仁和 사람이다. 그는 1724년 향시에 합격했고, 1736년 박학홍사에 뽑혀 한림원 편수를 제수 받았고, 후에는 어사가 되었다. 『십삼경十三經』과 『이십사사二十四史』를 교감하였고 『삼례의소三禮義疏』를 지었으나, 직언을 하였다가 파직당해 낙향했다. 그는 시문에 능하고 명사들과 교유하며 남병시사南屛詩社를 결성하기도 했고, 『영남집嶺南集』을 간행했다. 만년에는 월동粵東과 양주의 서원을 관장하였다. 그는 특히 장서가 대단히 많아 ‘도고당道古堂’이란 장서루를 지었고, 나중에는 ‘보사정補史亭’을 지어 금사金史 서적 관련 서적의 전문 소장실로 삼았다. 『제사연의諸史然疑』, 『사기고증史記考證』, 『양한서소증兩漢書疏證』, 『삼국지보주三國志補注』 등이 있으며 『금사金史』를 보충하기도 했다. 이외 『도고당문집道古堂文集』 48권과 시집詩集 26권, 『석경고이石經考異』, 『속방언續方言』, 『용성시화榕城詩話』, 『양절경적지兩浙經籍志』, 『역대예문지歷代藝文志』 등의 저작이 있다.

98) 저인지儲麟趾(?~?)는 형계荊溪 사람이다. 그는 1679년 진사에 합격하여 서길사가 되었다가 종인부宗人府 부승府丞을 지냈다. 저서에 『쌍검수헌시고雙檢樹軒詩稿』가 있다.

99) 장사전蔣士銓(1725~1785)은 자를 초생苕生이라고도 하고, 호는 청용거사淸容居士 또는 장원藏園이라고 한다. 만년에는 호를 정보定甫라고 했다. 강서江西 연산鉛山 사람이

丑년(1757)에 진사가 되었다.

오각吳珏은 자가 병산並山이며 건륭 계미癸未년(1763)에 진사가 되었다.

길몽웅吉夢熊100)은 자가 위애渭崖이고 건륭 임신壬申년(1752)에 진사가 되었다.

주승환周升桓101)은 자가 산자山茨이고 건륭 갑술甲戌년(1754)에 진사가 되었다.

조익趙翼102)은 자가 운숭雲崧이고 호가 구북甌北이며, 건륭 신사辛巳년(1761)에 진사가 되었다.

장도張燾는 자가 모청暮青이고 호가 극재洫齋이며, 건륭 신사년(1761)에 진사가 되었다.

왕숭고王嵩高103)는 자가 소림少林이고 건륭 계미년에 진사가 되었다.

다. 그는 1757년에 진사가 되어 서길사로서 편수가 되었다가 40세에 사직하고 남경南京으로 가서 원매袁枚와 어울렸고, 41세에서 51세까지 회계會稽와 양주의 서원에서 강학했다. 1778년 건륭제가 강남을 순시할 때 그와 팽원서彭元瑞에게 '강우양명사江右兩名士'라고 쓴 시를 하사하자, 다시 출사하여 국사관편수관國史館編修官을 역임하다가 남창南昌에서 병사했다. 그가 쓴 2,600여 수와 사詞 270여 수, 문집 12권, 잡극雜劇과 전기傳奇 16종 등은 생존 당시에 간행되어 문단에 명성을 날렸으며, 그 외의 저작으로『충아당집忠雅堂集』이 남아 있다.

100) 길몽웅吉夢熊(1721~1794)은 자가 의양毅楊라고도 하고, 단양丹陽 도서導墅 사람이다. 그는 성 동문東門의 낙타교駱駝橋에 살았는데, 집안에 건륭의 넷째 아들이 쓴 '사세동당四世同堂'이란 편액을 걸어놓고 있어 사람들이 '낙타교 길씨'라고 불렀다. 그는 1752년에 진사가 되었고 한림원에 있다가 편수에 제수되었고, 나중에 어사를 역임했다. 직언을 서슴지 않아 이름을 떨쳤다. 또한 순천부順天府 부윤府尹과 주고관主考官을 지내며 치적이 많았다. 그는 박학하여『사고전서』총교열에 참여했으며, 입궁하여 황태자와 황손을 가르치기도 했다. 저서에『연경당문집硏經堂文集』3권과『시집詩集』13권이 전한다.

101) 주승환周升桓(1733?~1801)은 자가 치규稚圭이고 호를 산자山茨라고도 하며, 절강 가선嘉善 사람이다. 그는 1754년에 진사가 되었고 광서순무廣西巡撫를 지냈다. 글씨는 미불米芾과 소식蘇軾을 본받았고 불학佛學에 조예가 깊었다. 저서에『환유시존皖游詩存』이 있다.

102) 조익趙翼(1727~1814)은 강소성 양호陽湖(지금의 창저우) 사람이다. 그는 1754년 거인이 되었고 광주지부廣州知府와 핑시병비도廣西兵備道를 지냈다. 원매袁枚, 장사전蔣士銓과 함께 '강좌삼대가江左三大家'로 불렸다. 저서에『구북시집甌北詩集』과『구북시화甌北詩話』가 있다. 사학의 고증 분야에는 더욱 조예가 깊어 대표작인『입이사찰기廿二史札記』는 전대흔의錢大昕의『입이사고이廿二史考異』와 왕명성王鳴盛의『칩실사상각十七史商榷』과 함께 3대 사학 명저로 꼽힌다.

매화서원의 장원은 5명이다.

요내姚鼐는 건륭 계미년에 진사가 되었다.

모원명茅元銘은 자가 경정耕亭이고 건륭 임진壬辰년(1772)에 진사가 되었다.

장종해蔣宗海104)는 자가 춘농春農이고 건륭 임신壬申년(1752)에 진사가 되었다.

장명張銘105)은 자가 경당警堂이고 건륭 정묘丁卯년(1747)에 거인이 되었다.

장종해 전에 오각이 장원을 지냈는데 안정서원에서 이리로 옮겨온 것이다. 안정서원에서 수학한 제생諸生106)으로 매화서원의 장원이 된 사람으로는 중서사인中書舍人을 지낸 장종해가 유일하다. 매화서원 출신으로 안정서원의 장원이 된 사람으로는 태수를 지낸 왕숭고가 유일하다.

광릉서원은 동관대가東關大街에 있고 지부 항예恒豫가 창건했다. 장원은 3명이 있다.

사굉생謝浤生은 자가 해구海漚이고 건륭 임오壬午년(1762)에 거인이 되

---

103) 왕숭고王嵩高(1735~1800)는 자가 해산海山이고 호는 소루小樓라고도 하며, 보응寶應 사람이다. 왕잠여王箴興의 아들이다. 그는 양주 안정서원에서 수학하였고, 1763년에 진사가 되어 평락지부平樂知府를 지냈다. 그의 사후에 아들 왕윤생王潤生과 왕가생王嘉生이 유작을 골라 『소루시집小樓詩集』 8권을 간행했다. '중화본'에는 진사에 급제한 연도가 밝혀져 있지 않다.

104) 장종해蔣宗海(1720~1796?)는 자가 춘암春巖 또는 성암星巖, 호는 춘농春濃 또는 청농靑農이라고도 하며, 만년에는 귀구노인歸求老人이라 하였다. 그는 단도丹徒 사람으로 1752년에 진사가 되었고 내각중서內閣中書를 지냈다. 그는 시문에 뛰어났고, 고서 감별에 조예가 깊었으며, 장서가 3만여 권에 달하여 당시에 장약균張若筠과 나란히 장서가로 명성을 날렸다. 그는 또한 산수화를 잘 그렸고 전각篆刻에도 뛰어났다. 저서에 『춘농음고春農吟稿』가 있다.

105) 장명張銘은 자가 신반新盤, 호를 경당警堂이라고도 하며, 남성南城 사람이다. 그는 건륭 기묘년己卯年(1759)에 거인이 되어 강남소송태병비도江南蘇松太兵備道를 지냈다. 저서에 『경당만존시초警堂漫存詩草』가 있다.

106) 학교에 입학한 생원生員을 가리킨다.

었다.

두악杜諤[107)은 건륭 무술戊戌년(1778)에 진사가 되었다.

곽균郭均은 자가 직민直民이고 호가 소촌篠村이고, 건륭 정미丁未년
(1787)에 진사가 되었다.

20. 서원을 세운 이래로 서원의 책임자인 감원監院에 부와 현의 학관의
교사를 썼는데, 이들은 모두 학문에 뛰어나다고 이름난 사람들이었다.
그 가운데 알려진 사람들에 대해 다음과 같이 간략히 기록해둔다.

21. 김조연金兆燕[108)은 전초全椒 사람이다. 그가 교수教授[109)가 되었을
때 시장에서 작은 구리 인장을 샀는데 거기에 '종정棕亭'이란 글자가 새
겨져 있어 그것을 호로 삼고, 관서의 서편에 종정棕亭을 만들었다. 그가
저술한 원고가 몇 아름이 되자 사람들이 판각하라고 권했다. 이에 그는
이렇게 대답했다.

"사람들이 모두 내가 종정임을 알고 있고, 종정이란 이름은 사실 시
장에서 사 온 것이니 어찌하여 평생 심혈을 기울여 쓴 글을 종정에게
빼앗긴단 말이오?"

나중에 그가 국자감박사國子監博士로 승진하게 되자, 서원의 제생 왕
몽계汪夢桂[110) 등 십여 명이 평산당에서 그를 전별하고 각자 시를 지었
다. 산장山長[111) 오각吳珏이 그 일을 글[序]로 썼다.

---

107) 두악杜諤은 가경嘉慶 연간에 한림원 편수를 지냈고 예부좌시랑禮部左侍郎이 되었다.
108) 김조연金兆燕에 대해서는 『양주화방록』 권1 「초하록草河錄・상上・44」를 참조할 것.
109) 청대 직예청直隸廳, 부학府學에 교수教授를 두고 학교의 교과 과정에 관련된 업무와
　　문묘文廟 내 제사 악기 및 서적 등을 관리하는 등의 일을 하였다.
110) 왕몽계汪夢桂(?　?)는 자가 문주文冑이고 호는 추암秋巖이며, 의징儀徵 사람이다. 그는
　　왕욱汪煜의 아들로서, 13세에 박사제자원博士弟子員이 되었고, 1789년에 거인이 되었다.
　　저서에 『이아집증爾雅集證』, 『지학재고志學齋稿』, 『추암시초秋巖詩鈔』, 『체화당시집棣華堂
　　詩集』 등이 있다.
111) 서원에서 강학하는 일 외의 사원 업무를 총괄하는 사람을 가리킨다. 주로 유명한 학

22. 고돈량顧惇量은 곤산崑山 사람이다. 그는 세공사歲貢士로서 박학홍사로 선발되었으나 나가지 않았다. 그는 시에 뛰어났으며, 장주長洲의 하병형夏秉衡112)이 그의 팔고문을 간행하여 세간에 유행하였다.

23. 하빈夏賓은 자가 우문于門이고 육합六合 사람이다. 그는 의학에 정통하였고, 그가 쓴 팔고문이 세간에 유행했다.

24. 이보태李保泰는 자가 색생嗇生이다. 그는 경자庚子년(1789)에 진사가 되었으며, 경사經史를 두루 종합하여 의리義理가 들어있는 곳을 파악하는데 능했다. 그는 또 시와 고문, 사詞에 뛰어났고, 송대宋代의 문집에 가장 조예가 깊었다. 그가 양주에서 병탁秉鐸113)을 지낼 때 학업과 학문에 대한 가르침을 받고자 하는 학생들이 날마다 줄을 이었다. 그는 조용히 지내며 자기 신조를 지켰고, 책을 읽고 글을 논하는 것 이외의 다른 일에는 관여하지 않았다. 그는 가정嘉定의 궁첨宮詹114) 전대흔錢大昕115)과 원화元和의 시랑侍郎 왕명성王鳴盛,116) 인화仁和의 학사學士 노문

자들이 담당하였다.
112) 하병형夏秉衡(1726~?)은 자가 평천平千이고 호가 곡향자谷香子이며, 송강부松江府 화정현華亭縣 사람이다. 그는 건륭 17년(1752)에 거인이 되었고, 건륭 30년(1765)에 섬서성 주지현周至縣 지현이 되었다. 저서에 전기傳奇 『추수당삼종秋水堂三種』(『백보상百寶箱』과 『시중성詩中聖』, 『쌍취원雙翠圓』을 모음)이 있는데, 심덕잠沈德潛, 탕현조湯顯祖와 함께 명성을 날렸다. 이외 『청기헌초집淸綺軒初集』 4권과 집일한 『청기헌사선淸綺軒詞選』 13권이 있다.
113) 문교文敎를 담당하는 관리를 말한다.
114) 첨사부詹事府는 원래 동궁 태자를 지도하고 보좌하는 기구인데, 옹정 이후 태자를 세우지 않게 되면서 한림원 관원이 승진되거나 전근을 가는 기구가 되었다. 3, 4품의 관등에 해당하지만 실직實職은 아니며, 한림원과 함께 한첨翰詹으로 병칭되기도 한다. 첨사부의 정직正職은 첨사詹事, 부직副職은 소첨사少詹事라고 부른다.
115) 전대흔錢大昕(1728~1804)은 자가 효징曉徵 또는 급지及之이고, 호는 신미辛楣 또는 죽정竹汀이며 만년에는 잠연노인潛硏老人이라고 불렀다. 서실書室 이름으로 '잠연당潛硏堂', '십가재十駕齋', '잔수재孱守齋' 등을 사용했다. 그는 1749년 소주蘇州의 자양서원紫陽書院에서 수학했으며 이때 원장院長이던 왕준王峻(자는 차산次山, 호는 간재艮齋)의 고학古學과 지리학을 전수받았다. 건륭 19년(1754) 진사에 급제하여 편수編修에 제수되었

초盧文弨,[117] 그리고 동성桐城의 태사太史[118] 요내姚鼐와 교유하였는데, 이들 모두 그를 매우 존중하였다.

25. 유승잠兪升潛은 무원婺源 사람으로, 건륭 무자戊子년(1768)에 거인이 되었다. 그는 팔고문에 뛰어났으며 성정이 온화하여 사람을 잘 가르쳤다.

26. 왕숭백王嵩伯은 자가 □□이고 원화元和 사람이고, 늠공생廩貢生이다. 그는 강희 임진壬辰년(1712)에 장원으로 진사가 된 왕세침王世琛[119]의 조

고, 광동독학廣東督學을 지냈다. 그는 첨사부 소첨사를 지낸 적이 있어 여기에서 '궁첨'이라고 높여 불렀다. 이후에 종산서원鍾山書院, 누동서원婁東書院, 자양서원 등에서 학생들을 가르치며 저술에 전념했다. 주요 저작으로 『22사 고이廿二史考異』와 『잠연당문집潛研堂文集』, 『십가재양신록十駕齋養新錄』 등 수십 종이 있다.

116) 왕명성王鳴盛(1722~1797)은 자가 풍개風喈이고 호가 예당禮堂 또는 서장西莊이며, 강소성 가정嘉定 사람이다. 그는 1754년에 진사가 되어 한림원 편수, 내각학사 겸 예부시랑을 지냈으나 1763년 40세에 사임하고 소주에 살면서 학술 연구에 전념하였다. 경학과 사학에 두루 정통했던 그의 대표작으로 『십칠사상각十七史商権』이 유명하며 문집에 『서지거사집西沚居士集』이 있다.

117) 노문초盧文弨(1717~1795)는 자가 소궁召弓이고 호가 기어磯漁 또는 경재檠齋이며, 만년에는 궁보弓父로 바꾸었다. 당堂에 '포경抱經'이란 편액을 걸어놓아, 사람들이 그를 포경선생이라 불렀다. 그는 1752년에 진사에 합격하여 한림원 편수, 시독학사侍讀學士, 호남학정湖南學政을 지냈고 상주常州의 용성龍城서원에서 죽었다. 그는 특히 교감에 뛰어난 것으로 명성이 높았고, 선본 감식안이 대단했으며 현재 포경당 장서가 만여 권에 이른다. 그가 편정한 『경전석문經傳釋文』과 『맹자음의孟子音義』, 『일주서逸周書』 등의 선본이 판각되어 유행했다. 자신이 쓴 책으로 『문집文集』 34권과 『의례주소상교儀禮注疏詳校』 16권, 『종산찰기鍾山札記』 4권, 『용성찰기龍城札記』 3권, 『광아주廣雅注』 2권이 있다.

118) 서주西周와 춘추시대에 태사太史는 역사 기록과 문서, 국가 전적典籍과 천문, 역법曆法 등을 관장했다. 신泰·한漢 시대에는 그 직책을 태사령太史令이라고 불렀고, 한나라 때에는 태상시太常寺에 속해서 천문과 역법을 관장했다. 위魏·신晉 이후로는 역사 편찬의 임무를 저작랑著作郞이 맡고, 태사는 전적으로 역법만을 관장했다. 수나라 때에는 그 직책을 태사감太史監으로 고쳤고, 다시 당나라 때에는 태사국太史局으로 고쳤다. 송나라 때에도 태사국, 사천감司天監, 천문원天文院 등의 명칭이 있었으며, 원나라 때에는 태사원太史院으로 고쳐 불렀다. 명·청 시대에는 그것을 흠천감欽天監이라고 불렀고, 역사 편찬의 임무는 한림원에 맡겨졌다. 이 때문에 민간에서는 한림원 학사를 '태사'라고 부르곤 했다.

119) 왕세침王世琛(?~1729)은 자가 보전寶傳이고 호가 간보艮甫이며, 장주長洲 사람이다. 그는 강희 51년(1712)에 진사가 되었고 한림원 수찬과 시강학사, 산동학정山東學政, 소

카로서 시와 고문에 뛰어났다.

27. 범감范鑑은 자가 사호賜湖이고 강녕江寧 사람이다. 그는 정유丁酉년 (1777)에 거인이 되었다. 시문에 뛰어났던 그는 대범하고 소탈하며 다재 다능하고 사람을 사귐에 성실하였으며, 차근차근 학생들을 잘 이끌어주 었으므로 학생들이 그와 가까이 지내길 좋아했다.

28. 안정서원과 매화서원 두 곳에는 사방에서 수학하러 온 사람들이 매 우 많았다. 그러므로 두 서원에는 고문과 팔고문에 능통한 선비들이 대 단히 많았다. 배지선裵之仙에서 정찬보程贊普에 이르기까지 수십 명에 달하니, 다음에 그 상황을 기록해둔다.

29. 배지선裵之仙[120]은 진강鎭江 단도丹徒 사람이다. 글을 짓는데 뛰어나 고 애꾸눈이었던 그는 거인으로서 안정서원에서 공부했고, 강희 갑술甲 戌년(1694)에 회시를 치렀다.[121] 그가 서원에 있을 때 부계점을 쳐서 이 번 회시에 누가 장원이 될 것인가를 물었는데, 부계점의 막대기가 '귀 貴'자를 썼다. 그런데 합격자 방이 붙고 배지선이 장원이 되자 비로소 그 '귀'자가 "눈이 하나인 사람이 합격한다[中一目人]"[122]라는 뜻임을 알 았다.

30. 관일청管一淸[123]은 자가 목헌穆軒이다. 그는 진사 출신으로 서길사庶

첨사少詹事까지 지냈다. 저서로 『교소소교橋巢小稿』가 있다.

120) 배지선裵之仙(?~?)은 저서에 『맥학동미脈學洞微』와 『녹야의안綠野醫案』이 있다.

121) '중화본'에는 연도가 밝혀져 있지 않다.

122) '귀貴'자를 파자破字하면 '중일목인中一目人'이 된다.

123) 관일청管一淸(?~?)은 자가 청래靑來라고도 하며 호가 대강對江이고, 강도 사람이다. 그는 1739년 진사에 합격했다. 증성현 지현을 지낸 뒤 경사에 입조하러 가다가 객사에 서 죽었다. 증성현 재임 시 『현지縣志』 20권을 편찬했다. 『목헌시穆軒詩』 1권이 있다.

吉士에 뽑혔다가 한직인 위현魏縣의 지현을 지내고, 증성현增城縣으로 옮겨갔다. 그는 글 짓는데 뛰어나고 시를 잘 지어서 시집과 문집을 남겼다. 그의 아들 관지계管之桂 역시 시에 뛰어났다. 그의 저서로는『목헌시집穆軒詩集』이 있다.

31. 양개정楊開鼎[124]은 자가 치당致堂이고 노년에 활죽거사薤竹居士라 칭했다. 그는 진사 출신이며 한림원학사를 지냈는데, 호남湖南 침계도郴桂道[125]에서 죽었다. 어사를 지낼 때 강직한 것으로 상당히 명성이 높았던 그는 팔분체에 뛰어났고, 시집을 남겼다.

32. 양국치梁國治[126]는 자가 계평階平이고 절강浙江 사람이다. 그는 진사 출신이며 동각대학사東閣大學士를 지냈는데, 젊었을 때 이곳에서 공부했다.

33. 사용생謝溶生[127]은 자가 미당未堂이고 의징儀徵 사람이다. 그는 동진東晉 때의 태부太傅 사안謝安의 후예로서, 팔고문에 뛰어나서 형 사굉생과 함께 나란히 이름을 날려 당시 '이사二謝'로 칭해졌다. 상국相國 진계림陳桂林이 양주를 수비할 때 그의 문장을 높이 평가하여 사위로 삼았

---

124) 양개정楊開鼎은 대만순대어사臺灣巡臺御史를 지냈다.
125) 도道는 명·청 시대의 성省과 부府 사이에 설치된 감찰 구역의 단위이고, 그 장관을 도대道臺 혹은 도원道員이라고 한다. '관찰觀察'이라고 높여 부르기도 한다. 침계도는 호남 침주郴州와 계양桂陽이다.
126) 양국치梁國治(1723~1786)는 호가 요봉瑤峰 또는 풍신豊山이고, 회계會稽 중당中塘(지금의 상위) 사람이다. 그는 1748년에 장원으로 진사에 급제했고, 동각대학사東閣大學士 겸 군기대신軍機大臣을 지냈다. 관직에 있는 동안 내내 청렴했으며 일처리가 신중했으며, 인재를 아끼고 사사로운 정에 얽매이지 않아 백성의 사랑을 받았다. 시문과 서에에도 뛰어났던 그의 저서로는『경사딩문집敬思堂文集』이 있다.
127) 사용생謝溶生(?~1790)은 이름을 '용천容川'으로 쓰기도 한다. 그는 건륭 10년(1745) 진사에 급제하여 한림원서길사, 편수, 시강侍講, 시독학사, 내각학사 겸 예부시랑함禮部侍郎銜, 형부우시랑刑部右侍郎, 산동山東과 강서江西의 학정學政, 병부우시랑, 예부좌시랑, 광록시경光祿寺卿, 태상시경太常寺卿, 예부상서 등을 역임한 바 있다.

다. 훗날 그는 진사에 급제하여 벼슬이 형부시랑刑部侍郎에 이르렀고, 그의 아들 사사송謝士松과 사사저謝士樗, 사사수謝士樹 모두 명제생이다.

34. 장종해張宗海는 자가 춘농春農이고 진강鎭江 단도丹徒 사람이다. 진사 출신으로 내각중서內閣中書를 지냈던 그는 전적을 두루 읽었으며, 학문에서는 하작何焯[128]과 진경운陳景雲[129]의 영향을 고루 받았다.

35. 진휭秦蕙[130]은 자가 서당序堂이고 호가 서암西巖이며 강도江都 사람이다. 그는 진사 출신으로 한림원 편수를 지내고 악상풍도岳常澧道[131]로 나가기도 했다. 또한 그는 시문에 뛰어났고 시집과 문집 몇 권이 남아 있다.

그의 아들인 진은복陳恩復[132]은 자가 돈부惇夫이다. 그는 진사 출신이

---

128) 하작何焯(1661~1722)은 자가 기첨屺瞻이고 호가 의문義門이며 만년에는 다선茶仙이라고 했다. 강소 오현吳縣 사람이다. 그는 강희 연간에 발공생拔貢生이 되었다가 거인과 진사를 하사받고 한림원 편수와 무영전수서武英殿修書를 지냈다. 저서에 『의문선생집義門先生集』과 『의문독서기義門讀書記』가 있다.

129) 진경운陳景雲(?~?)은 자가 소장少章이고 강소 오현吳縣 사람이다. 그는 하작何焯의 문하생으로서 제생 출신인데, 회사에서 낙제한 뒤에는 줄곧 고향에서 제자를 양성했다. 제자들은 그를 '문통선생文通先生'이라고 불렀다. 저작으로 문집과 『독서기문讀書記聞』, 『강목변오綱目辨誤』, 『양한정오兩漢訂誤』, 『삼국지교오三國志校誤』, 『문선교정文選校正』, 『기원고략紀元考略』 등이 있다.

130) 진휭秦蕙(?~?)은 호를 석연재주인石硏齋主人이라고도 한다. 그는 건륭 17년(1752)에 진사가 되었고 한림원 편수와 어사를 지냈다. 저서에 『석연재집石硏齋集』 12권과 『석연재주년보石硏齋主年譜』, 『돈인당유문敦仁堂遺文』, 『역시서삼경전설구제易詩書三經傳說鉤提』, 『고금체시古今體詩』 4권, 『시여詩餘』 1권이 있다.

131) 호남의 악주岳州, 상덕常德, 풍주澧州를 묶은 도道이다.

132) 진은복陳恩復(1760~1843)은 자가 근광近光 또는 담생澹生, 호를 돈부敦夫라고도 한다. 그는 강도江都 사람으로서 건륭 52년에 진사가 되어 한림원 편수가 되었다. 완원阮元의 초빙으로 고경정사詁經精舍에서 강학하고 1809년에는 양회염정兩淮鹽政의 초청으로 악의서원樂義書院에서 강학을 했다. 그는 『전당문全唐文』 편찬에 참여했으며, 고서 감정에 뛰어나고 교감학에 정통했다. 장서가 수만 권이었으며 『석연재서목石硏齋書目』 2권을 펴내면서 소장 서적의 판본에 대해 상세한 해설을 붙였다. 그가 간행한 책은 교감이 잘 되어 있어 세간에서 '진판秦版'이라 불리며 진가를 인정받았는데, 대표적인 것으로 『봉씨견문기封氏見聞記』와 『귀곡자鬼谷子』, 『양자법언揚子法言』, 『열자列子』, 『낙빈왕집駱

며 한림원 편수를 지냈다. 또한 그는 경학과 사학에 두루 정통했으며,
『귀곡자鬼谷子』와 『봉씨견문록封氏見聞錄』 등의 책을 교정했다.

36. 왕숭고王嵩高는 자가 소림少林이며 보응寶應 사람이다. 그는 진사 출
신이며 지부를 지냈고, 연로한 부모를 봉양하겠다는 이유로 사직하고
고향으로 돌아왔다. 당시에 그는 시로 명성을 날렸다.

37. 왕세구王世球133)는 자가 희당熙堂이고 감천甘泉 사람이다. 그는 문장
에 뛰어났고, 전운사 노견증盧見曾이 그를 막빈으로 초빙하여 경사經
師134)로 삼았다.

　그의 아우인 왕세금王世錦135)은 자가 탁강濯江이고, 역시 문장에 뛰어
났으며 시는 더욱 잘 지었다.

　당시에 이들 둘은 '감천이왕甘泉二王'이라 불렸다.

38. 임대춘任大椿136)은 자가 자전子田이고, 흥화興化 사람이며, 후산선생
後山先生 임진진任陳晉137)의 손자이다. 그는 진사 출신이며 어사를 지냈

　　賓王集』 등이 있다. 저서에는 『석연재집石研齋集』과 『향추사享帚詞』 등이 있다.

133) 왕세구王世球(?~1757)는 자를 희문熙文이라고도 하며 호가 하산賀山이다. 그는 건륭
　　1년(1736)에 박학홍사과에 추천되었으나 시험에 응시하지 않았다. 저서에 『탁포집啄脯
　　集』이 있다.

134) 유학 경전과 문학을 전수, 훈해訓解, 찬술撰述하는 학자이다.

135) 왕세금王世錦(?~?)은 호가 일재一齋이다. 만년에 과사당課士堂의 원장院長을 지냈다. 『왕
　　일제유집王一齋遺集』이 있다.

136) 임대춘任大椿(1738~1789)은 자를 유식幼植이라고도 한다. '양주학파揚州學派'의 대표
　　적인 인물이다. 어려서 조부인 임진진任陳晉에게 배운 그는 건륭 34년(1769)에 진사가
　　되어 예부주사禮部主事와 『사고전서』 찬수관纂修官, 예부랑중禮部郎中을 지냈다. 52세에
　　섬서도감찰어사陝西道鑑察御史로 부임했다가 한 달만에 죽었다. 그는 훈고학에 뛰어나
　　『소학구침小學鉤沈』 19권과 『자림고일字林考逸』 8권 등을 남겼고, 또한 고대 예제禮制의
　　명물名物에 관한 자료를 수집하고 설을 종합하여 『변복석례弁服釋例』 9권, 『심의석례深
　　衣釋例』 3권, 『석증釋繪』 1권을 지었다. 이외 『자전시집子田詩集』 4권과 『오월비사주吳越
　　備史注』 20권 등이 있다.

고, 어명으로 『사고전서四庫全書』를 수찬할 때 찬수관纂修官을 맡았다. 그는 섭렵하지 않은 학문이 없으며, 저서에 『자림고일字林考逸』과 『심의석례深衣釋例』가 있다.

그의 제자 왕정진汪廷珍[138]은 자가 슬암瑟菴이고 산양山陽 사람이다. 그는 건륭 기유己酉년(1789)에 방안榜眼[139]으로 진사에 급제하여 국자감좨주國子監祭酒를 지냈고, 석경관찬수관石經館纂修官을 맡아 『논어論語』를 교감했는데, 고증해낸 바가 많다.

39. 양주 당씨唐氏는 문장을 잘 지어 가업을 계승했으며, 구성舊城 앞 이부항李府巷에 살았고, 학자들 사이에서 '해옥의 당씨[海屋唐]'로 불렸다. 하남관찰사河南觀察使 당시폐唐侍陛[140]와 진사 출신의 당인식唐仁埴[141]이 모두 그의 후손들이다.

40. 양문탁楊文鐸[142]은 자가 효선曉先이고, 소무장군昭武將軍의 손자이다. 거인 출신이며 지부를 지낸 그는 시문에 뛰어났으며, 『쌍동헌집雙桐軒

---

137) 임진진任陳晉(?~?)은 자가 사무似武이고 호가 후산後山 또는 이재以齋이다. 홍화興化 사람이다. 그는 건륭 4년(1739)에 진사가 되었고 휘주부학교수徽州府學教授를 지냈다. 그는 시문에 뛰어났고 주소注疏 연구에 진력했다. 저작으로 『연희당문집燕喜堂文集』과 『후산시집后山詩集』, 『역상대의존해易象大意存解』이 있는데, 세간에 널리 유행했다.

138) 왕정진汪廷珍(1757~1827)은 자가 옥찬玉粲이라고도 한다. 그는 건륭 54년(1789)에 일갑一甲의 2등으로 진사가 되어 가경 연간에 안휘학정安徽學政, 내각학사, 예부시랑 등을 역임하고 가경 23년에 예부상서로 승진했다. 또한 도광道光 5年에 협판대학사協辦大學士가 되어 교육사업에 주력해 『성균과사록成均課士錄』을 만들었다. 시호는 문단文端이다. 저서로는 후인이 엮은 『실사구시재집實事求是齋集』이 있다.

139) 전시殿試에서 일갑一甲의 2등으로 합격한 사람을 가리킨다.

140) 당시폐唐侍陛(?~?)는 자가 찬신贊宸이고 강도江都 사람이다. 그는 건륭 연간에 음보로 남하산우통판南河山盱通判이 된 이후 숙홍宿虹, 외하外河 등의 동지同知를 지내며 치수 사업의 업적이 높았다.

141) 당인식唐仁埴은 건륭 53년(1788) 지현 시절에 소흥紹興에 있는 보인서원輔仁書院을 창건했다.

142) 양문탁楊文鐸(?~?)은 감천甘泉 사람이다. 거인 출신이며 귀양지부貴陽知府를 지냈다. 시문에 뛰어났고 『각재시집恪齋詩集』 4권이 있다.

集』을 지었다.

소무장군은 이름이 양첩楊捷[143]인데, 우칠于七[144]을 사로잡고, 복건
[閩]의 반란을 평정한 공으로 장군이 되었다. 그의 아들 양무소楊楙紹는
자가 어산漁山이고 관찰사를 지냈으며, 시집을 남겼다.

양문탁의 후손으로 양문금楊文錦과 양주楊鑄가 있는데, 양주의 자는
이재怡齋이다.

양□楊□는 자가 재전在田이다.

양형楊炯은 자가 낭여朗如이고, 진사 출신이다.

양소楊炤[145]는 자가 감정鑑庭이고, 참융參戎[146]을 지냈다.

양대장楊大壯[147]은 자가 정정靜亭이다.

이들 모두 시문에 뛰어났다.

---

143) 양첩楊捷(?~?)은 자가 원개元凱이며 원적은 보응寶應이고 의주義州 사람이다. 그는 순
   치順治 초에 산서유격山西游擊을 제수 받아 태행산太行山의 도적을 평정하는데 공을 세
   워 총병관總兵官이 되었다. 또 월동粵東 지역의 난을 진압하고 조주潮州를 평정하여 좌
   도독左都督, 태자소보가 되어 양주에 나왔다가 산동제독山東提督 등을 지내며 공적이
   많아 소무장군에 봉해졌다. 강희제가 강남을 순시할 때 그에게 '단성丹誠'이라고 적힌
   기를 하사했다. 저서에 『평민기平閩記』 13권이 있다.
144) 우칠于七(1609~1702)은 본명이 악오樂吾이고 산동山東 박촌泊村 사람이다. 그는 숭정
   崇禎 2년(1629)에 무수재武秀才에 합격했고 다음 해 무거인武擧人이 되었다. 청나라 때인
   순치順治 5년(1648)에 우칠은 반청기의를 일으켰다가 나중에 투항하여 세간의 평이 좋
   지 않았다. 순치 16년(1659) 정성공鄭成功의 기의와 북방에서 농민 기의가 일어나자, 순
   치 18년(1661) 가을에 그는 거치아산鋸齒牙山에서 두 번째로 반청 기의를 일으켰으나
   팔기군과 9성省의 녹기병綠旗兵 2만이 투입되어 산을 포위했고 대부분의 반군이 살육
   되었다. 강희 1년(1661) 봄에 우칠은 포위망을 뚫고 노산嶗山(지금의 칭다오) 도망쳐 떠
   돌다가 화엄암華嚴菴에서 출가해 그곳에서 죽었다. 법명은 통철通澈이고 법호는 선하善
   河이다. 화엄사에 그의 묘탑과 석조상이 남아있다.
145) 양소楊炤는 자를 감정鑑亭이라고도 하며, 감천甘泉 사람이다. 저서로 『회고당시선懷古
   堂詩選』 12권이 있다.
146) 명 · 청 시대 무관武官인 참장參將을 속칭 참융參戎이라고 부른다.
147) 양대장楊大壯(?~?)은 이름이 정길貞吉, 자는 죽려竹廬라고도 한다. 감천 사람이다. 그
   는 소무장군 양첩의 후예로서 음보로 출사하여 안휘참장安徽參將을 지냈으나 병 때문
   에 고향에 돌아와 경학을 공부했으며, 역산曆算과 율려律呂에 뛰어났다. 능정감凌廷堪,
   유태공劉台拱 등의 학자와 친했다. 가경 연간의 『중수양주부지重修揚州府志』 권62에 그
   의 저서로 『장해將楷』 7권이 실려 있다.

41. 신보申甫는 자가 홀산笏山이다. 그는 거인 출신이고, 총헌總憲[148])을 지냈으며, 『홀산시집笏山詩集』을 지었다.

42. 하융何融은 자가 심념心恬이고 호가 묵당默堂이다. 그는 거인 출신으로 명통진사明通進士[149])에 추천되어 지현을 제수 받았으나 나아가지 않았다. 그가 경사에 있는 금대서원金臺書院의 강석講席을 맡았을 때 학생이 수십 명에 불과했으나, 한때 향시와 회시에 급제한 이가 여러 명 나왔다. 또 건륭 을유乙酉년(1765)과 무자戊子년(1768)에 있었던 두 차례 시험에서 해원解元[150])이 모두 그의 문하에서 나왔다. 임진壬辰년(1772) 과거에서 탐화探花[151])로 급제한 유대유兪大猷 역시 그의 제자이다. 하융은 나중에 육안현六安縣의 교유教諭가 되었다.

그의 아들 하손금何孫錦은 자가 문백文伯이고 거인 출신이며, 자가 보기保其인 종회鍾懷,[152]) 호가 동산東山인 왕문사王文泗[153])와 더불어 나란히 시문으로 이름을 날렸다.

---

148) 명・청 시대 도찰원좌도어사都察院左都御史의 별칭이다. 어사대御史臺의 옛 명칭이 헌대憲臺였기 때문에 생긴 별칭이다.

149) 명통明通은 명통방明通榜과 같은 말로 '박학홍사과' 등과 같이 관리 선발 통로를 확대시킨 제도이다. 옹정 5년(1727)에 회시에서 낙방한 사람들 가운데 우수한 자의 명단을 정방正榜 옆에 따로 붙여놓고 명통방이라 칭했다. 건륭 1년(1736)과 7년, 10년, 19년에 네 번 시행되었으며 55년에 폐지되었다.

150) 향시鄕試의 1등을 가리킨다.

151) 전시殿試에서 일갑一甲의 3등을 가리키는 말이다.

152) 종회鍾懷(1761~1805)는 감천 사람이고, 자를 긴애蔋崖라고도 한다. 가경 연간에 공생이 되었던 그는 완원阮元, 초순焦循과 친하게 지내며 함께 경학을 공부했다. 그가 죽은 후 아들이 그가 남긴 유고 두 자루를 초순에게 가져가 정리를 부탁했더니 초순이 모두 13종으로 분류했고, 그 가운데 뛰어난 것을 골라 『긴애고고록蔋崖考古錄』 4권을 만들어주었고, 완원이 이것을 간행해주었다.

153) 왕문사王文泗(?~?)는 자를 백로伯魯 또는 용대榕臺라고 하며, 호가 동산東山이다. 의징儀徵 사람이며 제생이다. 저서에 『문표시집文豹詩集』 1권과 『동산유시東山遺詩』 1권이 있으며, 집일한 『왕정심유고王淳深遺稿』 1권이 있다.

43. 사영佘瀛[154]은 자가 염당灩堂이다. 그는 진사 출신으로 지현을 지내며 많은 치적을 남겼다.

44. 시조侍朝[155]는 자가 노천鷺川이다. 그는 진사 출신으로 한림원 학사를 지냈는데, 경학과 사학에 정통하였고 시문에 뛰어났다.

45. 조정후趙廷煦는 자가 척재滌齋이다. 그의 아우 조종무趙宗武는 자가 경서京西로서, 형제가 모두 거인 출신이다. 그는 지현을 지냈으며 시문으로 명성이 있었다.

그의 후손인 조학수趙鶴壽는 자가 척파尺坡이다. 그는 사람이 대범하면서도 독특한 기질을 가지고 있었다. 자가 우정雨亭인 희기喜起와 자가 남루南樓인 유문추劉文樞, 그리고 나와 더불어 시문으로 교류하였다.

희기는 무신戊申년(1788)에 거인이 되었고, 유문추는 제생이다.

조정후의 아우 조종문趙宗文은 자가 이풍貽豐이고, 명제생이다.

46. 곽연郭聯은 자가 성주星珠이고 강도江都의 공생貢生 출신이다. 해약海若 선생의 아들이며, 남강南江 선생의 문하생이자 현대現臺 선생의 조카이다.[156) 곽연은 팔고문을 잘 지어 가업을 계승했으며, 경전에 밝아 전수받은 바를 잘 지켰고, 후속 세대 가운데 뛰어난 자는 대부분 그의 문하에서 나왔다.

그의 아들 곽이언郭貽燕과 곽빈연郭賓燕은 모두 학교에서 이름을 떨쳤다.

---

154) 사영佘瀛(?~?)은 호가 문항問航이고 의징 사람이다. 그는 건륭 19년(1754)에 진사가 되었고, 심택지현深澤知縣을 지냈다. 『문항유시問航遺詩』 1권이 있다.
155) 시조侍朝(1729~1777)는 태주泰州 사람으로, 서길사로 있다가 건륭 32년(1767) 덕주서원德州書院에서 강학했다. 38년(1773)에 '사고전서관四庫全書館'에 들어가 교감을 맡았다.
156) '해약海若'과 '남강南江', '현대現臺'는 각기 다른 세 사람의 자호字號인 듯하나, 이들의 성명姓名은 알 수 없다.

47. 오해_{吳楷}157)는 자가 일산―山이고 의징儀徵 사람인데, 황제의 부름을 받고 시험에 응시하여 내각중서가 되었다. 그는 시문과 사부詞賦에 뛰어났고 작은 해서를 잘 썼다. 그는 또한 손님 맞기를 좋아했으며 요리에 뛰어났는데, 양주의 차오호도병蚵螯糊塗餅158)은 그가 남긴 요리법이다.

48. 단옥재段玉裁159)는 자가 약응若膺 또는 무당懋堂이고, 진강鎭江 금단金壇 사람이다. 그는 건륭 경진庚辰년(1760)에 거인이 되었고, 옥병지현玉屛知縣을 지냈다. 그는 대진戴震160)에게 수학했으며, 어사 왕념손王念孫과 나란히 이름을 날렸다. 저서에 『육서음균표六書音均表』와 『고문상서고증古文尙書考證』,161) 『허씨설문독許氏說文讀』이 있다.

그의 아우인 단옥성段玉成은 건륭 병오丙午년(1786)에 거인이 되었고, 역시 훈고학을 했으며, 학정學政 이인배李因培162)에게 인정을 받았다. 이인배는 그를 안정사원에서 수학하게 했는데, 함께 공부했던 사람들이 이들 형제를 '이단二段'이라고 불렀다.

---

157) 오해吳楷(?~?)는 제생이었고 시문사부詩文詞賦에 모두 뛰어났다. 그는 건륭 19년(1754)에 양주에서 오경재吳敬梓와 교유했다. 건륭 30년(1765)에 황제가 불러 시험하여 거인을 하사하고 내각중서를 지냈다. 저서에 『함훈시집含薰詩集』 3권과 『단귤림시丹橘林詩』 2권이 있다.

158) 바지락과 대합을 다져 넣고 부친 부침개의 일종인 듯하다.

159) 단옥재段玉裁는 먼저 『급고각설문정汲古閣說文訂』을 지은 뒤, 20년에 걸쳐 『설문해자독說文解字讀』 540권을 펴냈다. 이 두 책의 기초 위에 다시 13년을 들여 『설문해자주說文解字注』를 완성했다. 『고문상서고증』은 곧 『고문상서찬이古文尙書撰異』이다. 단옥재는 계복桂馥과 왕균王筠, 주준성朱駿聲과 함께 '설문사대가說文四大家'로 불린다.

160) 대진戴震(1724~1777)은 자가 동원東原이고 안휘성 휴녕休寧 사람이다. 그는 강희 임오년壬午(1702)에 거인이 되었고 『사고전서』 찬수관으로 일했다. '건가학파乾嘉學派'의 대표적 인물인 그는 천문, 수학, 역사학, 지리학, 음운학, 문자학, 훈고학 등 여러 방면에서 탁월한 학문적 업적을 남겼다. 후인들이 그의 저작을 엮어 『대씨유서戴氏遺書』를 간행했다.

161) 『고문상서찬이古文尙書撰異』를 가리킨다.

162) 이인배李因培(1717~1767)는 자가 기재其材이고 호가 학봉鶴峰이며, 진녕晉寧 사람이다. 그는 건륭 을축년乙丑(1745)에 진사가 되었고 서길사로 있다가 한림원 편수, 광동廣東 청원현령淸遠縣令, 호북순무湖北巡撫를 역임했다.

49. 이돈李惇163)은 자가 효신孝臣이고 고우高郵 사람이다. 그는 삼례三
禮164)에 정통하였고 율학律學과 수학에 뛰어났다. 그는 평생 지조를 중
히 여겼으며, 학자들은 그를 올바른 학문을 한 순유醇儒라고 칭송했다.
그의 스승 가전조賈田祖165)가 태주泰州에서 죽었을 때, 당시 이부시랑吏
部侍郎 사용謝墉166)이 학정으로 와 공생 선발을 하면서 그의 학문을 높
이 평가하여 뽑고자 했다. 그러나 이돈은 시험에 응시하러 가지 않고
가도손의 상례를 치렀으므로 당시 사람들이 그를 매우 존경하였다. 나
중에 진사가 되었다.

50. 왕념손王念孫167)은 자가 회조懷祖 또는 석거石渠이다. 고우高郵 사람

---

163) 이돈李惇(1734~1784)은 자를 성유成裕라고도 한다. 건륭 45년(1780)에 진사가 되었다.
　　그는 경전 연구에 뛰어났는데 특히『시경詩經』과『춘추春秋』삼전三傳에 뛰어났다. 만년
　　에는 역산曆算을 전문으로 하였다. 같은 군郡의 왕념손, 왕중汪中, 유태공劉台拱, 고구포顧
　　九苞, 임대춘과 벗하여 고학古學을 제창하여 후학을 이끌었다. 저서에『역대관제고歷代官
　　制考』,『고공거제고考工車制考』,『두씨장력보杜氏長歷補』,『혼천도설渾天圖說』,『설문인서
　　자이고說文引書字異考』,『좌전통석左傳通釋』12권,『군경식소록群經識小錄』8권,『춘추해의
　　春秋解義』,『전호만고澱湖漫稿』3권,『이씨시문집李氏詩文集』12권이 있다.
164)『의례儀禮』,『주례周禮』,『예기禮記』를 가리킨다.
165) 가전조賈田祖(?~?)는 자가 도손稻孫이고 호가 예경禮耕이며 고우高郵 사람이다. 그는
　　제생 출신이며, 저작으로『가도손집賈稻孫集』이 있다.
166) 소재少宰는 이부시랑吏部侍郎의 별칭이다. 사용謝墉(1719~1795?)은 자가 곤성崑城이고
　　호를 금포金圃, 또는 동서東墅라고 한다. 절강 가선嘉善(지금의 쟈싱嘉興) 사람이다. 그는
　　1751년 긴륭제가 강남을 순시할 때 과거시험에 응시하여 장원으로 거인이 되었고, 내
　　각중서를 제수 받았다. 다음해 진사로 급제하여 한림원 편수를 지냈고, 회시會試 동고
　　관同考官을 여러 차례 역임했다. 건륭 46년 회시정총재會試正總裁를 맡아 전시독권관殿
　　試讀卷官을 지냈다. 그는 건륭제가 강남을 순시할 때 항상 대농하였으며, 관직은 예부
　　와 공부 좌시랑에서 이부좌시랑吏部左侍郎, 내각학사까지 지냈다. 저서에『안아당시초
　　安雅堂詩鈔』가 있다.
167) 왕념손王念孫(1744~1832)은 호가 석구石臞이다. 그는 강소 고우高郵 사람이며, 건륭
　　40년에 진사가 되었고, 영정하도永定河道까지 지냈다. 대진戴震의 제자인 그는 음운학,
　　훈고학, 교감학에 뛰어난 업적을 남겼으며, 특히 고음古音 연구에 뛰어나『모시군경초
　　사고운보毛詩群經楚辭古韻譜』2권을 썼다. 그 외의 저서에『광아소증廣雅疏證』10권,『독
　　서잡지讀書雜志』82권,『방언소증보方言疏證補』등이 있다. 나진옥羅振玉이『고우왕씨유
　　서高郵王氏遺書』를 간행했다.

으로 공부상서工部尚書를 지낸 왕안국王安國168)의 아들인 그는 진사 출신이며 이과급사중吏科給事中을 지냈다. 그는 성운학聲韻學과 훈고학에 조예가 깊어 천하 사람들이 으뜸으로 여겼다. 그의 학문은 사료의 근거를 따지면서도 거기에만 얽매이지도 않아서 대진과 혜동惠棟169)이 미치지 못한 바를 밝혀낼 수 있었다. 저서에『광아소증廣雅疏證』이 있다.

그의 아들 왕인지王引之170)는 자가 백신伯申이며 부친의 학문을 계승했다.

51. 송금초宋錦初171)는 자가 수단守端이고 고우高郵 사람이다. 그는 정유丁酉년(1777)에 발공생이 되었고, 오하현五河縣 교유敎諭를 지냈다. 그는 글을 잘 지었으며, 저작으로『한시고증韓詩考證』4권이 있다.

그의 아들 송보宋保172)는 자가 정지定之이며, 시와 고문사古文辭에 뛰어났다.

52. 왕중汪中173)은 자가 용보容甫이고 강도 사람이다. 그는 정유丁酉년

---

168) 왕안국王安國(?~?)은 자가 서성書城이고 호가 춘포春圃이며, 고우高郵 사람이다. 옹정 갑진년甲辰(1724)에 진사가 되어 한림원 편수, 공부상서까지 역임했다. 시호는 문숙文肅이다.

169) 혜동惠棟(1697~1758)은 자가 정우定宇이고, 강소 오현吳縣 사람이다. 그는 가학을 계승하여 어려서부터 경사백가經史百家를 두루 공부했으며 고증학에서 '오파吳派'를 창시한 인물이다. 건가학파乾嘉學派 가운데 처음으로 송학宋學에 대립하여 한학漢學을 표방하고 나섰으며, 고음古音의 훈고를 중시하여 후대 경학가에 미친 영향이 지대했다. 저서에『구경고의九經古義』와『주역술周易述』,『고문상서고古文尚書考』등이 있다.

170) 왕인지王引之(1766~1834)는 호가 만경曼卿이다. 그는 가경 4년(1799)에 진사가 되어 통정사通政使를 거쳐 공부, 호부戶部, 이부, 예부 등의 상서尚書를 두루 역임했다. 부친 왕념손의 학문을 이어받은 그는 고증학과 훈고학에 뛰어나, 부친과 함께 '고우왕씨부자高郵王氏父子'로 불렸다. 저서에『경의술문經義述聞』32권과『경전석사經傳釋詞』10卷, 『자전고증字典考證』36권,『주진명자해고周秦名字解詁』2권이 있다.

171) 송금초宋錦初는 송면초宋綿初의 오기인 듯 하다. 송면초는(1740~?)는 자가 수단守端으로, 건륭 42년(1777)에 발공생拔貢生이 되어 오하현五河縣과 청하현淸河縣의 훈도訓導를 지냈다.『한시내전징서록의의보유韓詩內傳徵敘錄疑義補遺』와『석복釋服』등을 썼다.

172) 송보宋保(?~?)는 자를 소성小城이라고도 한다. 송면초宋綿初의 아들이다. 그는 같은 마을의 왕념손 문하에 있었으며 성운, 훈고에 뛰어났다. 저서에『해성보일諧聲補逸』과 『이아집주爾雅集注』가 있다.

(1777)에 발공생이 되었다. 글을 잘 지었으며 제자백가와 역사서를 두루 섭렵했으며 금석학金石學에 정통하였다.『술학述學』내외內外 2편과『광릉통전廣陵通典』,『춘추후전春秋後傳』몇 권을 지었다.

그와 동시대의 고우高郵 사람인 가전조賈田祖는 자가 도손稻孫이다. 그는 학문을 좋아해서 읽은 것이 많았는데, 왕중의 학문적 성취는 반쯤 그에게서 도움을 받은 것이다.

53. 유태공劉台拱174)은 자가 단림端臨이고 보응寶應 사람이다. 그는 건륭 신묘辛卯년(1771)에 거인이 되었고, 단도현丹徒縣 교유를 지냈다. 이돈, 왕중과 절친했다. 그는 한대의 경학[漢學]을 했으며, 삼례三禮에 정통했다.

54. 은반殷盤은 자가 명재銘載이고 강도 사람이다. 박학다식했던 그는 『주관정주周官鄭注』를 교감하여 간행했다.

55. 서보운徐步雲175)은 자가 증원蒸遠이고 흥화興化 사람이다. 그는 황제

---

173) 왕중汪中(?~?)은 공생이 된 후, 더 이상 벼슬길을 추구하지 않았고, 서상書商에게 고
  용되어 일하면서 제자서諸子書를 많이 접한 뒤 제자학諸子學에 선구적인 연구를 했다.
  위의 저서 외에『용보선생유서容甫先生遺書』가 있다.
174) 유태공劉台拱(1750~1805)은 건륭 35년(1770)에 거인이 되었다고도 하며, 단도현丹徒
  縣의 훈도訓導를 지냈다. 그는 건륭 연간에 '사고관四庫館'이 생기자 왕념손, 주균朱筠,
  정진방程晉芳, 대진戴震, 소진함邵晉涵 등의 학사들과 교유하며 고증학에 심취했다. 장
  서가 수만 권을 모았으며 금석金石의 감정에 뛰어났다. 그는 저술이 많았으나 사후에
  대부분 유실되었고, 남은 것을 모은 것으로『경전소기經傳小記』와『예의전주禮儀傳注』,
  『순자보주荀子補注』,『논어변지論語駢枝』,『회남자보교淮南子補校』,『한학보유漢學補遺』
  등이 있다.
175) 서보운徐步雲(1733~1825)은 호가 예화禮華이고, 일설에 태주泰州 사람이라고도 한다.
  그는 건륭 27년(1762)에 거인이 되었고, 내각중서를 제수 받았다. 군기처軍機處에서 일
  하다가 노견증 사건에 연루되어 정직되었다가, 정직이 풀린 뒤 '사고전서관'에서 교감
  을 했고 원래 관직이 회복되었으나, 얼마 뒤 낙향하여 태주로 이사하여 두문불출하고
  저작에 전념했다. 저서에『찬여시초爨餘詩鈔』4권과『송수각문집松壽閣文集』2권,『궁상
  추선생전宮湘秋先生傳』1권이 있다.

의 부름을 받아 시험에 응시하여 내각중서에 제수되었으며, 서예에 뛰어났다.

56. 양윤楊倫[176)은 자가 서화西禾이고 상주常州 양호陽湖 사람이다. 그는 진사 출신이며, 시에 뛰어났다. 그의 저작『두학지남杜學指南』이 세간에 유행한다.

57. 위패금韋佩金[177)은 자가 서성書城이고 호는 우산友山이며, 강도 사람이다. 진사 출신이며 지현을 지낸 그는 고체시와 근체시, 장단구長短句에 모두 뛰어났고, 특히 팔고문에 조예가 깊어 함께 수학한 사람들이 '문호文虎'라고 칭찬했다. 저작으로는 팔고문과 시, 문, 사詞의 문집 몇 권이 있다.

58. 홍양길洪亮吉[178)은 본명이 예길禮吉이고, 자가 치존稚存이며, 상주常州 무진武進 사람이다. 경술庚戌년(1790)에 방안榜眼으로 진사에 급제하여 한림원 편수를 지낸 그는 경학과 사학에 두루 밝았고, 지리학에 정통했다. 시는 황경인黃景仁[179)과 이름을 나란히 하여 '홍황洪黃'으로 병칭되었다. 학문은 형부시랑刑部侍郞 손성연孫星衍과 이름을 나란히 하여 '손홍孫洪'으로 병칭되었다. 저서에『삼국강역지三國疆域志』와『건륭부주현

---

176) 양윤楊倫(?~?)은 건륭 신축년辛丑(1781)에 진사가 되었으며, 여포지현荔浦知縣을 지냈고,『구백산방시九柏山房詩』를 지었다.
177)『양주화방록』권2 「초하록草河錄·하下·69」의 주석을 참조할 것.
178) 홍양길洪亮吉(1745~1809)은 호가 북강北江이다.
179) 황경인黃景仁(1749~1783)은 자가 중칙仲則 또는 한용漢鏞이고 호는 녹비자鹿菲子이다. 무진武進 사람으로, 북송北宋 시인 황정견黃庭堅의 후예이다. 그는 16세에 동자시童子試에 응시하여 1등으로 합격했으나 계속 향시에 합격하지 못하고, 건륭 33년(1768) 20세부터 절강과 안휘, 강서, 호남 등지를 유랑하기 시작했다. 건륭 40년(1775)에 북경에 갔다가 다음 해 건륭제의 부름을 받아 치룬 시험에서 2등이 되어 무영전서첨관武英殿書籤官이 되었다. 1783년에 북경에서 서안으로 가다가 산서山西의 하동염운사河東鹽運使 심업부의 관서에서 병사했다. 저작으로『양당헌집兩當軒集』이 있다.

지乾隆府州縣志』, 『권시각시문집卷施閣詩文集』이 있다.

59. 귀징貴徵[180]은 자가 일당一堂이다. 진사 출신이며 이부吏部에서 벼슬을 했던 그는 글을 잘 지었으며, 특히 한漢·위魏·육조六朝 변려문駢麗文을 짓는데 뛰어나서 산장山長 요내에게 실력을 인정받았다.

60. 강연江漣[181]은 황제의 부름을 받아 시험을 치러 내각중서를 제수 받았다. 그는 글을 잘 지어서 일찍이 내각內閣에서 상주문을 3번 썼는데, 매번 큰 칭찬을 받았다.

61. 김과金科는 자가 여장侶張이고, 유호劉號는 자가 향남香南인데, 모두 팔고문에 정통했고 시와 고문사古文詞에 뛰어났다. 그의 문하에서 나온 사람들 중에 출세한 자들이 많다.

62. 만응형萬應馨은 자가 서유黍維이고 호는 화정華亭이며, 상주常州 의흥宜興 사람이다. 태사太史 만포선萬蒲仙의 손자인 그는 진사 출신이며 광동지현廣東知縣을 지냈다. 그는 글을 잘 지었으며 특히 시에 뛰어났다.

63. 손성연孫星衍[182]은 자가 계구季逑이고 호는 연여淵如이며 상주 무진

---

180) 귀징貴徵(1756~1815)은 자를 중부仲符라고도 한다. 일설에는 자가 혁당奕唐이고 호가 중부라고도 한다. 의징儀徵 사람이다. 그는 건륭 57년(1789)에 진사에 급제하여 이부문선사원외랑吏部文選司員外郎을 지냈다. 저서에 『안사재좌문존고安事齋左文存稿』 1권과 『안사재시록安事齋詩錄』 4권, 『사록詞錄』 2권이 있다. 또 『양주하거지揚州河渠志』를 편찬했다. 글씨는 이동양李東陽과 비슷했는데, 특히 전서篆書와 예서隸書를 잘 써서 명성이 높았다.

181) 강연江漣(?~?)은 자가 의당漪塘이고 만년에는 호를 백미노인白眉老人이라 했다. 강도 사람이다. 그는 건륭 연간에 황제의 부름으로 시험을 치러 거인이 되었고 내각중서를 지냈다. 저서에 『각주문초閣注文鈔』 4권이 있고, 가경 연간의 『중수양주부지重修揚州府志』 편찬에 참여하기도 했다.

182) 손성연孫星衍(1753~1818)은 지를 연여淵如 또는 계구季逑라고도 하며, 일설에는 자가

사람이다. 그는 정미丁未년(1787)에 방안榜眼으로 진사에 급제하였고, 형부刑部에서 벼슬을 살았다. 그는 어려서 변려문에 뛰어났으며, 여러 학문을 두루 섭렵하여 천문天文, 역수曆數, 음양陰陽, 형택形宅, 전주篆籒, 고문古文, 성운聲韻과 훈고 등 정통하지 않은 분야가 없었다. 『고문상서주표古文尚書注表』와 『안자춘추음의晏子春秋音義』, 『문자당집問字堂集』을 지었다.

그의 부인인 왕옥영王玉瑛은 자가 채미采薇이고 시에 뛰어났다. 왕옥영이 일찍 죽었으나 손성연은 재혼하지 않았다. 일찍이 '비릉 7군자毗陵七君子'라는 호칭이 있었는데, 양윤楊倫과 양방찬楊芳燦,183) 조억생趙億生,184) 서서수徐書受,185) 홍양길, 황경인과 손성연 7인186)이 그들이었다.

백연伯淵 또는 계구季逑이고 호가 연여淵如라고도 한다. 산동독량도山東督糧道와 서포정사署布政使를 지냈다. 시문으로 명성을 얻었고 고문자학古文字學과 금석학, 판본학 등에 조예가 깊었으며, 전서나 예서를 새기는 데 뛰어났던 그의 저작으로는 『방무산인시록芳茂山人詩錄』이 있다.

183) 양방찬楊芳燦(1753~1815)은 자가 재숙才叔이고 호가 용상蓉裳이다. 금궤金匱(지금의 우시無錫) 사람이다. 그는 건륭 42년(1777)에 발공생拔貢生으로 조정의 시험에 응시하여 감숙甘肅의 복강지현伏羌知縣이 되었고, 업적을 인정받아 호부원외랑戶部員外郞이 되었고 『회전會典』 편찬에 참여하였다. 나중에 사천 지방에 가서 『사천통지四川通志』를 편찬하고 금강서원錦江書院 산장山長을 지내다가 그곳에서 죽었다. 변려문에 특히 뛰어났던 그의 저서로는 『부용산관시사초芙蓉山館詩詞鈔』 14권과 『사천금석지四川金石志』 3권이 있다. 이외 『진솔재사眞率齋祠』와 『형포창화집荊圃唱和集』과 『사천통지』 204권 등이 있다.

184) 조억생趙億生(?~?)은 '비릉칠자毗陵七子'의 하나였던 조회옥趙懷玉을 가리키는 듯하다. 조회옥(1747~1823)은 자가 억손億孫이고 호는 미신味辛이다. 일설에는 자가 억손 또는 미신이고 호를 영천映川이라고도 한다. 그는 무진武進 사람으로, 건륭 경자년庚子(1780)에 황제의 부름을 받아 시험을 쳐서 중서사인中書舍人을 제수 받고, 이후 청주동지靑州同知와 등주지부登州知府를 지냈다. 저작으로 『역유생재집亦有生齋集』이 있다. 또 조회옥이 판각한 『한시외전韓詩外傳』은 역대 판본 가운데 교감이 제일 잘 된 것으로 정평이 나 있다.

185) 서서수徐書受(?~?)는 자가 상지尙之이고 무진武進 사람이다. 남대지현南台知縣을 지냈다. 저작으로 『교경당시敎經堂詩』가 있다.

186) 보통 '비릉칠자毗陵七子'에는 위의 6명과 함께 양용상楊蓉裳이 아닌 여성원呂星垣을 꼽는다. 양용상의 행적으로 보건대 비릉칠자로 꼽히기에는 적절치 않은 듯하니, 이두李斗가 잘못 기억한 것이 아닌가 한다. 여성원(1753~1821)은 자가 숙눌叔訥이고 양호陽湖(지금의 우진武進) 사람이다. 그는 건륭 연간에 늠공생廩貢生이 되었고, 해주학정海州學正을 거쳐, 한단邯鄲과 찬황贊皇, 하간河間의 현사縣事를 맡았다. 시와 고문사古文辭에

호광총독湖廣總督을 지낸 필원畢沅187)이 판각한 『오회영재집吳會英才集』에 방자운方子雲, 홍양길, 고민항顧敏恒,188) 황경인, 왕복王復189), 양윤, 서서수, 양방찬, 고문조高文照,190) 진섭陳燮191)과 손성연, 왕옥영등 12명이 들어가 있다.

64. 여붕년余鵬年192)는 자가 백부伯扶이고 안경安慶 회녕懷寧 사람이다. 그는 건륭 병오丙午년(1786)에 순천부順天府의 거인이 되었는데, 술을 잘 마시고 시를 잘 썼다. 특히 그는 권법과 창검술로 겨루는 모습을 잘 묘사했다. 『조주모란보曹州牡丹譜』를 썼다.

그의 아우 여붕충余鵬沖은 자가 소운少雲이고, 시와 그림에 뛰어났다. 태사太史 주균朱筠193)과 시랑侍郎 옹방강翁方剛194)이 그의 시를 두고 옛 사람에 못지않은 실력이라 칭찬했다. 그러나 그는 30살이 되지 않아 죽었다.

뛰어났고 그림과 음악에도 정통했던 그는 61세에 지은 『강구신악부康衢新樂府』가 특히 세상에 널리 알려졌다. 저작으로 『백운초당문집白雲草堂文集』이 있다.

187) 필원畢沅에 대해서는 『양주화방록』 권1 「초하록草河錄·상上·10」을 참조할 것.

188) 고민항顧敏恒(1743?~1807?)은 자가 입방立方이고 호는 입방笠舫이며, 금궤金匱(지금의 우시無錫) 사람이다. 고규광顧奎光의 아들로서 재주가 뛰어나 같은 마을의 양방찬楊芳燦과 나란히 이름을 날렸다. 그는 건륭 정미년丁未(1787)에 진사가 되었고, 소주부교수蘇州府教授를 지냈다. 저작으로 『입방시고笠舫詩稿』와 『고문변체古文辨體』 등이 있다.

189) 왕복王復(?~?)은 자가 돈초敦初 또는 추승秋勝이고, 절강 수수秀水 사람이다. 그는 하남 준현浚縣의 현승縣丞과 무척武陟, 상구尚丘, 언사偃師 등지의 지현을 지냈다. 저작으로 『수훤당시樹萱堂詩』가 있다.

190) 고문조高文照(1738─1776)는 자가 윤중潤中이고 호가 동정東井이며, 무강武康 사람이다. 그는 건륭 갑오甲午년(1774)에 거인이 되었다. 저작으로 『농성산인유시東井山人遺詩』가 있다.

191) 진섭陳燮(?~?)은 자가 이낭埋堂이고 태주泰州 사람이다. 그는 가경 무오년戊午(1798)에 거인이 되었고, 비주학정邳州學正을 지냈다. 저작으로 『은원시집隱園詩集』이 있다.

192) 여붕년余鵬年(?~?)은 원래 이름이 붕비鵬飛이고, 회녕懷寧 사람이다.

193) 주균朱筠(1729~1781)은 자가 미숙美叔 혹은 죽군竹君이고, 호가 사하筍河이며, 대흥大興 사람이다. 그는 건륭 갑술년甲戌(1754)에 신사가 되었고 서길사로 있다가 한림원 편수, 시독학사侍讀學士를 지냈다. 저작으로 『사하집筍河集』이 있다.

194) 옹방강翁方剛(1733~1818)은 자가 정삼正三 혹은 충서忠敍이며, 호는 담계覃溪이고 만년에는 소재蘇齋라고 했다. 대흥大興(지금의 베이징) 사람이다. 그는 건륭 임신년壬申(1752)에 진사가 되어 서길사로 있다가 한림원 편수, 내각학사를 지냈다. 저작으로 『복초재집復初齋集』이 있다.

65. 주신지朱申之는 자가 자천自天이고 강도江都 사람이다. 그는 시에 뛰어났고, 『포경당시집抱經堂詩集』을 지었다. 동향대교東鄉大橋의 동쪽 나루터에 있는 주가장周家莊에 정원을 갖고 있었다. 그는 그 집에 '염아초당念莪草堂'이라고 불렀는데, 정몽성程夢星[195)의 『양주명원지揚州名園志』에 실려 있다.

66. 고구포顧九苞[196)는 자가 문자文子이고 흥화興化 사람이다. 그는 진사 출신이며, 글을 잘 지었고, 경학과 사학에 두루 밝았다. 학정學政 이인배李因培가 양주에 과거 시험을 감독하러 왔을 때, 제생들에게 '삼도삼기三荼三杞'라는 문제를 제출했는데, 고구포만이 반복해서 자세히 답을 했고, 이 일로 이름이 알려졌다.

그의 아들 고봉모顧鳳毛[197)는 자가 초종超宗이고 건륭 무신戊申년(1788)에 부방副榜[198)으로 급제했다. 그는 학문에 조예가 깊었으며, 당시에 박학다식함으로 그에 견줄 자가 없었다.

67. 정찬보程贊普[199)는 자가 일정一亭이다. 글을 잘 지었으며 교우관계

---

195) 정몽성程夢星에 대해서는 『양주화방록』 권1 「초하록草河錄・상上・7」과 「신성북록新城北錄・중中・16」을 참조할 것.
196) 고구포顧九苞(1738~1781)는 고부진顧符稹의 아들로서, 모친 임씨任氏에게 교육을 받았으며 경학과 사학에 두루 조예가 깊었다. 그는 건륭 42년(1777)에 '사고전서관'에 들어가 일하다가 46년에 진사에 합격했으나, 전시가 끝난 뒤 집으로 돌아오는 길에 죽었다.
197) 고봉모顧鳳毛(1762~1788)는 건륭 49년(1784) 건륭제가 강남을 순시할 때 치른 시험에서 2등으로 합격했다. 53년에 부방공생副榜貢生이 되었다. 가정嘉定의 전당錢塘에게 배워 음운音韻과 율려律呂에 뛰어났던 그의 저서로는 『초사운고楚辭韻考』와 『입성운고入聲韻考』, 『모시운고毛詩韻考』가 있다. 이외 『모시집해毛詩集解』와 『동자구우고董子求雨考』, 『삼대전제고三代田制考』가 있는데, 미처 다 완성하지 못하고 죽었다. 초순이 그를 추모하기 위해 「초망우부招亡友賦」를 지었다.
198) 회시 혹은 향시에서 정방正榜 즉 정식으로 합격한 사람 외에 별도로 몇 명을 뽑았는데, 이렇게 뽑힌 이들을 부방副榜이라 한다.
199) 정찬보程贊普(?~?)는 호가 부당鳧塘이고, 의징儀徵 사람이다. 그는 정명세程名世의 4남이며, 제생 출신이다. 시와 고문사古文辭에 뛰어났던 그는 완원阮元의 『회해영령집淮海英

가 돈독했던 그는 30살에 죽었다. 내각대학사 완원阮元200)이 그를 추모
하여 다음과 같은 대련을 지었다.

> 시 짓는 솜씨는 오로지 이하李賀에 비길 만하고
>
> 아직 흰머리 없어 반악潘岳201)처럼 곱구나.
>
> 惟有錦囊比長吉, 尙無白髮似安仁.

68. 소효자蕭孝子의 무덤은 매화서원 왼쪽에 있고 화표華表는 시하市河의
서쪽 강변에 있다. 묘문墓門에는 '기효가풍奇孝可風', '간장유생肝腸猶生'
이라고 새긴 2개의 돌 편액이 박혀 있다. 무덤으로 가는 길에 영락송纓
絡松 십여 그루가 서 있고, 무덤을 빙 둘러서 벽돌을 깔아놓았다. 그 옆
에 절효사節孝祠를 세워 효자 소일황蕭日曠과 열부烈婦 유씨兪氏의 신위
를 모셔놓았다. 손자인 소희문蕭希文이 묘를 지켰고, 그가 죽자 부인인
서씨徐氏와 함께 매화서원 오른쪽에 묻혔다. 『양주부지』에 다음과 같은
기록이 있다.

> 아무개의 아들이 허벅지 살을 자르고, 간을 도려내고, 눈을 빼서 부모의 병

靈集』에서 시고詩稿를 모을 때 그 일을 도왔다. 앞의 책에 그의 시 7수가 남아있다.
200) 완원阮元(1764~1849)은 자가 백원伯元이고 호가 운대芸臺이다. 강소 의징 사람이다.
그는 건륭 54년(1789)에 진사가 되어 서길사로 있다가 한림원 편수를 지냈다. 건륭 56
년(1791)에 한첨翰詹에서 치문 시험에서 일등이 된 이래 소첨시少詹事를 거쳐 조운총독
漕運總督, 호광총독湖廣總督, 내각대학사內閣大學士까지 지냈다. 그는 관직 생활 동안 수
리사업을 비롯하여 치적이 많았으며, 절강에 고경성사詁經精舍를 세우고 광동에는 학
해당學海堂을 세워 인재를 양성하기도 했다. 저서에 『연경실집揅經室集』이 있다.
201) 반악潘岳(247~300)은 자가 안인安仁이고 형양滎陽 중모中牟(지금의 허난성에 속함)
사람이다. 그는 서진西晉 시기에 저작랑著作郞, 급사황문시랑給事黃門侍郞 등을 지냈으
나, 거부巨富로 유명한 석숭石崇과 함께 당시의 권세 높은 고관인 가밀賈謐에게 아부하
는 등 인품에 대한 평판은 좋지 않았다. 나중에 그는 조왕趙王 사마륜司馬倫 및 손수孫
秀 등에 의해 석숭 등과 함께 모반을 꾀했다는 모함을 받아 처형당했다. 육기陸機와 나
란히 문단에 명성을 날렸던 그의 문집은 원본은 사라졌고, 명나라 때에 여기저기 흩어
진 작품을 모아 『반황문집潘黃門集』이 편찬되었다.

을 치료했다. 그런데 이것은 부모님이 물려주신 몸으로 위험한 일을 행한 것이니, 효의 바른 길은 아니다. 그러나 장오蔣伍와 복승卜勝, 손간孫諫, 장여화張汝化, 소일황이 행한 효가 비록 어리석기는 해도 그 정성이 가련하니, 어찌 그들을 모두 묻어버릴 수 있겠는가? 이에 기록에 전하는 이야기를 여기에 적어 남겨둔다. 그 나머지는 뒤에 각기 이름을 써서, 세간의 자기 부모를 홀대하는 자들에게 경계로 삼는다.

여기에 기록된 내용은 상세하지가 않다. 감천甘泉 사람 황문양黃文暘202)이 쓴 『은괴총서隱怪叢書』에 기록된 소효자의 사적은 다음과 같다.

소효자가 허벅지 살을 잘라 어머니를 치료하여 표창을 받았는데, 『양주현지揚州縣志』에는 그 일이 몇 마디밖에 실려 있지 않다. 내 손위처남 장동촌張桐村은 소씨 집안의 사위인데, 장동촌의 장모인 열부 장씨張氏는 소효자의 질부姪婦이다. 장씨는 20살에 남편이 죽자 50여 년을 수절했다. 밤에는 문밖 출입을 하지 않았고, 여름에는 짧은 옷을 입지 않으며, 뛰어나게 예법을 엄수하니 친족들이 신처럼 존경했다. 내가 언젠가 장씨를 찾아가 소효자가 간을 베어낸 일의 전말을 물었더니, 장씨가 자세히 이야기해주었다. 그래서 세상에 전해지는 이야기가 열에 서넛밖에는 안 된다는 것을 알았다. 건륭 정유丁酉년(1777)에 매화령에서 공부할 때, 소효자의 묘에 성묘하러 갔다가 흠모의 정에 발길이 떨어지지 않았다. 그 마음을 억누를 길 없어 마침내 향을 사르고 벼루를 씻어 전해들은 이야기를 이렇게 쓰게 되었다.

소효자는 이름이 소일황蕭日暡이고, 자가 의암毅菴이며, 강도江都 사람 소정괴蕭廷璝의 아들이다. 소일황은 평소 효성스럽고 순박했다. 모친 주씨朱氏가 병이 깊었으나, 백방으로 약을 써도 소용이 없자 며칠 밤낮을 통곡했다. 아무

---

202) 『양주화방록』 권2 「초하록草河錄·하下·9」를 참조할 것.

런 방법이 없자 그는 글을 써서 하늘에 고하기를 자기 몸을 대신 바치겠노라
했다. 그러나 그냥 죽어서는 도움이 되지 않을 것 같아, 자기 간을 도려내어
약에 섞으면 혹시라도 효험이 있지 않을까 생각했다. 그러나 간이 어디 있는
지를 몰라 손으로 가슴과 옆구리 쪽을 만지며 대략 이쯤이 아닐까 고민하고
있었다. 그때 갑자기 어디선가 사람의 간은 왼쪽 옆구리 몇 번째 갈비뼈 아
래에 있다고 알려주는 신령스런 목소리가 들려왔다. 소일황은 그 말을 듣고
매우 기뻤다.

　밤이 되자 그가 조용히 칼을 갈고, 마당에서 향을 사르며 초를 밝힌 후, 엄
숙하게 엎드려 절을 하고 막 일어서는데 갑자기 가는 터럭까지 다 보일만큼
집 전체에 환한 빛이 나고 있었다. 또한 세찬 바람이 일어나 지붕 기와가 마
치 여러 사람이 밟고 다니는 것처럼 덜그럭거리고, 좌우에서 활과 칼, 갑옷이
부딪치는 소리 같은 것이 들렸다. 그는 남들이 눈치챌까봐 급히 옷을 벗고
갈비뼈를 더듬어, 목소리가 알려준 자리를 찾아 그곳을 칼로 갈랐다. 찢어진
자리가 작아서 손이 들어가지 않자 다시 몇 치를 더 찢으니, 그 틈으로 간이
삐죽 튀어나왔다. 칼을 대서 자르려 하니까 참을 수 없을 만큼 가슴이 너무
아프고, 손이 떨려 칼을 떨어뜨릴 뻔 했다. 소일황은 얼른 이를 악물고 칼을
꼭 쥐고서 간을 한 조각 잘라내 상 위에 놓고 옷으로 덮은 뒤 하늘에 감사를
드렸다. 일어나 간을 찾으니 어디 있는지 보이지 않았다. 깜짝 놀라 찢었던
옆구리를 보니 이미 피도 멎고 간은 속으로 들어가 버린 뒤였다. 손을 넣어
더듬어 보았으나 잡히지가 않자 그는 급히 앞서 찢었던 곳에서 몇 치 아래
부분을 있는 힘껏 다시 갈랐다. 왼손으로 찢어진 곳을 열고 손복이 잠길 정
도로 쑥 집어넣고 더듬어서 다시 간을 끄집어내고, 한 조각을 살라 입에 물
었다. 그런데 방금 전에 잘라낸 조각이 상 위에 그대로 놓여 있는 것이었다.
그는 즉시 그 두 조각을 들고 부뚜막으로 달려가서 간을 냄비에 넣고 불씨와
숯을 찾아 불을 지펴 삶으려 했다. 그런데 피가 콸콸 쏟아져 몸을 가눌 수가
없자 결국 침실로 돌아가 누웠다.

　그의 처 유씨는 이날 밤 시어머니 옆에서 수발을 들고 있었다. 남편이 나

간 지 한참이 지나도록 오지 않자, 이상하다 싶어 그를 찾으러 방에 들어갔다. 유씨는 방에 걸린 흰 휘장에 피가 잔뜩 묻어있는 것을 보고 깜짝 놀랐다. 유씨는 남편이 허벅지를 잘랐구나 싶어 휘장을 젖혀보니, 남편은 얼굴이 노랗게 되어 옷섶 아래로 피가 샘처럼 솟고 있었다. 유씨가 얼른 그의 옷을 벗겨보니 찢어진 곳이 가로로 6, 7마디 남짓 되게 움푹 들어가 벌어져 있고, 그 안으로 장기들이 훤히 들여다보였다. 유씨는 대경실색하여 목 놓아 울었다. 소일황은 황급히 손을 내저어 조용히 하라 했다. 유씨가 숨죽여 흐느끼며 천을 찾아 칭칭 감아 주자 피가 조금 멈추었다. 소일황은 억지로 일어나 앉아, 유씨를 밖으로 내보내며 말했다.

"제발 아무 말 마시오. 냄비 안에 든 것이 익거든 어머니께 드리시오"

유씨는 눈물을 훔치며 부뚜막으로 달려갔는데, 가까이 갈수록 짙은 단향檀香 냄새가 물씬 풍겨왔다. 부뚜막에는 숯이 활활 타면서 탕이 벌써 부글부글 끓고 있었다. 냄비 안을 살펴보니 손바닥 반 남짓한 크기의 검붉은 뭔가가 있었다. 유씨는 그걸 보자 심장이 벌떡거리며 목으로 치밀어오를 듯 했다. 유씨가 얼른 그릇을 깨끗이 씻고 탕을 부으니 검붉은 것이 더 이상 보이지 않았다. 유씨가 탕을 받쳐 들고 종종걸음을 치는데, 사방에서 신발 끄는 소리가 시끌시끌하게 들리는 것이 마치 수십 명이 자기를 에워싸고 있는 듯해서 손이 덜덜 떨려 몇 번이나 탕기를 엎을 뻔 했다.

유씨는 얼른 침상 앞으로 가서 시어머니에게 탕을 마시게 했다. 모친 주씨가 반 정도 마시자 정신이 조금 나고, 다 마시고 나자 점차 원기가 돌아와 말을 할 수 있게 되었다. 유씨가 달려 나가 식구들에게 알리니 모두 깜짝 놀랐다. 부친 소정괴가 들어와 아내가 깨어난 것을 보고 합장을 하며 부처님께 감사했다. 그리고 소정괴는 아들을 위로하러 작은 방에 들어갔는데, 아들의 모습에 가슴이 아파 어찌할 바를 몰랐다. 이렇게 당황하여 정신이 없는 와중에 날이 점점 밝아왔다.

집안사람들이 의원을 찾으러 나가려는데 다급하게 문 두드리는 소리가 들려왔다. 문을 열어보니 친척과 지인들 몇 명이 어찌된 일인가 알아보러 온 것이었다. 식구들은 마당에 놓여 있는 사그라진 향과 촛농을 가리켜 보였다. 칼은 상 위에 놓여있고 피가 뚝뚝 떨어지며 아직까지 젖어 있었다.

그런데 문을 열어보지도 않았는데 그들이 어찌하여 이 일을 알고 있단 말인가? 이상해서 물어보려는데, 마을의 유명한 의원들 몇 무리가 앞서거니 뒤서거니 도착했다. 친지들이 인사를 하고 그들을 방으로 데려가 소효자를 보였다. 의원들이 모여 어떤 약을 쓸지 의논하고 있는데, 마을의 고관과 부상富商들이 속속 찾아와 인삼과 영이苓耳를 주고, 소일황이 아직 죽지 않았다는 말을 듣자 매우 기뻐했다. 모인 사람들이 서로 다행이라며 얘기를 하고 있는데, 군수郡守와 읍령邑令의 가마가 연달아 도착했고, 그들도 소일황이 간을 자른 일에 대해 물었다. 그들은 상황을 다 듣고 나자 축하인사를 하며 감탄해마지 않았다. 소정괴는 이 사람 저 사람에게 고맙다며 정신없이 답례를 하고 있었는데, 그럴수록 어떻게 이들이 알고 찾아왔는지 의아한 생각이 들었다. 그래서 그 이유를 알아보았더니 사정이 이러했다.

소씨의 이웃에 사는 서씨徐氏란 사람은 이승에서 저승 관청의 일을 처리하는 자인데, 이날 밤 막 잠이 들었다가 깨어나 부인에게 이렇게 말했다.

"오늘 밤 여러 신들이 모두 소씨 집에 모여 있는데 어찌 된 일인지 모르겠소. 내가 가서 무슨 일인지 알아보고 올 테니 절대 나를 깨우지 마시오."

다시 잠이 든 그가 삼경三更이 되자 깨어나 침상을 두드리며 큰 소리로 "정말 놀라운 일이로군!"하고 외쳤다. 부인이 놀라 이유를 물으니 서씨가 대답했다.

"내가 소씨 집에 도착해 들어가려고 하니까, 읍신邑神의 부하 수십 명이 문밖에 늘어서서 안으로 들어가시 못하게 믹더군. 그래시 개구멍에 엎드러 안을 엿보았더니, 마당 가운데 향을 피운 상이 놓여 있고 손가락만큼 굵은 초한 쌍이 밝혀져 있는데, 빛이 두 자가 넘게 뿜어져 나오는 게 마치 횃불을 늘어세운 듯 찬란했소. 소공蕭公이 웃통을 벗고 칼을 들고서 스스로 옆구리를 가르고 있었는데, 관성대제關聖大帝께서 그의 오른쪽에 서서 도포자락으로 소공의 어깨를 덮어주고, 문창성군文昌星君께서 왼쪽에 서서 그를 보며 고개를 끄덕이고 있는 게 아니겠소?[203] 마당에는 신들이 두 줄로 늘어서 있고, 읍신은 처마위에 서서 마치 뭔가를 지휘하는 듯 사방을 둘러보고 있었소. 내가 무서워서 급히 나오다가 함께 저승에서 일하는 이를 만나 물어 보았더니 그가 이렇게 말하는 거요.

'소 효자가 간을 잘라 어머니를 구한다고 해서 신들이 여기에서 지켜보고 계신 겁니다. 읍신이 우리들 수십 명을 시켜 못된 혼령과 악귀들을 내쫓게 하고 있으니, 당신도 어서 피하시오'

서씨가 부인에게 미처 말을 다하지도 못했는데, 이웃 사람이 와서 문을 두드리며 어찌된 일이냐고 물었다. 서씨는 보통 평민으로 집이 좁고 이웃 간에 겨우 널빤지 하나를 사이에 두고 사는 처지라, 그가 하는 얘기가 벌써 이웃에게 낱낱이 다 들렸던 것이다. 게다가 그날 밤 마을 주민들은 모두 단향 냄새를 맡았고 또 하늘에서 갑옷이 부딪치는 소리, 수레바퀴와 말발굽 소리, 귀신이 울부짖는 소리가 끊이질 않아 두려워 감히 잠자리에 들지 못하고 있었다. 그런데 서씨의 이야기가 일단 전해지자 동네가 시끌벅적해졌고, 순식간에 사방으로 퍼져나가 온 읍이 들끓었다. 그래서 여러 사람들이 약속이나 한 듯 다들 소씨 집에 찾아오고 또 무슨 일인지 직접 눈으로 보려는 자들이 빽빽이 들어차서 소씨 집을 가득 메웠던 것이다.

다음 날은 약을 들고 안부를 물으러 온 사람들이 더 많아졌다. 아는 사이건 아니건 모두 안타까워하며 눈물을 지었고, 아낙네와 아이들 모두 합장을 하며 부처님께 소효자를 지켜달라고 빌었다. 이레가 지났을 때, 벌어진 부위가 점차 붙어가다 다시 터지고 말았다. 그로부터 20일이 지나자 소일황은 피를 다 쏟고 거의 죽어가게 되었다. 임종을 맞아 소일황은 식구들에게 이렇게 부탁했다.

"내가 죽거든 시신을 밖에다 옮기되 곡은 하지 마십시오. 어머니 마음을 상하게 할까 걱정스럽습니다."

---

203) 관성대제關聖大帝는 신이 된 관우關羽를 가리키고, 문창성군文昌星君은 부귀공명을 관장하는 신이다.

그리고 부친을 껴안고 어루만지며 흐느끼고 탄식했다.

"어머니 대신 죽으니 제 뜻은 다 이루었으나 아버지의 은혜에는 보답을 할 수 없게 되었군요!"

말을 마치고 숨을 거두었다. 이날 온 동네가 곡을 하며 슬퍼했고, 가깝건 멀건 감동하여 통곡하지 않은 이가 없었다. 조문객들이 문을 메우고 애도문[銘誄]이 집에 가득 쌓였으며, 군읍郡邑에서는 매화령에 사당을 세워 그를 제사지내게 해달라고 상부에 신청했다.

소일황은 죽었지만 그의 모친은 점차 건강해지니, 식구들은 그의 뜻에 따라 모친이 알아차리지 못하도록 조용히 상을 치렀다. 소씨의 모친이 아들에 대해 물으면 식구들은 객지에 나갔는데 곧 돌아올 거라 대답했다. 소효자의 처인 열부 유씨는 집 밖에 나가면 삼베옷에 삼끈을 동이고 남편의 죽음을 슬퍼하며 예를 다했고, 집에 들어오면 옷을 갈아입고 온화한 낯빛으로 직접 탕약을 끓였다. 소효자의 모친은 마침내 예전처럼 건강해졌다. 식구들은 마당 한 켠의 작은 방에 소효자의 관을 옮겨놓고 항상 갈대 수십 다발로 가려놓았다. 그의 모친은 매일 문에 기대어 아들이 돌아오길 기다렸다. 유씨는 그럴 때마다 어머니의 뜻을 헤아려 기분을 맞춰드렸다.

이렇게 12년을 보낸 어느 날, 나물 팔러 온 사람이 그 집 문 앞에서 쉬면서 소씨의 모친과 한담을 나누다가 "할머니께선 소효자와 어떤 관계이십니까?" 하고 물었다. 소씨의 모친이 깜짝 놀라 무슨 얘기냐고 캐물었고, 그 일이 모두 탄로 나고 말았다. 소씨의 모친이 마당 곁채의 방문을 열어보니 아들의 관이 있는지라, 대성통곡하다 병이 도져 결국 죽고 말았다. 소일황의 영구는 결국 어머니의 영구를 따라 매화령으로 나가 효자사 옆에 묻혔다.

열부 유씨에게는 아들이 없어 이성異姓의 양녀를 들여 기르다가 데릴사위를 보았다. 나이가 들수록 유씨는 예법을 더 엄격히 지켰다. 81세가 되던 해 5월 5일, 딸이 술을 마련하여 유씨를 모시고 종자粽子204)를 싸고 있는 댓잎을

---

204) 대나무 잎이나 갈대 잎으로 싸서 찐 찰밥이다.

벗겨주는데 유씨가 이렇게 말했다.

"어젯밤 꿈에 네 아버지를 뵈었다. 붉은 옷을 입고 와서는 천제天帝께서 당신의 효성을 갸륵히 여겨 뇌부雷部의 높은 신으로 임명하셨다고 하더구나. 그래서 오늘 오시午時에 나를 데려가기로 약속을 했단다. 그러니 이제 너와 더 오래 지낼 수가 없게 되었구나."

유씨의 딸은 여전히 웃으며 종자의 껍질을 벗겼다. 유씨는 물을 가져다 목욕을 하고 방에 들어가서 바로 누웠다. 이때는 붉은 해가 하늘 한가운데 멈추어 서 있고 구름 한 점 없었다. 그런데 갑자기 커다란 천둥소리가 나더니, 유씨의 방을 감싸고 번개가 번쩍이고 우레가 북처럼 울렸다. 식구들은 벌벌 떨며 엎드려 꼼짝도 하지 못했다. 그러다 점점 음악소리가 은은하게 위로 올라가는 것 같았다. 이에 고개를 들어 유씨를 보니 그녀는 이미 죽어 있었다. 가족들은 유씨를 소일황과 합장해주었다. 관리[有司]가 이 부부의 일을 조정에 올리니, 조정에서는 '절효節孝'라고 쓰인 깃발을 하사했다.

69. 초언草堰 땅의 진주삼陳周森은 어머니를 지극정성으로 모셨는데, 집이 가난하여 뱃사공으로 연명하고 있었다. 그는 나이 20살인데 여태 장가를 가지 않았다. 모친이 병이 들어 위독해지자 그는 마을의 금룡대왕묘金龍大王廟에서 치성을 드렸다. 그날 밤 꿈에 금룡대왕이 대전 위에서 아주 밝은 얼굴로 이렇게 말하는 것이었다.

"네 모친의 병은 말의 간 하나를 삶아 먹으면 나을 것이다."

잠에서 깨고 보니 병을 낫게 할 약이 있는 것은 기쁜 일이나, 말을 살 돈이 없어 걱정이 되었다. 이에 어머니를 뭍에다 모시고, 배를 팔아 말을 사서 그 배를 갈라 간을 꺼내 삶아서 어머니께 드렸다. 그런데 어머니는 그것을 마시고 병이 더 심해지고 말았다. 진주삼이 다시 그 사당에 가서 빌자, 그날 밤 꿈에 금룡대왕이 나타났다. 그는 화난 표정으로 지난번과 같은 말을 하더니 호위병에게 진주삼을 붙잡아 끌어내라고 명령하는 것이었다. 진주삼은 벌벌 떨다가 잠에서 깼다.

꿈에서 그의 기세가 대단했던 것이 생각나 다시 말을 사려 했으나 살
돈이 없었다. 또한 말을 죽이는 것은 살생을 하는 것이니, 내 어머니를
위해 말의 목숨을 빼앗았기 때문에 지난번 약이 효험이 없었던 것은 당
연하다고 생각했다. 오로지 자기 간으로 어머니 병을 고칠 수밖에 없다
고 생각한 그는 칼을 꺼내 자기 왼쪽 갈비뼈 밑을 갈라 손을 넣고 간을
한 조각 떼어냈다. 옆구리에서는 피가 철철 흘러, 바늘과 실로 꿰매었
다. 그는 아픔을 참고 간을 삶아서 드렸는데, 어머니는 그것을 마시자마
자 금세 병이 나았다.

진주삼의 상처는 며칠이 지나자 나았다. 그런데 그 자리에 쌀알만 한
작은 구멍이 나 있어 물이 새 나왔는데, 그것이 죽을 때까지 계속되었다.
그는 자신이 옹정 병오丙午년에 태어나 말띠라는 것을 몰랐던 것이다.

건륭 무술戊戌년(1778) 봄에 전운사 주효순이 강남을 순시할 때, 이들
의 이야기를 듣고 군성郡城에 와서 소효자 무덤을 찾아 백금白金을 희사
하고, 글을 지어 바쳤다.

70. 쌍충사는 소효자 무덤의 옆에 있는데 남송 시대의 이정지李庭芝[205]
와 강재姜才[206] 두 사람을 제사지내는 곳이다. 두 사람의 사적은 『송사

---

205) 이정지李庭芝(1219~1276)는 자가 상보祥甫이고 응산應山(지금의 후베이湖北성 광쉐이
　廣水) 사람이다. 그는 개경開慶 1년(1259)에 양회제치사사兩淮制置司事를 담당하며 양주
　에 부府를 설치했다. 당시 양주는 큰 화재로 인해 폐허가 되다시피 했는데 이를 복구
　하고 다시 염업을 번창하게 만들었다. 그는 함순咸淳 5년(1269)까지 6년 동안 양회안무
　제치대사兩淮安撫制置大使 겸 양주지주揚州知州로 있다가, 덕우德祐 1년(1275)에 첨지정사
　僉知政事로 승진하고 추밀원樞密院에서 일했다. 1275년 원병元兵이 남하하자 그는 양주
　성을 지키면서 원의 5차례 초무를 모두 거절하고, 강재姜才 등 7,000명을 이끌고 태주
　泰州로 가려다 죽었다.
206) 강재姜才(?~1276)는 호주濠州(지금의 펑양鳳陽의 동북) 사람인데, 어려서 금병金兵에
　게 하북河北으로 끌려갔다 돌아왔다. 그는 무장으로서 실력을 인정받아 통주부도통通
　州副都統이 되었으며, 덕우德祐 1년(1275) 이정지와 함께 양주성을 지켰다. 이듬해 송이
　망하고 원에서 초무했으나 거부하고, 후에 익왕益王의 부름에 응하기 위해 포위망을
　뚫고 태주泰州로 가다가 죽었다.

宋史』에 기록되어 있다. 쌍충사는 전운사 주효순이 중건했다.

71. 흥륭선원興隆禪院은 매화서원 대문 오른쪽에 있다. 이곳의 대문은 시하 강변에 있고, 비구니가 거주하며, 그 안에는 오래된 나무들이 많이 자라고 있다.

72. 옥청궁玉淸宮은 흥륭서원의 오른쪽에 있는데 그 대문은 시하 강변에 있고, 도사들이 거주한다. 그 안에는 오래된 나무들이 많은데 모두 원·명 시대에 심은 것들이다.

73. 동각대학사 사가법史可法의 무덤은 옥청궁 오른쪽, 옛 매화령 앞에 있다. 명나라 때 태사太師 사가법의 의관衣冠을 장사지낸 곳이다. 그의 사당이 무덤 옆에 있는데, 건륭 임진壬辰년(1772)에 세워진 것이다. 묘도墓道는 시하를 따라 나 있고, 사당은 묘도 옆에 앉혔으며, 대문 또한 시하 강변에 있다. 대문 안에는 5칸짜리 정전正殿이 있고, 그 안에 돌로 깎은 사가법의 석상과 나무로 만든 신위가 모셔져 있다. 회랑 벽에는 돌을 박아 넣고 다음과 같은 글들을 새겼다.

> 사가법이 4월 21일에 집에 보낸 서신[家書]과 예친왕睿親王207)에게 보낸 답신 칠언율시로 된 어제시御制詩 1수와 황제가 쓴 글 1편
>
> 대학사大學士 우민중于敏中208)과 양국치梁國治, 상서尙書 팽원서彭元瑞209)와

---

207) 예친왕睿親王(1612~1650)은 청淸 태조太祖 누르하치의 14번째 아들인 도르곤多爾袞(Dorgon)이다. 정백기正白旗 기주旗主였던 그는 숭덕崇德 8년(1643)에 태종이 일찍 죽고 조카인 순치제順治帝가 즉위하자, 태종의 유언에 따라 다른 형제인 정친왕鄭親王과 함께 보정왕輔政王으로서 섭정하며 중원을 차지하고, 정치적, 제도적인 기초를 마련하는 데 결정적인 역할을 했다. 황부섭정왕皇父攝政王에 봉해졌다. 강희제 때에는 성종의황제成宗義皇帝로 추존되었다.

208) 우민중于敏中(1714~1779)은 자가 숙자叔子이고 호는 내포耐圃이며, 금단金壇 사람이다. 그는 건륭 정사丁巳년(1737)에 장원으로 급제한 후 산동과 절강의 학정學政을 역임

동고董誥,210) 유용劉墉,211) 시랑侍郎 김사송金士松212)과 심초沈初,213) 한림원翰

했고, 건륭제의 두터운 신임을 받아 병부시랑과 호부시랑, 태자소보, 호부시랑 겸 군
기대신軍機大臣, 문화전대학사文華殿大學士 겸 호부상서를 지내면서 거의 모든 조정 유
서諭書를 담당했다. 이후 '사고전서관' 정총재正總裁, 국사관國史館과 삼통관三通館(『청
통전淸通典』, 『청통지淸通志』, 『청문헌통고淸文獻通考』)의 총재를 맡기도 했다. 건륭 42
년 어명을 받아 『흠정임청기략欽定臨淸紀略』 1권을 펴내고, 다음 해 다시 『서청연보西淸
硯譜』 24권을 편찬했고, 이외의 저작으로 『소여당집素余堂集』과 『일하구문고日下舊聞考』
159권이 있다.

209) 팽원서彭元瑞(1731~1803)는 자가 장잉掌仍 또는 집오輯五이고 호는 운미芸楣 혹은 운
미雲楣이다. 강서江西 남창南昌 사람이다. 그는 건륭 22년(1757)에 진사가 되어 한림원
편수를 지낸 뒤, 예부, 호부, 병부, 이부와 공부등 5부의 상서尙書를 역임하고, '속삼통
관續三通館'과 '사고전서관', '청회전관淸會典館' 등의 총재를 거쳐서 협판대학사協辦大學
士까지 지냈다. 건륭제가 그와 장사전蔣士銓을 '강우양명사江右兩名士'라 칭찬했다. 조정
의 제도 등에 관한 대저작이 주로 그의 손에서 감독 편찬되었다. 시호는 문근文勤이다.
박학하고 특히 고대기물古代器物과 서화書畵의 감정에 정통했던 그는 『비전주림秘殿珠
林』, 『석거보급石渠寶及』, 『서청고감西淸古鑑』, 『영수감고寧壽鑑古』, 『천록림랑술목天祿琳
琅術目』 등의 그림 목록과 서적을 펴냈다. 시문으로는 『은여당집고恩餘堂輯稿』와 『경진
고經進稿』, 『송사륙화宋四六話』, 『지성도재독서발知聖道齋讀書跋』 등이 있다.

210) 동고董誥(1740~1818)는 자가 아륜雅倫, 호가 자림蔗林이다. 자가 자림이라고도 한다.
그는 건륭 28년(1763)에 진사가 되어 내각학사와 '사고전서관' 부총재副總裁, 군기대신,
호부상서, 동각대학사東閣大學士, 형부상서, 실록관총재實錄館總裁, 문화전대학사文華殿大
學士, 국사관정총재國史館正總裁 등을 지냈다. 재임 기간 동안 『사고전서회요四庫全書薈要』
와 『만주원류고滿洲源流考』, 『당종실록唐宗實錄』 등을 펴냈다. 부친 대에서부터 옹정, 건
륭, 가경 3조에 걸쳐 고관을 지냈으나 청렴하기로 유명했다. 시호는 문공文恭이고 가경
제가 직접 추모시를 써서 비문을 하사했다. 그는 가학을 이어 서화書畵에 뛰어났고 그의
그림에 건륭, 가경제가 쓴 제사가 『석거보급石渠寶笈』에 실려 있다.

211) 유용劉墉(1719~1804)은 자가 숭여崇如이고 호가 석암石庵이며, 이외 청원靑原, 향암香
巖, 동무東武, 목암穆庵, 명화溟華, 일관봉도인日觀峰道人 등의 자호字號가 있다. 산동성 제
성諸城(지금의 까오미高密) 사람이며 문정공文正公 유통훈劉統勳 대학사의 아들이다. 그
는 건륭 신미년辛未(1751)에 진사가 되었고, 공부상서와 직예총독直隷總督을 거쳐 체인
각대학사體仁閣大學士를 지냈고, 건륭 가경 두 조대에 걸쳐 11년간 상국相國을 지내며
황제의 신임을 받았다. 시호는 문청文淸이다. 그는 또한 옹방강, 왕분치王文治, 양동서粱
同書와 함께 청익 4대 서예가로 꼽힌다.

212) 김사송金士松(?~1800)은 자가 정립亭立이고 호가 청도聽濤이며 강소 오강吳江 사람이다.
그는 건륭 경진년庚辰(1760)에 진사에 급제하고 서길사와 한림원 편수를 거쳐 병부상서
까지 지냈다. 시호는 문간文簡이다. 저작으로 『교우서소시喬羽書巢詩』 내외집이 있다.

213) 심초沈初(1729~1799)는 자가 경초景初이고 호가 췌암萃巖 또는 운초雲椒이며, 평호平
湖 사람이다. 그는 건륭 임오壬午년(1762)에 거인으로 시험에 응시하여 내각중서를 제
수 받았다. 계미癸未년(1763)에 2등으로 진사에 합격하여 한림원 편수가 되었고, 이후
예부우시랑, 호부상서까지 역임했다. 시호는 문각文恪이다. 저작으로 『난운당시집蘭韻

林院 진효영陳孝泳214) 등이 황제의 명에 따라 창화하여 바친 시

　사가법의 석상의 원본 초상화에 있던 호헌징胡獻徵,215) 진송령秦松齡,216) 고

정관顧貞觀,217) 강조웅姜兆熊,218) 왕기王蓍,219) 왕개王槩,220) 고채顧彩221) 등 제

사題詞와 발문跋文

　　예전 건륭 계미癸未년(1763)에 한림원翰林院 장사전蔣士銓이 북경의 유

리창琉璃廠에서 낡은 골동 서화書畫 가운데 사가법의 초상화 1점을 발견

했는데, 족자 앞머리가 해지고 찢어져 있었다. 또 친필로 쓴 서신 2통이

堂詩集』이 있다.
214) 진효영陳孝泳(?~?)은 송강松江 사람이고 통정사通政使를 지냈다는 기록이 원매의 『수
　원시화隨園詩話』에 나온다.
215) 호헌징胡獻徵(?~?)은 청초에 비서원학사秘書院學士를 지낸 호통우胡統虞의 아들이다.
　그는 음보로 도찰원都察院에 출사했고 호북포정사湖北布政使를 지냈다.
216) 진송령秦松齡(1637~1714)은 자가 유선留仙이고 호가 대암對巖이다. 혹은 자가 한석漢
　石 또는 차초次椒이고 호가 유선留仙, 대암, 길중일수桔中逸叟라고도 한다. 무석無錫 사람
　이다. 그는 시인이자 경학가로서 순치 12년(1655)에 진사로 급제하여 국사원검토國史院
　檢討를 지냈다. 강희 기미년己未(1679)에 박학홍사로 추천되었으며 다시 검토檢討에 제
　수되었다. 저작으로 『창현산인집蒼峴山人集』이 있다.
217) 고정관顧貞觀(1637~1714)은 자가 화봉華峰 또는 화봉華封, 원평遠平이라고 한다. 호는
　양분梁汾이며 어릴 적 이름은 화문華文이었다. 강소 무석無錫 사람이다. 그는 젊은 시절
　에 오조건吳兆騫 형제가 이끄는 '신교사愼交社'에서 활동했고, 나중에는 스스로 '운문사
　雲門社'를 결성했는데 거기에는 강신영姜宸英, 왕완汪琬 탕빈湯斌 등 강남 명사들이 많았
　다. 그 후 강희 1년(1662)에 내각중서사인內閣中書舍人이 되었고, 1666년 순천부 향시에
　서 거인이 되고 국사관國史館에서 일했다. 저서에 『노당집繡塘集』과 『탄지사彈指詞』가
　있으며, 『당오대사책唐五代詞冊』, 『송사책宋詞冊』을 엮었으며, 납란성덕納蘭性德과 함께
　엮은 『사초집詞初集』이 있다. 진유숭陳維崧, 주이존朱彝尊과 함께 3대 사가詞家로 불린다.
218) 강조웅姜兆熊(?~?)은 자가 기위起渭이고, 무림武林(지금의 항저우시杭州市) 사람이다.
　그는 화조도花鳥圖를 잘 그린 화가로 널리 알려져 있으나, 생애에 대해서는 자세히 알
　려진 바가 없다.
219) 왕기王蓍(1649~1734?)는 자가 복초宓草이며 수수秀水(지금의 절강성 사오싱嘉興) 사람
　이다. 그는 시와 그림에 능했으며, 형제인 왕개王槩, 왕얼王臬과 함께 『개자원화보芥子
　園畫譜』를 썼다.
220) 왕개王槩는 아명이 본本이고 자가 안절安節이며 절강 수수秀水 사람이다. 왕기王蓍,
　왕얼王臬과 함께 『개자원화보芥子園畫譜』를 엮었다.
221) 고채顧彩는 자가 천석天石이며 강소 무석無錫 사람이다. 그는 『남도화선南桃花扇』을
　지었으며, 공상임孔尙任과 함께 『소홀뢰전기小忽雷傳奇』를 쓰기도 했다.

한 권으로 묶여 있었다. 장사전은 돈을 주고 그것을 사가지고 돌아왔다. 다음날 시랑侍郎 왕승패汪承霈222)가 그를 보러 와서, 사가법의 집에 보낸 서신과 호헌징 등이 쓴 제사와 발문을 가져와 사가법의 초상화 족자의 앞부분에 넣고 새로 표구하였다.

임진년에 팽원서가 강남의 학교를 시찰하러 왔는데, 당시 장사전은 안정서원에서 강석講席을 맡고 있을 때였다. 팽원서는 내무부內務府에서 편집한 『종실왕공공적표전宗室王公功績表傳』을 볼 수 있었는데, 거기에 예친왕이 사가법에게 보낸 서신이 있었다. 서신에서는 춘추필법春秋筆法을 써서 강남의 외진 곳에 가서 편안을 도모하는 행위는 잘못이라고 꾸짖고 있었다. 이 글을 읽고 사가법이 보낸 답신을 찾아보았으나 구할 수가 없었는데, 내무부의 서고에 있는 전적을 조사하여 마침내 그의 답신을 찾을 수 있었다. 그러자 황제가 직접 글을 한 편 써서 이 일의 전말을 기록했다. 이에 팽원서는 장사전이 소장하고 있던 초상화와 집에 보낸 서신을 가져와 황제에게 보고서를 써서 바쳤다. 그리고 황제의 명에 따라 매화령 아래에 사가법의 무덤을 세우고, 사당을 지은 뒤 '포위충혼褒慰忠魂'이라고 쓴 편액을 걸었다.

74. 상부祥符223) 땅의 사씨史氏는 후손이 아주 많다. 건륭 경자庚子년(1780)에 그 집안의 후손인 사홍의史鴻義가 『포충록褒忠錄』을 간행했는데, 지금 이 사당의 벽에서 뜬 탁본과 장사전의 시로 된 발문을 모아서 책으로 만든 것이다.

사가법의 후손 중에 양주에 있는 이들은 곧 『명사明史』「사가법전史可

---

222) 왕승패汪承霈(?~1805)는 자가 수시受時 또는 춘농春農이고 호가 시재時齋이며, 별호를 초설蕉雪 또는 국수菊叟라 한다. 안휘성 휴녕休寧 사람이다. 그는 건륭 12년(1747)에 거인이 되었고 병부상서까지 지냈다. 저작으로 『묵향거화식墨香居畫識』, 『연전재필기硯田齋筆記』, 『독화집략讀畫輯略』이 있다.

223) 사가법이 상부 사람이어서 이렇게 부른 것이다. 상부는 지금의 허난河南성 카이펑開封이다.

法傳」에 "사가법은 아들이 없어, 유언으로 부장副將 사덕위史德威224)를 후사로 삼으라고 했다"고 기록된 바로 그 사덕위의 후손이다. 사덕위로부터 사찬史纂으로 이어지고, 사찬에서 사산청史山淸, 사산청에서 사개순史開純과 사우경史右慶으로 이어진다. 이 책은 건륭 갑진甲辰년(1784)225)에 사개순이 사가법의 유고遺稿와 주소奏疏, 필찰筆札들을 모아서 만들었는데, 황제가 직접 써서 하사한 시문[宸章]을 정리하여 책의 맨 앞에 두었고, 사서와 지방지의 기록, 기記, 찬贊, 제사題詞를 덧붙였으며, 고광욱顧光旭226)이 서문을 쓰고, 제목을 『사충정공집史忠正公集』이라 하였다.

전체 내용을 보자면 다음과 같다. 시호를 하사하며 내린 황제의 조령[賜諡諭旨]과 『흠정승조순절제신록欽定勝朝殉節諸臣錄』에 수록된 「어제제상시御製題像詩」, 건륭제가 사가법이 예친왕에게 답장을 쓴 일의 경위를 밝혀 쓴 글, 사가법의 초상화에 제사를 내린 황제의 조령[題遺像諭旨] 및 우민중于敏中과 양국치梁國治, 심초沈初, 팽원서彭元瑞, 동고董誥, 유용劉墉, 김사송金士松, 진효영陳孝泳 등이 황제의 명을 받아 그와 창화한 시가 있다. 그리고 사가법이 쓴 「청준하제운소請濬河濟運疏」와 「제이릉필소祭二陵畢疏」, 「청정경영제소請定京營制疏」, 「의설사번소議設四藩疏」, 「청반칙인급군수소請頒敕印給軍需疏」, 「청존상권화수화소請尊上權化水火疏」, 「걸하무

---

224) 사덕위史德威는 사가법의 수양아들이자 부장副將으로, 남명南明 병부상서였던 사가법이 청군에 대항해 양주에서 싸우다 죽자 그의 시신을 수습하려 애썼다. 결국 시신을 찾을 수가 없자 그의 의관을 매화령에 묻었다고 한다. 그가 쓴 『유양순절기략維揚殉節紀略』에 당시 상황이 기록되어 있다.

225) 사개순이 『사충정공문집史忠正公文集』 4권을 간행한 연도는 건륭 49년丙午年(1786)으로 알려져 있다.

226) 고광욱顧光旭(1731~1797)은 자가 화양華陽 호가 청사晴沙 또는 향천薌泉이다. 강소 무석無錫 사람이다. 그는 건륭 17년(1752)에 진사에 급제하여 북경에서 호부주사戶部主事, 호부원외랑, 감찰어사 등을 역임했다. 이후 영하寧夏와 감숙성 평량平涼 지부, 사천안찰사四川按察使를 지내면서 치적이 많았다. 건륭 41년(1776)에 사임하고 고향으로 돌아왔고, 자선사업과 학교 보수사업 등에 힘썼으며 동림서원東林書院의 산장을 맡기도 했다. 1783년에 『양계시초梁溪詩鈔』 58권을 완성하고 가경 1년(1796)에 간행했다. 시에도 뛰어났던 그의 유작으로는 『향천집薌泉集』과 『향천연보薌泉年譜』 등이 전한다.

신황가서등처분소乞下撫臣黃家瑞等處分疏」, 「보고병이둔과주소報高兵移屯瓜
洲疏」, 「청반조칙정인심소請頒詔敕定人心疏」, 「청견북사소請遣北使疏」, 「청
진취소請進取疏」, 「논인재소論人才疏」, 「청행징벽보거소請行徵辟保擧疏」,
「논종역남환소論從逆南還疏」, 「청출사토적소請出師討賊疏」, 「청정회인충의
소請旌淮人忠義疏」, 「논종역법의종중소論從逆法宜從重疏」, 「청려전수청긴급
방수소請勵戰守請緊急防守疏」, 「사가함소辭加銜疏」, 「청칙금문호소請飭禁門
戶疏」, 「자핵사구무공소自劾師久無功疏」, 「청조정묘산소請早定廟算疏」, 「복
섭정예친왕서復攝政睿親王書」, 「치모致某」, 「답좌공자答左公子」, 「복좌공자
復左公子」, 「치유윤평동년致劉允平同年」, 「치손노산호길운하국산致孫魯山胡
吉雲夏國山」, 「치김초원致金楚畹」, 「여양공조與楊公祖」, 「여이여아與李餘我」,
「복유윤평동년復劉允平同年」, 「복부학정復傅鶴汀」, 「여양모與楊某」, 「치부
총마원도致副總馬元度」, 「복휘주신사復徽州紳士」, 「여김정희與金正希」, 「복
좌무강復左武康」, 「복손노산復孫魯山」 등의 글이 있다.

또한 가서家書 14편과 유서遺書 5종, 그리고 「4월21일유필四月二十一日
遺筆」, 「갑신토이적포고천하격甲申討李賊布告天下檄」, 「제좌충의공문祭左忠
毅公文」, 「제여주순난관신사민문祭廬州殉難官紳士民文」, 「요조좌공자계邀助
左公子啓」, 「걸한영乞閑詠」, 「서육안서序六安署」, 「병중감회시病中感懷詩」,
「억모시憶母詩」, 「연자기구점시燕子磯口占詩」, 「자왈약성여인일장사서문
子曰若聖與仁一章四書文」이 있다.

또한 부록으로 붙인 것으로는 다음과 같은 것이 있다. 『명사』 「사가법
전」과 『기보지畿輔志』, 『양주부지揚州府志』, 『감천현지甘泉縣志』, 『상부현
지祥符縣志』에 있는 그의 전기傳記 및 사가법의 「간류재조소懇留在朝疏」와
장사선張斯善이 쓴 「공덕기功德記」와 송지정宋之正의 「육안생사기六安生祠
記」, 여사굉黎士宏227)의 「서순양주사書殉揚州事」, 왕사정王士正228)의 『지북

---

227) 여사굉黎士宏(?~?)은 자가 위증魏曾이고 복건성 장정長汀 사람이다. 그는 강희 연간
에 활동했으며 문장으로 이름나 서거원徐巨源이 '해내명사海內名士'라 칭송했다. 순치
11년(1654)에 순천부 향시에서 거인이 되었고, 영신지현永新知縣과 감주동지甘州同知, 상

우담池北偶談』, 방포方苞의 『좌사일사左史逸事』, 사계곤謝啓崑의 「묘사기墓祠記」, 정지광程之光의 「공청류육안사비정公請留六安祠碑呈」이 있다. 또한 왕개王槩의 「상기像記」와 호헌징胡獻徵, 고정관顧貞觀, 강조웅姜兆熊의 「상찬像贊」, 진송령秦松齡의 「상발像跋」, 고채顧彩와 하신추夏愼樞229), 유조劉藻,230) 장사전, 원매袁枚, 고문조高文照의 「제상시題像詩」, 왕사정과 팽정구彭定求,231) 왕특선王特選,232) 곽가정郭家鼎, 육조기陸朝璣,233) 민화閔華, 오기吳岐, 오현吳賢, 이인배李因培, 원의벽袁義璧의 「배묘시拜墓詩」가 있다. 또 고정관의 「배육안생사拜六安生祠」와 주속탁朱續晫의 「춘추제문春秋祭文」과 아들 사덕위와 손자 사찬, 증손 사개순과 사우경이 쓴 제문祭文이 있다. 총 6권이다.

주지부常州知府, 감숙안찰사甘肅按察使, 영하도대寧夏道臺, 섬서포정사참정陝西布政司參政 등을 지냈다. 52세에 칭병하고 고향으로 돌아와 80세에 죽었다. 저서에 『탁소재문집托素齋文集』 10권과 『인서당필회仁恕堂筆滙』 3권이 있다.

228) 왕사정王士禎을 가리킨다.

229) 하신추夏愼樞(?~?)는 자가 용수用修이고 호는 효당曉堂이며 단도丹徒 사람이다. 저서로 『만한당시초萬閑堂詩鈔』와 『만한당집萬閑堂集』 그리고 「초은유하서招隱有夏序」등의 글이 있다.

230) 유조劉藻(1701~1766)의 아명은 옥린玉麟이고 자가 인조麟兆이다. 산동성 거야현巨野縣 소집촌蘇集村 사람이다. 그는 옹정 병오년丙午(1726)에 거인이 되었고, 관성교유觀城敎諭를 지냈다. 건륭 1년(1736)에 박학홍사에 추천되어 한림원 검토를 제수 받았다. 이 때 어명으로 이름을 조藻로 바꾸었고 자는 영해瀛海, 호는 소촌蘇村이라 했다. 이후 내각학사와 섬서포정사陝西布政使, 운남총독雲南總督, 호광총독湖廣總督, 호북순무湖北巡撫 등을 역임했다. 『조주부지曹州府志』를 편찬했고, 저서에 『독경당문집篤慶堂文集』이 있다.

231) 팽정구彭定求(1645~1719)는 자가 근지勤止 또는 방렴訪濂이고 호는 영진산인詠眞山人, 수강도인守綱道人이며, 만년의 호는 지암止庵이다. 장주長洲 사람이다. 학자들은 그를 남균선생南畇先生이라 불렀다. 그는 강희 병진년丙辰(1676)에 1등으로 진사에 급제하여 한림원수찬을 지냈으며, 시강侍講까지 역임했다. 저서에 『남균시고南畇詩稿』가 있다.

232) 왕특선王特選(1683~1760)은 자가 책헌策軒 또는 사가仕可이고 호가 부남鳧南이며 별호를 신천옹信天翁이라 한다. 산동성 등현滕縣 개촌蓋村 사람이다. 그는 1779년 거인이 되어 내각중서와 내무교유萊蕪敎諭, 동창부교수東昌府敎授를 역임하고 연로하다는 이유로 사직했다. 『궐리지闕里志』와 『삼천지三遷志』를 편찬했다.

233) 육조기陸朝璣는 옹정 7년(1729)을 전후로 강도지현江都知縣을 지내고 『강도현지江都縣志』 편찬에 참여했다. 저작으로 『유촌집柳村集』이 있다.

75. 비가화원費家花園은 본래 비밀費密234)의 옛 저택으로, 서너 채의 초옥草屋이 있으며, 꽃을 가꾸는 사람[藝花人]과 함께 살았다. 비밀이 군성 안으로 이사한 후 이곳에서는 금붕어[文魚]를 기르게 되었다.

비밀의 손자 비헌費軒235)은 자가 집어執御이고 「양주몽향사揚州夢香詞」를 지었는데, 그것은 동위업董偉業236)의 「양주죽지사揚州竹枝詞」와 함께 세간에 유행했다.

동위업은 자가 치부恥夫이다. 그는 「양주죽지사」 99수를 지었는데, 옛 시인들의 풍자와 조롱의 정신은 있지만, 온화하고 후덕한 뜻은 없어 논자들이 낮게 평가했다. 당시에 또 「양주호揚州好」란 노래가 있어 「양주몽향사」 등과 함께 유행했는데, 작가의 이름이 전하지 않는다.

76. 유림柳林은 사가법의 무덤 옆에 있는데 주표朱標의 별장이다. 주표는 꽃과 물고기를 잘 길렀다. 문 앞에는 버드나무를 심었고, 그 안쪽으로 흙 담을 빙 둘러싸고 사시사철 돌아가며 피는 꽃과 나무를 심었다. 꽃을 심은 화분은 붉은 옻칠을 한 나무 시렁 위에 죽 늘어놓았는데, 높낮이가 적절하게 어울리도록 되어 있었다. 군성 내의 부유한 집에서는 화분에 심은 꽃과 나무를 진열하여 감상하면서 수시로 바꾸었는데 주표의 손에서 나온 것이 가장 많다.

---

234) 비밀費密(1623~1699)은 자가 차도此度이고 호가 연봉燕峰, 파도인跛道人이며, 사천성 신번新繁 사람이다. 그는 장헌충張獻忠의 난을 피해 가족을 버리고 도사기 되었으며 여기저기 떠돌다가 강도江都 야선장野田莊에 정착했다 저서에 『중전정기中傳正記』과 『잠북유록蠶北遺錄』, 『사란기략奢亂紀略』, 『고사정古史正』, 『사기전史記箋』 및 『홍도서弘道書』, 『녹봉집鹿峰集』, 『연봉집燕峰集』이 있다.

235) 비헌費軒(?~?)은 비밀費密의 손자이고 비석황費錫璜의 아들이다. 그는 강희 연간에 거인이 되었으며, 시사詩詞에 뛰어났지만 전하는 작품은 적은데, 『회해영령집속집淮海英靈集續集』 권6에 실린 「홍교류紅橋柳」 칠언절구가 유명하다.

236) 동위업董偉業(?~?)은 호가 애강愛江이다. 원적은 심양沈陽이나 양주에 오래 살았다. 그는 강의, 옹정 연간에 활동하며 시사詩詞에 뛰어났다. 특히 그의 죽지사가 유명하여 '동죽지董竹枝'라 불렸다. 그의 작품으로는 『양주죽지사揚州竹枝詞』외에 『동죽지일고董竹枝逸稿』가 있다. '숭화본'에는 '동위董偉'라고만 되어 있는데, 잘못이다.

버드나무 아래에는 단사로 만든 항아리를 두고 물고기를 길렀다. 여기에는 금붕어와 단어[蛋魚], 수어[睡魚], 호접어[蝴蝶魚], 수정어[水晶魚] 등의 여러 종류가 있다. 「양주몽향사」의 다음 구절이 바로 이를 두고 노래한 것이다.

작게 무리지어 다니는 금붕어는 계란처럼 둥글고
항아리 가득 새 물은 소라보다 푸르네.
小隊文魚圓似蛋, 一缸新水翠于螺.

이들 물고기 가운데 상등품은 골라 관상어로 바치고, 그 다음은 나들이객들이 특산품으로 많이 사가고, 그 나머지는 흰 칠을 한 동이에서 기르다가 정원사[園丁]를 시켜 시장에 내다 판다.

그 안의 10여 칸 정도 되는 건물을 찻집으로 만들었는데, '유림다사柳林茶社'라고 깃발을 걸어놓았다. 안문雁門 전작田焯237)이 이에 관해 다음과 같은 시를 썼다.

가을 숲 산보 가는 길 가는 대지팡이에 의지하고
푸른 난간 밖에는 버드나무 그늘 짙구나.
그대의 아늑한 방에서 맑은 차를 끓여 마시니
부른 배 만지며 이웃 승려가 공양을 마치고 치는 종소리238) 듣네.

---

237) 전작田焯은 전탁田倬(?~?)인 듯하다. 전탁은 자가 안문雁門이고 강도江都 사람이다. 그는 소탈하고 재주가 많았으며 해학에 뛰어났는데, 젊어서 여러 막부幕府를 전전했던 것으로도 유명하다. 가경嘉慶 연간에 편찬된 『중수양주부지重修揚州府志』 권62에 그가 쓴 『안문시초雁門詩鈔』가 실려 있다.

238) '반후종飯後鐘'은 당나라 왕파王播의 이야기에서 유래한 전고典故이다. 왕파는 어렸을 때 가난하여 양주 혜명사惠明寺 목란원木蘭院에서 더부살이를 하며 스님들을 따라 다니며 얻어먹었다. 그렇게 오랜 시일이 지나자, 승려들이 그를 싫어하여 일부러 공양이 끝난 뒤에 공양을 알리는 종을 쳤다. 왕파가 종소리를 듣고 밥을 먹으러 가면 바리가 비어 있었다고 한다. 이 이야기는 오대五代 시기 왕정보王定保의 『당척언唐摭言』 하권에

閒步秋林倚瘦筇, 碧闌干外柳陰重.
賴君乳穴烹仙掌, 飽聽隣僧飯後鐘.

77. 광명암光明菴은 사가법의 무덤 오른쪽에 있고, 이곳을 지나면 시하 북쪽 강변의 원전문圓磚門이 나오고, 거기에서 벽돌길을 따라가면 천녕 사에 닿는다.

권4

신성북록新城北錄 **중**中

1. 공신문拱宸門은 신성新城 서북쪽에 있으며, 천녕문이라고도 한다. 성 안의 천녕방天寧坊은 천녕가天寧街라고도 하는데, 그 이름은 성 밖의 천녕사에서 비롯된 것이다. 절 왼편에 가람[蘭若]이 있으니 천녕사 동원東園에 속한 것이다. 북쪽으로 꺾어 가면 동원의 편문便門이 나오고, 동쪽으로 꺾어 가면 매화령이 나타난다. 절 오른편에는 행원杏園이 있는데, 천녕사 서원西園에 속한 것이다. 강가를 따라 풍락가豊樂街로 들어가서 가루街樓를 지나면 갈림길이 나타나는데, 상하 매매가買賣街로 나뉘어 북문까지 이어진다.

2. 천녕가 입구는 바로 옛 천녕사 산문이 있던 곳이다. 옛날에는 이곳에

화표華表가 있었기 때문에 속칭 '패루구牌樓口'라고 부른다. 패루는 높이가 20길인데, 편액에 '조천복지朝天福地'라고 적혀 있다. 그 처마 아래에는 수많은 박쥐가 장식되어 있어서 그곳을 '만복래조萬福來朝'라고도 부른다. 기둥 아래에는 거지 수백 명이 살고 있다. 신성을 개축할 때 천녕사가 성 밖에 있게 되어서, 화표도 곧 부서져버렸다.

3. 천복거天福居는 패루구에 있다. 이곳에는 꽃시장이 있는데, 그것은 선지사禪智寺에서 시작되었고, 군지郡志에도 기록되어 있다. 왕관王觀[1]의 『작약보芍藥譜』에는 이렇게 기록되어 있다.

> 양주 사람들은 신분의 귀천에 상관없이 모두 꽃을 꽂기 때문에, 개명교에서는 매일 아침 꽃시장이 열린다. 성 밖의 선지사와 성 안의 개명교는 모두 옛날의 꽃시장이다.
>
> 揚人無貴賤皆戴花, 開明橋每旦有花市, 蓋城外禪智寺, 城中開明橋, 皆古之花市也.

근래에 매화령과 방화촌傍花村, 보성堡城, 소모산小茅山, 뇌당雷塘[2]에는 모두 화원花院이 있어서, 매일 아침 성으로 꽃을 들여가 시장에 모아 판다. 화조花朝[3] 때마다 성문 맞은편의 장 수재張秀才 집에서 백화회百花會

---

1) 왕관王觀(?∼?)은 자가 통수通叟이고 여고如皐(지금의 쟝쑤성에 속함) 사람이다. 그는 송나라 인종仁宗 가우嘉佑 2년(1057)에 진사에 급제하여 대리시승大理寺丞, 강도지현江都知縣, 한림학사 등을 역임했다. 저작으로 『관류집冠柳集』이 있었지만 지금은 전해지지 않고, 현대의 조만리趙萬里가 다시 편찬한 판본만 남아 있다.
2) 성에서 서북쪽으로 15리 떨어진 곳에 있으며 뇌피雷陂라고도 한다. 『태평환우기太平寰宇記』에 언급된 대뢰大雷와 소뢰小雷가 바로 이곳을 가리키는 말이다. 이곳에는 높이가 2길 정도 되는 누대가 있으니, 바로 한나라 때 오왕吳王 유비劉濞의 조대釣臺이다. 왕상지王象之는 이곳의 농부들이 종종 비녀며 팔찌 따위를 줍곤 하는데, 모두 수隋나라 양제煬帝가 종종 이곳에 나들이를 나오면서 궁녀들이 떨어뜨린 것이라고 했다. 뇌당은 수 양제가 묻힌 곳인데, 상당上塘은 넓이가 모두 6리나 되고, 하당下塘은 넓이가 7리나 된다. 당시 이곳은 모두 사냥터였다.

를 여는데, 사방의 유명한 꽃들이 여기에 모인다.

장 수재는 이름이 장수張繡이고 자는 음원飮源인데, 칼 쓰는 법[刀式]에 정통해서 '장도張刀'라고 불렸다. 그는 꽃을 잘 옮겨 심어서, 그가 만든 매화 분재는 수재인 요지동姚志同과 자사刺史를 지낸 경천보耿天保와 명성을 나란히 했다. 그 매화 분재를 일컬어 '삼고매화전三股梅花剪'이라 한다. 그 뒤에 장기인張其仁과 유식劉式, 삼호자三鬍子, 도사 오송산吳松山 등이 그 방법을 흉내 냈다.

장수의 아들 장거수張居壽는 자가 인수仁粹이고 호는 구산舊山인데, 가난하게 살았지만 시를 잘 지었다.

4. 박항춘주사撲缸春酒肆는 천녕가 서쪽에 있다. 나들이 나와 성으로 들어가면 아름다운 산색山色과 물빛이 눈에 들어온다. 생선 끓이고 죽순 삶아 진탕 마시며 마음껏 얘기 나누는 것은 모두 이곳에서 하는 일이다.

청련재靑蓮齋는 천녕가 서쪽에 있는데, 승려 육안六安의 찻집이다. 그 승려는 차밭을 가지고 있어서, 봄과 여름에는 산에 들어가 있고, 가을과 겨울에는 찻집에 거처한다. 동성東城의 나들이객들은 모두 이곳에서 차를 사서 하루 동안 마신다. 정섭鄭燮4)이 쓴 대련에는 이렇게 적혀 있다.

> 이제껏 명사라고 하면 물을 잘 품평했고
> 예로부터 고승들은 차 마시기를 좋아했지.
> 從來名士能評水, 自古高僧愛斗茶.

5. 청룡천靑龍泉은 본래 천녕사 안에 있었다. 서역의 승려 불타발타라佛馱跋陀羅5)가 이 절에서 『화엄경華嚴經』을 번역했는데, 두 마리 푸른 뱀이

---

3) 옛날에는 음력 12월 15일을 모든 꽃들의 생일로 삼아 화조절花朝節 또는 화조花朝라고 불렀다.

4) 정섭鄭燮에 대해서는 『양주화방록』 권2 「초하록草河錄·하下·46」을 참조할 것.

우물에서 나와서 푸른 옷을 입은 동자童子로 변신해서 그의 시중을 들어주었다고 해서 우물의 이름을 청룡천이라고 지었다. 신성이 건축되었을 때 이 우물은 천녕문 안에 포함되었다. 옹정 연간에 이 절의 승려 이종理宗이 모금하여 주변의 땅을 사고, 우물가에 비석을 세웠다. 가뭄이 들 때면 여기서 기우제祈雨祭를 지내는 일이 많다. 건륭乾隆 무자戊子년(1768) 이후, 우물물이 말라서 더 이상 준설하지 않았다. 오늘날 이종이 세운 비석은 벽 사이에 박혀 있다.

6. 천녕문은 신성의 일곱 성문 가운데 하나이다. 예전 명나라 때에 태수로 있던 오수吳秀(자는 평산平山)가 서북쪽 성의 해자를 준설해서 벽돌로 제방을 쌓았고, 태수 곽광郭光이 다시 성의 해자에 벽돌로 제방을 쌓았지만, 끝내지 못한 것이 400여 길이나 있었다. 그래서 지금 성 밖 조교釣橋의 서쪽 제방은 모두 돌로 되어 있지만 동쪽 제방은 모두 흙이다.

7. 천녕사는 양주 8대 사찰 가운데 첫째지만, 절의 창건과 변천, 절터에 대해서는 군지郡志에 분명히 기록되지 않아서 옛 터에 대해서는 여러 곳에서 중복되어 나타난다.

지방지에는 천녕사가 신성의 공신문 밖에 있다고 기록되어 있다. 세간에 전해지기로는 유의柳毅가 자신의 집을 시주하여 절로 만들었다고 하는데, 절 안에 유장자柳長者(즉 유의)의 초상이 있다. 또 진晉나라 때에

---

5) 서역의 승려 붓다바드라Buddhabhadra(359~429)를 가리킨다. 지금은 보통 음역音譯하여 불타발타라佛陀跋陀羅라고 쓰며, 의역意譯해서 각현覺賢 또는 불현佛賢이라고 칭한다. 그는 원래 옛 인도의 가비라비 왕국 사람으로 17세에 출가했다가, 408년 장안長安으로 와서 불교를 전파했다. 그러나 구마라집鳩摩羅什 문파와 갈등이 생겨 혜관慧觀 등 40여 명과 함께 여산廬山으로 내쫓겼다. 이곳에서 그는 『달마다라선경達磨多羅禪經』을 번역했다. 나중에 건강建康(지금의 난징시)로 가서 도량사道場寺의 주지가 되었고, 법현法顯 등과 함께 『대반니원경大般泥洹經』, 『마하승기율摩訶僧祇律』 등 모두 13부부 125권의 불경을 번역했다. 421년에는 『화엄경華嚴經』(60권, 정식 명칭은 『대방광불화엄경大方廣佛華嚴經』)을 번역했는데, 흔히 이것을 『진역화엄晉譯華嚴』 또는 『육십화엄六十華嚴』이라고 부른다.

사안謝安[6]의 별장이었는데, 의희義熙(405~418) 연간에 서역 승려 불타발타라 존자尊者가 여기에서 『화엄경』을 번역했다고 전해진다. 우위장군右衛將軍 저숙도褚叔度[7]가 특별히 건업建業으로 가서 사공司空 사완謝琬에게 부탁하여 사안의 별장에 절을 세우게 해달라고 청했다. 또 『화엄경』 서문에서는 "존자께서 사 사공의 사원에 이정화엄당履淨華嚴堂을 짓고 경전을 번역했다"고 하면서, 또 "절 서쪽 행원杏園 안의 지상촌枝上村 문사방文思房에 은행나무 두 그루가 있는데, 둘레가 몇 아름이나 되고 높이는 300여 길이다. 사안의 별장이 여기 있었다"고 했다. 옹정 연간에 태사太史를 지낸 서보광徐葆光[8]이 '진수정晉樹亭'이라는 편액을 썼다.

또 성 안의 법운사法雲寺에 대해서 지방지에는 이런 기록들이 있다.

진晉나라 영강寧康 3년(375)에 사안謝安이 양주자사 직위를 겸할 때 이곳에 저택을 지었다. 태원太元 10년(385)에 신성으로 거처를 옮겼는데, 그의 고모가 이 저택으로 와서 비구니가 되었다. 이에 절을 세우고 이름을 법운사法雲寺라

---

6) 사안謝安(320~385)은 자가 안석安石이고 진군陳郡 양하陽夏(지금의 허난성 타이캉太康) 사람이다. 그는 젊어서 회계會稽(지금의 저장성 사오싱紹興)에 은거하며 벼슬길에 나아가려 하지 않다가, 40세 무렵에야 정서대장군征西大將軍 환온桓溫의 사마司馬를 시작으로 시중侍中, 상서복야尚書僕射, 표기장군驃騎將軍 등을 지냈다. 훗날 그는 환온의 반란을 진압하고, 얼마 후에 승상에 임명되어 양주자사揚州刺史의 직무를 겸했다. 또 태원太元 8년(383)에는 정토대중군征討大將軍으로서 '비수지전淝水之戰'에서 전진前秦 부견苻堅의 부대를 물리쳐 동진의 정권을 지켜내기도 했다. 그는 집권 기간에 '건강궁建康宮'을 대규모로 증축하고, 호화로운 별장을 짓기도 했다 죽은 후에는 태부太傅에 추증追贈되었다. 그는 또한 뛰어난 서예가로도 명성이 높았으며, 주요 저작으로 『사안집謝安集』(10권)과 『효경주孝經注』 등이 있다.

7) 저숙도褚叔度(381~424)는 동진東晉 하남河南 양적陽翟 사람이다. 그는 유유劉裕 휘하에서 건위장군建威將軍 등을 지내며 노순盧循의 반란을 평정하는 데에 공을 세웠다. 그러나 지나치게 많은 뇌물을 받았다는 이유로 벼슬을 잃었다가 얼마 후에 사면되어 상국우사마相國右司馬가 되었다. 유유가 송宋나라의 황제가 되자 그를 우위장군右衛將軍으로 삼았다.

8) 서보광徐葆光(?~?)은 자가 양직亮直이고 오강吳江 사람이다. 그는 강희 임진년壬辰(1712)에 진사에 급제하여 한림원 편수에 임명되었다. 저작으로 『이우재시집二友齋詩集』과 『봉사유구시奉使琉球詩』, 『중산전신록中山傳信錄』 등이 있다.

고 했으며, 손수 노송나무 두 그루를 심었다.

晉寧康三年, 謝安領揚州刺史, 建宅于此. 至太元十年, 移居新城, 其姑就本宅爲尼, 建寺名法雲, 手植雙檜.

태부를 지낸 사안의 사당은 그의 옛 집이다. 그 안에는 법운사가 있는데, 옛날 이곳에 노송나무 두 그루가 있었다.

謝太傅祠, 安故宅, 內有法雲寺, 舊有雙檜.

또 『묵장만록墨莊漫錄』9)에는 이런 기록들이 있다.

관문전학사觀文殿學士를 지낸 여혜경呂惠卿10)의 양주 저택은 바로 진晉나라 때 정서장군征西將軍을 지낸 사안의 저택이다. 당나라 때에 법운사가 되었는데, 그 안에 노송나무 두 그루가 있었다. 건염建炎(1127~1130) 이후로 없어졌다.

揚州呂吉甫觀文宅, 乃晉征西將軍謝安宅. 在唐爲法雲寺, 有雙檜. 建炎後遂亡.

『십국춘추十國春秋』에 따르면, 광계光啓11) 3년(887)에 해릉진알사海陵鎭遏使12)가 민병民兵을 이끌고 광릉으로 들어올 때, 양행밀이 법운사에 병사를 매

---

9) 『묵장만록墨莊漫錄』(10권)은 남송南宋 때의 장방기張邦基(?~?, 자는 자현子賢)가 편찬한 필기잡록筆記雜錄이다.

10) 여혜경呂惠卿(1032~1111)은 자가 길보吉甫이고, 북송北宋 때 진강晋江 사람이다. 진사에 급제하여 벼슬살이를 하면서 왕안석王安石과 함께 신법新法을 추진하면서, 자정전학사겸참지정사資政殿學士幷參知政事, 절도사節度使, 관문전학사觀文殿學士 등을 지냈다. 박학다식한 것으로 유명한 그는 『도덕경주道德經注』(4권)와 『논어의論語義』(10권), 『장자의莊子義』(10권), 『여길보문집呂吉甫文集』(100권), 『여길보주의呂吉甫奏議』(100권), 『현법縣法』(10권) 등의 많은 저작을 남겼다.

11) '중화본'에는 "光獻三年"으로 되어 있는데, 잘못된 표기인 듯하다.

12) 당·송시기에 진鎭을 지키는 장수를 가리키는 명칭이다. 이와 비슷한 것으로 진알장鎭遏將, 진사鎭使, 진알병마사鎭遏兵馬使, 진알도지병마사鎭遏都知兵馬使 등이 있다. 해릉海陵은 명나라 때 태주泰州에 속한 땅이다.

복시켜서 공격해 죽이니, 절 밖의 몇 리에 걸친 땅이 모두 피로 붉게 젖었다
고 했다.

按十國春秋, 光啓三年, 海陵鎭遏使帥民兵入廣陵, 楊行密伏兵殺于法雲寺,
寺外數里皆赤.

절에 장경원과 석가원이 있다.

寺有藏經院, 釋迦院.

낙선암樂善庵에 대해서는 지방지에서 "대동문 밖 천심돈에 있다[在大
東門外天心墩]"고 했다. 옹정 11년(1733)에 윤회일尹會—13)은 비기碑記에서
"서역 승려 불타발타라 존자가 여기에서 『화엄경』을 번역했다"고 했다.
『화엄경』「서序」에는 이렇게 적혀 있다.

존자께서 특별히 이정화엄당을 지으셨다. 태부를 지낸 사안의 저택을 절로
만들었는데, 경내가 무척 넓었다. 절 앞에는 돈대墩臺가 늘어서 있었는데, 이
역시 절의 경내에 속한 것이다. 명나라 가정嘉靖 병진년丙辰(1556)에 조원漕院
을 지낸 정효鄭曉14)가 성을 추가로 쌓으면서, 절 앞의 땅 수백 무武15)를 잘라

---

13) 윤회일尹會—(?~?)은 자가 원부元孚이고 호는 건여健餘이며, 박야博野 사람이다. 그는
    옹정 갑진년甲辰(1724)에 진사에 급제하여 이부시랑까지 지냈다. 저작으로『건여시초健
    餘詩草』가 있다.
14) 정효鄭曉(1499~1566)는 사가 질보窒甫이고 해염海鹽 무원진武原鎭 사람이다. 그는 가
    정 2년(1523) 진사에 급제하여 병부직방주사兵部職方主事에 제수되어『구변도지九邊圖志』
    를 지어 유명해졌다. 이후 남경태상경南京太常卿, 형부우시랑, 병부우시랑 겸 부도어사副
    都御史, 총독조운總督漕運 등을 역임했다. 특히 통주通州, 여고如皐, 해문海門 등에서 왜구
    倭寇를 무찔렀고, 이 공로로 이부좌시랑이 되었으며, 곧 남경이부상서南京吏部尙書로 승
    진했다. 그 후에는 형부상서 등을 지냈다. 죽은 뒤에는 태자소보에 추증되었고, 시호는
    단간端簡이다. 저작으로『오학편吾學編』,『징오록徵吾錄』,『고언古言』,『금언今言』,『정단
    간공문집鄭端簡公文集』,『정단간공주의鄭端簡公奏議』,『사론史論』,『책학策學』,『우공도설
    禹貢圖說』등이 있다.
15) 옛날에는 여섯 자[尺]를 1보步로, 반 보를 1무武로 삼았다. 이에 대해서는 본서의 권1
    「초하록草河錄·상上」의 "한漢나라 여사동척慮虒銅尺"에 대한 기술을 참조하기 바란다.

성 안으로 포함시켰다.

尊者別建履淨華嚴堂. 自謝太傅舍宅爲寺, 寺域甚廣, 墩列于前, 亦屬寺界. 明嘉靖丙辰, 漕院鄭曉加筑城, 始截寺前數百武地于城內.

내가 보기에 모든 설들을 하나로 모아 써보면 천녕사와 법운사, 낙선사 세 곳으로 나뉜다. 그런데 천녕사에 대해서 발타라가 『화엄경』을 번역한 곳이라 하고 또 낙선사에 대해서도 똑같이 서술하고 있으니 그 둘은 같은 곳이다. 이것이 첫 번째 사실이다. 그리고 천녕사에 대해서 발타라 존자가 사공 벼슬을 지낸 사완의 저택에 이정화엄당을 지었다고 했고, 법운사에 대해서도 태부를 지낸 사안의 저택이 여기 있는데 존자가 이정화엄당을 특별히 지었다고 했으니 이 둘도 같은 곳이다. 이것이 두 번째 사실이다. 또 법운사에 장경원과 석가원이 있다고 했는데, 오늘날 천녕사 옆의 가람 안에 장경원이 있으니 그 둘은 같은 곳이다. 이것이 세 번째 사실이다. 윤회일의 설명에 따르면 "절 앞에 돈대가 늘어서 있다"고 했고 또 "절 앞의 땅 수백 무를 잘라 성 안으로 포함시켰다"고 했으니, 낙선사가 본래 천녕사 절터 안에 있었음은 자명하다.

다만 법운사와 천녕사는 저택과 별장이 같고, 이정화엄당이 같고, 장경원이 같음에도 지방지에서는 두 곳으로 나누어놓고 고증하지 않다가 결국 그것이 관습이 되어 살펴보지 않았을 따름이다. 오늘날 살펴보면 천녕사는 공신문과 몇 무武 떨어져 있고, 공신문 안쪽 천녕가의 길이가 300보步 남짓이다. 법운사의 뒷날 절터는 북류항北柳巷의 중간에 있는데, 그 중간까지의 거리가 200보 남짓이니 합쳐 계산해보면 세로로 200보 남짓을 넘지 않는다. 오늘날 행원의 가람[蘭若]은 200보 남짓이다. 이를 통해 계산해보면 대략 세로로 1,000보, 가로로 500보를 넘지 않는다. 천녕사는 그 북쪽에, 낙선사는 그 동쪽에, 법운사는 그 남쪽에 있으니 사실 이 세 절은 모두 사안의 저택에 있는 것이다. 옛날 사안의 저택은 응당 법운사에서 천녕사까지, 그리고 오늘날 채의가彩衣街의 절반과 북류

항의 절반까지, 지금은 백성들의 거주지가 된 지역을 포괄했을 것이다.

오늘날 천녕사와 법운사는 진晉나라 때의 광릉성廣陵城 바깥의 땅에 해당한다. 그러다가 그곳의 일부가 성 안으로 잘려 들어오게 된 후로 사람들은 천녕사와 법운사를 두 곳으로 여기게 되었고, 또 천녕사와 낙선사도 두 곳으로 여기게 되었다. 『진서晉書』에도 다음과 같이 기록되어 있다.

> 태화 10년16)에 사안이 광릉의 보구에 나가 다스리면서 성채를 쌓아 '신성'이라 했다.
>
> 太和十年, 謝安出鎭廣陵之步邱, 筑壘曰新城.

『진서』에 따르면 '신성'은 마땅히 지금의 '신성'에서 동북쪽 모퉁이에 있어야 하며, 그 절반은 여전히 공진문 바깥에 있어야 한다. 옛날에는 물과 뭍이 만나는 곳을 '보步'17)라고 불렀다. 『태평환우기太平寰宇記』에는 이렇게 기록되어 있다.

> 강도와 남쪽으로 마주보고 있는 단도의 경구는 옛날에 넓이가 40여 리나 되었다. 지금 과주에서 강을 건너자면 폭이 겨우 10리에 지나지 않으며, 맞은편은 이미 은산이 되어 있다.
>
> 江都南對丹徒之京口, 舊闊四十餘里. 今瓜洲渡江僅闊十里, 對岸已是銀山.

옛날에는 강폭이 40여 리나 되었다고 했으니, 지금의 고민사나 양자교揚子橋 등은 모두 강 가운데 있었던 것이다. 당시 양주의 강 언덕은 법운사와 멀지 않았을 것이며, 보구步邱 역시 법운사와 멀지 않았을 것

---

16) 본문의 태화太和는 '태원太元'을 잘못 쓴 것으로 보인다. 태원 10년은 서기 385년으로, 사안이 양주 신성新城에서 죽은 해이다. 『진서晉書』 권79 「사안전謝安傳」 참조
17) '보步'는 '부埠'와 통하며, 물가에 배를 대는 곳이라는 뜻이다.

이다. 지방지에서는 갑장루甲杖樓가 보구에 있다고 했다.

8. 천녕문 근처의 성하城河는 양쪽 언덕이 벽돌로 쌓여 있다. 그 위에는 큰 나무를 걸치고 붉은 난간을 세워 조교釣橋를 만들었다. 조교 밖에는 화표가 우뚝 솟아 있는데, 그 아래가 천녕사의 산문이다.

첫 번째 건물은 천왕전天王殿인데, 그 중간에는 포대나한상布袋羅漢像[18]이 모셔져 있고, 양 옆에는 마귀와 도깨비들을 두어서 나한이 그놈들을 희롱하는 모습을 만들어놓았다. 천왕전 오른편에는 화고畵鼓를, 왼편에는 현종懸鐘을 설치했다. 옛날에는 종루에 풍자각風字脚[19]을 사용했다. 네 기둥은 여러 종류의 단단한 나무를 섞어 만들어서 마치 쓸모없는 나무[散木][20]처럼 보이기도 하지만, 높이가 낮아서는 안 된다. 낮으면 종소리를 가려서 소리가 멀리 퍼지지 않기 때문이다. 또한 마땅히 왼편에 있어야 한다. 절의 회랑 아래에 바둑판처럼 평평하게 바닥을 만들고 종루를 만드는데, 바닥 중앙을 파서 바로 위쪽에 종이 보이게 설치하고, 육각六角의 난간을 만든다. 그러면 종소리가 100리까지 퍼지는 것이다. 이 절의 종은 밤낮으로 치는데, 빠르게 18번을 치는 것과 느리게 18번

---

18) 유명한 '포대화상布袋和尙'을 가리킨다. 육조六朝 시기의 저명한 승려인 그는 본래 법명法名이 설차화상契此和尙이다. 『경덕록景德錄』에 따르면 그는 명주明州 봉화奉化 사람이라고 하지만, 출가하기 전의 성명이나 가족관계는 알려져 있지 않다. 기행으로 유명한 그는 말하는 것도 일정하지 않고, 아무데나 누워 자는데, 항상 지팡이 끝에 베로 만든 자루를 걸어 짊어지고 다녔다. 자루 안에는 바리때며 숟가락 같이 공양供養에 필요한 도구들이 담겨 있었다. 그리고 구걸한 음식 가운데 먹고 남은 것도 자루에 넣고 다녔기 때문에, 당시 사람들은 그를 '장정포대사長汀布袋師'라고 불렀다. 나중에 그는 악림사岳林寺라는 절에서 입적했다고 한다. 훗날 사람들은 그를 미륵보살의 화신化身으로 섬겼는데, 그의 모습을 조각한 상像은 대개 불룩하게 솟은 커다란 배를 드러낸 채 아이처럼 해맑게 웃는 표정으로 묘사되어 있다.
19) 받침대가 사다리꼴 모양으로 되어 있어서, 지면에 닿는 부분의 길이가 윗부분의 길이보다 길게 만든 것이다.
20) 원래 『장자莊子』 「인간세人間世」에 나오는 나무이다. 목수들에게 아무 쓸모가 없어서 오래도록 장수하는 나무라는 뜻이다. 이 부분의 원문을 '산수散水'로 표기한 판본도 있는데, 이 경우 의미가 모호하다.

을 치는 것이 있다. 절의 북은 오른쪽에 있는데, 바로 이곳에서 송부선사宋孚禪師가 북소리를 듣고 도를 깨달았다고 한다. 종루와 고루 옆에는 두 개의 보찰寶刹21)이 가지런히 솟아 있는데, 높이는 몇 길이나 되고, 색색의 천을 잘라서 번당幡幢으로 삼았다.

두 번째 건물인 대전大殿에는 백석향로련거白石香爐蓮炬가 놓여 있는데, 높이는 대전의 천정과 같다. 대전 한가운데 큰 불상 3좌座를 모셨고, 양 옆으로 청정하고 장엄한 보살들이 늘어서 있다. 그들 가운데 어떤 이는 운납雲衲(승복)을 입고 대나무 지팡이를 짚은 채 불경이 담긴 상자를 비스듬히 메고 있고, 어떤 이는 무릎을 감싸 안고 두 어깨를 추켜세워 마치 귀왕鬼王 같은 모습을 하고 있고, 또 어떤 이는 첩첩 산중에 눈을 감고 마른 나무처럼 꼼짝 않고 앉아 있으며, 어떤 이는 긴 눈썹을 땅바닥에 끌며 맨발에 작다리를 짚고 있다. 어떤 이는 얼굴은 비쩍 말랐으나 눈빛이 맑고 기세가 충만하고, 어떤 이는 농부 옷을 입은 채 가부좌를 틀고 앉아 느긋하게 생각에 잠겨 있다. 짚신 신고 대지팡이를 짚은 채 노인처럼 구부정한 이도 있고, 사지에 터럭이 무성하여 용모가 특이한 이도 있으며, 높다란 코에 숨을 내쉬듯 입을 내민 채 손에 염주를 굴리며 사라수娑羅樹 아래 앉아 있는 이도 있다. 눈썹을 추켜세운 채 눈을 부릅뜬 이도 있고, 부채를 흔들며 상수리나무 아래 앉아 맑고 강인한 인상을 풍기고 있는 이도 있다. 어떤 이는 쭈글쭈글한 피부에 구부정한 등으로 두 손은 이라도 잡는 듯 무언가를 하고 있다. 또 가사를 입고 불경을 쥔 채 영락없는 승려의 모습을 한 이도 있고, 합상한 채 앉아 있는 이도 있으며, 옷을 걸친 채 부채를 부치고 있는 이, 긴 수염에 키가 훤칠한 이, 누추한 차림새에 생김새도 괴상하지만 구석에 앉아 향을 사르고 경전을 외는 승려도 있다. 이들이 이른바 18응진應眞22)이다.

---

21) 찰간刹竿이나 찰주刹柱, 포찰表刹을 가리킨다. 이것들은 대개 절 앞에 세워서 기[幡]를 내거는 데에 사용된다. 여기에서 비롯되어서 흔히 '보찰'은 사원寺院을 가리키는 말로 사용되곤 한다.

대전 뒤에는 대비천수안보살상大悲千手眼菩薩像23)이 모셔져 있는데, 그것은 소라처럼 감아올린 상투를 틀고 영락纓絡24)을 늘어뜨린 채, 발에는 연꽃[菡萏]을 밟고 있다.25)

세 번째 건물 중앙에는 아미타불阿彌陀佛을 모셨다. 부처의 후광後光은 마치 보통의 불꽃처럼 위로 타오르고 있으며, 아래쪽에는 경전을 펼쳐놓은 책상과 향을 담은 쟁반이 놓여 있으니, 이것이 바로 만수경단萬壽經壇이다.

네 번째 건물 뒤편에는 3층의 누각이 세워져 있는데, 누각 아래층은 방장方丈이고, 중간은 승방僧房이며, 맨 위층은 만불루萬佛樓이다. 이곳의 불상은 모두 11,100기가 있는데 그 형상과 크기가 각각 다르다. 작은 것은 좁쌀이나 콩 반쪽만 한데도 이목구비며 소라 모양의 상투와 수염 등이 모두 갖춰져 있다. 군郡 안의 삼층 누각 가운데는 번리관蕃厘觀의 미라보각彌羅寶閣이 가장 뛰어나고, 이 누각은 그 다음이다. 누각 옆으로는 양쪽으로 두 개의 작은 전각이 들어서 있는데, 여기에는 백의대사白衣大士26)와 문무제군文武帝君27)의 상像이 모셔져 있다. 양쪽 회랑은 백 수십

---

22) 나한羅漢(Arhat)의 다른 명칭으로서, 참된 도[眞道]를 얻은 사람이라는 뜻이다. 이것은 원래 부처의 제자들 가운데 서열이 가장 높은 이들을 가리키는 말이다. 『아미타경阿彌陀經』이나 『법주기法住記』에는 16명의 명칭만 나타나 있고, 당唐나라 때의 승려 관휴貫休가 그렸다는 나한의 수도 16명이었다. 이 때문에 나머지 두 명에 대해서는 이설이 많은데, 대표적인 세 가지 설은 다음과 같다. 먼저 『법주기』를 지은 경우慶友와 그것을 번역한 현장玄奘이라는 설이 있고, 마야부인摩耶夫人과 미륵彌勒이라는 설, 그리고 항룡降龍과 복호伏虎라는 민간의 설이 그것이다.

23) 이른바 '6관음' 가운데 하나로, 흔히 천수천안관세음千手千眼觀世音 또는 천안천비관세음千眼千臂觀世音이라고 부른다. 이 보살은 두 손과 누 눈 외에 좌우로 12개의 손을 갖고 있으며, 각 손에는 눈이 하나씩 달려 있다. 40개의 손과 40개의 눈은 거기에 25배를 곱하면 각각 천 개씩이 된다.

24) 진주나 옥을 꿰어 만든 장식물로서, 대개 불상의 가슴에 드리워 있는 경우가 많다.

25) 보살이 연화대蓮花臺 위에 서 있는 모양을 가리킨다.

26) 백의관음白衣觀音을 가리킨다. 이 보살은 백처관음白處觀音 또는 대백사大白士라고도 불리는데, 항상 흰옷을 입고 하얀 연꽃 위에 서 있어서 순정한 보리심菩提心을 상징한다. 대사大士란 곧 큰일[大事], 자신의 이로움을 위해 남을 이롭게 하는 큰일을 가리킨다. 그리고 그런 큰일을 하는 보살로 널리 알려진 존재가 바로 관음보살과 보현보살普

칸인데, 여기에는 모두 여러 하늘의 부처들과 도인道人 유보룡俞普龍의 상이 모셔져 있다. 그러나 유의柳毅의 상은 이제 찾아볼 수 없게 되었다.

9. 천녕사에는 성조 강희제께서 하사하신 편액이 4개가 있으니, '소한정인蕭閑淨因'과 '호월선심皓月禪心', '기회란죽寄懷蘭竹', '반야묘원般若妙源'이 그것이다. 또 2개의 대련이 있으니 그것은 다음과 같다.

> 깨달음을 향한 마음 물속의 달을 씻고
> 법고法鼓 소리에 물고기와 용이 모여드네.
> 禪心澄水月, 法鼓聚魚龍.

> 아름다운 숲에 봄날은 길고
> 푸른 물가에 싱그러운 바람 부는구나.
> 珠林春日永, 碧漵好風多.

주상(건륭제)께서도 편액 7개를 하사하셨으니, '회남향계淮南香界'와 '부산화해浮山華海', '회남려촉淮南麗矚', '신위옹호神威擁護', '성방설교省方設教', '대웅보전大雄寶殿', '만불루萬佛樓'가 그것이다. 또 8개의 대련이 있으니 그것은 다음과 같다.

> 꽃비[28] 내리는 남쪽 하늘

賢菩薩이다.

27) 민간 도교에서 선비의 공명功名과 벼슬을 관장하는 신으로 받들어지는 '문창제군文昌帝君'을 가리킨다. 문창은 본래 별자리 이름으로, 문곡성文曲星 혹은 문성文星이라고도 한다. 1316년에 원元나라 인종仁宗이 이전부터 민간에서 재동신梓潼神으로 받들어지던 장아자張亞子를 보원개화문창사록굉인제군輔元開化文昌司祿宏仁帝君으로 봉하면서, 문창제군이라는 칭호가 생겨났다.

28) 부처가 설법할 때 모든 하늘 신들이 감동하여 각양각색의 꽃비를 내렸다는 전설을 염두에 둔 표현이다.

신령한 경문經文은 오묘한 깨달음을 전하고
허공에 향기 퍼지는 촉강에서
제후의 별장29)은 명승지를 대표하지.
花雨南天, 靈文傳妙諦.
香空蜀阜, 藩墅表名區.

마을의 노랫소리 들으니 삶이 안락함을 알겠고
창문에 펼쳐진 안개 긴 풍경 두루 아름답구나.
閭里謳歌聞樂愷, 軒窗烟景遍淸嘉.
                     ·

초 땅의 끝 오 땅의 첫머리30) 그림처럼 펼쳐져 있는데
반짝이는 숲속의 새소리 시 읊조리는 집안으로 들어오네.
楚尾吳頭開畵鏡, 林光鳥語入吟軒.

정착한 땅엔31) 즐거운 일 생기고
향기로운 누대엔 상서로움 두루 미치네.
定地生歡喜, 香臺普吉祥.

진하게 풍기는 온갖 향기 화려한 양산에 서리고
다보多寶의 밝은 빛 법륜法輪에 머무는구나.32)

---

29) 천녕사가 본래 사안謝安의 별장이었음을 가리킨다. 당시 사안은 15개 주州의 모든
    군사 업무를 총괄했는지라 그 지위가 왕후王侯에 비견되었기 때문에 이렇게 표현한 것
    이다. 『중수양주부지重修揚州府志』에서는 본문의 '번서藩墅'를 '구서舊墅'라고 써놓았다.
30) 오늘날 서쪽으로 후베이湖北 어저우鄂州, 동쪽으로 양저우揚州, 북쪽으로 안훼이 서
    우현壽縣, 남쪽으로 쟝시江西에 이르는 곳에서 각기 자신들의 땅을 일컫는 말이다. 순
    서를 바꾸어서 '오 땅의 첫머리 초 땅의 끝[吳頭楚尾]'이라고 하기도 한다.
31) 『중수양주부지』에는 본문의 '정지定地'를 부처의 자비가 미치는 땅을 의미하는 '보
    지寶地'라고 적어놓았다.
32) '다보'는 불법佛法, 불경佛經, 불자佛子, 불상佛像 등을 두루 통칭하는 말이다. '법륜'은

衆香馥郁凝華蓋, 多寶光明駐法輪.

유리 정병淨甁의 물은 공덕의 바탕이 되고

불상 장식한 영락과 구름무늬 새긴 불감佛龕에 상서로움 나타나도다.

琉璃甁水資功德, 纓絡龕雲現吉祥.

천축에 상서로운 법륜 머무니

삼마三摩33)가 함께 증명되고

동산에 청정한 사업 남기니

이체二諦34)가 모두 융합되도다.

西竺駐祥輪, 三摩合證.

東山留淨業, 二諦俱融.

상나라의 솥과 주나라의 술병은 자연히 장중하고35)

꽃밭의 꽃과 동산의 나무는 서로 향기를 풍기지.

商鼎周彝自典重, 檻花苑樹相芬芳.

　이것들은 모두 대전에 모셔져 있다. 또 황제께서 지으신 칠언율시七
言律詩 4수首가 있는데, 돌에 새겨 비정碑亭에 모셔놓았다.

　중생의 악업惡業을 타파하고 수레바퀴처럼 끊임없이 움직이며 인간세계에 전해지는
부처의 가르침 즉 '불법佛法'을 의미한다.
33) 범어의 음역어로서 '삼마리三摩提' 또는 '삼매三昧'라고도 한다. 의역은 '정정正定'이다.
　이것은 부처를 향한 한결같은 마음으로 잡념을 없애서 심신이 평안한 상태를 가리킨다.
34) '체諦'는 불교에서 진리를 가리키는 말이다. 불교에서는 세속의 진리인 속체俗諦와
　불교의 진리인 진체眞諦라는 두 가지 진리가 있다고 여긴다.
35) 솥[鼎]과 술병[彝]은 모두 상商나라 때와 주周나라 대에 나라를 다스리는 중요한 기
　물로 간주되었던 청동기로서, 일반적으로 국가의 사직社稷을 의미한다. 이 가운데 솥
　은 다리가 3개에 귀가 2개 달린 것[三足兩耳]이고, 술병은 주둥이가 크고 바닥이 둥근
　것[侈口圓足]이다.

10. 명나라 때 천녕사 승려였던 무릉茂陵 땅의 예략睿略36)은 시를 잘 지었으며, 『송월헌집초松月軒集鈔』라는 저작을 남겼다. 조발탑爪髮塔은 오늘날 양포讓圃의 압각수鴨脚樹 아래에 있는데, 소사少師 요광효姚光孝37)가 탑의 명문銘文을 썼다. 『송월헌집』의 각판刻板은 주정主政 벼슬을 지낸 마왈관馬曰琯의 총서루叢書樓에 소장되어 있다.

　우리 청나라 때에 천녕사 승려였던 영당詠堂은 시를 잘 지었으며, 사원에서 물러난 후에는 처벽覰壁이라는 별호를 썼다. 그는 탑원塔院에 거주했는데, 그 탑의 이름은 여탑廬塔이라 했다.

11. 지상촌枝上村은 천녕사 서원西園에 소속된 하원下院이다. 이곳은 천녕사 서쪽에 있는데, 지금은 어화원御花園에 귀속되어 있다. 옛날에는 진晉나라 때에 심은 나무가 두 그루 있었다고 하며, 대문은 천녕사와 나란하다. 대문을 들어서면 구불구불 대밭길이 이어지며, 꽃무늬 기와를 얹은 담이 수십 길이나 둘러싸고 있다. 가운데에는 대전이 있고, 그 옆

---

36) 예략睿略(?~?)은 자가 도권道權이고 호는 간암簡菴이며, 소주蘇州 사람이다. 그의 문집 때문에 사람들은 종종 그를 송월옹松月翁이라 불렀다고 한다. 『사고전서총목제요四庫全書總目提要』 권175 「집부集部」 제28의 설명에 따르면, 이 책의 앞에는 홍무洪武 계유년癸酉(1393)에 쓴 유정兪貞의 서문이, 그리고 뒤에는 요광효姚廣孝가 쓴 「탑명塔銘」이 수록되어 있다고 했다.

37) 본문의 '요소사영상姚少師榮上'은 요광효姚廣孝(1335~1418)를 가리키는 듯하다. 요광효는 장주長洲(지금의 장쑤성 쑤저우시 우현吳縣) 사람이다. 그는 14세에 오현吳縣의 상성묘지암湘城妙智庵에서 출가하여, 나중에 궁륭선사穹窿禪寺에 가서 승려가 되었으며, 법명은 도연道衍, 자는 사도斯道라고 했다. 그는 시와 그림에 뛰어났고, 유학에도 정통했던 것으로 유명하다. 명나라 홍무洪武(1368~1398) 연간에 고승高僧으로 선발되어 연왕燕王 주체朱棣를 모셨으며, 1403년에 연왕이 경성을 함락하고 즉위하여 영락제永樂帝가 될 때에 일등공신이 되었다. 이 공로로 영락제가 그에게 광효廣孝라는 법명을 하사하며 자선대부資善大夫, 태자소사太子少師 등의 벼슬을 내렸다. 그러나 그는 황제가 하사한 저택과 궁녀들을 모두 사양하고 계속 절에서 지냈다고 한다. 죽은 후에 영국공榮國公에 봉해졌다(『양주화방록』에서 '영상榮上'이라고 칭한 것은 이 때문인 듯하다). 그는 또 한 때 감수監修로 있으면서 『태조실록太祖實錄』과 『영락대전永樂大典』의 편찬에도 참여했으며, 저작으로 『도여록道餘錄』, 『정토간요록淨土簡要錄』, 『도허자시집逃虛子詩集』 등을 남겼다.

으로 두 그루 나무 사이에 육각형의 정자를 세워놓았는데, 그 이름을
'진수정晉樹亭'이라 한다. 글씨는 서보광徐葆光이 쓴 것이다. 그 남쪽에는
3칸짜리 건물인 탄지각彈指閣을 지어놓았는데, 3칸 크기에 오가량五架梁
을 얹은 건물 체제가 아주 법도에 맞게 지어져 있다.

탄지각 안에는 도서와 완상품玩賞品들이 소장되어 있는데 세상에서
아주 희귀한 것들이다. 탄지각 밖에는 띄엄띄엄 대나무 숲이 만들어져
있는데, 그 사이로 학 두 마리가 한가롭게 오가고 있다. 탄지각 뒤편에
는 대나무 울타리가 있는데, 울타리 밖에는 하늘을 찌를 듯 큰 대나무
들이 자라면서 사람 다니는 길이 끊겨 있다. 절의 승려 문사文思가 거기
에 살고 있다.

문사는 자가 희보熙甫이고 시를 잘 지으며, 사람을 잘 알아본다. 그에
게는 감허鑒虛38)나 혜명惠明39) 같은 기풍이 있어서 한때 이 지역의 명사
들이 모두 그와 벗이었다. 그는 또 두부국[豆腐羹]과 감장죽甛漿粥을 잘
만들었고, 오늘날까지 그 방법이 전해지는데 그걸 문사두부文思豆腐라고
부른다. 원외랑員外郞 벼슬을 지낸 왕체汪棣40)가 그린 〈탄지각록별도彈指

---

38) 감허鑒虛(?~813)는 당나라 때의 승려이다. 『자치통감資治通鑑』 권235 「당기唐紀」 제55
   에 따르면, 그는 정원貞元(785~804) 연간에 재물을 써서 권세가들과 결탁하고 백성을
   수탈했다. 그러나 결국 중승中丞 설존성薛存誠의 강력한 주장에 따라 그는 장살형杖殺刑
   에 처해졌고, 재산은 몰수당했다. 한편 당나라 때 육구몽陸龜蒙이 편찬한 『영릉총기零
   陵總記』에 따르면, 감허는 양의 지라[羊脾]를 잘 삶아서 독특한 요리법이 전해지고 있
   다고 했고, 역시 당나라 때 조린趙璘이 편찬한 『인화록因話錄』에서는 감허가 고기를 삶
   는 법[煮肉法]을 익힌 것으로 유명하다고 했다.
39) 혜명惠明(?~?)은 남송南宋 때 화정華亭(지금의 상하이시 쏭쟝현松江縣)에 있던 보조사普
   照寺의 승려로서, 시를 잘 지었지만 평소에 정신병의 일종인 풍전瘋癲 증세가 있어서 사
   람들이 그를 '명전明顚'이라 불렀다고 한다. 그의 사적은 남송 홍매洪邁가 편찬한 『이견
   삼지夷堅三志』 신권삼辛卷三과 『보속고승전補續高僧傳』 권19에 들어 있다. 『신당서新唐書』
   에는 그와 서천절도판관西川節度判官 정우鄭愚, 한주자사漢州刺史 조린趙璘이 불교에 관해
   논한 『서현법전棲賢法雋』(1권)이 수록되어 있다. 한편 남송 때의 장순성張舜成이 편찬한
   『화만록畵墁錄』에는 상원사相園寺 소주원燒朱院(여기서 '소주燒朱'는 '소저燒猪'와 발음이
   통한다)에 혜명이라는 승려가 있었는데, 특히 돼지고기 구이[炙猪肉]가 훌륭했다는 기
   록이 있다. 그런데 『양주화방록』 본문에서는 승려 문사가 요리를 잘 한다고 하면서 비
   슷한 예로 혜명을 거론했으니, 아마도 이 사람을 가리키는 것이 아닐까 생각된다.

閣錄別圖〉가 있다.

12. 행암行庵은 마왈관의 집안의 암자로서 지상촌 서쪽에 있는데, 지금
은 어화원에 귀속되어 있다. 대문은 지상촌 대밭 사이의 길에 있으며,
대문 안에는 위타韋馱41)의 상이 모셔져 있다. 대전에는 삼세불三世佛42)
이 모셔져 있고, 대전 앞에는 오동나무가 3그루 있다. 대전에서 동쪽 모
퉁이의 문으로 들어가면 작은 가옥 4채가 있고, 다시 그곳에서 서쪽 모
퉁이의 문으로 들어서면 곁채[套房] 2개가 있다. 이곳을 지나면 지상촌
의 죽원竹園이다. 섭방림葉芳林43)이 〈행암문연도行庵文宴圖〉를 그렸으나
지금은 이미 남아 있지 않다.

  주정 벼슬을 지낸 마왈관은 자가 추옥秋玉이고 호는 해곡嶰谷이며, 기
문祁門 땅 출신의 제생이다. 그는 양주 신성 동관가東關街에 살고 있는
데, 학문을 좋아하고 옛 일을 두루 알며, 문예를 연구했고, 역사서의 인
물 전기를 비평했으며, 금석문까지 공부했다. (강희제께서) 강남을 순방
할 때 두 차례나 직접 쓰신 글과 극식克食44)을 하사하셨다. 그는 일찍이

---

40) 왕체汪棣(?~?)는 자가 위회韓懷이고 호는 대금對琴이며, 흡현歙縣 사람이다. 그는 건
   륭(1736~1795) 연간에 형부원외랑을 지냈으며, 저작으로『지아당집持雅堂集』이 있다.
41) 불교의 호법신護法神으로서 사천왕四天王 아래의 32장군 가운데 하나이다. 성은 위韋
   이고 이름은 곤琨인데, 보통 위장군韋將軍 또는 위천대장군韋天大將軍으로 불린다. 그는
   동승신주東勝神洲와 서우하주西牛賀洲, 남섬부주南贍部洲 등의 전설상의 대륙을 수호하
   는, 강력한 불법을 가진 신으로 여겨진다. 대개 절이나 사당에서 그의 신상神像은 미타
   불彌陀佛의 북쪽에 위치하며, 검은 얼굴에 검은 입술을 가진 엄숙한 모습이다. 그는 옛
   무장武將의 옷을 입고 산문 천왕전天王殿의 미륵불 뒤에 서 있다. 바로 맞은편에는 대
   웅전의 석가모니불이 있다. 신도들은 대개 그를 공평무사하게 재무財務를 처리하는 신
   으로 여기고 향을 피워 소원을 기원한다.
42) 동방정유리세계약사불東方淨琉璃世界藥師佛과 사바세계석가모니불娑婆世界釋迦牟尼佛,
   서방극락세계아미타불西方極樂世界阿彌陀佛을 가리킨다.
43) 섭방림葉芳林(?~?)은 자가 진초震初이고, 오현吳縣(지금의 쟝쑤성 쑤저우시에 속함)
   동정산洞庭山 사람이다. 마왈관, 마왈로馬曰璐 형제의 암자 나들이를 그린 이 그림의 정
   식 명칭은 〈구일행암문연도九日行庵文宴圖〉이며, 이두는 이 그림이 이미 없어져버렸다
   고 했지만, 방사서方士庶가 풍경을 보충해 넣은 것이 지금도 남아 있다.
44) '극십克什'이라고도 쓴다. 이것은 만주어를 음역한 것으로, 원래 뜻은 은혜를 베푸는

성모聖母[45])의 생신을 축하하기 위해 자녕궁慈寧宮에 들어갔다가 하풍초궁저荷豐貂宮紵를 하사받았다. 고향으로 돌아와서는 시를 지으며 즐겼고, 함께 교유한 이들은 모두 당세의 명사들이었다. 그는 사방의 선비들이 지나가다 들르면 잠자리와 음식을 제공했으며, 평생토록 그것을 싫어하는 기색을 보이지 않았다. 저작으로『사하일로시집沙河逸老詩集』이 있다. 그는 또 일찍이 주이존朱彝尊[46])의『경의고經義考』를 판각하여 간행했고, 천금을 들여서 장형蔣衡[47])이 쓴『십삼경十三經』에 장황裝潢[48])을 했다. 그는 또 허신許愼(58~147)의『설문해자說文解字』,『옥편玉篇』,[49])『광운廣

___

것 또는 물건을 하사하는 것이다. 대개 황제가 하사한 물건을 가리키는 뜻으로 쓰인다.

45) 건륭제의 모후母后 효성황후孝聖皇后를 가리킨다. 그녀의 생일은 음력 11월 25일인데, 효성이 지극했던 건륭제는 모후의 생일 때 마다 성대한 잔치를 열었던 것으로 유명하다. 널리 알려진〈자녕연희도慈寧燕喜圖〉는 그 가운데 한 장면을 그린 것이다.

46) 주이존朱彝尊(1629~1709)은 자가 석창錫鬯이고 호는 죽타竹垞 또는 금풍정장金風亭長인데, 만년에는 소장려조어사小長廬釣魚師라는 자호를 썼다. 그의 증조부 주국조朱國祚는 명나라 때에 예부상서 겸 무영전대학사武英殿大學士까지 지냈으나, 주이존이 태어날 무렵에는 집안이 기울어 끼니조차 잇기 힘들 정도였다고 한다. 1645년에 청나라 군대가 남하하자 주이존은 장인을 따라 남쪽으로 피난 갔고, 이후로 10여 년 동안 반청反淸 운동에 참여했다. 28세 이후로는 전국을 떠돌며 고염무顧炎武, 굴대균屈大均, 왕사정王士禎 등의 명사와 교류하면서 학문 연구와 시사詩詞 창작에 전념하여 전국적으로 명성이 높았다. 강희 13년(1674)에는 북경으로 가서 저명한 사詞 작가인 누란성덕納蘭性德을 만났고, 그 뒤로 노하潞河(지금의 베이징시 교외의 통현通縣)에 거처하며 유명한『원앙호도가鴛鴦湖棹歌』100수를 지었다. 1678년에는 훗날 이른바 '절서사파浙西詞派'의 기초가 된 사 창작 이론서인『사종詞綜』을 편찬했다. 이듬해에는 박학홍사로 천거되어 한림원 검토에 제수되어『명사明史』의 편찬에 참여했다. 1692년에 벼슬을 잃고 고향으로 돌아갔다. 1696년에는 왕점王店에 '폭서정曝書亭'을 지어 8만 권의 장서를 모으고 학술 저작에 전념했다. 1701년에 강희제가 강남을 순방할 때『경외고經義考』와『역서易書』를 허상하여, 강희제로부터 '연경박물研經博物'이라고 적힌 편액을 하사받기도 했다. 그 밖의 주요 저작으로『일하구문日下舊聞』와『폭서정집曝書亭集』이 있고, 또『명시종明詩綜』을 편찬했으며, 진유숭陳維崧과 함께『주진촌사朱陳村詞』를 간행하기도 했다.

47) 장형蔣衡에 대해서는『양주화방록』권2「초하록草河錄・하下・99」를 참조할 것.

48) 종이에 쓴 글씨나 그림을 비단 위에 덧대서 족자나 두루마리로 만드는 일로, 일본이나 현대 한국에서는 흔히 '표구表具'라고 부른다. 한편『양주화방록』권2의 장형蔣衡에 대한 기록과 완원阮元의「석거기石渠記」에 따르면『십삼경』의 장황을 한 이는 마왈로馬曰璐라고 했다.

49) 남조南朝 양梁・진陳 사이의 고야왕顧野王이 편찬한 자서字書로서, 모두 30권이다. 이 것은『설문해자』를 모방하면서 내용을 보충한 것이다. 이 책은 모두 542부部이며, 원

韻』,50) 『자감字鑒』51) 등을 판각하여 간행하기도 했는데, 이것들을 일컬어 '마판馬板'이라 한다.

그의 동생 마왈로馬曰璐는 자가 패혜佩兮이고 호는 반사半査인데, 시를 잘 지었다. 그는 형과 나란히 명성을 날려서 형제가 '양주이마揚州二馬'로 불렸다. 그는 박학홍사에 천거되었으나 벼슬길에 나아가지 않았다. 저작으로 『남재집南齋集』이 있다.

그의 아들 마유馬裕는 자가 원익元益이고 호는 화산話山이다. 그 또한 시와 문장에 뛰어났으며 특히 장단구長短句 즉 사詞에 조예가 깊었다. 그의 어릴 적 자가 아매阿買라는 내용이 항세준杭世駿52)의 『고도당집道古堂集』에 보인다.

마왈로는 또한 자신의 거처 맞은편에 가남서옥街南書屋 또는 소영롱

본에는 16,917자字가 수록되어 있었고, 각 글자에는 반절법反切法으로 독음讀音이 표기되어 있었다고 한다. 그러나 이 책의 원본은 불완전한 상태로 부분만 남아 있으며, 청나라 때 여서창黎庶昌이 그것을 영인影印한 것이 있다. 송나라 이후로 유행한 『대광익회옥편大廣益會玉篇』은 당나라 때 손강孫强이 글자를 보충하여 만든 것인데, 글자에 대한 설명은 원본보다 더 간략해진 것이다.

50) 송나라 때 진팽년陳彭年(961∼1017)이 칙명을 받들어 편찬한 운서韻書로서 모두 5권이다. 진팽년은 자가 수년水年이고 강서江西 남성南城 사람이다. 옹희雍熙(984∼987) 연간에 진사에 급제하여, 나중에 병부시랑까지 지냈다. 수隋나라 때인 601년에 육법언陸法言 등 8인이 『절운切韻』(5권)을 편찬했는데, 이후 당나라 때에 몇 차례 주석과 글자의 보충을 행했지만 오류가 많았다. 이에 송나라 경덕景德 4년(1007)에 운서를 편찬하라는 황제의 명이 내려져서 대중상부大中祥符 4년(1011)에 완성하니, 진종眞宗 황제가 거기에 『대송중수광운大宋重修廣韻』이라는 이름을 하사했다. 여기에는 모두 206운韻 26,194자字가 수록되어 있다.

51) 『오자감五字鑒』을 가리킨다. 이 책은 몽학蒙學 독서물로서, 원래 제목은 『감략鑒略』이다. 이것은 명나라 때 이정기李廷機(1541∼1616)가 중국 고대 역사 자료를 근거로 쓴 이 책은 전체가 오언시 형식으로 되어 있고, 분량이 1만자 남짓으로 비교적 짧지만 간결하면서도 조리가 분명해서, 특히 『삼자경三字經』, 『증광현문增廣賢文』, 『유학경림幼學瓊林』 등과 함께 대표적인 어린이용 독서물로 꼽혀왔다. 이정기는 자가 이장爾張이고 호는 구아九我이며, 천주泉州 부교浮橋 사람이다. 만력萬曆 11년(1583)에 진사에 급제하여 예부상서 겸 동각대학사東閣大學士를 지냈다. 시호는 문절文節이다. 저작으로 『사서억설四書臆說』, 『춘추강장春秋講章』, 『통감절요通鑒節要』, 『성리산性理刪』, 『연거록燕居錄』, 『이문절문집李文節文集』 등을 남겼다.

52) 항세준杭世駿에 대해서는 『양주화방록』 권3 「신성북록新城北錄・상上・19」를 참조할 것.

산관小玲瓏山館이라고도 하는 별장을 지어놓았는데, 여기에는 간산루看山樓, 홍약계紅藥階, 투풍월량명헌透風透月兩明軒, 칠봉초당七峰草堂, 청향각淸響閣, 등화서옥藤花書屋, 총서루叢書樓, 멱구랑覓句廊, 요약정澆藥井, 매료梅寮 등의 아름다운 경관들이 있다. 소영롱산관 뒤편의 총서루는 앞뒤로 두 채가 있는데, 여기에 소장된 책이 100상자[廚]나 된다.

건륭 38년(1773)에 황제의 명에 따라 고서를 수집할 때 염정鹽政 이질영李質穎53)을 통해 공문을 보내 책을 빌려달라고 했다. 그때 마왈관은 이미 죽은 후였는지라 그의 아들 마진백馬振伯54)이 집에 소장된 책들을 진상했는데, 그 가운데 채택된 것이 776종이나 되었다. 이듬해에 건륭제께서 다음과 같은 조서를 내리셨다.

나라의 문치文治가 아름답게 빛나는 이즈음에, 남아 있는 고금의 서적들을 마땅히 때맞춰 두루 모아 황실의 도서관을 빛내고 문예계에 도움이 되어야 하는 바, 이에 명을 내려 각 지방의 총독과 순무들은 더욱 열심히 서적을 찾아 조정에 모으도록 하였노라. 얼마 후 각 성省에서 지속적으로 서적을 보내왔는데, 강소와 절강의 장서가들이 바친 서적의 종류와 수가 더 많았고, 조정 신하들 가운데서도 다투어 바치는 이들이 있었도다. 이에 사신詞臣55)들로 하여금 간행할 책과 수록할 책을 분별하여 교감校勘하게 하고, 그것을 널리 유포시키도록 하였노라. 서적을 100종 이상 진상한 자들에게는 그 가운데 정순精醇한 판본을 뽑아 바치게 하고, 짐이 틈틈이 몸소 읽고 간략한 평을 썼노라. 그리고 다시 진상된 모든 책의 앞머리에 한림원의 인장을 씌고, 겸기鈐

---

53) 이질영李質穎(?~?)은 승덕承德 사람으로, 1737년에 진사에 급제하여 한림원 서길사에 임명됨과 동시에 편수에 제수되었고, 포정사를 지냈다. 1776년에는 광동순무廣東巡撫를, 1780년에는 절강순무浙江巡撫를 지냈다. 그는 40년 남짓 관직에 있으면서 직무를 원활하게 수행했고, 백성들에게도 많은 신망을 쌓은 것으로 알려져 있다.
54) 건륭제의 조서에서는 마유馬裕라고 언급되어 있다. 진백振伯은 마유의 작위 명칭이 아닐까 생각되지만 아직 확인되지 않았다.
55) 한림원翰林院 등에 소속되어 이른바 문학시종文學侍從의 역할을 하는 신하들을 가리킨다.

記[56]를 덧붙이고, 속표지에 연월과 성명을 명확하게 써놓아 장차 일이 끝난 뒤에 각기 본가에 돌려주어 스스로 소장하게 하도록 하였노라. 이미 짐이 읽고 평한 판본들은 서관書館에서 먼저 필사본을 만들어놓은 후 원본은 돌려주어서, 소장한 이들에게 더욱 영광이 돌아가게 하였노라.

이제 진상된 각 집안의 도서 목록을 보니 그 가운데 많은 책을 진상한 자들은 절강의 포사공鮑土恭[57]과 범무주范懋柱,[58] 왕계숙汪啓淑,[59] 양회의 마유馬裕까지 4명이었다. 그들이 진상한 도서의 수량은 500 내지 700종에 이르는데, 모두가 여러 세대에 걸쳐 소장한 것들이다. 자손들이 그 사업을 지켜낼 수 있었던 것이 참으로 가상하도다. 마침 궁중에 소장된 『고금도서집성古今圖書集成』[60]은 인세에서 보기 드물게 많은 책을 모아놓은 훌륭한 것이다. 그러니 대대로 옛 전적을 지켜온 이 가문들은 마땅히 잘 소장하여 사라지지 않게 함으로써 영원히 남겨두어야 할 것이다. 포사공과 범무주, 왕계숙, 마유 집안

---

56) 담당 관리의 직인 또는 조목에 대한 기록을 가리킨다.

57) 포사공鮑土恭(?~?)은 흡현歙縣 장당촌長塘村(지금의 안휘이성에 속함) 사람으로서 청나라 때의 저명한 장서가이자 도서 정리 전문가인 포정박鮑廷博(1728~1814, 자는 이문以文, 호는 호록음浩祿飮)의 아들이다.

58) 범무주范懋柱(?~?)는 명나라 가정嘉靖 연간에 병부우시랑을 지냈으며, 유명한 장서각인 천일각天一閣을 지어 도서를 수집·정리한 범흠范欽(1505~1585, 자는 요경堯卿, 호는 동명東明)의 8세 후손이다.

59) 왕계숙汪啓淑(1728~1800)은 자가 신의愼儀이고 호는 수봉秀峰이며, 원래 안휘 흡현 사람이지만 항주杭州로 옮겨가 살았다. 그곳에서 그는 항세준杭世駿, 여악厲鶚 등과 함께 '남병시사南屛詩社'라는 문인결사文人結社를 만들어 활동하기도 했다. 그는 특히 도서 소장에 심취하여 '개만당開萬堂'이라는 장서루를 지어놓고 수많은 책을 소장했다. 『사고전서』를 편찬할 때에는 600여 종의 책을 진상하기도 했다. 그러나 개만당의 장서는 가경嘉慶(1796~1820) 연간부터 점차 유실되기 시작했고, 그 가운데 상당수가 강소성江蘇省 상숙常熟의 구씨瞿氏 집안에 설립된 '철금동검루鐵琴銅劍樓'와 오흥吳興 육심원陸心源의 '십만권루十萬卷樓'로 들어갔다. 왕계숙은 공부도수사랑중工部都水司郎中을 지냈으며, 저작으로 『쉬장록焠掌錄』과 『수조청가록水漕淸暇錄』, 『소분장잡지小粉場雜識』 등을 남겼다.

60) 강희 연간에 성친왕誠親王 윤지胤祉의 명으로 진사 진몽뢰陳夢雷가 10여 년의 노력 끝에 『고금도서휘편古今圖書彙編』을 완성하자, 건륭제가 그 제목을 『고금도서집성』으로 바꾸고, 관청을 설립하여 다시 편집하게 했다. 옹정 연간 초기에 윤지가 죄를 짓고 진몽뢰가 변방으로 유배되자, 다시 장정석蔣廷錫 등에게 명을 내려 속편續編을 편찬하게 하니, 3년이 걸려서 완성되었다. 이 책은 일종의 대형 유서類書로서, 동활자銅活字로 64부가 인쇄되었다.

에는『고금도서집성』을 각 1부씩 상으로 내리나니, 이를 통해 옛것을 좋아하
도록 권장하는 바이다. 또한 100종 이상 진상한 강소의 주후육周厚堉[61])과 장
증영蔣曾榮, 절강의 오옥지吳玉墀[62])와 손앙증孫仰曾,[63]) 왕여율汪汝瑮,[64]) 그리고
조정 신하 가운데 황등현黃登賢[65])과 기윤紀昀,[66]) 여수겸勵守謙,[67]) 왕여조汪如
藻[68]) 등도 역시 오랫동안 책을 소장한 가문인 바, 이들에게 조정에서 최초로
인쇄한『패문운부佩文韻府』[69])를 각 1부씩 상으로 내리나니, 대대로 가보로 삼

---

61) 주후육周厚堉(?~?)은 자가 중육仲育이고, 강소江蘇 누현婁縣 사람이다. 그는 건륭 연간
   의 제생諸生으로서 시문詩文을 잘 지었으며, 자기 집안의 장서루인 내우루來雨樓에 많
   은 서적을 소장했다. 저작으로『내우루서목來雨樓書目』(2권)을 남겼다.

62) 오옥지吳玉墀(?~?)는 자가 난릉蘭陵이고 호는 소곡小谷 또는 이우二雨이다. 그는 건륭
   35년(1770)에 거인擧人이 되어 태평교유太平敎諭와 귀양부장채동지貴陽府長寨同知를 지냈
   다. 그는 저명한 장서가였던 부친 오작吳焯의 뒤를 이어 자기 집안의 장서루인 '병화재
   甁花齋'에 수많은 서적을 모아 소장했다. 저작으로『미유정집味乳亭集』을 남겼다.

63) 손앙증孫仰曾(?~?)은 항주杭州의 유명한 장서루인 '수송당壽松堂'의 주인인 손종렴孫
   宗濂의 아들로서, 그 역시 도서 수집에 심취했다고 한다.

64) 왕여율汪汝瑮(?~?)은 항주杭州의 유명한 장서루인 '진기당振綺堂'의 주인인 왕헌汪憲
   의 아들이다.『진기당서목振綺堂書目』에 따르면, 이곳에는 3,300종 남짓한 책이 65,000
   권 가량 소장되어 있었다고 한다.

65) 황등현黃登賢(?~?)은 자가 운문雲門이고 호는 균맹筠盟 또는 숙림자叔琳子이다. 강희 1
   년(1662)에 진사에 급제하여 호부주사戶部主事, 형부급사중刑部給事中, 광록시경光祿寺卿,
   태상시경太常寺卿, 좌부도어사左副都御史 등을 지냈다.

66) 기윤紀昀(1724~1805)은 자가 효람曉嵐이고 호는 석운石雲 또는 춘범春帆이며, 하북河
   北 헌현獻縣(그가 태어난 마을 최이장崔爾莊은 오늘날 창현滄縣에 속함) 사람이다. 그는
   건륭 19년(1754)에 진사에 급제하여 예부상서, 협판대학사協辦大學士 등을 지냈다. 시호
   는 문달文達이다. 그는 박학다식한 것으로 유명하며 특히 10여 년 동안 사고전서관의
   총찬관總纂官으로 일하면서『사고전서총목제요四庫全書總目提要』및『사고전서간명목록
   四庫全書簡明目錄』을 편찬했다. 만년에는 문언필기文言筆記인『열미초당필기閱微草堂筆記』
   를 편찬했으며, 그 밖에 그의 손자 기수형紀樹馨에 의해 모아진 그의 글들은『기문달공
   유집紀文達公遺集』으로 간행되었다.

67) 여수겸勵守謙(?~?)은 자가 자목自牧 호는 검지檢之 또는 쌍청노인雙淸老人이고, 서실書
   室 이름은 신천려信天廬이다. 그는 건륭 10년(1745)에 진사에 급제하여 한림원에 들어
   갔고, 사경국세마司經局洗馬 등의 벼슬을 지냈다. 그는 붓글씨와 그림에 뛰어나서, 부친
   여종만勵宗萬(1705~1759)과 조부 여정의勵廷儀(1669~1732), 증조부 여두눌勵杜訥(1628
   ~1703)과 더불어 '사려四勵'로 통했다.

68) 왕여조汪如藻(?~?)는 건륭 40년(1775)에 진사에 급제하여 산동량도山東粮道를 지냈다.

69) 강희 17년(1678)에 장옥서張玉書 등이 칙명을 받고 편찬한 사전이다. '패문'이란 청나
   라 황제의 서재 이름이다. 여기에 사용된 자료들은 모두 기타 유서類書들에서 뽑은 것

게 함으로써 그들의 훌륭한 행위에 대한 칭찬을 보이고자 하노라.

이상 상으로 내리는 책은 그 가문이 지방에 있다면 해당 지역의 도독이나 순무, 염정이 파견한 관원들이 무영전에서 책을 받아가 나눠주도록 하라. 경사에 있는 이들에게는 즉시 통보하여 직접 무영전으로 와서 책을 수령하도록 하고, 이 조서의 내용을 알려주도록 하라. 이대로 시행하라.

國家當文治休明之會, 所有古今載籍, 宜及時搜羅大備, 以光策府, 而裨藝林, 因降旨命各督撫加意採訪, 彙之于朝. 旋據各省陸續奏送, 而江浙兩省藏書家呈獻者種數尤多, 廷臣中亦有紛紛奏進者. 因命詞臣分別校勘應刊應錄, 以廣流傳. 其進書百種以上者, 幷命擇其中精醇之本, 進呈一覽. 朕幾餘親爲評詠, 題識簡編. 復命將進到各書, 于篇首用翰林院印, 幷加黔記, 載明年月姓名于面頁, 俟將來辦竣後, 仍給還各本家自行收藏. 其已經題詠諸本, 幷令書館先行錄副, 將原書發還, 俾收藏之人益增榮幸.

今閱進到各家書目, 其最多者如浙江之鮑士恭、范懋柱、汪啓淑, 兩淮之馬裕四家, 爲數至五六七百種, 皆其累世弆藏, 子孫克守其業, 甚可嘉尙. 因思內府所有古今圖書集成, 爲書城巨觀, 人間罕覯. 此等世守陳編之家, 宜俾專藏勿失, 以永留貽. 鮑士恭范懋柱汪啓淑馬裕四家, 着賞古今圖書集成各一部, 以爲好古之勸. 又如進書一百種以上江蘇之周厚堉蔣曾榮, 浙江吳玉墀孫仰曾汪汝瑮及朝紳中黃登賢紀昀勵守謙汪如藻等, 亦俱藏書舊家, 幷著每人賞給內府初印之佩文韻府各一部, 俾亦珍爲世寶, 以示嘉獎.

以上應賞之書, 其外省各家, 着該督撫鹽政派員赴武英殿領回分給. 其在京各員, 卽令其親赴武英殿祇領, 仍將此通諭知之. 欽此.

『고금도서집성』은 모두 5,200권이며 32전典으로 분류되어 있다. 마유는 삼가 이 진귀한 소장품을 520개의 서갑書匣에 포장하여 10개의 큰 궤짝에 담아 집안의 정청正廳에 모셔두었다. 계속해서 황제께서 『평정

인데, 자료는 상당히 많이 인용되었으나 잘못된 부분이 매우 많은 것으로 알려져 있다.

윤리어제시 32운平定伊犁御制詩三十二韻』과 『평정금천어제시 16운平定金川御制詩十六韻』, 그리고 〈득승도得勝圖〉 32폭幅을 하사하셨다. 「갈관자鶡冠子」70)라는 어제시의 내용은 이러하다.

> 부월斧鉞 같은 무기는 원래 덕 많은 장수에게 돌아가야 하나니
>
> 형벌을 섞어야 한다고 한 것은 노자老子와 황제黃帝에게만 국한된 것이 아니라.
>
> 주씨朱氏의 비평과 육전陸佃의 주석이 함께 이 책을 유명하게 만들었는데71)
>
> 유종원柳宗元의 비방이나 한유韓愈의 칭송이 둘 다 무방하다.72)
>
> 전체 책 가운데 다행히 남은 것은 글씨도 또렷하고
>
> 없어진 편도 훌륭하여 당나라 책들을 대신할 만했다 하지.
>
> 황제가 항상 스승으로 삼고 왕들도 벗으로 삼나니
>
> 경계하건대 응당 허리띠에 써두어서 잊지 말고 기억해야 할지라.
>
> 鈇器原歸厚德將, 雜刑匪獨老和黃.
>
> 朱評陸注同因顯, 柳謗韓譽兩不妨.
>
> 完帙幸存書著楚, 失篇却勝代稱唐.

---

70) 갈관자는 전국戰國시대 초楚나라의 은사隱士로서 도가道家와 법가法家 등의 여러 사상을 망라하여 저서를 지었는데, 그 또한 『갈관자』라고 불린다. 전설에 따르면 갈관자는 자신의 제자 방원龐煖의 추천으로 조趙나라에서 높은 벼슬을 주려 하자, 가족을 이끌고 산속으로 숨어버렸다고 한다. 이 책은 진보적 사상과 훌륭한 문장으로 역대의 명사들에게 두루 칭송을 받았는데, 남조南朝 양梁나라의 유협劉勰과 당나라 때의 한유韓愈, 송나라 때의 육전陸佃, 명나라 때의 양신楊愼과 이지李贄 등이 대표적이다.

71) 엄령봉嚴靈峰의 『주진한제자지견서목周奉漢魏諸子知見書目에 따르면, 역대로 『갈관자』에 주소註疏를 붙인 사람들로는 당나라 때의 영호쇠令狐衰, 위징魏徵, 마총馬總, 송나라 때의 육전陸佃, 명나라 때의 구양청歐陽淸, 심진沈津, 집암자潛庵子, 주이정周履靖, 왕우王宇, 진인석陳仁錫, 진계유陳繼儒, 그리고 청나라 때 마숙馬驌, 기윤紀昀, 요문전姚文田, 장해붕張海鵬, 홍이훤洪頤煊, 유월俞樾, 이보전李寶淦, 손이양孫詒讓, 왕인준王仁俊 등이 언급되어 있을 뿐, 주씨朱氏는 찾을 수 없다. 그러나 『사부총간四部叢刊』에 수록된 한유韓愈의 문집인 『주문공교창려선생문집朱文公校昌黎先生文集』이 바로 주희朱熹가 편찬한 것이라는 점을 감안하면, 위 시에서 가리키는 주씨가 곧 주희일 가능성이 있다.

72) 유종원은 「변갈관자辯鶡冠子」에서 이 책이 모두 비천한 말로 되어 있으니 후세의 호사가가 만들어낸 위서僞書일 것이라고 비판했고, 한유는 「독갈관자讀鶡冠子」에서 이 책의 내용을 칭송한 바 있다.

帝常師處王友處, 戒合書紳識弗忘.

이 어제시들은 지금 모두 책으로 제본되어 그 집안에 모셔져 있다.

13. 양포讓圃는 장사과張士科와 육종휘陸鐘輝의 별장으로 행암行庵의 서쪽에 있는데, 지금은 행원杏園에 속해 있다. 이곳은 본래 천녕사 서원의 폐허였다. 먼저 장씨가 전세를 냈으나 한 해를 넘기지 못하고 다시 육씨에게 팔았다. 장사과는 육씨에게 팔렸다는 것만 알아냈을 뿐 그가 육종휘인 줄은 모른 채 전세 기한이 다 차기도 전에 떠나려 했다. 마침 육씨가 그 사연을 듣고 장씨에게 양보했으나, 장씨가 굳이 사양하며 받으려 하지 않았다. 그러다가 마왈관의 중재로 둘이서 반씩 사게 되었고, 그 후 정자와 집을 지어 별장을 만들고 양포라는 이름을 붙였다.

양포의 대문은 지상촌 대숲 사이로 난 길에 있다. 대문 앞에는 복사꽃을 심고 함우정含雨亭을 지어놓았고 대문 안에는 송월헌松月軒을 지어놓아, 명나라 때의 선사禪師 예략睿略의 퇴원退院이 있는 밭을 둘러싸고 있다. 퇴원에는 옛날에 은행나무가 한 그루 있었는데, 그 나무 아래 석탑이 바로 예략의 장례를 치른 곳이다.[73] 송월헌 오른쪽은 운목상참루雲木相參樓이고, 그 오른쪽엔 담장이 넌출이 덮인 길[蘿徑]이 닦여 있는데 황양관黃楊館 및 개매평開梅坪과 통한다. 그 옆에는 오래된 샘이 있고, 청사를 세웠는데 그 편액에 "벽오동과 푸른 대나무 사이[碧梧翠竹之間]"라고 적혀 있다. 그 뒤는 바로 지상촌의 죽포竹圃이다. 주립周笠[74]이 그림을 그리고 글을 쓴 「양포도기讓圃圖記」와 방사서方士庶[75]가 그린 〈양

---

73) 본문의 '조발爪髮'은 '조전爪鬋'을 잘못 쓴 것인 듯하다. 『회남자淮南子』 「병략훈兵略訓」의 "臣辭而行, 乃爪鬋, 設明衣也"라는 구절에 대한 고유高誘의 주석에서는 "전조鬋爪는 장례의 예절로서 손톱과 발톱을 깎는다는 뜻이다[鬋爪, 送終之禮, 去手足爪]"라고 했다.
74) 주립周笠(?~?)은 자가 목산牧山 도는 운암雲岩이고, 호는 운란외사韻蘭外史이다. 그는 건륭 연간의 저명한 화가로서 산수화와 화훼도花卉圖에 뛰어났다고 한다. 작품집으로 『주목산산수책周牧山山水冊』이 남아 있다.

포노수도讓圃老樹圖〉가 있었다고 하나, 지금은 이미 남아 있지 않다.

장사괴는 자가 철사喆士이고 호는 어천漁川이며, 임동臨潼 사람이다.

육종휘는 자가 남기南圻 또는 정천淳川이고 호는 환계環溪이며, 흡현 사람이다. 원외랑 벼슬을 살았으며, 남양사마南陽司馬로 나가 있기도 했다.

'한강아집韓江雅集'76)의 풍경은 바로 양포에서 이뤄졌는데, 한 때 흥성하여 규당圭塘77)이나 옥산玉山78)과 비슷했다. 이제 그 모임의 인물들을 여기에 붙여 수록한다.

14. 호기항胡期恒은 자가 복재復齋이고 호광湖廣 무릉武陵 사람이다. 종백宗伯 호통우胡統虞79)의 손자이자 방백方伯80) 호헌징胡獻徵의 아들이다.

---

75) 방사서方士庶에 대해서는 『양주화방록』 권2 「초하록草河錄·하下·43」을 참조할 것.

76) 마왈관, 마왈로 형제는 『한강아집韓江雅集』(12권)이라는 시집을 직접 간행했는데, 권1에 들어 있는 「금릉이매가金陵移梅歌」는 건륭 8년(1743)에 지어진 것이고, 권12에 들어 있는 「곽가교도중霍家橋道中」은 건륭 13년(1748)에 지어진 것이니, 모두 6년 동안에 걸쳐 지어진 작품을 모은 것이다. 이 책의 첫머리[卷首]에는 건륭 12년에 심덕잠沈德潛이 쓴 서문이 들어 있는데, 그에 따르면 이 모임에 참여한 16명의 모습을 그린 그림이 있다고 했다. 그것이 바로 섭방림葉芳林이 그린 〈행암문연도行庵文讌圖〉이다.

77) 원나라 때 '4대 명신名臣'으로 꼽히는 허유임許有王(1287~1364, 자는 가용可用)이 허유부許有孚, 허남許楠, 마희馬熙 등과 함께 시사詩社를 결성하여 서로 주고받은 시를 모아 『규당관내집圭塘款乃集』(1권)을 편찬한 일을 가리킨다.

78) 원나라 때의 부호富豪 고영顧瑛(1310~1369, 이름을 아영阿瑛 또는 덕휘德輝라고도 하며, 자는 중영仲瑛, 호는 금속도인金粟道人)이 곤산崑山 정의正儀(지금의 쟝쑤성 쿤산崑山)에 정원을 건립하고 '옥산가처玉山佳處'라는 이름을 붙였다. 이곳에는 초당草堂과 연못, 객사[館], 기생, 도서 등이 두루 구비되어 강남에서도 유명한 곳이 되었다. 고영은 그림과 음악에도 뛰어났다. 그의 집에는 가구사柯九思, 예원진倪元鎮, 고칙성高則誠, 양유정楊維楨, 고견顧堅, 진유원陳惟元, 오국량吳國良, 웅몽상熊夢祥 등의 문인들이 자주 드나들면서 함께 술을 마시고 시를 주고받았다. 이것을 모아 엮은 것이 『초낭아집草堂雅集』(또는 『옥산박고玉山璞稿』라고도 함)이다.

79) 호통우胡統虞(1604~1652)는 자가 효서孝緖이고 호는 차암此庵이다. 그는 명나라 숭정崇禎 16년(1643)에 진사에 급제해서 서길사가 되었고, 청나라 때에 비서원대학사秘書院大學士를 지냈다. 본문의 '종백宗伯'은 예부상서의 별칭이기도 하고, 문장이나 학문으로 사람들의 존경을 받는 대사大師를 가리키는 말이기도 하다.

80) 방백方伯은 원래 주周나라 때에는 제후諸侯의 우두머리를 가리키는 말이었으나, 이후로는 지방관의 우두머리를 뜻하는 말로 사용되었다. 청대에는 총독이나 순무, 포정사, 안찰사按察使 등이 지방[省]의 관리들 가운데 가장 우두머리를 가리켰는데, 이 가운데

호헌징은 자가 존인存人인데, 어려서 모친을 모시고 양주에 살았다. 그는 시와 고문, 사詞를 잘 지었고, 송설체松雪體[81]의 행서와 해서를 잘 모방해서 썼다. 그는 음보蔭補로 병부랑관兵部郎官이 되었으며, 강소포정사江蘇布政使까지 지냈다.

호기항은 양주에서 태어나 순천부順天府에서 천거되어 한림원을 거쳐 감숙순무甘肅巡撫가지 지냈다.[82] 훗날 벼슬을 잃고 고향으로 돌아와 마왈관과 더불어 '한강아집'을 결성한 것은 훌륭한 일이라고 칭송받았다.

15. 당건중唐建中은 자가 천문天門이고 호는 남헌南軒이다. 그는 진사 출신으로 한림원 편수를 지냈으며, 시문집詩文集을 남겼다.[83] 나중에 행암에서 죽었는데, 서원에는 묻히지 않겠다고 하자 마왈관이 많은 조의금을 내서 그의 영구를 고향에 돌아가 안치하게 해주었다.

16. 정몽성程夢星은 자가 오교伍喬 또는 오교午橋이고 호는 향계香溪이며, 흡현 사람이다.[84] 그는 진사 출신으로 한림원 편수를 지냈으며, 소원篠園[85]에 그의 사적事迹이 기록되어 있다.

포정사는 '번사藩司' 또는 '번대藩臺'라고 불렸다. 그리고 포정사 밑에 소속된 벼슬아치들은 그를 '번헌藩憲'이라고 부르면서, 높여 부를 때에는 '방백'이라고 칭했다.

81) 원나라 때의 서예가이자 화가인 조맹부趙孟頫(1254~1322, 자는 자앙子昻, 호는 송설도인松雪道人 또는 수정궁도인水精宮道人)의 서체書體를 가리킨다.

82) 호기항이 거인이 된 것은 강희 44년(1705)이며, 저작으로 『촉도집蜀道集』을 남겼다.

83) 당건중은 자가 적자赤子라는 설도 있으며, 호광湖廣 경릉竟陵 사람이라고 한다. 그는 강희 52년(1713)에 진사에 급제했다. 그러나 그가 남긴 시문집의 제목은 아직 확인되지 않고 있다.

84) 정몽성程夢星(1679~1755)은 호가 병강洴江이고, 강도江都 사람이라는 설도 있다. 그는 강희 51년(1712)에 진사에 급제하여 서길사로서 한림원 편수에 제수되었다. 저작으로 『사통훈고보史通訓詁補』, 『이의산시주李義山詩注』, 『향계집香溪集』, 『금유당집今有堂集』 등을 남겼다. 또한 『평산당소지平山堂小志』(12권)를 편찬하고, 『광릉창화집廣陵唱和集』(4권)을 편집했으며, 옹정~건륭 연간의 『강도현지江都縣志』와 옹정 연간의 『양주부지揚州府志』의 편찬에 참여하기도 했다.

85) 정몽성이 세운 원림園林 이름이다. 이곳에서 그는 초빙되거나 자발적으로 방문한 많

17. 왕옥추汪玉樞[86]는 자가 진원辰垣이고 호는 이재怡齋이며, 흡현 사람이다. 그의 사적은 구봉원九峰園[87]에 기록되어 있다.

18. 여악厲鶚[88]은 자가 태홍太鴻이고 호는 번사樊榭이며, 항주 사람이다. 양주에 와서 마왈관의 집에 머물렀다. 그는 시사詩詞 및 원대의 산곡散曲을 잘 지었으며, 박학홍사에 천거되었다. 그는 같은 고향 출신의 벼슬살이를 하지 않은 선비인 정경丁敬[89]과 함께 공부하여, 당시에 '정려丁厲'라고 함께 불렸다. 저작으로 『요사습유遼遼史拾遺』와 『송시기사宋詩紀事』, 『남송잡사시南宋雜事詩』, 『동성잡기東城雜記』, 『남송원화록南宋院畵錄』, 『호선록湖船錄』, 『번사산방시사집樊榭山房詩詞集』이 있다. 그는 60살이 되도록 자식이 없어, 마왈관이 그를 위해 저택의 일부를 내주어 하녀를 그곳에 살게 했다. 나중에 자신의 고향에서 죽었는데, 부고訃告가 전해지자 행암에 위패를 모시고 제사지냈다.

19. 방사서方士庶는 시를 잘 지어서, 수백 수의 시가 담긴 『환산집環山集』을 남겼다. 그가 죽은 후 그의 숙부 방세거方世擧[90]가 남아 있는 작

은 문인들을 접대하여 전국적으로 명성을 날렸다.

86) 왕옥추汪玉樞(?~?)가 죽은 뒤에 사람들이 그의 시를 모아 『이재유시怡齋遺詩』를 간행해주었는데, 여기에는 항세준이 서문을 썼다.

87) 왕옥추가 세운 별장의 이름이다. 양주 남문南門 바깥의 하화지荷花池 부근에 있던 이 원림은 원래 이름이 남원南園이었는데, 훗날 봉우리 모양의 태호석太湖石 9개를 얻어 정원을 장식했다. 이 때문에 건륭제가 강남을 순시할 때, '구봉원'이라는 편액을 하사했다고 한다.

88) 여악厲鶚(1692~1752)은 강희 59년(1720)에 거인擧人이 되었으나, 그 후 여러 차례 시험에 응시했음에도 진사에 급제하지 못했다.

89) 정경丁敬(1695~1765)은 자가 경신敬身이고 호는 연림硯林 또는 둔정鈍丁, 청몽생淸夢生, 매농梅農, 정거사丁居士 등 다수가 있으며, 절강 항주 사람이다. 저작으로 『무림금석록武林金石錄』, 『용홍산관시초龍泓山館詩鈔』, 『연림집습유硯林集拾遺』등이 있다. 기타 사항은 본권 본문 30번을 참고 할 것.

90) 방세거方世擧(1675~1759)는 자가 부남扶南이고 호는 식옹息翁이며, 안휘 동성桐城 사람이다. 그는 박학하고 행실이 훌륭했으나 벼슬살이를 좋아하지 않았다. 저작으로 『창려시

품들을 정리하여 1권 분량의 책으로 간행했는데, 지금 온전한 원고가
아직 그의 집에 남아 있다.

20. 왕조王藻는 자가 재양載陽이고 호는 해반梅沜이며, 오강吳江 사람이
다.91) 그는 시를 잘 지었는데, 젊은 시절에 쌀을 팔아 생계를 유지하면
서 하면서 다음과 같은 구절을 남겨서 세상 사람들의 칭송을 받았다.

> 보라, 무엇이 풍진 세상과 함께하는가?
> 그저 하늘에 뜬 진나라 때의 달뿐일세.
> 相看何物同塵世, 只有秦時月在天.

상서尚書 벼슬을 지낸 오사옥吳士玉92)이 그를 천거하여 박학홍사과에
응시하게 했으나, 벼슬을 그만두고 돌아와 마왈관 형제와 교유했다. 그
는 천성적으로 옛 것을 좋아하여 헤아릴 수 없이 많은 송나라 때에 판
각板刻된 서적과 청전석靑田石93)을 모아 소장했다.

21. 방사경方士慶은 자가 우장右將이고 방사서方士庶의 친동생이다.94) 그
는 회남淮南에서 염업을 했으며, 양주에 살았다. 그는 또 북교北郊 수안

집편년전주昌黎詩集編年箋注』와 『한서변주漢書辨注』, 『세설고의世說考義』, 『난총시화蘭叢詩
話』, 『가숙항언家塾恒言』 등이 있다. 『양주화방록』 권4에 그의 행적에 대한 기록이 있다.
91) 왕조는 건륭 1년(1736)에 박학홍사에 천거되었다. 저작으로 『앵두호장집鶯脰湖莊集』
   이 있다.
92) 오사옥吳士玉(?~?)은 자가 형산荊山이고, 오현吳縣 사람이다. 그는 강희 45년(1706)에
   진사가 되어 한림원 편수에 제수되었고, 이후 예부상서 까지 지냈다. 시호는 문각文恪
   이며, 저작으로 『취검집吹劍集』과 『난조당집蘭藻堂集』을 남겼다.
93) 저쟝성浙江省 칭티앤현青田縣의 팡산方山에서 생산되는 돌의 일종이다. 색채가 풍부
   하면서도 푸르스름한 빛을 띠고 있어서, 인장印章이나 인물, 꽃, 새 등을 조각할 때 상
   등품上等品으로 간주된다.
94) 방사경은 건륭 14년(1749)에 36편의 사詞를 모아 『신안죽지사新安竹枝詞』를 간행했는
   데, 이것은 지금까지도 당시 양주의 풍정風情을 묘사한 대표작으로 자주 인용된다.

사수안사寿安寺 서쪽에 서주별업西疇別業이라는 별장을 지었기 때문에 호를 촉
천蜀泉이라고 했으며, 또 서주西疇라고도 불렀다. 방사서가 그린 〈서주
련당도西疇蓮塘圖〉가 있다.

22. 진장陳章은 자가 수의綬衣이고 호는 죽정竹町이며[95] 항주杭州 사람이
다. 그는 어려서는 향과 초를 파는 가게[香蠟店][96]에서 일을 했으며, 자
라서 양주 땅으로 데릴사위가 되어 왔다. 30살에 대나무에 이는 바람소
리를 듣고 시를 배워 금방 큰 성취를 이루었다. 그는 유격遊擊 벼슬을
지낸 당공唐公[97]의 서재에 빈객으로 있었으며, 집은 남류항南柳巷에 있
었다. 강도현江都縣의 현령 아무개가 그를 자신의 막하幕下로 초빙했을
때, 함께 막빈幕賓으로 있던 요세옥姚世鈺[98]과 친하게 지내면서 박학홍
사에 천거되었을 때 벼슬길에 나아가지 말자고 서로 약속했다. 요세옥
은 진장의 초상화에 대한 제사題詞에서 이렇게 썼다.

글씨를 쓸 때는 정봉正鋒[99]을 사용했고, 중당의 시를 읊었으며, 여러 해 동
안 열심히 책을 읽었다. 어떤 이들은 그가 제齊나라 때 데릴사위 노릇을 했던
순우곤淳于髡 같다고 했고, 어떤 이들은 남제南齊 때의 재상 왕검王儉[100]의 관

---

95) 진장陳章(?~?)의 자가 죽정竹町 또는 수의綬衣이고, 호는 불재紱齋 또는 몽록암夢綠庵
　　이라는 설도 있다. 저서로는 『맹진재집孟晉齋集』이 있다. 서재書齋의 당호堂號는 몽록암
　　夢綠庵이다.
96) 향이나 초, 또는 화장품 따위를 파는 가게를 가리킨다.
97) 당건중唐建中을 가리키는 듯하다.
98) 요세옥姚世鈺(1703?~1757?)은 자가 옥재玉裁이고 호는 억전薏田이며, 절강浙江 귀안歸
　　安 사람이다. 그는 건륭 연간의 제생諸生이다. 저작으로 『연화장집蓮花莊集』이 있으며,
　　그 밖의 생애에 대해서는 『양주화방록』 권4의 본문을 참조하기 바란다.
99) '중봉中鋒'과 같다. 붓으로 글씨를 쓰거나 그림을 그릴 때, 붓끝이 필획筆畫의 한가운
　　데 오도록 항상 붓을 똑바로 세우는 것을 가리킨다. '편봉偏鋒'과 반대되는 필법이다.
100) 왕검王儉(452~489)은 자가 중보仲寶이고, 낭야琅琊 임기臨沂 사람이다. 그는 재주와
　　덕망을 겸비하고 과감하게 간언하는 인품을 지녀서, 유송劉宋과 남제를 거치며 3명의
　　황제를 모시면서도 변함없이 중용되었다. 저작으로 『칠지七志』(40권)와 『송원휘사부서
　　목宋元徽四部書目』이 유명하며, 명나라 때에 장부張溥가 그의 글을 모아 『왕문헌집王文憲

청[府]에서 빈객으로 있었던 유고지庾杲之101)와 같다고 한다. 그러나 그것들은 요컨대 진장의 본래 면모가 아니니, 벼슬살이에 뜻이 없었던 이 위대한 사람을 보시기 바란다.

寫正鋒字, 吟中唐詩, 窮年矻矻, 一卷是披. 或以爲齊贅婿淳于髡, 或以爲王儉府庾杲之, 要非竹町子本來面目, 請視此大布之衣.

그의 아우 진고陳皐는 자가 강고江皐이고 호는 대구對鷗이다. 그 역시 시를 잘 지어서 형제가 나란히 명성을 날리며, '이진二陳'이라고 불렸다. 진고는 젊어서 천진天津에 갔다가 사씨査氏102)의 집에 머물며 통수通守 벼슬을 지낸 오정화吳廷華103)를 모시고 『삼례三禮』를 연구했다. 당시 사씨 형제가 막 『제금집題襟集』104)을 편집했는데, 거기에 수록된 진고의 시는 기세가 드높고 빼어나서 그 명성이 경사의 서쪽에 널리 퍼졌다. 그는 나중에 양주로 돌아와서 형과 함께 마왈관의 시사詩社에 가입했다. 당시 사람들은 그들을 응應씨 형제105)나 사謝씨 형제106)에 비유했다. 저작

集』을 간행했다.
101) 유고지庾杲之(?~491)은 자가 경행景行이고 신야新野 사람이다. 그는 남제南齊 때에 상서좌승尙書左丞, 황문랑黃門郎, 어사중승御史中丞, 태자우위솔太子右衛率 등을 지냈다. 시호는 정자貞子이다.
102) 청대의 유명한 염상이자 시인인 사위인査爲仁(1695~1749, 자는 심곡心谷, 호는 연파蓮坡 또는 연파거사蓮坡居士)과 그의 아우로서 화가이자 전각가篆刻家인 사례査禮(1716~1783, 원래 이름은 위례爲禮 또는 학례學禮이고 자는 순숙恂叔, 호는 검당儉堂 또는 용소榕巢, 철교鐵橋, 구봉노인九峰老人, 담안거사澹安居士 등을 사용)를 가리킨다.
103) 오정화吳廷華(?~?)는 자가 중림中林, 호는 동벽東壁이며, 절강 인화仁和 사람이다. 그는 강희 53년(1714)에 거인擧人이 되어 복건해방동지福建海防同知를 지냈다. 경학에 조예가 깊었던 그는 『삼례의소三禮義疏』의 편찬에 참여했고, 그 외에 『주례의의周禮疑義』(44권), 『의례의의儀禮疑義』(50권), 『예기의의禮記疑義』(72권) 등의 많은 저작을 집필했으나, 재력이 부족해서 간행하지는 못했다. 이 때문에 지금은 『의례장구儀禮章句』(17권)만 세상에 전해지고 있다. '통수通守'는 원래 수나라 때에 설치된 관직 이름이다. 청나라 때에는 '통판通判'을 가리키는 말로 쓰였다.
104) 건륭 5년(1740)에 수서장水西莊의 주인인 사례査禮가 자신의 형 사위인査爲仁과 빈객賓客으로 있던 오정화吳廷華, 유문훤劉文煊, 왕항汪沆, 진고陳皐, 호준렬胡睿烈, 만광대萬光泰 등 8명이 주고받은 시 700여 수를 모아 편찬한 『고상제금집沽上製襟集』(8권)을 가리킨다. 이 책은 이듬해인 1741년에 간행되었다.

으로 『오진오의재시집吾盡吾意齋詩集』과 『대구각만어對鷗閣漫語』가 있다.

23. 민화閔華는 자가 옥정玉井 또는 연봉蓮峰이고,[107] 강도江都 사람이다. 그는 시를 잘 지었고, 저작으로 『징추각시집澄秋閣詩集』이 있다.

24. 전조망全祖望은 자가 사산謝山이고 절강 은현鄞縣 사람이다.[108] 그는 시와 문장을 잘 지었고, 박학홍사에 천거되어 서길사를 지냈다. 양주에 있으면서 마왈관과 친하게 지냈으며, 소영롱산관에 살았다. 그가 심한 병에 걸리자 마왈관이 천금을 내서 의사를 붙여주었다. 나중에 전운사 노견증이 그를 막부로 초빙했다. 저작으로 『길기정집鮚埼亭集』과 『오경문답五經問答』이 있다.

25. 고상高翔[109]은 자가 봉강鳳岡이고 호는 서당西唐이며, 강도 사람이다. 그는 시를 잘 지었고, 승려인 석도石濤[110]와 친한 사이였다. 석도가

---

105) 삼국시대 위魏나라의 응창應瑒(?~217, 자는 덕련德璉)과 응거應璩(?~252, 자는 휴련休璉) 형제를 가리킨다.

106) 남조南朝 송宋나라의 사영운謝靈運(385~433)과 사조謝朓(464~499, 자는 현휘玄暉), 또는 사영운과 그의 사촌동생인 사혜련謝惠連(407~433)을 가리킨다.

107) 민화는 자가 염풍廉風이라고 하기도 하고 호를 염풍廉風이라 하기도 한다. 그는 건륭 8년(1743)에 전조망全祖望 등과 함께 양주에서 '도잠시회陶潛詩會'를 열기도 했다. 그의 『징추각시집』은 건륭 17년(1752)에 간행되었으며, 그에 앞서 건륭 12년에는 『저엽사楮葉詞』(2권)을 간행하기도 했다.

108) 전조망全祖望(1705~1755)은 지기 소의紹衣라고도 하고, 은현鄞縣(지금의 저장성 닝뽀시寧波市) 사람이다. 그는 건륭 1년(1736)에 진사에 급제하여 한림원 서길사庶吉士가 되었으나, 이듬해에 고향으로 돌이와 저술에 전념했다. 본분에 언급되지 않은 주요 서작으로 『곤학기문困學紀聞』, 『송원학안보집宋元學案補輯』(100권), 『수경주교정水經注校定』(40권) 및 『보부補附』(4권), 『길기정집鮚埼亭集』(38권) 및 『외편外編』(50권), 『시집詩集』(10권), 『한서지리지계의漢書地理志稽疑』(6권) 등이 있다.

109) 고상高翔(1688~1753)은 서당樨堂이라는 호를 사용하기도 했다. 그는 평생 벼슬살이를 하지 않았으며, 산수화와 화훼를 잘 그렸을 뿐만 아니라 전각篆刻에도 뛰어났다. 특히 만년에는 오른손을 쓰지 못하게 되자 왼손으로 그림을 그려냈다고 한다. 그는 석도石濤와 김농金農, 왕사신汪士愼과 친했다. 저작으로 『서당시초西唐詩鈔』가 있다.

110) 석도石濤에 대해서는 『양주화방록』 권2 「초하록草河錄·하下·32」를 참조할 것.

죽자 고상은 매년 봄이면 그의 무덤에 성묘하러 갔는데, 죽을 때까지
그 일을 그만두지 않았다.

26. 홍진가洪振珂는 흡현 사람인데, 해빈海濱에 살았다. 그의 모친 마씨馬
氏는 절개와 효성이 지극한 것으로 유명했다. 저작으로『인수루집因樹樓
集』이 있다.

27. 정강鄭江은 자가 기척璣尺이고 호는 균곡筠谷이며, 절강 전당錢塘 사
람이다. 그는 진사 출신으로 시독侍讀 벼슬을 지냈고, 부문서원敷文書
院111)의 강학講學을 주관했으며 주옥장周玉章,112) 오사부吳嗣富,113) 육질
陸秩, 호제태胡際泰, 공감龔鑒과 친하게 지냈다. 그는 산동山東과 안휘安徽
의 학정學政으로 있으면서 여러 차례 억울한 일을 해결해주었다. 또한
그는 모든 분야를 깊이 공부했으며, 특히 경학에 조예가 깊었다. 저작으
로『춘추집의春秋集義』 20권과『시경훈고詩經訓詁』 4권,『예기집주禮記集
注』 2권,『균곡시초筠谷詩鈔』 7권,『서대초당시초書帶草堂詩鈔』 30권,『문
집』 8권,『부사륙賦四六』 1권,『사詞』 1권,『석정록析酲錄』 3권,『월동유
기粵東紀游』 1권이 있다.

28. 장세진張世進은 자가 일청軼青이고 호는 소재嘯齋이며, 임동臨潼 사람

---

111) 원래 이곳은 보은사報恩寺라는 절이었는데, 명나라 홍치弘治 11년(1498)에 만송서원萬
松書院으로 바뀌었다. 그러나 숭정崇禎(1628~1644) 연간에 파괴되었다가, 강희(1662~
1722) 연간 이후에 다시 지어져서 부문서원이 되었다.
112) 주옥장周玉章(?~?)은 절강 인화仁和 사람으로, 생원生員이었다. 기타 생애에 대해서는
자세히 알려진 바가 없다.
113) 오사부吳嗣富(?~?)는 항주杭州 사람이란 것 외에, 생애에 대해서는 자세히 알려진 바
가 없다. 다만 건륭 33년(1768)에 간행된『복건속지福建續志』(992권)의 제1권에, 양정장楊
廷璋과 정장定長 등이 수찬修撰했고, 심정방沈廷芳과 오사부吳嗣富가 편찬編纂했다고 적혀
있다. 또 건륭 연간에 간행된『가획산지嘉獲山志』「예문藝文」에 오사부가 쓴 시「등고산
登鼓山」(4수)이 수록되어 있다.

이다. 그는 장사과張士科의 숙부로서, 교수敎授 벼슬을 지냈다.

29. 조욱趙昱114)은 자가 공천功千이고 호는 곡림谷林이다. 그의 아우 조신趙信은 자가 의림意林이며, 절강 인화仁和 사람이다. 그의 집에는 '이림음옥二林吟屋'이라는 원림園林이 있어서 심개정沈個庭,115) 부증符曾,116) 오작吳焯,117) 여악厲鶚, 항세준杭世駿이 드나들며 시를 주고받아 칭송이 자자했다. 조욱은 박학홍사에 천거되었으며, 저작으로『애일당음고愛日堂吟稿』16권이 있다.

그의 아들 조일청趙一淸은 자가 성부誠夫인데, 고문에 뛰어났으며, 저작으로『조물약문집趙勿藥文集』을 남겼다.

30. 정경丁敬은 자가 경신敬身이고 호는 둔정鈍丁이며, 절강 전당 사람이다. 그는 평생 벼슬살이를 하지 않고, 술을 빚어 생계를 유지했다. 그는 특히 금석문을 좋아해서 험한 절벽에서 몸소 탁본을 떠서『무림금석록武林金石錄』을 편찬했다. 그는 예서隷書를 판별하는 데에 뛰어났고, 전각

---

114) 조욱趙昱(1689~1747)은 원래 이름이 조전앙趙殿昻이다. 그는 1736년에 아우 조신趙信과 함께 박학홍사에 천거되었다가, 모친상 때문에 귀향해서 춘초원春草園이라는 원림을 세우고 독서와 교유로 여유로운 삶을 즐겼다. 그는 또한 서적 모으기를 좋아해서 자신의 장서루인 '소산당小山堂'에 방대한 도서를 구비해, 전조망全祖望으로부터 '절하동서문헌대종浙河東西文獻大宗'이라는 찬사를 받았다. 저작으로 자신의 아우와 심가철沈嘉轍 등 7명이 각기 쓴『남송잡사시南宋雜事詩』100수가 있다.

115) 심덕잠沈德潛(1673~1763)을 가리키는 듯하다. 심덕잠은 자가 확사確士이고 호는 귀우歸愚이며 강소 장주長洲(지금의 쑤저우시 우현吳縣) 사람이다. 그는 건륭 연간에 진사가 되어 내각학사 겸 예무시랑을 지냈으나, 건륭 43년(1778)에 문사옥文字獄에 연루되어 부관류시형剖棺戮尸刑을 당했다. 저작으로『심귀우시문전집沈歸愚詩文全集』이 있고, 그 외에『고시원古詩源』,『당시별재唐詩別裁』,『명시별재明詩別裁』,『청시별재淸詩別裁』등을 남겼다.

116) 부증符曾(1688~?)은 자가 유로幼魯이고 호는 약림藥林이며 전당錢塘 사람이다. 그는 1747년에 박학홍사에 천거되어, 이후 호부랑중戶部郎中을 지냈다. 저작으로『우역하간집于役河干集』,『춘부소고春鳧小稿』,『반춘창화집半春唱和集』등이 있다.

117) 오작吳焯은 자가 척부尺鳧이고 호는 수곡繡谷이며, 전당錢塘 사람이다. 저작으로『약원시고藥園詩稿』가 있다.

篆刻에는 더욱 뛰어났다. 또한 그는 왕구王俅[118]의 『소당집고록嘯堂集古錄』과 오구연吾丘衍[119]의 『학고편學古編』을 좋아해서, 모두 자기 방 안에 들여놓았다. 무릇 타고난 성품과 운수가 맞지 않으면 한 글자라도 얻기 어려운 법이다. 그는 진秦·한漢 시대의 동기銅器와 송·원 시대의 명인이 남긴 글씨는 보는 즉시 판별할 수 있었다.

그리고 그는 무림武林(항주杭州의 별칭)에서 김농金農[120]과 이웃해 살면서 작은 누각을 지었다. 누각 위에는 여기저기 물건들이 어지럽게 가득 들어차 있었는데, 그것들은 모두 희귀한 책들이었다. 한번은 포의布衣 오서림吳西林과 열흘 동안 대담을 나누면서 수없이 많은 전적典籍을 거론하여 한동안 대단한 일로 칭송받았다. 그는 옛날의 동전과 화폐를 수집하여 희귀한 물건을 많이 소장했고 시도 잘 지었다. 그가 새긴 전각을 얻으려면 백은白銀 10냥에 한 글자를 새겨주었는데, 제부制府[121] 벼슬을 지낸 방관성方觀成[122]도 한두 개를 얻으려 했으나 얻지 못했다. 그는 용

---

118) 왕구王俅(?~?)는 자가 자변子弁이다. 어떤 경우에는 이름이 왕구王球이고 자가 기옥夔玉이라고도 하고, 미불米芾의 『화사畫史』에서는 자를 기석夔石이라고 했는데, 어느 것이 맞는지는 모른다. 심지어 그 성이 왕씨가 아니라 이씨李氏라는 설도 있다. 『속자치통감續資治通鑑』 권96에는 송나라 흠종欽宗 정강政綱(1126) 연간에 자정전대학사資政殿大學士 우문허중宇文虛中과 지동상합문사知東上閤門事 왕구王俅를 금나라 군대에 사신으로 보냈다는 기록이 있다. 『소당집고록』은 순희淳熙 3년(1176)에 간행되었다.

119) 오구연吾丘衍(1272~1311)은 오연吾衍이라고도 하고, 청나라 초기에는 공자孔子의 이름을 피휘避諱해서 오구연吾邱衍으로 표기하기도 했다. 그는 자가 자행子行이고, 호는 정백貞白 또는 죽방竹房, 죽소竹素이고, 그 외에 필명으로 진백거사眞白居士, 포의거사布衣道士 등을 썼다. 저작으로 『주진석각석음周秦石刻釋音』, 『한거록閑居錄』, 『죽소산방시집竹素山房詩集』, 『학고편學古編』 등이 있다. 『학고편』은 1300년에 편찬되었으며, 권1이 『35거三十五擧』이고, 그 다음에 『합용문적품목合用文籍品目』이 수록되어 있으며, 말미에 부록이 실려 있다. 『35거』는 이 책의 중심이 되는 부분으로, 전서篆書와 예서隸書의 변천사와 전각篆刻에 필요한 지식이 수록되어 있다. 이 때문에 후세에 『학고편』은 흔히 『35거』라고 불리게 되었다.

120) 김농金農에 대해서는 『양주화방록』 권2 「초하록草河錄·하下·49」를 참조할 것.

121) 총독總督의 존칭尊稱이다.

122) 방관승方觀承(1698~1768)을 가리키는 듯하다. 방관승은 자가 하곡遐谷이고 호는 문정問亭 또는 의전宜田이다. 그는 1737년에 이부랑중吏部郎中이 되었고, 이후 안찰사, 포정사, 산동순무山東巡撫, 절강순무浙江巡撫, 직예총독直隸總督 등을 역임했다. 특히 20여

정龍井 땅의 산수를 좋아하여 만년에 호를 용홍거사龍泓居士라고 했다.

그에게는 아들이 셋 있는데, 정건丁健은 항세준의 사위가 되었고, 정전丁傳은 사정일謝廷逸에게서 율학律學과 산학算學을 배웠으며, 정전丁侄은 시를 잘 짓고 팔분체 글씨에 뛰어났다.

31. 항세준杭世駿은 자가 대종大宗이고 호는 근포菫浦이며 절강 인화 사람이다. 박학홍사에 천거되어 한림원 편수를 지냈던 그는 양주에 와서 마왈관의 집에 머물며 전운사 노견증과 친하게 지냈다. 저작으로 『사한소증史漢疏證』, 『양한서몽습兩漢書蒙拾』, 『문선과허文選課虛』, 『삼국지보주三國志補注』, 『제사연의諸史然疑』, 『계당시화桂堂詩話』, 『속방언續方言』, 『석경고이石經考異』, 『도고당시문집道古堂詩文集』, 『용성시화榕城詩話』가 있다.

32. 진조범陳祖範은 자가 역한亦韓이고 호는 견복見復이며, 옹정 계묘癸卯년(1723)에 진사에 급제했다. 어느 높은 관리가 그를 아껴서 한번 만나보려 했으나, 그가 도망쳐 고향으로 돌아오며 이런 구절이 담긴 시를 지었다고 한다.

> 평소 한유韓愈에게 불만스러운 것은
> 세 번이나 유종원柳宗元에게 「재상께 올리는 편지」를 올린 것.[123]
> 生平不滿昌黎處, 三上河東宰相書.

년 동안 직예총독으로 있으면서 치수治水를 비롯한 여러 분야에서 치적을 쌓았고, 조일청趙一清과 대진戴震을 초빙하여 『직예하거서直隷河渠書』(130여 권)를 편찬하게 했다. 시호는 각민恪敏이며, 주요 저작으로 『술본당시집 18종述本堂詩集十八種』과 『술본당시속집述本堂詩續集』, 『미향집薇香集』, 『연향집燕香集』, 『문정집問亭集』, 그리고 진혜전秦惠田과 함께 편찬한 『오례통고五禮通考』가 있다.

123) 한유는 유종원에게 「상재상서上宰相書」와 「후십구일부상재상서後十九日復上宰相書」, 「후입구일부상재상서後卄九日復上宰相書」의 편지를 3번 보낸 적이 있다.

이에 당시 사람들이 그의 기풍과 절개를 높이 평가했다. 경학으로 천거되어, 양주로 와서 안정서원安定書院의 강석講席을 맡았고, 마왈관과 시를 주고받아 시집을 내기도 했다.

33. 사상查祥은 자가 성남星南이고 호는 운재雲在이다. 그는 진사 출신으로 안정서원의 강석을 맡았다.[124]

34. 유사서劉師恕[125]는 자가 비서秘書 또는 보재補齋이고 호는 애당艾堂이며, 보응寶應 사람이다. 그는 진사 출신으로 직예총독直隷總督을 지냈으며, 시문집을 남겼다.

35. 왕문충王文充은 자가 함중涵中이고 강도 사람이다. 그는 진사 출신으로서 한림원을 거쳐 처주지부處州知府를 지냈다. 시를 잘 지어서 명성이 높았다.

36. 요세옥姚世鈺은 자가 옥재玉裁이고 호는 혜전薏田이며, 오흥吳興 사람이다. 그는 같은 고향의 왕종목王宗沐[126]과 나란히 명성을 날려서 당시

---

124) 사상查祥(?~?)은 해녕海寧 사람으로, 젊은 나이에 박학홍사에 천거되었으나 강희 60년(1721)에야 늦은 나이로 진사에 급제하여 한림원 편수에 제수되었다. 그는 80여 살까지 살았다고 하며, 시집으로 『운재시초雲在詩鈔』가 있다. 다만 이 시집은 간행되지 못하고 필사본으로 남아 있다가 『사고전서』에 수록되었다.

125) 유사서劉師恕(1678~1756)는 1700년에 진사에 급제하여 국자감좨주國子監祭酒에 제수되었고, 1726년에는 공부시랑, 1729년에는 내각학사로서 복건관풍정속사福建觀風整俗使의 일을 관장했다. 그는 1733년에 병을 이유로 귀향했으나, 보응寶應에 재난이 들었을 때 빈민 구휼救恤에서 문제가 생겨 관직을 박탈당했다. 후에 건륭제가 강남을 순시할 때 그에게 시독학사侍讀學士의 직함을 하사해주었다. 그가 남긴 시문집이란 『석곡당시錫谷堂詩』(5권)를 가리킨다.

126) 왕종목王宗沐(1524~1592)은 자가 신보新甫이고 호는 경소敬所이며 임해臨海 성관城關 사람이다. 부귀한 귀족 가문에서 태어난 그는 1544년에 진사에 급제하여 형부주사刑部主事, 광서안찰첨사廣西按察僉事, 광동참의廣東參議, 강서제학부사江西提學副使, 산서우포정사山西右布政使, 산동좌포정사山東左布政使, 총독조운總督漕運 겸 무봉양撫鳳陽, 형부좌

사람들은 그들을 '왕요王姚'라고 불렀다. 후에 왕종목은 어떤 일 때문에 체포되어 형부에 갇혀 있다가 풀려나 돌아왔지만, 1년을 넘기지 못하고 죽었다. 요세옥은 집안이 어려워서 강도江都에 가서 학생들을 가르치다가, 진장陳章과 함께 박학홍사에 천거되었다. 그래서 당시 사람들은 또 그들을 일컬어 '진요陳姚'라고 불렀다. 훗날 요세옥이 타향인 양주에서 죽자, 마왈관이 그의 장례를 치러주고, 그의 문집인 『연화장집蓮花莊集』을 간행해주었다.

37. 방세거方世擧는 자가 부남扶南이고 호는 식옹息翁이며, 동성桐城 사람이다. 그는 성격이 소탈하고 언행이 모두 법도에 맞아, 사람들은 그를 '게체신揭諦神'[127]이라고 불렀다. 당시 양주에는 방씨들이 제일 성세를 누리고 있어서, 방사서와 방사경은 '흡현방歙縣方'이라고 불렸고, 방세거와 방정관方貞觀[128]은 '동성방桐城方'이라고 불렸다.

38. 소태邵泰는 자가 북애北厓이고 진사 출신이다. 시와 문장을 잘 지었고, 안정서원의 강학을 주관했다. 그의 후손 소효邵曉는 자가 청암晴巖이고 명제생이다.

누기樓錡는 자가 우상于湘이고 절강의 명제생으로, 시를 잘 지었다.[129] 그는 나이가 많은데도 결혼을 하지 않아서, 마왈관이 그를 위해

시랑등을 역임했고, 사후에 형부상서에 추증되었다. 저작으로 『해운상고海運詳考』(1권), 『해운지海運志』(2권), 『경소문집敬所文集』(30권), 『주의奏議』(4권) 등이 있다.

127) '게체'는 '갈체羯諦'라고도 부르는 불교 호법신護法神 가운데 하나이다. 여기서는 방세거가 '예법을 잘 지키는 사람이라는 뜻'으로 붙여준 별명인 듯하다.

128) 방정관方貞觀(1674~1747)은 원래 이름이 방세태方世泰이고 자는 이안履安, 호는 남당南堂이다. 그는 젊은 시절에 박학홍사에 천거되었으나 벼슬길에 나아가지 않았다. 강희 52년(1713)에 조인曹寅과 연루되어 소환되었다가 1723년에 옹정제의 명을 받아 강남으로 돌아갔다. 그는 10년 동안 모친과 처를 떠나 맨몸으로 세상을 떠돌며 세상의 가난과 고난을 두루 겪고 그 경험을 토대로 시를 지어, 양주 땅에 명성이 높았다. 저작으로 『남당시집南堂詩集』(8권)과 『철경록輟耕錄』(1권)이 있다.

129) 누기樓錡(?~?)는 장주長洲(지금의 장쑤성 쑤저우시蘇州市에 속함) 출신이라는 것 외에

배필을 구해주었다. 모임 가운데 전오군前五君과 후오군後五君이라는 호칭이 있는데 전오군은 호기항, 당건중, 방사서, 여악, 요세옥을 가리키고, 후오군은 유사서, 정몽성, 마왈관, 전조망, 누기를 가리킨다. 나중에 누기는 타향인 양주에서 죽었는데, 진장이 그의 유고遺稿를 모아 문집을 편찬해주었다.

39. 육석주陸錫疇는 자가 아전我田이고 호는 차오茶塢이며, 소주 사람이다. 그는 시를 잘 지었다.

40. 단승團昇130)은 자가 관하冠霞이고 태주泰州 사람인데, 시와 그림에 뛰어났다.

41. 전창패錢蒼佩는 호주湖州 오정烏程 사람으로, 송나라 판본과 원나라 판본을 잘 감별했다. 그는 서사書肆(책방)을 운영하여 생계를 꾸렸으며, 총서루에 빈객으로 있던 인물이다. 그의 아들 전시제錢時霽는 자가 경개景開 또는 청묵聽默으로 부친의 뒤를 이어 서점을 운영했다. 그는 시를 잘 지었으며, 황제께서 사고전서관四庫全書館을 열고 강남 지역에 전해진 책을 채집하게 했을 때, 채집할 책들을 모두 그에게 맡겨서 가려 뽑게 했다.

42. 저준褚竣은 자가 천봉千峰이고 섬서陝西 합양郃陽 사람이다. 그는 비석의 탁본을 파는 것으로 생계를 꾸렸다. 그는 천하의 금석문을 거의 모두 수집했다. 그리고 우운진牛運震131)과 함께 한나라 때의 석각[漢刻

는 생애에 대해 자세히 알려진 바가 없다.

130) 단승團昇(?~?)은 자가 관의冠儀이고 호가 학노鶴奴라고도 한다. 그는 강희 59년(1720)에 남경에서 진사에 급제했고, 건륭 46년(1781)에는 「중수광효사비기重修光孝寺碑記」를 썼다. 저작으로 『화산루시畵山樓詩』(10권)과 『화산루문畵山樓文』(4권), 『가년일록假年日錄』(4권)이 있으며, 그 외에 『진주창화시眞州唱和詩』(3권)을 편찬하기도 했다.

과 당나라 때의 비문[唐碑]을 구해 속본續本을 만들었는데, 제목을『금석경안록金石經眼錄』이라 했다.

43. 행원杏園은 천녕사 서쪽에 있는데, 옛날 양포讓圃와 행암行庵의 옛 터가 지금의 정원으로 되었다. 행원은 '서원하원西園下院'이라고도 한다. 정문은 어마두御馬頭 가에 있다. 대문 위에는 '행원杏園'이라고 적힌 돌 편액이 걸려 있는데, 경고상景考祥132)이 쓴 것이다. 대문 안에는 흙 언덕이 높다랗게 솟아 있는데, 서쪽은 모두 승려들의 거처이다. 중앙에는 주거용 방이 세 줄[進]로 마련되어 있는데 이것은 임시 군영軍營으로 사용하기 위한 것이다. 동쪽으로는 행궁으로 이어져 있는데 10여 채[楹]의 낭방廊房133)이 세워져 있다.

44. 가람[蘭若]은 천녕사 동쪽에 있으니, 바로 이 절의 동원하원東園下院이다. 대문의 편액은 상응장桑應張이 쓴 것이다. 그 안에는 진옥루進玉樓, 장경원藏經院, 대루관待漏館, 산경방山磬房 등의 정사精舍134)가 있어서, 세속을 벗어나 부처님께 예불하며 불심佛心을 수양하는 이들이 항상 여기에 거처하고 있다.

45. 중녕사重寧寺는 천녕사 뒤편에 있다. 본래 '평강추망平岡秋望'이라는

---

131) 우운진牛運震(1706~1758)은 자가 계평階平이고 호는 진곡眞谷 또는 공산선생空山先生이며, 자양현滋陽縣 마청馬青(지금의 옌저우시兗州市 신옌진新兗鎭 니우러우촌牛樓村) 사람이다. 그는 옹정 11년(1733)에 진사에 급제하여 평번기현平番知縣 등을 지냈다. 저작으로『윤오초允吾草』,『귀전음歸田吟』,『공산당집空山堂集』 등이 있다.

132) 경고상景考祥(?~?)은 자가 이재履齋이고 호는 이문이履文而이며, 하남河南 급현汲縣 사람이다. 그는 1713년에 진사에 급제하여, 1725년에는 순대어사巡臺御史, 이후 복건염운福建鹽運 등을 지냈다.

133) 명나라 영락永樂 18년(1420)에 북경北京을 건설하면서 황성皇城의 사대분四大門과 종루鍾樓, 고루鼓樓 등에 수천 칸의 민간 가옥과 점포 등을 건설했는데, 이것을 '낭방'이라고 불렀다.

134) 승려들이 수련하는 곳을 가리키는 말이다.

경관이 있던 자리로서, 군성郡城의 팔경八景 가운데 하나이다. 어떤 이는 동악묘東岳廟의 옛 터라고도 하는데, 태산太山이라는 이름을 가진 높은 언덕이 있는 것도 이 때문이다. 옹정 연간에 대문리戴文李가 절 뒤편의 작은 땅을 임대해서 변의정辨儀亭을 지어 빈객들과 함께 술을 마시고 활 쏘기 하는 곳으로 삼았는데, 대문에 '입림入林'이라고 쓴 편액을 걸어놓 았다. 건륭 48년(1783)에 이곳에 절을 세우자, 황제께서 '보현장엄普現莊 嚴'과 '묘향화우妙香花雨'라고 쓴 두 개의 편액을 하사하셨다. 대문 밖에 는 오래된 느릅나무 수십 그루를 심어놓고, 큰 연극 무대[戲臺]를 지어놓 았다.

산문에 들어가 첫 번째 보이는 건물은 천왕전天王殿이고, 그 뒤에 있 는 것은 삼세불전三世佛殿이다. 불상은 높이가 9자 5치이고 아래를 내려 다보고 있는데, 뒤에서 바라보면 고개를 쳐들고 있는 것 같지만 앞에서 바라보면 고개를 숙이고 있는 것처럼 보인다. 옷에는 물결무늬가 있고, 왼손은 곧추세워 반듯하게 펴고 있고 오른손은 손바닥을 편 채 늘어뜨 리고 있다. 팔꿈치와 손바닥은 모두 조금 구부리고 있고, 손가락은 살짝 편 채 네 손가락을 붙이고 있다. 녹나무[楠木]로 조각해서 두드리면 소리 가 나는데, 쩽쩽 하는 것이 마치 쇠나 돌 같고, 검붉은 옻칠을 한 것처 럼 산뜻하다. 겉에는 유금鎏金135)으로 도금했으며, 높다랗고 단정한 모 습이다. 그 옆에는 16명 나한들의 초상화가 있다.

대전 뒤에는 3개의 문이 있다. 가운데 있는 것은 '보조대천문普照大千 門'이라 하고, 왼쪽은 '향림문香林門', 오른쪽은 '보화문寶華門'이라고 한 다. 문 안에는 4개의 기둥이 있는 건물이 서 있는데 마치 누각처럼 공중 에 솟아 있고, 위에는 시렁[庋板]을 얹지 않았다. 화려한 누각처럼 사방

---

135) 금니金泥라고도 하며 기물을 장식할 때 쓰는 금가루와 같은 것이다. 이것을 기물에 입히는 방법을 가리키기도 하는데, 유금鎦金이라고도 하며 금을 녹인 용액으로 기물을 칠한다. 금을 수은에 용해하여 기물의 표면에 바르고 햇빛에 말린 후 불에 구운 뒤 다 시 마노瑪瑙를 이용해 광을 낸다.

으로 이중처마가 나 있고, 건물 안에 와요성瓦窯聖136)이 모셔져 있는데 그 모습이 석가모니와 비슷하다. 왼쪽에는 아적이마의阿赤爾馬儀를 모셨는데 그 모습이 보현보살과 비슷하고, 오른쪽에는 홍승발제紅勝撥帝를 모셨는데 그 모습이 관음보살과 비슷하다. 사방에는 금과 옥으로 된 장식물을 드리웠고, 침향목沉香木으로 칸막이[罩]137)를 만들고 지초芝草로 벽을 발랐다. 버섯 모양으로 만들어 장식한 천정[藻井]138)에는 온갖 꽃들이 매달려 드리워져 있는데, 이것들은 모두 원문교轅門橋의 모조품 시장[像生肆]에서 만든 통초화通草花139)와 견납화絹蠟花,140) 종이꽃[紙花] 따위이다. 이것은 산화도량散花道場141)의 모습인 듯하지만, 바로 선녀가 9번 물러난 모습[天女九退相]을 구현한 것이다.142) 거기에서 동쪽으로 가

---

136) 사리불舍利佛 목련존자目蓮尊者를 가리키는 듯하다.『잡보장경雜寶藏經』권1에는 목련존자가 비를 피해 와요瓦窯에 들어가 하룻밤을 묵었는데, 어느 소치기[牧牛] 여자가 그 모습을 보고 음욕淫慾이 생겼다는 이야기가 들어 있다.

137) 중국 전통 전축에서 실내 공간을 나누는 방법 가운데 하나이다. 실제 공간이 격리되지는 않지만, 시각적으로 구역이 나뉜 것처럼 중앙이 트인 칸막이 형식의 구조를 덧붙이는 것이다.

138) ‘조정’은 중국의 전통 건물에서 천정[天花板]을 장식하는 방법 가운데 하나이다. 일반적으로 원형이나 사각형, 혹은 다변형多邊形의 오목한 면에 각종 꽃무늬나 그림을 장식하거나 조각하기도 한다.

139) 으름덩굴通草[通脫木]로 엮어서 꽃 모양으로 만든 것을 가리킨다.

140) 명주실[絹]과 밀랍으로 만든 조화造花를 가리킨다.

141)『유마경維摩經』「관중생품觀衆生品」에 따르면 부처가 설법說法할 때 선녀[天女]가 나타나 여러 보살들과 제자들의 머리 위에 하늘 꽃[天花]을 뿌렸는데, 그 꽃잎들이 다른 보살들에게 이르러서는 금방 떨어져버렸지만 대제자大弟子에게는 붙어 떨어지지 않았다고 한다. 훗날에는 이것을 빌려 종종 도를 깨달은 상태를 비유하게 되었다.

142)『정법염처경正法念處經』권40「관천품觀天品」19「야마천夜摩天」5에 따르면, 모수루다야미천왕牟修樓陀夜摩天王이 수많은 무리를 거느리고 일체관찰봉一切觀察峰에 기대 온갖 쾌락을 즐기려 했는데, 그곳에 있던 여러 신들이 맞이하며 온갖 음악을 연주하며 꽃을 뿌렸다. 그러나 봉우리 곳곳을 다니며 쾌락을 즐기자 악도문惡道門이 열렸는데, 한 선녀가 이것을 보고 물러나려 하면서 먼저 9개의 상相을 드러내 보였다. 첫 번째는 옷이 너무 느슨하게 보이는 것이었는데, 이것은 옷에 잡힌 주름 때문이었다. 둘째는 몸이 움직이는 모습이었는데, 이 때문에 머리에 얹힌 꽃이 떨어졌다. 셋째 상을 내보이더니, 떨어진 붉은 꽃이 머리에 붙자 노란색으로 변했다고 말했다. 넷째 상을 보이더니, 바람이 불어 옷깃이 날렸는데 하늘의 명주실[天縷]로 만든 옷이 인간세계의 명주로 만든 옷 같은 감촉이 느껴졌다고 했다. 다섯 째 상을 보이면서는 하늘을 날면서

면 문이 하나 있는데 그 안에서 회랑을 따라 문창각文昌閣으로 들어갈
수 있다. 문창각은 모두 3층인데, 여기 오르면 강남의 여러 산들이 바라
보인다. 이곳을 지나면 바로 동원東園이 된다.

46. 8대 사찰의 불상은 소주蘇州의 그것들과 아름다움을 견줄 만한데,
중녕사의 불상은 바로 조내공법照內工法으로 만든 것이다. 불상의 틀[鑴
胎]을 만드는 데에는 톱질장이[鋸匠], 감조배목장砍造坯木匠, 합봉교험하
교조란장合縫較驗下膠雕鑾匠을 쓴다.[143) 문인상文人像이건 무인상武人像이
건 상관없이 기본 형태[胎形]를 조각한다. 눈썹과 눈, 옷의 무늬, 하늘나
라 신들이 입는 옷[天衣]과 허리띠[風帶], 투구와 갑옷을 조각하여 불법을
수호하는 용사의 입상立像을 만든다. 기본 뼈대[胎骨]를 조각해서 불상의
몸체를 만드는데, 모두 높이의 치수를 걷는 모습은 7, 좌선坐禪하는 모
습은 5, 열반涅盤에 든 모습은 3에 맞추어 나눗셈[歸]144)을 한다. 나눈 뒤
에는 제곱하여 그것을 걷는 모습은 19로 나누고, 좌선하는 모습은 13으
로 나누고, 열반에 든 모습은 7로 나누어서 치수[方尺]을 구해낸다. 물고
기 부레나 뼈로 만든 아교와 꺾은 풀을 고르게 반죽하여 만든 재료를
틀에 붙여 뼈대를 세운다. 거칠게 1번 바르고, 그 위에 덧대어 1번 바른

도 땅을 걸으면서도 피곤해 했다고 말했다. 여섯 째 상을 보이더니, 온 몸에 땀이 나는
데 본래는 땀이 맑았으나 지금은 탁하다고 했다. 일곱 째 상을 보이더니, 나무 아래에
가서 꽃과 과일을 따려 했는데, 나뭇가지가 위로 올라가버려서 손이 닿지 않았다고 했
다. 여덟 째 상을 보이더니, 천자天子가 와서 함께 즐기려 하다가 선녀의 얼굴에 아름
다움이 사라지고 못난 모습만 드러났다고 했다. 아홉 째 상을 보이더니, 바람에 머리
카락이 흩어졌는데 손으로 만지면 껄끄러운 느낌이 난다고 했다. 이로 인해 선녀는 잠
시도 가만히 있지 못한 채 땅이 딱딱해서 발이 불편해지고, 쓸데없는 소리를 계속하면
서 멈추지 못하고, 노래하고 춤추려 하면 목소리가 나오지 않고, 연화지蓮花池에 다가
가면 강물 근처에 있는 것처럼 물속에 비친 자기 모습에서 욕망을 발견하고, 온 몸의
장식이 무거운 굴레처럼 느껴지고, 자리에 앉으면 칼날 위에 앉은 듯하고, 인간처럼
땀을 흘리게 되는 등의 모습을 보였다. 이것은 각종 욕망을 경계하는 이야기이다.
143) 이 부분의 본문은 '중화본'과 '산동본'이 각기 다른데, 본 번역에서는 기본적으로
　　'중화본'을 따른다.
144) 주산珠算에서 나누는 수가 한 단위 수인 나눗셈을 가리킨다.

다. 얼굴 모양과 옷의 무늬를 한 차례 더 발라 두툼하게 만든다. 눈썹과 눈 모양, 옷 주름을 다듬고, 세밀하게 눌러 붙이기를 또 두 차례 하고, 다시 한 번 고운 반죽을 단단히 붙게 한다. 가슴과 몸통에는 주홍색 기름을 두 번 바른다. 황토, 서양종이[西紙], 모래[砂子], 보리 겨[麥糠], 삼대[麻莖] 등을 써서 하는 작업은 조소공[塑匠]의 일이다. 돈목橔木과 측백나무, 은주銀朱,145) 광유光油,146) 우점정雨點釘, 황미조黃米條, 철사鐵絲로 하는 작업은 목수가 하는 일이다.

문무립상文武立像은 문인과 무사의 모습이 반반씩 섞여 있는데, 갑옷과 무기를 든 모습을 꾸밀 때에는 반죽에 들어가는 재료의 양이 문인상과 차이가 있다.

탈사퇴소니자좌상脫紗堆塑泥子坐像은 몸체에 붙일 반죽을 만들 때 수숫대[秫稭]와 유회油灰147)를 더한다. 탈사脫紗는 천[布]을 써서 15차례 행한다. 얼굴과 옷 무늬를 만들 때에는 끓인 옻과 회를 한 번 칠하고, 점광칠墊光漆을 2번 칠한 다음, 물로 두 번 닦고 옻과 회가 잘 붙도록 한 차례 손질한다. 가슴과 몸통에는 주홍색 옻칠을 두 번 한다. 동유桐油(광유光油와 같음)와 하포夏布, 어자魚子, 전회磚灰, 엄생칠嚴生漆, 농조칠籠罩漆, 퇴광칠退光漆,148) 칠주漆硃, 토자면土子面을 다루는 일은 탈사장脫紗匠의 일이다. 또 조각 틀을 액에 담그는 일[鑄胎汁漿]을 1번, 얼굴 형상과 옷 무늬를 넣고 비단으로 싸서 잘 꿰매기[包紗溜縫布]를 2번 한 다음, 거친 재[布灰]와 중간 재[中灰], 가는 재[細灰]를 각기 1번씩 바른다. 옻칠을 문질러 틈을 메우고 물로 광내는 일[墊光漆水磨]을 각기 2번씩 하고, 발라 놓은 옻과 회를 끈끈하게 만드는 일[漆灰粘做]을 한 번, 상낭주사질贓膛珠砂漆을 2번 한다. 재료로는 탈사脫紗 등을 사용하는데, 이 일은 포사장包

---

145) 진사辰砂를 가리킨다.
146) 유동油桐 나무 열매의 씨에서 짠 기름의 일종이다.
147) 접착제의 일종으로 퍼티(putty)라고도 한다.
148) 생옻[生漆]의 일종이다.

紗匠에게 맡긴다. 거칠게 옻칠을 하고 금박을 입힌 후 조뇌潮腦[149]와 홍금紅金, 황금을 더하는데, 그 일은 채칠장彩漆匠에게 맡긴다. 체질[篩掃]하는 데에 차이가 있다. 또 오색[五彩]으로 얼굴을 장식하고, 온 몸에 금물로 도금하는데, 가루를 걸러 금물 입힌 몸에 붙인다.

천의풍대묘니금주법天衣風帶猫泥金做法[150]에는 광교廣膠, 백반白礬, 청분靑粉, 토분土粉, 백면白麵, 서양종이[西紙], 사지砂紙, 정분定粉, 자석赭石, 공화廣花, 주사硃砂, 웅황雄黃, 천이주川二硃, 석황石黃, 등황藤黃, 연지胭脂, 천대청天大靑, 천이청天二靑, 남매화청南梅花靑, 석대록石大綠, 석이록石二綠, 석삼록石三綠, 홍금紅金, 황금黃金, 첩금貼金, 달걀 등이 필요하고, 이 일은 장안장裝顔匠에게 맡긴다.

문무립상의 꾸밈은 문사와 무사의 모습을 반씩 섞은 형태로 하는데, 서양 화폐[番佛]와 시종[跟伴], 갓난아기[娃娃], 귀신 판관[鬼判], 난인難人,[151] 벗은 몸에 드러난 각양각색의 근육, 짧은 웃옷, 허리에 두르는 치마, 어깨에 걸치는 천[護肩], 머리 테[頭箍], 화관花冠, 귀걸이, 팔찌鐲釧, 갓끈纓絡, 염주, 눈웃음 짓는 표정, 붉은 입술, 소라 모양으로 감아올린 머리, 삐죽 솟은 검은 머리[哨黑髮], 붉은 머리 등의 차이가 있다. 화려한 덮개[華蓋]와 비파琵琶, 항마저降魔杵, 구환석장九環錫杖, 유운탁流雲托, 다보병多寶甁, 보탑령寶塔鈴, 구도불모각련엽판救度佛母脚蓮葉瓣, 표미창豹尾槍, 도끼[鉞斧], 우이도牛耳刀, 궁전영황현구弓箭翎篁弦扣[152], 등패藤牌, 짐승얼굴[獸面], 상투 끈[鬃纓], 분분파병鉼奔巴甁, 용녀보주반龍女寶珠盤, 보번寶幡, 사각형의 깃발, 풍화륜風火輪, 검륜첨봉劍輪尖鋒, 운두雲頭, 삼릉화염저三楞火焰杵, 홍백라복紅白蘿蔔, 파리과巴里菓, 연환권連環圈, 서양 화초[番

---

149) ‘장뇌樟腦’라고도 한다. 녹나무 가지와 잎으로 만든 무색투명한 고체固體로써, 쓴 맛이 나면서도 청량한 향기를 풍긴다. 휘발성이 강하다. 주로 약을 만들거나 향료로 사용된다.
150) ‘천의’는 하늘의 신이나 선녀들이 입는 옷을, ‘풍대’는 바람에 나부끼는 물결치는 모양으로 장식된 허리띠를 가리킨다.
151) 어려운 일을 맡아 처리하는 사람, 즉 하인을 가리킨다.
152) ‘산동본’에는 ‘흡황현구翕篁弦扣’로 되어 있다.

草], 보주寶珠, 합타봉哈搭棒, 선침仙枕, 경판經板, 합파리고哈巴里鼓, 갈파리완噶巴里硫, 조강양혈수雕江洋血水, 고루봉骷髅棒, 깃털 부채[羽扇]를 장식하는 것은 모두 조란장雕鑾匠의 일이다.

발우鉢盂와 염주를 만드는 일은 선반공[鏇匠]의 일이다. 그들은 또 보좌寶座와 보상寶床, 불좌佛座, 불감佛龕, 축지筑地, 평등좌平等座, 탁니托泥, 규각圭角, 붕아棚牙, 물결무늬로 장식한 분심화分心花와 서양 화초의 잎, 방색조方色條, 파달마면판巴達馬面板,[153) 저판底板, 탁정托根, 허리띠를 매고 문설주에 기대 선 모양[穿帶竪根], 체목替木, 측화稜花, 차각岔角, 금강주金剛柱, 팔보정병八寶淨瓶, 앙복련仰覆蓮, 대붕大鵬, 공작孔雀, 영양羚羊, 사자, 코끼리, 해마海馬, 기이한 짐승의 모양을 장식한다. 그리고 눈썹과 눈, 입술, 이빨, 손톱과 발톱을 조각하고, 갈기와 터럭, 날개와 깃털을 세밀하게 긁어 장식한다. 밝은 배광背光[154)을 만들고 가죽에 실을 붙여 늘어뜨리며, 주위에 자초紫草[155) 문양을 두르고 서양 화초를 조각한다. 바닥 판자에는 구멍을 뚫어 띠를 매고, 거울 같이 빛나는 달[鏡光]과 삼보주三寶珠를 장식한다. 용녀龍女는 얼굴이 정면으로 향하고 바람에 나부끼는 날개옷[天衣] 위에 허리띠를 찬 모습이다. 초수草獸[156)의 머리는 입술 위로 송곳니가 드러나고, 머리에 비늘이 덮였으며, 뿔이 나 있고, 수염이 있는 모습이다. 구름무늬가 장식된 경대[流雲鏡托]와 커다란 연꽃잎 장식도 있다. 위타韋馱는 구름무늬가 장식된 배광背光을 빛내며 가부좌를 트고 앉아[脚托] 허리띠를 맨 모습이고, 병풍 앞 평상에 앉아 턱을

---

153) 파달마巴達馬는 불산의 수미좌須彌座나 분경盆景 조각에서 장식하는 연꽃잎 모양의 문양[蓮瓣紋]을 가리킨다. 속칭 '팔자마八字碼'라고도 한다.

154) 불상 머리의 뒷부분에 둥글게 빛나는 모양을 나타낸 장식이다.

155) 아함초鴉衡草라고도 한다. 주로 염료染料나 약용藥用으로 쓰인다.

156) 명나라 심덕부沈德符의 『야획편野獲編』「훈척勳戚」「복색지참服色之僭」에는 "경사의 잘 사는 이들은 큰 뱀과 별자리가 장식되어 곤룡포와 비슷한 옷을 입고, 그것을 '초수'라고 부른다. 옷에 장식된 황금과 벽옥을 눈부시게 반짝이며 채찍을 휘두르고 장안 대로를 내달려도, 감히 그게 무슨 복장이냐고 물어보는 이들이 없다[在京內臣稍家溫者, 輒服似蟒、似斗牛之衣, 名爲草獸, 金碧晃目, 揚鞭長安道上, 無人敢問]"는 기록이 있다.

권 포대화상布袋和尚은 온 몸을 장식한 영롱한 보석들[玲瓏搭腦]을 장식하고 목걸이 귀걸이 염주를 쥐고 평상에 앉아 있다. 나한羅漢은 연이어진 구름무늬[雲連]가 장식된 대에 앉아 있는데 삼보탑三寶塔과 불감佛龕, 협당夾堂, 접판阹板, 환문歡門,157) 친평襯平, 어문魚門,158) 옆에 띠를 둘러 묶은 향초香草 무늬 파달마巴達馬 무늬가 장식되어 있다. 3층의 불탑[寶塔三疊落]은 팔각 좌대에 얹혀 있는데, 십삼천十三天과 사출헌四出軒, 수미좌대앙복련좌須彌座帶仰覆蓮座와 같은 것들 모두 소나무와 돈목[橄], 자작나무[椴]를 최고로 여긴다. 봉합하여 구멍을 없애는데, 조란장雕鑾匠에 따라 차이가 있다.

의장儀仗과 보좌寶座, 금을 섞은 옻을 바르고 기름에 갠 물감으로 그리는 것은 같은 분야의 일에 속한다. 불좌佛座, 사자[獅犯], 코끼리, 신마神馬, 신라神騾, 신우神牛, 안장의 첩선[鞍貼], 추비鞦轡, 앵락纓絡,159) 호랑이, 표범, 곰, 개, 양, 이리[狼], 학, 꾀꼬리, 앵무새 등을 장식할 때에 금을 섞은 옻을 바르고 기름에 갠 물감으로 그리는 것 또한 마찬가지이다.

회랑과 벽에 그림을 그릴 때에 하나는 공물貢物을 바치는 모습과 음악을 연주하는 모습, 신선, 산수, 각종 나무, 교량, 구름, 땅의 풍경을 그리고, 다른 하나는 십왕十王160)과 사주司主, 여러 별신들[諸星], 동자童子, 삽병揷屛, 휘장[帳幔], 담장, 땅의 풍경을 그린다. 또 관제關帝와 24명의 공조

---

157) 주루酒樓나 음식점에서 입구에 화려하게 장식한 대문 형상의 구조물을 가리킨다. 송宋나라 때 맹원로孟元老가 쓴 『동경몽화록東京夢華錄』「주루酒樓」에는 "경사의 주점들은 문 앞에 모두 여러 색의 비단을 묶어 환문을 만들어놓았다[凡京師酒店, 門首皆縛綵樓歡門]"는 기록이 있다.

158) 원래 춘추春秋 시기 주邾나라의 성문 이름이다. 한편 『한서漢書』「오행지五行志」「중지상中之上」에서는 "성은 나라와 같다. 그 문 가운데 하나를 초문이라 하고 다른 하나를 어문이라 한다. 오 지방에서는 배를 집으로 삼고 물고기를 밥으로 삼는다[城猶國也, 其一門名曰楚門, 一門曰魚門. 吳地以船爲家, 以魚爲食]"라는 기록이 있다.

159) 말의 가슴에 걸어 안장을 매는 끈이다.

160) 불교와 도교에서 지옥을 관장한다고 믿는 10명의 신으로 진광왕秦廣王과 초강왕初江王, 송제왕宋帝王, 오관왕伍官王, 염라왕閻羅王, 변성왕變成王, 태산왕泰山王, 평등왕平等王, 도시왕都市王, 오도전륜왕五道轉輪王을 가리킨다.

功曹, 24명의 주해注解,[161] 북극성北極星, 오조五祖,[162] 그리고 하늘 군대[天師]의 출병 모습을 그린 것도 있고, 옅은 오색五色으로 8난八難을 구제하는 모습과 보살, 신장神將, 신선, 공물을 바치는 동자의 모습을 묘사한 것도 있다. 그리고 청룡, 백호, 주작朱雀, 현무玄武, 부처의 순례, 여러 성인들이 부처를 알현하는 모습[萬聖朝禮], 조사祖師들이 신을 모시는 모습을 묘사하기도 하고, 번상番像과 나한, 보살, 라마喇嘛, 신선의 시종들, 신선의 모습을 묘사한 것도 있다. 그 외에 사치공조四值功曹를 묘사한 것도 있고, 인자불印子佛과 배광背光, 연좌蓮座를 묘사한 것도 있으며, 거북과 뱀, 물속의 짐승들, 풀 장식, 녹색의 귀배금龜背錦[163]을 그린 것도 있다. 화관花冠과 귀걸이, 도포, 의장, 머리 테[頭箍], 보복補服,[164] 투구와 갑옷, 의자 등받이[靠背], 병풍은 모두 같은 분야의 일이다. 오직 불상의 동태銅胎 16비臂에서 36비까지는 금을 섞는데, 곰팡이[霉洗][165]를 씻어 새로 그린 것처럼 보이게 하는 일은 매세장霉洗匠에게 맡긴다. 여기에 사용되는 재료로는 잿물[城]과 오매烏梅, 땔나무, 거친 백포白布 등이다.

47. 불감佛龕의 넓이는 5자 9치 3푼이고, 깊이는 1자 7치 5푼이고, 높이는 4자 7치이다. 용주用柱가 4개, 수주垂柱가 4개, 머리 부분에 시계풀[西番蓮]을 조각하여 두른 기둥[枋]이 4개, 주렴이나 창살을 장식한 기둥[簾櫳枋]이 4개, 정반頂盤이 1개, 양산판兩山板이 2개, 후신판後身板이 1개이

---

161) 귀신 이름이다 민간 전설에서 저승의 첫 번째 궁전이 염왕전閻王殿에서 귀신이 된 영혼을 풀어주거나 그들의 명부를 관리하는 임무를 띤 존재라고 여겨지고 있다.

162) 불교 선종禪宗의 '동토 세5조東土第五祖'로 꼽히는 딩나라 때의 홍인선사弘忍禪師를 가리킨다. 그는 출가하기 전의 성이 주씨周氏로서, 7살 때에 출가하여 '동토법문東山法門'을 열었다. 그의 불법은 6조 혜능慧能과 신수神秀에게 전수되어, 남종南宗과 북종北宗으로 갈라졌다.

163) 거북 등딱지 모양의 육각형 꽃무늬가 있는 비단을 가리킨다.

164) 명・청 시대 문무 관리들의 대례복大禮服이다. 가슴과 등 부위에 문관은 조류鳥類, 무관은 수류獸類를 수놓아 관급官給을 나타냈다. '보복'이라는 명칭은 가슴과 등 부위에 '보補'자를 붙인 데에서 비롯되었다고 한다.

165) '중화본'에는 '매세梅洗'라고 되어 있으나 '산동본'에 따라 고쳤다.

다. 거기에는 수미좌須彌座166)와 탁니托泥, 면방面枋, 속요束腰, 천대串帶, 심자판삼방心子板三方, 상하앙복련上下仰覆蓮이 있고, 조환條環167)과 모서리 장식[牙子]이 있다. 정면의 채대採臺에는 음각으로 새긴 한문漢文과 기룡夔龍, 연잎[荷葉], 정병을 조각했고, 난간에는 어문魚門168)을 뚫어놓았다. 구멍[洞] 안에는 여의향초아자如意香草牙子 2개를 조각했으며, 사마귀 몸통[螳螂肚] 모양의 기둥을 세우고 국화꽃을 조각해놓았다. 난간 기둥에는 회문금回文錦, 환문歡門, 그리고 호랑이 이빨과 발톱을 조각했다. 비로모毗盧帽는 3개인데, 물결무늬의 향초여의香草如意와 서양 연꽃의 꽃잎을 조각했으며, 장자藏字, 금방울, 보저寶杵 등의 모든 격식들이 두루 갖춰져 있다.

　제사상[供桌]은 용공안龍供案이라고도 하는데, 넓이가 6자이고 깊이가 2자, 높이가 3자이다. 서양 화초와 권주卷珠, 만퇴灣腿, 향초香草, 기룡夔龍, 조환條環, 당랑두螳螂肚, 국화심菊花心, 아판牙板,169) 나두고아羅頭鼓牙를 장식하고, 전체적으로 2개의 향대를 세운 모양으로 만들면서 끝부분에 여의운如意雲을 장식한다. 향원궤香圓几는 주위에 조환을 두르고 있고, 다리는 짧으며, 턱을 괴는 곳[托腮]이 있고, 모서리 장식이 달려 있다. 다리는 잠자리 다리 모양이며, 서양 화초와 권주, 흰 선[素線], 운두雲頭

---

166) 측면이 위아래로 볼록 튀어나오고, 중간은 움푹 들어간 대기臺基로서, 불상을 앉힌 자리에서 비롯되어 점차 변화된 것이다. 최초의 예는 북위北魏 시대의 석굴石窟에서 보이는데, 이것은 비교적 간단한 형식에 장식도 많지 않다. 수隋·당唐 시대부터는 점차 이 형식을 많이 사용하여, 전적으로 궁전과 사원, 도관 등 존귀한 건축물에 사용되는 기좌基座가 되었으며, 조형도 점차 복잡하고 화려하게 변해서 연잎과 구불구불 말린 풀 등의 꽃장식과 각주角柱, 역신力神, 간주間柱, 문門 등이 갖춰졌다. 송宋나라 때의 『영조법식營造法式』에 따르면, 위아래 층의 볼록 튀어나온 부분은 '첩삽疊澁'이라 하고, 중간의 움푹 파인 부분은 '속요束腰'라고 부르며, 그 사이는 연잎으로 구분되어 있다. 원元나라 때부터는 속요 부분이 낮게 변하고, 문과 역신은 사용하지 않았다.
167) 여러 가닥의 끈을 꼬아 만든 팔찌이다.
168) 원래는 춘추春秋 시대 주邾나라의 성문城門 이름인데, 여기서는 그냥 성문 모양의 문을 가리킨다.
169) 상아로 만든 박판拍板(박자를 맞추는 데에 사용하는 타악기의 일종)을 가리킨다.

를 장식하여 만든다. 공궤供櫃는 길이가 2자 7~8치에서 8자까지 일정하지 않고, 넓이는 2자, 높이는 1자 7치이고, 사면에 방판幫板이 대져 있으며, 쌈지 모양의 장식[荷包牙子]이 달려 있거나 굽은 다리에 모서리 장식이 달려 있는[灣腿鼓牙]의 모양을 하고 있다. 경탁經桌은 길이가 4자에 넓이가 1자 1치 5푼, 높이는 1자 7치이다. 허리에 띠를 맸고, 다리는 짧으며, 턱을 괴는 곳[托腮], 금안琴眼,[170] 그리고 미닫이 서랍이 갖춰져 있다. 좌상坐床은 길이가 4자이고 넓이는 2자, 높이는 7치이며, 금안이 있으며, 허리 부분이 잘록하게 만들려져 있다. 약사단성藥師壇城은 바깥에 주춧돌에 기둥을 얹은 4각형 정자가 있는데, 처마는 날아오르는 날개 모습[翼飛檐]이다. 보정寶頂이 달린 성문을 상감象嵌했고, 성타자城垛子[171]와 성루城樓가 있는데, 매일 밤 '약사등藥師燈'이라고 부르는 등불을 밝힌다. 공헌供獻에는 5개의 공탁供托이 갖춰져 있으며, 자작나무에 각종 과일과 연밥[荷包], 영지靈芝, 산호수珊瑚樹를 조각해놓았다.

48. 삼세불전에는 영명사永明寺의 탑을 모방해서 동탑銅塔 2개를 주조하여 2칸 실내에 설치해놓았다. 자단목紫檀木으로 탁니托泥, 규각圭角, 방색方色, 파달마巴達馬, 속요束腰, 천대穿帶, 탁정托根을 만들었다. 월아좌月牙座에는 구리를 이용해서 호로보정葫蘆寶頂과 화염준火焰燎, 화차각花岔角, 영양羚羊, 사자, 코끼리, 서양 난간欄杆, 정병淨瓶을 만들었다. 탑문에는 커다랗게 구리로 테를 둘렀고, 술잔 주둥이[斗口] 모양과 초승달[月牙] 모양의 무늬를 연이어 붙였다. 탑신塔身에는 용의 얼굴을 장식했으며, 기와 이랑[瓦壟]을 만든 다음, 주위에 여의운如意雲을 둘러 보호했나. 길상보주吉祥寶珠, 주운방승珠雲方勝, 점어추각鮎魚隊角, 추영隊纓, 태극도太極圖, 보대寶帶, 테두리를 장식한 서양 화초, 권주捲珠, 영롱玲瓏, 영양羚羊, 사자, 코끼리, 용녀龍女 등이 모두 갖춰져 있다. 「경복전부景福殿賦」에서

---

170) 알 수 없음.
171) 성 위에 위로 툭 튀어나온 부분을 가리키며, 흔히 '여장女墻' 도는 '유구乳口'라고 부른다.

는 "빽빽한 나무처럼 들어 찬 건물들이 모두 법도에 맞게 안배되어 지어졌다[窶數矩設]"고 했으니, 옛날에 진설陳設하는 법은 대개 짝[雙]을 맞추되 홀로[單] 두지 않는 것이었다. 옛날 광주廣州 광효사光孝寺에 2기의 탑을 세웠는데 모두 7층이었다. 거기에는 모두 연화좌蓮花座가 설치되어 있었는데, 높이는 2길 2자로서 하나의 방 안에 세워져 있었지만 길이가 달랐다. 그 중 하나에는 기記가 있고 다른 하나에는 제명題名이 있었는데, 훗날 방 안에 쌍탑을 세울 경우에는 이것을 바탕으로 삼았다.

하나의 탑을 진설한 것은 천녕사 행궁의 철탑을 꼽을 수 있는데, 그것은 이미 궁중에 들어가 있다. 지금 양주 시장에는 옥보탑玉寶塔이 하나 있는데, 보은사報恩寺 탑의 형식을 모방하여 구궁九宮과 팔괘八卦, 삼원三元에 따라 높이가 9자 9치이며, 모두 9층으로 되어 있다. 이것은 탑의 요소를 모아 만든 목조 건물이며, 조각으로 장식한 방울[雕鑾]을 달았다. 그리고 선반[鏇] 작업, 톱질, 기와 얹기, 기반의 토목공사[土工], 아치형 받침[發券], 지정地丁172) 무늬와 등불 장식[錠鈫]이 되어 있다. 그리고 두과斗科(bracket set on block)와 두구斗口(mortise of cap block), 평신과平身科(bracket sets between columns), 주두각과柱頭角科(bracket set on columns' corner) 등이 모두 옥으로 되어 있다. 기둥과 서까래 등은 세밀하게 자르고 깎았으며, 순안榫眼(mortise)173)은 투극관각자웅제開透極管脚雌雄制를 썼다. 그 밖에 기조起槽와 기선起線, 평낭平囊, 분봉分縫, 분낭分囊, 천소穿捎, 천대穿帶, 낙당落堂, 하조下槽가 있는데,174) 그 모양들이 매우 기이하고 하나하나 떼어내도 온전한 물건이 된다.

제1층에는 하얀 옥으로 만든 불상 4기가 있고, 벽이 둘러진 팔각지붕

---

172) 자화지정紫花地丁 또는 포공영蒲公英을 가리킨다.

173) 목재나 석재로 물건을 만들 때, 두 개의 재료를 접합하는 부분을 요철 모양으로 만들어 연결하는데, 이때 철凸자 모영으로 튀어나온 부분을 끼울 수 있는 요凹자 모양의 부분을 '순안榫眼'이라고 한다.

174) '기조起槽'부터 '하조下槽'까지는 건물 장식인 듯하나, 정확히 무엇을 가리키는지 현재로서는 알 수 없다.

의 건물 안에 옥으로 만든 불상이 모두 88기가 모셔져 있다. 나머지 8층 안에는 금불상 4기가 모셔져 있고, 문 바깥에는 청금석青金石으로 만든 편액이 걸려 있다. 오직 진기陳沂175)의 문장과 성시태盛時泰176)의 부賦 초횡焦竑177)의 「걸화연소乞化緣疏」가 없는 것이 유감이다. 이 또한 탑에 갖춰져서 진설陳設되어야 할 것이기 때문이다.

49. 방장方丈은 대전 서쪽 회랑과 연결되어 있다. 산문 안에는 사방이 온통 대숲으로 둘러싸여 있고 중앙에 사각형의 연못[塘]이 있는데, 물이 깨끗하고 나무가 선명하며 하얀 물빛을 푸른 숲이 둘러싸고 있다. 소나 무들은 무성한 덮개 같은 잎을 얹은 채 서 있고, 맑은 향기가 뼛속 깊이 스며든다. 산문의 오른쪽 회랑으로 연못을 따라 방장의 대문 안으로 들 어서면 앞에는 당사堂舍가 있고 뒤에는 전각이 있으며 오른쪽은 선당禪堂과 승려들의 주방이다. 연못을 따라 맞은편으로 가면 식당이 나온다.
　절을 창건한 승려는 요범了凡은 양선陽羨 사람인데, 어려서부터 불교 에 관한 학문으로 명성이 높았고, 만응형萬應馨178)과 친한 사이여서 학

---

175) 진기陳沂(1469~1538)는 자가 종로宗魯(나중에 노남魯南으로 바꿈)이고 호는 석정石亭
　　이며, 은현鄞縣 사람인데 금릉金陵에 살았다. 그는 1517년 진사에 급제하여 한림원 편
　　수에 제수되었고, 이후 강서참의江西參議, 산동참정山東參政, 산서행태복시경山西行太僕寺
　　卿 등을 역임했다. 저작으로『유정록維禎錄』과『축덕록畜德錄』,『금릉고금도고金陵古今圖
　　考』,『금릉세기金陵世紀』 등이 있다.
176) 성시태盛時泰(1529~1578)는 자가 중교仲交이고 호는 운포雲浦, 대성산초大城山樵이며,
　　상원上元 사람이다. 그는 가정嘉靖 연간의 공생貢生 출신으로 진사에는 여러 차례 응시
　　했지만 끝내 급제하지 못했다. 그는 뛰어난 수묵화가로서 대나무와 바위를 잘 그렸고,
　　또한 많은 장서를 갖춘 것으로도 유명하다. 저작으로『우수산지牛首山志』,『섬산당집城
　　山堂集』,『말릉성씨족보秣陵盛氏族譜』,『금릉인물지金陵人物志』,『금릉기승金陵紀勝』,『서
　　하소지棲霞小志』 등이 있다.
177) 초횡焦竑(1540~1620)은 자가 약후弱侯이고 호는 의원漪園 또는 담원澹園이며, 강녕江寧
　　(지금의 강쑤성 난징시) 사람이다. 그는 1589년에 진사에 급제하여 한림원 수찬修撰에
　　제수되었다가, 강직한 성품 때문에 복녕주동지福寧州同知로 좌천된 뒤로는 더 이상 벼슬
　　길에 나아가지 않았다. 주요 저작으로『국사경적지國史經籍志』(5권),『초씨필승焦氏筆乘』,
　　『담원집澹園集』,『초약후문답焦弱侯問答』,『역전易筌』,『옥당총화玉堂叢話』,『초씨신류림焦
　　氏臣類林』,『헌징록獻徵錄』,『희조명인실록熙朝名人實錄』,『중원문헌中原文獻』 등이 있다.

자들이 그에게 의지했다. 그는 갑신년(1764)에 절의 강석講席을 맡았는데,
나올 때마다 사람들이 100여 명이나 몰려들었고 거리에 사람들이 가득
모여 구경하니 무척 떠들썩했다. 오묘한 불법에 대해 노래를 주고받으
니 연사蓮社[179)가 줄어들지 않았다. 요범 이후로는 연성사蓮性寺의 승려
전종傳宗이 강석을 맡았다. 요범은 관상을 잘 보는 것으로 명성이 높았
고 전종은 운수를 잘 점치는 것으로 명성이 높았는데, 모두 뛰어난 기
술이었다.

　　양주의 관상술은 호문병胡文炳이 최고요, 전자풍田子豊이 그 다음이다.
운수학[數學]은 희현자希賢子, 적로재滴露齋, 영녕거사攖寧居士까지 세 사람
을 꼽을 수 있다. 교저우喬樗友, 오왈달吳曰達, 이여송李如松은 그 다음이다.

50. 동원東園은 중녕사 동쪽에 있다. 예전에는 군郡에 동원이 두 군데가
있었다. 천녕사의 동원 즉 가람[蘭若]은 천녕사 하원下院의 분방分房이었
고, 연성사의 동원 즉 하원賀園은 모두 오늘날 강씨江氏가 지은 동원이
아니다. 강씨는 매화서원梅花書院을 지으면서 중녕사 옆에다 높이 10여
길의 매화령을 복원시켜놓고 이름을 동원이라고 붙였다. 또 나무 기둥
[枋楔]을 세워놓고 '인유봉무원麟游鳳舞園'이라고 불렀다. 이곳의 대문은
남쪽을 바라보고 있는데, 높이 자란 버드나무들이 길가에 늘어서 있다.
중간에는 돌다리를 만들어놓았고 그 아래에는 연못이 있는데, 연못 안
에는 천여 마리의 특이한 물고기들이 있다.

　　다리를 지나면 5칸짜리 청사가 세워져 있는데, 황제께서 '희춘당熙春
堂'이라는 명칭과 함께 다음과 같은 대련을 하사하셨다.

　　봄빛 속에서 좋은 향기 그림 속으로 들어오니

---

178) 만응형萬應馨에 대해서는『양주화방록』권3「신성북록新城北錄·상上·62」를 참조할 것.
179) 동진東晋의 승려 혜원慧遠이 정토종淨土宗을 공부하여 여산廬山 동림사東林寺에 백련
　　사白蓮社를 세웠는데, 이후로 각지에서 모두 연사를 세웠다.

계절의 변화 활발하여 솔개와 물고기들을 일깨우네.

春色芳菲入圖畫, 化機活潑悟鳶魚.

그리고 어제시에서는 이렇게 노래했다.

중녕사 옆의 집에서 보니
환한 들에 아지랑이 밝게 빛나는구나.
늙은 측백나무 지금을 색깔로 울창하고
때맞춰 핀 매화 옛 향기 피워내도다.
영롱하게 빛나는 호숫가 돌길
고요히 굽은[180) 비단결 같은 연못
마침 '희춘당'이라는 편액으로
백성과 더불어 한없는 즐거움 누리도다.
重寧寺側堂, 誅蕩靄韶光.
老柏蔚今色, 時梅發古香.
玲瓏湖石迤, 澹沱繡漪塘.
適以熙春額, 同民樂未央.

희춘당 뒤에는 5칸짜리 큰 건물이 있는데, 그 왼쪽에 작은 방이 있다.
사방으로는 좁고 구불구불한 연못을 파서 둘렀는데, 연못 안에는 청靑,
벽碧, 황黃, 녹綠의 4가시 색으로 구별되는 자산磁山[181) 을 두었고, 그 안에
둥근 방을 만들있는데, 방 천징에 거울을 걸어두었고, 사방의 창은 모두
틀이 없이 뚫려 있다. 하늘빛과 물빛이 하나가 되어 아름다워서, 황제께
서 '부감실俯鑒室'이라는 이름과 함께 다음과 같은 대련을 하사하셨다.

---

180) 원문의 '타沱'는 배를 댈 수 있는 만灣을 가리키는데, 여기서는 시의 분위기를 살려
　　서 의역했다.
181) 인공 산인 듯하나 정확한 모습을 알 수 없다. '산동본'에서는 '자산瓷山'으로 표기했다.

물과 나무 절로 맑고 아름다우니

방호산[182]에서 풍경을 들여온 듯하고

안개와 구름 함께 맑게 개이니

둥근 거울이 하늘을 품고 있네.

水木自淸華, 方壺納景.

烟雲共澄霽, 圓鏡涵虛.

어제시에서는 이렇게 노래했다.

흐르는 물 계단을 두르고 있는데

알록달록 물고기들 수를 헤아릴 수 있겠구나.

비스듬한 침상 물가에 잠길 듯 가까이 두고

비친 그림자를 자리에 앉아 굽어보노라.

화장 상자 열어 얼굴을 비춰 보듯이

만나서 주인과 손님의 관계를 잊었노라.

설령 백성을 기쁘게 할 만하다고 하지만

그 정성 너무도 잘 알 수 있도다.

流水泌圍階, 文魚游可數.

匡牀近潛置, 鑒影座中俯.

開奩照鬚眉, 覩面忘賓主.

設云堪喻民, 其情大可覩.

이 방의 지붕은 만卍자 모양의 상서로운 모습으로 되어 있다. 방 밖에는 석순石笋이 나란히 솟아 있고 계곡물이 비스듬히 흐른다. 건물은 네다섯 번 꺾인 형태로 지어졌는데, 구비를 돌아갈수록 위로 올라간다.

---

182) 전설에서 발해渤海 동쪽 바다에 있다고 알려진 5개의 신선이 사는 땅 즉, 방호산方壺山과 대여산岱輿山, 원교산員嶠山, 영주산瀛洲山, 봉래산蓬萊山 가운데 하나를 가리킨다.

그렇게 문밖에 이르면 비로소 앞서 지나온 돌다리와 희춘당 및 여러 풍경들이 아직 아래쪽에 펼쳐져 있다는 것을 알게 된다. 이곳에 이르면 평대平臺의 법식이 더욱 엄정해진다. 누대에 올라 먼 곳을 조망하면 강 건너183) 여러 산들과 남성南城 밖을 오가는 돛단배들의 풍경 등이 모두 아래편에 둘러져 있다.

희춘당 오른편에는 5칸짜리 청사가 있는데, 중간에 대숲 사이로 길이 뚫려 있다. 황제께서 이곳에 '낭간총琅玕叢'이라는 이름을 하사하셨다. 그 뒤쪽에 10여 칸의 넓은 건물이 있으니 바로 삼권청三捲廳이다. 삼권청 앞에는 대문이 있는데, 대문 밖이 곧 문창각文昌閣이다.

51. 옛 매화령이 있던 자리는 알 수 없으나, 지금은 중녕사 옆의 흙 언덕을 북돋아 고개를 만들었다. 이곳은 모두 흙으로 산을 만들고 그 사이사이에 돌을 장식했는데, 돌의 뼈대가 드러나 있다. 돌 자체의 괴상한 생김새를 그대로 두고 인공적으로 다듬지 않았는데, 꼭대기 끝은 깎아 놓은 것처럼 솟아 있고, 표연히 구름과 학의 자태를 연출하고 있다. 이곳에는 매화 수백 그루를 심어놓았는데, 모두 옥접종玉蝶種이다. 이 꽃들은 십무매원十畝梅園의 꽃들보다 한 달 가량 늦게 핀다.184) 제일 높은 곳에 6각형의 정자가 있는데, 꽃이 한창일 때는 정자가 보이지 않는다.

52. 동원 담 밖 동북쪽 모서리에 나무상자 하나를 담 위에 놓고, 깊은 못을 판 나음, 기술사[水工]들을 시켜 물문[閘]을 만들고 물을 대서 폭포를 만들었다. 부감실俯鑒室에 들어가면 8, 9번 꺾인 모습의 구멍 난 태호석이 있는데, 꺾인 곳에는 여러 개의 깊은 못[潭]을 만들었다. 눈발이 뿌

---

183) 양주 쪽에서 보면 강 건너는 양자강 남쪽 즉, 강남 지역에 해당한다.
184) '십무매원'은 왕입덕汪立德이 가꾼 곳으로, 건륭 31년(1766)에 황제가 '소설향小雪香' 이라는 이름을 하사했다. 매화에는 연말의 늦겨울에 피는 연한 황색의 납매臘梅와 새 해 첫머리에 피는 분홍색 또는 연한 연두색이나 흰색의 춘매春梅가 있는데, 이걸로 보 아 매화령의 매화는 춘매라는 것을 알 수 있다.

리고 우레가 치듯 폭포의 물길이 절벽을 가르고 떨어져, 구불구불 이어지며 돌과 더불어 길을 다툰다. 그 싸움에서 이긴 물은 돌 위로 넘쳐 나와 철썩거리는 소리를 내고, 이기지 못한 것들은 들쭉날쭉한 모양을 서로 받아들이며 맴돌아 퍼지거나 돌아서 거슬러 올라간다. 어떤 것들은 돌 밑으로 흘러 들어가 금방 숨었다가 금방 나타나기도 하면서 연못 입구에 이르면 힘차게 솟아올라 곧장 연못 속으로 뿌려진다. 이것은 예찬倪瓚의 필법筆法 속에 담긴 뜻을 잘 배운 사람이 만든 것이다. 대문 밖에 있는 두 그루 측백나무는 서 있는 모습은 사람 같고, 널찍이 자리를 잡은 모습은 바위 같으며, 가지를 드리운 모습은 버드나무 같다. 그래서 나들이 나온 사람들은 물과 나무는 이곳이 최고라고들 한다.

53. 동원의 수법水法[185]은 모두 정원 밖 과가루過街樓에 있다. 이 길을 지나 서쪽에는 동원의 옆문[便門]이 있고, 동쪽에는 매화서원梅花書院의 옆문이 있으며, 곧장 가서 벽돌로 된 문[磚門]을 나서서 서쪽으로 꺾어 매화령의 북쪽을 돌아가면 또 동원 중녕사의 옆문이 나온다. 북쪽 언덕으로 꺾어 들어가면 천녕사에 이른다. 지금도 조양상趙良相이 쓴 '고매화령古梅花嶺'이라는 글자가 적힌 돌 편액이 벽돌로 된 문에 박혀 있다. 길옆의 집들은 매매가買賣街와 같은 방식으로 지어져 있는데, 그것을 일컬어 십삼방十三房이라고 한다. 그 역시 무역을 하기 위해 지어진 것들이다.

54. 향설거香雪居는 십삼방에 있다. 여기서 파는 것들은 모두 의흥宜興 토산품인 사호砂壺이다. 차호茶壺는 벽산碧山의 야금冶金과 여애呂愛의 야은冶銀에서 시작되었는데, 샘이 많고 찻잎이 기름져서 금과 은으로 완전히 도금하지 않고 반드시 그릇에 금이 가게 만들어 차 맛이 스며들

---

185) 물길을 관리하는 방법을 포괄적으로 말한 것으로, 여기에는 인공 분수대와 같은 장식도 포함된다.

게 만들었다. 사호는 금사사金沙寺의 승려가 처음 만들었는데, 자사紫砂를 개서 찻주전자와 찻잔을 만든 후 손가락으로 지문指紋을 찍어 표식으로 삼았다. 오吳 아무개라는 학사學使가 절에서 공부할 때 시동侍童 공춘供春이 그걸 보고 그 기술을 배워 이름난 장인이 되었는데, 지문이 없는 것을 표식으로 삼았다.

송나라 때 상서尚書를 지낸 시언時彦[186]의 후손 가운데 시대빈時大彬이라는 이가 공춘에게서 기술을 이어받았다. 그는 벽돌을 깨서 절구로 찧어 흙으로 만든 다음, 주전자 모양을 빚고 센 불에 굽다가 때를 맞춰 꺼냈는데, 그 모습이 우아하고 진중했다. 마음에 들지 않으면 부숴버렸는데, 심지어 10개를 부수고 하나를 남기기도 했고, 모두 마음에 들지 않으면 하나도 남기지 않았다. 시대빈의 기술은 주전자 손잡이에 엄지 손가락 자국을 남겨놓는 것으로 표식을 삼았다.

시대빈 뒤로 진중미陳仲美, 이중방李仲芳, 서우천徐友泉, 심군용沈君用, 진용경陳用卿, 장지문蔣志雯 등이 이 기술을 계승했다. 이 가운데 서우천은 운뢰雲罍, 선치蟬觶, 한병漢瓶, 승모僧帽, 제량유提梁卣, 고절군苦節君, 선면扇面, 미인견美人肩, 서시유西施乳, 속요束腰, 능화菱花, 평견平肩, 연자蓮子, 합국合菊, 하화荷花, 죽절竹節, 감람橄欖, 육방六方, 동과단冬瓜段, 분초分蕉, 선익蟬翼, 병운柄雲, 색이索耳, 번상비番象鼻, 사어피沙魚皮, 천계天鷄, 전이篆耳 등의 방법을 사용했다.[187] 진중미는 앵무배鸚鵡杯를 만들었는데, 오매정吳梅鼎[188]의 「자호부磁壺賦」에서 "깃털도 찬란하게 앵무새

---

186) 시언時彦(?~1107)은 자가 방언邦彦이고, 개봉開封 사람이다. 그는 1079년에 진사에 급제하여 병부원외랑, 집현교리集賢校理, 비각교리秘閣校理, 하동전운사河東轉運使, 이부 상서 등을 역임했다.

187) 모두 차호의 모양에 따라 붙여진 명칭이다. 예를 들면 서시유西施乳는 차호의 몸통이 미인의 젖가슴 모양으로 되어 있고, 하화荷花와 죽절竹節은 각기 연꽃과 마디가 있는 대나무 몸통 모양으로 만든 것들이다.

188) 오매정吳梅鼎(1631~1700)은 이름이 오문吳雯이라고도 하며, 자는 천전天篆, 호는 부월浮月이다. 강소 의흥 사람이다. 다재다능한 문학가였던 그는 시사詩詞를 잘 지었을 뿐만 아니라 서예 및 산수화, 화조도花鳥圖와 같은 그림에도 뛰어나, 그의 형 오천석吳

모양의 술잔 조각했네[翎毛璀璨, 鏤爲鸚鵡之杯]"라고 한 것은 이것을 묘사한 것이다.

훗날 오吳 땅의 조벽趙璧이 시대빈의 방법을 변형하여 주석[錫]으로 차호를 만들었다. 요즘에는 귀복歸復이 만든 주석 차호를 귀하게 여긴다.

55. 행궁行宮은 양주에 4곳이 있는데, 금산金山과 초산焦山, 천녕사天寧寺, 고민사高旻寺에 각기 하나씩 있다.[189] 천녕사 오른쪽에 대궁문大宮門을 세우고 그 앞에 패루牌樓를 세웠다. 그 아래에는 백옥석白玉石을 깎아 만든 벽돌을 깔고, 돌난간을 둘렀다. 용도甬道를 따라 좌우에는 대궁문과 이궁문二宮門, 전전前殿, 침전寢殿, 우궁문右宮門, 연극 무대[戲臺], 전전수화문前殿垂花門, 침전寢殿, 서전西殿, 내전內殿, 어화원御花園이 늘어서 있다. 대궁문 앞에는 좌우조방左右朝房[190]과 차선방茶膳房[191]이 있고, 양쪽으로 호위방護衛房이 있다. 맨 끝에 있는 후문後門은 중녕사와 통한다. 여기에는 건륭 황제께서 하사하신 편액이 2개 있는데, '대관당大觀堂'과 '정음헌靜吟軒'이 그것이다. 또 다음과 같은 대련 6개를 하사하셨다.

> 창의 마음은 산의 정취를 끌어들이고
> 봄의 솜씨는 만물의 정을 화창하게 만들었네.
> 窗意延山趣, 春工曁物情.

天石과 나란히 명성을 날렸다. 저작으로 『취묵산방부醉墨山房賦』가 있다. 이 가운데 의흥의 자사명호紫砂茗壺에 대해 최초로 시부詩賦의 형식을 써서 노래한 작품이자 가장 훌륭한 작품으로 꼽히는 「양선명호부陽羨茗壺賦」가 포함되어 있다.

189) 금산과 초산은 모두 양주와는 강을 사이에 둔 진강鎭江에 속한다. 그런데 그곳의 행궁을 양주행궁이라고 한 것은 행궁을 지을 때 양주의 염상鹽商들이 자금을 댄 것과 관련이 있다. 이에 대해서는 『청사열전淸史列傳』 권71 「노견증전盧見曾傳」을 참조하기 바란다. 고민사와 천녕사의 행궁은 각기 강희 24년(1703)과 건륭 21년(1756)에 회상淮商들이 자금을 내서 건축했다.

190) '조방'은 관리들이 조회에 참석하기 위해 대기하는 곳이다.

191) 황제를 위해 차와 음식을 준비하는 곳이다.

나무는 따스한 아침 해와 함께 창문을 가볍게 덮고
꽃은 향기로운 바람과 함께 주렴 안으로 들어온다.
樹將暖旭輕籠牖, 花與香風幷入簾.[192]

아름다운 햇볕과 따스한 바람에 봄은 포근하고
꽃향기와 새들의 지저귐에 만물은 환히 소생한다.
麗日和風春淡蕩, 花香鳥語物昭蘇.

수놓은 비단 같은 경치 만들어낸 조물주의 솜씨 훌륭하도다.
솔밭과 대숲에서 생황소리 울려 신선 세계의 퉁소처럼 어울리는구나.
鈞陶錦繡化工巧, 松竹笙簧仙籟諧.

무성히 자란 큰 나무는 천연 그대로 시원하고
비 개인 후 한가로이 핀 꽃은 느긋하게 향기 풍긴다.
成陰喬木天然爽, 過雨閑花自在香.[193]

빈 창문에 상쾌한 음악 같은 바람 들어오니
조용히 앉아 아침의 산기운을 맞이하노라.
窗虛曾爽籟, 坐靜接朝嵐.[194]

아름다운 우물에는 화려한 난간이 둘러져 있고, 아름다운 계단이 은빛으로 빛난다. 서로 통하며 마주보고 있는 처마들과 구름무늬 용문양이 조각된 주춧돌 등은 이루 다 설명할 수 없을 정도이다. 황제의 어가

---

192) 『중수양주부지重修揚州府志』에는 이 대련이 천녕사에 있는 것으로 되어 있다.
193) 『중수양주부지』에는 이 대련이 천녕사에 있는 것으로 되어 있다.
194) 『중수양주부지』에는 이 대련이 천녕사에 있는 것으로 되어 있고, 그 내용도 "빈 창문에는 신선계의 음악을 담고 있고, 자리는 고요하여 아침 산기운 맞이한다[窗虛含爽籟, 座靜接朝嵐]"라고 하여 중간의 몇 글자가 다르다.

御駕가 지나가면 각 문들에는 목책木柵이 세워져서, 나들이객들이 감히 들어갈 수 없다.

56. 후궁문後宮門은 중녕사 옆에 있는데, 공터가 많아 평소에는 꽃을 가꾸는 이들이 살고 있다. 건륭 황제께서 강남을 순시하실 때에는 여러 관리들이 그곳에 거주했다. 작은 문을 지나면 선방膳房으로 들어간다. 그 바깥의 한 쪽에는 영조국營造局과 생구방牲口房이 있고,195) 다른 한 쪽에는 관청퇴방官廳堆房과 병방兵房이 있어서 거리를 지키고, 물을 뿌리고, 시간을 알리고, 종을 울리는[提鈴]196) 관속官屬들이 거처했다. 담장 뒤편은 용광사龍光寺와 통한다.

57. 좌액문左掖門은 천녕사 서쪽 회랑과 연결되는 쪽문[便門]이다. 우액문은 어화원과 통한다. 어화원은 본래 천녕사 서원西園 지상촌이 있던 곳인데, 누각을 짓고 연못과 가산을 만들었다. 높이 1길 남짓한 철탑鐵塔을 만들었는데, 모양은 정각사正覺寺의 형식을 본떴다. 탑 꼭대기를 큰 집의 지붕 모양으로 마무리하고 황록색 유리로 만든 보주寶珠와 탑등塔燈, 복우覆盂, 앙우仰盂, 여러 하늘의 호법천신護法天神들과 위타상韋馱像을 만들고, 사방 문에는 불상을 장식했다. 뒤편으로는 대내大內197)로 들어갈 수 있다. 진晉나라 때의 나무를 둘러싼 울타리는 정원 서남쪽에 있으며, 그 양포讓圃의 나머지 반쪽은 오늘날 행원杏園에 속해 있다.

---

195) '영조국'은 건축을 담당하는 기구이고, '생구방'은 제사에 쓸 희생을 준비하는 곳이다.
196) 명明 유약우劉若愚의 『작중지酌中志』「내신직장기략內臣職掌紀略」에 따르면 매일 신시申時 1각一刻과 저물녘 궁궐문을 닫을 때, 매일 밤 1경更부터 4경까지 시간이 바뀔 때마다 방울을 울렸다고 한다. 그리고 5경에는 건청궁乾淸宮에서 일정문日精門, 월화전月華殿을 거쳐 다시 건청궁으로 돌며 방울을 울렸다. 이 일은 기상이 아무리 나빠도 빠뜨리지 않았는데, 방울을 든 관리는 방울을 흔들면서 '천하태평天下太平' 등의 4구절로 이루어진 구호를 함께 외쳤다고 한다.
197) 원래 한漢나라 때 경성京城의 국고國庫를 가리키는 말이었으나, 후세에는 황궁皇宮을 가리키는 의미로도 사용되었다. 여기서는 황궁의 내실內室을 가리킨다.

58. 어서루御書樓는 어화원 안에 있다. 어화원의 정전은 대관당大觀堂이라고 하는데, 어서루는 대관당 옆에 있으며 『고금도서집성』 전체가 보관되어 있다. 황제(건륭제)께서 이 누각에 '문회각文匯閣'이라는 이름과 '동벽류휘東壁流輝'라고 쓴 편액을 하사하셨다. 임자壬子년(1792)에 다음과 같은 조서를 내리셨다.

> 강소, 절강 지역에서 궁중 도서관의 책을 읽고자 하면 양주 대관당의 문회각과 진강구鎭江口 금산金山의 문종각文宗閣, 항주杭州 성인사聖因寺의 문란각文瀾閣에 모두 책이 소장되어 있으니 그걸 보도록 하라. 사고전서관에 다시 3집을 만들게 하여 양회 지역에 소장하게 하고, 장황裝潢을 하여 실로 묶어 제본하게 하였노라.198)
>
> 江浙有願讀中秘書者, 如揚州大觀堂之文彙閣, 鎭江口金山之文宗閣, 杭州聖因寺之文瀾閣, 皆有藏書. 著四庫館再繕三分, 安貯兩淮, 謹裝潢線訂.

문회각은 모두 3층인데, 들보[朱廇]와 기둥 사이에는 모두 여러 색깔의 책들이 그림처럼 배열되어 있다. 맨 아래층에는 중앙에 『고금도서집성』이 소장되어 있는데, 책 표지는 황색 비단으로 제본되었다. 양 옆의 서가書架에는 모두 경부經部로 채워져 있으며, 책 표지는 녹색 비단으로 제본되었다. 중간층에 있는 책은 모두 사부史部로서 책 표지는 붉은 비단으로 제본되었고, 맨 위층은 왼쪽이 자부子部, 오른쪽이 집부集部로 채워져 있다. 자부의 책들은 표지가 옥색 비단으로 제본되었고, 집부의 책들은 엷은 분홍색[藕合色] 비단으로 제본되었다. 분량이 많은 책은 녹나무로 상자를 만들어 담아두었고, 한두 권 분량으로 된 것들은 녹나무

---

198) 『사고전서』의 보관을 위해 자금성紫禁城의 문연각文淵閣과 원명원圓明園의 문원각文源閣, 성경고궁盛京故宮의 문소각文溯閣, 열하熱河 피서산장避暑山莊의 문진각文津閣을 지었고, 이어서 진강의 문종각과 양주의 문회각, 항주의 문란각을 건립했다. 속집으로 편찬한 3집의 『사고전서』는 건륭 55년(1790)에 완간되었고, 아울러 문종각과 문회각, 문란각에 『고금도서집성』을 각 1부씩 하사했다.

판자 하나를 끼워서 띠로 묶어놓았다. 띠 위에는 고리가 달려 있어서 그것을 결합하여 단단히 매어놓았다.

문종각은 강도江都의 왕중汪中[199]이 관리하고, 문회각은 의징儀徵의 사사송謝士松이 관리했다. 왕중은 항상 책에 판각본板刻本이 없거나 혹은 판각본은 있으되 얻기 어려운 것을 점차적으로 간행하고자 했으나 뜻을 이루지 못하고 죽었다. 지금은 왕중이 관리하던 것을 신가우申嘉祐와 오재정吳載庭이 관리하고 있다. 신가우는 부도어사副都御史를 지낸 신보申甫[200]의 아들인데, 시를 잘 지었다.

59. 행원의 대문 안에 있는 흙 언덕은 경사의 한림원 대문 안에 있는 모래언덕과 같다. 건물 양식은 경사의 팔기관방八旗官房과 같다. 건물 한 채는 3칸으로 되어 있는데, 한 채씩 들어갈 때마다 문이 있어서, 그곳에 6개의 구역을 나누어 6부六部[201]를 설치하고, 또 각급 문무 관리들도 모두 사무를 처리하는 곳이 있었다. 중앙에는 청사를 세워놓고 담으로 둘러 군기처軍機處[202]로 삼았는데, 양쪽 곁방[耳房]은 휘장을 드리워놓았다.

60. 매매가買賣街 위쪽에는 10호號의 관방官房을 세웠는데, 남원南苑 관서방官署房의 예를 따라 세 부분으로 나누어 모두 18칸의 건물을 지어 황제를 따라온 관리들의 숙소로 삼고, 명칭을 십호공관十號公館이라고

---

199) 왕중汪中(1744~1794)은 자가 용보容甫이고 강소江蘇 강도江都(지금의 쟝쑤성 양저우시에 속함) 사람이다. 그는 경학經學과 방지학方志學 등의 분야에 저작을 남겼고, 특히 선진제자先秦諸子의 학술에 조예가 깊은 것으로 알려져 있다. 저작으로『광릉통전廣陵通典』과『용보선생유시容甫先生遺詩』등이 있다. 자세한 내용은『양주화방록』권6「성북록城北錄」을 참조할 것.

200) 신보申甫(?~?)는 자가 급보及甫이고 호는 홀산笏山이며, 강도 사람이다. 그는 건륭 1년(1736)에 박학홍사과에 천거되어, 건륭 6년에 거인舉人이 되었고, 이후 부도어사副都御史를 역임했다.

201) 이부吏部, 호부戶部, 예부禮部, 형부刑部, 병부兵部, 공부工部를 가리킨다.

202) 황제가 외부로 순행巡行할 때에는 군기처의 관리들이 수행했다. 건륭제 때에는 만주족과 한족 2반班에 각 8명씩으로 정했다가, 나중에 4반 32인으로 증원되었다.

했다. 건륭 15년(1750)에 정한 체례에 따르면, 나루터에서 10리 이내의 거리에 있으면 본선本船에 돌아가서 묵고, 만약 거리가 너무 멀면 지낼 건물을 마련하게 했다. 그래서 이곳에 공관公館을 지은 것이다. 건륭 17년에 이르면 따르는 관리들에게도 탈 배가 제공되어 공관을 따로 준비하지 않게 되었다. 그러므로 이곳 공관은 설치는 되었지만 관리들이 묵는 경우가 매우 드물었다. 황제의 행차가 지난 후에는 염무후보관鹽務候補官이 그곳에 거주했다.

61. 천녕문에서 북문까지는 운하 북쪽 연안을 따라 하방河房을 세웠는데, 경사京師(북경)에서 장련장長連墻과 단련장短連墻, 낭하방廊下房 및 전문前門의 하포붕荷包棚과 모자붕帽子棚을 지은 방법을 모방하여 지었으며, 그것을 일컬어 매매가라고 했다. 각 지역 상인들로 하여금 수레에 진귀한 물품을 싣고 와서 행차를 따라 저자를 열게 했는데, 그 풍경을 일컬어 '풍시층루豐市層樓'라고 했다.

62. 은봉원恩奉院은 매매상가買賣上街 거리의 북쪽에 있다. 대문 안에는 흙 언덕이 높이 솟아 있고, 그 아래에 쪽문이 나 있어 어화원과 통한다. 사방으로 회랑과 건물이 둘러싸고 있으며, 그 안쪽에는 관방官房 수십 칸을 지어서 행차를 따라온 관리[管領]203)들과 병사들의 숙소로 삼았다.

63. 빈 터에는 황제의 행차를 따라온 관병官兵과 잡역부[執事人]들이 주둔했는데, 황제의 행차가 없을 때에는 염무후보관이 그곳에서 지냈다. 어화원 뒤편의 빈 터에는 나무 울타리를 두르고 말을 길렀다. 그 중앙에는 노란 나무 울타리를 만들어 어마창御馬廠으로 삼았다. 사방에 녹기영綠旗營 소속 부대들이 각기 울타리를 쳐서 말 4천 필匹을 두었는데, 등

---

203) 청나라 왕부王府에 소속된 관직 가운데 하나로서, 집사[管事] 정도의 일을 담당했다.

자鐙子와 안장을 매는 가죽 끈[韁]에 "어느 진영 소속 어느 병사의 말"이라는 글자를 새겼고, 군인들이 지켰다. 강북에는 녹기영의 각 부대에 소속될 말을, 강남에는 강녕江寧과 경구京口에 주둔한 방어 군영에서 쓸 말을 각기 4천 필씩 배정해왔다.

녹기영의 말은 전 성省을 통틀어 4천여 필이었는데, 말을 기르는 데에 소요되는 가격 안에서 은과 비단을 각 지방 관청에서 지불하고 말을 사서 보충했다. 경구 진영의 말 또한 4천 필 남짓에 지나지 않았는데, 강서성江西省에서 600여 필을 징발하여 보충했다. 대신들과 황제의 배당아拜唐阿204)들은 각자 말이나 낙타를 탔는데, 배에 오르기 전에 산동순무山東巡撫에게 맡겨 그곳에서 먹여 기르게 했다. 따라온 낙타 가운데 운하를 건너온 놈들을 위해서는 따로 나무 울타리를 세웠는데, 그것을 낙타영駱駝營이라고 했다.

북쪽 교외에는 공터가 많은데, 따라온 관리들과 병사들을 위해 장막을 치고, 기를 세워 소속을 식별했으며, 땅을 파서 아궁이를 만들었다. 밤이면 깃대 위에 환하게 등불을 달아놓고, 깃대 밑동에 말을 매어두었다. 풀을 베고 땔감을 장만하여 초창草廠과 시관柴關을 설치해놓고, 저녁이면 장막 사이를 순찰했는데, 그것을 일컬어 '즉루함喞嘍喊'이라고 불렀다. 관례에 따라 시위侍衛들은 세 부대[三班]로 나누었는데, 병정 1천 명을 뽑아 각 부처의 관리들과 행렬 앞에서 연도의 안전을 검사하는 이들에게 나누어 배치했다. 육로에서 영채를 구축할 때에는 큰 성채와 몽고식 빠오[包帳房], 말뚝[椿]과 쐐기[橛]를 준비했다.

강남 수로에 이르면 병정兵丁의 수가 반으로 줄어든다. 장경章京205)

---

204) '배당아拜唐阿'는 만주어를 음역한 것이다. 이들은 청나라 각 아문衙門의 업무를 담당했지만 품급品級은 없었다. 경사京師에 있는 3품 이상의 문관文官과 2품 이상의 무관武官, 조정 밖에서 근무하는 안찰사 이상의 문관과 총병總兵 이상의 부관들의 형제나 자손들 가운데 만 18세 이상인 자나 현재 6품 이하의 관리 및 5품 이상의 후보관원侯補官員들은 모두 소속 기旗에 명단을 알리고, 그 명단은 군기처軍機處에 보고하여 '배당아'로 선발할 후보자로 삼았다. '배당아' 선발은 5년마다 한 번씩 행해졌다.

40명과 호창시위병虎槍侍衛兵 137명 가운데 선발한 40명을 함께 일컬어 '군영을 따라가는 관병[隨營官兵]'이라고 하며, 이들에게는 타고 갈 배가 제공되었다. 그러므로 이곳의 빠오에는 '즉루함'에 소속된 인원 등만 남았다. 성문과 나루터, 정원, 사찰이나 도관에는 모두 예속된 잡부들이 있는데, 이들은 "어느 진영의 병사 아무개"라는 이름표가 붙은 병졸 복장을 입었고, 낭산총병狼山總兵이 그들을 관리했다. 병정들은 대부분 양주영揚州營과 태주영泰州營, 청산영靑山營, 과주영瓜洲營, 삼강수사영三江水師營의 기마병과 보병 가운데 선발한 날랜 이들인데, 염무鹽務가 1개월 단위로 식량을 대주도록 했다.

64. 각 정원의 수문과 한문旱門(육로의 문)에는 병사를 파견하여 순찰했다. 모든 상인과 친우親友, 종복從僕, 회계사[料估], 수공업자들, 이원梨園의 기녀와 예인藝人 등은 법에 따라 허리에 패牌를 차서 출입할 때 검사를 받았다. 허리에 차는 패를 만들어 나눠주는 일은 순염어사가 담당했다.

65. 상매매가上買賣街 앞뒤의 사찰과 도관에는 모두 큰 주방을 갖추고 6부의 여러 관리들에게 음식을 제공하게 했다.

첫째 요리[第一分]는 1호 5궤완頭號五簋碗 10가지이다. 연와계사탕燕窩鷄絲湯, 해삼회저근海參匯猪筋, 선정라복사갱鮮蟶蘿蔔絲羹, 해대저두사갱海帶猪肚絲羹, 포어회진주채鮑魚匯珍珠菜, 담채하자탕淡菜蝦子湯, 어시방해갱魚翅螃蟹羹, 마고외계蘑菇煨鷄, 녹로추轆轤錘, 어두외화퇴魚肚煨火腿, 사어피계즙갱鯊魚皮鷄汁羹, 혈분탕血粉湯, 일품급탕반완一品級湯飯碗.

둘째 요리[第二分]는 2호 5궤완 10가지이다. 즉어설휘웅장鯽魚舌匯熊掌,

---

205) 중국어 '장군將軍'을 만주어 식으로 음역한 것이다. 청나라 때 도통都統과 부도통副都統, 그리고 각 아문衙門의 문서계文書係 따위를 일컫는 말이다. 이들은 중국어로 '참령參領'이라고 부른다.

미조성순저뇌米糟猩唇猪腦, 가표태假豹胎, 증타봉蒸駝峰, 이편반증과자리梨片伴蒸果子狸, 증록미蒸鹿尾, 야계편탕野鷄片湯, 풍저편자風猪片子, 풍양편자風羊片子, 토포兎脯, 내방첨妳房簽, 일품급탕판완一品級湯飯碗.

셋째 요리[第三分]는 세백갱완細白羹碗 10가지이다. 저두가강요압설갱猪肚假江瑤鴨舌羹, 계순죽鷄笋粥, 저뇌갱猪腦羹, 부용단芙蓉蛋, 아둔장갱鵝肫掌羹, 조증시어糟蒸鰣魚, 가반어간假班魚肝, 서시유西施乳, 문사두부갱文思豆腐羹, 갑어육편자탕甲魚肉片子湯, 새아갱璽兒羹,[206) 일품급탕반완一品級湯飯碗.

넷째 요리[第四分]는 모혈반毛血盤 20가지이다. 획자합이파소저자獲炙哈爾巴小猪子, 유작저양육油炸猪羊肉, 괘로주유계아압掛爐走油鷄鵝鴨, 합학곽鴿鸖霍,[207) 저잡십猪雜什, 양잡십羊雜什, 요모저양육燎毛猪羊肉, 백저저양육白煮猪羊肉, 백증소저자소양자계압아白蒸小猪子小羊子鷄鴨鵝, 백면발발권자白麵餑餑卷子, 십금화소十錦火燒, 매화포자梅花包子.

다섯째 요리[第五分]는 양설洋碟 20가지와 열흘권주熱吃勸酒 20가지, 소채설小菜碟 20가지, 고과십철탁枯菓十徹桌, 선과십철탁鮮菓十徹桌이다.

이것이 이른바 '만한석滿漢席'이다.

66. 후문 밖에는 우마권牛馬圈 주위로 털로 짠 천막[毳帳]을 설치하여 팔기수종관八旗隨從官, 금위군禁衛軍, 여러 지응인祗應人[208) 등을 응대했으며, 따로 주방과 식단을 두었다.

제1등급은 내자차妳子茶, 수모회水母膾,[209) 어생면魚生麵, 홍백저육紅白猪肉, 화소소저자火燒小猪子, 화소아火燒鵝, 경면발발硬麪餑餑.

제2등급은 행락갱杏酪羹, 자두급炙肚胈, 초계炒鷄, 작취병炸炊餠, 홍백저육紅白猪肉, 화소양육火燒羊肉.

---

206) '산동본'에는 '견아갱繭兒羹'이라고 되어 있다.
207) 비둘기 고기를 넣고 끓인 국의 일종이다.
208) '지응인'은 지후인祗候人이라고도 하며, 옛날 관부官府의 작은 벼슬아치 또는 부귀한 집안의 종복從僕을 가리킨다.
209) 해파리 회를 가리킨다.

제3등급은 우유병갱牛乳餅羹, 홍백저양육紅白猪羊肉, 화소우육火燒牛肉, 수화화소繡花火燒.

제4등급은 혈자갱血子羹, 화소우양육火燒牛羊肉, 저양잡십猪羊雜什, 대소병大燒餅.

제5등급은 내자병주妳子餅酒, 초료모대저대양醋燎毛大猪大羊, 육편자肉片子, 육병아肉餅兒이다.

권5

1. 천녕사는 본래 벼슬아치들과 상인, 선비, 백성들이 복을 기원하던 곳
이다. 불전佛殿에는 경단經壇이 설치되어 있고, 불전 앞에는 소나무를 세
워 장막을 쳐서 연극 무대를 만들고, 신선과 부처, 빼어난 남녀[麟鳳]에
관한 이야기, 태평성대의 풍경[太平擊壤]을 묘사한 연극을 공연했는데,
그것을 일컬어 '대희大戲'라고 했다. 공연이 끝나면 무대를 해체했다. 중
녕사에 대규모 연극 무대가 만들어지자 대희는 이곳으로 옮겨져서 공
연되었다. 양회염무兩淮鹽務가 관례에 따라 화부花部와 아부雅部를 육성
하여 대희 공연을 준비했다.[1]

---

1) '아부雅部'는 강남 지역에서 유행하기 시작한 곡조曲調인 '곤곡崑曲' 가운데 아악정성
雅樂正聲을 가리키고, '화부花部'는 야조속곡野調俗曲을 사용한 잡다한 지방희地方戱를

아부는 바로 곤산강崑山腔이고, 화부에는 경강京腔, 진강秦腔, 익양강弋陽腔, 방자강梆子腔, 라라강羅羅腔, 이황조二簧調 등이 있는데, 이것들을 통틀어 '난탄亂彈'이라고 부른다. 곤강崑腔은 상인 서상지徐尙志가 소주의 저명한 배우들을 초빙하여 노서반老徐班이라는 극단[戲班]을 만들면서부터 성행하기 시작했는데, 이어서 황원덕黃元德, 장대안張大安, 왕계원汪啓源, 정겸덕程謙德이 각기 극단을 소유했다. 그리고 홍충실洪充實은 대홍반大洪班을 만들었고, 강춘江春2)은 덕음반德音班을 만든 후 다시 화부희 배우들을 모아 춘대반春臺班3)을 만들었다. 이때부터 덕음반은 내강반內江班, 춘대반은 외강반外江班이 되었다. 지금 내강반은 홍잠원洪箴遠에게 귀속되었고, 외강반은 나영태羅榮泰의 소유가 되었다. 이것들을 모두 '내반內班'이라고 하며, 대희 공연을 준비하는 집단들이다.

2. 건륭 정유丁酉년(1777)에 순염어사 이영아伊齡阿4)가 황제의 명을 받들어 양주에 관련 부서를 설치하여 곡조와 연극의 내용을 개편했으며, 경력經歷5) 도사아圖思阿가 그 뒤를 이어받으니, 두 명의 순염어사를 거쳐

가리킨다(이 경우 '화花'는 '잡다함[雜]'을 의미한다). 아부와 화부를 공연하는 집단도 각기 '아반雅班'과 '화반花班'으로 구분되어 있었다. '곤곡'은 '곤강崑腔' 또는 '곤산강崑山腔'이라고도 부른다.

2) 강춘江春에 대해서는 『양주화방록』 권1 「초하록草河錄 · 상上 · 16」을 참조할 것.

3) 명나라 말엽과 청나라 초에 휘주徽州 일대에서 형성된 희극을 일컬어 휘극徽劇 또는 휘조徽調, 휘희徽戲라고 하는데, 이 양식은 청나라 초기에 들어서 남방 지역에 널리 퍼졌다. 공연에 사용된 곡조曲調는 휘곤徽崑, 취강吹腔, 이황二黃, 서피西皮 등으로 다양한데, 대개 휘호徽胡, 피리[笛], 쇄눌嗩吶(태평소太平簫 즉, 날나리) 등의 악기 반주가 곁들여진다. 건륭 55년(1790)에는 삼경반三慶班과 사희반四喜班, 화춘반和春班, 춘대반春臺班이라는 네 개의 공연 단체가 북경에 들어가 오랫동안 활동했다. 이 '사대휘반四大徽班'은 각기 특색이 있는데, 삼경반은 연대본희連臺本戲에 뛰어나고, 사희반은 곤곡을 바탕으로 한 희극으로 유명하며, 화춘반은 무희武戲를 잘 연출하고, 춘대반은 '삼소희三小戲' 즉 어린이 분장을 한 배우의 연기가 빼어났다. 이 때문에 당시 세간에서는 "삼경반의 마지막 공연물[軸子]과 사희반의 곡조, 화춘반의 싸움 장면[把子], 춘대반의 아역배우"라는 말이 있을 정도였다. 이러한 휘극은 훗날 북경의 경극京劇에도 큰 영향을 미쳤다.

4) 이영아伊齡阿에 대해서는 『양주화방록』 권2 「초하록草河錄 · 하下 · 54」를 참조할 것.

5) 명 · 청 시대 도찰원都察院, 통정사사通政使司, 포정사사布政使司, 안찰사사按察使司 등

모두 4년 만에 일이 끝났다. 전체적인 교열校閱은 황문양黃文暘6)과 이경
李經이 담당했고, 능정감凌廷堪과 정매程枚, 진치陳治, 형여위荊汝爲가 나
누어 교열했으며, 회북분사淮北分司의 위원委員은 방보張輔가, 경력은 사
건패查建珮가, 판포장대사板浦場大使는 탕유경湯惟鏡이 맡았다.

3. 황문양黃文暘의 행적에 대해서는 다른 부분을 보라.

4. 이경李經은 자가 이재理齋이고, 강녕江寧 땅의 제생諸生 출신이다. 벼
슬은 광동염장대사廣東鹽場大使를 지냈다.

5. 능정감凌廷堪은 자가 중자仲子 또는 차중次仲으로, 흡현의 감생監生 출
신인데, 해주海州의 판포장板浦場으로 이주해 살다가 사곡詞曲을 개정하
는 일 때문에 양주로 왔다. 그 뒤에 경사로 들어가 예장豫章과 낙양雒陽
땅을 여행했다. 그는 건륭 무신戊申년(1788)에 부방副榜이 되어, 기유己酉
년(1789)에 거인擧人이 되었고, 경술庚戌년(1790) 진사에 급제하여 안휘安徽
영국부寧國府 교수敎授를 지냈다. 그는 처음에 시문時文인 팔고문을 배우
지 않았으나, 팔고문[制藝]에 매우 뛰어난 황문양과 교유하면서 능정감
도 훌륭한 문장을 모두 읽고 그 종지宗旨를 얻어 그 속에 담긴 깊은 뜻
을 환히 이해했다. 그리고 그는 사람들에게 이렇게 말했다.

> 시문의 법도에 대해 이러쿵저러쿵 말하는 이는 결국 이것의 법도에 대해
> 잘 모르는 사람이다. 시문은 사나 곡과 마찬가지로 일정한 바탕이나 격식이
> 없다.
> 人之刺刺言時文法者, 終于此道未深. 時文如詞曲, 無一定資格也.

에서 문서의 출납을 담당하던 관직이다.
6) 『양주화방록』 권2 「초하록草河錄 · 하下 · 9」를 참조할 것.

그는 글을 잘 지었고 선체選體[7])에도 뛰어났으며, 여러 경서經書들에 통달했는데 특히 '삼례三禮'에 대해 더욱 정통했다. 그리고 그는 천문학과 역법, 산학을 좋아하여 강도江都의 초순焦循과 나란히 명성을 날렸다.

초순은 자가 이당里堂인데, 그의 행적에 대해서는 다른 부분을 보라. 초순은 흡현의 능정감과 오현吳縣의 이예李銳,[8]) 흡현의 왕래汪萊[9])를 '논천삼우論天三友'로 불렀다.

능정감은 초순에게 보낸 편지에서 호弧와 삼각三角에 대해 논하면서 이렇게 말했다.

작년에 보내주신 편지와 『석호釋弧』 몇 조항은 비록 전모를 밝히지 못했지만, 지금 그것을 읽어보니 예리한 생각이었음을 충분히 알 수 있었습니다. 대진戴震[10])의 『구고할환기句股割圜記』는 오직 부채꼴의 두 변 사이 각과 삼각형

---

7) 『문선文選』의 풍격風格과 체제體制를 모방하여 쓴 작품을 가리킨다.

8) 이예李銳(1769~1817)는 이름이 향向이라고도 하며, 자는 상지尙之, 호는 사향四香이고, 강소江蘇 원화현元和縣(지금의 쑤저우시에 속함) 사람이다. 주요 저작으로 『소고낙고고召誥洛誥考』, 『방정신술초方程新術草』, 『구고산술세초勾股算術細草』, 『고시산술세초孤矢算術細草』, 『개방설開方說』 등이 있는데, 이것들은 모두 『이씨유서李氏遺書』에 모아져 간행되었다.

9) 왕래汪萊(1768~1813)는 자가 효영孝嬰이고 호는 형재衡齋이며 흡현 사람이다. 1805년에 늠생廩生이 되었고, 1806년에는 황하黃河의 치수 사업에 참여하여 측량을 담당하고 공생貢生의 자격으로 북경 국자감에 들어가 공부했다. 북경에 있는 동안 그는 서준직徐準直 등과 함께 『천문지天文志』와 『시헌지時憲志』를 편찬했다. 그는 특히 수학 분야에 큰 공헌을 남겨서 『형재산학衡齋算學』(7권)을 저술했으며, 그 외에 문집으로 『형재유서衡齋遺書』가 있다. 『청사고淸史稿·주인전疇人傳』에 그의 전기가 수록되어 있다.

10) 대진戴震(1724~1777)은 자가 동원東原이고, 안휘 휴녕休寧 사람이다. 1762년 거인擧人이 되었다가, 1773년에 기윤紀昀의 추천으로 사고전서관 찬수관纂修官이 되었고, 1775년에 진사 출신과 같은 학위로 인정받아 한림원 서길사에 제수되었다. 여러 방면에 박학다식한 그는 매우 풍부한 저작을 남겼다. 그 가운데 『영락대전永樂大典』에 수록된 『구장산술九章算術』과 『오조산술五曹算術』 등 7종의 서적을 정리하여 고대의 수학 이론을 집대성한 『영일추책기迎日推策記』(1권)가 가장 유명하며, 그 외에 『원선原善』, 『원상原象』, 『맹자자의소증孟子字義疏證』, 『선운고聲韻考』, 『방언소증方言疏證』, 『고력고古曆考』, 『역문曆問』, 『고공기도고工記圖』, 『수지기水地記』, 『구고할환기勾股割圜記』 등 50여 종이 있다. 『청사고淸史稿』에 그의 전기가 수록되어 있다.

의 각에 대해서 시교矢較를 쓰고 여현餘弦[11]을 쓰지 않음으로써 매씨梅氏[12]가 미처 미치지 못한 바를 보충했습니다[이주 : '시교'가 바로 '여현'이다. '여현'을 쓰면 상한象限[13]을 넘어서거나 넘지 못하여 더해지거나 줄어드는 차이가 나타나지만, '시교'를 쓰면 그런 차이가 나타나지 않는다]. 그 나머지는 모두 매씨가 이룩한 방법이니 또한 서양의 방법이기도 합니다. 다만 그것을 새로운 명칭으로 바꿨을 따름이니, 예를 들면 상편上篇을 「평삼각거요平三角擧要」라 하고 중편中篇을 「참도측량塹堵測量」[참도측량은 비록 서양의 방법을 중국의 방법과 통하게 만든 것이기는 하지만, 그 역시 팔선八線[14]을 사용하기 때문에 결국 곽수경郭守敬[15]의 옛 방법과는 무관하다], 하편下篇을 「환중서척環中黍

---

11) 직각삼각형의 밑변과 빗변으로 이루어진 두 예각을 예각의 '여현'이라고 부르며, 삼각함수에서 코사인(cos)으로 표시하는 것을 가리킨다.

12) 매문정梅文鼎(1633~1721)을 가리키는 듯하다. 매문정은 자가 정구定九이고 호는 물암勿庵이며, 안휘 선성宣城 사람으로, 청대의 '역산제일명가曆算第一名家'이자 '개산지조開山之祖'로 평가되는 인물이다. 역법과 수학에 관한 그의 저작은 그가 죽은 후에『매씨총서집요梅氏叢書輯要』로 묶여 간행되었으며, 그 외에 시문詩文과 잡저雜著로『속학당문초續學堂文鈔』와『속학당시초續學堂詩鈔』가 있다.

13) '상한각象限角'을 가리킨다. 어떤 목표점을 향한 방향선과 자오선子午線이 접근하는 끝부분(남단南端이나 북단北端)에는 각이 생기는데, 이것을 '상한각'이라고 한다. 상한각은 정북의 방향선이나 정남의 방향선을 기점으로 양측으로 계산하는데 정북과 정남은 0°이고, 정동과 정서는 90°가 된다. 일반적으로 북동이나 북서 몇 도, 남동이나 남서 몇 도와 같은 방식으로 표기하는데 그 값은 0°에서 90°사이에 있다.

14) 삼각함수를 가리킨다.

15) 곽수경郭守敬(1231~1316)은 자가 약사若思이고, 형주刑州 형대현刑臺縣(지금의 허베이성河北省 싱타이刑台) 사람으로, 원대元代의 저명한 천문학자이자 수리水利 전문가이다. 1262년에 제거提擧에 임명되어 각 지방의 하천을 정비했으며, 도수감都水監, 공부낭중工部郎中 등의 벼슬을 살았다. 1264년에 서하西夏(지금의 간쑤甘肅과 닝샤寧夏 일대)의 황하 연안에 있는 옛날의 관개수로를 정비했다. 1275년에는 맹진孟津(지금의 허난성멍진孟津)에서부터 황하의 물줄기를 따라 공대한 지역을 측량하고 수리시설을 정비하면서 '해빌海拔' 개념을 사용한 평면지도를 작성하기도 했다. 무엇보다도 그는 1291년에 대도大都에서 통주通州(지금의 베이징 통현通縣)까지의 운하인 '통혜하通惠河'의 건설을 주도한 것으로 유명하다. 한편, 1276년에는 태사국太史局에 들어가 천문학을 연구하고, 간의簡儀, 앙의仰儀, 정방안正方案, 규표圭表 등의 각종 천문 측량기기를 발명했다. 그리고 서한西漢 이래 70여 가지 역법曆法을 연구하여 수시력授時曆을 제정하는 데에도 참여했는데, 이 역법은 1281~1643년까지 사용되었다. 그 후로는 저술에 전념하여『추보推步』,『입성立成』,『역의의고曆議擬稿』을 비롯한 10여 종의 천문학 관련 저작을 완성했다고 하지만, 지금은『수시력경授時曆經』과『수시력의授時曆議』만이『원사元史』에 수록되어 남아 있다. 간의를 비롯해서 그가 발명한 천문 기기 가운데 일부는 청대 초기

尺」이라고 한 것이 그것입니다. 대진이 바꾼 새 명칭은 각角을 고觚라 하고, 변邊을 거距, 절切을 거분距分, 현弦을 내구분內矩分, 할割을 경인經引, 등식형等式形의 비례를 동한호권同限互權이라고 한 것인데, 이것들은 모두 특별하다고 할 것이 없습니다.

가장 특별한 것은 경위經緯의 위치를 뒤바꿔놓은 것입니다. 지평선 위에 반원의 현[高弧]을 그리면 이것이 위선緯線인데, 천정天頂을 기준으로 말하자면 이 선은 위에서 아래로 이어지고, 북극을 기준으로 말하자면 이 선은 북쪽에서 남쪽으로 이어집니다. 그리고 위도緯度는 모두 그 선 위에 있기 때문에, 지금은 남북을 위緯로 삼고 있습니다. 지평선을 재는 것이 경선經線입니다. 이 선은 묘卯에서 시작하여 유酉까지 이어지는데, 경도經度가 모두 그 선 위에 있습니다. 그런데 묘는 동쪽이고 유는 서쪽이기 때문에, 지금은 동서를 경經으로 삼고 있습니다. 한편, 위선을 나누어 위도로 삼으면, 떨어진 거리가 같은 구역[距等圈]이 생겨납니다. 이 구역선[圈]과 반원의 현들은 모두 동서로 이어진 십자선十字線을 이루는데, 위도를 부여하는 것이 비록 남북의 선이긴 하지만 이 위도를 이루는 것은 사실 동서의 선인 것입니다. 경선을 나누어 경도로 삼으면 반원의 현을 이은 선들은 모두 하늘 중앙을 지나 지평선을 나눈 구역[地平圈]과 교차됩니다. 그러니 경도를 부여하는 것이 비록 동서의 선이지만 이 경도를 이루는 것은 사실 남북의 선인 것입니다. 그러므로『대대례大戴禮』에서는 '땅의 동서는 위緯이고 남북은 경經이니, 이것들과 더불어 상성相成하기는 하되 상반됨은 없다'고 했습니다. 그런데 대진은 잘못되게도 그것을 근거로 경과 위의 위치를 바꿔버리고, 서양인의 원래 방법에 아무 것도 덧붙인 바가 없으니, 후학들에게 의혹과 잘못된 인식을 심어주고 있습니다.

또『구고할환기』에서 새로운 명칭을 내세움으로써 읽은 사람들이 이해하지 못하게 되었기에, 결국 "'거분'은 오늘날 '정절'이라고 한다[矩分今曰正切]"는 식으로 오사효吳思孝라는 이름을 빌려 자신이 주석을 달아야 했습니

까지 남아 있었으나, 1715년 서양 선교사에 의해 부서져버렸다.

다. 옛날에 이런 명칭이 있었는데 지금은 무엇이라 한다고 말할 수는 있습니다. 그런데 지금 대진이 내세운 명칭은 모두 서양 방식보다 뒤진 것이니, 이럴 경우 서양 방식이 옛 것이 되고 대진의 방식은 오늘날의 것이 되는 셈입니다. 그런데도 서양 방식을 오늘날의 것으로 여기는 것은 무엇 때문일까요? 저는 이것들을 모두 이해할 수 없습니다. 제 못난 생각이 이러하니, 부디 선생께서 가르침을 주십시오.

나는 추산학推算學에 대해서는 전혀 모르는데, 능정감 및 초순과 교유하면서 매번 그들의 논의를 들었다. 그러나 나는 왕래, 이예 두 사람과는 모르는 사이이다. 초순은 이예에게 보내는 편지에서 이렇게 말했다.

저는 천보학天步學 즉 천문학天文學을 가장 좋아하는데, 궁벽한 촌에 사는 까닭에 배울 스승이 없습니다. 예전에 옛 책을 따라 지은 『석호』 3권을 첨사詹事 벼슬을 지낸 전대흔錢大昕[16] 선생에게 바로잡아달라고 하니, 선생께서 허락하시며 한두 군데 잘못된 곳을 지적해주셔서 무척 감복했습니다. 저는 또 『석륜釋輪』 2권을 지어 칠정七政[17]의 궤도[輪]를 밝히면서 구면삼각법球面三角法을 사용했습니다. 그러나 이미 탈고脫稿를 하긴 했지만, 아직 완성된 것은 아니라고 생각합니다. 예를 들어서 화성火星의 차륜次輪 궤도에는 본천本天의 차이도 있거니와 태양의 위치에 따른 차이도 있습니다. 그러니 태양과 화성이 동시에 가장 높은 지점에 이르렀을 때와 그 둘이 동시에 가장 낮은 위치에 있을 때를 더하여 비교해보면 그 차이가 가장 크다는 것을 알 수 있습니다.

포의布衣 강영江永[18]은 화성이 태양과 같은 몸이기 때문에 다른 별[19]들은

---

16) 전대흔錢大昕에 대해서는 『양주화방록』 권3 「신성북록新城北錄・상上・24」를 참조할 것.
17) 고대 천문학 용어이다. 그 의미에 대해서는 여러 가지 설이 있는데, 대체로 ① 해와 달, 그리고 오성五星(금성과 목성, 토성, 수성, 화성)을 가리킨다는 설과 ② 하늘과 땅, 사람, 그리고 사계절을 가리킨다는 설, ③ 북두칠성을 가리킨다는 설로 나뉜다.
18) 강영江永(1681~1762)은 자가 신수愼修 또는 신재愼齋이고, 무원현婺源縣 강만촌江灣村

태양과 나란히 운행하지만, 이 별만은 태양 본체의 움직임에 상응한다고 했습니다. 하지만 이 논리로 자세히 연구해 봐도 완전히 이해할 수는 없습니다. 또 5대 행성의 차륜 궤도는 태양의 차륜 궤도와 크기가 같기 때문에, 금성과 수성의 차륜은 태양의 차륜 궤도 안에서는 크기가 너무 커서 쓸모가 없는지라 복현륜伏見輪을 써서 나타내야 합니다. 더욱이 달의 차륜 궤도는 특히 금성과 수성의 운행 궤도 안에 있는데, 그 차륜 궤도가 무엇 때문에 점점 작아지는 것일까요? 하늘의 운행 원리는 지극히 방대해서 오직 실제로 측량을 해봐야만 알 수 있으니, 그 까닭을 억지로 이해할 수 있겠습니까?

매문정은 이렇게 말했습니다. "차륜 궤도는 항상 태양을 향한다고 한다. 그런데 달을 놓고 얘기해보자면 그 운행 궤적이 두 배나 떨어져 있으니, 반드시 이래야만 그믐[朔]과 보름[望]의 수가 비로소 들어맞는다. 이것은 운행 궤도가 태양을 향한다는 설과 무척 다르다."

어쩌면 매문정은 단지 5대 행성에 대해서만 그렇게 얘기한 것이니, 그걸 가지고 달을 설명할 수는 없지 않겠습니까? 다만 강영의 설명은 되풀이해서 생각해봐도 그다지 믿을 수 없습니다. 강영도 그 까닭을 연구해보았으나 알 수 없어서 잠시 이렇게 풀이한 것은 아닐까요? 예전에 이 문제에 대해 매문정 선생에게 가르침을 청한 일이 있는데, 감히 또 인형仁兄께 바로잡아주시길 청하는 바입니다.

사람이다. 뛰어난 경학가經學家이자 음운학자音韻學者, 천문학자인 그는 이른바 '환파촌학皖派村學'의 기틀을 다짐으로써, 송명이학宋明理學이 몰락하고 건가한학乾嘉漢學이 발전하는 과도기에서 큰 공헌을 남긴 것으로 평가된다. 그는 34세에 늠선생廩膳生이 되었고, 62세에 공생貢生이 되었으나, 평생 벼슬길에 나아가지 않고 제생諸生의 신분으로 고향에서 학생들을 가르치며 저술에 전념했다. 그의 저술은 대략 39종 260여 권이나 되는 것으로 알려져 있으며, 그 가운데 『사고전서』에 수록된 것만 하더라도 20종 170여 권이다. 이 가운데 특히 『예경강목禮經綱目』과 『사성초운표四聲初韻表』, 『율려천미律呂闡微』, 『음운변미音韻辨微』 등이 유명하다.
19) '중화본'에는 이 부분이 "他量"으로 되어 있으나, '산동본'에는 "他星"으로 되어 있다. 본 번역에서는 문맥상 후자가 맞는 것으로 판단해서 채택했다.

이예는 능정감에게 보낸 답장에서 이렇게 썼다.

　귀하께서 전대흔 선생님께 보낸 편지를 읽어보니, 천문학에 대한 귀하의 학식이 매우 정심하고 논의가 모두 지극히 타당한지라 쉽게 바꿀 수 없을 것 같습니다. 달의 운행 궤적이 행성의 차륜에서 두 배나 떨어져 있으니, 그 형세로 보건대 자연히 '칠정七政'과 본륜本輪20) 사이의 관계와는 다릅니다. 그리고 달도 역시 차륜 궤도를 공전한다면, 한 바퀴 공전한 궤도의 크기가 본천本天과 같을 수 없습니다. 화성은 해마다 공전 궤도의 지름이 크기가 달라지니, 그 궤적은 자연히 본천과 같을 수 없습니다. 여러 번 되풀이 생각해보니, 옛 사람들이 말한 것은 단지 대체적인 구분만 해놓은 것일 뿐이고, 귀하께서는 더욱 정밀하기 그지없이 추론하신 듯합니다. 그 큰 가르치심을 제가 어찌 감당하겠습니까? 너무나 존경스럽습니다!

　다만 당연한 것은 반드시 그런 까닭이 있다고 말씀하셨는데, 제 생각에는 그 까닭도 당연한 것에서 벗어나지 않을 듯합니다. 왜냐? 『삼통력三統曆』21) 이래 옛날의 역법曆法 가운데 오늘날 남아 있는 것은 약 40종인데, 해와 달의 차고 기움과 그 운행의 빠르고 느림, 5대 행성의 운행이 정지되거나 거꾸로 운행하는 것에 대해서는 모두 그것이 당연하다고만 얘기했을 뿐, 그 까닭에 대해서는 얘기하지 않았습니다. 우리 청나라의 시헌서時憲書22)에서는 갑자원

---

20) 프톨레마이오스는 『알마게스트Almagest』에서 아리스토텔레스가 제시한 9층의 하늘을 11층으로 확대했다. 이어서 그는 행성들이 하나의 작은 원주圓周를 따라 움직이는데, 그 원주의 중심은 지구를 중심으로 하는 원주 위에서 움직인다고 생각했다. 이에 따라 그는 지구를 둘러싼 원주를 '균륜'이라 하고, 행성들의 궤도에 해당하는 작은 원들을 '본륜'이라고 불렀다. 아울러 그는 지구가 결코 균륜의 정확한 중심은 아니며 일정 정도 그 중심에서 떨어져 있으니, '균륜'은 하나의 타원형이라고 생각했다. 또 태양과 달, 행성들은 위의 궤도를 운행함과 동시에 항성과 함께 매일 지구 주위를 한 바퀴 돈다고 생각했다.
21) 서한西漢 말엽 유흠劉歆이 『태초력太初曆』 등 이전의 역법을 토대로 수정하여 만든 것으로서, 온전하게 기록이 남아 있는 중국 최초의 역법이다.
22) '시헌서'는 역서曆書를 가리킨다. 청나라 때의 '시헌서'에는 여러 종류가 있는데, 일반적으로 연, 월, 일과 사계절 및 절기를 기록한 것들이다. 그 외에 청나라 때 흠천감欽

甲子元일 경우는 여러 가지 운행 궤도[輪法]를 이용하고, 계묘원癸卯元에서는 타원형 궤도[橢法]를 이용했으며, 목니각穆尼閣23)의 새로운 서양력西洋曆에서는 부동심천不同心天24)의 관점을 이용합니다. 장우인蔣友仁25)이 말한 지동의地動儀는 태양은 움직이지 않고 지구가 칠요七曜26)처럼 운행한다고 설정하는 것인데, 이것들은 모두 당연한 것을 얘기하면서 또 그렇게 된 까닭을 설명하고 있습니다. 그러나 그 당연하다는 것들은 모두 실제 측량을 근거로 한 것이며, 그렇다고 여기는 까닭은 단지 하나의 학설을 부연하여 극대화함으로써 계산의 이치[算理]를 밝힌 것일 따름입니다.

그러므로 달과 5대 행성의 궤도에서 초균初均과 차균次均의 차이가 생기는데, 그 이유는 본륜과 차륜이 있기 때문입니다. 그리고 사실 달과 5대 행성의 운행 궤도에 나타나는 본륜과 차륜의 차이에 대해서는 실제 측량을 해보면 당연히 수치의 가감加減이 있을 것입니다. 이렇게 보면, 달이 한 번 공전할 때 그 궤도는 본천과 같을 수 없으니 그것은 차륜이 있기 때문입니다. 그리고 차륜이 있기 때문에 그믐과 보름의 변화 외에도 당연히 수치의 가감이 있을 것입니다. 화성의 궤적 역시 그 크기가 본천과 같을 수 없는데 그 이유는 해마다 운행 궤도의 직경이 다르기 때문입니다. 그리고 운행 궤도의 직경이

天監 시헌과時憲科가 편찬한 『칠정시헌서七政時憲書』와 순치順治 2년(1645)에 편찬된 『월오성상거시헌서月五星相距時憲書』 등이 있다.

23) 폴란드 출신의 선교사 스모글레키John Nicholas Smogulecki(1611~1656)를 가리킨다. 그는 1646년에 중국에 들어와 선교 활동을 하면서 주로 남경南京에서 코페르니쿠스Nicolaus Copernicus(1473~1543)의 '천동설天動說'을 전파한 것으로 유명하다. 그의 저작 가운데 일부는 중국인 제자 설봉조薛鳳祚(1599~1680, 자는 의보儀甫, 호는 기재寄齋)에 의해 한역漢譯되어 『천보진원天步眞源』(일명 『천학회통天學會通』)이라는 제목으로 간행되었다.

24) 천동설에 입각하여 태양의 위치가 고정되지 않고 변화함에 따라 별들의 공전 궤도도 그 중심이 달라진다는 이론이다.

25) 프랑스 출신의 선교사 미카엘 브누아Michael Benoist(1715~1774)를 가리킨다. 그는 1744년에 중국으로 들어왔으며, 1760년에는 『곤여전도坤輿全圖』라는 세계지도를 그려서 건륭제의 50세 생일 축하 선물로 바쳤다. 주요 저작으로 『곤여도설고坤輿圖說稿』(『지구도설地球圖說』이라고도 함)와 『곤여전도회의坤輿全圖繪意』 등이 있다.

26) 중국 고대 천문학 용어로서 그 의미는 ① 해와 달, 오성(금성 목성, 수성, 화성, 토성)을 가리킨다는 설과 ② 북두칠성을 가리킨다는 설이 있다.

다르기 때문에 늘어나고 직경의 변화가 없이 고정된 운행 궤도로 화성의 공전을 계산하면 실제와 맞지 않게 됩니다. 그러니 마땅히 다시 수치의 가감이 있어야 할 것입니다. 만약 이렇게 하지 않고 별들의 성정이 차고 뜨거움에 따라 그런 혼란한 현상[交闠]의 이유를 달리 연구하려 든다면 점점 진리에서 멀어질 것입니다.

이와 같이 귀하의 고명한 의견에 자문을 구하오니, 타당한 면이 있는지 여부를 판단하여 바로잡아주시기 바랍니다.

나는 천문학에 대해서는 매문정과 강영, 대진이 가장 조예가 깊고, 능정감과 초순, 이예는 다시 부족한 부분을 고려하여 보충했다고 생각한다. 이에 능정감의 뒤를 계승한 이들을 아래에 자세히 수록한다.

6. 정매程枚는 자가 시재時齋이고, 해주海州 판포장板浦場 지역의 감생監生이다. 그는 사곡詞曲에 뛰어났으며, 그가 남긴 『일곡주一斛珠』라는 전기傳奇는 매우 훌륭하다.

7. 진치陳治는 자가 동서桐嶼이고, 절강 해녕海寧 땅의 감생이다.

8. 형여위荆汝爲는 자가 옥초玉樵이고, 진강鎭江 단도丹徒 땅의 발공생拔貢生이다.

9. 개편이 끝나자 황분양이 『곡해曲海』 20권을 지었는데, 이제 그 서목序目을 수록하니, 다음과 같다.

건륭 신축년辛丑(1781)에 고금의 사곡詞曲을 개정하라는 황제의 명을 받았다. 나는 순염어사의 초빙을 받고 개정 작업에 참여하면서, 아울러 소주蘇州 직조織造27)가 진상한 사곡의 교감을 총괄했다. 이 때문에 고금의 잡극과 전기 작품을 모두 읽을 수 있었고, 1년이 지나서야 일을 마쳤다. 그 풍성한 작품들을 돌이켜 생각하며, 고금의 작자들에 따라 각기 그들의 중요한 작품을 모아 한 권의 책으로 만들었다. 책이 완성되자 「총목總目」 1권을 만들어 그 인물들의 성씨를 기록했다. 그러나 이 일을 한 이들이 대개 자신의 이름을 숨기고, 망령된 작자들은 또 대부분 거짓으로 명사의 이름을 빌려 세상을 속였다. 또한 그 시대의 선후를 정확히 밝히기는 더욱 어려웠다. 그러므로 이 「총목」을 만들기도 쉬운 일은 아니었다.

乾隆辛丑間, 奉旨修改古今詞曲. 予受鹽使者聘, 得與修改之列, 兼總校蘇州織造進呈詞曲. 因得盡閱古今雜劇傳奇, 閱一年事竣. 追憶其盛, 擬將古今作者各撮其關目大旣, 勒成一書. 卽成, 爲總目一卷, 以記其人之姓氏. 然作是事者多自隱其名, 而妄作者又多僞托名流以欺世, 且其時代先後, 尤難考核. 卽此總目之成, 已非易事矣.

10. 원대의 잡극

『한궁추漢宮秋』, 『천복비薦福碑』, 『삼취악양루三醉嶽陽樓』, 『진단고와陳搏高臥』, 『황량몽黃粱夢』, 『청삼루靑衫淚』, 『삼도임풍자三度任風子』(이상 7종, 마치원馬致遠28) 작).

---

27) 관직 이름이다. 명·청대에는 남경과 항주, 소주에 전문 부서를 설치하여 각종 비단 제품의 직조織造를 관장하면서 황실에서 사용할 물품을 진상하게 했다. 명대에는 세 지역에 각기 제독직조태감提督織造太監을 한 명씩 두었는데, 청대에는 그 제도를 계승하되 환관을 쓰지 않고 내무부內務府의 관리를 활용했는데, 그를 일컬어 '직조'라고 했다.

28) 마치원馬致遠(1250?~1324)은 본명은 알 수 없고, 자가 치원致遠이며, 호가 동리東籬 또는 천리千里이고, 원나라 대도大都 사람이다. 관한경關漢卿과 정광조鄭光祖, 백박白樸과 함께 '원곡사대가元曲四大家'로 꼽히는 그는 잡극 15종을 지었다고 하나 현재 남아 있는 것은 『파유몽고안한궁추破幽夢孤雁漢宮秋』와 『강주사마청삼루江州司馬靑衫淚』, 『서화산진단고와西華山陳搏高臥』, 『여동빈삼취악양루呂洞賓三醉嶽陽樓』, 『마단양삼도임풍자馬丹陽三度任風子』, 『반야뢰굉천복비半夜雷轟薦福碑』까지 6종과 그가 이시중李時中 등과 함께 지은 『한단도성오황량몽邯鄲都城寤黃粱夢』(마치원은 제1절折을 지음) 등이다. 명대의 여천성呂天成과 청대의 장대복張大復은 마치원이 남희南戲 『소무지절북해목양기蘇武

　　『금전기金錢記』, 『양주몽揚州夢』, 『옥소녀玉簫女』(이상 3종, 교맹부喬孟符29) 작).

　　『옥경대玉鏡臺』, 『사천향謝天香』, 『망강정望江亭』, 『구풍진救風塵』, 『금선지金線池』, 『두아원竇娥冤』, 『호접몽蝴蝶夢』, 『노재랑魯齋郎』(이상 8종, 관한경關漢卿30) 작).

　　『합한삼合汗衫』, 『설인귀薛仁貴』, 『상국사相國寺』(이상 3종, 장국보張國寶31) 작).

　　『풍화설월風花雪月』, 『동파몽東坡夢』(이상 2종, 오창령吳昌齡32) 작).

　　『조례양비趙禮讓肥』, 『동당로東堂老』(이상 2종, 진간부秦簡夫33) 작).

持節北海牧羊記』 등을 지었다고 주장했다. 그 외에 마치원이 지은 산곡散曲 120여 편이 남아 있다.

29) 교맹부喬孟符(?~?)의 생애에 대해서는 자세히 알려져 있지 않다. 다만 그가 지은 것으로 알려진 잡극 가운데 『양주화방록』에서 거론된 것 외에 『양세인연兩世姻緣』이 유명하다.

30) 관한경關漢卿(1230?~1320?)은 호가 이재수已齋叟이고, 대도大都 사람이다. '원곡사대가' 가운데 한 명이다. 오늘날 전해지는 그의 작품으로는 투곡套曲 14편과 소령小令 57수가 있다. 또한 그는 60여 종의 잡극을 창작한 것으로 알려져 있으나 현존하는 극본은 18편에 지나지 않는데, 그 가운데 전문가들의 연구에 의해 그의 작품으로 확인된 것은 다음 16종이다. 『관대왕독부단도회關大王獨赴單刀會』, 『관장쌍부서촉몽關張雙赴西蜀夢』, 『장원당진모교자狀元堂陳母敎子』, 『유부인경상오후연劉夫人慶賞五侯宴』, 『등부인고통곡존교鄧夫人苦痛哭存敎』, 『두예랑지상금선지杜蕊娘智賞金線池』, 『전대윤지총사천향錢大尹智寵謝天香』, 『사니자조풍월詐妮子調風月』, 『규원가인배월정閨怨佳人拜月亭』, 『온태진옥경대溫太眞玉鏡臺』, 『감천동지두아원感天動地竇娥冤』, 『포대제지참로재랑包待制智斬魯齋郎』, 『포대제삼감호접몽包待制三勘蝴蝶夢』, 『조반아풍월구풍진趙盼兒風月救風塵』, 『망강정중추절염望江亭中秋切鱠』, 『왕윤향야월사춘원王閏香夜月四春園』, 『전대윤지감비의몽錢大尹智勘緋衣夢』.

31) 장국보張國寶(?~?)는 이름이 장국빈張國賓이라고도 하고, 예명藝名은 희시영喜時瑩 또는 희시풍喜時豐이며, 대도大都 사람이다. 그는 4종의 잡극을 지었다고 하는데 그 가운데 『한고조의금환향漢高祖衣錦還鄉』은 지금 남아 있지 않고, 『설인귀영귀고리薛仁貴榮歸故里』와 『상국사공손합한삼相國寺公孫合汗衫』, 『나이랑내료상국사羅李郎大鬧相國寺』의 3종이 남아 있다.

32) 오창령吳昌齡(?~?)은 대동大同 사람이라는 사실 외에 생애에 대해 자세히 알려진 바가 없다. 그는 잡극 12편을 지었다고 하는데, 오늘날 남아 있는 것으로는 『화간사우동파몽花間四友東坡夢』과 청대의 양정남梁廷楠이 원 잡극 가운데 가장 완벽하다고 극찬한 『장천사단풍화설월張天師斷風花雪月』의 2편뿐이다. 그 외에 『당삼장서천취경唐三藏西天取經』의 일부가 남아 있는데, 이것은 오승은吳承恩의 이름으로 간행된 장회소설章回小說 『서유기西遊記』 100회에도 들어 있지 않은 것이다.

33) 진간부秦簡夫(?~?)는 대도大都 사람이라는 것만 알려져 있을 뿐, 나머지 생애에 대해

『연청박어燕青博魚』(이문위李文蔚[34] 작).

『임강역臨江驛』, 『혹한정酷寒亭』(이상 2종, 양현지楊顯之[35] 작).

『이아선李亞仙』, 『추호희처秋胡戲妻』(이상 2종, 석군보石君寶[36] 작).

『초소왕楚昭王』, 『후정화後庭花』, 『인자기忍字記』(이상 3종, 정정옥鄭廷玉[37] 작).

『오동우梧桐雨』, 『장두마상墻頭馬上』(이상 2종, 백박白樸[38] 작).

서는 알려진 바가 없다. 다만 『녹귀부錄鬼簿』에 따르면, 그는 한동안 항주에서 지낸 적이 있다고 했다. 그는 5종의 잡극을 지은 것으로 알려져 있는데 그 가운데 『동당로권파가자제東堂老勸破家子弟』와 『효의사조례양비孝義士趙禮讓肥』, 『진도모전발대빈晉陶母剪髮待賓』만 남아 있고, 『천수태자형대기天壽太子邢臺記』와 『옥계관玉溪館』은 남아 있지 않다.

34) 이문위李文蔚(?~?)는 진정眞定(지금의 허베이성 정딩正定) 사람으로, 강주로江州路 서창현윤瑞昌縣尹을 지냈다. 백박白樸과 친한 사이로 알려져 있다. 그는 잡극 12종을 지은 것으로 알려져 있는데, 오늘날 남아 있는 것은 『동락원연청박어同樂院燕青博魚』와 『파부견장신령응破苻堅將神靈應』, 『장자방이교진리張子房圯橋進履』뿐이다.

35) 양현지楊顯之(?~?)는 대도大都(지금의 베이징) 사람으로, 관한경關漢卿과 절친한 친구 사이로 알려졌으나, 기타 생애에 대해서는 자세히 알려진 바가 없다. 오늘날 남아 있는 그의 작품은 『임강역소상추야우臨江驛瀟湘秋夜雨』I와 『정공목풍설혹한정鄭孔目風雪酷寒亭』뿐이다.

36) 석군보石君寶(1191?~1276?)는 이름이 석군실石君實이라고도 하며, 평양平陽(지금의 산시성山西省 린펀臨汾) 사람이다. 근대의 손해제孫楷第가 『원곡가고략元曲家考略』에서 고증한 바에 따르면, 그는 여진족女眞族의 후예로서 성이 석잔石盞이고 이름은 덕옥德玉, 자는 군보君寶라고 했다. 그는 10종의 잡극을 지은 것으로 알려져 있는데, 그 가운데 『노대부추호희처魯大夫秋胡戲妻』와 『이아선시주곡강지李亞仙詩酒曲江池』, 『제궁조풍월자운정諸宮調風月紫雲庭』('자운정紫雲庭'은 '자운정紫雲亭'으로 쓰기도 함), 『유미아금전기柳眉兒金錢記』을 제외하고, 『여태후해팽성呂太后醢彭越』과 『조이세취주설향정趙二世醉走雪香亭』, 『장천사단세한삼우張天師斷歲寒三友』, 『궁해자홍초역窮解子紅綃驛』, 『동오소교곡주유東吳小喬哭周瑜』, 『사녀추향원士女秋香怨』 등은 남아 있지 않다.

37) 정정옥鄭廷玉(?~?)은 창덕彰德(지금의 허난성河南 안양시安陽市) 사람이라는 것 외에 생애에 대해서는 자세히 알려져 있지 않다. 그는 잡극 23종을 지은 것으로 알려져 있으나 지금은 『간전노매원가채주看錢奴買冤家債主』와 『포대제지감후정화包待制智勘後庭花』『초소왕소자하선楚昭王疏者下船』, 『포대화상인자기布袋和尙忍字記』, 『송상황어단금봉차宋上皇御斷金鳳釵』 등 4종만 남아 있다. 혹자는 『최부군단원가채주崔府君斷冤家債主』 역시 그의 작품이라고 하나, 이 작품은 무명씨無名氏의 작품으로 보는 견해도 있다.

38) 백박白樸(1226~1306?)은 원래 이름이 백항白恒이고 자는 태소太素였으나, 나중에 이름을 백박으로 고치고 자도 인보仁甫라고 고쳤다. 호는 난곡蘭谷이며, 진정眞定 사람이다. 금나라 관료 집안에서 태어나 원호문元好問 밑에서 공부하고, 나중에 남경으로 옮겨가 재야의 명사로 명성을 날리며 잡극 창작에 전념했다. '원곡 4대가' 가운데 하나로 꼽힌다. 산곡散曲 작품집으로 『천뢰집척유天籟集摭遺』(1권)가 있다. 종사성鍾嗣成의 『녹

『노생아老生兒』,『생금각生金閣』,『옥호춘玉壺春』(이상 3종, 무한신武漢臣[39] 작).

『호두패虎頭牌』(이직부李直夫[40] 작).

『철괴이락鐵拐李樂』(악백천岳伯川[41] 작).

『취홍향翠紅鄉』(양문규楊文奎[42] 작).

『풍광호風光好』(대선보戴善甫[43] 작).

『오원취소伍員吹簫』(이수경李壽卿[44] 작).

귀부록鬼簿』에는 그가 지은 잡극 15종이 수록되어 있는데, 이 가운데『당명황추야오동우唐明皇秋夜梧桐雨』와『동수영화월동장기董秀英花月東墻記』,『원앙간장두마상鴛鴦間墻頭馬上』의 3종과『한취빈어수류홍엽韓翠顰御水流紅葉』과『이극용전사쌍조李克用箭射雙雕』(이 작품은『성세신성盛世新聲』에 수록된 것임)의 일부만 남아 있고,『당명황유월궁唐明皇游月宮』과『설경석월야은쟁원薛瓊夕月夜銀箏怨』,『한고조참백사漢高祖斬白蛇』,『소소소월야전당몽蘇小小月夜錢塘夢』,『축영대사가량산백祝英臺死嫁梁山伯』,『초장왕야연절영회楚莊王夜宴絶纓會』,『최호알장崔護謁漿』,『고조귀장高祖歸莊』,『추강풍월봉황선秋江風月鳳凰船』,『소익지잠란정기蕭翼智賺蘭亭記』,『염사도간강강閻師道趕江江』 등은 남아 있지 않다.

39) 무한신武漢臣(?~?)은 산동山東 제남濟南 사람이라는 것 외에 생애에 대해서는 자세히 알려져 있지 않다. 그는 잡극 12종을 지은 것으로 일려져 있으나, 지금은『산가재천사로생아散家財天賜老生兒』와『이소란풍월옥호춘李素蘭風月玉壺春』,『포대제지잠생금각包待制智賺生金閣』의 3종(이 가운데『노생아』를 제외한 두 작품은 식기자息機子의『원인잡극선元人雜劇選』에서 무명씨의 작품이라고 했음)과『호뢰관삼전여포虎牢關三戰呂布』의 일부만 남아 있다.

40) 이직부李直夫(?~?)는 여진족女眞族의 후손으로서 본래 성은 포찰蒲察이고, 사람들은 그를 포찰리오蒲察李五라고 불렀다. 그는 덕흥부德興府(지금의 허베성 줘루현涿鹿縣)에 살았으며, 호남숙정염방사湖南肅政廉訪使를 지냈고, 당시의 저명한 문학가 원명선元明善과 교유했던 것으로 알려져 있다. 그는 12종의 잡극을 창작한 것으로 알려져 있으나, 지금은『편의행사호두패便宜行事虎頭牌』하나만 남아 있다. 이 작품에는 여진족의 풍속이 많이 묘사되어 있고, 여진족의 음악도 많이 사용되었다고 한다.

41) 악백천岳伯川(?~?)은 산동 제남濟南 사람(일설에는 강소江蘇 진강鎭江 사람이라고 함)으로, 기타 생애에 대해서는 자세히 알려진 바가 없다. 그는 2종의 잡극을 창작한 것으로 알려져 있는데, 지금은『여동빈도철괴이악呂洞賓度鐵拐李樂』만 남이 있고,『양귀비楊貴妃』는 일부만 남아 있다.

42) 양문규楊文奎(?~?)는 원말元末 · 명초明初의 인물로 알려져 있으며, 기타 생애에 대해서는 자세히 알려진 바가 없다. 그는 4종의 잡극을 창작했다고 하는데, 그 가운데『취홍향아녀랑단원翠紅鄉兒女兩團圓』를 제외한『왕괴불부심王魁不負心』,『봉척우상원封陟遇上元』,『옥합기玉盒記』 등은 남아 있지 않다.

43) 대선보戴善甫(?~?)는 진정眞定 사람이고 절강행성무관江浙行省務官을 지냈다는 사실 외에 생애에 대해 알려진 바가 없다. 그는 잡극 8종을 지었다고 하는데, 그 가운데『도수실취사풍광호陶秀實醉寫風光好』만 남아 있다.

『감두건勘頭巾』(손중장孫仲章[45]) 작).

『쌍헌공雙獻功』(고문수高文秀[46]) 작).

『천녀리혼倩女離魂』, 『왕찬등루王粲登樓』, 『추매향搊梅香』(이상 3종, 정광조鄭光祖[47]) 작).

『현모불인시賢母不認屍』(왕중문王仲文[48]) 작).

『여춘당麗春堂』(왕실보王實甫[49]) 작).

---

44) 이수경李壽卿(?~?)은 태원太原 사람이고 장사랑將仕郎과 현승縣丞을 지냈다는 것 외에 생애에 대해서는 알려진 바가 없다. 그는 잡극 10종을 창작했다고 하는데, 지금은 『설전저오원취소說轉諸伍員吹簫』와 『월명화상탁류취月明和尚度柳翠』만 남아 있다.

45) 손중장孫仲章(?~?)은 대도大都 사람으로 성이 이씨李氏라는 설도 있다. 생애에 대해서는 자세히 알려져 있지 않다. 그의 잡극으로는 『탁문군백두음卓文君白頭吟』과 『하남부장정감두건河南府張鼎勘頭巾』이 남아 있다.

46) 고문수高文秀(?~?)는 동평東平 사람이고, 1280년에 율수현溧水縣(지금의 난징시南京市에 속함)에서 달로화적達魯花赤이라는 낮은 벼슬을 지낸 적이 있다는 것 외에는 생애에 대해서 자세히 알려져 있지 않다. 그러나 그는 최초로 '태산희泰山戲'를 쓴 극작가로서 '소한경小漢卿'으로 불릴 만큼 명성이 높았다고 한다. 그는 34종의 잡극을 창작했다고 하는데, 그 중에는 특히 『수호전水滸傳』과 관련된 작품이 많다. 오늘날 남아 있는 작품으로는 『흑선풍쌍헌공黑旋風雙獻功』 외에 『수고수범휴須賈誶范雎』, 『호주조원우상황好酒趙元遇上皇』, 『유현덕득부양양회劉玄德得赴襄陽會』, 『보성공경부민지회保成公經赴澠池會』와 『주유알로숙周瑜謁魯肅』의 일부가 있다.

47) 정광조鄭光祖(?~?)는 자가 덕휘德輝이고 평양平陽 양릉襄陵(지금의 산시성山西省 샹펀현襄汾縣) 사람이다. '원곡 4대가' 가운데 하나로 꼽힌다. 『녹귀부』에 따르면 그는 항주로杭州路에서 벼슬살이를 했으나 관료들과 사이가 그다지 좋지 않았다고 했다. 그는 평생 18종의 잡극을 창작한 것으로 알려져 있는데, 이것들은 모두 지금까지 남아 있다. 이 가운데 대표적인 작품으로는 『미청쇄천녀리혼迷青瑣倩女離魂』을 비롯해서 『추매향편한림풍월搊梅香騙翰林風月』, 『취사향왕찬등루醉思鄉王粲登樓』, 『보성왕주공섭정輔成王周公攝政』, 『호뢰관삼전여포虎牢關三戰呂布』, 『제경공곡안영齊景公哭晏嬰』, 『주아부세류영周亞夫細柳營』, 『이태백취사진루월李太白醉寫秦樓月』, 『진후주옥수후정화陳後主玉樹後庭花』, 『삼락수귀범채련선三落水鬼泛採蓮船』, 『왕태후솔임곡유자王太后摔任哭孺子』, 『방태갑이윤부탕放太甲伊尹扶湯』, 『진조고지록위마秦趙高指鹿爲馬』, 『최회보월야문쟁崔懷寶月夜聞箏』 등이 있다.

48) 왕중문王仲文(?~?)은 대도大都 사람이라는 점 외에 생애에 관해 알려진 바가 없다. 그는 10종의 잡극을 지었다고 하는데, 그 가운데 『구효자현모불인시救孝子賢母不認尸』 하나만 남아 있다.

49) 왕실보王實甫(?~?)는 이름이 왕덕신王德信이고 대도大都 사람이라는 것 외에 자세한 생애는 알려져 있지 않다. 그는 13종의 잡극을 쓴 것으로 알려져 있는데, 그 가운데 『최앵앵대월서상기崔鶯鶯待月西廂記』와 『여몽정풍설파요기呂蒙正風雪破窯記』, 그리고 『사대

『범장계서范張鷄黍』(궁대용宮大用[50] 작).

『죽엽주竹葉舟』(범자안范子安[51] 작).

『홍려화紅黎花』(장수경張壽卿[52] 작).

『의마심원意馬心猿』, 『옥소기玉梳記』, 『소숙란蕭淑蘭』(이상 3종, 가중명賈仲名[53] 작).

『회란기灰闌記』(이행부李行夫[54] 작).

『단편탈삭單鞭奪槊』, 『기영포氣英布』, 『유의전서柳毅傳書』(이상 3종, 상중현尙仲賢[55] 작).

왕가무려춘당四大王歌舞麗春堂』의 3종만 남아 있다.
50) 궁대용宮大用(?~?)은 원나라 때에 조대산장釣臺山長을 지냈고 『녹귀부』를 쓴 종사성鍾嗣成과 친한 사이였다는 것 외에 생애에 대해 자세히 알려진 바가 없다. 그가 지은 잡극으로는 『엄자릉수조칠리탄嚴子陵垂釣七里灘』과 『사생교범장계서死生交范張鷄黍』 등이 알려져 있다.
51) 범자안范子安(?~?)은 원나라 초기의 인물이라는 점만 알려져 있을 뿐, 생애에 대해서는 자세히 알려진 바가 없다. 그가 지은 잡극으로는 『오도죽엽선悟道竹葉船』(『진계경오상죽엽주陳季卿誤上竹葉舟』라고도 함)이 유명하다.
52) 장수경張壽卿(?~?)은 산동山東 동평東平 사람이며, 강절행성연리江浙行省掾吏를 역임한 바 있다는 점 외에, 기타 생애에 대해서는 알려진 바가 없다. 그의 잡극으로는 유일하게 『사금련시주홍리화謝金蓮詩酒紅梨花』 하나가 남아 있다. 그러므로 『양주화방록』에서 '홍려화紅黎花'라고 한 것은 잘못인 듯하다.
53) 가중명賈仲名(1343~1422?)은 이름을 가중명賈仲明이라고도 하며, 호는 운수산인雲水散人이고, 치천淄川(지금의 산둥성 즈보시淄博市) 사람이다. 저작으로 『운수유음雲水遺音』 등이 있으며, 『녹귀부속편錄鬼簿續編』이 그의 저작이라고 여겨지기도 한다. 가중명은 16종의 잡극을 창작했다고 하지만, 지금은 『승선몽升仙夢』과 『금동옥녀金童玉女금안수金安壽』라고도 함), 『옥소기玉梳記』(『대옥소對玉梳』라고도 함), 『소숙란정기보살만蕭淑蘭情寄菩薩蠻』, 그리고 『옥호춘玉壺春』만 남아 있다.
54) 이행부李行夫는 보통 이잠부李潛夫(?~?)로 알려져 있다. 그는 자가 행도行道 또는 행보行甫이며, 강주絳州(지금의 산시성山西省 신장新絳) 사람이라는 사실 외에, 생애에 대해서는 불분명하다.
55) 상중현尙仲賢(?~?)은 진정眞定 사람으로 강절행성江浙行省에서 낮은 벼슬살이를 한 적이 있다고 알려져 있다. 그는 11종의 잡극을 창작한 것으로 알려져 있는데, 그 가운데 『유의전서』와 『기영포』, 『단편탈삭』(『삼탈삭三奪槊』이라고도 함)의 3종이 남아 있다. 한편 손해제孫楷第의 고증에 따르면 『고금잡극古今雜劇』에 수록된 『십양금제강론공十樣錦諸葛論功』이 바로 상중현의 『옥청전제갈론공玉淸殿諸葛論功』이라고 했다. 이외에 『왕괴부계영王魁負桂英』과 『귀거래혜歸去來兮』, 『월낭배등越娘背燈』의 일부가 남아 있다.

『삼도성남류三度城南柳』(곡우경谷于敬56) 작).

『유혜기留鞋記』(증서경曾瑞卿57) 작).

『유행수劉行首』(양눌揚訥58) 작).

『오입도원誤入桃源』(왕자일王子—59) 작).

『마합라魔合羅』(맹한경孟漢卿60) 작).

『죽오청금竹塢聽琴』(석자장石子章61) 작).

『조씨고아趙氏孤兒』(기군상紀君祥62) 작).

『이규부형李逵負荊』(강진지康進之63) 작).

---

56) 곡자경谷子敬(?~?)을 잘못 쓴 것인 듯하다. 곡자경은 금릉金陵(지금의 난징시) 사람으로, 원나라 말엽에 추밀원연사樞密院掾史를 지냈고, 명나라 초기에는 원주源州에서 수자리를 지키기도 했다. 잡극 5종을 지었다고 하지만, 지금은 『여동빈삼도성남류呂洞賓三度城南柳』 하나만 남아 있다.

57) 증서경曾瑞卿(?~?)은 본명이 증서曾瑞이고 호는 갈부褐夫이며, 대홍大興(지금의 베이징시) 사람인데 절강 전당錢塘에 살았다. 『녹귀부』에는 그의 저작 『시주여음詩酒餘音』이 세간에 유행했다고 했고 잡극으로는 『재자가인오원소才子佳人誤元宵』가 있다고 했는데, 그것이 「왕월영원야류혜기王月英元夜留鞋記」와 같은 작품인지에 대해서는 이설이 많다.

58) 양눌揚訥(?~?)은 몽고족蒙古族의 후예로서 자형姊兄의 성을 따라 성을 양씨楊氏로 바꾸고 이름을 섬暹이라고 했다가, 나중에 양눌楊訥로 바꿨다. 자는 경현景賢 또는 경언景言이고, 호는 여재汝齋이다. 그는 비파를 잘 탔고, 연극[戲]과 해학諧謔을 좋아했다. 가중명賈仲明과 50년 동안 친구로 지냈으며, 잡극 18종을 지었다고 하나, 지금은 『마단양도탈유행수馬丹陽度脫劉行首』와 『서유기西遊記』의 2종만 남아 있다.

59) 왕자일王子—(?~?)은 생애에 대해서 자세히 알려져 있지 않다. 『오입도원의』의 본래 제목은 『유신완조오입도원劉晨阮肇誤入桃源』이다.

60) 맹한경孟漢卿(?~?)은 생애에 대해서 자세히 알려져 있지 않다. 그의 잡극 『장정지감마합라張鼎智勘魔合羅』는 형사사건을 통해 원대 정치와 관료사회의 비리를 고발한 공안극公案劇이다.

61) 석자장石子章(?~?)은 원나라 때 대도大都 사람이라는 점 외에 생애에 대해서 알려진 바가 없다. 『죽오청금』의 원래 제목은 『진유연죽오청금秦攸然竹塢聽琴』이다.

62) 기군상紀君祥(?~?)은 기천상紀天祥이라고도 하며, 생애에 대해서는 자세히 알려진 바가 없다. 그는 잡극 6종을 창작했다고 하지만, 지금은 『조씨고아원보원趙氏孤兒冤報冤』(『趙氏孤兒大報仇』라고도 함)만 남아 있다. 그 외에 『진문도오도송음몽陳文圖悟道松陰夢』은 곡사曲詞 1절折만 남아 있다.

63) 강진지康進之(?~?)는 생애에 대해서 자세히 알려진 바가 없으나, 『녹귀부』에 따르면 체주棣州(지금의 산둥성 훼이민현惠民縣) 사람이며, 성명이 진진지陳進之라는 설도 있다고 했다. 손해제孫楷第가 『원곡가고략元曲家考略』에서 고증한 바에 따르면 그는 강엽康曄(?~?, 자는 현지顯之)과 형제 사이인 듯하다고 했다. 『녹귀부』에서는 그의 잡극으로

『환뢰말還牢末』(이치원李致遠[64] 작).

『장생저해張生煮海』(이호고李好古[65] 작).

『도화녀桃花女』(왕화王驊[66] 작).

『호천탑昊天塔』(주개朱凱[67] 작).

『풍옥란馮玉蘭』, 『벽도화碧桃花』, 『화랑단貨郎旦』, 『간전노看錢奴』, 『연환계連環計』, 『포장합抱粧盒』, 『백화대百花臺』, 『분아귀盆兒鬼』, 『도류취度柳翠』, 『오동엽梧桐葉』, 『수범숙誶范叔』, 『어초기漁樵記』, 『마릉도馬陵道』, 『청풍부淸風府』, 『신노아神奴兒』, 『소울지小尉遲』, 『진소진陳蘇秦』, 『주사단硃砂担』, 『방거사龐居士』, 『원앙피鴛鴦被』, 『살구권부殺狗勸夫』, 『풍마괴통風魔剒通』, 『진주적미陳州糶米』, 『합동문자合同文字』, 『거안제미擧案齊眉』, 『원가채주冤家債主』,[68] 『격강투지隔江鬪智』, 『삼호하산三虎下山』(이상 28종, 무명씨 작).

11. 원대의 전기 2종(부록 1종)

『현삭서상弦索西廂』(동해원董解元[69] 작).

『서상기西廂記』(왕실보王實甫 작, 관한경關漢卿 속속續).

『흑선풍로수심黑旋風老收心』과 『양산박흑선풍부형梁山泊黑旋風負荊』의 2종이 있다고 했다. 이 가운데 전자는 이미 없어지고, 후자만 남아 있다.

64) 이치원李致遠(?~?)은 율양溧陽(지금의 장쑤성에 속함) 사람이라는 것 외에 생애에 대해 자세히 알려진 바가 없다. 『환뢰말』의 원래 제목은 『도공목풍우환뢰말都孔目風雨還牢末』이다.

65) 이호고李好古(?~?)는 자가 중민仲敏이고 보정保定 사람인데, 송나라 때 부인夫人의 작위를 받은 것으로 알려져 있으며, 양주에서 잠시 지낸 적이 있다고 한다. 저작으로 『쇄금사碎錦詞』가 있다. 『장생자해』의 원래 제목은 『사문도장생자해沙門島張生煮海』이다.

66) 왕화王驊(?~?)는 이름을 왕엽王曄이라고 쓴 판본도 있으며, 자는 일화日華이다.

67) 주개朱凱(?~?)는 지정至正(1341~1367) 연간에 강절행성연江浙行省椽을 지냈다는 것 외에는 생애에 대해 자세히 알려진 바가 없다. 잡극으로 『방화맹량도골식放火孟良盜骨殖』(『오천탑맹량도골吳天塔孟良盜骨』이라고도 함)과 『유현덕취주황학루劉玄德醉走黃鶴樓』가 있다.

68) 『중정곡해총목重訂曲海總目』에서는 이 작품이 진정옥陳庭玉의 작품이라고 되어 있다.

69) 동해원董解元(?~?)은 금나라 때 활동한 극작가이지만, 본명과 생애에 대해서 알려진 바가 없다. '해원解元'은 당시 선비[士人]들에 대한 일반적인 칭호였다.

『복호조伏虎條』(오늘날 덕음반德音班에서 이 작품을 공연하는데, 원대 사람
이 지은 것이라는 말이 있어서 여기에 첨부한다).

12. 명대의 잡극

『도화인면桃花人面』, 『영웅성패英雄成敗』, 『사리도생死裏逃生』, 『화방연花舫
緣』, 『홍안년소紅顔年少』(이상 5종, 맹칭순孟稱舜[70] 작).

『여장원女狀元』, 『자목란雌木蘭』, 『취향몽翠鄉夢』, 『어양농漁陽弄』(이상 4종,
서위徐渭[71] 작).

『무릉춘武陵春』, 『용산연龍山宴』, 『오일음午日吟』, 『남루월南樓月』, 『적벽유赤
壁游』, 『동갑회同甲會』, 『사풍정寫風情』(이상 7종, 허조許潮[72] 작).

『곤륜노崑崙奴』(매정조梅鼎祚[73] 작).

---

70) 맹칭순孟稱舜(1602~1657?)은 자가 자새子塞 또는 자약子若, 자적子適이고, 호는 화서
선사花嶼仙史, 소봉래와운자小蓬萊臥雲子 등을 썼으며, 회계會稽(지금의 저장성 사오싱시
紹興市) 사람이다. 숭정(628~1644) 연간에 수재秀才가 되었으나, 여러 차례 과거에 응시
했지만 모두 급제하지 못했다. 1644년부터 복사復社, 풍사楓社 등의 문인결사文人結社에
참여해 활발하게 활동했다. 그는 잡극과 전기 10종을 창작했다고 하나 지금은 7종만
남아 있고, 그 가운데 『요홍기妖紅記』, 『도화인면桃花人面』, 『잔당재창殘唐再創』 등이 유
명하다. 그는 또 여러 유형의 원·명대 잡극을 모아 『유지집柳枝集』과 『뇌강사酹江事』
를 편찬한 바 있는데, 이들을 합쳐서 『고금명극선古今名劇選』이라고도 한다.
71) 서위徐渭(1521~1593)는 자가 문청文淸 또는 문장文長이고, 호는 청등靑藤, 천지天池,
전수월田水月 등을 사용했으며, 산음山陰 사람이다. 그는 시와 문장, 그림, 서예, 희곡
등에서 모두 뛰어난 재능을 발휘했다. 주요 저작으로 『서문장전집徐文長全集』과 『서문
장일초徐文長佚草』, 그리고 희곡 이론서인 『남사서록南詞敍錄』이 있다. 잡극으로는 『여
장원사황득봉女狀元辭凰得鳳』과 『자목란체부종군雌木蘭替父從軍』, 『광고리어양삼농狂鼓吏
漁陽三弄』, 『옥선사취향일몽玉禪師翠鄉一夢』 네 작품이 대표적인데, 이것들을 아울러 '사
성원四聲猿'이라고 한다.
72) 허조許潮(?~?)는 자가 시천時泉이고 정주靖州 하가항許家巷 사람이다. 1534년에 거인
이 되어 1541년에는 하남河南 신안지현新安知縣을 지냈다. 그가 지은 잡극 『태화일기太
一和記』는 종종 명대를 대표하는 작품으로 꼽힌다. 그 외에 그에게는 『사학속초史學續
貂』와 『산석집山石集』 등의 저서가 있다고 하지만, 지금은 모두 남아 있지 않다.
73) 매정조梅鼎祚(1549~1615)는 자가 우금禹金이고 호는 승낙도인勝樂道人이며, 선지宣志
(지금의 안휘성安徽省에 속함) 사람이다. 그는 젊어서 심무학沈懋學(1539~1582, 자는 군
전君典, 호는 소림少林)과 함께 명성을 날렸으나, 곧 과거 공부를 그만두고 경학에 전념

『원산희遠山戲』, 『고당몽高堂夢』, 『낙수비洛水悲』, 『오호유五湖游』(이상 4종,

왕도곤汪道崑74) 작).

『낙수사絡水絲』, 『춘파영春波影』(이상 2종, 허화許翻 작).

『편가기鞭歌妓』, 『잠화계簪花髻』, 『패정추霸亭秋』(이상 3종, 심자징沈自徵75) 작).

『홍선녀紅線女』, 『홍초紅綃』(이상 2종, 양진어梁辰魚76) 작).

『벽련환수부碧連紈繡符』, 『단계전합丹桂鈿盒』, 『북망설법北邙說法』, 『단화봉

團花鳳』, 『요도환선夭桃紈扇』, 『소매옥섬素梅玉蟾』, 『역수한易水寒』(이상 7종,

섭헌조葉憲祖77) 작).

하면서 서대원書帶園에 은거하여 지내다가 천일원天逸園을 지어놓고 책을 모으고 저술에 전념했다. 그가 남긴 시문詩文으로는 『매우금집梅禹金集』(20권)이 있으며, 소설로『재귀기才鬼記』(16권)과 『청니련화기淸泥蓮花記』(13권)이 있다. 그 외에 『역대문기歷代文紀』, 『한위팔대시승漢魏八代詩乘』, 『당악원唐樂宛』, 『고악원古樂宛』 등의 책의 편집하여 간행하기도 했다.

74) 왕도곤汪道崑(1525~1593)은 자가 백옥伯玉이고 호는 남명南溟 도는 태함太函이며, 흡현 사람이다. 가정(1522~1566) 연간에 진사에 급제하여 의오현령義烏縣을 거쳐 병부우시랑까지 지냈다. 주요 저작으로『부묵副墨』과 『태함집太函集』(120권)이 있다.

75) 심자징沈自徵(?~?)은 강소江蘇 오현吳縣 사람으로, 심경沈璟의 조카이다. 본문에 거론된 세 작품은 한꺼번에 '어양삼농漁陽三弄'이라고 칭해지는데, 이 때문에 그는 어양학생漁陽學生이라고 불리기도 했다.

76) 양진어梁辰魚(1519~1591)는 자가 백룡伯龍이고 호는 소백少白 또는 구지외사仇池外史이다. 종전에는 그가 강소江蘇 오군吳郡 곤산崑山 사람으로 알려져 있었으나, 실은 누동현婁東縣 녹성鹿城 사람인 듯하다. 그는 예공생例貢生으로 태학생太學生이 되었으며, 귀족 집안에서 태어났음에도 과거시험을 치르지 않고 자유롭게 지내며 음률과 희곡에 탐닉했다. 그러다가 그가 지은 『완사기浣紗記』가 저명한 곡률가曲律家 위량보魏良補에 의해 곤산강崑山腔에 얹혀 전파됨으로써 널리 명성이 알려졌다. 그가 지은 주요 잡극으로『홍선녀紅線女』와『홍초기紅綃記』 등이 있다고 하나 지금은 모두 남아 있지 않고 산곡집散曲集인 『강동백저江東白苧』와『이십일사탄사二十一史彈詞』 등이 시문집詩文集인 『양국자생집梁國子生集』 및 『녹성집鹿城集』과 함께 남아 있나.

77) 섭헌조葉憲祖(1566~1641)는 자가 미도美度 또는 상유相攸이고 호는 동백桐柏, 육동六桐, 곡원거사檞園居士, 곡원외사檞園外史, 자금도인紫金道人 등을 사용했다. 절강 여요餘姚 사람이다. 1549년에 거인이 되어 1574년에 진사에 급제해서 신회현령新會縣令이 되었다. 이후 1628년에는 남형부랑南刑部郎을 지내기도 했고, 얼마 후에 호광부사湖廣副使로 승진했다. 그는 『관장군사주매좌기灌將軍使酒罵座記』와 『두형경역수리정杜荊卿易水離情』, 『금취한의기金翠寒衣記』『북망설법北邙說法』, 『초가인교합단화봉俏佳人巧合團花鳳』, 『벽련수부碧蓮繡符』, 『단계전합丹桂鈿合』, 『부용병芙蓉屛』, 『생사연死生緣』, 『벽옥차碧玉釵』, 『원앙사명감진현례鴛鴦寺冥勘陳玄禮』, 『도화원桃花源』 등 24종의 잡극(이 가운데 12종이

『규염옹虯髯翁』(능초성凌初成[78] 작).

『난정회蘭亭會』, 『태화기太和記』(24 착齣, 고사故事 6종, 고사 하나는 4절折로 되어 있음. 이상 2종, 양신楊愼[79] 작).

『탈낭영脫囊穎』, 『유정치有情癡』(이상 2종, 서양휘徐陽輝[80] 작).

『소군출새昭君出塞』, 『문희입새文姬入塞』(이상 2종, 진여교陳與郊[81] 작).

『곡강춘曲江春』(왕구사王九思[82] 작).

오늘날까지 남아 있음)과 『옥린기玉麟記』, 『쌍경기雙卿記』, 『난비기鸞鎞記』, 『사염기四艷記』, 『금쇄기金鎖記』의 전기 5종을 지었다.

78) 능몽초凌濛初(1580~1644)를 가리킨다. 능몽초는 자가 현방玄房이고 호는 초성初成 도는 즉공관주인卽空觀主人이며, 오정烏程(지금의 저쟝성 우싱현吳興縣) 사람이다. 그는 부공副貢의 신분으로 상해현승上海縣丞을 거쳐 서주통판분서방촌徐州通判分署房村의 벼슬을 지내다가, 65세에 반란을 진압하다가 죽었다. 그는 『규염옹』과 『전도인연顚倒姻緣』, 『북홍불北紅拂』, 『맥홀인연驀忽姻緣』 등의 수많은 희곡 작품과 소설집 『박안경기拍案驚奇』, 그리고 『성문전시적가聖門傳詩嫡家』, 『언시익言詩翼』, 『시경인물고詩經人物考』, 『합평선시合評選詩』 등등 수많은 저작을 남겼다.

79) 양신楊愼(1488~1559)은 자가 용수用修이고 호는 승암升庵이며, 사천四川 신도新都에 살았다. 그는 대단히 방대한 저작을 남겼는데, 『승암집升庵集』(81권)과 『승암유집升庵遺集』(26권), 『풍아일편風雅逸篇』(10권), 『고금풍요古今風謠』(1권), 『고금언古今諺』(1권), 『십단금사十段錦詞』(2책冊), 『승암시화升庵詩話』(14권, 『보유補遺』 2권), 『담원제호譚苑醍醐』(8권), 『사림만선詞林萬選』(4권), 『사품詞品』(6권), 『삼소문원三蘇文苑』, 『전정기滇程記』, 『전재기滇載記』, 『광이지廣異志』, 『단연록丹鉛錄』(69권) 등이 그것이다. 잡극으로는 『연청도동천원기宴淸都洞天元記』(『연청도동천현기宴淸都洞天玄記』라고도 함)와 『난정회』를 지었다고 하는데, 지금은 전자만 남아 있다.

80) 서양휘徐陽輝(?~?)는 이름을 서원휘徐元暉라고 쓴 판본도 있으며, 생애에 대해서는 자세히 알려진 바가 없다. 주요 저작으로 『금악고증今樂考證』과 『곡록曲錄』, 『성명잡극盛明雜劇』 등이 알려져 있다.

81) 진여교陳與郊(1544~1611)는 원래 성이 고씨高氏이고, 자는 광야廣野, 호는 우양禺陽 또는 옥양선사玉陽仙史이다. 그 외에 필명筆名으로, 고만경高漫卿, 임탄헌任誕軒, 해녕염관인海寧鹽官人 등을 사용한 것으로 알려져 있다. 1574년 진사에 급제하여 태상시소경太常寺少卿까지 지냈다. 그러나 24세에 벼슬을 버리고 귀향하여 저작에 전념했다. 전기 작품으로 『보령도寶靈刀』, 『기린계麒麟罽』, 『앵무주鸚鵡洲』, 『앵도몽櫻桃夢』의 4종(이것들을 합쳐서 『영치부詅痴符』라고도 함)이 있으며, 잡극 5종을 지었다고 하는데 지금은 『소군출새』와 『문희입새』, 그리고 『원씨의견袁氏義犬』의 3종만 남아 있다. 그 외에 그는 『고명가잡극古名家雜劇』과 『고금악고古今樂考』 등 10여 종의 책을 편찬했고, 『황문집黃門集』, 『고공기집주考工記輯注』, 『단궁집주檀弓輯注』, 『빈천집蘋川集』, 『우원집隅園集』 등의 학술 저작과 시문집을 남겼다.

82) 왕구사王九思(1468~1551)는 자가 경부敬夫이고 호는 미파渼陂이며, 호鄠 땅 사람이다.

『중산랑中山狼』(강해康海83) 작).

『울륜포鬱輪袍』,『곡도장안가哭倒長安街』,『진괴뢰眞傀儡』,『몰내하沒奈何』(이상 4종, 왕형王衡84) 작).

『광릉월廣陵月』(왕정눌汪廷訥85) 작).

『어아불魚兒佛』(승려 담연湛然 작).

『소요유逍遙游』(왕응린王應遴86) 작).

『청규기靑虯記』(임장林章87) 작).

人. 1496년 진사에 급제하여 한림원 검토, 이부랑중吏部郎中 등을 지냈다. 저작으로『미파집渼陂集』(16권),『벽산악부碧山樂府』(2권),『황제81난경皇帝八十一難經』(5권),『곡강춘곡江春』(1권),『섬서통지陝西通志』(40권) 등이 있다.

83) 강해康海(1475~1540)는 자가 덕함德涵이고 호는 대산對山 또는 반동어부沜東漁父이며, 무공武功(지금의 산시성陝西省에 속함) 사람이다. 1502년 진사에 급제하여 한림원 편수를 지냈으나 곧 당쟁에 연루되어 벼슬을 잃고 방랑생활을 했다. '전칠자前七子' 가운데 하나로 꼽힐 만큼 시문詩文에도 뛰어났으나, 만년에는 주로 희곡에 전념했다. 잡극으로『중산랑中山狼』이 유명하며, 산곡집散曲集으로『반동악부沜東樂府』(2권,『보유補遺』1권)가 있고, 그 외에 시문집으로『대산집對山集』(10권)이 있다.

84) 왕형王衡(1561~1609)은 자가 신옥辰玉이고 호는 구산緱山 또는 '형무실주인衡蕪室主人'이며, 강소江蘇 태창太倉 사람이다. 1601년 진사에 급제하여 한림원 편수를 지냈다. 본문에 언급된 잡극 외에 주요 저작으로『구산선생집緱山先生集』과『기유고紀游稿』,『춘추찬주春秋纂注』 등이 있다.

85) 왕정눌汪廷訥(1569?~1628)은 자가 창기昌期 또는 무여無如이고, 호는 좌은坐隱, 무무거사無無居士, 좌은선생坐隱先生, 전일진인全一眞人, 송라도인松蘿道人, 청치수淸痴叟 등을 썼으며, 휴녕休寧(지금의 안훼이성에 속함) 사람이다. 만력 연간에 염운사鹽運使를 지냈다. 그의 전기 작품집은『환취당악부環翠堂樂府』라고 하는데, 지금은 17종이 남아 있다. 그 외에 저작으로『환취당집環翠堂集』(30권)과『인경양추人鏡陽秋』,『문단열조文壇烈組』,『화곤집華袞集』,『무여자정속훼언無如子正續贅言』 등이 있다. 또한 잡극 9종을 지었다고 하는데, 지금은『광릉월』하나만 남아 있다.

86) 왕응린王應遴(?~1645)은 자가 근부菫父이고 호는 운래雲來 또는 운래기사雲來居士이며, 산음山陰(지금의 쟝쑤성 사오싱시紹興市) 사람이다. 1618년에 공생이 되어 내각중서와 진대리시평사晉大理寺評事, 예부원외랑 등을 역임했다. 1628년에는『지력志曆』과『회전會典』등의 편찬에 참여했다. 그는 잡극『소요유』(『연장신조衍莊新調』라고도 함)를 비롯해서 전기『청량선淸凉扇』과『이혼기離魂記』를 지은 것으로 알려져 있다. 그 외에『왕응린잡집王應遴雜集』과『건도설乾圖說』,『자무량집慈無量集』 등의 저작이 있다.

87) 임장林章(1551~1599)은 원래 이름이 임춘원林春元이고 자는 초원初元이다. 1573년에 거인이 되었으나, 이후 여러 차례 과거에서 고배를 마셨다. 얼마 후에 왜구의 노략질에 대해 타협안을 내건 조정 권신權臣들에 대항하다가 옥사獄死했다. 주요 저작으로『임초

『불복로不伏老』(북해北海 풍씨馮氏 작).

『쌍앵전雙鶯傳』(만정선사幔亭仙史88) 작).

『제동절도齊東絶倒』(죽치거사竹癡居士89) 작).

『앵도몽櫻桃夢』(담거사澹居士 작).

『초록몽蕉鹿夢』(거연자蘧然子90) 작).

『남왕후男王后』(진루외사秦樓外史91) 작).

『일문전一文錢』(파간도인破慳道人92) 작).

원시문전집林初元詩文全集』(15권)이 있으며, 전기 작품으로는 『청규기青虯記』와 『관등기觀燈記』가 대표적이다.

88) 원우령袁于令(1599~1674)의 호 가운데 하나이다. 원우령은 이름이 원온옥袁韞玉 또는 원진袁晉이라고도 하며, 자는 영소令昭 또는 연소硯昭이고, 호는 우견于鵑, 탁암籜庵, 백빈白賓, 부공鳧公, 길의 주인吉衣主人, 검소각주인劍嘯閣主人 등을 썼다. 그는 강소 오현吳縣 사람으로, 명나라 말엽에 공생이 되었다가, 청나라 때에 수부랑水部郎, 형주지부荊州知府 등을 역임했다. 전기 작품으로 『서루기西樓記』, 『금쇄기金鎖記』, 『옥부기玉符記』, 『진주기珍珠記』, 『숙상구肅霜裘』, 『장생락長生樂』, 『서옥기瑞玉記』 등이 있고, 잡극은 『쌍앵전』이 대표적이다.

89) 여천성呂天成(1580~1618)의 별호別號이다. 여천성은 원래 이름이 여문呂文이고 자는 근지勤之, 호는 극진棘津 또는 울람생鬱藍生 등을 썼으며, 절강 여요餘姚 사람이다. 그는 전기와 잡극 수십 종을 썼다고 하나 지금은 잡극 『제동절도』만 남아 있다. 그 외에 소설 『수탑야사繡榻野史』와 곡론서曲論書인 『곡품曲品』이 유명하다.

90) 조자趙滋(1179~1237)의 호이다. 조자는 자가 제포濟浦이고 변량卞梁 사람이다. 화가로 더 유명한 그는 〈산외한운도축山外寒雲圖軸〉을 남겼다.

91) 왕기덕王驥德(?~1623)의 호 가운데 하나이다. 왕기덕은 자가 백량伯良 또는 백준伯駿이고, 호는 방제생方諸生, 옥양생玉陽生, 방제선사方諸仙史 등을 썼다. 절강 회계會稽 사람이다. 어린 시절 서위徐渭에게 학문을 배웠고, 성년이 된 후로는 오강吳江, 금릉金陵, 유양維揚, 변량卞梁, 낙양洛陽, 연경京等 등지를 떠돌며 많은 극작가들과 교유했다. 시문집인 『방제관집方諸館集』, 전기傳奇 『제홍기題紅記』 외에, 『남왕후』와 『양단쌍환兩旦雙鬟』, 『기관구우棄官救友』, 『금옥초혼金屋招魂』, 『천녀리혼倩女離魂』 등 잡극 5종, 그리고 곡론曲論으로 『곡률曲律』과 『남사정운南詞正韻』이 있다.

92) 서복조徐復祚(1560~1630?)는 원래 이름이 서독유徐篤儒이고, 자는 양초陽初, 호는 모죽暮竹 또는 낙송생洛誦生, 휴휴생休休生, 인욕두타忍辱頭陀, 간린도인慳吝道人, 삼가촌로三家村老 등을 썼다. 상숙常熟(지금의 쟝쑤성에 속함) 사람이다. 그는 부귀한 집안에서 태어났으나 과거시험에서 실의하고 집안도 몰락하여 어려운 생활을 한 것으로 알려졌다. 그는 전기 6종(이 가운데 오늘날은 『소광기霄光記』(『소광검宵光劍』이라고도 함)와 『홍리기紅梨記』, 『투사기投梭記』가 남아 있음)과 잡극 3종(이 가운데 『일문전』만 남아 있음), 그리고 필기집筆記集으로 『삼가촌로위담三家村老委談』(36권, 『화당각총담花當閣叢談』이라

『홍련채紅蓮債』(극삼관函三館[93]) 작).

『재생연再生緣』(형무실衡蕪室[94]) 작). (이상 8종은 작자의 성명이 밝혀져 있지 않음)

『상사보相思譜』, 『착전륜錯轉輪』(이상 2종, 무명씨 작).

13. 청대의 잡극

『독이소讀離騷』, 『조비파弔琵琶』, 『흑백위黑白衛』, 『청평조淸平調』(이상 4종, 우동尤侗[95]) 작).

『매화전買花錢』, 『대전륜大轉輪』, 『부서시浮西施』, 『염화소拈花笑』(이상 4종, 서석기徐石麒[96]) 작).

고도 함)이 있다.

93) '함삼관函三館'을 잘못 쓴 것인 듯하다. 진여원陳汝元(1572?~1629?)은 자가 기후起侯이고 호는 태을太乙 또는 연려선객燃藜仙客, 서재 이름은 함삼관이며, 절강 회계會稽 사람이다. 1597년에 거인이 되어 섬서청간지현陝西淸澗知縣, 역주지주易州知州를 거쳐 성보연수동지城堡延綏同知를 역임했다. 잡극으로 『홍련채』가 있고, 전기 작품으로 『태하기太霞記』와 『자환기紫環記』는 지금 남아 있지 않고, 『금련기金蓮記』(만력萬曆 34년 간본)가 있다.

94) 왕형王衡에 대한 주석 85)를 참조할 것.

95) 우동尤侗(1618~1704)은 자가 동인同人 또는 전성展成이고 호는 회암悔庵, 서당西堂이며, 강소 장주(지금의 쑤저우시) 사람이다. 순치順治(1644~1661) 연간에 공생으로 영평부추관永平府推官에 임명되었으나 곧 파직 당했다가, 60살이 넘어서 박학홍사과에 천거되어 한림원 검토에 임명되었다. 전기 작품으로 『균천락鈞天樂』이 있고, 잡극은 본문에 언급된 4종과 『도화원桃花源』을 포함한 5종이 『서당악부西堂樂府』라고 칭해진다. 그 외에 시문집으로 『서당전집西堂全集』이 있다.

96) 서석기徐石麒(?~?)는 이름을 서석린徐石麟이라고도 쓰며, 자가 우릉又陵이고(『곡록曲錄』에서는 이름을 서선徐善이라고도 쓰고, 자는 장공長公이라고도 함) 호는 탄암坦庵이며, 호북湖北 사람인데 양주에 이주하여 살았다. 초순焦循의 『역광기易廣記』 권3에는 "우리 고을의 서탄암 선생은 이름이 석린石麟이고 자가 우릉又陵인데, 사학詞學으로 명성이 높고, 학문을 논한 책들은 매우 정밀하고 뛰어나다[吾里中徐坦庵先生名石麒, 字又陵, 以詞學名, 而論學之書頗多精卓]"라는 기록이 있는데, 아마도 이 사람인 듯하다. 그의 이름으로 된 저작으로 『와정잡정蝸亭雜訂』과 『탄암사곡 6종坦庵詞曲六種』, 『곡록曲錄』 등이 알려져 있다. 『탐암사곡』 가운데 위에 거열된 작품 외의 2종은 사집詞集이며, 잡극은 『산호편珊瑚鞭』, 『구기연九奇緣』, 『연지호胭脂虎』 3편이 있다.

『원앙몽鴛鴦夢』(오강여사吳江女史 섭소환葉小紈97) 작).

『배항우선裴航遇仙』, 『장욱관공손대낭무검張旭觀公孫大娘舞劍』, 『울륜포鬱輪袍』(이상 3종, 석목石牧98) 작).

『노종사盧從史』, 『노객귀老客歸』, 『장문부長門賦』, 『연자루燕子樓』(이상 4종, 군옥산초群玉山樵99) 작, 『서경당악부鉏經堂樂府』라고도 함).

『남채화藍采和』, 『완보병阮步兵』, 『철씨녀鐵氏女』(이상 3종, 원성자元成子 작, 일명 '추풍삼첩秋風三疊'이라고 함).

『의견기義犬記』, 『회음후淮陰侯』, 『중산랑中山狼』, 『채문희蔡文姬』(이상 4종, 임어각林於閣 작).

『맥홀인연驀忽姻緣』(공관주인空觀主人100) 작).

『전합기연鈿盒奇緣』, 『섬여가우蟾蜍佳偶』, 『의첩존고義妾存姑』, 『인귀부처人鬼夫妻』(이상 4종, 서랭야사西冷野史와 무지보無枝甫가 합작合作).

『제고도祭皐陶』(이향정주인二鄕亭主人101) 작).

---

97) 섭소환葉小紈(1613~?)은 자가 혜주蕙綢이고, 오강吳江(지금의 쟝쑤성 쑤저우시에 속함) 사람이다. 그의 모친 심의수沈宜修는 저명한 희곡 작가 심경沈璟의 질녀侄女이다.

98) 황지전黃之雋(1668~1748)은 자가 약목若木 또는 석목石牧이고, 호는 오당唐堂이며, 화정華亭 도택陶宅(지금의 칭춘향靑村鄕 타오자이촌陶宅村) 사람이다. 그는 53세에 거인이 된 후 진사에 급제하여, 1723년에 함림원 편수가 되었고, 이후 복건독학福建督學, 좌우중윤左右中允 등을 역임했으나, 나중에 파직되었다. 재임 기간에 『명사明史』의 중수重修에 참여했고, 파직된 뒤에는 『강남통지江南通志』의 편찬을 총괄했다. 저작으로 『오당집唐堂集』, 『향설집香屑集』 등이 있다. 그 외에 잡극 '사재자四才子'(『울륜포』, 『몽양주夢揚州』, 『음중선飮中仙』, 『난교역蘭橋驛』을 가리킴)와 전기 『충효복忠孝福』을 지었는데, 이것들을 모두 아울러 '암당악부庵堂樂府'라고 한다.

99) 섭혁포葉奕苞(?~?)의 별호이다. 섭혁포는 자가 구래九來이고, 강소 곤산崑山 사람이다. 그는 『금석록보金石祿補』를 지었고, 『곤산현지崑山縣志』의 편찬을 주관했다. 그가 지은 잡극은 4종인데, 『장문부』(『장문궁長門宮』이라고도 함), 『노종사』(『기남자奇男子』, 『노객귀』(『노객부老客婦』라고도 함), 『연자루』가 대표적이다.

100) 즉공관주인卽空觀主人을 가리킨다. 이에 대해서는 능몽초凌濛初에 대한 각주를 참조할 것.

101) 송완宋琬(1614~1673)의 별호 가운데 하나이다. 송완은 자가 옥숙玉叔이고 호는 여상荔裳이며, 내양萊陽 사람이다. 그는 청나라 초기의 유명한 시인으로, 안휘 선성宣城 출신의 시윤장施閏章과 나란히 명성을 날리며 '남시북송南施北宋'이라 칭해졌다. 송완은 1647년 진사에 급제하여 호부하남사주사戶部河南司主事를 비롯해서 농서우도첨사隴西右道僉事,

『양주몽揚州夢』, 『독이소讀離騷』(이상 2종, 포독산농抱犢山農[102] 작).

『만가춘萬家春』, 『만고정萬古情』, 『두붕한화豆棚閑話』(일명 『삼환집三幻集』,
무명씨 작).

『가소笳騷』, 『장생전보궐長生殿補闕』(이상 2종, 와기거사蝸寄居士[103] 작).

『사현추四弦秋』, 『일편석一片石』, 『도리천忉利天』(이상 3종, 장사전蔣士銓[104] 작).

『산호주珊瑚珠』, 『무예상舞霓裳』, 『막고선藐姑仙』, 『청전잠青錢賺』, 『분서료焚
書鬧』, 『매동풍罵東風』, 『삼모연三茅宴』, 『옥산연玉山宴』(이상 8종, 만수萬樹[105]

절강안찰사, 사천안찰사 등을 역임했다. 저작으로 『안아당전집安雅堂全集』이 있다.

102) 혜영인稽永仁(?~?)의 호이다. 혜영인은 자가 유산留山이고, 조적祖籍은 당시唐市인데
나중에 강소 무석無錫에서 살았다. 그는 명나라 말엽의 제생으로서, 청나라 때에는 여
러 차례 과거에 실패하고 훈장 생활과 의업醫業으로 생계를 꾸렸다. 그는 전기 작품으
로『양주몽揚州夢』, 『산호편珊瑚鞭』, 『쌍보응雙報應』을, 그리고 잡극으로『속이소續離騷』
를 지었다. 『속이소』에는 네 편의 단절單折 잡극이 포함되어 있는데, 각기 『유국사교
습차담가劉國師教習扯淡歌』, 『두수재통곡니신묘杜秀才痛哭泥神廟』, 『치화상가두소포대痴和
尙街頭笑布袋』, 그리고 『분사마몽리매염라憤司馬夢裏罵閻羅』가 그것이다.

103) 당영唐英(1682~1756)의 별호이다. 당영은 자가 준공俊公이고, '도인관陶人款'에 새겨
찍은 호는 무척 많은데, 대표적으로 와기로인蝸寄老人, 도성거사陶成居士, 목재거사沐齋居
士, 각도사자榷陶使者, 도각사자陶榷使者, 견도아완甄陶雅玩, 도성보완陶成寶玩, 준공씨俊公
氏, 독도사督陶使, 고백당古柏堂, 고천당古泉堂, 도성당陶成堂, 준공俊公, 전공雋公, 숙자叔子,
와기蝸寄, 도인陶人, 반산半山, 편월片月, 송풍松風, 옥봉玉峰, 고천古泉 등이 있다. 그는 요
녕遼寧 심양沈陽 사람으로, 옹정 연간에 주경덕진자창협리관駐景德鎭瓷廠協理官, 1736년
에는 구강오감독九江吳監督을 역임하며 자요瓷窯를 관리했다. 이런 경험을 기반으로『도
성기사비陶成紀事碑』와 『도치도설陶治圖說』을 저술하기도 했다. 그 외에 전기 4종과 잡
극 13종을 지은 것으로 알려져 있는데, 그 가운데 유명한 것으로『전천심轉天心』, 『면항
笑面缸笑』, 『십자파十字坡』 등이 있다.

104) 장사전蔣士銓(1725~1784)은 자가 심여心餘 또는 초생苕生이고, 호는 장원藏園 또는 청
용거사淸容居士이며, 연산鉛山(지금의 쟝시성江西省에 속함) 사람이다. 1757년 진사에 급
제하여 한림원 편수를 지냈고, 벼슬을 사직한 뒤로는 양주의 숭문서원崇文書院, 안징서
원安定書院 등에서 학생들을 기르쳤다. 원매袁枚, 조익趙翼과 너불어 '강우삼대가江右三大
家'로 불렸나. 그가 지은 전기와 잡극 16종은 지금도 모두 남아 있는데, 그 가운데『임
천몽臨川夢』, 『동청수冬青樹』 등 9종을 합쳐서 『장원구종곡藏園九種曲』이라고 한다. 저작
으로 『충아당집忠雅堂集』(43권)이 있다.

105) 만수萬樹(1630~1688)는 자가 홍우紅友 또는 화농花農이고 호는 산옹山翁으로, 의흥宜
興 사람이다. 젊은 시절 전란 속에서 여러 지방을 유랑하다가, 1679년에 양광총독兩廣
總督 오흥조吳興祚의 막료幕僚가 되었다. 그는 전기와 잡극 20여 종을 지었다고 하는데,
그 가운데 『옹쌍염삼종擁雙艷三種』은 지금까지 남아 있다. 그 외의 저작으로『퇴서원집

작, 미각未刻).

『감귀옥勘鬼獄』, 『요지회瑤池會』, 『취미정翠微亭』, 『보천몽補天夢』, 『가파몽可破夢』, 『왕유王維』, 『배항裴航』, 『음중팔선飮中八仙』, 『두목杜牧』(일명 『사재자四才子』, 이상 무명씨 작).

14. 명대의 전기[106]

『비파琵琶』(고명高明[107] 작).

『형차荊釵』(가단구柯丹邱[108] 작).

『금인金印』(소복지蘇復之[109] 작).

『연환連環』(왕우주王雨舟 작).

『쌍충雙忠』, 『금환金丸』, 『정충精忠』(이상 3종, 요정산姚靜山[110] 작).

堆絮園集』과 『사율詞律』, 『향단사香胆詞』, 『선기쇄금璇璣碎錦』 등이 있다.

106) 『양주화방록』에서는 이 부분을 따로 단락으로 나누지 않았으나, 본 번역에서는 단락을 나누어 읽기 편하도록 만들었다.

107) 고명高明(1305?~1371?)은 자가 칙성則誠 또는 회숙晦叔이고, 호는 채근도인菜根道人이며, 사람들은 흔히 그를 동가선생東嘉先生이라고 불렀다. 서안瑞安 숭유리崇儒里(지금의 거샹閣巷 보수촌柏樹村) 사람이다. 1345년 진사에 급제하여 처주록사處州錄事, 강절행성연江浙行省掾, 소흥로판관紹興路判官, 사명경원로四明慶元路(지금의 닝포시寧波市) 추관推官, 복건성도사福建省都事 등을 역임한 후, 사직하고 『비파기琵琶記』의 창작에 전념했다. 또한 그는 전기 『민자건단의기閔子騫單衣記』를 지었다고 하나 이 작품은 지금 남아 있지 않다. 그 외의 저작으로 『유극재집柔克齋集』(20권)이 있었다고 하지만 명 중엽에 벌써 원본이 사라져버렸다. 현대에 들어서 쟝시앤원張憲文과 후쉬에강胡雪岡이 그의 글을 모아 『고칙성집高則誠集』을 편찬했다.

108) 가단구柯丹邱(?~?)의 생애에 대해서는 자세히 알려져 있지 않으나, 대체로 청대 초기 소주蘇州 사람으로, 서회書會에서 활동한 직업적인 극작가일 것으로 추정되고 있다. 그의 작품으로 『왕십붕형차기王十朋荊釵記』가 있다. 한편 이 작품은 서위의 『남사서록南詞敍錄』「송원구편宋元舊篇」에 제목이 수록되어 있는데, 이 때문에 그가 실은 원·명대에 화가로 유명한 가구사柯九思(1312~1365 또는 1290~1343)를 가리킨다는 설도 있다. 가구사는 자가 경중敬仲이고 호는 단구생丹邱生 또는 오운각리五雲閣吏이며, 대주臺州 선거仙居(지금의 저쟝성 린하이臨海) 사람이다.

109) 소복지蘇復之(?~?)는 이름을 소복蘇復이라고 쓴 경우도 있으며, 원말·명초의 인물로 추정된다. 그가 지은 『금인기』는 오늘날 곤곡崑曲 가운데 절자희折子戲로 전해지고 있다.

110) 요정산姚靜山(?~?)은 무강武康 사람이라는 것 외에, 생애에 대해 알려진 바가 없다.

『보검寶劍』, 『단발斷髮』(이상 2종, 이개선李開先[111] 작).

『은병銀瓶』, 『삼원三元』, 『용천龍泉』, 『교홍嬌紅』(이상 4종, 심수경沈壽卿 작).

『오륜五倫』, 『투필投筆』, 『거정擧鼎』, 『나낭羅囊』(이상 4종, 구준邱浚[112] 작).

『천금千金』, 『환대還帶』, 『사절四節』(이상 3종, 심채沈采[113] 작).

『향낭香囊』(소급간邵給諫 작).

『도부桃符』, 『의협義俠』, 『이검理劍』, 『분상分相』, 『십효十孝』, 『분전分錢』, 『결발結髮』, 『주관珠串』, 『쌍어雙魚』, 『박소博笑』, 『사이四異』, 『추차墜釵』, 『합삼合衫』, 『기절奇節』, 『원금鴛衾』, 『착정鑿井』, 『홍거紅渠』, 『기영회耆英會』, 『취병산翠屛山』, 『망호정望湖亭』, 『일종정一種情』(이상 21종. 오강吳江 심경沈璟[114] 작).

『앵도몽櫻桃夢』, 『영보도靈寶刀』(이상 2종, 임탄선任誕先[115] 작).

---

111) 이개선李開先(1502~1568)은 자가 백화伯華이고 호는 중록中麓이며, 장구章丘 녹원촌綠原村(지금의 부춘진뢰촌진埠村鎭 동어장東鵝莊) 사람이다. 1529년 진사에 급제하여 호부운남사주사戶部雲南司主事에 제수된 이후, 문선사랑중文選司郎中 등을 거쳐 태상시소경제독사이관太常寺少卿提督四夷館까지 지냈다. 왕신중王愼中, 당순지唐順之 등과 더불어 '가정팔재자嘉靖八才子'로 칭해지는 그는 많은 저작을 남겼는데 그 가운데 시집인 『한거집閑居集』, 산곡집인 『중록소령中麓小令』과 『와병강고臥病江皐』, 『사시도내四時悼內』, 평론집인 『중록화품中麓畫品』 등이 대표적이다. 그 외에 전기 작품으로 『보검기』와 『단발기』, 『등단기登壇記』가 있고(오늘날은 이 가운데 『보검기』만 남아 있음), 잡극으로 『타아선打啞禪』과 『원림오몽園林午夢』 등 6종이 있다.
112) 구준邱浚(1421~1495)은 자가 중심仲深이고 호는 심암深庵 또는 옥봉玉峰, 경대瓊臺, 해산도인海山道人, 시호諡號는 문장文莊으로, 오늘날 광둥성廣東省 츙산시瓊山市 사람이다. 17세에 향시에 급제한 뒤 얼마 후에 진사에 급제하여 한림원 편수, 시강학사, 국자감좨주, 태자소보, 예부상서 겸 문연각대학사文淵閣大學士 등을 역임했다. 당나라 때 장구령張九齡과 송나라 때의 여청余淸, 최여지崔與之와 함께 '영남사대유嶺南四大儒'로 꼽히는 그는 『세사정강世史正綱』, 『대학연의보大學衍義補』, 『가례의절家禮儀節』, 『경대시문회고瓊臺詩文會稿』, 『성어고成語考』, 『통지通志』 등의 많은 서삭을 남겼다.
113) 심채沈采(?~?)는 자가 연천練川이고 강소 가정嘉定(지금의 상하이시에 속함) 사림이다. 생애에 대해서는 자세히 알려진 바 없다.
114) 심경沈璟(1553~1610)은 자가 백영伯英이고 호는 영암寧庵 또는 사은詞隱이며, 강소 오강吳江 사람이다. 1573년 진사에 급제하여 병부, 예부, 이부의 주사主事 및 원외랑을 역임했다. 그러나 벼슬길이 순탄하지 않자 희곡 창작 및 연구에 전념했다. 그가 창작한 전기 17종은 '속옥당전기屬玉堂傳奇'라고 부르는데, 일부는 지금 남아 있지 않다. 또한 그는 유명한 곡학논저曲學論著인 『남구궁십삼조곡보南九宮十三調曲譜』를 저술하기도 했다.
115) 진여교陳與郊(1544~1611)의 호인 '임탄헌任誕軒'을 잘못 쓴 것인 듯하다. 진여교에 대해서는 주석 77)을 참조하기 바란다.

『자소紫簫』, 『자차紫釵』, 『환혼還魂』, 『남가南柯』, 『한단邯鄲』(이상 5종, 탕현조湯顯祖116) 작).

『옥결玉玦』, 『대절大節』, 『수나繡糯』(이상 3종, 정약용鄭若庸117) 작).

『걸휘乞麾』, 『동청冬靑』(이상 2종, 복세신卜世臣118) 작).

『금쇄金鎖』, 『옥린玉麟』, 『사염四艶』, 『쌍경雙卿』, 『난비鸞鎞』(이상 5종, 섭헌조葉憲祖 작).

『홍매紅梅』(주이옥周夷玉 작).

『노수露綬』, 『초파蕉帕』(이상 2종, 단사선單槎仙 작).

『금전錦箋』(주나관周螺冠 작).

『명주明珠』, 『남서상南西廂』, 『회향기懷香記』, 『초상椒觴』, 『분혜기分鞋記』(이상 5종, 육채陸采 작).

『홍불紅拂』, 『호부虎符』, 『절부竊符』, 『염이厭屚』, 『축발祝髮』, 『평파平播』, 『관원灌園』(이상 7종, 장봉익張鳳翼119) 작).

---

116) 탕현조湯顯祖(1550~1616)는 자가 의잉義仍이고 호는 약사若士 또는 청원도인淸遠道人, 충옹茧翁 등을 썼으며, 강서江西 임천臨川 사람이다. 그는 21살에 거인이 되어 천하에 명성이 자자했으나, 결국 진사에는 급제하지 못했다. 그의 전기 작품 가운데 『모란정牡丹亭』과 『한단기』, 『남가기』, 『자차기』를 합쳐서 '옥명당사몽玉茗堂四夢'이라고 한다.

117) 정약용鄭若庸(?~?)은 자가 중백中伯이고 호는 허주虛舟이며, 강소 곤산崑山 사람이다. 그는 16세에 제생이 되었으나 협행俠行을 하다가 쫓기는 몸이 되어 지형산支硎山에 숨어 지내며 시문詩文과 사곡詞曲을 창작하여 명성을 얻었다. 저작으로 『북유만고北游漫稿』(2권)가 있다.

118) 복세신卜世臣(1572~1645)은 자가 대황大荒 또는 대신大臣이고, 호는 남수藍水 또는 대황포객大荒逋客이며, 절강 수수秀水 사람이다. 저작으로 『악부지남樂府指南』과 『치언卮言』, 『산수합보山水合譜』 등이 있다. 그는 전기 4종을 지었다고 하는데, 그 가운데 『청동기』는 지금까지 남아 있다.

119) 장봉익張鳳翼(1527~1613)은 자가 백기伯起이고 호는 영허靈墟 또는 영허선생靈墟先生, 냉연거사冷然居士이며, 강소 장주長洲(지금의 쑤저우시) 사람이다. 그는 동생인 장헌익張獻翼, 장연익張燕翼과 더불어 명성을 날리며 '삼장三張'이라 불렸다. 1564년 거인이 되었으나, 벼슬길에서 뜻을 얻지 못하고 집에 틀어박혀 사곡詞曲을 짓고 노래하며 지냈다. 그는 『문선찬주文選纂注』와 『처실당전후집處實堂前後集』, 『사서구해四書句解』, 『서란각경행록瑞蘭閣景行錄』, 『청하일사淸河逸事』, 『자정년보自訂年譜』, 『해내명가공화능사海內名家工畵能事』, 『국조시관화집國朝詩管花集』 등 많은 저작을 남겼다. 또한 그가 지은 9종의 전기 작품 가운데 『홍불기』, 『축발기』, 『절부기』, 『호부기』, 『관원기』, 『염이기』를

『염이厭厴』(단오端鏊[120] 작, 이것은 제목이 같은 장봉익의 작품보다 앞서 나온 것이다).

『갈의葛衣』, 『의유義乳』, 『청삼青衫』, 『풍성편風聲編』(이상 4종, 고대전顧大典[121] 작).

『완사浣紗』(양진어梁辰魚 작).

『옥석玉石』(매정조梅鼎祚 작).

『종옥種玉』, 『사후獅吼』, 『천서天書』, 『장생長生』, 『동승同昇』, 『삼축三祝』, 『고사高士』, 『이각二閣』, 『투도投桃』(이상 9종, 왕정눌汪廷訥 작).

『채호彩毫』, 『담화曇花』, 『수문修文』(이상 3종, 도륭屠隆[122] 작).

『남교藍橋』(용응龍膺[123] 작).

『백련군白練裙』, 『기정旗亭』, 『작약勺藥』(이상 3종, 정지문鄭之文[124] 작).

『양강量江』(여율문余聿文 작).

합쳐서 '양춘륙집陽春六集'이라고 부르는데, 그 가운데 『염이기』를 제외한 나머지 작품은 지금까지 남아 있다.

120) 단오端鏊(?~?)는 자가 평천平川이고 강소 곤산崑山 사람이라는 것 외에, 생애에 대해서는 자세히 알려진 바가 없다.

121) 고대전顧大典(1540~1596)은 자가 도행道行이고 호는 형우衡宇 또는 형우衡寓이며, 강소 오강吳江 사람이다. 1568년 진사에 급제한 후 절강소흥부교수浙江紹興府教授, 형부주사, 이부랑중, 산동안찰부사山東按察副使, 복건제학부사福建提學副使 등을 역임했다. 저작으로 『청음각집清音閣集』, 『해대음海岱吟』, 『민유초閩游草』, 『원거고원거고』 등이 있다.

122) 도륭屠隆(1542~1605)은 자가 위진緯眞 또는 장경長卿, 도민道民이고 호는 적수赤水 또는 납도인衲道人, 권래선객拳萊仙客, 홍포거사鴻苞居士 등을 사용했으며, 절강 은현鄞縣 사람이다. 1577년 진사에 급제하여 안휘 영상지현潁上知縣, 예부랑중 등을 지냈다. 그는 호응린胡應麟 등과 더불어 '명말오자明末五子'로 불리며, 저작으로 『재진집采眞集』, 『서진관집棲眞館集』, 『남유집南游集』, 『홍포집鴻苞集』 등이 있다. 그 외에 『고반여사考槃餘事』, 『유구잡편遊具雜編』 등의 필기筆記가 있다.

123) 용응龍膺(1560~1622)은 자가 군어君御이고 무릉武陵 사람이다. 1580년 진사에 급제하여 신도추관新都推官, 예부사제주사禮部祠祭主事, 국자박사國子博士 등을 역임했다. 시인이자 극작가인 그는 『금문기金門記』, 『남교기』 등의 전기 작품과 시문집 『구지집九芝集』을 남겼다

124) 정지문鄭之文(1605 전후)은 자가 응니應尼 또는 표선豹先이고, 남성南城 사람이다. 만력 연간에 진사에 급제하여 남부랑南部郎, 진정지부眞定知府 등을 역임했다. 전기 작품 외의 시문집으로 『원산당집遠山堂集』, 『금연재집錦硯齋集』 등이 있다.

『쌍웅雙雄』(풍몽룡馮夢龍125) 작).

『청련靑蓮』『말갈靺鞨』(이상 2종, 대자진戴子晉126) 작).

『탄협彈鋏』, 『사몽四夢』(이상 2종, 차임원車任遠127) 작).

『쌍주雙珠』, 『교초鮫綃』, 『청쇄靑瑣』, 『분혜分鞋』(이상 4종, 심경沈鯨128) 작).

『교호蛟虎』(황백우黃伯羽129) 작).

『존고存孤』(강도江都 육필陸弼130) 작).

『청풍정淸風亭』(천대天臺 이명뢰李鳴雷 작).

『사희四喜』(상우上虞 사당謝讜131) 작).

---

125) 풍몽룡馮夢龍(1574~1646)은 자가 유룡猶龍 또는 이유耳猶, 자유子猶이고, 호는 녹천관 주인綠天館主人, 용자유龍子猶, 고곡산인顧曲散人, 묵감재주인墨憨齋主人, 오하사노吳下詞奴, 고소사노姑蘇詞奴, 전주주사前周柱史 등을 사용했다. 강소 장주長洲(지금의 쑤저우시) 사 람인 그는 널리 알려진 백화소설집 '삼언三言' 외에도 『신열국지新列國志』, 『증보삼수 평요전增補三遂平妖傳』, 『지낭智囊』, 『고금담개古今談槪』, 『태평광기초太平廣記鈔』, 『묵감 재정본전기墨憨齋定本傳奇』, 그리고 각종 경전 해설서, 역사서, 풍속 및 민요 채록서採錄 書, 지방지地方志 등을 저술했다.

126) 대자진戴子晉(?~?)은 자가 금섬金蟾이고, 영가永嘉 사람이다. 생졸연대 및 생애 모두 자세히 알려져 있지 않지만, 대략 명나라 만력 연간 초기에 생존했다고 추정된다. 전 기 작품인 『청련기靑蓮記』 및 『말갈기靺鞨記』을 지었다.

127) 차임원車任遠(?~?)은 자가 원지遠之이고, 호는 치재梔齋 또는 거연자蘧然子이다. 절강 상우上虞(지금의 저쟝성 샹위현上虞縣) 사람인 그는 생졸연대 및 생애 모두 자세히 알려 져 있지 않지만, 대략 만력 8년(1580) 전후로 생존했을 것으로 보인다. 희곡 창작에 뛰 어나 『초록몽蕉鹿夢』, 『고당몽高唐夢』, 『한단몽邯鄲夢』, 『남가몽南柯夢』, 『복선비福先碑』 등 잡극 5종과 전기 작품인 『사몽기四夢記』, 『탄협기彈鋏記』 등을 지었으나, 지금은 『초 록몽』만이 『성명잡극盛明雜劇』에 실려 전해진다.

128) 심경沈鯨(?~?)은 자가 미상이고, 호는 열천涅川이다. 생졸연대 및 생애 모두 알려져 있지 않지만 대략 만력 초기(1573~)에 살았을 것으로 보인다. 절강 평호平湖 사람인 그의 전기 작품으로는 『쌍주기雙珠記』, 『분혜기分鞋記』, 『교초기鮫綃記』 및 『청쇄기靑瑣 記』 등이 남아 있다.

129) 황백우黃伯羽(?~?)는 명대 사람으로, 『진서晉書』 「주처전周處傳」과 『세설신어世說新語』 에 기록된 삼국시대의 인물 '주처周處'의 전설을 제재로 쓴 전기 작품 『교호기蛟虎記』로 유명하다.

130) 육필陸弼(?~?)은 자가 무종無從이고, 강도江都 사람이다. 생졸 시기는 미상이다. 다양 한 분야에 관심이 많아 많은 저술을 지었다. 당시 위학례魏學禮, 황치등王穉登과 함께 사관史館에 들어가 정사 편찬 작업에 참가하기도 하였다. 희곡 창작에 뛰어나 전기 작 품으로 『존호기存弧記』 및 흠홍강欽虹江과 함께 지은 『주가용酒家傭』이 있으며, 시문집 으로 『정시당집正始堂集』 24권이 『열조시집列朝詩集』에 실려 전한다.

『앵무주鸚鵡洲』(해녕海寧 진여교陳與郊[132) 작).

『금련金蓮』, 『자회紫懷』(이상 2종, 회계會稽 진여원陳汝元[133) 작).

『태화泰和』(정주靖州 허조許潮[134) 작).

『홍불紅拂』(전당錢塘 장태화張太和[135) 작).

『충절忠節』(전당錢塘 전직지錢直之[136) 작).

『부절符節』(전당錢塘 장대륜章大綸 작).

---

131) 사당謝讜(1512~1569)은 자가 헌충獻忠, 호는 해문海門이다. 절강 상우上虞(지금의 절
강성 샹위현上虞縣) 사람으로, 1544년에 진사가 되어 태흥령泰興令을 제수 받았으나 중
도에 고향으로 돌아갔다. 귀향 후 20여 년 동안 칩거하면서 독서와 저술에만 힘썼다.
시와 산문에 뛰어나 문집에는 『사해문집謝海門集』, 『고우집古虞集』이 있고, 전기 작품으
로 『사희기四喜記』가 현존한다.

132) 진여교陳與郊(1544~1611)는 본성本姓이 고高이고, 자는 광야廣野, 호는 우양禺陽 또는
옥양선사玉陽仙史이다. 절강 해녕海寧 염관鹽官 사람인 그는 1574년에 진사가 되었고, 관
직은 태상시소경太常寺少卿에 이르렀다. 만력 24년(1596)에 귀향을 청하는 상소를 올리고
고향으로 돌아가 염관의 '우원隅園'에 은거하며 저술에 몰두하였다. 악부시樂府詩 창작에
뛰어났고, 희곡을 좋아하였다. 저서에는 전기 작품으로 『보령도寶靈刀』, 『기린계麒麟罽』,
『앵무주鸚鵡洲』, 『앵도몽櫻桃夢』 4종(통칭 '영치부詅癡符'라고 부른다)이 있고, 5종의 잡극
이 있는데, 그 가운데 현존하는 것은 『소군출새昭君出塞』, 『문희입새文姬入塞』, 『원씨의견
袁氏義犬』 3종이다. 또한 『고명가잡극古名家雜劇』, 『고금악고古今樂考』 등 10여 종의 집록
서輯錄書를 남기기도 했다. 이밖에도 『황문집黃門集』, 『고공기집주考工記輯注』, 『단궁집주
檀弓輯注』, 『빈천집蘋川集』, 『우원집隅園集』 등의 저술이 있다. 그가 살았던 우원隅園은 청
대 강남의 이름난 정원의 하나인 '안란원安瀾園'의 전신前身이기도 하다.

133) 진여원陳汝元(?~?)은 명나라 만력 초기의 인물로, 자는 태을太乙이고, 절강 회계會稽
사람이다. 생졸연대와 생애 모두 알려져 있지 않다. 전기 작품으로 『자환기紫環記』와 『금
련기金蓮記』 2종을, 잡극으로는 『홍련채紅蓮債』을 남겼다.

134) 허조許潮(?~?)은 자가 시천時泉이고, 호남湖南 정주靖州 사람이다. 일설에는 황주黃州
사람이라고도 한다. 생졸연대는 알 수 없으나 만력 말기의 인물로 추정된다. 악부시를
잘 지었으며, 희곡 작품으로는 잡극으로 『무릉춘武陵春』, 『난정회蘭亭會』, 『사풍정寫風情』,
『오일음午日吟』, 『남루월南樓月』, 『적벽유赤壁游』, 『용산연龍山宴』 및 『동갑회同甲會』 등이
있고, 전기 작품으로는 『말갈기靺鞨記』와 『태화기泰和記』가 있다.

135) 장태화張太和(?~?)는 호가 전산展山이고, 전당錢塘 사람이다. 그는 대략 만력 초기 사
람에 활동한 듯하며, 전기 작품인 『홍불기紅拂記』가 전한다. 이 작품으로 탕현조에게
극찬을 받기도 하였다.

136) 전직지錢直之(?~?)는 이름은 알 수 없고, 호가 해옥海屋이다. 전당錢塘 사람으로, 생졸
연대나 생애가 모두 알려져 있지 않으나, 대략 만력 초기 인물로 추정된다. 저서로는
전기 작품 『충절기忠節記』가 있다.

『호로呼盧』(정현鄭縣 김천구金天坵 작).

『옥향玉香』, 『망운望雲』(이상 2종, 인화仁和 정문수程文修[137] 작).

『절효節孝』, 『옥잠玉簪』(전당錢塘 고렴高濂[138] 작).

『제교題橋』(무석無錫 육제지陸濟之[139] 작).

『쌍렬雙烈』(장사유張四維[140] 작).

『경홍驚鴻』(오정烏程 오세미吳世美[141] 작).

『명봉鳴鳳』(왕세정王世貞[142] 작).

---

137) 정문수程文修(?~?)는 희곡 작가로, 자가 중선仲先, 숙자叔子(자숙子叔이라고도 함)이며,
인화仁和 사람이다. 생졸연대와 생애는 미상이나, 대략 만력 초기 인물로 추정된다. 남
긴 작품으로 전기 작품 『망운기望雲記』와 『옥향기玉香記』 2종이 있다.

138) 고렴高濂(1527~1609?)은 자가 심보深甫이고 호는 서남瑞南, 호상도화어湖上桃花漁이
다. 절강 전당 사람인 그는 1572년에 벼슬길에 올랐으나, 부친상으로 고향에 돌아와
서호西湖에 은거하였다. 남긴 작품으로는 전기 작품에 『옥잠기玉簪記』, 『절효기節孝記』
2종이 모두 현존하고, 또한 산곡散曲 작품들이 『남궁사기南宮詞記』, 『태하신주太霞新奏』,
『호소합편吳騷合編』 등의 선집選集에 흩어져 있다. 이밖에 시문집으로 『아상재시초雅尙
齋齋詩草』, 『방지루사芳芷樓詞』가 있고, 잡저雜著로 『준생팔전遵生八箋』이 있다. 그는 희
곡작가인 양진어梁辰魚, 도륭屠隆 등과 교류가 있었다.

139) 육제지陸濟之(?~?)는 만력 초기의 희곡 작가이며, 작품에는 전기 작품인 『제교기題橋
記』가 남아 있다.

140) 장사유張四維(?~?)는 자가 야경冶卿(치경治卿이라고도 함)이고, 호는 오산午山, 오산五
山, 오산수재五山秀才 등이다. 원성元城(지금의 허베이성河北省 따밍大名) 사람인 그는 금
릉金陵(지금의 난징시)으로 이주하여 살았으며, 대략 만력 초기의 인물로 추정된다. 그
의 희곡 작품에는 전기 작품으로 『쌍열기雙烈記』, 『장대류章臺柳』, 『이만기瓈灣記』 3종
이 있으나, 이 가운데 『쌍열기』만이 전해진다. 또한 산곡집으로 『계상한정溪上閑情』이
있다. 그의 생애에 관련된 자료는 『강희강녕현지康熙江寧縣志』 권34 및 『명청산곡작가
휘고明淸散曲作家彙考』 상편上篇에 보인다.

141) 오세미吳世美(?~?)는 자가 숙화叔華이고, 호는 다구동천인多口洞天人이다. 오정烏程(지
금의 절강성 우싱吳興) 사람인 그는 만력 초의 인물로 추정되며, 작품으로는 전기 작품
『경홍기驚鴻記』가 남아 있다. 그의 생애와 사적은 오서음吳書蔭의 『곡품교주曲品校注』에
보인다.

142) 왕세정王世貞(1526~1590)은 자가 원미元美이고, 호는 봉주鳳洲, 연주산인燕州山人이다.
태창太倉 사람인 그는 가정 연간에 진사가 되었으며, 벼슬은 남경형부상서를 지냈다.
이름난 문학가로 당시의 문인 이반룡李攀龍, 사진謝榛 등과 더불어 이른바 '후칠자後七
子'로 불리며, 이반룡 사후 20년 동안 문단의 수장 노릇을 하기도 하였다. 아울러 그는
명대의 사료를 수집, 정리하는 데 큰 업적을 남기기도 하였고, 『예원치언藝苑卮言』에서
는 희곡 방면의 독특한 견해를 보여주기도 한다. 주요 저서로는 『연주산인사부고燕州

『팔의八義』(서숙회徐叔回 작).

『몽뢰夢磊』, 『합사合紗』(사고숙史考叔 작).

『제홍題紅』(축장생祝長生143) 작).

『오정五鼎』(고윤묵顧允默144) 작).

『초상椒觴』(고무검顧懋儉145) 작).

『춘무春蕪』(전당錢塘 왕릉汪錂146) 작).

『기화奇貨』, 『삼보三普』, 『서패犀珮』(항주杭州 호문환胡文煥147) 작).

『금등金縢』(교몽부喬夢符 작).

『신경神鏡』(여천성呂天成148) 작).

山人四部稿』, 『연산당별집燕山堂別集』, 『황명명신완염록皇明名臣琬琰錄』 등이 있다.

143) 축장생祝長生(?~?)은 자가 금속金粟이고, 해염海鹽 사람이다. 대략 만력 초기 인물로 추정된다. 전기 작품으로 『제홍기題紅記』가 있다.

144) 고윤묵顧允默(?~?)은 자가 무인懋仁이고, 곤산崑山 사람이다. 고몽규顧夢圭의 아들이다. 대략 명나라 융경隆慶 말기의 사람이다. 그의 동생 고우도顧尤燾, 누이동생 고채병顧采屏과 더불어 희곡 창작에 뛰어났다. 지은 작품으로 전기 작품 『오정기五鼎記』가 있다.

145) 고무검顧懋儉(?~?)은 이름이 고무굉顧懋宏이라고도 하고, 아명은 수壽이다. 자는 정보靖甫, 무검懋儉(무검茂儉이라고도 한다)이다. 강소 곤산崑山 사람인 그는 고윤묵顧允默의 동생이기도 하다. 대략 만력 초기에 활동한 것으로 추측된다. 그는 재능은 뛰어났으나 구설수로 옥에 갇히기도 하였다. 1588년에 휴녕교유休寧敎諭 벼슬을 제수 받았고, 이후 관직이 거주지부莒州知州에 이르기도 했으나 스스로 그만두고 동교東郊에 건물을 지어 매화를 심고 시를 지으며 노년을 보냈다. 작품으로 전기 작품 『초상기椒觴記』가 있다.

146) 왕릉汪錂(?~?)은 자가 검지劍池이고, 전당 사람이다. 만력 초기 인물로 보인다. 작품으로는 전기 『춘무기春蕪記』가 있다.

147) 호문환胡文煥(?~?)은 자가 덕보德甫 또는 덕문德文이고, 호는 전암全庵, 또는 포금거사抱琴居士이다. 인화仁和(지금의 저장성 항저우시杭州市) 사람인 그는 음률音律에 능통하고 북과 거문고 등 악기 연주에 뛰어났으며, 열렬한 장시가이기도 하였다. 만력, 천계 연간天啓(1621~1627)에 장서루인 '문회당文會堂'을 건립하였고, 나중에 진晉나라 장한張翰의 시구에서 제목을 따와 '사혜관思蕙館'으로 개명되었다. 또한 서점을 차려 고서적을 유통시켰으며, 수록 도서가 346종에 이르는 '격치총서格致叢書'를 간행하기도 하였다. 그가 선집하여 펴낸 『군류선群類選』은 명대의 최대의 희곡 선집이기도 하다. 그는 직접 전기 작품 4종을 창작하기도 했지만 지금은 남아 있지 않다. 저서로 『문회당금보文會堂琴譜』, 『고기구명古器具名』 등이 있다.

148) 여천성呂天成(1580~1618)은 명대의 희곡작가로, 자는 근지勤之, 호는 극진棘津 또는 울람생鬱藍生이다. 절강 여요餘姚 사람인 그는 제생 출신이며, 10살부터 희곡 창작을 시작하여 전기와 잡극 수십 종을 남겼다. 작품으로는 『신경』 이외에도 『신녀神女』, 『금합

『옥어玉魚』(탕빈양湯賓陽149) 작).

『옥차玉釵』(육강루陸江樓150) 작).

『모란牡丹』(주춘림朱春霖 작).

『녹기綠綺』(무진武進 양유승楊柔勝151) 작).

『금연禁烟』(무석無錫 노구강盧鳩江 작).

『가풍歌風』(항주杭州 경생자庚生子 작).

『곤어錕鋙』(양의거사兩宜居士 작).

『탈해奪解』(추각거사秋閣居士 작).

『합벽合璧』(왕항王恒 작).

『쌍환雙環』(녹양외사鹿陽外史 작).

『옥경대玉鏡臺』(곤산崑山 주정朱鼎152) 작).

『금어金魚』(의흥宜興 오붕吳鵬 작).

『순효純孝』(장종회張從懷153) 작).

『분향焚香』(왕옥봉王玉峰154) 작).

『용검龍劍』(휘주徽州 오대진吳大震155) 작).

金合』,『계주戒珠』,『삼성三星』,『쌍서雙棲』『쌍각雙閣』 등이 있다. 참고로, '중화본'에는
이름이 여대성呂大成으로 되어 있으나 이는 여천성의 오기誤記로 보인다.

149) 탕빈양湯賓陽(?~?)은 이름이나 출신 지역, 생졸연대 모두 알 수 없다. 만력 초기의
   인물로 추정되는 그의 전기 작품으로는 『옥어기玉魚記』가 있다.

150) 육강루陸江樓(?~?)는 본명을 알 수 없고, 호는 심일산인心一山人이다. 항주 사람인 그
   는 만력 초기 인물로 추정되고, 전기 작품에는 『옥채기玉釵記』가 있다. 『곡품曲品』에서
   전기 작품 『우선기遇仙記』가 '심일자'의 작품이라고 보았으나, 이 또한 육강루의 손에
   서 나온 듯하다.

151) 양유승楊柔勝(?~?)은 자가 신오新吾이고, 무진武進 사람이다. 생졸연대는 미상이나,
   만력 초기에 활동한 것으로 보인다. 전기 작품으로 『녹기기綠綺記』가 있다.

152) 주정朱鼎(?~?)은 자가 영회永懷이고 곤산崑山 사람이다. 생졸 시기와 생애는 모두 미
   상인 그는 만력 초기에 활동했을 것으로 보인다. 일찍이 고윤묵顧允默 형제와 교유한
   바 있고, 전기 작품 『옥경대玉鏡臺』를 남겼다.

153) 장종회張從懷(?~?)는 일명 종덕從德이라고도 하고, 자는 동곡同谷이고 해녕海寧 사람
   이다. 만력 초기 인물로 추측된다. 전기 작품 『순효기純孝記』를 남겼다.

154) 왕옥봉王玉峰(?~?)은 송강부松江府 화정현華亭縣 사람으로, 전기 작품 『분향기焚香記』
   를 남겼다.

『용고龍膏』, 『금대錦帶』(이상 2종, 양제백楊第白 작).

『용초龍綃』(태주台州 황유즙黃惟楫[156] 작).

『우선遇仙』(항주杭州 심일자心一子[157] 작).

『패인佩印』(항주杭州 고근顧瑾[158] 작).

『옥환玉丸』(상우上虞 주기朱期[159] 작).

『옥탁玉鐲』(이옥전李玉田[160] 작).

『차천釵釧』(월사주인月榭主人[161] 작).

『옥저玉杵』(여요餘姚 양지형楊之炯[162] 작).

『분차分釵』(율양溧陽 장수빈張漱濱 작).

『개원漑園』(상우上虞 조우례趙于禮[163] 작).

---

155) 오대진吳大震(?~?)은 자가 동우東宇이고, 호는 장유長孺, 시은생市隱生이다. 휴녕休寧 사람(신도新都 사람이라는 설도 있다)인 그는 만력 초기의 인물로 추정된다. 지은 전기 작품으로 장중예張仲豫와 함께 지은『연낭기練囊記』, 그 자신만의 작품인『용검기龍劍記』 가 있다.

156) 황유즙黃惟楫(?~?)은 절강 천태天台 사람으로, 이름을 황유즙黃維楫이라 하기도 하고, 자는 설중說仲이다. 만력 연간에 활동하였으며, 전기 작품에는『용초기龍綃記』가 있고, 시집으로『시초詩草』가 있다.

157) 육강루陸江樓에 대한 주석을 참조할 것.

158) 고근顧瑾(?~?)은 자가 회림懷琳이고, 화정華亭 사람이다(항주 사람이라는 설도 있다). 만력 중기쯤에 활동한 것으로 보이는 그의 전기 작품으로는『패인기佩印記』가 있다.

159) 주기朱期(?~?)는 자는 알 수 없고, 호는 만산萬山이다. 상우上虞 사람인 그는 만력 중기에 활동한 것으로 보이며, 전기 작품으로『옥환기玉丸記』(『옥와기王瓦記』라고도 한다) 가 있다.

160) 이옥전李玉田은 주옥전朱玉田을 가리키는 듯하다. 주옥전(?~?)은 이름은 알려져 있시 않고, 정주汀州 사람이다. 그는 만력 중기에 활동한 인물로, 전기 작품『옥탁기玉鐲記』 를 남겼다.

161) 월사주인月榭主人(?~?)은 이름, 자호, 출신시, 생애 모두 미상이다. 그가 남긴 작품과 저서로는『차천기』와『금악고증今樂考證』 등이 있다. 『곡해총목제요曲海總目提要』에서 는『차천기』를 두고 "명대의 옛 작품으로, 누가 지었는지 알 수 없다"고 기술하였다. 또 월사주인은 바로 왕옥봉이라는 주장도 있다.

162) 양지형楊之炯(?~?)은 자가 성수星水이고, 절강 여요餘姚 사람이다. 만력 중기에 활동 했던 것으로 보이는 그는 전기 작품으로『옥저기玉杵記』를 남겼다.

163) 조우례趙于禮(?~? 1596년 전후 생존)는 자가 심운心雲 또는 심무心武이다. 절강 상우 上虞 사람인 그는 전기 작품『개원기漑園記』와『화앵기畵鶯記』를 남겼다.

『멱련覓蓮』(율양溧陽 추해문鄒海門 작).

『단완丹筅』(휘주徽州 왕종희汪宗姬[164] 작).

『호룡護龍』(팽택彭澤 풍지가馮之可 작).

『지복指腹』(율양溧陽 심조沈祚[165] 작).

『백벽白璧』(황정봉黃廷奉 작).

『호구狐裘』, 『정로靖虜』(이상 2종, 항주杭州 사천우謝天佑[166] 작).

『합차合釵』(구서오邱瑞吾 작).

『수피繡被』, 『향구香裘』, 『묘상妙相』, 『팔경八更』, 『망운望雲』, 『완복完福』,
『보차寶釵』, 『도화桃花』, 『적성摘星』(이상 9종, 회계會稽 김회옥金懷玉[167] 작).

『남전藍田』(용거옹龍渠翁[168] 작).

『홍리紅梨』(서복조徐復祚[169] 작).

『합검合劍』(태화산인太華山人 작).

『상당연想當然』(대명大名 노차경盧次梗 작).

『책장策杖』(함양자涵陽子 작).

---

164) 왕종희汪宗姬(?~?, 1596년 전후 생존)는 자가 사문師文 또는 조태肇邰이다. 휘주 흡현
사람인 전기 작품으로 『단완기』가 있다.

165) 심조沈祚(?~?, 1596년 전후 생존)는 자가 희복喜福이다. 율양 사람인 그의 전기 작품
으로는 『지복기』가 있다.

166) 사천우謝天佑(?~?)는 자는 미상이고, 호는 사산思山이다. 항주 사람인 그는 대략 만력
연간을 전후로 생존한 것으로 보인다. 전기 작품인 『호구기』와 『정로기』가 있다.

167) 김회옥金懷玉(?~?, 1573년 전후)는 자가 이음爾音이다. 회계 사람인 그는 과거시험 공
부를 포기하고 음주와 시 창작을 즐기며 살았다. 작품으로 『향구기』 등의 전기 9종이
있다. 이 가운데 『망운기』와 『도화기』는 잔본이 남아 있으며, 『묘상기妙相記』는 속명
이 『새목련賽木蓮』으로, 일찍이 당시 여러 지방을 뒤흔들어놓았다고 한다.

168) 용거옹龍渠翁(?~?, 1596년 전후)는 이름을 알 수 없다. 안휘 안경安慶 사람인 그는 전
기 작품 『남전기』를 남겼다.

169) 서복조徐復祚(1560~약 1629)는 본명이 서독유徐篤儒이고 자는 양초陽初이고 나중에
눌천訥川으로 고쳤다. 호는 모죽暮竹, 삼가촌로三家村老이고, 별호로 파간도인破慳道人,
양초자陽初子, 락송생洛誦生, 휴휴생休休生 등을 쓰기도 하였다. 강소 상숙常熟 사람인 그
는 제생으로 국자감에 입학하였으며, 박학하고 시와 문장을 잘 지었다. 또한 사와 희
곡도 잘 지었는데, 지금 남아 있는 작품으로는 잡극 『일문전一文錢』, 전기 『투사기投
梭記』, 『홍리기』, 『소광검宵光劍』 3종이 있다. 그밖에도 필기집 『삼가촌노위담三家村老委
談』과 『곡론曲論』, 『남북사광운선南北詞廣韻選』을 펴내기도 하였다.

『쌍금방雙金榜』,『모니합牟尼盒』,『충효환忠孝環』,『춘등미春燈謎』,『연자전燕子箋』(이상 5종, 완대성阮大鋮[170] 작).

『옥환玉煥』,『장엽張葉』,『목양牧羊』,『고아孤兒』,『옥환玉環』,『교자敎子』,『채루彩樓』,『백순百順』,『난차鸞釵』,『백토白兎』,『약리躍鯉』,『쌍홍雙紅』,『서경四景』,『심친尋親』,『금작金雀』,『수호水滸』,『겸차鶼釵』,『쌍효雙孝』,『옥패玉佩』,『천상千祥』,『나삼羅衫』,『기린麒麟』,『이몽異夢』,『칠국七國』,『흑리黑鯉』,『제문題門』,『살구殺狗』,『동곽東郭』,『투소投梳』,『금화金花』,『금낭錦囊』,『정우서옥情郵瑞玉』,『반도蟠桃』,『토융吐絨』,『의주衣珠』,『사호四豪』,『삼계三桂』,『화원花園』,『청루青樓』,『차거硨渠』,『홍사紅絲』,『하전霞箋』,『서합犀盒』,『적송赤松』,『양환鑲環』,『제포綈袍』,『공후箜篌』,『동장東墻』,『강류江流』,『원잠鴛簪』,『오복五福』,『이혼離魂』,『능화菱花』,『금대金臺』,『남루南樓』,『와빙臥冰』,『절협節俠』,『비환飛丸』,『사현四賢』,『금심琴心』,『원벽遠覽』,『유규幽閨』(시혜施惠[171]가 지었다고도 하나, 고증할 수 없다). 『비환飛丸』,『쌍홍雙紅』,『목련구모目蓮救母』(이상 66종 고본古本은 작자를 고증할 수 없다).

15. 청대의 전기

『말릉춘秣陵春』(태창太倉 오위업吳偉業[172] 작).

---

170) 완대성阮大鋮(1587?~1646?)은 자가 집지集之이고 호는 원해圓海 또는 석소石巢, 백자산초百子山樵이며, 회녕懷寧(지금의 안훼이성 안칭安慶) 사람이다. 그는 1616년 진사에 급제하여 급사중을 지내면서 환관 위충현魏忠賢과 결탁하여 동림당東林黨을 공격했다. 이후 태상시소경太常寺少卿, 광록경光祿卿을 역임하다가 위충현 일당이 숙청될 때 관직을 잃고 고향으로 돌아갔다. 1644년 마사영馬士英이 남경에서 복왕福王을 옹립하자 완대성은 병부우시랑에 발탁되었고, 이어서 병부상서, 우부도어사右副都御史 등을 역임하다가, 청나라 군대가 남경을 공격하자 절강으로 도주했다가 청나라에 항복했다. 그가 지은 전기로는 위 작품들 외에도 『도화소桃花笑』,『정중맹井中盟』,『사자잠獅子賺』, 사은환賜恩環, 『노문생老門生』까지 10종이며, 현존하는 4종을 합쳐 "석소전기사종石巢傳奇四種"이라고 부른다. 그 외에 시와 문장으로 『영회당전집詠懷堂全集』이 있다.
171) 시혜施惠(?~?)는 자가 군미君美이다. 항주 사람인 그는 상인 출신으로 알려져 있다.
172) 오위업吳偉業(1609~1671)은 자가 준공駿公이고 호는 매촌梅村이다. 강남 태창太倉 사

『화중인畫中人』, 『요투갱療妒羹』, 『녹모란綠牡丹』, 『서원西園』(이상 4종, 의흥
宜興 오병吳炳[173) 작).

『화연잠花筵賺』, 『원앙봉鴛鴦棒』, 『천화인倩畫姻』, 『감피화勘皮靴』, 『몽화감夢
花酣』(송강松江 범문약范文若[174) 작).

『서루西樓』(오현吳縣 원우령袁于令[175) 작).

『색화루索花樓』, 『하화탕荷花蕩』, 『십금당十錦塘』(오현吳縣 마길인馬佶人[176) 작).

<hr>

람인 그는 명·청 시대의 유명한 시인으로, 특히 7언체 시를 잘 지었다. 백거이의 시체
를 공부하여 흔히 '매촌체梅村体'라고 불린 자신만의 시체를 이룩하였다. 저서로는 『매
촌가장고梅村家藏稿』가 있다.

173) 오병吳炳(1595~1648)은 자가 가선可先이고, 호는 석거石渠이다. 만년에는 또 스스로
'찬화주인粲花主人'이라 부르기도 했다. 의흥宜興(지금의 이청진宜城鎭) 사람인 그는 만력
1619년에 진사가 되고나서 호북湖北 무창부武昌府 포기현蒲圻縣 지현, 강서제학부사江西
提學副使, 공부도수사주사工部都水司主事, 복주지부福州知府 등의 관직을 역임하였다. 숭정
제가 자결한 뒤에는 병부우시랑, 예부상서 겸 동각대학사로 제수되기도 했다. 훗날 청
나라 군대에게 포로가 되어서도 절개를 굽히지 않고 단식하다가 사망하였다. 그의 극
본 『속모란續牡丹』은 『중국십대고전희극집中國十大古典喜劇集』 속에 월극越劇의 극목劇目
으로 들어가기도 하며, 『서원기西園記』는 곤극崑劇의 전통 극목의 하나이기도 하다.
174) 범문약范文若(?~1643?)은 자가 향령香令이고, 호는 순압荀鴨이며, 자호는 오농吳儂이
다. 송강松江 사람인 그는 생졸연대나 자세한 사적은 알 수가 없고, 다만 생애가 매우
짧았다는 것만 알려져 있다. 지은 작품으로 전기 9종이 있으니 곧 『화연잠』, 『원앙봉』,
『몽화감』(이상 3종은 합간본合刊本으로 나오기도 했는데, 이를 『범씨삼종范氏三種』이라
한다), 『천화인』, 『감피화』, 『화미단花眉旦』, 『자웅단雌雄旦』, 『금명지金明池』, 『환희원가
歡喜冤家』 등이 그것이다. 『곡록曲錄』 1권이 함께 전해진다.
175) 원우령袁于令(1592~1670)은 본명이 원진袁晉, 원온옥袁韞玉이고, 나중에 원우령으로
개명하였다. 자는 영소令昭, 연소硯昭이고, 호는 부공鳧公, 탁암籜庵, 백빈白賓, 만정선사
幔亭仙史, 만정가봉자幔亭歌峰者, 길의도인吉衣道人 등이 있다. 강소 오현吳縣 사람인 그
는 명나라 말기에 응세공贗歲貢 출신으로 국자감에 들어가 공부하기도 하였다. 청나라
때에는 공우형사주사工虞衡司主事, 영선사원외랑營繕司員外郎 등의 관직을 역임하였으나
1653년에 죄를 지어 파면되었다. 만년에는 회계會稽로 이주해 살았다. 그는 섭헌조葉憲
祖(1566~1641)에게서 희곡을 배웠고, 풍몽룡, 기표가祁彪佳, 심자진沈自晉, 탁인월卓人月,
오위업, 홍승洪昇, 이옥李玉 등의 희곡가들과 친하게 교유하였다. 작품으로는 전기 9종
이 있는데, 이를 합쳐서 『검소각전기劍嘯閣傳奇』라고 부르기도 한다. 지금은 『서루기』
와 『숙상구鷫鷞裘』 2종이 남아 있고, 잡극으로는 『쌍앵전雙鸎傳』이 남아 있다. 이 가운
데 『서루기』는 곤곡 안에 절자희折子戲로 남아 있기도 하다.
176) 마길인馬佶人(?~?)은 자가 경생更生 또는 긍생亘生이다. 강소 오현 사람(항주 사람이라
는 설도 있다)인 그는 생졸 연대나 생애가 자세히 알려져 있지 않으나, 대략 숭정 중엽
에 살았던 것으로 보인다. 희곡 작품으로는 『색화루』(『매화루梅花樓』라고도 한다), 『하

『나삼합羅衫合』, 『천마매天馬媒』, 『소도원小桃源』(이상 3종, 유진충劉晉充[177] 작).

『서생원書生願』, 『취월연醉月緣』, 『전형가戰荆軻』, 『여중인蘆中人』, 『소군몽昭君夢』, 『장원기狀元旗』(오현吳縣 설단薛旦[178] 작).

『일봉설一捧雪』, 『인수관人獸關』, 『영단원永團圓』, 『점화괴占花魁』, 『기린각麒麟閣』, 『풍설회風雲會』, 『우두산牛頭山』, 『태평전太平錢』, 『연성벽連城璧』, 『미산수眉山秀』, 『호천탑昊天塔』, 『삼생과三生果』, 『천종록千鍾祿』, 『오고풍五高風』, 『양수미兩須眉』, 『장생상長生像』, 『봉운교鳳雲翹』, 『선진회禪眞會』, 『쌍용패雙龍佩』, 『천리주千里舟』, 『낙양교洛陽橋』, 『호구산虎邱山』, 『무당산武當山』, 『청충보淸忠譜』, 『괘옥대掛玉帶』, 『의중연意中緣』, 『만리연萬里緣』, 『만민안萬民安』, 『기린종麒麟種』, 『나천초羅天醮』, 『진루월秦樓月』(이상 31종, 오현吳縣 이옥李玉[179] 작).

『만사족萬事足』, 『풍류몽風流夢』, 『신관원新灌園』(이상 3종, 오현吳縣 풍몽룡

화탕』, 『십금당十錦塘』 등 전기 작품 3종이 남아 있다.

177) 유진충劉晉充(?~?)은 이름이 유보충劉普充이라고 부르기도 하며, 자는 방소方所이다. 또한 이름이 방方이고 자가 진충晉充이라는 설도 있다. 강소 오현 사람인 그는 생졸연대나 생애가 자세히 알려져 있지 않다. 대략 숭정 중엽에 살아있던 활동한 것으로 보인다. 그는 전기 작품 『나삼합』, 『천마매』, 『소도원』을 남겼다.

178) 설단薛旦(?~?)은 청대 초기의 희곡 작가로 자는 기양旣揚, 계양季央이고 호는 기연자沂然子, 청연자聽然子이다. 강소 무석無錫 사람인 그는 잠시 오현에서 지내기도 하였다. 그는 전기 작품인 『속정등續情燈』, 『구룡지九龍池』(『십이금전十二金錢』이라고 부르기도 한다)과 잡극 『소군몽』이 남아 있다.

179) 이옥李玉(1591?~1671?)은 자가 현옥玄玉이고 호는 소문소려蘇門嘯侶 혹은 그의 서재 이름을 따서 일립암주인一笠庵主人이라고 부르기도 한다. 그의 생애에 대한 기록은 대단히 적은데, 초순焦循은 『극설劇說』에서 그를 "신시행申時行의 집안 사람"이라 하였고, 오위업은 『북사광정보北詞廣正譜』의 서문에서 그가 명나라 말기에 부방副榜으로 향시에 합격한 거인이라 하기도 했다. 그는 명나라 말기에 가장 영향력 있던 희곡 작가이다. 지은 작품에는 전기 30여 종이 있는데, 현재는 18종이 남아 있다. 또한 일찍이 『북사광정보』를 편정篇訂하기도 했는데, 이 책은 북곡北曲의 곡률曲律을 연구하는 데에 중요한 저작이기도 하다. 그의 작품 가운데는 명나라 멸망 이전에 지은 작품 '일립암사종곡一笠庵四種曲'에 해당하는 『일봉설』, 『인수관』, 『영단원』, 『점화괴』가 가장 유명한데, 이것들을 합쳐 '일인영점一人永占'이라 부르기도 한다. 이 밖에도 『청충보』는 창작 연대가 상세하지 않고 오위업이 쓴 서문만이 청대 초기에 지어졌다. 이옥의 극본은 대개 청나라 초기에 씌어졌는데, 가령 『만리원萬里圓』(『만리연』이라고도 함), 『천종록』(『천충륙千忠戮』이라고도 함) 등이 모두 그러하다.

馮夢龍 작).

『호박시琥珀匙』,『여개과女開科』,『개구소開口笑』,『삼격절三擊節』,『손국의遜
國疑』,『영웅개英雄概』,『팔익비八翼飛』,『인중인人中人』(이상 8종, 오현吳縣 섭
시장葉時章[180] 작).

『태극주太極奏』,『옥소주玉素珠』,『헌원경軒轅鏡』,『연화벌蓮花筏』,『길경도吉
慶圖』,『비룡봉飛龍鳳』,『금운구錦雲裘』,『서예라瑞霓羅』,『어설표御雪豹』,『석
린경石麟鏡』,『구련등九蓮燈』,『영락회纓絡會』,『췌신룡贅神龍』,『만화루萬花樓』,
『건황도建黃圖』,『건곤소乾坤嘯』,『염운정艶雲亭』,『탈추괴奪秋魁』,『만수관萬壽
冠』,『쌍화합雙和合』,『수영화壽榮華』,『오대영五代榮』,『보담월寶曇月』,『어가
락漁家樂』,『모란도牡丹圖』(이상 25종, 오현吳縣 주좌조朱佐朝[181] 작).

『호낭탄虎囊彈』,『당인비黨人碑』,『백복대百福帶』,『환연상幻緣箱』,『세한송歲
寒松』,『어포은御袍恩』,『요구란鬧句闌』(이상 5종, 상숙常熟 구원邱園[182] 작).

『진삼강振三綱』,『일착선一着先』,『만년상萬年觴』,『금의귀錦衣歸』,『미앙천未
央天』,『산예벽猨猊璧』,『충효려忠孝閭』,『사성수四聖手』,『취보분聚寶盆』,『십

---

180) 섭시장葉時章(?~?)은 청대 초기의 희곡 작가로, 자는 치비稚斐이다. 혹은 이름이 섭치
비葉稚斐이고 자가 미장美章이라는 설도 있다. 강소 오현 사람인 그는 생졸연대나 생애
가 잘 알려져 있지 않으나, 필위畢魏 등과 함께 이옥李玉의『청충보淸忠譜』전기의 창작
에 참여한 것으로 알려져 있다. 지은 작품으로는『영웅개』,『호박시』,『삼격절』,『개구
소』,『여개과』,『손국의』,『팔익비』,『인중인』등 전기 8종이 있으나, 지금 남아 있는
것은『호박시』,『영웅개』2종뿐이다.
181) 주좌조朱佐朝(?~?)는 자가 양경良卿이다. 강소 오현 사람인 그는 생애나 사적이 잘
알려져 있지 않으나, 대략 청나라 초기에 활동했던 것으로 보인다. 희곡 작품으로는
본문에 제시된 작품 외에『청풍채淸風寨』,『혈영석血影石』,『조양봉朝陽鳳』,『일봉화一捧
花』,『사기관四奇觀』등 5종을 더하여 모두 30종을 지었다. 한편『곡록』에 따르면『사
기관』은 다른 3명과 함께 창작한 것이라고 한다.
182) 구원邱園(?~?)은 자가 서설嶼雪이다. 상숙常熟 사람인 그는 생졸연대가 자세하지 않으
나, 대략 청나라 초기에 활동하다가 74세에 죽었다. 그는 성격이 방탕하고 매이지 않아
서 시와 음주를 즐겼으며, 우동尤侗, 오위업과 교분을 맺었다. 명나라 멸망 후 오구산烏
邱山에 은거하여 '오구산인烏邱山人'이라고 불렸다. 그는 산수화, 특히 설경 그림에 뛰어
났으며, 희곡 창작에도 뛰어났다. 작품으로는『호낭탄』,『당인비』,『백복대』,『환연상』,
『세한송』,『요구란』,『어포은御袍恩』,『일합기一合杞』,『촉견제蜀鵑啼』,『쌍부영雙鳧影』
등 전기 10종이 전해지고 있다.

오관十五貫』,『문성견文星見』,『용봉전龍鳳錢』,『요지연瑤池宴』,『조양봉朝陽鳳』,
『전오복全五福』(이상 15종, 오현吳縣 주소신朱素臣[183] 작).

『홍작약紅勺藥』,『죽엽주竹葉舟』,『호로보呼盧報』,『삼보은三報恩』,『만인적萬人敵』,『두견성杜鵑聲』(이상 6종, 오현吳縣 필만후畢萬侯[184] 작).

『내하천奈何天』,『비목어比目魚』,『신중루蜃中樓』,『연향반憐香伴』,『풍쟁오風箏誤』,『신란교愼鸞交』,『봉구황鳳求皇』,『교단원巧團圓』,『옥소두玉搔頭』,『의중연意中緣』,『투갑기儔甲記』,『사원기四元記』,『쌍종기雙鍾記』,『어람기魚藍記』,『만전기萬全記』(이상 15종, 전당錢塘 이어李漁[185] 작).

『대백산大白山』,『죽녹리竹漉籬』,『팔선도八仙圖』,『화우진火牛陣』,『경서상竟

---

183) 주소신朱素臣(?~?)은 이름이나 생애가 잘 알려져 있지 않다. 대략 청나라 초기에 활동한 것으로 추측된다. 강소 오현 사람인 그는 당대의 유명한 극작가 이옥, 주좌조 등과 교분을 나누었으며, 작품으로는 전기 19종이 있다. 또한 주좌조 등과 함께『사기관四奇觀』을 합작하고, 이옥과 더불어『매륜정埋輪亭』및『일품작一品爵』을 합작하기도 하였다. 참고로 주소신을 주학朱㷖 또는 주애朱㷖로 보는 설도 있다. 주애(?~?)는 자가 소신, 구선九先이다. 강소 오현 사람인 그는 주좌조와 형제 관계였고, 주좌조와 마찬가지로 청대 초기의 유명한 극작가였다. 그는 이옥이 지은『북사광정보』를 함께 교감하기도 하였고, 양주 출신의 이서운李書雲과 함께『음운수지音韻須知』을 펴내기도 하였다. 그는 전기 19종을 지었는데, 그중 비교적 우수한 작품으로『비취원翡翠園』과『십오관』을 들기도 한다. 특히『십오관』은『쌍웅몽雙熊夢』이라고도 하는데, 송·원 시대의 화본인『착참최녕錯斬崔寧』을 극화한 것이기도 하다.

184) 필만후畢萬侯(?~?)는 자가 진경晉卿이다. 강소 오현 사람인 그는 생졸연대나 생애가 잘 알려져 있지 않으나, 대략 청나라 초기에 활동한 것으로 보인다. 작품으로는『홍작약』,『죽엽주』,『호로보』,『삼보은』,『만인적』,『두견성』등 전기 6종이 있다.

185) 이어李漁(1611~1680)는 본래 이름이 선려仙侶이고, 호는 천징天徵이다. 나중에 이어로 개명하였으며, 자는 입옹笠翁 또는 입홍笠鴻, 적범謫凡 등이다. 그의 조적祖籍은 절강 난계蘭溪 하리촌下李村이나, 그는 치고雉皋(지금의 쟝쑤성 루까오시如皋市)에서 태어났다. 명대 말에서 청대 초기에 이르는 시기의 걸출한 희곡작가이자 소설가였던 그는 몇 차례 향시에 낙제하고 약재상이었던 부친이 병으로 죽은 뒤 점차 글을 팔아 생계를 잇는 길로 나서게 된다. 1651년에는 항주로 이주하여 직접 극단을 조직하고 극본을 집필하여 무대에 올려 큰 명성을 얻었다. 그는 1657년에는 남경으로 이주하여 활발한 창작과 공연 활동을 벌인다. 1671년에는 중국 최초의 체계를 갖춘 희극이론서인『한정우기閑情偶記』를 집필하였다. 그는 또한 자신의 저택에 '개자원芥子園'이라는 이름의 서점을 열기도 하였다. 개자원은 호씨胡氏의 십죽재十竹齋, 왕씨汪氏의 환취당環翠堂과 더불어 금릉金陵(지금의 난징시)에서 유명한 서점이었다. 그가 사위인 심심우沈心友 등과 함께 펴낸『개자원화보芥子園畵譜』는 중국화의 교과서로 널리 유통되었고 그 영향력도 컸다.

西廂』,『복성림福星臨』,『지남거指南車』,『체포증締袍贈』,『만금자萬金資』,『경
중인鏡中人』,『금등수金橙樹』,『옥원앙玉鴛鴦』(이상 12종, 주탄륜周坦綸186) 작).

『여시관如是觀』,『취보리醉菩提』,『해조음海潮音』,『작어선釣魚船』,『천하락天
下樂』,『정중천井中天』,『쾌활삼快活三』,『금강봉金剛鳳』,『날경연獺鏡緣』,『파
초정芭蕉井』,『희중중喜重重』,『용화회龍華會』,『쌍절효雙節孝』,『쌍복수雙福壽』,
『독서성讀書聲』,『낭자군娘子軍』(이상 16종, 장대복張大復187) 작).

『춘추필春秋筆』,『쌍기협雙奇俠』,『초구잠貂裘賺』,『천금소千金笑』,『취수패聚
獸牌』,『금중화錦中花』,『남향원擘香園』,『고교정古交情』,『사미방四美坊』,『미
선령眉仙嶺』,『여의책如意冊』,『풍설연風雪緣』,『고재옹固哉翁』,『속청루續青
樓』(이상 14종, 회계會稽 고혁高奕188) 작).

『인중룡人中龍』,『비룡개飛龍蓋』,『연지설胭脂雪』,『쌍규판雙虯判』(오현吳縣
성제시盛際時189) 작).

『청풍채淸風寨』,『오양피五羊皮』(오현吳縣 사집지史集之190) 작).

---

186) 주탄륜周坦綸(?~?)은 호가 과암果庵, 이거里居이다. 생졸연대나 생애가 잘 알려져 있
지 않으나, 대략 청나라 초기에 활동한 것으로 보인다. 그는『대백산大白山』,『죽녹리竹
漉籬』,『팔선도八仙圖』,『화우진火牛陣』,『경서상竟西廂』,『복성림福星臨』,『지남거指南車』,
『체포증締袍贈』,『만금자萬金資』,『경중인鏡中人』,『금등수金橙樹』,『옥원앙玉鴛鴦』, 그리
고 나중에 지은『서국西國』및『양명동陽明洞』등과 더불어 전기 14종을 창작하였다.
187) 장대복張大復(?~?)은 이름이 이선彝宣이고, 자는 심기心其 또는 성기星期이다. 소주蘇
州 사람인 그는 한산사寒山寺에 거주하면서 스스로 '한산자寒山子'라고 불렀다. 사詞를
좋아했고, 불교에도 어느 정도 조예가 있었던 그는 잡극과『여시관』,『취보리』,『해조
음』,『쾌활삼』,『금강봉』등 30여 종에 이르는 전기 작품을 남겼다. 또한 이옥, 유소아
鈕少雅 등의 협조를 얻어『한산당곡보寒山堂曲譜』를 편찬하였다.『한산당곡보』(1933)는
『영락대전희문삼종永樂大典戲文三種』(1920),『남곡구궁정시南曲九宮正始』(1936)와 더불어
20세기 중국의 남희南戲 연구사에서 '3대 발견'으로 손꼽히곤 한다.
188) 고혁高奕(?~?)은 자가 진음晉音 혹은 태초太初이다. 절강 회계會稽 사람인 그는 생졸
시기나 생애가 잘 알려져 있지 않다. 그는『춘추필』,『쌍기협』,『소구잠』등 14종의 전
기 작품을 지었다.
189) 성제시盛際時(?~?)는 자가 창기昌期이고, 강소 오현吳縣 사람이다. 생애나 사적을 알
길이 없으며, 대략 순치와 강희 연간 사이에 생존한 것으로 보인다.『인중룡』,『비룡개』,
『연지설』,『쌍규판』등 4종의 전기 작품을 남겼다.
190) 사집지史集之(?~?)는 자가 우익友益이다. 오현吳縣(율양溧陽 사람이라고 하기도 한다)
출신으로 생졸연대나 생애가 모두 미상인 그는 순치제 말기에 생존한 것으로 보인다.

『영서경靈犀鏡』, 『제미안齊眉案』,191) 『조담경照膽鏡』, 『인면호人面虎』, 『석점
두石點頭』, 『소봉래小蓬萊』, 『별유천別有天』, 『용등잠龍燈賺』, 『적수룡赤須龍』,
『아손복兒孫福』, 『양승룡兩乘龍』, 『만수정萬壽鼎』(이상 12종, 오현吳縣 주운종朱
雲從192) 작).

　『쌍관고雙冠誥』, 『칭인심稱人心』, 『채의환彩衣歡』(장주長洲 진이백陳二白193) 작).

　『삼합소三合笑』, 『옥전원玉殿元』, 『환희연歡喜緣』(이상 3종, 진자옥陳子玉194) 작).

　『비비상非非想』, 『황금대黃金臺』(이상 2종, 왕속고王續古195) 작).

　『산호편珊瑚鞭』, 『구기봉九奇逢』(강도江都 서석기徐石麒196) 작).

　『장생전長生殿』(홍승洪昇197) 작).

전기 작품으로 『청풍채』와 『오양피』가 남아 있다.
191) '중화본'에는 제목이 '제안미齊案眉'로 되어 있으나, 이는 '제미안齊眉案'의 오기로 보인다.
192) 주운종朱雲從(?~?)은 자가 제비際飛이다. 강소 오현 사람인 그는 생졸 시기나 생애가
　　모두 미상이다. 대략 순치제 말기에 살았던 것으로 보인다. 전기 작품으로 『영지경』,
　　『제미안』, 『조담경』 등 12종이 있다.
193) 진이백陳二白(?~?)은 자가 우령于令이다. 강소 장주長洲(지금의 쑤저우시) 사람인 그
　　는 생졸연대나 생애 모두 미상이다. 대략 순치제 말기에 생존한 것으로 보이며, 『쌍관
　　고』, 『칭인심』, 『채의환』 등 3종의 전기 작품을 남겼다.
194) 진자옥陳子玉(?~?)은 자가 희보希甫이다. 강소 오현 사람인 그는 생졸연대나 생애 모
　　두 미상이다. 대략 순치제 말기에 생존한 것으로 보이며 『삼합소』, 『옥전원』, 『환희연』
　　등 3종의 전기 작품을 남겼다.
195) 왕속고王續古(?~?)는 자가 향예香裔이다. 강소 소주 사람인 그는 3종의 전기 작품을
　　지었으나, 지금 남아 있는 것은 『비비상』뿐이다.
196) 서석기에 대해서는 『양주화방록』, 「초하록草河錄·하下·13」의 각주 29)의 설명을 참
　　조할 것.
197) 홍승洪昇(1645~1704)은 자가 방사昉思이고, 별호로 패휴稗畦, 패촌稗村, 남병초자南屛樵
　　者 등이 있다. 절강 전당錢塘 사람인 그는 청대 초기의 뛰어난 남희南戱 작가의 한 사람이
　　다. 내내로 벼슬아치인 집안에서 태어난 그는 24세(1668)에 국자감의 태학생太學生이 되
　　어 북경으로 가지만 조정에 중용되지 못했다. 그 후 1688년에 『장생전長生殿』을 완성하
　　고 이듬해에 상연하여 큰 명성을 얻지만, 이른바 '국상國喪' 기간에 공연했다는 이유로
　　국자감에서 제명되어 실의에 빠진 채 고향 항주의 고산孤山에 패휴초당稗畦草堂을 짓고
　　지냈다. 홍승이 남긴 시와 사 작품들은 『소월루집嘯月樓集』, 『패휴집稗畦集』, 『방사사昉思
　　詞』 등에 남아 있다. 그는 당시 희곡계의 원우령袁于令, 우동尤侗, 사신행査愼行, 심겸沈謙,
　　여회余懷, 오기吳綺, 이식옥李式玉 등과 교제했고, 그들과 함께 잡극 『천애루天涯淚』, 『청
　　삼습靑衫濕』, 『회선回蟬』 및 전기 『회문금回文錦』, 『회룡원回龍院』, 『금향도錦鄕圖』, 『요고
　　당鬧高唐』과 『장생전』 등을 썼으나 지금은 『사선연四嬋娟』과 『장생전』만 남아 있다. 특

『전등록傳燈錄』(곧 『귀원경歸元鏡』이다. 승려 지달智達 작).

『옥린기玉麟記』(장세장張世漳 작, 명인明人 섭동백葉桐柏 작과는 다르다). 『옥부기玉符記』(길의도인吉衣道人 작).

『균천락鈞天樂』(우동尤侗[198] 작).

『향초음香草吟』, 『재화령載花舲』(이상 2종, 야계야로耶溪野老 작).

『산호편珊瑚鞭』, 『원보매元寶媒』(이상 2종, 가소인可笑人 작).

『광한향廣寒香』(창산자蒼山子 작).

『오륜경五倫鏡』(설감도인雪龕道人 작).

『매화몽梅花夢』(양선陽羨 진정희陳貞禧 작).

『식재하息宰河』(암엄부중도인唵庵孚中道人 작).

『번서상翻西廂』, 『매상사賣相思』(이상 2종, 연설자研雪子 작).

『취향기醉鄕記』(백설도인白雪道人 작).

『충효복忠孝福』(석목石牧 작).

『음양판陰陽判』(타산노인他山老人 작).

『선화보宣和譜』(개석일수介石逸叟 작).

『합전기合箭記』(천청헌薦淸軒 작).

『원잠합鴛簪合』(몽각도인夢覺道人 작).

『영웅보英雄報』(와기거사蝸寄居士 작).

『하양근河陽覯』(오황각吳滉珏 작).

『풍전월하風前月下』(강좌江左 사감조암詞憨曹巖 작).

히 『장생전』은 그에게 공상임孔尙任과 나란히 이른바 '남홍북공南洪北孔'이라는 명성을 얻게 만들었다.

198) 우동尤侗(1618~1704)은 자가 동인同人, 전성展成이고, 호는 회암悔庵, 서당西堂이다. 강소 장주長洲 사람인 그는 순치 연간에 공생으로 영평부추관永平府推官으로 임명되었으나 만주인을 때린 죄로 쫓겨났다. 60살이 넘어서 박학홍사과에 추천되어 한림원 검토를 제수받기도 하였다. 전기 작품 『균천락鈞天樂』과 잡극 『독이소讀離騷』, 『조비파弔琵琶』, 『도화원桃花源』, 『흑백위黑白衛』, 『청평조淸平調』 등을 남겼는데, 이를 합쳐 '서당악부西堂樂府'라고 일컫는다. 시와 산문 창작에도 뛰어났던 그는 문집으로 『서당전집西堂全集』을 남겼다.

『홍정언紅情言』(태원大原 왕개인王介人 작).

『호중천壺中天』(화정華亭 주룡朱龍 작).

『정섬궁定蟾宮』(주학朱确, 알맹기遏孟起, 성국기盛國琦 3인의 공동작).

『양도매兩度梅』, 『금향정錦香亭』, 『천등기天燈記』, 『주가용酒家佣』(석순재石恂齋 작).

『삼생착三生錯』(서호西湖 방인거촌放人去村 작).

『옥사추玉獅墜』, 『회사기懷沙記』(옥연당玉燕堂 장수석張漱石 작).

『쌍보응雙報應』(포독산농혜류산抱犢山農稀留山 작).

『풍류봉風流棒』, 『공청석空靑石』, 『염팔번念八翻』, 『금진범錦塵帆』, 『십관주十串珠』, 『황금옹黃金瓮』, 『금신봉金神鳳』, 『자제감資齊鑒』(이상 8종, 양선陽羨 만수萬樹 작).

『화악음花蕚吟』, 『행화촌杏花村』, 『남양락南陽樂』, 『무하옥無瑕璧』, 『광한제廣寒梯』, 『서균도瑞筠圖』(이상 6종, 하성재夏惺齋 작).

『월중인月中人』(월감주인月鑒主人 작).

『옥검연玉劍緣』(강도江都 이본선李本宣 작).

『배침루拜針樓』(무호蕪湖 왕서王墅 작).

『쌍선기雙仙記』(연로노인硏露老人 작).

『동상기東廂記』(양국빈楊國賓 작).

『장명루長命縷』(승락도인勝樂道人 작).

『쌍충묘雙忠廟』(주빙지周冰持 작).

『연화채烟花債』, 『정중환情中幻』(이상 2종, 최응계崔應階 작).

『기정기旗亭記』, 『옥척루玉尺樓』(이상 2종, 덕주德州 노견증盧見曾 작).

『감중천鑒中天』(여도사女道士 강옥결姜玉潔 작).

『첨수혜添繡鞋』(이환노인離幻老人 작).

『향조루香祖樓』, 『설중인雪中人』, 『임천몽臨川夢』, 『계림상桂林霜』, 『동청수冬靑樹』, 『공곡향空谷香』(이상 6종, 장사전蔣士銓[199] 작).

『풍류원본風流院本』(주경춘朱京春[200] 작).

『정충기精忠旗』, 『기린계麒麟閣』, 『강상기綱常記』, 『지감기芝龕記』, 『철면도鐵面圖』, 『북효열北孝烈』, 『의정기義貞記』, 『사대치四大癡』, 『호접몽蝴蝶夢』, 『봉구황鳳求皇』, 『납리기納履記』, 『단충기丹忠記』, 『십의기十義記』, 『적벽유赤壁游』, 『어수연魚水緣』, 『남교역藍橋驛』, 『음중선飮中仙』, 『몽중연夢中緣』, 『석류기石榴記』, 『화인유化人游』, 『재신제財神濟』, 『쌍취원雙翠圓』, 『취교기翠翹記』, 『속모란정續牡丹亭』, 『자비원慈悲願』, 『부용루夫容樓』(초리당焦里堂의 『곡고曲考』에서는 『부용루夫容樓』를 쌍계치산雙溪雉山 작이라고 함).

『천종록千鍾祿』, 『뇌봉탑雷峰塔』(이상 28종, 원래 성명姓名이 있으나 정확한 기록이 미비하다).

『곡춘의曲春衣』, 『난가산爛柯山』, 『유구오浮邱傲』, 『낙화풍落花風』, 『매륜정埋輪亭』, 『주변루籌邊樓』, 『수당隋唐』, 『수위선壽爲先』, 『반타산盤陀山』, 『십착기十錯記』(『곡고曲考』에서는 이 작품이 바로 『만상홀滿牀笏』이라고 함. 공사구문객龔司寇門客 작).

『후어가락後漁家樂』, 『십미도十美圖』, 『뇨화등鬧花燈』, 『왜포倭袍』, 『장생락長生樂』.(이상은 필사본[抄本]이다.)

『대길경大吉慶』, 『두릉화杜陵花』, 『청풍채淸風寨』, 『다라니陀羅尼』, 『백복대百福帶』, 『양정합兩情合』, 『이호천螭虎釧』, 『정중안情中岸』, 『칠재자七才子』, 『동탑원東塔院』, 『일지매一枝梅』, 『삼기연三奇緣』, 『백자도百子圖』, 『원앙결鴛鴦結』, 『금수기錦繡旗』, 『황학루黃鶴樓』, 『도동기倒銅旗』, 『연대축燕臺筑』, 『상림춘上林

---

199) 장사전蔣士銓(1725~1784)은 자가 심여心餘, 초생苕生이고 호는 장원藏園 또는 청용거사淸容居士이다. 연산鉛山(지금의 쟝시성江西省에 속함) 사람인 그는 건륭 22년(1757)에 진사가 되어 한림원 편수 등의 관직을 역임하였고, 관직에서 물러난 뒤에는 구산서원□山書院과 숭문서원崇文書院 및 안정서원安定書院 등 3곳의 서원에서 강석講席을 맡기도 하였다.
200) 주경춘朱京春(?~?)은 이름을 경번京樊이라고도 하며, 자는 개인价人이고 호는 불가해인不可解人이다. 잡극 『옥진랑玉珍娘』을 지었고, 전기 작품으로는 『반편기半編記』가 있으나 망실되고, 『풍류원風流院』이 남아 있다. 자세한 생애와 사적은 『중국고전희곡서발휘편中國古典戱曲序跋彙編』 권1 및 장일불莊一拂의 『고전희곡존목휘고古典戱曲存目彙考』 권6을 볼 것.

春』,『요지연瑤池宴』,『글란의金蘭誼』,『소요락逍遙樂』,『문성겁文星劫』,『금의귀錦衣歸』,『합호부合虎符』,『반도회蟠桃會』(이상 41종, 사곡이 훌륭하지만 작자 이름을 알 수가 없다.).『인생락人生樂』,『소광검霄光劍』,『안천회安天會』,『만배리萬倍利』,『원소탕元寶湯』,『강천설江天雪』,『침향정沉香亭』,『화석강花石綱』,『사병산四屛山』,『번완사翻浣紗』,『남관도곡藍關道曲』(皆耍孩兒小調).『평요전平妖傳』,『서천도西川圖』,『여광설黎筐雪』,『속심친續尋親』,『장원향狀元香』,『소군전昭君傳』,『풍류락風流烙』,『자금어紫金魚』,『췌인룡贅人龍』,『보은정報恩亭』,『평정산平頂山』,『번칠국翻七國』,『옥연채玉燕釵』,『삼이연三異緣』,『세한송歲寒松』,『난봉채鸞鳳釵』,『쾌활선快活仙』,『팔보상八寶箱』,『보천기補天記』,『상린견祥麟見』,『진주탑珍珠塔』,『자매연姊妹緣』,『봉선연奉仙緣』,『취서호醉西湖』,『삼정작三鼎爵』,『영웅개英雄慨』,『편지금遍地錦』,『쌍서기雙瑞記』,『매화잠梅花簪』,『옥저기玉杵記』,『후일봉설後一捧雪』,『정천산定天山』,『장생락長生樂』,『남루월南樓月』,『서롱사여山弄詞餘』,『웅정검雄精劍』,『환대기還帶記』(이상 48종은 사곡이 평이하고 무명씨의 작품들로 모두 필사본이다.).『후서상後西廂』,『비웅조飛熊兆』,『자경요紫瓊瑤』,『사수기賜繡旗』,『제천락齊天樂』,『비취원翡翠園』,『옥린부玉麟符』,『분홍란粉紅闌』,『희련등喜聯登』,『장원기狀元旗』(또 다른 판본도 있으나, 이것은 설기양薛旣楊의 작품이 아니다.)

　　『쌍화합雙和合』(이것은 주좌조朱佐朝의 작품이 아니다)

　　『삼소인연三笑姻緣』,『벽옥연碧玉燕』,『구곡주九曲珠』,『사기관四奇觀』,『후수유後繡襦』,『절계전折桂傳』,『비웅경飛熊鏡』,『백학도白鶴圖』,『백락삼白羅衫』,『건곤경乾坤鏡』,『환혼기還魂記』(일명 『옥룡패玉龍珮』라고도 한다.)『후주구後珠球』,『호구전好逑傳』,『사대경四大慶』,『청사전青蛇傳』,『사안산四安山』,『천연복天然福』,『적성루摘星樓』,『운합기종雲合奇踪』,『만화루萬花樓』,『취장군醉將軍』,『묘금봉描金鳳』,『길상조吉祥兆』,『속천금續千金』,『유성미劉成美』,『청항소青缸嘯』,『연람교軟藍橋』,『천연배天緣配』,『도화채桃花寨』,『쌍착근雙錯盃』,『침향대沉香帶』,『원앙환鴛鴦幻』,『삼세수三世修』,『문장용文章用』,『조화도造化圖』,『축가장祝家莊』,『채루기彩樓記』,『봉란상鳳鸞裳』,『음공보陰功報』,『복봉

연복鳳緣』, 『관성대觀星臺』, 『독항도督亢圖』, 『정동전征東傳』, 『북해기北海記』『삼협검三俠劍』, 『천추감千秋鑑』, 『천리구千里駒』, 『쌍주봉雙珠鳳』, 『십대쾌十大快』, 『난채기鸞釵記』, 『선진일사禪眞逸史』, 『춘복귀春富貴』, 『번천인翻天印』, 『황하진黃河陣』, 『고성기古城記』, 『월화연月華緣』, 『오호채五虎寨』, 『오복전五福傳』(고본古本이 아님.) 『승평락升平樂』, 『사금포賜錦袍』, 『백화대百花臺』, 『위선최락爲善最樂』, 『쌍리벽雙螭璧』, 『편지금遍地錦』, 『쌍인연雙姻緣』, 『뇨금채鬧金釵』, 『삼정갑三鼎甲』, 『원앙피鴛鴦被』, 『천귀도天貴圖』, 『곤강협錕鋼俠』, 『일필포一疋布』, 『봉신방封神榜』, 『창랑정滄浪亭』, 『이용산二龍山』, 『천평산天平山』, 『하등잠河燈賺』, 『옥기린玉麒麟』, 『통천서通天犀』, 『벽옥관碧玉串』, 『철궁연鐵弓緣』, 『미앙천未央天』, 『이십사효二十四孝』, 『천상기千祥記』, 『좌룡비佐龍飛』, 『순천시順天時』, 『혼원합混元盒』, 『채의당彩衣堂』, 『진주기珍珠旗』, 『원도관元都觀』, 『금화기金花記』, 『금병매金瓶梅』, 『후악전後嶽傳』, 『합환경合歡慶』, 『삼봉연三鳳緣』, 『태평전太平錢』[이 작품에는 다른 통행본俗本도 있지만 그것은 이옥李玉의 작품은 아니다], 『합환도合歡圖』, 『원앙해鴛鴦孩』, 『개구소開口笑』(이상의 109종은 가사와 곡의 수준이 떨어지는데다 작자의 이름이 밝혀져 있지 않으며, 모두 초본抄本들이다.)

이상 총 1,013종으로 초순의 『곡고曲考』에 이 목록이 수록되어 있다.

16. 이외에 늘어난 목록은 다음에 덧붙인다.[201]

『동천원기洞天元記』(명 양신楊愼 작).

『공당화空堂話』(청 추태금鄒兌金 작).

『멱라강汨羅江』, 『황학루黃鶴樓』, 『등왕각滕王閣』(정유鄭瑜[202] 작).

---

201) '중화본'에서는 단락 번호를 『동천원기洞天元記』 앞에 붙였으나, 본 번역에서는 편의상 한 줄 앞에 붙인다.
202) 정유鄭瑜(?~?)는 자가 서신西神이고 호는 무유无瑜이다. 강소 무석無錫 사람인 그가

『소원옹蘇園翁』, 『진정축秦廷筑』, 『금문극金門戟』, 『뇨문신鬧門神』, 『쌍합환雙合歡』(이상 5종, 모승담茅僧曇 작).

『반비한半臂寒』, 『장공매長公妹』, 『중랑녀中郎女』(이상 3종, 남산일南山逸史 작).

『안아미眼兒媚』(맹칭순孟稱舜 작).

『고홍영孤鴻影』, 『몽환연夢幻緣』(주여벽周如璧203) 작).

『속서상續西廂』(사계좌查繼佐 작).

『서대기西臺記』(육세렴陸世廉 작).

『위화부衛花符』(저정분褚廷棻 작).

『방시참魴詩讖』(사실도민土室道民 작).

『성남사城南寺』(황가서黃家舒 작).

『불료연不了緣』(벽초헌주인碧蕉軒主人 작).

『앵도연櫻桃宴』(장래종張來宗 작).

『기정연旗亭燕』(장용문張龍文 작).

『아방삭餓方朔』(손원문孫源文 작).

『탈영脫穎』, 『모려茅廬』, 『장대류章臺柳』, 『위소주韋蘇州』, 『신포서申包胥』(이상 5종은 모두 장국도張國壽의 작품이다).

『의문倚門』, 『재초再醮』, 『음승淫僧』, 『투기偸期』, 『독기督妓』, 『연동孌童』, 『구내懼內』(이상 6종은 '맥화헌잡극陌花軒雜劇'이라고 표기되어 있으며, 작자는 황방인黃方印으로 되어 있음).

『북문쇄약北門鎖鑰』(고응기高應玘 작).

『봉도경요蓬島瓊瑤』, 『화목제명花木題名』(이상 2종, 전민用民 찬撰. 여기까지는 삽극이다.)

남긴 잡극은 본문에 수록된 것 외에도 『앵무주鸚鵡洲』가 있다.
203) 주여벽周如璧(?~?)은 호가 개암芥庵이다. 살았던 곳이나 생졸 연대와 생애 모두 제대로 알려져 있지 않다. 대략 순치 중엽에 활동한 것으로 보인다. 작품으로는 잡극『고홍영』과 『몽환연』이 남아 있다.

『방투放偸』, 『매가買嫁』(이상 2종, 연상사連廂詞이며 모대가毛大可의 작).

『광한향廣寒香』, 『역수가易水歌』(이상 2종, 치산廗山 작).

『부귀신선富貴神仙』(정함성鄭含成 작).

『인지호姻脂虎』(서우릉徐又陵 작).

『공곡향空谷香』(장사전蔣士銓 작).

『사기관四奇觀』, 『혈영석血影石』, 『일봉화一捧花』(이상 3종, 주좌조朱佐朝 작).

『자운가紫雲歌』(무명씨). 『상사연相思硯』(양이소梁夷素 작).

『부용협芙蓉峽』(임아청林亞靑 작).

『관춘원綰春園』(이상 3종, 심승沈嵊 작, 곧 암암부중도인唵庵孚中道人).

『호매기虎媒記』(명나라 고경성顧景星 작).

『홍정언紅情言』, 『류건원榴巾怨』, 『사원춘추詞苑春秋』, 『박랑사博浪沙』(이상 4종, 명나라 왕익王翊 작).

『애주로崖州路』, 『기린몽麒麟夢』, 『원앙방鴛鴦榜』, 『황금분黃金盆』(이상 4종, 장이자張異資 작).

『독비곤犢鼻褌』(이동李□[204] 작).

『주변루籌邊樓』(왕王抃[205] 작).

『재술기宰戌記』(명나라 심패중沈孚中[206] 작).

『오동우梧桐雨』, 『일문전一文錢』(이상 2종, 서복조徐復祚의 작품이다. 양초자陽初子의 이름으로 된 『소광검宵光劍』과 『홍리紅梨』 역시 그의 작품이다. 여기까지는 전기이다.)

---

204) '중화본'에는 '□' 부분이 결자缺字로 나오지만 '산동본'에 의하면 '동棟'자이다.
205) 왕변王抃(?~?)은 자가 역민懌民 또는 학윤鶴尹이다. 강소 태창太倉 사람인 그는 왕찬王撰의 아우로서, 생졸연대는 미상이다. 대략 순치 말엽에 활동한 것으로 보인다. 그는 악부시를 잘 지었고, 황정견 등과 더불어 '누동십자婁東十子'로 일컬어졌다. 저서로 『건암집健庵集』이 있다.
206) 심패중沈孚中(?~1645)은 이름이 승嵊이라고도 하며, 자는 회길會吉이다. 절강 전당錢塘 사람인 그는 생애가 잘 알려져 있지 않지만, 사소한 예법에 매이지 않고 대범하게 행동하여 사람들을 놀라게 하곤 했다고 한다. 그의 작품으로는 전기 『식재하息宰河』와 『관춘원綰春園』, 『재술기』 등이 있다.

모두 잡극 42종, 전기 26종인데, 이것은 섭당葉堂[207]의 『납서영곡보納書楹曲譜』에 수록된 작품 제목들이다.

17. 이전까지 수록되지 않은 작품들은 다음에 첨부한다.[208]

『고성기古城記』, 『단도회單刀會』, 『양세인연兩世姻緣』, 『당삼장唐三藏』, 『어초漁樵』, 『소무환조蘇武還朝』, 『욱륜포郁輪袍』, 『채루彩樓』, 『음풍각吟風閣』, 『연화보벌蓮花寶筏』, 『진주삼珍珠衫』, 『천종록千鍾祿』, 『갈의葛衣』, 『옹희악부雍熙樂府』, 『금불환金不換』, 『풍운회風雲會』, 『동창사범東窗事犯』, 『천보유사天寶遺事』, 『속서유俗西游』, 『강천설江天雪』, 『오향구五香球』, 『소매자小妹子』, 『사범思凡』(이상 무명씨 작).

18. 성 안의 소창가蘇唱街 노랑당老郎堂은 이원총국梨園總局이다.[209] 극단[戲班]들은 성에 들어올 때마다 먼저 노랑당에서 제사를 올렸는데, 그것을 '괘패掛牌'라고 한다. 그리고 사도묘司徒廟에 머물며 공연하는데, 그

---

207) 섭당葉堂(?~?)은 자가 회정懷庭 또는 광명廣明, 광평廣平이다. 소주 사람으로 생졸 시기는 미상이다. 그는 남곡과 북곡의 창법을 여러 해 동안 연구하여 청창淸唱과 곤곡崑曲에 모두 조예가 깊었고, 독자적으로 '섭파葉派'의 창법을 만듦으로써 한때 곡을 익히는 사람들에게 전범 역할을 하기도 하였다. 그가 세상을 떠난 뒤에는 뉴비석鈕匪石이 그 비법을 전수하여 '수제자'로 일컬어졌다. 뉴비석은 다시 집수반集秀班의 이름난 배우 김덕휘金德輝에게 그것을 전하였는데, 도광道光, 함풍咸豊 연간에 이르기까지 소주의 유명한 곡사曲社들은 여전히 이 종파의 창법을 받들었다. 또한 중화민국 시기에 들어와서도 섭파의 창법은 단절되지 않고 면면히 이어졌다.

208) '중화본'에서는 『고성기古城記』 앞에 단락 번호를 붙였으나, 본 번역에서는 편의상 한 줄 앞의 본문에 붙인다.

209) '노랑老郎'은 옛날 극단[戲班]에서 모시던 '조사신祖師神'이다. '이원梨園'은 대개 당唐 현종玄宗을 모시는 곳으로 알려져 있으며, 이랑신二郎神과 하늘의 별신[星神]들을 모시는 곳이라는 설도 있다. '이원총국'은 소주에 있는 '노랑'의 사당으로, 소주직조부蘇州織造府에서 관할했다. 이곳은 희곡행회戲曲行會의 성격을 지녀서 '이원공소梨園公所'라고도 불렸다. '총국' 아래에는 몇 개의 '분국分局'이 설치되어 지역별로 해당 지역의 예인藝人들이 관리했다. 양주의 극단들은 소주의 전통을 계승했기 때문에, 소주와 마찬가지로 '노랑당'과 '이원총국' 등을 설치한 것이다.

것을 '괘의掛衣'라고 한다. 모든 극단을 조직하는 것[團班]은 음력 7월 15일 중원절中元節에, 극단을 해산하는 것[散班]은 죽취일竹醉日210)에 한다. 극단을 조직하는 사람을 소주에서는 '희마의戱螞蟻'라고 부르는데, 우리 양주에서는 '반람두班攬頭'라고 부른다. 양주는 지대가 낮고 습해서 옴과 같은 가려움증에 걸리기 쉬운데, 오吳 땅 사람들이 이곳에 오면 그런 병에 감염되기 쉽다. 극단의 인원들은 그것을 '노랑창老郎瘡'이라고 불렀다.

이원梨園에서는 부말副末이 공연을 시작하여211) 공연의 우두머리[領班]가 된다. 부말 이하의 노생老生, 정생正生,212) 노외老外, 대면大面, 이면二面, 삼면三面의 7명을 남자 배역[男脚色]이라고 한다. 노단老旦과 정단正旦, 소단小旦, 첩단貼旦의 4명은 여자 배역[女脚色]이라고 한다. 우스갯소리를 하는[打諢] 한 명은 '잡雜'213)이라고 한다. 이들이 바로 '강호 12배역[江湖十二脚色]'인데, 옛날 원대元代의 원본院本에서 시작된 것이다. 소

---

210) '죽미일竹迷日'이라고도 한다. 송宋 범치명范致明의 『악양풍토기岳陽風土記』에서는 "(음력) 5월 13일은 용의 생일인데, 대나무를 심을 만하다. 이 날이 바로 『제민요술齊民要術』에서 '죽취일'이라고 한 그날이다[五月十三日謂之龍生日, 可種竹. 齊民要術所謂竹醉日也]"라고 했다.

211) 송·원대의 남희南戲나 명·청대의 전기傳奇에서는 본격적인 공연이 시작되기 전에 작품 전체의 줄거리나 주제를 요약해서 보여주는 짧은 공연인 '개장희開場戲'를 보여주었는데, 이것을 '부말개장副末開場' 또는 '가문대의家門大義'라고 불렀다.

212) 뒷부분에서 설명하고 있는 '소생小生'을 가리킨다.

213) '잡'이라는 명칭은 원나라 때 남희南戲와 잡극에서 처음 보이는데, 곤극에서는 일반적으로 이름이 없는 군중 역할을 가리킨다. 군중은 4인 이상을 가리키며 남성은 '용투龍套'라고 아울러 칭하고, 여기에는 태감과 교위校尉, 장관將官, 군사, 아역衙役, 하인 등이 포함된다. 여성은 '궁녀宮女'라고 아울러 칭하는데, 여기에는 궁녀와 가희歌姬, 무녀舞女, 시녀, 여자 병사 등이 포함된다. 이런 군중을 연기하는 것을 속칭 '포룡투跑龍套' 또는 '포궁녀跑宮女'라고 한다. 연기자들은 무대에 배치된 각종 물건들의 위치를 숙지하고, 대형을 맞춰 각종 합창에 참여하며, 무술 동작을 하기도 한다. '잡항雜行'은 '소탑두小搭頭' 또는 '영쇄零碎'라고도 하는 부차적인 군중들로서 서동書童과 시간을 알리는 사람[更夫], 마부, 사공 등이 이에 해당한다. 곤극에서 '잡항'은 대개 남희의 체제를 계승했는데, 명·청 시대에는 극단의 인원이 부족하여 전문적인 '잡항' 연기자가 없이 다른 배역을 맡은 이들이 겸해서 하는 경우가 많았다. 그러므로 『양주화방록』에서 설명하는 '잡'은 이와는 성격이 약간 다르다.

주 지방에서는 배역의 우열에 따라 공연비[戱錢]에 차등을 두었는데, 7
냥 3전錢, 6냥 4전, 5냥 2전, 4냥 8전, 3냥 6전으로 구분했다. 내반內班의
배우들은 모두 7냥 3전을 받았다. 이런 배우들의 수는 많을 경우 백 수
십 명에 이르렀으니, 한동안 전성기를 누렸다고 하겠다.

19. 서반徐班에서 부말을 연기하는 여유침余維琛은 본래 소주 석탑石塔에
서 관객串客214)의 우두머리였는데, 실의하여 떠돌다가 극단에 들어왔다.
그는 검은 얼굴에 수염이 많았으며, 술을 잘 마시고, 경전과 역사서를
읽을 줄 알고, 악보[九宮譜]를 볼 줄 알았다. 그리고 그는 성격이 의롭고
기개가 넘쳐 협행俠行을 즐거움으로 여겼다. 한번은 그가 소동문小東門
의 양고기 가게에서 구걸하는 오 땅에서 온 아이를 보고 자신의 여우털
옷을 벗어서 주었다. 당시 왕구고王九皐가 부말부석副末副席으로 있었다.

20. 노생老生215)을 연기하는 산곤벽山崑壁은 7척 장신에 목소리가 종을
울리는 듯했다. 그가 『명봉기鳴鳳記』를 연기하면, 구경꾼들은 그를 하늘
의 신처럼 여겼다. 그는 스스로 소매를 한 번 덮으면 장덕용張德容 같은

---

214) 『양주화방록』, 권2 「초하록草河錄 · 하下 · 145」의 주석을 참조할 것.
215) '노생'은 '수생鬚生', '정생正生' 또는 '호자생鬍子生'이라고도 부른다. '호자'를 경극京
劇에서는 '염구髯口'라고 부른다. '노생'은 주로 중년 이상의 남성 배역이며, 노래[唱]와
대사[念白]에서 모두 본래 목소리[本嗓]를 쓴다. 노생은 기본적으로 모두 수염을 세
가닥으로 꼬아 단 '흑호자黑鬍子'인데, 이들을 전문적으로 '흑삼黑三'이라고 부른다. 그
외에도 회백색의 세 기닥 수염을 단 배역은 '장삼蒼三', 흰색의 세 가닥 수염을 단 배
역은 '백삼白三'이라고 부른다. 그 외에도 얼굴 가득 수염만 있고 수염을 나눠 꼬지 않
은 배역은 '만滿'이라고 부른다. 노생은 일반적으로 '문文'과 '무武'의 2종류로 나뉘며,
연기의 내용에 따라 동작보다는 노래를 위주로 하는 창공노생唱工老生(안공노생安工老
生), 몸동작[表演]을 위로 하는 주공노생做工老生, 그리고 무노생武老生 등으로 나뉜다.
이 가운데 앞의 두 배역은 '문노생'에 해당한다. '무노생'은 다시 '장고長靠(고파노생靠
把老生이라고도 함)'와 '전의箭衣(단타短打라고도 함)'로 나뉘는데, 전자는 갑옷을 입은
배역이고 후자는 갑옷과 무기를 갖춘 채 무술 동작을 주로 연기한다. 그 외에 배역의
신분이나 지위, 복장에 따라 왕모노생王帽老生, 포대노생袍帶老生, 습자노생褶子老生, 고
파노생靠把老生, 전창노생箭氅老生 등으로 나누어 부르기도 한다.

이들은 수십 명을 가릴 수 있다고 했다. 장덕용은 본래 소생小生을 연기했는데, 목소리가 높지 않고, 건희巾戲216)를 잘 했다. 그가 『심친기尋親記』의 주관인周官人을 연기할 때면 고약한 행태를 마치 그림처럼 묘사했다.

21. 소생小生217)을 연기하는 진운구陳雲九는 나이가 아흔인데, 『채호기彩毫記』의 "음시탈화吟詩脫靴" 장면[齣]을 연기하면 풍류가 넘치며 신기에 가까운 연기력을 보여준다.

동미신董美臣은 진운구에 버금가는 연기자인데 자신의 제자 장유상張維尙에게 기술을 전수했으니, 그들을 '동파董派'라고 한다. 동미신은 『장생전長生殿』을 연기하는 것으로, 장유상은 『서루기西樓記』를 연기하는 것으로 명성이 높았다. 장유상이 경사에 갔을 때 사람들은 그를 최고라는 의미에서 '장원소생狀元小生'이라고 불렀는데, 나중에 그는 홍반洪班에 들어갔다.

22. 노외老外218)를 연기하는 왕단산王丹山은 늙수그레한 분위기에 목소리가 대들보를 울릴 정도이다. 같은 시대의 손구고孫九皐는 외각부석外

---

216) 수건을 이용하여 교묘한 재주를 보여주는 것을 가리킨다.

217) 전통 희극 가운데 비교적 젊은 남자 배역을 가리킨다. '소생'은 수염을 달지 않고 깔끔한 모습으로 분장하며, 연기할 때 노래와 대사에서 모두 진짜 목소리와 가성假聲을 섞어 쓴다. '소생' 역시 '문'과 '무'로 나뉜다. '문소생'으로는 포대소생袍帶小生(사모소생紗帽小生이라고도 함)과 선자생扇子生, 영자생翎子生, 궁생窮生 등이 있으며, 이들은 대부분 문인文人 배역을 연기한다. 다만 영자생의 경우에는 무술 연기를 겸하는 경우가 많다. 그 외에 순수한 '무소생'으로는 갑옷을 차려입은 장고소생長靠小生과 짧은 옷을 입은 단타소생短打小生이 있는데, 이들은 사실상 '무생武生'과 별 차이가 없다.

218) '외外'는 중국 전통 희곡의 배역 가운데 하나로서, 말末, 단旦, 정淨에 비해 덜 중요한 배역을 연기한다. 명·청 시대 이래로는 주로 남자의 배역으로 굳어졌다. 남회南戲에서 그것은 "생 외의 또 하나의 생[生之外又一生]"이라는 뜻이었는데, 곤극에서는 '소외小外'와 '노외老外'로 나뉘었다. '소외'는 초기 곤극 전기傳奇에 보이는 배역인데, '소생小生' 및 '소말小末'과 같았다. 명나라 중엽부터는 모두 '소생'으로 아울러졌다. '노외'는 그보다 조금 뒤에 나타났는데, '노생老生'이나 '부말副末'과 같은 부류이다.

脚副席으로 있었는데, 그의 연기는 왕단산보다 원숙했으나 목소리의 폭이 왕단산의 절반에도 미치지 못했다. 나중에 손구고는 홍반에 들어갔다.

23. 대면大面[219]을 연기하는 주덕부周德敷는 어릴 적 이름이 흑정黑定인데, 홍면紅面과 흑면黑面[220] 역할을 할 때 웃고[笑] 소리치고[叫] 뜀뛰는[跳] 연기를 잘했다. 그는 『소광검宵光劍』에서 철륵노鐵勒奴이 웃는 장면과 『천금기千金記』에서 초패왕楚霸王이 호통 치는 장면, 『서천도西川圖』에서 장장군張將軍이 뜀뛰는 장면 등을 연기했다.

같은 시대의 유군미劉君美와 마미신馬美臣이 나란히 인기를 누렸다.

마문관馬文觀은 자가 무공務功인데, 백면白面[221]을 연기하면서 아울러 부정副淨의 배역도 잘 연기했다. 그는 『하투참상河套參相』과 『유전의검游殿議劍』 등의 작품에 대한 연기로 명성이 높다. 백면 연기의 어려움은 목소리의 폭이 대단히 높아야 하고, 기뻐 웃고 성내며 꾸짖는 연기에 담긴 침착하고 영웅적인 기상이 모두 분장한 얼굴에 드러내야 한다는 데에 있다.

---

219) 중국 전통 희극의 배역 명칭 가운데 하나이다. 경극京劇과 일부 지방희地方戲에서는 '정淨'을 가리키기도 한다. 속칭 '대화검大花臉'이라고도 한다.

220) 청나라 초기부터 중엽까지 곤곡의 '대면'은 홍면과 흑면, 백면白面으로 나뉘어 있었으나, 청나라 말엽부터는 홍면과 흑면이 연극의 중심인물이 되면서 여전히 '대면'이라고 불렸다. 백면은 배우의 화장과 극중의 신분이나 지위, 성격에 따라 다시 백면(또는 '분면粉面'이라고도 함)과 닙닙백면邋遢白面으로 나뉘는데, 후자는 경극의 '부정副淨'에 해당하는 배역이다. 홍면과 흑면 역시 검보臉譜의 색깔을 근거로 붙은 명칭인데, 대개 관우關羽나 조광윤趙匡胤, 염라대왕, 달마대사達磨大師처럼 극중에서 긍정적인 역할을 하는 남자 배역에 해당한다. 이 가운데 홍면은 대개 무술이 뛰어나고 충성심과 정의감이 충만한 인물을, 흑면은 용맹하지만 거칠고 호쾌한 대장군이나 영웅호걸을 연기한다.

221) 대면大面 가운데 하나로서, '분면粉面'이라고도 한다. 특히 『명봉기鳴鳳記』의 엄숭嚴嵩이나 『일봉설一捧雪』의 엄세번嚴世蕃, 『홍매기紅梅記』의 가사도賈似道, 『도화선桃花扇』의 마세영馬世英과 같은 권신權臣이나 간신奸臣의 역할이 많다. 이 때문에 이 역할은 눈주름과 눈썹 부분을 검게 칠한 것 외에는 얼굴 전체에 하얀 분을 발라 분장한다. 그러나 어떤 경우에는 긍정적인 인물이나 선악을 따지기 어려운 인물을 연기하기도 한다.

이면二面222) 연기의 어려움은 목소리 폭이 대면大面 연기에 버금가야 하고, 온화함은 소면 연기에 가까워야 하며, 충성스럽고 의로움을 표현할 때에는 정생正生의 연기와 같아야 하고, 천박함을 나타낼 때에는 부말副末처럼 연기하면서, 그것들의 최고 경지까지 이르러야 한다는 데에 있다. 또 부인네의 옷을 입고 얼굴에 화장을 하고 비녀를 꽂은 채 여자 배역들과 연기력을 겨뤄야 한다. 마문관은 부정副淨 연기에도 뛰어나서 대면과 이면의 연기를 하나로 융합할 수 있었으니, 바로 이 때문에 백면 연기로 무대를 휩쓸었던 것이다.

마문관의 제자 왕병문王炳文은 마문관의 다양한 백면 연기를 착실히 따라 배웠으나, 부정의 연기는 겸하지 못했다. 그러므로 마문관의 연기를 왕병문이 모방하면 원래의 신묘하고 빼어난 맛을 다 표현하지 못했다.

24. 이면을 연기하는 전운종錢雲從은 세간의 대표적인 공연 작품인 '강호 18본江湖十八本'을 모두 잘 소화했다. 오늘날 이면을 연기하는 이들은 모두 '전파錢派'를 최고로 꼽지만, 그보다 뛰어난 이는 없다.

같은 시대의 전배림錢配林은 기예技藝가 뛰어나긴 하지만 지나치게 단정하여 전운종의 그늘에 가려졌다. 그는 나중 홍반에 들어가서야 그

---

222) '부축副丑' 또는 줄여서 '부副'라고도 하며, 대개 교활하고 음험하지만 신분이 비교적 높은 간신이나 못된 지방관 등을 나타낸다. 대개 주름 있는 두루마기나 관복을 입고, 차가우면서 조용하게 음모를 꾸미는 연기를 하기 때문에 분위기는 '백면白面'에 가깝고, 위선적인 면은 '소축小丑'에 가까우며, 외설적인 면은 '부말副末'에 가깝다. '이면' 가운데 오사모와 관복을 착용한 이를 '원령이면圓領二面'이라고 하는데, 몸짓이 '백면'에 가깝다. 『명봉기鳴鳳記』의 조문화趙文華, 『도화선桃花扇』의 완대월阮大鋮 등이 여기에 속한다. 그리고 방건과 두루마기를 착용한 경우는 '방건이면方巾二面'이라고 부르는데, 겉으로는 풍류를 내세우면서도 속마음은 간사하고 독랄한 인물을 연기하며, 연기 동작은 '건생巾生'과 비슷하다. 『수호기水滸記』의 장문원張文遠이나 『의협기義俠記』의 서문경西門慶이 이에 해당한다. 또한 『서상기西廂記』의 법총法聰이나 『유규기幽閨記』의 옹랑중翁郎中처럼 해학적인 역할을 하는 경우는 '유이면油二面'이라고 부른다. 그 외에 성격이 못된 중년 여인의 역할을 하는 경우도 있고, 『연환기連環記』에서 계책을 올려 협객 노릇을 하는 조조曹操처럼 긍정적인 인물을 연기하기도 한다.

기예가 빛났다.

삼면三面[223] 연기는 진가언陳嘉言을 최고로 꼽는데, 그가 『귀문鬼門』을 연기하면 관객들이 폭소를 금치 못한다. 나중에 그는 전배림과 함께 홍반에 들어갔다.

25. 노단老旦[224]을 연기하는 여미관余美觀은 삼현三弦 연주에도 뛰어났다. 그는 본래 경강반京腔班에 속해 있었는데, 나중에 강남으로 돌아와 서반에 들어갔다.

정단正旦[225]을 연기하는 사국관史菊觀은 『풍설어초기風雪漁樵記』의 연기에서 임서진任瑞珍보다 뛰어났다. 임서진은 입이 커서 우는 연기를 잘했기 때문에 사람들은 그를 '큰 주둥이[闊嘴]'라고 불렀다. 그는 어려서 심양沈陽 땅에서 어느 현령縣令을 모셨는데 마침 그 현령이 체포되자 임서진이 그의 시중을 들었다. 그러다가 현령이 죽자 임서진은 그의 장례를 치러주고 나서야 고향으로 돌아왔다. 나중에 그는 홍반에 들어갔다.

---

223) '소화면小花面', '소화검小花臉', '삼화면三花面('소면小面'이라고도 함)'으로도 불리는 '소축小丑' 배역이다. '삼면'은 대개 마음이 선량하고 풍류가 있으며, 사회적 지위는 비교적 낮지만 해학이 넘치는 친근한 인물을 연기한다. 의상은 대부분 짧은 상의를 입는다. 곤극에서 '축丑'의 배역에는 문무文武의 구별이 없다.

224) '노첩단老貼旦' 또는 '일단一旦'이라고도 부른다. 내개 늙은 여자나 태감太監 등의 남성을 상실한 남자를 연기하기 때문에, 진성眞聲을 사용하되 목소리가 폭이 크면서도 늙수그레하고 거칠다. 연기는 주로 차분하고 엄숙하며 자상한 표정으로 하고, 걸음걸이도 느릿느릿하면서 머리를 좌우로 약간 흔들어서 늙은이의 동작을 표시한다. 『정충기精忠記』의 악비岳飛의 어머니나 『서상기西廂記』의 최부인崔夫人, 『쌍관고雙官誥』의 태삼 능이 이에 해당한다.

225) '이단二旦'이라고도 하며, 대개 기혼 여성이나 중년 여성을 연기한다. '정단正旦'은 주로 비극적이고 슬픈 연기를 주로 하며, 노래를 위주로 연기하기 때문에 속칭 '차재면雌大面'이라고도 한다. 몸동작은 단정하고 장중하며, 옷은 대개 무늬가 없는 검은 주름치마[素色黑褶子]를 입는다. 『비파기琵琶記』의 조오낭趙五娘이나 『금쇄기金鎖記』의 두아寶娥 등이 이에 해당한다. 정단은 또 비교적 나이가 젊고 신분이 높으면서 정절을 지키는 여인을 연기하기도 하는데, 이것을 속칭 '천피정단穿帔正旦'이라고 부른다. 『어가락漁家樂』의 마요초馬瑤草와 『만상홀滿床笏』의 공부인龔夫人 등이 이에 해당한다.

26. 소단小旦[226)은 '규문단閨門旦'이라고 하고, 첩단貼旦은 '풍월단風月旦'
이라고 하며, 또 '단旦'이라는 명칭이 붙은 것으로 뜀뛰고 싸움질하는
장면을 연기하는 이를 '무소단武小旦'이라고 하는 것이 있다.

　오복전吳福田은 자가 대유大有인데, 어릴 적에 세금을 징수하는 각사
榷使 벼슬을 지낸 당영唐英[227)에게 팔분서八分書[228)를 배웠고, 『자치통감
資治通鑑』을 외울 줄 알았으며, 곡보曲譜를 보고 생황과 피리로 연주하는
소리에 어울려 노래를 부를 수 있었다.

　소주 땅 섭천사葉天士의 손자인 섭광평葉廣平은 음률에 정통하여 '필
적할 이가 없는 훌륭한 가수[大有爲無雙唱口]'라고 칭송 받았다.

　허천복許天福은 왕부반汪府班에서 노단을 연기하던 사람인데, 여유침
의 권유로 소단 연기로 전향했다. 그가 연기하는 '삼살삼자三殺三刺'[229)
는 세간에 견줄 사람이 없었다. 나중에 나이 50살이 되었어도 그는 여
전히 소단을 연기했다.

　마계미馬繼美는 90살의 나이에도 소단을 연기하면서 15, 6세의 처녀
처럼 연기했다.

　왕사희王四喜는 용모가 뛰어나서 무대에 등장할 때마다 관객들은 다
시 보기 어려운 미녀를 본 것처럼 환호했다.

---

226) '오단五旦'을 예전에는 '소단'이라고 불렀다. 대개 젊은 요조숙녀나 대갓집 규수로서,
　일반적 사랑 이야기에서 여주인공에 해당한다. 『모란정牡丹亭』의 두여낭杜麗娘이나 『서
　상기』의 최앵앵崔鶯鶯 등이 여기에 속한다. 그리고 『장생전』의 양귀비楊貴妃나 『완사기
　浣紗記』의 서시西施처럼 제왕의 왕비나 신혼의 귀부인 역시 '오단'이 연기하는 경우가
　많다. 이외에도 '오단'은 『옥잠기玉簪記』의 진묘상陳妙常이나 『수유기繡襦記』의 이아선
　李亞仙처럼 집안이 기울어 고생하는 착한 여자를 연기하기도 한다.
227) 당영唐英에 대해서는 본권 13번의 주석 97)을 참조할 것.
228) 『양주화방록』 권4 「신성북록新城北錄・중中・30」의 주석을 참조할 것.
229) '삼살'은 『의협기義俠記』의 "살수殺嫂" 장면에 등장하는 반금련潘金蓮과 『수호기水滸
　記』의 "살석殺惜"에 등장하는 염파석閻婆惜, 『취병산翠屛山』의 "살산殺山"에 등장하는
　반교운潘巧雲을 가리킨다. '삼자'는 『일봉설一捧雪』의 "자탕刺湯"에 등장하는 설염雪艶
　과 『어가락漁家樂』의 "자량刺梁"에 등장하는 오비하鄔飛霞, 『철관도鐵冠圖』의 "자호刺虎"
　장면에 등장하는 비정아費貞娥를 가리킨다. 이런 연극에서 '단旦'의 배역을 맡은 이들
　을 '척살단刺殺旦'이라고 부르는데, 이들은 특정한 기술을 갖춰야 했다.

27. 서반 이외에 황반黃班과 장반張班, 왕부반汪府班, 정반程班 같은 내반 들이 있다.

정반에서 삼면을 연기하는 주군미周君美는 곽요종郭耀宗과 나란히 명성을 날렸다. 주군미는 진가언의 사위로서 모든 기술을 전수받았다.

정생을 연기하는 석용당石湧塘은 진운구의 '풍월파風月派' 기교를 배웠으며, 나중에 강반江班에 들어가 주치동朱治東과 함께 『사후기獅吼記』에서 "소장궤지梳粧跪池" 장면을 연기했는데, 풍류가 대단히 뛰어났다.

대면大面을 연기하는 풍사규馮士奎는 『수호기水滸記』의 유당劉唐의 연기를 잘 했다.

한흥주韓興周는 홍흑면紅黑面 연기에 뛰어났다.

노생을 연기하는 왕채장王采章은 바로 장덕용 일파이다.

소단을 연기하는 양이관楊二觀은 상해上海 사람으로, 얼굴이 아름다웠다. 상해에서는 수밀도水蜜桃가 생산되는지라 당시 사람들은 그 용모를 거기에 비유하여 그를 '수밀도'라고 불렀다. 그는 집안이 부유했는데, 소단 연기를 좋아하여 정반程班을 거쳐 강반江班으로 들어가 명배우가 되었다.

노외老外를 연기하는 예중현倪仲賢은 왕단산王丹山의 풍모가 엿보인다.

노단을 연기하는 왕경산王景山은 한쪽 눈이 애꾸이다. 그는 무대에 오를 때에는 가짜 눈알을 착용했는데 꼭 진짜처럼 보였다. 그는 나중에 강반에 들어갔다.

황반黃班에서 삼면三面을 연기히는 고천일顧天一은 무대랑武大郎 연기가 빼어났다. 황반에서는 그 때문에 『의협기義俠記』 전편을 공연했는데, 연기자들이 저마다 연기를 뽐내면서 그 공연이 유명해졌다. 한번은 성황묘城隍廟에서 공연하는데, 신상神像 앞에서 제비를 뽑아 『연환기連環記』가 나왔으나 무대 아래 관객들이 반드시 『의협기義俠記』를 공연해야 한다고 해서 아우성치는 바람에 어쩔 수 없이 그 작품을 공연한 적이 있다. 그런데 이야기가 독을 마시는 장면에 이르자 고천일이 갑자기 무대에서 떨어지니, 관객들은 성황신의 영험함 때문에 그런 일이 생겼다고 여겼다. 고천일은 80살이 넘어서도 『명봉기鳴鳳記』에서 상관에게 보고하는 관리를 연기했는데, 허리와 다리를 놀리는 것이 마치 20대 젊은이 같았다.

장반張班에서 노외를 연기하는 장국상張國相은 소희小戲를 잘 연기했다. 예를 들어서 『서루기西樓記』의 "편지를 뜯는[拆書]" 장면의 주왕周旺과 『서상기西廂記』의 "혜명기서惠明寄書" 장면의 법본法本 장로長老에 대한 연기는 최고로 칭송받았다. 최근에는 80살이 넘어서도 『종택교인宗澤交印』의 공연에 참여했는데, 신묘한 솜씨가 시들지 않았다.

노생을 연기하는 정원개程元凱는 주문원朱文元의 제자 가운데서도 뛰어난 이로서, 전기傳奇 사본寫本의 여러 장면 연기에 관해 스승의 기술을 제대로 전수받았다.

유천록劉天祿은 소창小唱230) 출신인데, 나중에 여유침을 스승으로 모시고 배워서 유명한 노생 연기자가 되었다. 그는 비파도 잘 타서, 그가 공연하는 탄사彈詞는 최고로 꼽힌다.

장명조張明祖는 소생小生을 연기하는데, 심명원沈明遠과 나란히 명성을 날렸다. 나중에 그는 부친을 따라 홍반洪班의 교사教師가 되었다.

삼면을 연기하는 고천상顧天祥은 『양두탕羊肚湯』과 『쌍도인雙盜印』, 『난채기鸞釵記』의 등장인물 주의朱義 연기를 특기로 삼았다.

같은 시대의 사천성謝天成은 손톱이 무척 길었으며, 역시 『양두탕』 공연에 필요한 여러 기술들을 잘 연기했다.

대면을 연기하는 진소강陳小扛은 마미신馬美臣의 일파이다.

소단을 연기하는 마대보馬大保는 마미신의 아들로서, 용모와 기예가

---

230) 곤곡崑曲의 청창淸唱은 '청창淸唱' 또는 '대곡大曲'이라고 하고, 양주의 청곡淸曲이나 기타 속곡俗曲들은 '소창小唱' 또는 '소곡小曲'이라고 한다. 소창은 여기저기 떠돌며 노래를 파는 이들이 주류를 이루는데, 여기에는 많은 지방의 곡패曲牌들이 흡수되어 있다. 이것은 건륭 연간에 크게 성행했다. 이런 소창을 일컬어 '양주청곡揚州淸曲' 또는 '광릉청곡廣陵淸曲', '유양청곡維揚淸曲'이라고도 부른다.

견줄 바 없이 뛰어났다. 그가 『점화괴占花魁』의 「취해 돌아가는 장면[醉歸]」에서 쓰러질 듯 가냘픈 몸을 가누지 못하는 모습을 연기하면 사랑스럽기 그지없었다.

노단을 연기하는 장정원張廷元과 소축小丑을 연기하는 웅여산熊如山은 '강호 18본'에 정통했고, 나중에 교사가 되었다. 극단의 성원들은 그를 깍듯이 예우했다.

왕영사汪穎士는 본래 해부반海府班의 관객串客이었는데, 나중에 교사가 되었다. '손을 숨기는 동작[沒手身段]'으로 말하자면, 그는 『한단몽邯鄲夢』의 "운양雲陽"이나 『어가락漁家樂』의 "부끄러운 아비[羞父]" 같은 장면이 대단히 훌륭했다. 그는 관상술에도 뛰어나서 간혹 찻집에서 사람들의 관상을 봐주곤 했다.

28. 홍반 인원의 절반은 옛날 서반徐班에 소속되었던 인원들로 구성되어 있다.

노생을 연기하는 장덕용의 뒤를 이은 사람은 진응여陳應如이다. 그는 본래 직조부 서리書吏로서 해부반海府班의 관객串客으로 있다가 홍단에 들어왔다.

그 다음은 주신여周新如인데, 그는 '사성원四聲猿' 가운데 하나인 『광고리狂鼓吏』를 공연하여 명성을 얻었다.

또 그 다음이 바로 주문원朱文元이다. 그는 어릴 적 이름이 주교복朱巧福으로, 정이신程伊先의 제자이며, 『한단몽邯鄲夢』 전편을 공연하면서 처음부터 끝까지 흐드러짐이 없었다. 예진에 시반에 있었는데 나이가 50살이 못 되었기 때문에 두각을 나타내지 못하다가 홍반에 들어간 후에 명성이 높아졌으며, 홍반의 인원들은 그를 '연극계의 충신[戱忠臣]'이라고 칭송했다.

29. 서반西班이 해체된 뒤 배우들은 소주로 돌아왔는데, 그때 어느 관리

[權使]가 그들을 억지로 직조부 소속 극단에 들어가도록 했다. 그러다가 홍반이 생기면서 사람들은 줄줄이 그곳에서 벗어날 수 있었다. 하지만 오대유吳大有, 주문원朱文元 두 사람만은 직조부의 극단을 총괄하고 있어서 벗어날 수가 없었다. 집안 형편은 더 어려워졌으나 두 사람의 우정은 더욱 깊어졌고, 평생 같은 극단에서 활동하기로 약속했다. 이듬해 주문원은 그곳에서 달아나 홍반에 들어갔다가 3년 만에 돌아왔다. 오대유가 이 사정을 알게 되자 그를 직조부 극단에 10년 동안 묶어놓으려 했다. 이 무렵 오대유는 집안 형편이 점차 넉넉해졌지만 주문원은 찢어지게 가난했다. 주문원은 오대유의 친구를 끌어들여 대신 사죄했다. 오대유는 그가 자신을 배신한 것을 원망했으나, 그의 가난한 형편을 알고는 관리에게 부탁하여 놓아주게 해서 결국 덕음반德音班으로 돌아가게 해주었다.

앞서 주문원이 떠난 뒤 홍반에는 노생老生 연기를 할 사람이 없어져 할 수 없이 장반張班의 배우를 대신 기용했다. 그런데 강반江班이 생기게 되자 다시금 유양채劉亮彩를 강반으로 초빙했다. 유양채는 유군미의 아들로 『취보리醉菩提』 전편을 공연하여 명성을 얻었는데, 강춘江春231)은 그가 말을 더듬는 것을 싫어해서 주문원을 얻지 못한 것을 항상 서운해 하였다. 그러다가 주문원이 직조부의 부반府班을 그만두고 오자 강춘이 몹시 기뻐했으나, 주문원은 배가 막 양주에 닿을 무렵 갑자기 죽고 말았다.

30. 소생小生을 연기하는 왕건주汪建周는 글자는 전혀 몰랐으나 사성四聲을 구별할 줄 알았다.

이문익李文益은 자태가 곱고 몹시 총명하였으며, 『서루기西樓記』에서 연기한 우숙야于叔夜의 모습은 영락없이 부잣집 자제였다. 나중에 소주

---

231) 강춘江春에 대해서는 『양주화방록』 권1 「초하록草河錄 · 상上 · 16」을 참조할 것.

의 '집수반集秀班'232)에서 소단小旦을 연기하는 왕희증王喜增과 함께 『자차기紫釵記』의 「양관陽關」과 「절류折柳」의 장면을 연기했는데, 절절한 연기로 관객들이 눈시울을 적시게 했다.

심명원沈明遠은 장유상張維尚에게서 배웠는데, 몸짓은 상당히 닮았으나 목소리는 달랐다. 그는 나중에 강반江班에 들어갔다.

31. 백면白面 연기는 홍계보洪季保가 가장 뛰어났고, 홍면 및 흑면 연기는 장명성張明誠이 뛰어났다. 장명성은 장명조張明祖의 동생이다. 그는 기량은 평범했으나 「나몽羅夢」233) 장면에서 강소江蘇 구용句容 사람들의 말투를 잘 흉내 냈는데, 이것이 그의 특기이다.

32. 임서진任瑞珍은 사국관史菊官이 죽은 뒤로 마침내 최고의 경지에 이르렀는데, 시인 장박존張樸存이 이렇게 말한 적이 있다.

"임서진을 볼 때마다 나는 평생 감히 '읍泣'이라는 글자를 시의 운자韻字로 쓰지 못할 것 같은 생각이 든다."

그의 제자 오중희吳仲熙는 아명이 남관南觀인데, 음성이 하늘을 찌를 것 같아서 스승에게서 격렬한 연기를 전수받았다.

또 다른 제자 오단이吳端怡는 몸놀림이 느긋하고 여유로워 스승에게서 우아하고 조용한 연기를 전수받았다. 『인수관人獸關』의 「굴장掘藏」 장면을 연기할 때는 오단이가 최고였다.

나중에 오중희는 정반程班에 들이가고, 오단이는 장반張班에 들이갔다가 다시 강반으로 옮겼다.

노외老外를 연기하는 손구고孫九皐는 90살이 넘어 『비파기琵琶記』의

---

232) 소주 및 양주, 항주 등지에서 결성된 직업 극단으로, 수많은 극단에서 기량이 뛰어난 배우를 뽑아 결성되었다. 후지胡忌의 『곤극발전사崑劇發展史』(中國戲劇出版社, 1989)에 따르면 옹정雍正(1723~1735), 건륭乾隆(1736~1795) 연간에 소주 등지에는 '집수반' 같은 대규모 극단이 성행하여 곤극崑劇의 성황을 보여준다고 한다.
233) 『일문전一文錢』의 한 장면이다.

「유촉遺囑」 장면을 연기했는데, 보는 이들이 자신도 죽어가는 듯한 느낌이 들도록 만들었다. 그는 시법규時法揆, 조련벽趙聯璧과 나란히 명성을 날렸다. 주유백周維伯은 음정도 맞지 않고 동작 연기[身段]도 엉망인지라 대사 연기인 백白만 해낼 수 있었다.

33. 노단老旦을 연기하는 비곤원費坤元은 본래 소주 직조부 해부반의 관객串客이었는데, 턱에 사마귀가 있고 거기에 털 몇 가닥이 나 있는 바람에 사람들이 '터럭 한 움큼[一撮毛]'이라고 불렀다. 그는 목청이 맑고 풍부하였으나 걷는 연기가 법도에 맞지 않았다.

34. 부정副淨을 연기하는 진전장陳殿章의 섬세한 연기는 따라갈 자가 없었다.

악연惡軟은 냉혹한 연기를 잘했는데 『교초기鮫綃記』의 「사장寫狀」 장면에 대한 연기는 최고라고 칭송 받았다. 그는 소주 사람인데 자신의 본명은 잊어버렸다.

소축小丑을 연기하는 정수용丁秀容은 익살을 부리면서 그에 어울리는 동작과 표정[科]을 섞어 넣어 사람들을 포복절도하게 만들곤 했다.

손세화孫世華는 입술이 이빨을 다 가리지 못했고 연기하는 대목마다 재미있었지만, 유독 무대랑武大郎[234]과 송헌책宋獻策[235]의 역할만은 제대로 못했다. 사람들은 그를 '꺽다리 소화면小花面'[236]이라고 불렀다.

---

234) 『금병매金瓶梅』에 나오는 인물로, 무송武松의 형이자 반금련潘金蓮의 남편이다. 작품 안에서는 키가 몹시 작은 인물로 묘사되고 있다.

235) 송헌책宋獻策(?~1645)은 하남河南 영성현永城縣 사람이다. 박학다식하였으며, 오랫동안 중국의 여러 지역을 돌아다녔다. 명나라 숭정崇禎 14년(1645) 봄에 거인 우금성牛金星의 추천으로 농민군 영수였던 이자성李自成에게 추천되어 그의 군사軍師로 중용되었다. 몸이 왜소하여 농민군 사이에서는 '꼬마 송씨[宋孩兒]', '난장이 송씨[宋矮子]'라고 불리기도 했다. 이자성 사후에도 유종민劉宗敏 등의 농민군 수령들과 전투를 계속하다가 호북湖北 구궁산九宮山에서 청나라 군대에 포로가 되어 피살되었다.

236) '소화검小花臉'이라고도 하며, 전통극에서 문축文丑 배역을 가리킨다.

35. 소단을 연기하는 여소미余紹美는 얼굴 전체가 곰보였지만 관객들은 누구나 그가 추하다는 것을 잊었다. 김덕휘金德輝237)가 그 뒤를 따라 서로 막상막하였다.

범삼관范三觀은 소아희小兒戲에 뛰어났는데, 응석받이 도령[安安小官] 같은 역할을 연기하면 울고 웃는 모습이 모두 귀여웠다.

반상린潘祥麟은 정신이 오락가락하고 표정이 순간적으로 변하는 연기 때문에 '사면관음四面觀音'이라는 이름을 얻었다.

강춘은 여유침余維琛의 훌륭한 인격을 아껴 그더러 극단을 총괄하도록 했고, 늘 그와 함께 마시고 카드놀이[葉格戲]를 하곤 했다. 강춘은 다른 사람에게 "배우들 가운데 세 명의 달인이 있는데, 오대유, 동윤표董掄標, 여유침이 그들이다"라고 말했다. 동윤표는 동미신董美臣의 아들로, 역사 이야기를 잘 했고 음률에도 조예가 있었다. 『모란정기牡丹亭記』의 유몽매柳夢梅를 연기할 때는 한 번도 손을 옷소매에서 꺼낸 적이 없다.

36. 소단을 연기하는 주야동朱野東은 어릴 적 이름이 '기린관麒麟觀'이고 시를 잘 지었는데, 수준이 남들보다 뛰어났다. 범어 경전[梵夾]238)에 해박하였고 늘 암자를 사서 지내고 싶어 했다.

---

237) 김덕휘金德輝(?~?)는 곤극崑劇 배우로, 청나라 건륭~가경 시대에 주로 활약하였고, 대개 도광道光(1821~1850) 연간 초기에 80여 세로 작고한 것 같다. 그의 본명은 알 수 없고, 강소 장주長洲 사람이다. 그는 소단 연기에 뛰어나 일찍이 양주 염상鹽商 홍충실洪充實이 설립한 대홍반大洪班과 강광달江廣達의 덕음반德音班에서 역시 소단 역의 여소미와 나란히 이름을 날렸다. 일찍이 소주의 이름난 희곡음악가 섭광평葉廣平의 제자 유비석鈕非石에게 창을 배웠다. 그는 『요투갱療妬羹』의 「제곡題曲」에서 교소청喬小青 역을, 그리고 『모란정牡丹亭』의 「심몽尋夢」에서 두여낭杜麗娘의 역할로 이름이 알려졌는데, 인물의 복잡한 슬픔이나 처량한 원망 같은 정서를 세밀히 표현해냈다. 건륭乾隆 49년(1784)에 황제가 강남을 시찰할 때 그는 양주 염상들의 요청으로 소주, 항주, 항주 등지의 유명 배우들을 한 데 모아 극단을 구성하여 공연함으로써 칭찬을 받았다. 공연 뒤에도 그 극단은 유지되었다. 그 이름을 '집성반集成班'이라 했고, 나중에 '집수반集秀班'으로 바뀌었다. 당시 소주 최고의 극단으로 불렸다.

238) 패다라엽貝多羅葉에 범어로 새긴 경전. 경을 새긴 패다라엽을 여러 겹 쌓아 두 끝을 노끈으로 꿰어 묶은 모양이 마치 상자에 넣은 것과 같다는 데서 이르는 말이다.

노생을 연기하는 유양채劉亮彩는 아명이 '삼화상三和尙'이고, 서예가의 붓에 먹물이 덜 적셔진 것처럼 말을 더듬었지만 나름대로 일가를 이루었다. 그는 『난가산爛柯山』에서 주매신朱買臣 역을 잘 소화했다.

37. 부말副末 연기는 심문정沈文正, 유굉원兪宏源이 나란히 유명하다. 유굉원은 『일봉설一捧雪』에서 중막성中莫成을 연기하였으며, 사람들은 그를 '중도변中到邊'이라고 불렀다. 그는 술을 잘 마셨는데, 밤새 마셔도 취하지 않았고 코는 서리 맞아 붉어진 홍시 같았다.

38. 대면大面을 연기하는 왕병문王炳文은 대사인 백白을 하는 모습과 몸동작이 흡사 마문관馬文觀과 같았으나 목소리는 크지 않았다.

주도생朱道生은 『울지공尉遲恭』의 「양편揚鞭」 연기에 뛰어났는데, 지금은 전하지 않는다.

이면二面 연기는 요서지姚瑞와 심동표沈東標가 나란히 유명하고 '국공國工'으로 불렸다. 심동표가 연기한 「채 노파[蔡婆]」 장면은 바로 고동가高東嘉를 저승세계에서 끌어내는 것이었는데, 역시 지금은 완전히 알 수 없다. 조익趙翼239)의 『구북집甌北集』 가운데 「강산의 잔치자리에서 가수 왕병문과 심동표에게[康山席上贈歌者王炳文沈東標]」라는 제목의 칠언고시七言古詩가 있다.

39. 왕희증王喜增은 모습이나 성격이 다른 사람들과 매우 달랐다. 그가 부르는 사나 곡은 의외의 곡조[外聲]가 많았고, 맑은 목소리는 바람이 대

---

239) 조익趙翼(1727~1814)은 청대의 시인이자 역사학자로, 자는 운숭雲崧, 운숭耘崧이고, 호는 구북甌北이며, 양호陽湖(지금의 장쑤 창저우常州) 사람이다. 건륭 26년(1761)에 진사가 되어 한림원 편수 벼슬을 제수 받았다. 관직은 진안鎭安과 광주廣州의 지부知府를 거쳐 귀서병비도貴西兵備道에 이르렀다. 그는 건륭 38년(1773)에 벼슬에서 물러나 집에서 지냈는데, 양주의 안정서원安定書院에서 강주講主를 맡기도 했다. 그의 시는 원매袁枚, 장사전蔣士銓과 더불어 유명하여, 이들을 '건륭삼대가'로 일컫는다.

들보를 울릴 정도로 높았다.

김덕휘는 『모란정牡丹亭』의 「심몽尋夢」, 『요투갱療妬羹』의 「제곡題曲」을 연기할 때면 마치 봄누에가 실을 토하고 죽어가듯이 혼신의 힘을 다했다.

주중련周仲聯은 『천문진天門陣』의 「산자産子」, 『비취원翡翠園』의 「도령패盜令牌」, 『호접몽蝴蝶夢』의 「벽관劈棺」 장면을 즐겨 연기했는데, 머리를 빗을 때마다 온 관객들의 안색이 변했다.

동수령董壽齡은 하녀 역할을 잘 했는데 이른바 천비倩婢, 송비鬆婢, 담비淡婢, 일비逸婢, 쾌비快婢, 소비疏婢, 통비通婢, 수비秀婢 등 모든 형상을 다 보여주었다.

40. 대면大面 연기를 하는 범송년范松年은 주덕부周德敷의 제자로, 소리를 지르고 뛰어 오르는 기술을 모두 전수받았다. 그는 『수호기평화水滸記評話』에 뛰어났는데, 목소리와 용모를 흉내 내는 것이 뛰어났다. 나중에 휘파람 부는 기예를 터득했는데, 그가 부는 휘파람은 반드시 먼저 숨을 들이마시고 나서 소리를 내뱉는다. 숨을 깊숙이 들이마시고 내뱉어야지 공기가 충분해서 비로소 놀라운 소리를 낼 수 있었는데, 그 소리는 대들보까지 휘감기며 오랫동안 흩어지지 않는다. 흩어질 때는 가을의 계곡물처럼 층층이 파문을 이루며 조금씩 사라진다. 이렇게 한참 불면 긴 소리는 멀리 크고 막힘없이 이어져 한 줄기 긴 휘파람 소리가 된다. 휘파람 소리가 그쳐도 남은 소리는 여전히 동굴 안의 메아리처럼 울려 퍼진다. 그는 중년에 덕음반에 들어갔는데 그의 철륵노鐵勒奴 연기는 한 시대를 풍미하여240) 주덕부가 다시 태어났다는 견해가 생겼다.

그의 제자 해송년奚松年은 홍반에서 대면 역할을 연기했는데, 목소리는 대단히 컸지만 몸짓 연기는 스승보다 못했다.

---

240) 이 대목의 원문은 "演鐵勒奴蓋于一部"이나, 이를 인용하면서 대개 "演鐵勒奴蓋于一時"라고 표기하고 있는데, 이렇게 표기하는 것이 문맥상 더 자연스러워 보여 이를 따랐다.

41. 이면二面 연기를 하는 채무근蔡茂根은 『서상기西廂記』의 법총法聰을 연기했는데, 그는 눈을 부릅뜨며 팔을 오므렸다가 팔을 풀면서 어깨를 으쓱하고 머리를 긁적거리며 머뭇거리는 연기를 하다가, 흥이 한참 오르면 자기도 모르게 승모僧帽가 바닥에 떨어질 뻔한 상황에 이르곤 했다. 이때 온 관객들은 그의 머리카락이 드러날까 조마조마했지만 정작 채무근은 얼굴 표정이 태연자약했다.

소축을 연기하는 등창주滕蒼洲는 키가 작고 뚱뚱했는데, 검은 사모紗帽를 쓰고 검은 색 도포[皁袍]를 입고 조화朝靴를 신은 모습이 마치 호구산虎丘山의 '발부도拔不倒'241)와 아주 흡사했다.

42. 홍반에는 부말副末 연기를 하는 배우가 둘인데, 바로 유굉원俞宏源과 그의 아들 유증덕俞增德이다. 노생 연기를 하는 배우는 둘인데, 유양채劉亮彩와 왕명산王明山이다. 노외 연기를 하는 배우도 둘이니, 주유백周維柏과 양중문楊仲文이다. 소생 연기를 하는 배우는 셋으로, 심명원沈明遠, 진한소陳漢昭, 시조매施調梅이다. 대면大面 연기를 하는 배우는 둘로, 왕병문王炳文과 해송년奚松年이다. 이면二面 연기를 하는 배우는 둘로, 육정화陸正華와 왕국상王國祥이다. 삼면三面 연기를 하는 배우도 두 사람으로, 등창주滕蒼洲와 주굉유周宏儒이다. 노단 연기자는 둘인데, 시영강施永康과 관홍성管洪聲이다. 정단正旦을 연기하는 배우는 둘로, 서요문徐耀文과 그의 제자 왕순천王順泉이다. 소단의 경우 김덕휘金德輝와 주야동朱冶東,242) 주중련周仲連과 허전장許殿章, 진난방陳蘭芳, 손기봉孫起鳳, 계부금季賦琴, 범제원范際元 등의 배우들이 있다. 주유백周維柏은 외과外科 처방에 뛰어나 약을 지어주면서도 사례를 요구하지 않았고, 종잇조각 하나도 아꼈지만 흉년이나 재해가 든 해에는 관을 짜주었으니, 극단의 배우

---

241) '반부도扳不倒'를 잘못 쓴 것이다. 이것은 어린이 장난감의 일종인 오뚝이를 가리키며, '부도옹不倒翁'이라고도 한다.
242) 본문 27번에 언급된 강반江班의 주치동朱治東을 가리키는 듯하다.

들 가운데 베풀기를 좋아하는 사람이었다.

43. 후장後場은 장면場面[243]이라고도 부르는데, 이곳에서는 북이 으뜸이다. 한쪽 면을 쓰는 북을 단피고單皮鼓, 양면을 쓰는 북을 발제고茇薺鼓라고 부르며, 북 치는 기예를 고판鼓板이라고 부른다.

고판의 자리는 상귀문上鬼門[244]에 설치하였다. 의자 앞에는 작은 발받침대[小搭脚], 작은 등받이 없는 의자[仔凳]가 놓여 있고, 의자 뒤편 병풍 위에는 북틀[鼓架]이 걸려 있다. 북틀은 높이 2자 2치 7푼에 네 다리는 너비가 1치 2푼이고 위에는 정병[淨瓶頭]을 새겨놓았는데, 높이가 3치 5푼이다. 위층에는 막대기[枋仔] 32개를, 아래층에는 8개를 설치하였고, 위층에는 무늬를 새긴 판자[雕花板]가 있고 아래층에는 실로 기둥을 감아놓았으며, 옆으로 설치해놓은 황자橫仔는 길이가 동일하다. 단피고는 의자 오른쪽 아래 막대에 배치하고, 발제고와 고판은 의자와 병풍 사이에 늘어놓는다. 큰북은 북채가 둘이고 작은북은 채가 하나인데, 의자의 깔개 밑에 두었다.

이 기예는 서반徐班의 주염일朱念一이 으뜸이다. 그 소리는 쌀을 흩뿌리는 듯하고, 우박이 땅에 떨어지는 듯하고, 비단을 찢고 대나무를 쪼개는 듯하였다. 하루는 그가 무대에 올라가야 했을 때 누군가가 북채를 훔쳐서 곤란해 빠뜨리게 한 적이 있는데, 주염일은 이렇게 말했다.

"차라리 내 손을 훔쳐가지 그래?"

그는 나중에 홍반에 들어갔는데, 그의 제자 계보관李保官이 왼손으로 북을 두드리며 오른손으로는 고판을 잡았다. 그의 기술은 스승의 것과 같았으나, 남곡南曲 가운데 편안하게 연주하는 대목에 이르러서는 심오

---

243) 연극을 공연할 때 음악 반주를 해주는 악대樂隊를 가리킨다. 악대는 문장면文場面과 무장면武場面 두 종류가 있다. 문장면은 관악기와 현악기를, 무장면은 징과 북을 연주한다.
244) 귀문鬼門 : 배우들이 무대에 등장하고 퇴장할 때 사용하는 문이다.

한 경지에 이르지 못하였다. 훗날 그는 경사에서 활동하다 병으로 그만
두고 강반으로 돌아왔다.

장반張班의 육송산陸松山 역시 왼손으로 북을 쳤다. 강반에는 또 손순
룡孫順龍이 있고, 홍반에는 왕염방王念芳과 대추랑戴秋朗이 있는데, 모두
고판으로 유명했다.

현자弦子245)의 자리는 고판의 뒤편이다. 현자 역시 북과 유사한 악기
이므로 면面으로 칭한다. 현자를 담당하는 사람은 운라雲鑼,246) 날나리
[鎖哪], 큰 징[大鐃]도 아울러 맡았다. 이 기예에는 두 가지가 있다. 그 가
운데 하나는 ‘주두做頭’와 ‘단두斷頭’이다. 곡이 가사 없이 음악만 연주
하는 곳에 이르면 이것을 ‘강腔’이라고 부른다. 현자가 위아래로 오르내
리고 급하고 느리게 연주하는 부분을 ‘점자點子’라고 부른다. 점자가 강
에 이어져 나오는 것을 ‘주두’라 하고, 곡이 보검寶劍으로 옥을 자르듯
끊기는 부분에 이르면 이를 ‘단두斷頭’라고 부른다. 다른 하나의 기예는
현자가 고판에게 자리를 넘겨받는 것[讓]이다. 판板은 몰판沒板, 증판贈板,
철증撤贈, 철판撤板으로 나뉜다. 북은 판에 따라서 그 기예를 펼치고, 현
자의 경우는 다시 고판을 따라 기예를 드러낸다. 고판이 없을 때 현자
가 점자를 행하는 것을 ‘자리를 물려받는 것[讓]’이라고 부른다. 오직 고
판에게 자리를 잘 넘겨받을 수 있어야지만 고판을 압도할 수 있게 된다.
이것이 바로 속칭 ‘청점자清點子’라는 것이다. 이 기예는 서반徐班의 당
구주唐九州가 가장 잘 구사한다.

당구주는 본래 소주의 축헌祝獻247) 출신인데 악곡 쪽으로는 모르는
것이 없어 당시 사람들은 그를 ‘곡해曲海’라고 불렀다. 같은 시기의 설
패침薛貝琛은 곡의 가사[曲文]를 반도 기억하지 못했으나, 무대에 오르면
모두 박자에 맞게 연주하여 당시 사람들은 그를 두고 ‘신선의 손[仙手]’

라고 불렀다. 오늘날에는 홍반의 양승문楊升聞이 최고이다. 양승문은 아명이 통편두通匾頭인데, 당구주의 제자로서 스승의 솜씨를 온전히 이어받았다. 그 다음 가는 인물이 바로 육기량陸其亮과 거만자璩萬資이다.

피리 연주자[笛子]는 하귀문下鬼門에 위치하는데 보통 암피리[雌笛], 숫피리[雄笛] 두 개를 사용한다. 본래 예전에는 피리를 두는 책상[笛床]이 2개, 피리를 걸어두는 걸이[笛托]가 2개였으며, 예비용 피리는 대개 의자 뒤 병풍에 걸어놓았다. 피리 연주자는 작은 징[鈸]도 함께 맡았고, 여기에는 두 가지 절기絶技가 있는데 하나는 '숙熟'이고, 또 하나는 '연軟'이다. '숙'의 경우는 모든 창법에 모두 들어맞는다. '연'의 경우는 섬세하고 빠른 곡조에 모두 들어맞는다.

이 기술에서는 서반徐班의 허송여許松如가 으뜸이다. 허송여는 입안에 치아가 하나도 남아 있지 않아 은으로 대신 해 넣었다. 피리를 불 때 잇몸[斷齶] 위에 피리를 올려놓고 부는데, 음정[工尺]248)이 조금도 어긋나지 않는다. 그 다음으로 대추랑戴秋閬이 가장 유명하다. 장유령莊有齡은 세밀한 연주에 뛰어났고, 욱기영郁起英은 힘찬 연주에 뛰어났는데, 이들은 모두 강반에 들어갔다. 장유령이 연주할 때면 그의 손가락은 피리 구멍에서 불과 좁쌀 반 정도[半黍] 이상은 떨어지지 않았다. 오늘날 홍반에는 진취장陳聚章과 황문규黃文奎가 있다.

생황[笙] 연주자의 자리는 피리 연주자 뒤쪽에 있다. 생황을 맡은 사람은 날나리[鎖哪]도 함께 맡았다. 생황은 피리를 보조하는 악기로, 겉으로 잘 보이지 않는다. 대부분 날라리를 불 때는 삼현금이 등장하기에 앞서 날라리가 먼저 연주된다. 사실 「대강동거大江東去」 같은 곡을 작은 날나리만으로 연주하는 경우에도 여전히 삼현금 연주를 이끄는 역할을 한다.

---

248) 고대 중국 음악의 음계音階에서 각 음에 대한 총칭, 또는 악보에서 음을 나타내는 부호에 대한 총칭이다. 그 부호는 시대에 따라 다르지만, 일반적으로 합合, 사四, 일一, 상上, 척尺, 공工, 범凡, 육六, 오五, 을乙이다. 이것은 현대 서양 음계에서 솔, 라, 시, 도, 레, 미, 파, 솔, 라, 시에 해당한다.

무대 위에는 탁자[249] 2개와 의자 4개가 있다. 탁자는 '정丁'자 모양으로 늘어서 있고, 의자는 상귀문과 하귀문 옆에 '팔八'자 모양으로 줄지어 있다. 장면場面 가운데 서 있는 사람이 둘인데, 하나는 작은 징[小鑼] 연주자이고 다른 하나가 큰 징[大鑼] 연주자이다. 작은 징 연주자는 공연에 쓰는 탁자와 의자, 책상, 등받이 없는 의자를 담당하는데, 이를 두고 '주장走場'이라고 부른다. 그는 규상자[叫顙子][250]도 함께 담당한다. 큰 징 연주자는 상귀문에 위치하는데 고판鼓板 위에 있는 북틀[鼓架]을 지탱하는 것이 임무다. 호통號筒, 나팔[哑叭], 목어木魚, 탕라湯鑼(소라小鑼의 일종)의 경우는 희방戲房[251]에 있는 사람들이 대신 맡아 하므로 장면의 인원에는 포함되지 않는다.

44. 양주의 화부희花部戲 극단은 모두 이 지역 사람들로 구성되어 있다. 이를 두고 '본지난탄本地亂彈'이라고 부르는데, 이것은 지방 극단이다. 양주 성 바깥의 소백邵伯, 의릉宜陵, 마가교馬家橋, 승도교僧道橋, 월래집月來集, 진가집陳家集 사람들은 스스로 극단을 만들었다. 희문戲文 역시 원나라 때의 음악을 섞어 쓰는데, 음악이나 복식이 대단히 유치하다. 이것을 '초대희草臺戲'라고 부른다. 이것은 또한 지방 극단 가운데 토속적 색채가 강한 것들이다. 양주 성에서 공연을 할 때는 언제나 곤강崑腔을 중시하는데, 이를 '당희堂戲'라고 부른다.

'본지난탄'은 제사 때 사용하는데, 이를 '대희臺戲'라고 부른다. 5월이 되면 곤강을 써서 공연하는 극단들은 해산하지만 난탄을 쓰는 경우는

---

249) '중화본'에는 '노'를 뜻하는 '棹'자로 되어 있으나 바로 뒤에 의자를 뜻하는 '椅'자와 호응 관계로 볼 때 '산동본'처럼 '탁자'를 뜻하는 '桌'자로 보는 것이 타당해 보인다.
250) '규자叫子'라고도 한다. 불어서 소리를 내는 도구이다. 송나라 때 심괄沈括은 『몽계필담夢溪筆談』「권지權智」에서 "세상 사람들은 대나무나 상아 따위로 '규자'를 만들어 입 안에 넣고 불어 사람 말소리를 내는데, 이를 '상규자'라고 한다[世人以竹木牙骨之類爲叫子, 置人喉中吹之, 能作人言, 謂之'顙叫子']"라고 썼다.
251) 연극 무대戲臺 건물은 앞뒤 두 칸으로 나뉘어 있는데, 극을 공연하는 앞 칸은 '대구臺口'라 하고, 배우들이 분장하고 대기하는 뒤 칸은 '희방戲房'이라고 한다.

그렇지 않고 남아 있는데, 이를 '화반火班'이라고 부른다. 나중에 구용句容 지역에서 방자강梆子腔을 사용하는 극단이, 안경安慶 지역에는 이황조二簧調를 쓰는 극단이, 익양弋陽 지역에는 고강高腔을 쓰는 극단이, 호광湖廣 지역에는 나라강羅羅腔을 쓰는 극단이 왔다. 이들은 처음에는 성 밖 시골에서 공연하다가 이어서 여름이면 성 안으로 들어오곤 경우가 있었으니, 이를 '간화반趕火班'이라고 부른다. 안경 지역의 극단은 색예色藝가 훌륭하여 본지난탄보다 뛰어났기 때문에, 본지난탄이 간혹 초빙하여 극단에 들이는 경우도 있다.

경강京腔에서는 탕라湯鑼를 쓰고 금라金鑼를 사용하지 않으며, 진강秦腔에서는 월금月琴을 쓰고 비파琵琶를 쓰지 않는다. 경강은 본래 의경반宜慶班, 췌경반萃慶班, 집경반集慶班의 공연이 훌륭한 것으로 간주되었다. 사천四川의 위장생魏長生[252]이 진강秦腔을 북경에 들여왔는데, 그 모양새와 기교[色藝]가 의경반, 췌경반, 집경반의 것보다 뛰어나자 경강이 이것을 본뜨게 됨으로써 경강과 진강은 구별할 수 없게 되었다. 위장생은 다시 사천 지역으로 돌아가고 고낭정高朗亭[253]은 경사로 들어가서 안경

---

[252] 위장생魏長生(1744~1802)은 자가 완경婉卿이고 사천四川 금당현金堂縣 사람이다. 집안에서 항렬이 세 번째여서 위삼魏三이라고도 불렸다. 청나라 건륭 연간에 진강秦腔의 단旦 역할 배우로 유명하였다. 어려서 집안이 가난하여 13세에 서안에 가서 연기를 배우고, 몇 차례 경사에서 공연하기도 하였다. 나중에 소주, 양주에서 공연하기도 하였다. 1802년 경사에서 『배왜진부背娃進府』 공연을 마친 후 사망했다.

[253] 고낭정高朗亭(1774~1827)은 예명藝名이 월관月官이고, 보응寶應 사람이다. 그는 어려서부터 민간 음악[民歌小調]를 익혀, 나중에 안경安慶의 휘반徽班에 들어갔으며, 화단花旦 연기에 뛰어났다. 그는 17세에 그 극단에서 주연배우로 활동하다가 30세에 극단의 주인이 되었다. 건륭 50년(1790)에 그는 안경의 극단을 이끌고 북경에 가서 건륭제의 생일을 축하하는 공연을 했는데, 이때 안경 지역의 화부희花部戱와 경강京腔, 진강秦腔을 합쳐 새로운 곡조를 만들고, 아울러 극단 이름을 '삼경반三慶班'으로 고쳤다. 이 극단은 북경에서 크게 인기를 얻어 오랫동안 곤강崑腔이 독점하던 북경 극단의 분위기를 바꿔놓음으로써, '사희반四喜班'과 '화춘반和春班', '춘대반春臺班' 등 안휘 지역의 극단들을 북경으로 불러오는 계기를 마련해주었다. 당시 이들 네 극단은 '사대휘반四大徽班'이라는 명성을 얻었으며, 그 가운데 삼경반은 '경도제일京都第一'로 칭송들 받았다. 고낭정은 38세 황실 내무부內務府에 의해 북경의 배우 조합[藝人行會]인 '정충묘精忠廟'의 수장首長에 임명되어 배우들 사이의 분쟁을 해결하고 공익사업을 주관했다.

화부희에 경강과 진강과 합치고 그 극단을 '삼경반三慶班'이라고 불렀다. 그래서 옛날의 의경반, 췌경반, 집경반은 마침내 몰락하여 흔적도 남지 않았다.

양주 성의 경우, 강춘이 이 지역 난탄의 극단을 모아 '춘대반春臺班'이라 했는데, 이것이 바로 외강반外江班이다. 강춘은 자기 힘만으로 극단을 조직할 수가 없자 사방에서 단旦 역할을 하는 이름난 배우들을 초빙하였으니, 소주의 양팔관楊八官, 안경 지방의 학천수郝天秀 등이 그들이다. 그런데 양팔관과 학천수가 위장생의 진강秦腔과 경강京腔 가운데 우수한 것을 채택하였으니, 예를 들면 「곤루滾樓」, 「포해자抱孩子」, 「매발발賣餑餑」, 「송침두送枕頭」 등이 그것이다. 이때부터 춘대반이 경강과 진강을 합쳐서 공연하게 되었다. 웅비자熊肥子는 『대부소처타문흘초大夫小妻打門吃醋』를 공연하였는데, 여기서는 규방 아녀자들의 모습을 곡진하게 잘 묘사하고 있다.

45. 번대樊大는 눈을 크게 뜨고 눈짓을 하는 것[飛眼]에 뛰어났다. 그는 「사범思凡」을 공연하면서 처음에는 곤강崑腔을 쓰다가 뒤이어 방자강梆子腔, 라라강羅羅腔, 익양弋陽腔, 이황조二簧調 등 모든 강조를 사용했는데, 논자들은 그를 '희요戱妖'라고 불렀다.

46. 의징 사람 소언小鄢은 구생선救生船[254] 노잡이[篙師]의 아들로, 나면서부터 부인 흉내 내기를 좋아하였다. 그의 부친이 화가 나서 그를 강물에 던져버렸으나, 그는 죽지 않고 떠돌다가 화부희 극단에 들어가 단旦 역할을 하는 배우가 되었다. 나중에 그 일을 그만두고 비단 장수가 되었다가 뱃길에서 죽었다.

---

254) '구생정救生艇'이라고 한다. 윤선輪船 위나 항구에 설치해 두고 물에 빠진 사람을 구하는 데에 썼던 작은 배를 가리킨다.

47. 학천수郝天秀는 자가 효람曉嵐이며, 나긋나긋한 애교로 사람의 마음을 끌었기 때문에 위삼아의 정수를 얻었다. 사람들은 그를 '사람 잡을 놈[坑死人]'이라고 불렀는데, 조운숭이 「갱사인가坑死人歌」라는 노래를 지었다.

48. 장주長洲 사람 양팔관楊八官은 한여름 부인들의 복장을 하고 방에서 쉬다가 못된 승려에게 강간을 당할 뻔했다. 이런 내용을 가지고 극을 만든 것을 「타잔반打盞飯」이라고 부른다.

사수자謝壽子는 화고花鼓255)에서 여성 역할을 맡았는데, 그 노랫소리가 처량하고 아름다워 보는 이들이 정신이 몽롱할 지경이었다.

육삼관陸三官은 화고희花鼓戲256)로 이름을 얻었고, 경강京腔과 진강秦腔에 능숙하였다.

49. 조대보曹大保는 본래 놀기 좋아하는 성격인지라 아침마다 호수에 배

---

255) 화고花鼓는 호북湖北, 호남湖南, 강서江西, 안휘安徽 등지의 민간 가무를 가리킨다. 남녀 한 쌍이 춤을 추는데, 한 사람은 소라를 치고 한 사람은 소고를 치면서 한편으로 악기를 치고 한편으로 가무를 춘다.

256) '화고희'는 민가民歌에서 기원한 지방희로서, 늦어도 청나라 가경嘉慶 연간에 여배우[旦] 한 명과 광대[丑] 한 명의 연기와 노래로 이루어진 초보적인 형식의 연극인 '지화고地花鼓'로 발전했다. 그러다가 동치同治 1년(1862) 호남湖南 지역에서 공연되었던 '화고사花鼓詞'에 이르면 소단小旦과 소축小丑, 소생小生의 '삼소三小'라는 보조 배역을 갖추고 공연 형식도 상당히 규모가 커지고 지역과 곡조에 따라 내용도 다양해진다. 그런데 청나라 때에 '화고희'는 종종 천시되거나 공연이 금지되곤 했기 때문에 각 지역의 화고희 극단들은 종종 해당 지역에 유행하는 대희大戲를 공연하는 것으로 위장하는 경우가 많았는데, 이런 극단들을 '반대반半臺班' 또는 '반희반조半戲半調', '음양반자陰陽班子'라고 불렀다. 지금까지 알려진 화고희 작품은 대략 400여 종이 있으며, 음악 곡조도 약 300여 종류나 된다. 다만 음악 곡조는 대개 일휘[二胡] 모양의 현악기인 '대통大筒(혹은 '화고대통花鼓大筒'이라고도 함)'과 태평소[嗩吶]의 반주가 포함된 '천조川調('정궁조正宮調' 또는 '현자조弦子調'라고도 함)'와 악기 반주가 없이 배우들의 독창과 합창으로 구성된 '타라강打鑼腔('나강鑼腔'이라고도 함)' 등이 사용된다. '타라강打鑼腔'에 속하는 주요 작품으로 『청풍정清風亭』과 『노림회蘆林會』, 『팔백리동정八百里洞庭』, 『설매교자雪梅教子』 등이 있고, '천조川調'에 속하는 주요 작품으로는 『유해희섬劉海戲蟾』, 『편타로화鞭打蘆花』, 『장광달상수張光達上壽』, 『간자상로趕子上路』 등이 있다.

를 띄우고 놀았다. 한번은 모란 한 그루를 도끼로 화자선劃子船257)을 만들었는데 길이가 2길 2자에, 폭은 길이의 5분의 1이었다. 문을 들어서면 사방 1길로 자리 하나를 깔기에 충분했다. 병풍 사이 공간은 누워 읊조릴 만하고, 병풍 밖에는 술병을 얼마든지 쌓아둘 만했다. 양 옆으로 휘장을 쳤는데, 꽃피는 아침과 달뜨는 밤이면 마치 오색구름을 타고 하늘을 오르는 것만 같았다. 또한 돌풍이라도 만나면 파도를 박차고 오르내렸다. 앞을 가린 나뭇가지의 끝머리나 낮은 다리라도 만나면 난간을 풀고 휘장을 걷고 잠자리처럼 가볍게 지나갈 수 있었다. 배 안에 '홍아紅牙'258)를 잘 다루는 가동歌童을 한두 명 두고, 그들로 하여금 차와 술시중도 들게 했다. 호숫가 사람들은 이 배를 '조씨의 배[曹船]'라고 불렀다.

50. 북경에 있는 췌경반萃慶班의 사서경謝瑞卿은 사람들이 '작은 쥐[小耗子]'라고 불렀다. 그의 스승의 별명인 '쥐[耗子]'와 구별하여 부른 것이다. 그는 『수호기水滸記』의 염파석閻婆惜 연기를 잘 했는데, 무대에 오를 때마다 좌석의 관객들이 직접 분장을 해주었다. 잘 차려 입은 고관대작들이나 귀부인들도 직접 화장을 해주지 못해 안달이었다.

관대보關大保는 염파석을 연기하면서 그를 흉내 내곤 했다. 이때부터 양주에는 사씨 일파가 생겨나게 되었다.

51. 사천四川의 위삼아魏三兒는 호가 장생長生이고, 40살에 양주로 와서 강춘의 극단에 투신했는데, 한 대목을 공연할 때마다 강춘이 상당한 출연료를 지급하였다. 그가 호수에 배를 띄우고 놀면 순식간에 소문이 돌아 기생을 태운 배들이 모두 몰려나와 노들이 서로 부딪치고 호수는 온통 향기로 넘쳐났다. 하지만 위삼아는 행동이 여전히 느긋하였으며 마음도 흔들림이 없었다.

---

257) 삿대로 젓는 작은 배를 가리킨다.
258) 박달나무[檀木]로 만든 박판狛板으로서, 박자를 맞추어 두드리는 악기이다.

52. 화부희의 배역에서는 단축旦丑과 도충跳蟲이 중요하고, 무소생武小生
과 대화면大花面이 그 다음이다. 외말外末259)의 경우는 전문 분야를 나
누지 않고 통틀어 남자 배역이라고 부른다. 노단老旦과 정단正旦은 분야
를 나누지 않고 통틀어 여자 배역이라고 부른다. 축丑260)은 동작 연기
[科]를 곁들인 우스갯소리[諢]에서 장점을 드러내는데, 분하는 역할이 다
양해서 온갖 사기꾼들의 속된 모습들로서, 못난 아내와 어리석은 남편,
상인, 무뢰배 따위가 포함된다. 그들이 온갖 지방 사투리로 떠들어대면
듣는 사람들은 포복절도한다. 그러나 각기 다른 지방 사투리로 공연한
다는 한계 탓에 난탄은 곤강崑腔에는 훨씬 미치지 못한다.

　　다만 경사에서 공연되는 우스갯소리는 모두 관화官話를 사용하기 때
문에, 축丑의 연기는 경강京腔을 최고로 친다. 가령 능운포凌雲浦는 본래
문벌집안의 자제로 시와 글씨에 뛰어났는데, 일단 분장하고 무대에 오
르면 관객들의 갈채가 끊이지 않았다. 광동廣東의 유팔劉八은 문사文詞
에 뛰어나고 말을 잘 탔는데, 경사에 과거시험을 치르러 갔다가 경강에
빠져261) 뛰어난 소축小丑 연기자가 되었다. 이들은 모두 내가 직접 그
대단한 연기를 목격했는데, 지방 극단[土班]의 화면花面 따위에 비할 바
가 아니었다.

　　양주의 본지난탄에서 소축 연기는 오조吳朝와 만타차萬打岔에서 시작
되었고, 그 뒤로 장파두張破頭, 장삼망張三網, 두장이痘張二, 정사륜鄭士倫
등이 모두 그를 본받았다. 하지만 결국 시골 사투리를 썼기 때문에 시
골 사람들에게 즐거움을 줄 수 있었으나 관화를 쓰는 이들에게는 그 뜻

---

259) 원나라 때 잡극에서 외말과 외단外旦, 외정外淨 등은 대체로 남자 배역인 말末과 여
　　자 배역인 단旦, 광대 배역인 정淨 등에 비해 극 안에서 상대적으로 중요성이 떨어지
　　는 배역이었다. 다만 명·청 이래로 '외'라는 수식어가 붙은 배역은 점차 나이 많은 남
　　자 배역을 가리키는 명칭으로 굳어졌다.
260) 경극에서는 '삼화검三花臉' 또는 '소화검小花臉'이라고도 부르며, 일종의 광대 역이다.
261) '중화본'의 경우, 이 대목의 원문은 "流落京腔[師]"이다. 이 가운데 본문에서는 "流
　　落京腔"이 문맥상 더 자연스럽다고 보고 옮겼는데, "流落京師"를 취할 경우 "경사를
　　떠돌다가" 정도로 옮길 수도 있다.

이 전달될 수 없었다.

요즘 들어 춘대관에서 유팔을 영입하자 그 극단의 소축들이 유팔을 흉내 내면서 기풍이 조금씩 변하고 있다. 유팔이 뛰어나다는 것은 「광거廣擧」 장면을 보면 알 수 있다. 지방의 한 거인이 예부禮部에 과거시험을 치러 가던 도중에 못된 선비를 만나 함께 여관에 묵었다가 기생들의 유혹을 받는다. 처음에는 이학理學을 거론하며 거인이라며 으스대다가 기녀들의 노래와 미색에 현혹되어 옷과 두건까지 모두 빼앗기는 어리석은 모습을 제대로 보여준다. 그리고 「모파총도임毛把總到任」 장면이 있는데, 그 내용은 파총把總262)이 물난리 막는 일을 핑계로 부府를 열어 스스로 부장副將이 되는 내용이다. 그는 경략經略263)을 만날 때는 위축된 모습을 보이다가도 병사들 앞에 설 때에는 거만한 모습을 보이며, 휘하의 병사가 총병으로 승진하는 것을 보면서 부러워하고, 질투하거나 수치스럽게 여기는 모습을 보여준다. 스스로 부를 열고 군주의 은혜에 감사하며 감격하는 모습을 보여주고, 동료들에게 돌아와 만족스러운 모습을 보여준다. 지난 일을 언급하면서 힘들고 피곤한 모습을 보여준다. 병사들에게 창술과 활쏘기를 가르칠 때는 화난 표정을 짓고, 격식에 따라 인사를 차릴 때는 예의를 몰라 제대로 지키지도 못하며, 경략의 호통을 들으면264) 깜짝 놀라 어쩔 줄 모르는 모습을 보여준다. 그는 이 모든 모습을 생생하게 연기한다. 승춘반勝春班의 어느 축丑 연기자가 그것을 흉내 냈지만 절반 정도만 비슷하게 해냈고, 「광거」 장면의 연기는 결국 「광릉산廣陵散」265)처럼 맥이 끊겨버렸다.

---

262) 명·청 시대 각 지방의 총병總兵 휘하와 청대 경사의 순포오영巡捕五營에 설치한 하급 무관을 가리킨다. 청대에는 사천四川과 운남雲南 등의 관청에도 지방 파총[土把總]을 두었다.

263) 명·청 시대에는 주요 군사가 있을 때 특별히 설치된 군사기구의 수장으로, 그 지위는 총독보다 위에 있었다.

264) '중화본'에서는 이 부분의 원문이 "문경호聞經呼"라고 되어 있고, '산동본'에서는 "경략호經略呼"라고 되어 있는데, 둘 다 문맥상 의미가 순조롭지 않다. 아마 원문에 착오가 있는 듯한데, 정확한 의미에 대해서는 연구가 필요하다.

53. '본지난탄'은 단旦을 중심 배역인 정색正色으로 삼고, 축丑을 보조 배역인 간색間色으로 삼는다. 정색은 반드시 간색과 짝을 이뤄야 하는데, 이것을 '탑과搭彩'라고 한다. 도충跳蟲은 또 축丑 가운데 가장 중요한 존재로서 머리를 땅에 대거나 고개를 쳐들고 뛰어다니고, 추錘나 간鐧과 같은 무기를 다룬다. 장천기張天奇, 잠선岑仙, 학천郝天, 학삼郝三 등이 모두 그런 연기에 가장 뛰어난 이들이다.

잠선은 자가 갱협賡峽인데, 도량이 넓어서 고을 사람들의 눈총을 받지 않았다. 그는 40살에 수만금의 재산을 모아두었다가 범각선사梵覺禪寺에 시주하여 만불루萬佛樓를 만들고, 위타전韋馱殿을 짓고, 군방포群芳圃를 가꾸고, 진나라 때의 나무[晉樹] 두 그루를 화재로부터 보호하는 시설을 만들게 했다. 또한 큰 무쇠 솥을 주조하여 행각승行脚僧들에게 밥을 제공할 수 있게 되었다. 그는 가부좌를 틀고 앉아 염불을 외면서도 승려의 격식에 얽매이지 않았고, 스스로 잠도인岑道人이라 칭했다.

학삼은 예전에 패자貝子266) 복강안福康安267)을 따라 대만臺灣을 정벌하고 반년 만에 돌아온 적이 있다.

유왜모劉歪毛는 본래 춘대반에서 이면二面을 연기하던 배우였는데, 나중에 승려가 되어서 맨발에 가사를 걸치고 운판雲板268)을 두드리며 큰

---

265) 광릉산은 금곡琴曲의 이름이다. 삼국시대 위나라 혜강이 이 곡을 잘 연주하였는데, 비전秘傳으로 남에게 전수하지 않았다고 한다. 그가 모함으로 죽게 되자, 처형될 무렵에 거문고를 달라고 하여 그 곡을 연주하고는, "「광릉산」도 이제 끊어지겠구나!"하고 탄식했다고 한다. 이 기록은 『진서晉書』「혜강전」에 보인다. 나중에 어떤 일이 후계가 없어 끊어진 경우를 '광릉산'이라고 부르게 되었다.

266) 만주어 'beise'를 음역音譯한 것으로, 초기 만주족 사회에서는 '타고난[天生]' 귀족이라는 뜻이었다. 청나라가 세워진 후에는 종실宗室 및 몽고 귀족에게 내리는 작위가 되었다. 그 서열은 군왕郡王, 패륵貝勒, 패자貝子, 진국공鎭國公의 순서로 점차 내려간다.

267) 복강안福康安(?~1796)은 자가 요림瑤林이고, 만주족 양황기인鑲黃旗人이다. 유귀雲貴, 사천四川, 민절閩浙, 양광兩廣 등지의 총독을 역임했고, 무영전대학사武英殿大學士 겸 군기대신으로서 패자貝子에 봉해졌다. 장군 아규阿桂를 따라 금천金川, 감숙甘肅 등지에서 반란을 진압하는 등 공을 세워, 1791년에는 대장군에 임명되어 서장西藏을 정벌하기도 했다. 또 건륭 연간 후기에는 대만臺灣을 평정하기도 했다. 그는 평생 건륭제의 총애를 받았기 때문에, 민간에서는 그가 건륭제의 사생아라는 전설이 떠돌 정도였다.

소리로 "나무약사유리광여래불南無藥師琉璃光如來佛"을 외며 다녔다. 돈
이 생기면 거지에게 베풀거나 방생放生하는 데에 사용했다. 몇 년 뒤에
고민사에서 입적했다.

54. 공연에 쓰이는 도구[戱具]를 '행두行頭'라고 한다. 행두에는 의상衣箱,
회상盔箱, 잡상雜箱, 파상把箱의 4가지가 있다. 의상에는 대의상大衣箱과
포의상布衣箱이 있다.

대의상 가운데 문관 복장[文扮]으로는 부귀의富貴衣, 곧 즉 궁의窮衣,
오색 망포[五色蟒服],269) 오색고수피풍용피풍五色顧繡披風龍披風, 오색고수
청화오채릉단오습五色顧繡靑花五彩綾緞襖褶, 대홍원령大紅圓領, 사조의辭朝
衣, 팔괘의八卦衣, 뇌공의雷公衣, 팔선의八仙衣, 백화의百花衣, 취양비醉楊妃,
당장변보투람삼當場變補套藍衫, 오채직파五彩直擺, 태감의太監衣, 금단창의
錦緞氅衣,270) 대홍금경일수매도포大紅金梗一樹梅道袍, 녹색 도포[綠道袍], 석
청운단괘포石靑雲緞掛袍, 청소의靑素衣, 가사袈裟, 학창鶴氅, 법의法衣, 양령
수잡색협단오鑲領袖雜色夾緞襖, 대홍잡색주소오大紅雜色綢小襖가 있다.

무관 복장[武扮]에는 찰갑紮甲,271) 대피괘大披掛, 소피괘小披掛, 정자갑
丁字甲, 배수피괘排須披掛, 대홍용개大紅龍鎧, 번방갑番邦甲, 녹충갑綠蟲甲,
오색용전의五色龍箭衣, 배탑背搭, 마괘馬掛, 회자의劊子衣, 전군戰裙이 있다.

여성 복장[女扮]으로는 무의舞衣, 망포[蟒服], 오습襖褶, 궁장宮裝, 궁탑宮
搭, 채련의採蓮衣, 백사의白蛇衣, 고동포자古銅補子, 노단의老旦衣, 소색노
단의素色老旦衣, 매향의梅香衣, 수전피풍水田披風, 채련군採蓮裙, 백릉군白綾

---

268) 운판雲板은 범종, 법고, 목어와 함께 불음佛音을 전하는 이른바 '불전사물佛殿四物'의
하나로, 아침과 저녁 예불을 드릴 때 중생교화를 상징하는 의식용구로, 또는 허공에 날
아다니는 짐승들을 제도하기 위하여 친다. 운판을 치면 그 소리는 허공을 헤매는 고독한
영혼을 천도하고 공중을 날아다니는 조류계鳥類界의 모든 중생들을 제도한다고 한다.
269) 망포蟒袍는 명·청 시대에 대신大臣들이 입던 예복禮服으로 황금색黃金色 이무기를
수놓았다.
270) 창의氅衣는 벼슬아치가 보통 때 입던 웃옷으로, 소매가 넓고 뒷솔기가 갈라져 있다.
271) 가죽이나 쇠로 만든 사각형 조각을 가죽 끈으로 이어 붙여 만든 갑옷을 가리킨다.

裙, 파군帕裙, 녹릉군綠綾裙, 추향릉군秋香綾裙, 백견군白繭裙이 있다.

또한 남녀친습의男女襯褶衣, 대홍고大紅褲, 오색고수고五色顧繡褲, 탁위桌圍, 의피椅披, 의자용 깔개[椅墊], 상아홀[牙笏], 난대鸞帶, 사선대絲線帶, 대홍방사대大紅紡絲帶, 홍람사면대紅藍絲綿帶, 사선대絲線帶, 견선요대絹線腰帶, 오색능수건五色綾手巾, 건상巾箱, 인상印箱, 소라小鑼, 북[鼓], 판板, 삼현금[弦子], 생황[笙], 피리[笛], 성탕星湯,272) 목어木魚, 운라雲鑼가 있다.

포의상布衣箱에는 청해금青海衿, 자화해금紫花海衿, 청전의青箭衣, 청포괘青布褂, 인화포면오印花布棉襖, 창의敞衣, 청의青衣, 호의號衣, 남포포藍布袍, 안안의安安衣, 대랑의大郎衣, 참의斬衣, 종색노단의鬃色老旦衣, 어파의漁婆衣, 주초酒招, 뇌자대牢子帶가 있다.

회상盔箱의 경우, 문관 복장에는 평천관平天冠, 당모堂帽, 사초紗貂, 원첨시圓尖翅, 첨첨시尖尖翅, 훈소팔선건葷素八仙巾, 분양모汾陽帽, 제갈건諸葛巾, 판관모判官帽, 불론건不論巾, 노생건老生巾, 소생건小生巾, 고방건高方巾, 공자건公子巾, 정건淨巾, 윤건綸巾, 수재권秀才巾, 석료건蚝聊巾, 원모圓帽, 이전모吏典帽, 대종모大縱帽, 소종모小縱帽, 조이모皂隸帽, 농리모農吏帽, 초자모梢子帽, 회회모回回帽, 뇌자모牢子帽, 냉관涼冠, 냉모涼帽, 오색전모五色氈帽, 초모草帽, 화상모和尚帽, 도사관道士冠이 있다.

무관 복장[武扮]에는 자금관紫金冠, 금찰등金紮鐙, 은찰등銀紮鐙, 수은회水銀盔, 타장회打仗盔, 금은관金銀冠, 이랑회二郎盔, 삼의회三義盔, 노야회老爺盔, 주창모周倉帽, 중군모中軍帽, 장건將巾, 말액抹額, 과교륵변過橋勒邊, 치계모雉鷄毛, 무생건武生巾, 월아금고한투두月牙金箍漢套頭, 청의찰두青衣紮頭, 고자箍子, 관자冠子가 있다.

여성 복장[女扮]으로는 관음모觀音帽, 소용모昭容帽, 대소봉관大小鳳冠, 묘상건妙常巾, 화파찰두花帕紮頭, 호추포두湖縐包頭, 관음두觀音兜, 어파힐漁婆纈, 매향락梅香絡, 취두계翠頭髻, 동병자잠銅餅子簪, 동만권서銅萬卷書,

---

272) '성星'을 가리키는 듯하다. '성'은 악기 이름으로서 '팽종硍鍾'이라고도 부르며, 생김새는 작은 술잔모양이다. 『청사고清史稿』「악지樂志·8」에 그에 관한 기록이 있다.

동이알銅耳挖, 취말미翠抹眉, 소두발蘇頭髮과 소단간장小旦簡粧이 있다.

잡상雜箱의 경우, 수염[鬍子]에는 백삼염白三髥, 흑삼염黑三髥, 창삼염蒼三髥, 백만염白滿髥, 흑만염黑滿髥, 창만염蒼滿髥, 규염虯髥, 낙시落腮, 백조白吊, 홍비빈紅飛鬢, 흑비빈黑飛鬢, 홍흑비빈紅黑飛鬢, 변결辮結, 일촬일자一撮一字273)가 있다.

화상靴箱의 경우, 망말蟒襪, 장단면말粧緞棉襪, 백릉말白綾襪, 조단화皂緞靴, 전화戰靴, 노야화老爺靴, 남대홍혜男大紅鞋, 잡색채혜雜色彩鞋, 만방화혜滿幇花鞋, 녹포혜綠布鞋, 선장혜踧場鞋, 승혜僧鞋가 있다.

기포旗包에는 백릉호령白綾護領, 장단찰수粧緞紮袖, 오색주산五色綢傘, 연황요자連幌腰子, 소락두小絡斗, 연황황자連幌幌子, 인거人車, 탑기搭旗, 배기背旗, 비호기飛虎旗, 월화기月華旗, 수자기帥字旗, 청도기清道旗, 정충보국기精忠報國旗, 인군기認軍旗, 운기雲旗, 수기水旗, 지주망蜘蛛網, 대장전大帳前, 소장전小帳前, 포성布城, 산자山子가 있다. 또한 가면으로는 가관검加官臉, 조예검皂隸臉, 잡귀검雜鬼臉, 서시검西施臉, 우두牛頭, 마면馬面, 사자獅子가 있다. 그 외에 전신옥대全身玉帶, 수주數珠, 마편馬鞭, 불진拂塵, 장선掌扇, 궁등宮燈, 첩절선疊折扇, 환선紈扇, 오색관지五色串枝, 화고花鼓, 화라花鑼, 화봉퇴花棒槌, 대산두大蒜頭, 칙인勅印, 호피虎皮, 영전가令箭架, 영패令牌, 호두패虎頭牌, 문서文書, 형연鉶硯, 첨통籤筒, 방자梆子, 수고手靠, 철련鐵鍊, 초표招標, 시발撕髮, 인두초人頭草, 난대鸞帶, 촉대燭臺, 향로香爐, 차주호茶酒壺, 필연筆硯, 필통筆筒, 서書, 수용水桶, 석석, 침침, 용검龍劍, 괘도掛刀, 단파자도短把子刀, 대라大鑼, 날나리[鎖哪], 아팔[啞叭], 호통號筒 등의 악기와 소품들이 있다.

파상把箱의 경우, 난의위鑾儀衛274)에서 쓰는 것과 같은 병기兵器가 갖추어져 있다.

---

273) 손으로 쥐면 한 움큼이 될 만큼 덥수룩하게 자란 곧은 수염을 가리킨다.

274) 청나라 때에는 명나라 때의 금의위錦衣衛를 난의위鑾儀衛로 바꾸어 황제의 수레를 호위하거나 각종 의장儀仗을 담당하게 했다.

이것을 '강호행두江湖行頭'라고 한다.

염무鹽務에서 직접 제작한 공연 도구를 '내반행두內班行頭'라고 한다. 노서반老徐班에서 『비파기琵琶記』 가운데 「청랑」과 「화촉」을 공연할 경우 홍전당紅全堂을 쓰고, 「풍목여한風木餘恨」을 공연할 때에는 백전당白全堂을 쓰는데, 무대장치가 대단히 성대하였다. 그밖에 대장반大張班에서 『장생전長生殿』을 공연할 때는 황전당黃全堂을 썼고, 소정반小程班에서 『삼국지三國志』를 공연할 때는 녹충전당綠蟲全堂을 썼다. 소장반小張班은 십이월화신의十二月花神衣를 썼는데, 값어치가 만금이나 되었다. 백복반百福班은 「북전北餞」을 공연할 때 11개의 통천서옥대通天犀玉帶를 썼다. 소홍반小洪班에서는 등희燈戲275)를 공연할 때 3층짜리 패루牌樓에 24개의 등불을 밝혀놓았으며, 희상戲箱들도 모두 지극히 풍부하게 갖추고 있었다. 지금의 대홍반, 춘대반 같은 경우 여러 희구들의 장점을 모아 대규모로 갖추고 있다.

55. 정지로程志輅는 자가 재훈載勳이고, 집안이 큰 부자였으며, 사와 곡을 좋아하였다. 그에게는 공척工尺으로 표시된 곡보曲譜가 10궤짝이 넘는데, 그 가운데 태반이 세상에 전해지지 않는 희귀본들이다. 양주를 찾는 이름난 배우라면 누구나 앞을 다투어 그와 알고지내고자 하였으며, 공척을 잘 모르는 새로운 곡이 생기면 바로 그를 찾아가 물어보곤 했다. 그의 아들 정택程澤은 자가 여문麗文이고 시를 잘 지었다. 그는 공척과 사성四聲에 관해서는 집안에 전승되어 오던 것을 익혔다.

---

275) 중국 서님부 지역의 전통 희극 가운데 하나로서, 쓰촨四川의 천북등희川北燈戲와 충칭重慶의 양산등회梁山燈戲, 윈난雲南의 운남화등희雲南花燈戲(옥계화등희玉溪花燈戲라고도 함), 그리고 궤이저우貴州의 사남화등희思南花燈戲 등이 있다. 예를 들어서 쓰촨 지방의 등희는 원래 토지신을 맞이하여 제사하는 가무희歌舞戲에서 비롯되었으며, 고대 파촉巴蜀 지방에서 전통적으로 행해지던 등회燈會의 산물인 것으로 여겨지고 있다. 이것은 일상생활을 주제로 짧고 간단한 극을 만들어 민간 음악[民歌小調]의 반주와 더불어 공연하는 것이다. 쓰촨 지방의 등회에서는 얼후二胡와 비슷하면서도 크기가 좀 더 큰 '반통胖筒筒'이라는 악기의 반주에 따라 '신가강神歌腔'이라는 곡조를 연주한다.

납산納山의 호옹胡翁이 성 안에 들어가 노서반老徐班에게 자기 마을에서 관신희關神戱를 공연해달라고 한 적이 있다. 그런데 극단의 우두머리는 그가 시골사람이었기 때문에 그를 속여 말했다.

"우리 극단의 단원들은 날마다 훈제 돼지고기와 송라차松蘿茶276)를 꼭 마셔야 하고, 공연 대가는 작품 한 편에 300냥이 아니면 안 됩니다."

호옹이 그 조건들을 다 받아들이니 극단 사람들도 어쩔 수 없이 그를 따라 납산으로 들어갔다. 호옹은 본래 사와 곡에 뛰어났고 특히 비파에 정통하였다. 그리하여 날마다 돈 300냥을 연극 무대에 올려놓고 훈제 돼지고기와 송라차 말고는 다른 음식은 주지 않았다. 하루는 『비파기琵琶記』를 공연하는데 공척 한 군데가 틀리자 호옹이 즉시 계척界尺을 두드리며 꾸짖으니, 반원들이 몹시 부끄러워했다.

또 서쪽에 있는 진씨 마을[陳集]에서 공연했는데, 반원들이 처음에는 그곳 사람들을 무시하였다. 이윽고 연주 도중에 생황의 혀[簧]277)가 망가져서 불어도 소리를 낼 수 없어 몹시 난처해졌다. 첨정詹政이라는 사람이 있었는데, 그는 산중에 숨어 사는 군자였다. 그가 생황 소리를 듣고는 웃으면서 생황을 들고 톡톡 두드렸더니 다시 원래대로 소리가 났고, 이에 반원들은 깜짝 놀랐다. 첨정이 며칠 동안 반원들이 공연한 곡 가운데 어떤 글자가 틀리고 어떤 곡이 잘못 연주되었는지를 하나하나 지적해주자, 배우들은 모두 진땀을 흘리면서 어쩔 줄 몰라 했다.

호옹은 오래 전에 죽고 첨정 역시 세상을 떠났으며, 오직 정지로만 살아 있다. 하지만 그도 늙고 가난한 신세인지라 모아두었던 곡본曲本들도 조금씩 흩어지거나 없어지고 말았다. 덕음반에서 보유하고 있던 곡보를 왕대횡汪大黌278)이 얻어다 기록한 적이 있는데, 지금은 전해지지 않는 곡조들이 종종 그 안에 들어있기도 하다.

---

276) 안휘성 흡현歙縣 송라산에서 나는 차이다.
277) 관악기의 부리에 장착하여 그 진동으로 소리를 내는 얇은 조각이다.
278) 왕대횡汪大黌에 대해서는 『양주화방록』 권2 「초하록草河錄·하下·141」을 참조할 것.